Isabell Pfeiffer ist Ärztin und lebt mit Mann und drei Kindern in der Nähe von Tübingen. In ihren historischen Romanen beschäftigt sie sich am liebsten mit dem Alltagsleben der Menschen in Zeiten des Umbruchs, wie im späten Mittelalter und in der frühen Neuzeit. Zuvor erschien «Die Puppennäherin».

Isabell Pfeiffer

Das Sündentuch

Historischer Roman

Rowohlt Taschenbuch Verlag

2. Auflage Januar 2011

Originalausgabe
Veröffentlicht im Rowohlt Taschenbuch Verlag,
Reinbek bei Hamburg, Dezember 2010
Copyright © 2010 by Rowohlt Verlag GmbH,
Reinbek bei Hamburg
Umschlaggestaltung any.way, Cathrin Günther
(Abbildung: akg-images)
Die Karte von Ravensburg ist ein Kupferstich
von Matthäus Merian aus dem 17. Jahrhundert
Satz Hadriano PostScript (InDesign) bei
hanseatenSatz-bremen, Bremen
Druck und Bindung CPI – Clausen & Bosse, Leck
Printed in Germany
ISBN 978 3 499 25502 1

*Für Hans-Peter
Mit dir ist mir
kein Weg zu weit*

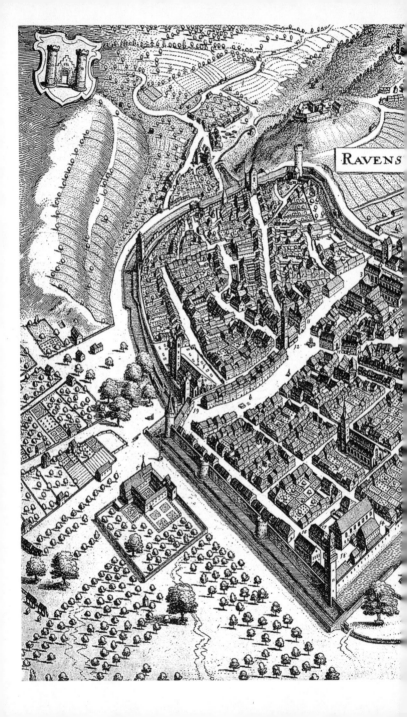

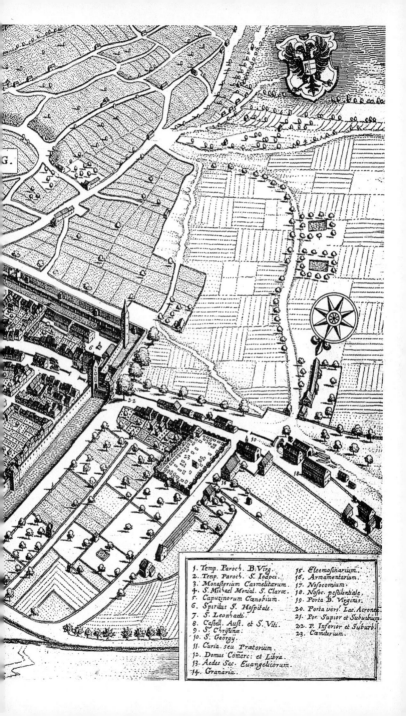

1

Das Getöse der Lumpenstampfe ließ die Wände erzittern, ja, die ganze Papiermühle bebte in dem eintönigen Rhythmus, in dem die schweren Holzstempel unablässig in die Tröge niederfielen, vierundzwanzig Stunden am Tag, sechs Tage in der Woche und nur am heiligen Sonntag nicht. Nirgendwo war man sicher vor diesem Geräusch, mochte man sich auch die Ohren noch so gut mit Wachs verstopfen. Es zwang das Herz, schneller zu schlagen, und löschte jeden Gedanken an die Außenwelt aus, und wenn man nach Feierabend nach draußen stolperte, war man zunächst wie betäubt von der Stille, die einen plötzlich umfing. Zwei bis drei Tage dauerte es, bis sich die zerrissenen, angefaulten Lumpen in den Eichentrögen unter der Gewalt des Stampfwerks in einen dickflüssigen, schmutzigweißen Brei verwandelt hatten, der dann von dem Lehrbuben zu der großen Bütte hinübergetragen und mit viel Wasser zu einer dünnen Brühe verrührt wurde. Niemand, der diesen Lumpenbrei sah, konnte sagen, ob er aus den schmutzigen Fußlappen eines Bettlers oder dem zarten Seidenhemdchen einer Prinzessin entstanden war, dachte das Mädchen. Nicht einmal sie selbst, obwohl sie doch jedes einzelne Stück davon in der stickigen Lumpenkammer mehrfach in der Hand gehabt hatte.

Es war eine anstrengende Arbeit, aber Gerli hatte Anstrengung noch nie gescheut. Zwei Stunden vor Sonnenaufgang betrat sie die Mühle und verließ sie erst wieder, wenn es zur Vesper läutete. Sie waren zu viert: Jost, der Papierer, sein Geselle Oswald, der Lehrbub Hensli und sie selbst, und bis auf das Schöpfen und Legen, das nur Jost und Oswald beherrschten, gab es keine Arbeit, die sie noch nicht verrichtet hatte. Sie packte bei der Presse mit an, hängte die Bögen über verspannten Schnüren unter dem Dach zum Trocknen auf und nahm sie später wieder ab, prüfte, glättete und stapelte sie. Sie schürte das Feuer in der Küche, schleppte Wasser und kochte Leim aus den Schlachtabfällen, die der Metzger auf einem Karren brachte. Das Schlimmste aber war das Sortieren der Lumpen, und die Tage, an denen der Lumpensammler mit seiner Fuhre vor der Tür stand, ließen sie innerlich zusammenzucken und fluchen.

Gemeinsam mit Hensli trug sie die Körbe in die Lumpenkammer und kippte sie auf dem Boden aus, und dann war sie allein. Sie öffnete die beiden Fensterchen, die Licht und Luft hereinließen, und band sich ein Tuch vor Mund und Nase, aber noch bevor sie eine halbe Stunde gearbeitet hatte, war die Luft schon so erfüllt von Dreck, Staub und Gestank, dass sie glaubte, ersticken zu müssen. Zunächst sortierte sie die Lumpen nach Qualität und Farbe – die dunklen waren nur zu wenig nütze –, dann nahm sie den einfachen Hornschaber und befreite die Stoffe vom gröbsten Schmutz: eingetrockneten, klebrigen Flecken, saurer Milch, Blut, Teer, Kot. Sie trennte Schnallen und Knöpfe ab und warf sie in einen Korb, riss die Hadern an den Nähten auseinander und zog sie dann noch über ein mit Messern bestücktes Brett, wo sie in kleine Streifen zerschnitten wurden. Das einzig Gute, sagte sie sich, war, dass niemand sie daran hindern konnte, einen besonders schönen Knopf, ein guterhaltenes Leinentuch selbst einzustecken. Zu diesem Zweck hatte sie sich einen Rock mit extra großen Taschen genäht, in denen im Laufe eines Tages all diese Fundstücke verschwanden, um zu Kleidung für sich selbst oder ihren Bruder verarbeitet zu werden oder um auf dem Hökermarkt zu landen. Natürlich hätte auch Jost das Geschäft gern gemacht, aber selbst wenn er die Zeit gefunden hätte, sie in der Lumpenkammer zu überwachen, so hätte doch der Gestank ihn daran gehindert: In der Lumpenkammer war es noch schlimmer als in der Leimküche.

Das Mädchen stand auf, lockerte die verkrampften Glieder und lehnte sich aus dem Fenster, um ein wenig frische Luft zu schnappen. Sie zog das Tuch vom Mund herunter, schloss die Augen und ließ sich die Sonne ins Gesicht scheinen. Siebzehn Jahre war sie alt, eine schmale, zierliche Gestalt mit leicht oliv getönter Haut, dunklen, mandelförmigen Augen und pechschwarzem Haar, das ihr sicherlich kein oberschwäbischer Handwerksgeselle vererbt hatte. Eine kleine Narbe an der Unterlippe kündete von einer vor nicht allzu langer Zeit überstandenen Verletzung, und die rauen Hände mit den eingerissenen Fingernägeln von der schweren Arbeit, die sie Tag für Tag verrichtete. Am Samstag, wenn es Badegeld gab, lief sie zur Badstube und schwitzte und scheuerte sich den ganzen Dreck der Papiermühle aus den Poren, aber heute war Mittwoch, und der Staub hatte sich schon wieder tief in ihre Haut gefressen. Sie atmete noch einmal durch und schob die rechte Hand in ihre Tasche. Da war er, der Schatz, den sie heute Morgen gefunden hatte: fünf tadellose Knöpfe aus Metall, Gott sei Dank nicht mit irgendeinem Wappen verziert, das sie nahezu unverkäuflich machte, sondern mit einem Muster aus kleinen Ranken und Blüten. Diese Knöpfe würde Vinz nicht in die Finger kriegen und verhökern, dachte sie, nein, die würde sie selbst zum Juden bringen. Der Jude würde ihr einen guten Preis machen, während Vinz – sie versuchte, den Gedanken an ihren jüngeren Bruder in die dunkelste Ecke zu verbannen wie die aussortierten Lumpen, aber es gelang ihr nicht. Was trieb er eigentlich den ganzen Tag, wenn sie in der Papiermühle schaffte? Sicher, er verkaufte dies und das, half hier ein paar Fässer zu schleppen und dort einen störrischen Ochsen zu bändigen, aber sie hatte den Verdacht, dass er viel zu viel Zeit auf der Straße herumlungerte, anstatt das nötige Geld zu verdienen, um irgendwann einmal wie Hensli als Lehrling in die Papiermühle aufgenommen zu werden. Es war nicht gut, wenn ein Junge in seinem Alter zu viel sich selbst überlassen war, dachte das Mädchen. Nein, es war nicht gut. Aber was sollte sie tun? Schließlich musste sie sehen, dass sie selbst genug heranschaffte, um sie beide über Wasser zu halten.

Zufrieden betrachtete sie die Knöpfe in ihrer Hand. Das war wirklich ein guter Fund gewesen! Wie mochte es wohl sein, wenn man so reich war, dass man ein Hemd mit solchen Knöpfen einfach so zu den Lumpen werfen konnte? Eine der reichen Kaufmannsfrauen musste es gewesen sein, eine Ankenreute oder Humpis oder Mötteli. Nein, die Mötteli nicht, die war so geizig, dass sie wahrscheinlich jeden Fetzen zehn Mal wendete. Dann wahrscheinlich eine Humpis. Verträumt sah das Mädchen in die Ferne. Die Humpis waren sagenhaft reich, reicher als der Kaiser, reicher vielleicht sogar als der Papst, der seit kurzem wieder in Rom residierte. Sie aßen von goldenen Tellern und schliefen in seidenen Betten, und ihre Frauen wuschen sich mit Eselsmilch und Rosenwasser. Plötzlich knarrte die Tür. Das Mädchen schreckte zusammen und konnte die Knöpfe gerade noch rechtzeitig wieder in der Rocktasche verschwinden lassen.

«Na, Gerli, wie kommst du voran?» Jost, der Papierer, war hereingekommen und schob mit der Schuhspitze ein paar Lumpen zusammen. Er war ein fleischiger Mann Ende dreißig, und die jahrelange Arbeit mit dem Schöpfrahmen hatte ihm einen muskelbepackten Oberkörper beschert, der irgendwie nicht zu den überraschend dünnen Beinen passte. Der rostfarbene Backenbart war sein ganzer Stolz, und er verwandte viel Zeit darauf, ihn vom Barbier allwöchentlich in Form bringen zu lassen.

«Gutes Zeug dabei heute», grinste er zufrieden, «verflucht gutes Zeug, was, Gerli, mein Mädchen?» Er legte ihr die Hände auf die Hüften und zog sie nah zu sich heran. «Und, wie wär's mit uns zwei Hübschen? Heute Abend?» Das Mädchen drehte sich geschickt ein bisschen zur Seite um, sodass der Papierer nicht spüren konnte, dass sie etwas in den Taschen versteckt hatte.

«Nicht heute», antwortete sie. «Am Samstag. Samstag Abend. So lange musst du warten.»

«So lange! Wie soll ich das nur aushalten?» Er lachte ein bisschen zu laut und drückte sich an sie, aber sie machte sich schnell los und strich sich die losen Haarsträhnen aus der Stirn.

«Es wird schon gehen», sagte sie. Schon lange hatte sie bemerkt, was für hungrige Augen er bekam, sobald sie allein waren. Aber bis Samstag, das konnte sie riskieren. So lange würde er warten, bevor er einem anderen Rock hinterherstarrte. Sie durfte es ihm nicht zu leicht machen. Wenn man nur so wenig hat, womit man handeln kann, muss man sparsam damit umgehen.

Die Papiermühle lag draußen im Tal des Flattbachs, der hier am Fuß eines sanften Hügels nach Norden floss, um dann die Stadt Ravensburg zu durchqueren und schließlich in die Schussen zu münden. Gerli musste sich beeilen, wenn sie am Abend noch vor Toresschluss in die Stadt zurück wollte. Jost hatte ihr angeboten, in einer kleinen Kammer unten in der Mühle zu wohnen wie die anderen Mühlenarbeiter auch, aber das wollte sie nicht, selbst wenn sie dafür den längeren Fußweg in Kauf nehmen musste. Es war nicht klug, immer in der Nähe des Papiermüllers zu sein, und außerdem war da ja noch Vinz, den sie nicht allein lassen konnte. Sie rannte den Talweg hinunter und hörte die Knöpfe in ihren Taschen klimpern, bis sie hinter einer Linkskurve die Stadt vor sich liegen sah.

Die Stadt Ravensburg war vor rund vierhundert Jahren aus einer kleinen Siedlung zu Füßen einer welfischen Burg hervorgegangen. Die günstige Lage an der Straße vom Donauraum zum Bodensee sowie die natürliche Furt, die es erlaubte, hier den Fluss Schussen zu durchqueren, machten den Ort zu einem hervorragenden Ausgangspunkt für den Fernhandel und ließen Wohlstand und Einfluss seiner Bürger immer weiter steigen. Schließlich wurde Ravensburg durch Rudolf von Habsburg zur freien Reichsstadt erhoben, die niemandem mehr untertan war als dem Kaiser allein, und konnte sich inzwischen, im Jahre des Herrn 1428, rühmen, der bedeutendste Handelsplatz Oberschwabens zu sein. Ein Reisender, der vielleicht von Lindau aus der Schussen durch die sanfte Hügellandschaft nordwärts folgte, konnte die Befestigungsanlagen, Stadtmauern und Türme schon lange sehen, bevor er die Landwehr überquert und die weitläufigen Gärten und Weinberge hinter sich gebracht hatte. Kam man dagegen wie Gerli aus dem Flattbachtal, so fiel der Blick zuerst auf die Burg, die auf dem Höhenzug südlich der Stadt lauerte, den Sitz des kaiserlichen Landvogts.

Gerli erreichte das Obertor völlig außer Atem und blieb auf der Brücke über den Graben kurz stehen, um zu verschnaufen. Im Stadtgraben wurden seit ein paar Jahren Hirsche gehalten, und immer, wenn Gerli hier vorbeikam, hielt sie nach ihnen Ausschau.

«Scheißviecher», brummte jemand hinter ihr. Es war der Torwächter, der missmutig aus seiner Bude herausguckte. «Hab' sie eben erst weggejagt. Mir hat's gereicht, wie ich nur auf mein Tor aufpassen musste, aber jetzt –» Gerli musste sich ein Kichern verbeißen und drückte sich an dem Mann vorbei. Jeder wusste, dass sich die jungen Burschen einen Spaß daraus machten, im Schutz der Dunkelheit hinter den Hirschen herzujagen, und mehr als einmal hatten sie sogar schon ein Tier erlegt, was die nächtlichen Mauerwächter in erhebliche Erklärungsnöte gestürzt hatte. Natürlich war auch Vinz schon mit von der Partie gewesen: Solche Streiche waren ganz nach seinem Geschmack.

Gerli betrat die Stadt durch das Obertor, dessen Giebel sich scharf vor dem regenschweren Abendhimmel abzeichnete. Von der großen Baustelle, wo nur ein paar Schritt zur Linken über der Stadtmauer ein neuer, unglaublich hoher Turm aufgerichtet wurde, drang noch lauter Lärm herüber;

eine Seilwinde quietschte, ein Stück Metall fiel laut klirrend zu Boden, Männer fluchten, dass es vermutlich selbst dem Papierer die Röte ins Gesicht getrieben hätte. Kein Wunder, dass die Arbeiter wütend waren, dachte Gerli, schließlich wurde es bald dunkel, und ihr Meister hatte immer noch nicht Feierabend gemacht. Aber auch auf den Baustellen innerhalb der Stadt wurde länger geschafft als in der Mühle – als ob nicht morgen auch noch ein Tag wäre! Immerzu wurde erweitert und befestigt, verschönert und ausgebaut. Der Torturm hinter ihr würde auch bald an der Reihe sein, einer der städtischen Baumeister hatte schon die Maße aufgenommen. Gerli blieb kurz am Brunnen stehen und wusch sich den Dreck von Gesicht und Händen, bevor sie langsamer weiterlief.

Vor ihren Füßen weitete sich die alte Marktstraße zu einem kleinen Platz, der dann in sanftem Schwung abwärts führte. Zu beiden Seiten standen große Kaufmannshäuser und Kontore, mit reichverzierten Fassaden und mehrere Stockwerke hoch. Hier vermehrten unzählige Angestellte den Reichtum der wohlhabenden Besitzer. Große Tore schlossen die Innenhöfe zur Straße hin ab, groß genug, dass ein geschickter Fuhrmann sein vollbeladenes Fahrzeug hindurchlenken konnte, wie es Gerli schon mehr als einmal gesehen hatte. Hier war das Wappen der Humpis in die Wand eingelassen – drei springende Hunde –, dort das Zeichen der großen Handelsgesellschaft, eine Art Baum, der sich über einem Gewässer erhob. Gerli verfiel nun in einen gemächlichen Schritt. Sie liebte es, hier entlangzuschlendern und zu träumen. Wer weiß? Irgendwann einmal würde sich vielleicht eine dieser vielversprechenden Türen öffnen, und ein junger Mann würde heraustreten.

Sein Blick würde auf sie fallen, und er würde in plötzlicher Liebe zu ihr entbrennen. Von diesem Moment an würde ihr Schicksal eine andere Wendung nehmen.

«He, pass doch auf, wo du hinläufst, du dummes Weib!» Fast hätte sie einen Fassträger angerempelt. Sie murmelte eine leise Entschuldigung und schlenderte weiter, an den Verkaufshallen der Bäcker und Metzger vorbei und am Kramhaus, wo die auswärtigen Händler an Markttagen ihre Waren anboten. Mit dem, was ihr der Jude für die Knöpfe geben würde, könnte sie vielleicht am Samstag ein paar Ellen Stoff für ein neues Kleid und ein Wams für Vinz kaufen, wenn sie aus dem Badhaus kam, überlegte sie. Und vielleicht ein Paar Schuhe, die alten waren so zerschlissen, dass sie jedes Steinchen unter den Sohlen spüren konnte.

«He, Gerli! Hierher!» Überrascht blickte sie auf: Kunz, der Ratsdiener, stand grinsend vor dem Salzhaus und winkte sie zu sich herüber. Sie kannte ihn gut. Gelegentlich tauschte sie bei ihm ein Stück Salz ein gegen ein paar Nieten oder anderen Tand, den sie in den Lumpen gefunden hatte, aber die Knöpfe waren ihr dafür zu schade.

«Und, hast du was für mich?»

Sie schüttelte den Kopf.

«Heute nicht. Aber vielleicht kannst du mir trotzdem etwas geben? Hier in mein Tuch?»

Er kniff ein Auge zu.

«Sicher, mein Kind. So ein hübsches Mädchen wie du kann alles kriegen – wenn es nur will.»

«Ja, aber du kannst mir nicht alles geben.» Blitzschnell beugte sie sich vor, drückte dem Mann einen flüchtigen Kuss auf die Wange und hielt ihr Tuch hin. «Da hinein.» Kunz lachte und holte ein paar Bröckchen Salz aus seinem

Wams hervor, von denen Gerli lieber nicht wissen wollte, in welcher Ecke des Salzhauses er sie zusammengefegt hatte. Aber umsonst war umsonst, da durfte man nicht kleinlich sein.

«Hier, weil ich so gutmütig bin. Obwohl du's eigentlich nicht verdient hast.» Vertraulich beugte er sich vor. «Früher, da bist du nicht so schüchtern gewesen!»

«Und du nicht so fett.» Energisch schob sie den Kerl zurück und steckte das Tuch mit dem Salz ein. «Geh lieber nach Hause zu deiner Alten, die wartet sicher schon mit dem Kochlöffel auf dich.» Sie drehte sich um und machte, dass sie weiterkam, bevor Kunz noch etwas entgegnen konnte.

Gegenüber vom Rathaus lag das alte städtische Spital mit dem großen Turm, von dem aus die Stunden geblasen wurden. Sie konnte nie daran vorbeigehen, ohne an die Monate zu denken, in denen sie hier Unterschlupf gefunden hatten, damals, als sie noch neu in der Stadt waren. Immer, wenn sie den schwachsinnigen Spitaldiener mit seinem Besen vor dem Hauptportal hin und her schwanken sah, durchflutete sie wieder der ungeheure Stolz darüber, dass sie es geschafft hatten, von hier wegzukommen. Sie schlug ein Kreuz und warf einen raschen Blick zum Pranger hinüber, der seinen Platz für alle gut sichtbar zwischen Spital, Rathaus und dem Verkaufshaus der Schuhmacher hatte, und wie jedesmal war sie erleichtert, nicht das vertraute Gesicht ihres Bruders dort zu finden. Heute war der Pranger überhaupt leer; nur ein paar matschige Krautstrünke und halbverfaulte Äpfel kündeten noch von dem Leiden des Gemüsebauern, der gestern für ein paar Stunden hier zur Schau gestellt worden war: Er hatte versucht, seine Kunden mit ebendiesem verdorbenen Kohl übers Ohr zu hauen. Das Laufen war ihm sichtlich schwergefallen, als ihn der Büttel am Abend endlich losgeschlossen hatte. Seine Frau musste ihn stützen, als er Richtung Frauentor humpelte, aber es geschah ihm recht. Keine Strafe konnte zu hart sein für jemanden, der anderen ihr sauer erarbeitetes Geld aus der Tasche stahl! Gerli fasste noch einmal nach den verheißungsvollen Knöpfen, während sie selbst den großen Platz am Rathaus überquerte, wo immer das Holz verkauft wurde. Vor nicht allzu langer Zeit, hatte der Papierer ihr einmal erklärt, war hier die Stadtgrenze gewesen.

«Aber irgendwann ist die Oberstadt einfach aus allen Nähten geplatzt. Wir haben die Stadtmauer abgerissen, den Graben aufgefüllt und dann die Unterstadt angelegt.» Jost platzte förmlich selbst fast aus allen Nähten vor lauter Stolz. Als wäre er damals dabeigewesen!, dachte Gerli. Dabei war er erst vor ein paar Jahren aus Nürnberg gekommen, um hier für den Truchsess von Waldburg die Papiermühle zu betreiben. Sie jedenfalls war froh, dass sie hier in der Unterstadt die kleine Kellerwohnung gefunden hatte, im Haus eines Handschuhmachers in der unteren breiten Gasse, obwohl es eigentlich mehr ein bewohntes Loch war, das der Handwerker von seinen eigenen Kellerräumen abgezwackt hatte. Um hineinzukommen, musste man um das Häuschen herumgehen und ein paar Steinstufen hinuntersteigen.

Alles war dunkel, als Gerli ankam, nur in der Kochecke glimmte noch die Asche. Sie entflammte daran ein Stückchen Zunder und steckte dann das Tranlämpchen an. Das Erste, was sie in dem schwachen Lichtschein sah, war ein kleiner dunkler Schatten, der an der Wand entlang zur Tür huschte und wieder verschwand. Hoffentlich keine Ratte, dachte Gerli und stellte das Tranlämpchen wütend in die dafür vorgesehen Mauernische. Wahrscheinlich hatte Vinz wieder nicht aufgepasst, als er heute Morgen oder wann auch immer rausgegangen war, und die Tür nicht richtig hinter sich geschlossen. Die Ratten waren eine widerliche Plage und dazu gemeiner und klüger als die meisten Menschen. Sie nutzten jede Lücke, jede Unachtsamkeit, stahlen die nicht sicher verpackten Lebensmittel und pissten in die Ecken, sodass man den Gestank tagelang nicht wieder wegbekam. Gerli kniete sich vor die Glut, blies vorsichtig hinein und legte ein paar kleine Zweige auf, bis das Feuer wieder richtig flackerte. Dann hängte sie den Topf mit den Resten des Haferbreis über das Feuer (wie gut, dass sie heute Morgen sorgfältig den Deckel daraufgelegt und noch mit einem Stein beschwert hatte!) und schüttete ein wenig Wasser dazu. Draußen fing es an zu regnen. Gerli holte schnell die alte Pferdedecke, die ihr einmal ein zahnloser Fuhrknecht geschenkt hatte, und legte sie sorgfältig vor die Tür, damit nicht wieder die Brühe hineinlief wie bei jedem starken Niederschlag. Eigentlich hätte sie noch an der Schlachtmetzig vorbeigehen müssen, um nach ein paar billigen Rinderknochen zu fragen, aber bei dem Wetter blieb sie lieber hier. Vielleicht kam Vinz ja noch zeitig genug zurück, dann konnte sie ihn schicken. Aber noch war von ihm nichts zu sehen und zu hören. Gerli seufzte und ließ den Blick durch ihre Behausung schweifen. Bis auf die Veränderungen, die sie selbst vorgenommen hatte – eine Holzklappe vor dem hochgelegenen kleinen Fenster gegen die Winterkälte, einigermaßen frische Strohsäcke zum Schlafen und ein neuer Wassereimer, den sie von dem ersten Geld gekauft hatte, das sie in der Papiermühle verdient hatte –, sah alles noch so aus wie an dem Tag, an dem sie eingezogen waren. Vinz hatte zwar hoch und heilig versprochen, sich um alles zu kümmern, was sie ihm auftragen würde, aber mit dem Holzpodest für ihre Strohmatrazen, das er bauen sollte, hatte er noch nicht einmal angefangen, ganz zu schweigen von seinem Versprechen, jeden Tag ihre Kammer zu fegen und mit frischem Stroh auszulegen.

«Er ist eben noch ein Kind», sagte Gerli laut, wie um sich selbst von etwas zu überzeugen, was schon lange nicht mehr den Tatsachen entsprach. Vinz war fünfzehn Jahre alt, sechzehn bald, mit einem Körper wie ein Mann und Hunger für zwei.

Vorsichtig, zärtlich fast strich der Mann mit seinem Zeigefinger über die prallen grünen Kapseln, fuhr ihre Rundung nach, rollte sie zwischen den Händen, drückte sanft die Schale ein. Was für eine perfekte Form, dachte er und betrachtete die achtstrahlige Krone durch die Gläser seiner Brille, völlig gleichmäßig und harmonisch, ohne dass eine menschliche Hand die Möglichkeit gehabt hätte, sich einzumischen. Oder vielleicht genau deswegen. Er zog das feine italienische Messerchen heraus, das er nur für diesen Zweck hatte anfertigen lassen, und wischte mehrfach mit einem Tuch über die Klinge. Dann nahm er die Kapsel in die linke Hand und begann mit der rechten, etwas einzuritzen, ganz zart, als wolle er in feiner Schrift etwas eingravieren. Rosaroter, milchiger Saft quoll hervor. Der Mann hielt einen Augenblick inne, leckte daran und schloss die Augen. Schon dieser erste Geschmack, das Bittersüße auf der Zunge, ließ ihn sehnsüchtig an die große Leere denken, die sich verheißungsvoll vor ihm auftun würde: Leere, Vergessen und Auflösung. Aber natürlich war dieser eine winzige

Tropfen viel zu wenig, um irgendeine Wirkung zu zeigen. Konzentriert arbeitete er weiter, bis die ganze Kapsel von kleinen Ritzen übersät war, und griff erst dann zur nächsten. Jetzt, Anfang Juli, war die beste Zeit. An diesem Nachmittag war er vor die Tore zum ehemaligen Weinberg hinausgewandert und hatte dort die Kapseln geerntet, bevor Sonne und Wind sie völlig ausdörren und zum Platzen bringen würden. Noch vor zwei Wochen war alles übersät gewesen von roten, rosa und lila Blüten, so zart und schnell vergänglich jede einzelne von ihnen – ein leise geflüstertes Versprechen für den, der ihre Sprache verstand. So wie er.

Er lehnte sich zurück und begutachtete die Ausbeute dieses Tages, die vielen kleinen Tröpfchen, die über Nacht an den Samenkapseln trocken würden, damit er sie danach abkratzen und in Alkohol auflösen konnte zu einer fast zauberkräftigen Tinktur, die Schmerzen zu stillen und Leid zu lindern vermochte. Viel war es nicht, aber für ein paar Wochen würde es genügen.

«Du warst am Sabbat nicht im Gottesdienst.» Er zuckte zusammen und hielt schützend die Hände über die angeritzten Kapseln, als er plötzlich die Stimme seines Vaters Moses hörte. Der Alte schien einen seiner immer seltener werdenden hellen Momente zu haben; alles, woran er dann dachte, war der Ewige, auf den allein sein Leben sich mehr und mehr ausrichtete.

«Und?», entgegnete er. «Wart ihr nicht sogar zu zwölft? Ich hatte zu tun.» Der Alte stand jetzt hinter ihm und legte ihm zittrig die Hände auf die Schultern.

«David, mein Sohn. Ich hatte gehofft, du würdest für uns lesen ... nach all der Zeit. Weißt du nicht mehr, wie gern du früher aus der Tora gelesen hast?»

«Es gibt genug andere, die lesen können. Besser als ich. Und die darauf brennen, es zu tun.» Er spürte die erstaunliche Kraft in den knochigen Fingern, die jetzt angefangen hatten, seine verspannten Nackenmuskeln zu kneten.

«Glaubst du, ich sehe nicht, wie du dich von uns allen entfernst?», sagte Moses leise. «Du kommst nicht zum gemeinsamen Gebet, du bist den ganzen Sabbat verschwunden, du trägst deine Tefillin nicht mehr –»

«Was erwartest du denn von mir? Soll ich vielleicht froh und dankbar sein, dass ich wieder hier bin? Nach allem, was geschehen ist?» Die Hände hielten inne.

«Wie kannst du nur zweifeln an der Güte des Ewigen – gerade du?», flüsterte Moses. «Hat er dich nicht schon einmal vor Unglück und Tod gerettet?»

«Gerettet», wiederholte David mit zusammengepressten Zähnen. Er war aschfahl geworden. «Gerettet? Für ein Leben als Höker, Hehler und Geldverleiher? Hat er mich dafür gerettet? Ist das alles, was er für mich tun konnte?» Moses war unwillkürlich zurückgewichen und hatte schützend die Arme erhoben, aber er hielt den Blicken seines Sohnes stand.

«Versündige dich nicht, mein Sohn», antwortete er leise, und mit einem Blick auf das Messer und die Mohnkapseln auf dem Tisch: «Du brauchst vor mir nicht zu verstecken, was du tust, David. Ich weiß es sowieso.»

«Ich bereite Medizin. Das werde ich wohl dürfen, oder?»

«Ich weiß, was ich weiß, Junge. Ich weiß, woher es kommt, wenn du diesen abwesenden Blick hast und auf keine Frage mehr antworten kannst.» Moses' Blick war verständnisvoll, wie immer. Wenn er doch nur wütend wäre oder aufbrausend oder ungerecht, dachte David. Wenn er doch nur streiten würde, sodass man sich gegen ihn wehren könnte. Aber das tat er nicht. Die Geduld war seine wirksamste Waffe, das war ihm sein Leben lang bewusst gewesen. Und sie würde es wahrscheinlich immer noch sein, wenn ihm gar nichts mehr bewusst war.

2

«Beweg dich schon, du störrisches Ding, los, komm schon, ich krieg dich ...» Die Frau, die in dem großzügigen Garten gleich hinter dem Stadtgraben arbeitete, sprach sich Mut zu, richtete sich auf und strich sich mit einem leisen Lachen die hellbraunen Haare zurück: Ganz gleich, wie sorgfältig sie ihre Locken mit dem Kopftuch aus der Stirn gebunden hatte, früher oder später fielen ihr die widerspenstigen Strähnen doch wieder ins Gesicht. Sie konnte nicht älter als fünfundzwanzig sein; mit ihrer sommersprossigen Haut, der schlanken, aber kräftigen Figur und dem einfachen Kittel aus ungefärbter Wolle hätte man sie auf den ersten Blick für eine Bäuerin aus der Umgebung halten können, die den ganzen Tag an der frischen Luft arbeitete. Nur die schmalen Hände passten nicht dazu: Statt schwielig und rau waren sie weich und gepflegt, und immer wieder hielt die Frau inne und blies sich über die Handflächen, auf denen sich von der ungewohnt schweren Arbeit kleine Blasen gebildet hatten. Kleine Schweißperlen liefen ihr die geröteten Wangen hinunter, während sie mit ihrem schweren Spaten auf den Boden einstach und versuchte, den knorrigen Wurzelstock eines Haselbusches zu zerkleinern, weil er sich nicht im Ganzen herausheben ließ.

«Frau Christine! Frau Christine!» Mit einem zufriedenen Seufzer ließ die Frau das Werkzeug los, richtete sich auf und streckte den Rücken.

«Frau Christine, Ihr solltet das nicht allein machen! Das ist doch viel zu schwer für Euch. Das ist Knechtsarbeit! Warum habt Ihr mich nicht gerufen?» Ein älterer Mann war herangekommen, mit wettergegerbtem Gesicht und ledrigen Händen. Er überragte die junge Frau um Haupteslänge und sah mit mildem Tadel auf sie herunter: Ein Blinder hätte erkennen können, dass eine so zierliche Gestalt es nicht mit armdicken Wurzeln aufnehmen konnte. Die Frau lächelte zurück und wirkte plötzlich wie ein kleines Mädchen, mit schelmisch blitzenden grauen Augen und Grübchen in den Wangen.

«Wahrscheinlich hätte ich es noch getan, Lambert. Ich hatte eigentlich gar nicht vorgehabt, heute schon an die Hasel heranzugehen. Ist gar keine gute Zeit dafür. Eigentlich wollte ich nur die jungen Apfelbäumchen hochbinden und die Rosen zurückschneiden, aber dann habe ich diesen Strauch hier gesehen und gemerkt, wie sehr er mich stört, und dann wollte ich es einfach sofort versuchen.» So war es immer, wenn sie in ihren Garten kam: Sie nahm sich eine kleine Aufgabe vor, aber sobald sie einmal die Hände in der Erde hatte, vergaß sie alles andere um sich herum und konnte kein Ende finden. Glücklich ließ sie die Augen über das Stückchen Land wandern, das sie in den letzten Jahren angelegt hatte: den ordentlichen Zaun mit dem Spalierobst davor, die Reihen von Kohl, Karotten und Zwiebeln, die Gerüste, um die sich üppig die Bohnen rankten. Das alles gab es auch in den anderen Gärten, die die Stadt umschlossen wie ein grüner Ring. Aber hier, in diesem Garten, gediehen nicht nur nützliche Pflanzen, solche, die man essen konnte oder aus denen heilende Tränke gebraut wurden. Hier gab es auch einen mit Buchs gesäumten Bereich, in dem Blumen wuchsen, Veilchen und Buschwindröschen im Frühjahr, Akelei im Mai und jetzt im Sommer Rosen und Lilien. Wo immer sie konnte, sammelte Christine Früchte und Samen, schnitt Stecklinge und grub Wurzeln aus und versuchte, alles auf dem kleinen Flecken Erde zum Gedeihen zu bringen, um später Blüten und Zweige im Haus zu verteilen. Wie wunderbar war es, wenn im Frühling alles zu neuem Leben erwachte, wie wunderbar und tröstlich!

«Frau Christine, wir haben Nachricht von Herrn Frick bekommen. Er ist heute Morgen aus Überlingen aufgebrochen und wird zur Vesperzeit hier sein.» Ein Schatten streifte Christines Gesicht und wischte das Lächeln fort. Sie straffte die Schultern und nickte langsam.

«Es ist gut, Lambert. Ich werde gleich nach Hause kommen.» Der Knecht zeigte zweifelnd auf den Spaten.

«Soll ich es mal versuchen?»

«Nein, lass nur. Es ist nicht so wichtig. Sieh lieber zu, dass im Stall Ordnung herrscht, wenn der Herr zurückkommt. Du weißt ja, dass er es nicht leiden kann, wenn er schon am Tor über altes Zaumzeug stolpert.» Der Knecht murmelte etwas vor sich hin und stiefelte zurück in Richtung Stadt. Christine wischte den Spaten sauber und verstaute ihn zusammen mit Schaufel und Hacke in dem kleinen Schuppen, den sie hatte bauen lassen, dann wusch sie sich die Hände im Regenfass und öffnete das Törchen. Eine Rose rankte sich daran hoch und duftete zart; Christine konnte nicht widerstehen, sich noch einmal darüberzubeugen und den Geruch einzuatmen. Am liebsten hätte sie ein paar Blüten abgeschnitten und mit nach Hause genommen, aber nach kurzem Zögern entschied sie sich dagegen. Frick schätzte es nicht, wenn sie so viel Zeit in ihrem Garten verbrachte, und es war sicherlich besser, ihn nicht noch besonders darauf hinzuweisen. Gerade die Pflege der Blumen hielt er für eine völlig unnütze Tätigkeit: schmutzige Arbeit, um die eine wohlhabende Kaufmannsfrau wie Christine Köpperlin einen Bogen machen sollte. Schließlich konnte sie alles auf dem städtischen Markt kaufen, was sie in Küche und Keller brauchte. Sorgfältig schloss sie das Tor hinter sich und machte sich auf den Rückweg. Kurze Zeit später stand sie vor dem Köpperlin'schen Anwesen in der Marktgasse. Als sie das Haus durch das Hoftor betrat, holte sie tief Luft.

«Ich bin wieder da», rief sie den Mägden in der Küche zu. Sie ließ sich einen Eimer Wasser in die Schlafstube bringen, wusch sich Erde und Schweiß ab und zog sich um. Ihr Gatte schätzte es nicht, wenn sie herumlief wie eine Bäuerin, das wusste sie. Sie klappte ihre Truhe auf und wählte nach kurzer Überlegung ein lindgrünes, bodenlanges Leinenkleid mit spitzem Ausschnitt und halben Ärmeln, die bis zum Ellbogen eng anlagen und sich dann zu angedeuteten Schleppen öffneten; dazu ein schlichtes Untergewand aus mehrfach gebleichtem Leinen, dessen einziger Schmuck in der feinen Fältelung an Handgelenken und Halsausschnitt bestand. Sie bürstete sich das Haar, flocht es zu zwei dicken Zöpfen und steckte es über den Ohren hoch, griff nach dem gekräuselten weißen Schleier und bedeckte es damit. Dann legte sie sich den gestickten Gürtel um, schlüpfte in die schlichten Alltagsschuhe und betrachtete sich prüfend in dem Spiegel, den ihre Eltern ihr zur Hochzeit geschenkt hatten. Eine ehrbare Kaufmannsgattin schaute ihr entgegen, wohlhabend, aber nicht verschwenderisch gekleidet, standesbewusst und sittsam. Die Frau, die Frick Köpperlin gerne sehen wollte. Nur die Sommersprossen auf ihrem Nasenrücken und die feinen Lachfältchen rund um die Augen wollten sich nicht so recht einfügen. Sie nickte sich langsam zu und legte den Spiegel zurück in die Truhe. Und dann blieb nicht viel mehr zu tun, als auf die Rückkehr des Hausherrn zu warten und den Brief noch einmal vorzunehmen, den er ihr geschrieben hatte.

«... *habe ich mich nun entschlossen, Ludwig mit nach Ravensburg zu bringen und in meinem Hause erziehen zu lassen. Ich wünsche, dass du ihn freundlich willkommen heißt und ihm die gleiche Liebe und Achtung entgegenbringst wie einem eigenen Sohn.*»

Nein, sie war nicht mehr ganz so fassungslos wie beim ersten Lesen. Gedankenverloren wischte sie sich mit der Hand über die Stirn. Bald zehn Wochen hatte sie jetzt Zeit gehabt, sich an den Gedanken zu gewöhnen. Heute sollten sie in Ravensburg eintreffen, und bald würde die ganze Stadt wissen, dass Frick Köpperlin, wohlhabender Kaufmann, Mitglied der Humpisgesellschaft und der Gesellschaft zum Esel, seinen Bastardsohn aus Brugg im Aargau mitgebracht hatte und in seinem Haus zum Geschäftsnachfolger erziehen ließ, weil seine eigene Frau ihm keine Kinder gebären konnte. Aber vielleicht war es ja genau das, was sie verdient hatte.

Wie einen eigenen Sohn. Sie faltete den Brief sorgfältig wieder zusammen und legte ihn auf das Pult, bevor sie zum Fenster ging und sich auf die Bank in der Nische setzte. Tagelang hatten sie das Haus geputzt und für die Rückkehr des Hausherrn bereitgemacht. Sie selbst hatte die Mägde überwacht, die die Dielen scheuerten und mit frischem Sand bestreuten, hatte auf dem Markt die Zutaten für das Willkommensmahl eingekauft, hatte das Messinggeschirr herausgeholt und blank gescheuert und war von morgens bis abends unentwegt auf den Beinen gewesen – bis heute Morgen. Da hatte sie sich ein paar Stunden gestohlen, um in ihrem Garten die Welt zu vergessen und ihre Gedanken vom warmen Wind davontragen zu lassen. Jetzt jedoch konnte sie nichts weiter tun als warten.

Sie schloss die Augen und versuchte sich vorzustellen, wie es sein würde mit diesem Jungen im Haus, der sie täglich an ihr Versagen erinnern würde. Ein Junge, der schon geboren war, als Frick Köpperlin sie vor sieben Jahren zur Frau nahm. Gedankenlos zupfte sie eine Haarsträhne unter ihrer Haube hervor und wickelte sie sich um den Zeigefinger. Was hatte sie sich nicht alles erhofft an jenem Tag, als sie zum ersten Mal das vornehme Haus in der Marktstraße betreten hatte, viel komfortabler als die zugige Burg, auf der sie mit ihren Eltern gelebt hatte! Und die Eltern selbst: Was für eine goldene Zukunft hatten sie ihr prophezeit nach der Hochzeit mit dem reichen Tuchhändler, eine Zukunft, so anders als der Alltag kleiner Landadeliger mit ihrem täglichen Kampf gegen ausbleibenden Pachtzins, steigende Preise und muffiges Mauerwerk! Was machte es da schon aus, dass der Bräutigam mehr als doppelt so alt war wie die Braut und schon Witwer? Schließlich war er immer noch ein stattlicher Mann und saß zu Pferde wie ein Herr. Er schrieb artige Briefchen und schenkte ihr seidene Tücher, ein Gebetbuch und schließlich zum grenzenlosen Entzücken des Brautvaters sogar einen Jagdfalken. Ohne dass sie es verhindern konnte, verzog sich ihr Mund zu einem bösen Lächeln. Der Falke war schon vor der ersten Jagd an einer Vogelkrankheit gestorben.

Vom Spitalturm wurde zur Vesper geblasen. Das Hausgesinde würde bald zum Essen in der großen Küche zusammenkommen, aber Christine hatte keinen Appetit.

Irgendwann später hörte sie, wie sich eine Pferdekolonne dem Haus näherte. Eine Stimme auf der Straße gab ein scharfes Kommando; die Tiere hielten an, jemand sprang aus dem Sattel und klopfte an das Hoftor, das schnarrend geöffnet wurde. Pferde schnaubten, Karrenräder quietschten, und unter lautem Rufen ritten die Ankömmlinge in den Hof: Der Hausherr war von seiner langen Geschäftsreise zurückgekehrt. Christine strich sich das Haar zurück und ging ihm entgegen.

Frick Köpperlin stand bereits mitten im Hof und gab Anweisungen, wie das Gepäck auszuladen sei. Er war ein massiger Mann von gedrungenem Körperbau, der sich gern damit rühmte, mit jedem Arm ein Weinfässchen hochstemmen zu können. Unter der enganliegenden Reitkleidung zeichneten sich deutlich seine muskulösen Beine ab. Schütteres graues Haar umrahmte sein bäuerisches Gesicht, über dem sich ein Netz feinster Äderchen ausbreitete. Seine lichtbraunen Augen lagen tief in ihren Höhlen, als wäre er länger krank gewesen, und er atmete schwer durch die fleischigen Lippen, die wie immer leicht geöffnet waren.

«Bringt die Pferde in den Stall und reibt sie ab», befahl er. «Diese Kisten drüben in den Keller, aber vorsichtig! Hier die Säcke sind für Gernhofen. Packt sie unter das kleine Vordach, er wird sie gleich morgen abholen ...» Er bemerkte Christine erst, als sie nur noch wenige Schritt von ihm entfernt war.

«Willkommen zu Hause», sagte sie und reichte ihm den Becher mit Wein, den eine Magd ihr in die Hand gedrückt hatte. Er nahm einen kräftigen Schluck und wischte sich den Mund ab. Ein beißender Geruch nach langer Reise strömte von ihm aus, nach nachlässig gewaschener Kleidung, ranzigem Lederfett und Schweiß.

«Meine liebe Christine ... wie gut, wieder hier zu sein!» Er nickte ihr zu und gab ihr den Becher zurück. «Es war eine lange, aber erfolgreiche Reise. Kein Mensch hätte im letzten Frühjahr geahnt, dass die Preise in Flandern in den Keller gehen würden, aber ich hab's rechtzeitig gewittert ... Hast du meinen Brief aus Basel erhalten?» Sie nickte. «Dann wirst du dich freuen, Ludwig kennenzulernen. Ludwig!» Ein Junge löste sich aus dem Gewühl der Diener, die immer noch mit Abladen beschäftigt waren, und kam zögernd zu ihnen herüber. Er war etwa so groß wie Christine, ein schlacksiger Halbwüchsiger, dessen blaue Augen unsicher unter dem wirren dunkelblonden Haar hervorlugten. Zahlreiche Pickel und Pusteln übersäten seine Haut und legten ein beredtes Zeugnis ab für sein Alter sowie für die unschöne Angewohnheit, sich im Gesicht herumzukratzen, aber in ein paar Jahren würde er ein ansehnlicher Bursche sein. Von seinem Vater hatte er nicht viel mitbekommen, dachte Christine unwillkürlich, nur die ausgeprägte Nase, die allen Köpperlins eigen war. Wie mochte wohl seine Mutter aussehen? War sie hübsch, jung und hübsch?

«Begrüße deine Hausmutter, Ludwig!» Der Junge verbeugte sich eckig.

«Gottes Segen, Frau Christine!» Er hatte eine merkwürdig harte, kehlige Art zu sprechen, so ganz anders als die Leute hier zwischen Donau und Bodensee. Es würde nicht leicht werden für ihn, die Mundart der Ravensburger zu verstehen.

«Herzlich willkommen in Ravensburg, Ludwig. Fühl dich zu Hause bei uns.» Sie zwang sich zu einem freundlichen Lächeln, und der Junge nickte dankbar.

«Ich dank Euch, dass Ihr mich aufnehmen wollt, auch im Namen meiner Mutter. Ich werde fleißig und gehorsam sein und Euer Vertrauen nicht enttäuschen.» Er hatte seinen Satz genauso auswendig gelernt wie sie selbst ihren, dachte sie und war einen Moment versucht, ihm über die Wange zu streichen, aber der Junge hatte schon einen Schritt zurück gemacht. Frick nickte zufrieden.

«Und jetzt ab mit dir, Bursche – mach dich nützlich!» Sichtlich erleichtert sprang Ludwig davon und gesellte sich zu den Knechten.

«Ein ordentlicher Junge, anstellig und flink, aber noch ein wenig ungeschliffen. Aus dem mach ich was, sollst sehen!» Frick Köpperlin warf den Kopf zurück und ließ den Blick über den Hof schweifen. «Hast du alles so gerichtet, wie ich es angeordnet hatte?»

«Ich – sicher. Und für Ludwig habe ich die kleine Kammer bereitmachen lassen.»

«Die kleine Kammer? Ach was! Der braucht keine eigene Kammer. Soll nicht glauben, er wär schon ein Prinz! Lass ihm ein Rollbett in die Knechtskammer schieben. Mir hat es auch nicht geschadet, mich unter die Knechte zu mischen, als ich jung war.»

«Aber Frick, die anderen jungen Kaufleute ...»

«Hast du nicht verstanden? Er schläft in der Knechtskammer und Schluss!» Kleine rote Flecken waren auf Köpperlins Wangen aufgetaucht, er schnaufte. «Vergiss nicht, dass es mein Sohn ist – nicht deiner. Ich weiß besser, was gut für ihn ist. Ich will einen Mann aus ihm machen, einen Kaufmann, und kein Waschweib.» Christine konnte nicht verhindern, dass ihre Unterlippe anfing zu zittern. Wie immer hatte Frick sich keinerlei Mühe gegeben, seine Stimme zu dämpfen, und wahrscheinlich hatte jeder auf dem Hof seine tadelnden Worte verstanden. Zumindest Ludwig hatte in seiner Arbeit innegehalten und war dunkelrot angelaufen. Sie biss die Zähne zusammen.

«Gut. Wir machen es so, wie du sagst.» Sie war froh, als Frick sich wieder seinen Gehilfen zuwandte, und ging mit dem leeren Becher zurück ins Haus.

Das Netz der großen Handelsgesellschaft, der Humpis-Gesellschaft, wie sie nach einem ihrer Gründer hieß, umspannte den größten Teil Europas. Sie brachte Leinwand und Barchent vom Bodensee nach Italien und Spanien; Metallwaren, Pelze, Wachs und Leder von den Nürnberger Jahrmärkten nach Genua. Zurück kamen die Wagen mit Gewürzen, Seide, Korallen und Straußenfedern. Mandeln, Pomeranzen, Bettdecken wurden in Valencia gekauft, Baumwolle und Indigo in Venedig, englische Tuche dagegen in Antwerpen und Brugg im Aargau. In Ravensburg schlug das Herz der Gesellschaft. Hier trafen sich die Gesellen zu ihren Jahrtagen und nahmen neue Mitglieder auf, und nicht wenige der Kaufleute, die als «Neuner» die Geschicke der Gesellschaft in Händen hielten, wohnten hier. Frick Köpperlin wusste, dass es noch ein weiter Weg bis dahin war – weit, aber das Ende war doch absehbar. Ein paar Jahre noch als Bevollmächtigter in irgendeiner Niederlassung, ein paar noch als Begleiter schwerbepackter Warenkolonnen durch ganz Europa, dann konnte er daran denken, das Tagesgeschäft in die Hände seines Nachfolgers zu übergeben und sich für den Rest seiner Tage auf die Zentrale in Ravensburg zu konzentrieren. Wenn es denn endlich einen Nachfolger gab.

Unter gesenkten Augenlidern betrachtete er den jungen Ludwig, der geduckt mit ihnen am Tisch saß, die Füße fest um die Stuhlbeine geschlungen, und schon zusammenzuckte, sobald sein Löffel mit einem leisen Klacken gegen den Schüsselrand stieß. Kaum, dass er es wagte zu antworten, wenn man ihn ansprach. Sohn einer Magd mit dem Herzen eines Kaninchens, dachte Köpperlin unwillkürlich und zog die Stirn in Falten. Er war es nicht gewohnt, Fehler zu machen, und auch das hier sollte sich nicht zu einem Fehler entwickeln.

«Sitz gerade, Bursche, wenn wir bei Tisch sind!», fauchte er unerwartet. «Schultern zurück, so! Hier bei uns wird nicht gefressen wie im Schweinekoben.» Ludwigs Oberkörper schnellte zurück, er verschluckte sich, unterdrückte ein Husten. Köpperlin schlug mit der Hand auf den Tisch.

«Bei Gott, Junge, man sollte meinen, du hättest noch niemals im Leben einen Löffel in der Hand gehalten. Schau mich an, wenn ich mit dir rede!» Das Wasser war dem Jungen in die Augen getreten; er zog den Kopf ein, der Löffel in seiner Hand zitterte.

«Lass doch, Frick», sagte Christine rasch. «Es ist doch sein erster Tag ... sicher bist du müde, nicht wahr?» Sie nickte Ludwig ermutigend zu; eine Träne rollte an seiner Nase entlang und blieb an der Oberlippe hängen. Er wagte es nicht mal, sie wegzuwischen.

«Vielleicht gehst du lieber in deine Kammer und verstaust deine Sachen», schlug sie vor, woraufhin Ludwig aufsprang und zur Tür hastete. Sein dankbarer Blick streifte ihr Gesicht wie ein unerwartet zarter Windhauch.

Frick Köpperlin kaute auf einem Stück Knorpel herum, legte schließlich betont ruhig den Löffel in die Schüssel und lehnte sich zurück.

«Ludwig ist bisher ohne Vater aufgewachsen», sagte er bestimmt und fasste Christine ins Auge, bis sie spürte, wie sie errötete – nicht anders, als es der Junge vor wenigen Momenten getan hatte. «Seine Mutter ist eine Magd, und wenn er selbst sich benimmt wie ein Knecht, wird niemals auch nur ein Schafhirte Befehle von ihm annehmen. Deshalb werde ich ihm das jetzt abgewöhnen. Gleichgültig wie.»

Christine befeuchtete sich die Lippen. «Er ist doch noch ein Kind. In einer fremden Stadt, wo er kaum jemanden kennt.»

«Ein Kind? Der Bursche ist vierzehn Jahre alt. In dem Alter konnte ich schon auf eigenen Beinen stehen und meinen Lebensunterhalt verdienen.» Er schob die Schüssel weit von sich fort und beugte sich zu seiner Frau hinüber. «Ich werde nicht dulden, dass du ihn genauso verzärtelst, wie es seine eigene Mutter getan hat. Du bist seine Hausherrin, mehr nicht. Jeden Rutenstreich, den du ihm ersparst, kriegt er doppelt von mir, ich schwör's dir. Er ist mein einziger Sohn, und ich lasse seine Zukunft, die Zukunft meines Geschäfts, nicht von irgendwelchen greinenden Weibern zerstören. Verstanden?»

«Ja.»

Frick faltete die Hände.

«Dir Gott im Himmel Preis und Dank für deine Gaben

Speis und Trank, Amen.» Er erhob sich. «Ich habe noch in der Gesellschaft zu tun und bin erst spät zurück. Wir sehen uns morgen, dann kannst du mir berichten, was zu Hause vorgefallen ist.»

Christine blieb zurück und trommelte ratlos mit den Fingern auf dem Tisch. *Was zu Hause vorgefallen ist!* Als ob ihn das interessieren würde. Sie klingelte nach der Magd, um den Tisch abräumen zu lassen, dann erhob sie sich. Wenn sich schon sein Vater nicht weiter um ihn kümmerte, dann wollte sie wenigstens nach dem Jungen sehen. Sie stieg die Treppe hinunter, durchquerte die große Diele und betrat den Innenhof, wo inzwischen ein wüstes Durcheinander von Kisten und Kästen herrschte.

«Passt auf, dass ihr mir nicht auf den Blumen herumtrampelt!», rief Christine zu den Arbeitern hinüber und zeigte auf den roten Klatschmohn, den sie auf einem schmalen Streifen entlang des Schuppens ausgesät hatte. Die Männer sahen sie einigermaßen entgeistert an, wagten aber keinen Widerspruch. Blumen! Demnächst würde man noch nach Ameisen und Regenwürmern Ausschau halten müssen.

Über den Hof gelangte Christine zum Hinterhaus, wo sich im Erdgeschoss einige weitere Lagerräume befanden und darüber die Knechtskammern. Sie hob ihren Rock, trat über die Schwelle und kletterte die steile Stiege hinauf.

Ludwig saß zusammengekauert auf dem Rollbett und sah sie verschreckt an, als sie die Kammer betrat. Sein kleiner Rucksack lag in einer Ecke, als hätte er ihn dort hingeworfen und danach nicht mehr angefasst. In den Händen hielt er ein kleines bemaltes Holztäfelchen, das er jetzt gegen die Brust drückte.

«Das ist sicher ein Andachtsbildchen von zu Haus, nicht wahr?», fragte Christine freundlich und versuchte, über das verheulte Gesicht hinwegzusehen. «Magst du es mir zeigen?» Mit zitternden Fingern reichte der Junge es ihr herüber. Es zeigte ein grobes Bild der Muttergottes zusammen mit dem Kind und Johannes dem Täufer; wären die Figuren nicht an ihren Heiligenscheinen erkennbar gewesen, man hätte sie leicht für eine Bauernfamilie aus den Bergen halten können.

«Schön, Ludwig», sagte Christine und gab ihm das Bild zurück. «Als ich das erste Mal von zu Hause fort war, hatte ich auch ein Andenken dabei.»

«Ja?» Zum ersten Mal sah er sie an. Die Haare hingen ihm ein wenig feucht in die Stirn, und sie musste sich bremsen, sie ihm nicht zurückzustreichen.

«Ja. Es war ein kleines Kissen, das meine Mutter für mich genäht hatte, gefüllt mit Heu von unseren Wiesen. Wenn ich Heimweh hatte, habe ich daran gerochen.» Jetzt strich sie ihm doch leicht über den Kopf. «Du wirst sehen, es ist alles nicht so schlimm, wie es im ersten Augenblick scheint. Nur ein, zwei Wochen, und du hast dich daran gewöhnt.»

«Meister Frick ist so ein strenger Herr», flüsterte der Junge. «Es ist so schwer, ihn zufriedenzustellen. Immer, wenn er mich ansieht –» Die Stimme brach; hilfesuchend sah er sie an.

«Er ist schon zufrieden mit dir», entschied sie sich schließlich zu sagen. Kein Wunder, dass der Junge Angst vor seinem Vater hatte. Sie hatte ja selbst Angst vor ihm. «Streng dich nur an und lerne fleißig, dann wird alles gut.» Sie bückte sich zu ihm herunter und legte ihm die Zuckerbrezel in den Schoß, die sie für ihn gebacken hatte. «Und wenn du meinst, es geht nicht mehr, dann kommst du zu mir», flüsterte sie ihm noch ins Ohr, bevor sie wieder ging.

«Das Holz hättest du günstiger bekommen, wenn du noch ein paar Tage mit dem Kauf gewartet hättest», stellte Köpperlin fest und schob mit dem Zeigefinger ungeduldig die Rechenpfennige auf seinem Abakus hin und her. «Außerdem hat der Wein viel weniger abgeworfen, als ich erhofft hatte ... ein merkwürdiger Zeitpunkt, um die Knechte mit neuen Schuhen zu versorgen, findest du nicht?» Frick Köpperlin stand neben seiner Frau am Schreibpult, das sich in einer abgeteilten Nische der großen Diele befand, und ging die Geschäfte durch, die Christine in seiner Abwesenheit getätigt hatte. Mit jedem Posten, den er sich vornahm, schien sich die Röte seines Gesichts zu vertiefen, schienen die Falten auf der Stirn bedrohlicher zu werden. Nicht, dass sein Tadel sie überrascht hätte. Christine stand steif da, die schweißigen Hände ineinander verklammert. Nicht, dass es sie auch nur im mindesten überrascht hätte.

«Es waren nur neue Stiefel für Lambert», wandte sie ein – obwohl sie doch genau wusste, dass sie genauso gut mit dem Schreibpult hätte sprechen können. «Sie fielen ihm beinah schon von den Füßen. Sonst hat keiner neue bekommen.»

«Aha.» Frick schob sich die Hände unter den Gürtel und lehnte den Oberkörper zurück. «Und wenn einer unserer Knechte nicht sorgsam mit seinen Sachen umgeht, meinst du, ist das ein Grund, ihm gleich neue zu schenken? Er bekommt doch Lohn, oder irre ich mich da? Warum hast du ihn die gottverdammten Stiefel nicht selbst kaufen lassen?»

«Er hatte nichts mehr, Frick. Er hatte schon alles verbraucht, und viel bekommt er sowieso nicht.»

«Soll er eben barfuß laufen! Das wird ihn lehren, besser auf sein Zeug aufzupassen. Und sein Geld nicht gleich am ersten Samstag zu versaufen. Aber du musst ja die Großzügige spielen. Glaubst du etwa, ich kann Gulden scheißen?» Erregt begann er, hin und her zu laufen, seine Stimme wurde immer lauter. «Mit nichts in den Taschen bin ich hier angekommen vor all den Jahren ... alles habe ich mir selbst erarbeiten müssen! Jeden gottverdammten Heller habe ich dreimal rumgedreht, auch wenn ich vor Hunger nicht mehr aus den Augen schauen konnte! Und all das nur, damit meine Frau jetzt mein Vermögen mit beiden Händen zum Fenster rauswirft?»

Früher hatte diese Schreierei sie geängstigt. Sie war zurückgewichen, sogar in Tränen ausgebrochen, wenn er solch ein Theater aufgeführt hatte. Aber jetzt nicht mehr. Sie war jetzt erwachsen, eine angesehene Kaufmannsfrau, die man auf der Gasse ehrerbietig grüßte, und musste nicht mehr zittern, wenn der Hausherr sich seinem Jähzorn überließ. Sie zwang sich ruhig durchzuatmen.

«Frick, bitte beruhige dich doch ... bis auf die Straße kann man dich hören.»

«Na und?» Wenige Zoll vor ihr blieb er stehen. «Sollen sie's doch hören, all die Schleimer, die mich ständig um Geld angehen! Sollen sie doch –» Plötzlich brach er ab und fasste sich an die Brust. «Verflucht ... Luft ...» Er ächzte. Christine fasste nach seinem Arm, führte ihn zu einem Hocker hinüber und fuhr ihm mit ihrem Tuch über die Stirn.

«Setz dich hierher. Ich hole dir einen Becher Wein.» Kalter Schweiß stand auf seiner Stirn, als sie zurückkehrte; er war bleich geworden. Sie hielt ihm den Becher an die Lippen und flößte ihm ein paar Schlucke ein. Langsam kehrte die Farbe in sein Gesicht zurück.

«Verdammt ... Gottverdammt», keuchte Köpperlin. «Da siehst du, dass es höchste Zeit war, den Jungen herzubringen.» Er lehnte den Kopf gegen die Wand und schloss die Augen.

«Komm, ich bring dich zu Bett ... ich rufe den Medicus ...»

«Unsinn.» Wie betrunken schwankte Köpperlin zu einem Lehnstuhl und fiel fast hinein. «Halt mir diese Quacksalber vom Leib! Ich trau keinem von denen über den Weg.» Er stöhnte. «Lass mir noch einen Becher Wein bringen, dann wird's schon gehen. Heute Abend trifft sich die Gesellschaft, dann muss ich wieder auf den Beinen sein.»

«Aber Frick, du kannst unmöglich heute Abend noch fortgehen! Denk doch nur –»

«Ich brauche keine Amme! Ich weiß schon selbst, was ich kann und was nicht. Das fehlte noch, dass die Gesellen sich die Mäuler darüber zerreißen, dass ich zu alt und klapprig bin, um mich um die Geschäfte zu kümmern. Da kann ich den Laden hier gleich zumachen.» Er schnappte nach Luft. «Geht doch alles drunter und drüber, wenn ich nicht – nicht die Hand drauf habe. Den Wein, aber fix!»

Unschlüssig blieb Christine in der Küche stehen, nachdem sie eine Magd mit Wein zurückgeschickt hatte. Sollte sie nicht doch den Arzt kommen lassen, wenigstens den Bader? Valentin Vöhringer, der Stadtmedicus, war ein guter Bekannter; er behandelte alle Kaufleute der Gesellschaft.

Aber Frick würde sich furchtbar aufregen, dass sie ihm nicht gehorcht hatte, und das würde ihm sicher nicht guttun. Sie hörte ihn jetzt schon wieder mit der Magd herumzanken, die ihm den Becher nicht voll genug gemacht hatte. Scherben klirrten; das Mädchen fing an zu heulen, während der Hausherr «Du dummer Trampel!» brüllte. Er schien wieder auf der Höhe zu sein. Schmerz, Krankheit, Leid: Das alles würde einen Frick Köpperlin nicht davon abhalten, den Weg weiterzuverfolgen, den er als junger Mann eingeschlagen hatte. Erst der Totengräber würde sie von seiner Herrschsucht und Erfolgsgier, seinem gnadenlosen Mundwerk und seiner harten Hand befreien, dachte Christine und schlug rasch ein Kreuz, um die bösen Gedanken zu vertreiben.

«Und, Junge? Wie kommst du zurecht?» Frick Köpperlin sah Ludwig an seiner Seite aufmunternd an; der murmelte ein paar unverständliche Sätze vor sich hin. Seit zwei Wochen war der Junge jetzt in Ravensburg, besuchte die Lateinschule und erhielt zusätzlichen Unterricht im kaufmännischen Rechnen. Heute hatte Köpperlin sich extra ein paar Stunden freigehalten, um ihm die Stadt zu zeigen: das Rathaus und die Trinkstube Zum Esel, in der die reichen Bürger sich trafen; das Hauptgebäude der Handelsgesellschaft an der Marktstraße; die Lagerhäuser beim gemalten Turm; das neue Lederhaus am Viehmarkt und nicht zuletzt das Frauenhaus in der Bachgasse. Ludwig hatte alle Erklärungen mit gesenktem Kopf entgegengenommen und kaum einmal eine Frage gestellt, und Köpperlin merkte, wie ihm langsam die Galle hochkam. Etwas mehr Biss brauchte es schon, um ein erfolgreicher Kaufmann zu werden, dachte er. Hatte der Junge denn gar nichts von seinem eigenen unternehmerischen Geist mitbekommen? Aber es hatte keinen Sinn draufloszupoltern, wie er es am liebsten getan hätte, das hatte er schon gemerkt. So erreichte man nichts bei einem Jungen, den schon eine einzige wohlverdiente Tracht Prügel in ein zitterndes Häuflein Elend verwandeln konnte. Er sog tief die Luft ein und ermahnte sich selbst zur Ruhe.

Als sie an dem Bach vorbeikamen, der an der Stelle kaum mehr war als ein stinkendes Rinnsal, erklärte er: «Hier sieht man kaum, wie viel Kraft in seinem Wasser steckt. Aber oberhalb der Stadt wird er so umgeleitet und gestaut, dass man mehrere Mühlen damit betreiben kann. Ich selbst denke schon lange darüber nach, eine Papiermühle zu betreiben.» Er hielt inne, um dem Jungen eine Frage zu ermöglichen, aber Ludwig sagte nichts. Stattdessen betrachtete er eine Gruppe Meisen, die nach Körnern zwischen den frischgesetzten Pflastersteinen suchten.

«Ich bin sicher, mit Papier kann man noch eine Menge Geld verdienen. Was meinst du?»

«Ich weiß nicht ... ich habe noch nicht darüber nachgedacht.»

«Dann tue es jetzt, verdammt! Glaubst du vielleicht, es reicht, dazustehen und Maulaffen feilzuhalten, und die gebratenen Tauben fliegen einem von selbst in den Mund?» Verärgert sah Frick, wie der Junge schon wieder rot anlief. Herrgott nochmal, irgendwie musste er sich den Kerl doch hinbiegen können!

«Wenn du hier etwas werden willst, dann musst du schneller sein als die anderen, klüger, risikobereiter ... Ich kann schon verstehen, wie du dich fühlst, wenn du all diese Weichärsche vor dir siehst – die jungen Humpis und Gäldrich und Mötteli und wie sie alle heißen, die glauben, der liebe Herrgott hätte die Welt nur für sie gemacht, und davon träumen, dass sie endlich ein Adelswappen verliehen bekommen. Meine Eltern dagegen konnten weder lesen noch schreiben, und Fleisch kam bei uns nur am Sonntag auf den Tisch – wenn überhaupt. Aber wenn du genug im Kopf hast, kannst du sie alle in den Sack stecken!» Er begann sich für sein Thema zu erwärmen. «In meiner Familie haben alle früh angefangen zu arbeiten; meine Mutter hat mir erzählt, dass ich schon Hühnereier einsammelte, als ich noch nicht mal sprechen konnte. Ich habe als Junge alles gemacht, womit Geld zu verdienen war: Schweine hüten, Säcke schleppen, Karren abladen, Stiefel putzen. Gab nichts, wofür ich mir zu fein war. Jeden Abend, wenn ich mit knurrendem Magen unter meiner Decke lag, hab ich mir geschworen: Ich werde als reicher Mann sterben. Das habe ich nicht vergessen, all die Jahre nicht.» Mittlerweile waren sie wieder in der Marktstraße angekommen, und triumphierend zeigte Köpperlin auf das vornehme Haus, das er hier gebaut hatte. Zwei Knechte rollten gerade ein paar Fässer zu einem Karren hinüber; sobald sie den Kaufmann erblickten, rissen sie sich die Mützen von den Köpfen und verbeugten sich. Köpperlin grunzte zufrieden.

Jetzt öffnete er umständlich seinen Geldbeutel und nahm eine Handvoll Kupferstücke heraus. «Hier, mein Sohn. Die gebe ich dir. Bin gespannt, was du daraus machst. Na?» Erwartungsvoll sah er den Jungen an. Ludwig lächelte zum ersten Mal, ballte die Faust und schüttelte sie, dass das Geld klimperte.

«Danke, Meister Frick ... so viel Geld hab ich noch nie besessen.»

«Dann sieh zu, dass es mehr wird!» Das war der richtige Weg. Man musste dem Burschen nur Geld zu riechen geben, schon hatte er Witterung aufgenommen wie ein Jagdhund. Beschwingt durchquerte Köpperlin das Obertor und schlug den Weg ins Flattbachtal ein.

3

Obwohl es schon fast dunkel war, war von Vinz noch nichts zu sehen. Daher beschloss Gerli, die Zeit zu nutzen und gleich an diesem Abend David Jud aufzusuchen. Jedes Mal, wenn sie dem Pfandleiher gegenüberstand, gingen ihr dieselben ungehörigen Gedanken durch den Kopf – schließlich war er ein Jude, und über Juden waren die widersprüchlichsten Gerüchte im Umlauf: Einige glaubten, weil die Juden beschnitten seien, müssten ihre Frauen betteln und flehen, dass sie mit ihnen überhaupt das Beilager vollzögen, denn der schmerzhafte Eingriff habe bei ihnen jedes geschlechtliche Begehren für immer ausgelöscht. Andere, und das war gewiss die Mehrheit, waren überzeugt, dass gerade die Beschnittenen unersättlich seien und es mit ihren Weibern trieben, sobald sie die Tür hinter sich geschlossen hatten. Keine Frau könne das aushalten, und deshalb hätte auch jeder Jude mehrere Weiber zur Ehe genommen, wenn Recht und Ordnung es nicht verboten hätten.

Wie es wohl sein mochte, einen Mann in den Armen zu halten, der nicht nach Schweiß stank, nach Fett und Teer und ungewaschenen Hosen?, überlegte Gerli. Die Juden schienen sich unablässig zu waschen, und von allen Männern, die sie kannte, war der Pfandleiher auf jeden Fall der sauberste. David Jud schien von ihren Überlegungen allerdings nicht die blasseste Ahnung zu haben: Noch nie hatte er auch nur mit einem Wimpernzucken angedeutet, dass er ihren verführerischen Hüftschwung, ihren wohlgeformten Busen oder ihren Augenaufschlag überhaupt zur Kenntnis genommen hatte. Vielleicht stimmte die erste Deutung über die Folgen der schmerzhaften Beschneidung ja doch, überlegte Gerli. Oder aber es lag daran, dass er sich, wenn er sie sah, immer zuerst daran erinnerte, wie sie sich kennengelernt hatten.

Es war vor drei Jahren gewesen, als sie mit Vinz aus Konstanz hierhergekommen war. Vinz war ja praktisch noch ein Kind gewesen, einen halben Kopf kleiner als sie und überhaupt keine Hilfe. (Daran hatte sich allerdings in der Zwischenzeit wenig geändert, musste sie sich eingestehen.) Lange Zeit hatten sie gar nicht so schlecht gelebt in Konstanz: Ihre Mutter war eine der wenigen Hübschlerinnen gewesen, die es geschafft hatten, sich auch dann noch in der Stadt über Wasser zu halten, als mit dem Ende des Konzils Prälaten und Gesandte samt ihren wohlgefüllten Börsen wieder abgereist waren. Sie hatte sich mit dem Fuhrmann Franz zusammengetan, eine bescheidene Unterkunft nahe der Stadtmauer gemietet und mit den Freiern, die er ihr zuführte, genügend Geld gemacht.

Gerli hatte Franz allerdings nie ausstehen können. Er war ein großer hagerer Bursche mit einem widerlichen Husten, der erstaunliche Kräfte entwickeln konnte, wenn er gereizt war. Oft genug kam es vor, dass Vinz und Gerli sich eine Tracht Prügel einhandelten, weil er schlecht geschlafen hatte oder der letzte Freier das Geld schuldig geblieben war. Und von der Mutter war wenig Hilfe zu erwarten; sie war zu sehr mit sich selbst und ihrer welkenden Schönheit beschäftigt, um sich um ihre Kinder zu kümmern. Mit Anfang dreißig hatte sie die besten Jahre im Gewerbe hinter sich, und es war nicht zu übersehen, dass sich der Zustrom der Kunden langsam, aber stetig verringerte. Auch Franz hatte das natürlich bemerkt und sprach immer wieder davon, den Betrieb zu vergrößern und sich noch ein weiteres Mädchen zu suchen.

Gerli war etwa vierzehn Jahre alt gewesen – genau wusste sie es nicht –, als die Blicke des Fuhrmanns sich immer häufiger auf sie zu richten begannen. Alle sagten, was für ein ungewöhnlich hübsches Mädchen sie doch sei: die dunklere Haut, die feinen Gesichtszüge, ja, die ganze fremd anmutende Erscheinung, die sie so sehr von den anderen Mädchen in Konstanz unterschied, dass ihr die Burschen auf der Straße mit offenem Maul hinterherstarrten. Vielleicht war ja ein römischer Prinz ihr Vater gewesen! Leider konnte sich die Mutter nicht mehr erinnern. Gerli jedenfalls träumte oft davon, wie der Prinz sie holen und in sein wunderschönes Schloss mitnehmen würde. Franz allerdings hatte andere Pläne für sie.

«Du bist jetzt im richtigen Alter, um ins Geschäft einzusteigen», eröffnete er ihr eines Abends. «So wie du aussiehst, können wir ein Vermögen mit dir verdienen.»

«Ein Vermögen verdienen?», echote Gerli, um Zeit zu gewinnen. Sie machte einen Schritt rückwärts und schielte hilfesuchend zu ihrer Mutter hinüber, aber die hatte sich mit einer Flasche Branntwein in eine Ecke zurückgezogen und murmelte nur stumpfsinniges Zeug vor sich hin.

«Was sonst?», grinste Franz. «Ich bin sicher, das ist 'ne Goldgrube, die du da zwischen den Beinen mit her-

umträgst. Höchste Zeit, dass ich dir das Loch aufstoße!»
Bei diesen Worten packte er sie mit beiden Händen um die
Taille und zog sie zu sich heran. Als sie verzweifelt mit den
Fäusten auf ihn einschlug, lachte er nur, hob sie hoch und
trug sie zu dem kleinen Verschlag hinüber, wo sonst die
Mutter immer mit ihren Freiern verschwand.

«Lass los! Lass mich los!», schrie Gerli, trat wie wild
um sich und traf ihn am Knie. Er jaulte auf, ließ sie auf die
schmuddelige Decke fallen und schlug ihr mit voller Kraft
so sehr ins Gesicht, dass sie dachte, der Schädel würde ihr
platzen.

«Du wirst es mögen, Goldkind!», zischte er und schlug
sie erneut, bevor er ihr mit einem Ruck den Rock herunterriss. Sie wich zurück, so weit sie konnte. Aus Angst vor
seinen Schlägen wagte sie nicht, sich länger zu wehren.

«Schau an», sagte er schmierig. «Schau an!» Dann hatte
er auch schon die Hosen heruntergelassen und sich auf sie
geworfen. Brutal zerrte er ihren Kopf zurück und biss ihr
in die Unterlippe, bis sie das Blut schmeckte. Sein steifes
Glied rieb sich an ihrem Oberschenkel. Er kniff ihr in die
Brustwarzen und atmete schneller, als er merkte, wie sie
sich unter ihm vor Schmerz und Angst bog.

«So werden Huren gemacht», keuchte er und zwängte
sich zwischen ihre Beine. «Ich mach dich zur Hure, pass
auf!» Mit der gleichen Kraft, mit der er sie eben noch geschlagen hatte, stieß er jetzt in sie hinein. Es war wie ein
glühendes Messer in ihrem Inneren.

«Hure! Hure! Fotze!», brüllte er, und mit jedem Ausruf stieß er wieder zu, bis er endlich mit einem letzten
Aufschrei zum Höhepunkt kam und sich mit seinem ganzen Gewicht auf sie fallen ließ. Minutenlang lag er da wie

tot, sodass Gerli schon Angst hatte, an seinem Gewicht zu ersticken. Ihr ganzer Körper schmerzte, die Unterlippe, die er blutig gebissen hatte, die gequetschten Brüste und der Unterleib, der sich in eine einzige flammende Masse verwandelt hatte. Aber schlimmer als der Schmerz waren Scham und Angst und der Widerwille gegen den Mann, der da zwischen ihren Beinen lag und ihr jetzt ins Gesicht rülpste.

«Das wirst du nie vergessen», sagte er, packte noch einmal nach ihren Brüsten und presste sie zusammen. Entsetzt bemerkte sie, wie er schon wieder steif wurde. «Du wirst immer an mich denken ... immer ... immer ...» Tränen liefen über ihr Gesicht; sie wünschte, es wäre vorbei – wünschte, sie wäre tot. Mit einem Ruck zog er sich endlich aus ihr zurück, stand auf und zog sich die Hosen hoch. Er griff sich in die Gürteltasche, holte einen Heller heraus und warf ihn ihr zu.

«Hier, Fotze – dein erstes Hurengeld. Mehr war's nicht wert.» Er beugte sich noch einmal über sie. «Aber warte, morgen bring ich dir was Neues bei.»

Sie wagte erst aufzustehen, als ein regelmäßiges Schnarchen aus der Ecke kam, wo er mit ihrer Mutter zusammen schlief. Mit zitternden Knien tappte sie zum Herd hinüber und zündete an der Glut eine Kerze an.

«Du blutest», sagte Vinz. Er stand an der Tür und schaute sie mit großen Augen an. Wo, um Gottes willen, war er die ganze Zeit gewesen?

«Geh schlafen», flüsterte sie, tunkte ihren zerrissenen Rock in den Wassereimer und wischte sich über das Gesicht. Als sie an die verletzte Stelle an der Lippe kam, durchfuhr sie erneut ein scharfer Schmerz. Aber sie hatte keine

Zeit zu jammern. So leise sie konnte, kramte sie in der Truhe, holte ein altes Kleid ihrer Mutter heraus und zog es sich über. Dann packte sie alles, was irgendeinen Wert haben mochte, zu einem dicken Bündel zusammen.

«Ich komme mit», erklärte Vinz, obwohl sie doch mit keinem Wort gesagt hatte, dass sie fort wolle. Sie schüttelte heftig den Kopf.

«Nein. Bleib hier. Ich kann mich nicht um dich kümmern.»

«Willst du, dass ich den Franz wecke?»

Sie starrte ihn fassungslos an, aber sein Gesicht verriet nichts – nichts von dem, was er gesehen hatte. «Dann trag mir das Bündel!»

Wortlos nahm er es ihr aus der Hand und ging ihr voraus in die Dunkelheit.

In dieser Nacht versteckten sie sich auf dem Kirchhof, aber am nächsten Morgen, sobald die Stadttore geöffnet wurden, verließen sie Konstanz. Ein freundlicher Fischer setzte sie nach Meersburg über, nachdem Vinz ihm erklärt hatte, seine Schwester sei krank und er müsse sie zu ihrer Tante nach Ravensburg bringen. Ansonsten sagte er nicht viel, aber Gerli spürte, dass er sie keine Sekunde aus den Augen ließ. Als sie in Meersburg an Land gingen, konnte sie kaum einen Fuß vor den anderen setzen. Jeder Schritt tat ihr weh, aber sie zwang sich weiterzugehen, denn vielleicht kam Franz ja auf die Idee, ihnen zu folgen. Am folgenden Tag erreichten sie Ravensburg.

Gerli war mehr tot als lebendig, als sie am Markt ankamen. Sie hatte kein Auge für das lebhafte Treiben rundherum und ließ sich erschöpft auf den Boden sinken. Ihr Schoß brannte noch immer wie Feuer, und überdies hatte die Wunde an ihrer Unterlippe sich entzündet und sonderte eine gelbliche Flüssigkeit ab.

«Wir müssen etwas Geld auftreiben», flüsterte sie Vinz zu und schloss die Augen. «Finde heraus, wo der Pfandleiher wohnt. Vielleicht gibt er uns etwas für die alten Kleider.»

Und so hatte sie kurze Zeit später vor David Jud gestanden, kaum noch fähig, sich auf den Beinen zu halten. Sie hatte ein wollenes Tuch aus ihrem Bündel gezogen und vor ihm auf den Tisch gelegt.

«Was gibst du mir dafür?» Sie wankte hin und her und musste sich auf Vinz' Schulter abstützen, um nicht umzufallen.

«Was ist mit deiner Schwester passiert, Junge? Ist sie verprügelt worden?», war das Letzte, was sie hörte, bevor sie auf einer Strohmatraze wieder zu sich kam. Der Jude stand vor ihr, ein blitzendes Messer in der Hand, und sie konnte nichts anderes denken, als dass er sie jetzt umbringen wollte. Vinz war nicht zu sehen. Sie stieß einen markerschütternden Schrei aus.

«Halt den Mund!», fuhr David sie an. «Das ist eine böse Verletzung, die du da im Gesicht hast. Sie kann dir noch viel Ärger machen. Ich muss die Entzündung ausschneiden und den Schnitt dann neu vernähen.» Das Entsetzen musste sich auf ihrem Gesicht gespiegelt haben, denn er fügte etwas freundlicher hinzu: «Keine Angst. Ich bin Arzt. Es wird wehtun, aber nicht so, dass du es nicht aushalten kannst.»

«Wo ist mein Bruder?», wisperte sie.

«Ich habe diesen Nichtsnutz zum Spital geschickt. Er soll fragen, ob sie Platz für euch haben. Hier, trink das.» Er gab ihr eine bittere Flüssigkeit, die sie benommen machte und ihr den Blick vernebelte, sodass sie nur wie aus weiter Ferne wahrnahm, wie er blitzschnell mit seinem Messer in ihre Lippe schnitt. An die Ereignisse danach konnte sie sich nicht mehr erinnern, erst daran, wie sie im Spital wieder aufwachte.

Kein Wunder also, wenn er so durch mich hindurchsieht, dachte sie jetzt und leckte sich über die Lippen. Nur noch eine blasse Narbe zeigte, dass da einmal eine Wunde gewesen war. Die Narbe verzog beim Lächeln ihren Mund ein wenig zur Seite, was sie für besonders verführerisch hielt. Alle Männer sahen das, nur David Jud nicht.

Inzwischen hatte sie schon lange gelernt, die Vorzüge ihres Körpers zu nutzen. Aber Franz hatte recht gehabt: Sie hatte ihn nicht vergessen. Kein Tag war seitdem vergangen, an dem sie ihm nicht tausend Mal den Tod gewünscht hätte.

Die ersten Monate waren sie im Spital geblieben, aber Vinz hatte es dort nicht gefallen. Der Spitalmeister hatte ihn jeden Tag zu einer anderen Arbeit eingeteilt und verprügelt, wenn er nicht so fleißig war, wie von ihm verlangt. Er hatte so lange gequengelt, bis Gerli von den wenigen Schillingen, die sie als Wäscherin verdiente, für sie beide die Kellerwohnung gemietet hatte. Das Geld war rasend schnell weniger geworden, auch wenn sie Tag und Nacht geschuftet hatte. Hätte sie nicht den einen oder anderen der Freunde, die Vinz anschleppte, in ihr Bett gelassen, wären sie schon lange in der Gosse gelandet.

Aber seit sie die Stelle in der Papiermühle hatte, konnte sie wählerisch sein; und wenn sie erst den Papierer sicher an der Angel hatte, würde sie sich in ein treues Eheweib verwandeln, das keinen anderen Mann mehr kannte als den eigenen. Vorerst allerdings war es gut, noch ein wenig vorzusorgen, und auch deshalb war sie hier. Sie stieg die paar Stufen zur Eingangstür hoch, klopfte an die Tür und trat ein.

«Gerli», sagte David Jud und nahm, als er aufblickte, die merkwürdige Brille ab, die er immer trug, wenn er las oder mit kniffligen Dingen beschäftigt war. «Hast du etwas für mich?» Ohne Scheu trat sie näher und warf einen neugierigen Blick auf die Papiere, die auf seinem Pult ausgebreitet waren. Merkwürdige kleine Zeichen bedeckten die Seiten, und selbst Gerli, die nie lesen gelernt hatte, konnte erkennen, dass es sich dabei nicht um dieselben Buchstaben handelte, die in die Grabsteine auf dem Kirchhof eingemeißelt waren oder die sich in luftigen Bändern um die Heiligenbildnisse in Sankt Marien schlängelten.

«Sind das geheime Schriften?», fragte sie neugierig. «Beschwörungen vielleicht oder Zaubersprüche?» Alles an diesem Mann erschien ihr dunkel und rätselhaft, und sie brannte darauf, ihm wenigstens einmal ein Geheimnis zu entlocken. Aber David Jud schüttelte nur ohne ein Lächeln den Kopf.

«Unfug», antwortete er knapp. «Es sind medizinische Traktate aus Persien. Ich versuche, sie zu verstehen, aber ständig werde ich gestört. Was willst du?»

«Ich habe ein paar Knöpfe gefunden. Hier.» Sie holte die Knöpfe aus ihrer Rocktasche und ließ sie einen nach dem anderen auf das Pult klimpern. Der Pfandleiher klemmte sich die Brille wieder auf die Nase und musterte die Knöpfe eingehend. Schließlich lehnte er sich zurück.

«Ich gebe dir einen Schilling», sagte er. «Sie sind wertvoll.» Gerli nickte langsam. Mit jedem anderen hätte sie gehandelt, aber David Jud handelte nicht. Das hatte sie zu ihrer Überraschung schon in den ersten Wochen ihrer Bekanntschaft festgestellt. Wenn er einen Preis nannte, blieb es dabei, und nur selten würde man jemanden finden, der mehr bot.

«Einverstanden», sagte sie deshalb. «Aber ich will nur sechs Pfennig. Gib mir für den Rest etwas von der Salbe ... du weißt schon, die du schon mal für mich gemacht hast.» Sie meinte die Salbe, mit der man ein Wollbüschel einfettete und es sich dann tief in den Körper hineinschob. Schließlich wollte sie nicht schon mit zwanzig drei Kinder haben. Erwartungsvoll sah sie den Juden an; sein Gesicht war undurchschaubar wie immer.

«Ich habe nichts da», antwortete er knapp. «Salben werden ranzig, wenn man sie zu lange aufbewahrt. Komm morgen wieder, dann kannst du dir ein Töpfchen voll abholen.» Er kramte die sechs Pfennige heraus und legte sie auf das Pult. «Und sprich nicht darüber.»

«Nein, bestimmt nicht.» Sie schob die Münzen in das kleine Beutelchen, das sie immer am Gürtel trug, und band es sorgfältig zu. Was für ein schönes Gefühl, ein bisschen Geld zu besitzen, von dem Vinz nichts wusste!

«Vergiss nicht, ein gewisses Risiko bleibt», hörte sie David Jud noch leise sagen, als sie schon an der Tür war, und nickte flüchtig. So war es schließlich immer.

«Das hier ist Rochus.» Vinz deutete mit seinem Kinn auf einen untersetzten rotgesichtigen Handwerksgesellen, den Gerli noch nie vorher gesehen hatte. Der Bursche wippte in seinen Lederstiefeln hin und her, rieb sich die Hände an seinem Wams und verschlang Gerli mit den Augen. Sie schüttelte unwillig den Kopf, ging zu der winzigen Kochstelle hinüber und nahm den kleinen Ledereimer von seinem Haken. Vinz hätte lieber Wasser holen sollen, anstatt schon wieder einen Freier anzuschleppen.

«Heute nicht. Ich bin müde», sagte sie knapp und wollte an Vinz vorbei, aber der legte ihr die eine Hand auf die Schulter und nahm ihr mit der anderen den Eimer weg. Aus dem Augenwinkel konnte sie sehen, wie er seinem Kumpel zuzwinkerte, der daraufhin die paar Stufen nach draußen hinaufstieg und die Tür hinter sich zuzog.

«Sei doch nicht so, Gerli», sagte Vinz schmeichelnd. «Ich hol dir das Wasser vom Brunnen, und wenn ich zurückkomme, bist du schon mit dem Kerl fertig – so geil, wie der ist!»

«Nein, hast du nicht gehört? Heute nicht!» Sie schob Vinz von sich weg, und für einen winzigen Augenblick dachte sie daran, dass er inzwischen stärker war als sie. Aber er leistete keinen Widerstand.

«Ich habe den ganzen Tag geschuftet und will jetzt meine Ruhe, verstehst du das nicht?»

Er strich sich die Haare aus seinem hübschen Gesicht. Wie ein Engel, fand sie oft. Wie ein Engel aus dem Paradies.

«Aber er hat mir schon drei Pfennig gegeben!»

«Dann gibst du sie ihm eben zurück. Soll er doch ins Hurenhaus gehen, das kommt billiger.» Als jemand ungeduldig an die Tür klopfte, zuckte Vinz zusammen.

«Warte, Rochus! Wir sind gleich so weit!» Er wandte sich wieder an seine Schwester, den flehenden Ausdruck im Gesicht, den er so gut beherrschte. «Ich kann's ihm nicht zurückgeben, Gerli. Ich hab's schon verbraucht. Ich musste Metz meine Spielschulden zurückzahlen, sonst hätte er mir das Fell abgezogen.» Wütend schnappte Gerli nach Luft.

«Das ist deine Sache! Keiner zwingt dich, mit diesem Halsabschneider zu würfeln!»

«Ich weiß ja ... aber jetzt ist es einfach passiert. Bitte, Gerli ...»

«Heute nicht. Sag ihm, er soll übermorgen kommen.»

«Du bist die Beste!» Vinz war schon an der Tür und wollte gerade nach draußen, als sie ihm noch nachrief:

«Und vergiss das Wasser nicht!» Sobald sie allein war, schob sie ihre einzige Truhe zur Seite und holte das kleine Beutelchen aus dem Loch heraus, das sie in den Lehmboden gegraben hatte. Sie steckte die sechs Pfennig aus ihrer Rocktasche hinein und presste den Beutel kurz an ihre Wange, bevor sie ihn wieder in seinem Versteck verschwinden ließ. Vinz durfte nicht herausbekommen, dass sie hier Geld verwahrte – gerade Vinz nicht, für dessen Ausbildung es doch gedacht war. Eines Tages würde sie ihn als Lehrling zu Jost in die Papiermühle geben, und er würde ein ordentliches Handwerk lernen, von dem er ein anständiges Leben führen konnte. Die Papierer nahmen es nicht so genau damit, wo einer herkam und was seine Eltern gemacht hatten; ihre Kunst war noch zu neu. Kein anderer Handwerksmeister würde einen Gesellen aufnehmen, dessen Vater niemand kannte und dessen Mutter eine Hure gewesen war, nur Jost, der Papierer.

Gerade hatte sie die Truhe wieder an ihren Platz gerückt, als Vinz zurückkam. Mit einer übertriebenen Verbeugung stellte er den vollen Wassereimer vor sie hin.

«Hier, Prinzessin ... Ihr befehlt, Euer Diener gehorcht.»

«So, tut er das?» Sie sah ihn prüfend an. Selbst als er noch ein kleiner Junge gewesen war, hatte sie nicht erkennen können, was sich hinter seiner engelhaften Stirn abspielte. Er nickte eifrig.

«Sicher. Ich habe dem Prinzen gesagt, er soll übermorgen wiederkommen, und so wird es geschehen.» Er ging in die Knie, schöpfte sich eine Handvoll Wasser aus dem Eimer und trank. «Er will noch einen Freund mitbringen.»

«Was?»

«Ja. Einen Freund. Herrgott, Gerli, als ob es etwas ausmachen würde!» Wie unschuldig er zu ihr hochsah! Wie ein Kind. Aber er war kein Kind mehr, sondern ein Mann.

«Wenn ich es nicht besser wüsste, würde ich denken, dass dieser Hurensohn von Franz dein Vater war!», zischte sie ihn an. «Glaubst du etwa, ich will so enden wie unsere Mutter?»

«Was war so schlecht daran? Wir haben gut gelebt in Konstanz, besser als hier! Hätte ich vorher gewusst, was auf mich zukommt ...» Er ließ den Satz unvollendet und zuckte nur vielsagend mit den Schultern.

«Du kannst jederzeit zurückgehen in dieses Drecksloch. Jederzeit.» Gerlis Lippen zitterten vor Wut. «Aber ich nicht. Ich bin da rausgekommen, und ich komme auch hier raus. Und wenn du nur ein Fünkchen Verstand hättest, würdest du dich auf den Hosenboden setzen und es auch versuchen, statt den ganzen Tag herumzulungern, dein Geld zu verschwenden und den Hurenwirt zu spielen.»

Er lächelte ein wenig schief, fast entschuldigend.

«Ich tu ja schon, was ich kann! Es gibt nur eben nicht viel Arbeit, Fässer schleppen, an der Weinpresse stehen, einen Brief befördern ... wie soll ich da zu etwas kommen?»

«Ach was. Du weißt überhaupt nicht, was harte Arbeit ist! Warum fragst du nicht bei einem der großen Kontore nach, ob sie dich als Fuhrknecht nehmen?» Von draußen hörte man die Stimme des Nachtwächters, der schon seine Runde drehte. Plötzlich sprang Vinz auf und schnappte sich seine Mütze.

«Ich muss nochmal schnell weg ...» Er war in der Dunkelheit verschwunden, bevor Gerli ihn zurückhalten konnte. Wenn er noch einen Freier mitbrachte, würde sie ihm das brennende Tranlicht ins Gesicht schleudern, das schwor sie sich.

4

Wie jedes Jahr fuhr Frick Köpperlin gemeinsam mit einer Gruppe anderer Kaufleute kurz nach Mariä Himmelfahrt zur Herbstmesse nach Frankfurt, dem zusammen mit Nürnberg wichtigsten Handelsplatz im Reich überhaupt. Christine atmete auf, als der letzte hochbepackte Wagen im Morgengrauen endlich den Hof verlassen hatte und das Tor geschlossen wurde. Nach den letzten Wochen voller hektischer Betriebsamkeit und ungeduldiger Reisevorbereitungen erschien ihr die Zeit bis zur Rückkehr des Hausherrn, in der sie schalten und walten konnte, wie sie selbst es für richtig hielt, unendlich kostbar. Beschwingt eilte sie zurück in die Schlafkammer, zog sich die Haube vom Kopf und schüttelte ihr Haar aus. Dann ließ sie sich noch einmal auf das Bett fallen und reckte die Arme. Fricks Geruch hing an den zerwühlten Laken; sie beschloss, heute noch neue aufziehen zu lassen. Der Kaufherr war nachts sehr unruhig, er schnarchte und warf sich unentwegt von einer Seite auf die andere, um dann am Morgen schlechtgelaunt zu erwachen. Vor einer größeren Unternehmung wie heute war es besonders schlimm. Nein, es war keine Freude, die Nacht an seiner Seite zu verbringen.

Christine schloss die Augen und ließ sich noch einmal in den Halbschlaf zurücksinken, in dem die Träume kühner sind als sonst und die Gedanken frei, in dem zärtliche Hände einem das Mieder öffnen und ein leidenschaftlicher Mund nie zuvor erforschte Wege entlangwandert.

Erst als es draußen wirklich hell wurde, stand sie endgültig auf. Sie griff nach ihrer Bürste und bearbeitete die Locken, die ihr bis auf den Rücken fielen. Es war nicht gut, sich seinen Sehnsüchten zu überlassen, sagte sie sich. Sie war eine verheiratete Frau, die Jugend war vorbei, und die Leidenschaft ihres Gatten galt nicht der Liebe, sondern dem Geschäft. Das war schon immer so gewesen, aber die verbissene Hoffnung auf einen Erben hatte Frick Köpperlin wenigstens zu Anfang ihrer Ehe allnächtlich in ihre Arme getrieben. Schließlich hatte er mit seiner ersten Frau zwei Kinder gehabt, wenn auch keins davon die Mutter überlebt hatte, die schließlich im Kindbett gestorben war. Warum also sollte Christine ihm keine Kinder gebären? An ihm jedenfalls lag es nicht, wie er ihr mit wachsender Verbitterung erklärte. Wenn er überhaupt jemals eine Begabung für Zärtlichkeit besessen hatte, dann war sie ihm in diesen durchkämpften Nächten vollständig abhanden gekommen. Und seit der Junge im Haus war, hatte Frick Köpperlin das Ehebett nur noch zum Schlafen genutzt.

Der Junge. Christine griff nach ihrem Tuch, legte es sich um die Haare und band sie hoch. Niemals hätte sie sich vorgestellt, dass sie so viel Zuneigung zu jemandem entwickeln würde, dessen bloße Existenz sie zutiefst verletzen und beschämen sollte, aber es war so. Wenn er seinem Vater ähnlicher gewesen wäre, ebenso ungeduldig, herrisch und jähzornig, hätte sie vielleicht anders empfunden – aber er war nur ein verschrecktes Kind, das noch gar nicht ganz verstanden hatte, was ihm da eigentlich widerfahren war.

Heute Morgen hatte er kaum ein Wort des Abschieds über die Lippen gebracht, und als Frick ihm die Hand auf die Schulter gelegt und gesagt hatte: «Lerne nur fleißig. Du weißt, dass ich viel von dir erwarte», hatte er so ausgesehen, als würde er im nächsten Augenblick in Tränen ausbrechen. Sie entschied sich, gleich jetzt nach ihm zu sehen.

Sie musste das ganze Haus durchsuchen, bis sie ihn endlich gefunden hatte: Hinten im Hühnerstall hatte er sich in eine Ecke gedrückt und schnitzte an einer Weidenflöte herum. Als sie die Tür öffnete und das Tageslicht auf sein eifriges Gesicht fiel, sprang er schuldbewusst auf und versuchte, Flöte und Schnitzmesser unter seinem Hemd zu verstecken.

«Ich bin's nur, Ludwig», sagte Christine rasch. «Ich habe dich gesucht. Jetzt, wo Meister Frick fort ist, will ich mich ein bisschen mehr um dich kümmern.» Es schnitt ihr ins Herz, dass er vor ihr zurückwich, als sie ein paar Schritte auf ihn zu machte. Sie wusste ja, dass er Angst vor seinem Vater hatte, der ihn schon für kleine Verfehlungen hart strafte, aber dass diese Angst auch ihr galt, hätte sie nicht gedacht. Sie blieb stehen, um ihn nicht noch mehr in die Enge zu treiben, und sprach mit leiser Stimme weiter.

«Musik ist eine der freien Künste, wusstest du das? Viele berühmte und erfolgreiche Männer waren große Musiker.»

«Wirklich?» Er kam zögernd aus seiner Ecke heraus.

«Sicher. Ich selbst habe leider nie gelernt, ein Instrument zu spielen.»

«Ich kann auf der Weidenflöte blasen», sagte Ludwig fast verlegen. «Wenn ich eine Melodie höre, dann kann ich sie gleich spielen. Meister Frick hat mir ein bisschen Geld gegeben, aber es reicht nicht, um mir eine richtige Flöte zu kaufen.»

«Und das würdest du gern tun?»

«Oh ja. Das wäre das Allererste, was ich mir kaufen würde.» Seine Augen fingen an zu leuchten, wie sie es noch nie vorher bei ihm gesehen hatte. Was Frick wohl dazu sagen würde, dass sich sein Sohn, sein einziger Sohn, für eine Kunst begeisterte, die er selbst immer als Unfug abgetan hatte? Niemals würde Frick bereit sein, Geld für so etwas Unnützes wie ein Musikinstrument auszugeben. Ein Kaufmann, der Flöte spielt? Schlimmer konnte es wohl nicht kommen. Aber für Ludwig wäre es vielleicht gerade die richtige Medizin, um ihn von seinem Heimweh zu heilen.

«Wenn du fleißig lernst, Ludwig, dann werde ich sehen, was ich für dich tun kann», antwortete sie schließlich, und zu ihrer Beschämung stürzte Ludwig auf sie zu, verbeugte sich und küsste ihr die Hände.

«Ich dank Euch schön, Frau Christine!», sagte er in seinem kehligen Dialekt.

Sorgfältig tauchte Christine die Dochte, die aufgereiht an einem Stock hingen, in das flüssige Wachs und zog sie wieder heraus, während sie über das Gespräch nachdachte, das sie gestern mit dem Jungen geführt hatte. Eine Flöte. Sie hatte sich heute vorsichtig erkundigt, was eine gute Flöte kostete: Es war mehr, als sie unbemerkt auf einmal vom Haushaltsgeld abzweigen konnte. Frick ließ sich schließlich jede Ausgabe auf Heller und Pfennig vorrechnen und machte ihr ständig Vorhaltungen, dass sie zu verschwenderisch sei und nicht mit Geld umgehen könne. Also musste sie einen anderen Weg finden. Im Geist ging sie die Reihe der Leute durch, die sie hier in Ravensburg kannte: Kaufleute und ihre Frauen zumeist, zu denen sie keine besonders enge Beziehung hatte und die im Zweifelsfall Frick gegenüber mit spöttisch hochgezogenen Augenbrauen fragen würden, was denn bei ihm zu Hause los sei, dass seine Frau sich bei ihnen Geld leihen müsse. Die Eltern wiederum würden kein Verständnis haben, wenn ihre Tochter, deren Mann eins der größten Vermögen der Umgebung besaß, sie um ein paar Gulden anging. Nein, es gab nur eine Möglichkeit: Sie musste einen professionellen Geldverleiher aufsuchen, der Frick nicht kannte und keine neugierigen Fragen stellte. Allerdings war es üblich, ein Pfand zu geben. Sie hielt einen Augenblick inne und schlang sich nachdenklich einen Docht um den Finger. Ein Pfand. Es müsste etwas sein, das einen gewissen Wert besaß, leicht zu befördern war und das Frick nicht so schnell vermissen würde. Ein Schmuckstück vielleicht? Aber sie besaß nicht viel Schmuck, und außerdem war sie sich sicher, dass Frick jedes einzelne Stück davon in sein Gedächtnis eingebrannt hatte. Suchend ließ sie ihren Blick durch den Raum wandern, bis er am goldgelben Wachs der fertigen Kerzen hängenblieb.

«Das Tuch», flüsterte sie. «Das seidene Tuch.» Vor drei, vier Jahren hatte Frick es aus Venedig mitgebracht und ihr geschenkt: ein kostbares Tuch, das von wagemutigen Händlern über Tausende von Meilen aus dem fernen China zu der Handelsmetropole am Mittelmeer gebracht worden war. Es war groß genug, um es sich über die Schultern zu legen, gleichzeitig aber so zart und leicht, dass man hindurchschauen oder es zu einem winzigen Päckchen zusammenfalten konnte. In Europa gäbe es niemanden, hatte Frick stolz erklärt, der in der Lage sei, solch ein Seidengewebe herzustellen, geschweige denn es auf diese Weise mit kleinen Blüten und Fabeltieren zu besticken. Es wärme im Winter und kühle im Sommer, kurzum, sie könne sich glücklich schätzen, eine der wenigen Frauen nördlich der Alpen zu sein, die eine solche Kostbarkeit besäßen. Sie erinnerte sich noch gut daran, wie enttäuscht er gewesen war, als sie seine Begeisterung nicht so zu teilen vermochte, wie er es erwartet hatte. Das Tuch war wunderbar weich und zart, gewiss, aber es war gelb, und gelb war die Farbe der Huren und der Juden. Keine ehrbare Frau würde mit einem gelben Tuch auf die Straße gehen, und sie war dumm genug gewesen, ihm genau das zu sagen. Seitdem schlummerte das Seidentuch in der untersten Ecke ihrer Truhe. Es war genau das Pfand, das sie suchte. Erleichtert hängte sie die fertigen Wachslichte zum Trocknen auf. Gleich morgen würde sie zum Juden gehen und das Seidentuch beleihen und dann am Samstag auf dem Wochenmarkt bei dem alten Drechsler eine gute Flöte kaufen.

Die Judengasse befand sich im Norden der Stadt in der Nähe von Frauentor und grünem Turm. Der grüne Turm hatte seinen Namen nach den grün glasierten Dachziegeln, mit denen er gedeckt war: eine überaus kostspielige Investition, mit der die Stadt ihren Reichtum zur Schau stellte. Ein paar von den Ziegeln waren mit Köpfen verziert; unter dem spitzen Judenhut grinsten sie höhnisch nach unten – Zerrbilder der Menschen, die hier in ihrem Schatten wohnten. Christine spürte ihren Blick im Rücken, als sie in die schmale Gasse einbog. Ein-, höchstens zweistöckige Fachwerkhäuser duckten sich unterhalb der Stadtmauer, Hühner pickten gackernd im Straßendreck. Ein paar Kinder spielten Kreisel und Hüpfekästchen, während von irgendwoher ein gleichmäßiges Hämmern zu hören war. Das Haus, das man ihr genannt hatte, befand sich am hinteren Ende der Gasse; zwei Steinstufen führten zu einer niedrigen Tür hinauf, neben der sich auf der rechten Seite ein merkwürdig verziertes Kästchen befand. Sie zog ihr Schultertuch enger, sah sich noch einmal um, um sicherzustellen, dass niemand ihr folgte, niemand sie beobachtete, dann hob sie den Türklopfer und ließ ihn wieder fallen. Eine schroffe Stimme hieß sie hereinkommen; sie öffnete entschlossen und trat ein.

Hinter der Tür befand sich eine geräumige Diele. Zwei straßenseitige Fensterchen ließen nur wenig Licht herein, sodass selbst jetzt am Vormittag ein mehrflammiger Leuchter an der Wand angezündet war. Der Mann, der Christine hereingerufen hatte, erwartete sie hinter einem Schreibpult voller Bücher. Er war vielleicht fünfunddreißig Jahre alt, ungewöhnlich groß und hager, mit schmalen Lippen, langer, gerader Nase und glattrasierten Wangen, auf denen ein dunkler Schatten lag. Auch das Gesicht selbst war hager; tiefe Furchen verbanden Nase und Mundwinkel, schienen es zusätzlich in die Länge zu ziehen und den Blick auf eine feine Narbe an seinem Kinn zu lenken. Christine fragte sich unwillkürlich, warum er sie nicht durch einen Bart versteckte. Unter schwarzen Brauen hatte er überraschend helle Augen, die ihr ruhig, aber ohne ein Lächeln entgegensahen. Schwarzes Haar quoll unter seiner Kappe hervor und fiel ihm bis auf die Schultern. Er trug einen schlichten Rock, nahezu farblose Beinlinge aus feinem Stoff und seltsame Lederschuhe, die sicherlich kein Schuhmacher aus Ravensburg gefertigt hatte. Das wirklich Auffallende an ihm war jedoch das Brillentäschchen, das an seinem Gürtel baumelte. Christine kannte sonst niemanden in der Stadt, der eine Brille benutzte. Sie räusperte sich und kam ein paar Schritte auf ihn zu.

«Grüß Gott. Ich komme in einer geschäftlichen Angelegenheit zu dir.»

«Euer Name?»

«Christine, hier aus Ravensburg.»

«Christine –?»

«Christine, die Frau von Frick Köpperlin», sagte sie nach kurzem Zögern.

«Köpperlin, der Händler. Ja.» Seine Augen verengten sich für einen Moment. «Ich bin David ben Moshe. Womit kann ich Euch dienen?» Wie hatte sie nur glauben können, ihr Name könne ungenannt, ja, dieser ganze Besuch hier ein Geheimnis bleiben? Es war besser, wieder zu gehen, solange noch Zeit war.

«Vielleicht ... vielleicht ein anderes Mal. Ich glaube, ich –»

«Es geht um ein Geschäft, hattet Ihr gesagt?» Der Mann sprach völlig unaufgeregt, nüchtern, als hätte er ihre Verlegenheit und Angst gar nicht bemerkt, und das gab ihr unerwartet Sicherheit. Sie würde es wagen. Was konnte sie schon verlieren?

«Ja, so ist es. Ein Geschäft. Ich möchte gern fünf Gulden bei dir leihen. Mein Mann ist zurzeit auf Reisen, und ich hatte unvorhersehbare Ausgaben, sodass ich plötzlich in Schwierigkeiten geraten bin, alle Verbindlichkeiten zu bezahlen ... ich würde sonst nie ...» Sie hörte sich selbst stammeln, spürte die fremden Augen kühl auf sich gerichtet und errötete. Wie sollte sie nur erklären, warum sie das Geld brauchte? Jeder in der Stadt wusste, dass Frick einer der reichsten Händler der Gegend war.

«Vielleicht kommt es dir merkwürdig vor ...»

Aber der Jude winkte ab.

«Ihr braucht mir nichts zu erklären. Kunden leihen sich Geld bei mir, sie geben mir ein Pfand, ich nehme meinen Zins. Das ist das Geschäft, mehr nicht.» Er hatte eine tiefe, angenehme Stimme, aber irgendwie meinte sie einen spöttischen Unterton herauszuhören. Sie nickte langsam.

«Das Geschäft. Ja.»

«Also fünf Gulden wollt Ihr leihen. Das sind dann 15 Heller Zins in der Woche.»

«15 Heller Zins, gut.» Das war mehr, als man bei einem christlichen Geldverleiher zu zahlen hatte, viel mehr. Aber zu wem hätte sie gehen können, der sein Wissen nicht sofort an Frick weitergegeben hätte?

«Und ich brauche ein Pfand.» Abwartend, abschätzig fast sah der Jude sie an. Sie nestelte das Tuch hervor, das sie in ein Stück Stoff eingeschlagen und unter ihren Gürtel gesteckt hatte, und hielt es hoch.

«Hier, ist das – ist das genug?» Er nahm das Tuch entgegen, holte die Brille aus dem Beutel hervor und klemmte sie auf die Nase, um dann den Stoff eingehend zu begutachten.

«Eine ungewöhnliche Arbeit, mit eingestickten kleinen Glücksdrachen ... das gibt es nicht oft. Sicherlich ist es genug. Wann wollt Ihr den Kredit zurückzahlen?»

«Ich weiß noch nicht ... so bald wie möglich.»

«So soll es sein.» Er beugte sich über sein Pult, schlug ein Buch auf und trug etwas ein.

«Wenn Ihr hier unterschreiben wollt ...» Sie nahm die Feder, die er ihr hinhielt, aber noch konnte sie nicht unterschreiben. Sie suchte seinen Blick.

«Es wäre mir wichtig, wenn diese Sache unter uns bleiben könnte», sagte sie leise. «Ich will nicht, dass man in der Stadt darüber tratscht. Wenn ich mich auf deine Verschwiegenheit verlassen könnte, würde ich auch zwanzig Heller die Woche zahlen.» In den hellen Augen flackerte etwas auf, und zum ersten Mal schien es ihr, als würde der Mann seinen Gleichmut verlieren, aber dann hatte er sich wieder in der Gewalt und winkte ab.

«In diesem Geschäft muss man immer verschwiegen sein. Euer Geheimnis ist bei mir in sicheren Händen. Wie all die anderen Geheimnisse auch.» Er nickte auffordernd; sie setzte die Feder auf das Papier und unterschrieb, während er das Geld aus einer Schatulle abzählte: fünf Gulden in silbernen Schillingmünzen.

«Du benutzt das neue Papier für deine Unterlagen?», sagte sie, nur um das Gespräch auf irgendetwas Unverfängliches zu lenken. Er lächelte flüchtig und schob ihr das Säckchen mit dem Geld herüber.

«Ich bin überzeugt, es ist das Material der Zukunft.» Er nahm ein loses Blatt und gab es ihr. «Haltet das Blatt gegen das Licht ... seht Ihr das Wappen mit den Löwen, das von den ganz feinen Linien gebildet wird? Es ist ein sogenanntes Wasserzeichen. Jedes einzelne Blatt ist damit gekennzeichnet. Niemand kann meine Bücher fälschen, wenn er nicht auch in der gleichen Ravensburger Papiermühle kauft wie ich.» Sie betrachtete erstaunt das hauchzarte Bild, das sie beim ersten flüchtigen Blick überhaupt nicht wahrgenommen hatte.

«Es sieht ganz ähnlich aus wie ein Familiensiegel», sagte sie.

«Selbstverständlich. Schließlich habe ich es von der Waldburg'schen Papiermühle gekauft, oben im Flattbachtal.» Papier, dachte sie. Immer wieder hatte sie gehört, dieses neue Schreibmaterial solle lange nicht so haltbar sein wie Pergament. Vielleicht würde die Schuldverschreibung ja schon nach kurzer Zeit zu Staub zerfallen und keine verräterischen Spuren hinterlassen. Sie wandte sich zum Gehen.

«Ich danke dir vielmals, David ben Moshe. Ich löse das Pfand aus, sobald ich kann.»

«Ich bin sicher, dass Ihr das tun werdet. Shalom, geht mit Gott.»

Ihr Inneres war in Aufruhr, als sie das Haus des Geldverleihers verließ. Vielleicht stand er ja hinter der Tür und lachte, jetzt, wo sie es nicht mehr sehen konnte, lachte über sie, die Frau des reichen Frick Köpperlin, die sich ein Taschengeld leihen musste, weil ihr Mann ihr misstraute wie einer hergelaufenen Küchenmagd und sich jeden Heller vorrechnen ließ, den sie ausgegeben hatte. Am liebsten hätte sie auf der Stelle kehrtgemacht und ihm das Geld ins Gesicht geworfen – das kühle Gesicht, das keinen seiner Gedanken preisgegeben hatte, solange sie sich gegenübergestanden hatten.

Ludwig brachte vor Freude kein Wort über die Lippen, als sie ihm am Sonntag nach der Messe die neue Flöte überreichte. Er blickte zwischen Christine und dem Instrument hin und her, küsste ihre Hand und brach in Tränen aus.

«Willst du sie nicht einmal ausprobieren?», fragte Christine, und der Junge nickte. Er wischte sich über die Augen, setzte die Flöte an die Lippen und blies vorsichtig hinein, zärtlich fast – ein süßer Ton schwebte durch die Stube, noch einer, eine kleine Melodie.

«Es ist wunderbar», flüsterte er. «Ich dank Euch sehr,

Frau Christine.» Christine fasste mit der Hand unter sein Kinn und hob sein Gesicht, sodass er ihr in die Augen schaute.

«Hör zu, Ludwig. Meister Frick soll nicht wissen, dass ich dir die Flöte gekauft habe. Wenn irgendjemand dich fragt, dann sag, deine Mutter hätte sie dir geschickt – oder irgendein Onkel, den du schon lange nicht mehr gesehen hast. Verstehst du? Es ist wichtig.»

«Ja. Ja, bestimmt. Ich sag, mein Pate hat sie mir geschickt.» Mit liebevoller Inbrunst drückte Ludwig die Flöte an seine Brust.

«Und, Ludwig, du darfst über dem Flötespielen deine anderen Studien nicht vernachlässigen. Wenn ich höre, dass du in der Lateinschule nicht fleißig lernst und mit deinem Rechenlehrer nicht arbeitest, dann nehme ich sie dir wieder fort.» Bevor Frick es tut, dachte sie. Frick wird ihm die Flöte um die Ohren schlagen, wenn der Junge spielt, statt seine Regula de tri zu üben. Der Rechenmeister, den Frick dreimal die Woche kommen ließ, um seinen Sohn in die Gesetze der Mathematik einzuweisen, hatte ihr erst vor wenigen Tagen in säuerlichem Tonfall eröffnet, der junge Ludwig tue sich sehr schwer mit der Materie und das Verständnis für die Welt der Zahlen gehe ihm vollständig ab. «Meister Frick ist kein großer Freund der Musik», setzte sie deshalb hinzu. «Wahrscheinlich wäre es am besten, er bekäme die Flöte nie zu Gesicht.» Ein verschwörerisches Lächeln huschte über Ludwigs verpickelte Züge.

«Ich versteck sie unter meiner Decke», verkündete er. «Ich spiele nur im Stall bei den Hühnern, die verraten mich nicht.»

Zwei Wochen später kehrte Frick Köpperlin schlechtgelaunt von seiner Messefahrt zurück. Ein übler Durchfall hatte ihn in Frankfurt ins Bett gezwungen, sodass ihm nichts anderes übriggeblieben war, als dem jungen Mötteli die Geschäfte zu überlassen – und dank irgendeines Zufalls war es diesem Schnösel gelungen, die Ladung Safran, die sie aus Genua importiert hatten, mit zweihundertprozentigem Gewinn zu verkaufen. Der Neunerausschuss hatte ihn bereits brieflich sehr gelobt, während niemand an Frick Köpperlin und dessen unermüdlichen Einsatz bei den vergangenen Messebesuchen gedacht hatte, wo er doch erst die Geschäftsbeziehungen geknüpft hatte, die diesen Riesengewinn ermöglichten. Hartwig Mötteli platzte fast das Wams vor Stolz, während Frick sich mit Bauchkrämpfen über der übelriechenden Abortgrube des Gasthofs krümmte. Und kaum waren sie in Ravensburg zurück gewesen, da tauchte schon das magische Wort von der Prokura in Nürnberg wieder auf, die doch eigentlich Frick Köpperlin zugestanden hätte. Allerdings müsse man auch jungen begabten Kaufleuten eine Gelegenheit geben, ihre Fähigkeiten einzusetzen, nicht wahr, erst recht, wenn sie diese schon so überzeugend unter Beweis gestellt hätten. Die Entscheidung stand tagelang auf Messers Schneide, und an dem Tag, als sich der Neunerausschuss schließlich für Mötteli aussprach, musste jeder, der Frick über den Weg lief, mit einem Wutausbruch und Schlimmerem rechnen. Er schnauzte seinen Reitknecht zusammen und ohrfeigte die Köchin, weil der Hase angeblich versalzen war.

«Es ist kaum mit anzusehen, wie dieser Gockel herumstolziert», knurrte er beim Essen. «Ein Tölpel, wie es selten einen gibt, und jetzt soll er die Gesellschaft in Nürnberg vertreten! Ich fress einen Besen, wenn da was Gutes bei rumkommt.» Da fiel sein Blick auf Ludwig, der zusammengekrümmt und mit niedergeschlagenen Augen am Tisch saß, als wünschte er, er wäre gar nicht da.

«Und du?», fragte Köpperlin angriffslustig. «Willst du mir nicht erzählen, was du aus den zwanzig Hellern gemacht hast, die ich dir gegeben habe? Na? Ich höre!» Ludwig verschluckte sich, er hustete, Suppe schwappte auf seine Hose. «Also?»

Wie ein gehetztes Kaninchen schaute Ludwig sich um, bis seine flehenden Augen an Christine hängenblieben. Sie nickte ihm ermutigend zu.

«Ich –»

«Lauter, ich versteh dich nicht!»

«Ich – ich wollte es vermehren, wie Ihr mir gesagt hattet, und dabei – ich hab alles falsch gemacht, das weiß ich, und es tut mir leid –»

Frick konnte es nicht leiden, wenn jemand vor ihm stotterte. Er zog die Augenbrauen zusammen. «Kannst du nicht einen einzigen zusammenhängenden Satz sagen? Was ist mit dem Geld?»

Ludwigs Lippen zitterten, die Nasenflügel blähten sich. Er öffnete den Mund, aber kein Ton kaum heraus.

«Du willst mir doch nicht etwa sagen, dass du mein sauer verdientes Geld verschwendet hast?» Fricks Gesicht hatte sich zu einer bedrohlich dunklen Gewitterwolke aufgetürmt; er hatte sich halb von seinem Stuhl erhoben. Christine überlegte verzweifelt, was sie sagen konnte, um den bevorstehenden Blitzschlag noch abzuwenden. Ludwig hatte ihr gebeichtet, dass er das Geld beim Würfeln verloren hatte – die anderen Burschen hatten ihm weisgemacht, jeder würde gewinnen, und er hatte es geglaubt. Wenn Frick das herausbekam, würde er den Jungen grün und blau schlagen. Sie hatte angenommen, Ludwig hätte sich längst irgendeine andere Erklärung zurechtgelegt.

«Frick, hör bitte zu ... er hat es für mich ausgegeben.»

«Was hat er?» Frick stierte sie an, als hätte sie den Verstand verloren.

«Er wollte mir eine Freude machen. Er hat von einer Hökerin ein Stückchen parfümierte Seife gekauft und es mir geschenkt.» Sie fasste Ludwig fest ins Auge und hoffte, der Junge würde nicht widersprechen.

«Seife, aha. Ihr habt also die Heller zu Schaum geschlagen und in die Gosse gekippt.» Die Stimme war immer noch wütend, aber der gefährliche Unterton war verschwunden. «Deine Vorliebe für die Gosse werde ich dir noch austreiben, Bursche. Bist du ein Waschweib oder ein Mann? Verschwenderische Weiber habe ich nämlich schon genug um mich herum.» Ludwig rutschte unbehaglich auf seinem Hocker hin und her, bis Frick mit der Faust so fest auf den Tisch schlug, dass der Wein aus den Bechern spritzte.

«Kannst du nicht antworten?»

«Doch», flüsterte Ludwig. «Ich – ich bin ein Mann.»

«Also.» Grollend griff Frick nach dem Brotlaib und brach sich ein großes Stück davon ab. «Nächsten Montag werden wir im Hauptkontor über den Italien- und Zypernhandel des kommenden Jahres sprechen. Du wirst mich begleiten und unterstützen. Ich will versuchen durchzusetzen, dass wir vom Land- stärker auf den Seetransport umstellen und den Gelieger in Genua ausbauen statt den in Barcelona. Genua ist ein wichtiger Knotenpunkt für den Orienthandel, da wird wirklich Geld verdient, mit Gewürzen, Sklaven, Edelsteinen.» Er steckte sich das Brot in den Mund und spülte es mit einem großen Schluck Wein hinunter. Christine fing einen dankbaren Blick Ludwigs auf und nickte ihm unmerklich zu: Die Gefahr war vorüber. Sie schloss für einen Moment die Augen und atmete tief durch.

«Am Montag brauche ich das Seidentuch», sagte Frick. Die Worte trafen sie völlig unvorbereitet.

«Das – das Seidentuch?»

«Ja. Das chinesische Seidentuch, das ich damals in Venedig gekauft habe. Der Neunerausschuss hat sich einreden lassen, wir sollten den Handel mit Barcelona ausbauen und dafür den Venedighandel vernachlässigen. Eine bodenlose Dummheit! Ich brauche etwas Handfestes, um Jos Humpis von den Vorzügen des Venedighandels zu überzeugen. Sobald er das Tuch einmal in der Hand gehabt hat, wird er sofort erkennen, dass das eine ganz andere Qualität hat als dieses Zeug, das er letztes Jahr aus Spanien mitgebracht hat. Hol es her.» Christine war es eiskalt geworden; sie stand langsam auf.

«Worauf wartest du noch?», fragte Frick. «Soll ich bis morgen früh hier sitzen?»

«Nein. Ich gehe schon.» Fast wäre sie über ihren Rocksaum gestolpert, bevor sie endlich die Tür erreichte und hinter sich schloss.

Das seidene Tuch. Sie biss sich auf die Unterlippe, ging mit schleppenden Schritten zur Schlafkammer hinüber und blickte ratlos umher. Jahrelang hatte Frick sich nicht für dieses Tuch interessiert. Warum musste er ausgerechnet heute danach fragen? Sie hatte längst noch nicht das Geld zusammengespart, um es wieder aus dem Besitz des Pfandleihers auszulösen. An einem anderen Tag hätte sie vielleicht noch den Mut aufgebracht, Frick alles zu erklären, aber nicht heute – nicht, nachdem er erfahren hatte, dass Hartwig Mötteli für die Gesellschaft nach Nürnberg gehen würde. Schließlich gab sie sich einen Ruck, öffnete die Truhe und begann darin herumzukramen, nahm die Schmuckschatulle heraus und klappt sie auf und zu, wühlte zwischen den Unterkleidern, als könnte durch irgendeinen Zauber das Tuch plötzlich vor ihren Augen auftauchen. Aber wenn es wirklich Zauber gab, so kam er ihr nicht zu Hilfe. Und jetzt war es höchste Zeit, in die Stube zurückzukehren.

«Es tut mir leid, Frick, aber ich kann das Tuch nicht finden», sagte sie, noch bevor er danach fragen konnte.

«Was soll das heißen, du kannst es nicht finden? So ein Tuch kann ja wohl nicht mir nichts, dir nichts verschwinden!»

«Wahrscheinlich habe ich es nur verlegt. Ich finde es bestimmt, wenn ich nur lange genug suche.»

«Dann fang am besten gleich damit an. Und vergiss nicht, die Mägde zu fragen. Wenn eine von denen lange Finger gemacht hat, dann gnade ihr Gott.» Dankbar sah Christine die Weinröte auf Fricks Gesicht. Er musste im Verlauf des Essens mehrere Becher leergetrunken haben, und wie immer ließ der Wein ihn träge und schläfrig werden. Für heute war kein weiterer Zornesausbruch mehr zu erwarten, und morgen würde sie David Jud aufsuchen und ihn bitten, ihr das Tuch zurückzugeben.

Der nächste Tag war der Sonnabend, an dem sich regelmäßig die reichen Geschäftsleute der Eselgesellschaft in ihrer Trinkstube in der Marktstraße trafen. Diese Versammlungen dauerten immer bis spät in die Nacht; wichtige Geschäftsabschlüsse wurden vorbereitet und politische Entscheidungen besprochen, und auch so mancher erfolgreiche Eheschluss war hier angebahnt worden. Frick versäumte kein einziges dieser Treffen: Als ehemaliger Tuchscherer hatte er lange warten müssen, bis er endlich vor gut fünfzehn Jahren vermögend genug gewesen war, um in diese patrizische Gesellschaft aufgenommen zu werden – zu lange, als dass er jetzt auf diese allwöchentliche Feier seines Triumphs verzichtet hätte.

Erleichtert hörte Christine ihn endlich aufbrechen. Sie wartete noch eine halbe Stunde, dann legte sie sich selbst ihr Wolltuch um und trat nach draußen, als sich die Dämmerung schon über die Gassen senkte. Stundenlang hatte sie heute auf dem stickigen, vollgestopften Dachboden nach einem Tuch gesucht, von dem sie ja wusste, dass es nicht dort sein konnte. Aber sie musste um jeden Preis vermeiden, dass Frick Verdacht schöpfte, und so hatte sie eine verstaubte Truhe nach der anderen geöffnet, stockige Bettwäsche auseinandergefaltet, Mäuseköttel zur Seite gefegt und mehrere Säcke uralter Walnüsse nach unten getragen und in den Abtritt entleert. Frick konnte nichts wegwerfen, für das er irgendwann einmal Geld ausgegeben hatte, und entsprechend viel Gerümpel hatte sich hier oben angehäuft. Spinnweben klebten an ihrer Haube und ihren Kleidern, und der muffige Geruch verschimmelter Strohmatratzen verursachte ihr Übelkeit. Es tat so gut, nach diesem Tag die kühle Abendluft in der Brust zu spüren! Draußen herrschte immer noch reger Betrieb: Handwerker fegten vor ihren Werkstätten, ein ausgemergelter Höker pries die wundertätigen Heiligenbildchen aus seinem Bauchladen an, zwei selige Zecher betraten Arm in Arm die nächste Schänke, um ihr Tagwerk ausgiebig zu begießen. Sehnsüchtig sah Christine einer Gruppe junger Mädchen nach, die unter lautem Gekicher an ihr vorbeischlenderten und sich über das Herumgehampel des Hökers lustig machten. Wie gern wäre sie mitgekommen, hätte den Abend mit albernen Nichtigkeiten in Gesellschaft vertrauter Freundinnen verbracht! Stattdessen eilte sie über das Pflaster. Frick würde zwar erst in der Nacht zurückkehren, aber sie wollte die Sache so schnell wie möglich hinter sich bringen. Hastig die Marktstraße hinunter, über den Platz und zum grünen Turm, das Gesicht verborgen im Schatten der Kapuze, dass niemand sie erkennen konnte. Sie war außer Atem, als sie die Stufen hochstolperte, und erst im letzten Moment fiel ihr ein, dass sie anklopfen musste, bevor sie eintreten konnte.

Wie beim letzten Mal stand David ben Moshe an seinem Pult und wirkte, als hätte er auf sie gewartet. Er machte eine einladende Handbewegung.

«Shalom.» Irgendwo hinten im Haus waren lachende Kinderstimmen zu hören; jemand schlurfte über gestampften Boden und blieb unvermutet stehen, und plötzlich war Christine überzeugt davon, gleich hinter der rückwärtigen Tür stehe jemand und lausche auf jedes Wort, das in diesem Raum gesprochen wurde. Sie holte tief Luft.

«Ich – ich komme mit einem Anliegen zu dir.» Der Geldverleiher zog die Augenbrauen hoch.

«Ein Anliegen? Ich vermute, Ihr wollt Euer Pfand auslösen?»

«Ja, das heißt, eigentlich nein ... ich wollte dich bitten ...» Nicht nur der Unsichtbare hinter der verschlossenen Tür, nein, das ganze Haus schien ihrem Stammeln zu lauschen. Sie krampfte ihre zitternden Hände um den Rosenkranz, den sie noch rasch vor dem Weggehen eingesteckt hatte.

«Es ist nur – ich brauche das Tuch zurück. Ich wusste vorher nicht – es ist dringend. Ich brauche es jetzt gleich.» Flehend sah sie den Juden an; der nickte langsam.

«Selbstverständlich. Gebt mir das Darlehen mit den aufgelaufenen Zinsen zurück, und Ihr könnt das Tuch sofort mitnehmen.» Sie fühlte sich, als ob Hände nach ihrer Kehle griffen und sie zudrückten. Schnell schnappte sie nach Luft.

«Ich habe das Geld noch nicht», flüsterte sie. «Kannst du mir das Pfand nicht auch so zurückgeben, auf Treu und Glauben? Ich verspreche, ich bringe dir alles, was ich schuldig bin, und noch mehr, wenn es sein muss, nur noch nicht heute ...» Ihre Worte versickerten wie Wasser auf sandigem Boden. David ben Moshe lehnte sich ein wenig zurück; seine Augen waren auf sie gerichtet, groß und kühl und undurchdringlich.

«Das ist nicht üblich», antwortete er ruhig. «Ihr werdet verstehen, dass ich die Regeln des Geschäfts befolgen muss, sonst sind wir in wenigen Wochen bankrott. Ich kann das Pfand nur herausgeben, wenn ich die ausgeliehene Summe samt Zinsen zurückbekomme. Es tut mir leid.» Es tut ihm leid, dachte Christine. Fast hätte sie laut gelacht.

«Ich bitte dich, eine Ausnahme zu machen», flüsterte sie. «Einmal nur, niemand wird es erfahren. Bitte. Es ist von größter Wichtigkeit.» Wenn sie nur irgendetwas anderes von Wert mitgenommen hätte, einen Leuchter, einen Pelz, irgendetwas! Aber jetzt war es zu spät. Sie konnte nicht noch einmal losgehen, und morgen wollte Frick das Tuch sehen.

«Bitte», sagte sie noch einmal mutlos, aber der Jude schüttelte den Kopf.

«Es tut mir leid», wiederholte er. «Besser, Ihr geht jetzt. Es ist bald ganz dunkel draußen.» Er hielt ihr die Tür auf; und sie flüchtete in die Nacht, während ihr die Tränen in die Augen schossen. Als sie am Spitalturm angekommen war, blieb sie stehen und zwang sich, ruhig zu atmen. Ich muss ihm etwas erzählen morgen, sagte sie sich. Irgendeine Geschichte. Er wird wütend sein, aber dann ist es überstanden. Dinge gehen eben gelegentlich verloren. Es ist lächerlich, Angst zu haben wie ein kleines Kind.

David ben Moshe war reglos stehen geblieben, nachdem er die Tür hinter seiner Besucherin geschlossen hatte, und so konnte er nun hören, wie seine Mutter hinter ihm den Raum betrat.

«Du hast recht gehandelt, mein Sohn», sagte eine sanfte Stimme. «Nur wenn wir selbst uns an die Gesetze halten, werden die Gesetze uns schützen. Jede Ausnahme schlägt ein Loch in die Mauer des Gesetzes.»

«Wer sagt das?»

«Eine rabbinische Weisheit.» Er wusste, ohne es zu sehen, dass seine Mutter jetzt lächelte, das leise geduldige Lächeln, das ihn so leicht in heißen Zorn trieb.

«Wer war die Frau, mein Sohn?» Raechli strich ihm sacht mit der Hand über den Nacken, eine mütterliche Geste, die David sehr vertraut war. Er räusperte sich.

«Die Köpperlin. Aus der Marktstraße.»

«Erstaunlich. Wozu braucht jemand wie sie einen Kredit? Ihr Mann hat genug Geld, um die halbe Straße hier zu kaufen. Aber es geht uns nichts an.» Raechli hielt kurz inne, dann öffnete sie die Tür zur Diele. «Geh schlafen, mein Sohn. Es wird spät.» Dann verschwand sie im Hausinneren.

Langsam ging David zu seinem Pult zurück, klappte es auf und holte ein Kästchen hervor. Er griff nach dem Schlüssel, den er um den Hals trug, schloss das Kästchen auf und nahm Christine Köpperlins Tuch heraus. Die Stickereien glitzerten im Schein des Leuchters; die kleinen Drachen schienen zum Leben erwachen und mit den Flügeln schlagen zu wollen. Ein Geschenk, dachte er und hielt sich das Tuch kurz ans Gesicht, um seine verblüffende Glätte und Weichheit zu spüren. Das gedankenlose Geschenk eines Mannes an seine Ehefrau, die ihm Kinder gebären sollte. Das Geschenk eines Mannes, der sehr wohl den Wert, aber nicht die Bedeutung einer Sache erkannte. Sorgfältig faltete der Pfandleiher das Tuch zusammen und wickelte es in einen Bogen Papier – Waldburg'sches Papier mit dem Wasserzeichen des Wappens –, dann tropfte er Wachs darauf und drückte sein Siegel hinein. Er wartete, bis das Wachs getrocknet war, schob das Päckchen in seinen Gürtel und trat auf die Straße hinaus.

Schon nach wenigen Schritten tauchte er ein in das Gassengewirr der Unterstadt und steuerte eine heruntergekommene Schänke an. Dort blieb er stehen und lehnte sich an die Hauswand. Für ein paar Minuten beobachtete er das rege Kommen und Gehen der angetrunkenen Gäste, dann steckte er sich zwei Finger in den Mund und pfiff, dreimal kurz hintereinander. Es dauerte nicht lange, und eine schlaksige Gestalt löste sich aus der Dunkelheit und kam zu ihm herübergeschlendert.

«Was ist? Soll ich dir 'n Mädchen besorgen?» Rote Haare umrahmten ein noch junges, blasses Gesicht mit ungewöhnlich wasserhellen Augen; quer über die linke Wange zog sich eine feine Narbe, und die sommersprossige Nase stand ein wenig schief – Folge einer wüsten Prügelei, wie David ben Moshe wusste.

«Vinz», sagte er knapp. «Ich habe einen Auftrag für dich.»

«Oh, einen Auftrag! Wie schön!» Vinz war nicht mehr nüchtern, aber doch auch nicht so betrunken, dass er nicht einen einfachen Botengang erledigen konnte. David legte ihm die Hand auf die Schulter und hielt ihm das Päckchen hin.

«Hier, bring das zum Haus der Köpperlins in die Marktgasse. Gib es dort ab und sag, dass es für die Hausherrin ist, verstanden?» Der Junge grinste.

«Wie viel?»

«Drei Heller.»

«Zehn.»

«Du musst verrückt sein!» Die Tür der Schänke öffnete sich, und der Lichtschein fiel auf Vinz' Gesicht; er hatte weniger getrunken, als David angenommen hatte.

«Willst du was von mir oder ich von dir? Also!» Zähneknirschend drückte David dem Burschen fünf Heller in die aufgehaltene Hand.

«Das ist mehr als genug.»

Vinz zeigte seine blendend weißen Zähne.

«Den Rest nächste Woche, Jud.»

5

Ein Schild mit grauem Esel auf grünem Hintergrund kennzeichnete die Eingangstür zur Gesellschaftstrinkstube Zum Mohren in der Marktgasse, und der Pförtner, ein alter Handelsknecht, der auf einer Fahrt der Gesellschaft ein Auge eingebüßt hatte und sich hier sein Gnadenbrot verdiente, achtete genau darauf, dass nur Mitglieder oder geladene Gäste hereinkamen. Die Knechte und Mägde, die den Herren die Mäntel abnahmen, die Stuben putzten, Weinfässer hereinrollten oder bei Tisch bedienten, benutzten den Hintereingang. Ein wohliger Schauer lief Frick Köpperlin jedes Mal erneut den Rücken hinunter, wenn der Pförtner ihn mit einem unterwürfigen Nicken passieren ließ. Was hatte es ihn an Arbeit gekostet, dass er endlich diese Schwelle überschreiten durfte! Aber jetzt gehörte er dazu, zu dieser Gesellschaft, die sich längst aus einer Vereinigung des örtlichen Adels in eine Interessengemeinschaft der vermögendsten Bürger der Stadt gewandelt hatte. Wer etwas werden wollte in Ravensburg, musste Mitglied im «Esel» sein, und inzwischen bedurfte es dazu nur noch ausreichenden Kapitals.

Frick trat in die geräumige Diele und ließ sich aus dem viel zu warmen pelzgefütterten Mantel helfen, bevor er einen flüchtigen Blick in die Vogelkammer warf. Hier saßen, die Köpfe mit ledernen Kappen verhüllt, die Jagdfalken der Herren auf ihren Stangen und warteten auf den nächsten großen Tag, an dem man sie aus ihrem Gefängnis befreien und in den klaren Herbsthimmel steigen lassen würde, um Rebhühner und Hasen zu schlagen. Ja, die Beizjagd war ein angemessenes Vergnügen für einen Handelsherrn, dachte Frick, obwohl er immer noch die Narben an der linken Hand trug, die ihm sein allererster Falke zugefügt hatte. Er war eben nicht als einer der Humpis zur Welt gekommen, die die Jagdkunst schon als Kinder erlernten so wie die zierliche Handschrift und das Rechnen mit dem Abakus; er hatte sich alles erst selbst erarbeiten müssen, und er hatte es geschafft. Er nickte dem Falkner zu und stieg dann die Treppe ins Obergeschoss hinauf, in dem sich die eigentlichen Gesellschaftsräume befanden: hohe, holzgetäfelte Stuben mit kostbar verzierten Decken und einer verglasten Fensterfront, die einen großzügigen Ausblick über die Marktstraße bis zu der Baustelle am Mauerturm bot. Auch die Ausstattung der Räume mit intarsiengeschmückten Truhen, Ledersesseln und riesigen Leuchtern war überaus wertvoll. In dem kleineren Raum hing sogar ein seidener Teppich an der Wand, der fremdartige Jungfrauen im Spiel mit einem Einhorn zeigte und angeblich aus Persien stammte. Gespeist wurde von silbernen Tellern, und für den süßen Malvasierwein, den die Kaufherren bevorzugten, hatte man eigens vor einigen Jahren einen Satz Kristallgläser aus Murano kommen lassen. Dafür hatte natürlich jedes Mitglied der Gesellschaft eine gewisse Einlage zu leisten, aber die meisten taten es gerne: Was nützte einem der ganze Reichtum, wenn man ihn nicht auch angemessen zeigen konnte?

Ital Humpis, der sich seit Jahren mit seinem Onkel Jos

als Bürgermeister abwechselte, war schon da und neigte grüßend den Kopf, als Köpperlin den Raum betrat. Er saß mit dem alten Henggi Humpis am Tisch, einem der Gründer der Handelsgesellschaft, zu der auch nahezu alle Mitglieder des «Esel» gehörten. Langsam wird Henggi alt, dachte Frick. Die Schultern hingen herunter, und der einst so wache Blick des Mannes erschien nun matt und träge. Natürlich wusste jeder, dass Henggi nur noch aus Gründen des Anstands und Respekts als Mitglied im führenden Neunerausschuss der Handelsgesellschaft toleriert wurde – er hatte schon lange nichts mehr zu sagen. Aber über kurz oder lang würde er sich ganz von dieser schönen Welt verabschieden und seinen Platz räumen müssen – einen Platz, der einem fähigen Kaufmann ungeahnte Einflussmöglichkeiten auf die Aktivitäten der Handelsgesellschaft ermöglichte. Frick begann zu träumen: Was würde er nicht alles aus dieser Gesellschaft machen, wenn er es erst in den Neunerkreis geschafft hatte! Die alten Kaufherren waren viel zu vorsichtig und riskierten nicht das Schwarze unter ihrem Fingernagel. Sie waren zufrieden mit den Gewinnen, die sie aus ihrem Handel mit schwäbischer Leinwand, Gewürzen aus dem Orient, Pelzen aus Russland, Luxuswaren aus dem Mittelmeerraum erzielten, aber an die wirklich einträglichen Geschäftsbereiche wagten sie sich nicht heran: an den Sklavenhandel und das Kreditgeschäft. Dabei gab es so viele Möglichkeiten, das kirchliche Zinsverbot zu umgehen! Frick seufzte unwillkürlich auf, sodass der alte Humpis überrascht hochsah und ihn aus milchigen Greisenaugen anstarrte. Die Handelsgesellschaft hatte ihr Netz aus Kontoren, die Gelieger, schon über die ganze Welt geworfen: Brügge, Venedig, Nürnberg, Barcelona, Lyon. Jetzt brauchte es nur noch jemanden, der geschickt genug war, die Beute auch einzuholen. Frick war entschlossen, um den frei werdenden Platz im Neunerausschuss zu kämpfen.

«Auf ein Wort, mein Lieber ...» Er drehte sich um und fand sich Ulrich, dem jüngsten der Möttelisöhne, gegenüber – ein wenig zu dicht, um noch angenehm zu sein, vor allem, da Frick die Geschichte mit dem anderen Mötteli noch nicht verdaut hatte. Dieser Mötteli hier war erst vor kurzem aus Genua zurückgekehrt, wo er für zwei Jahre den dortigen Gelieger geleitet hatte. Auch er war eigentlich noch viel zu jung für solch eine verantwortungsvolle Aufgabe, aber der goldene Name Mötteli hatte ihm den Weg gebahnt. Es hatte Ital Humpis sein ganzes Verhandlungsgeschick gekostet, den Jungen nach einigen katastrophalen Fehlentscheidungen ohne Gesichtsverlust wieder nach Ravensburg zurückzulotsen. Aber ein Mötteli kam natürlich immer wieder auf die Füße, und jetzt trug der Geck hier seine seidenen Hosen zur Schau und machte sich Hoffnungen, im Laufe des nächsten Jahres ebenso eine Prokura zu erhalten wie sein Bruder, der schon auf dem Weg nach Nürnberg war. Frick knirschte mit den Zähnen, wenn er nur daran dachte.

«... sollte man sich doch beizeiten einen Landsitz zulegen, findest du nicht? Und da fiel mir die Besitzung Bickenweiler ins Auge. Ein bisschen heruntergewirtschaftet, sicher, aber die Lage ist natürlich Gold wert. Das Anwesen gehört doch deinen Schwiegereltern, nicht wahr? Meinst du, sie hätten vielleicht an einem Verkauf Interesse?» Seine blauen Kulleraugen waren weit aufgerissen, der volle Mund zu einem fragenden Oh gerundet. Mein Gott, dieser Junge war dumm wie Bohnenstroh.

«Die Familie meiner Gattin lebt schon seit Ewigkeiten auf ihren Besitzungen», presste Frick heraus. «Ich kann mir nicht vorstellen, dass sie einen Verkauf in Erwägung ziehen.»

«Schade.» Mötteli strich sich mit der Hand durch das mattblonde Haar, das er der Mode entsprechend in schulterlangen Locken trug. Frick hatte gehört, dass eine Magd jeden Morgen für zwei Stunden nur damit beschäftigt war, dem Jungen mit der Brennschere das Haar zu bearbeiten. «Dann werde ich mich nach etwas anderem umsehen müssen.»

Hinten in der Ecke, nahe dem brennenden Kaminfeuer, wurde es laut. Zwei Kaufleute lamentierten über die neuen schikanösen Zölle, die sich die Herzöge von Burgund hatten einfallen lassen, und erlöst drehte Frick sich um, als gäbe es kein interessanteres Thema in der Welt.

«Du verzeihst, Mötteli?» Damit ließ er den Jungen stehen und gesellte sich zu der Gruppe am Kamin.

«Ich bin sowieso der Meinung, wir sollten den Warentransport mehr auf den Wasserweg verlagern», sagte Frick und war schon Augenblicke später in eine lebhafte Schilderung der Schiffsreise vertieft, die er vor einigen Jahren im Auftrag der Gesellschaft nach Zypern unternommen hatte. Plötzlich öffnete sich die Tür, und ein Spielmann betrat den Raum, begleitet von einer blutjungen Frau mit rabenschwarzem Haar und rotgeschminkten Lippen, die sich Schellenbänder um die nackten Füße gebunden hatte. Jos Humpis klatschte in die Hände.

«Liebe Freunde! Zur Feier der Taufe meines jüngsten Sohnes habe ich zwei Musikanten eingeladen, die uns heute Abend unterhalten werden. Ich hoffe ...» Der Rest des Satzes ging in lautem Beifall unter, während der Spielmann schon die Fiedel herauszog und das Mädchen sich verführerisch zu drehen begann. Frick leckte sich über die Lippen. Es würde ein langer Abend werden.

Christine war immer noch entsetzlich kalt, als sie nach Hause kam. Sie trank noch einen Becher Wein und ging dann sofort ins Bett, wo sie zitternd unter ihren Decken lag und nicht schlafen konnte. Kurz nachdem es zwölf geschlagen hatte, hörte sie Frick nach Hause kommen und die Schlafkammer betreten, hörte, wie er sich auszog und sich neben sie legte. Für einen Moment überlegte sie, ob sie nicht zu ihm hinüberrücken, ihn sanft umarmen und küssen und in ihren Schoß locken sollte, um ihm dann später im Augenblick des zufriedenen Erschlaffens alles zu beichten. Aber Frick schätzte es nicht, wenn sie ihn mit Liebkosungen empfing: Es sei schamlos und einer züchtigen Frau nicht würdig, hatte er sie gleich zu Beginn ihrer Ehe belehrt. Und sicherlich würde gleich sein Misstrauen erwachen: Schließlich war es schon Jahre her, dass sie regelmäßig beieinander gelegen hatten. Sie geriet ins Grübeln, und längst bevor sie noch eine Entscheidung getroffen hatte, lag Frick schon schnarchend an ihrer Seite. Irgendwann kurz vor Morgengrauen war sie dann auch eingeschlafen, aber als das Frühgeläut sie weckte, fühlte sie sich völlig zerschlagen.

Sie zog das Sonntagsgewand an, ließ sich von einer Magd das Haar kämmen und aufstecken, begrüßte den jungen Ludwig, der so aussah, als hätte er genauso schlecht geschlafen wie sie, ging schließlich an Fricks Seite zum Hochamt in die Kirche, und die ganze Zeit über hämmerte ihr

Herz wie im Fieber. Keins der Lieder, das der Chor anstimmte, konnte diesen Klang übertönen, kein einziges Wort der Predigt, der Frick mit zur Seite geneigtem Kopf lauschte. Viel zu rasch war alles zu Ende, viel zu rasch waren sie nach Hause zurückgekehrt und saßen sich am Esstisch gegenüber.

«Und?» Als würde Frick ein nur kurz unterbrochenes Gespräch fortsetzen, wandte er sich unvermittelt an seine Frau. «Hast du das Tuch wiedergefunden?»

Christine schluckte.

«Es tut mir leid», antwortete sie leise. «Ich habe überall gesucht, Frick, wirklich. Aber ich konnte es nicht finden.»

«So.» Er trommelte mit den Fingern auf dem Tisch herum. «Sonst hast du mir nichts zu sagen?»

«Frick, bitte ... es kommt doch immer wieder vor, dass etwas verlorengeht. Es tut mir leid! Ich werde versuchen, besonders sparsam zu wirtschaften, um den Verlust wiedergutzumachen.» Eine kurze Pause trat ein. Christine hörte draußen eine Amsel flöten, hörte die Stimme der Köchin unten in der Diele und das leise Knurren von Ludwigs Magen. Dann stand Frick langsam auf und griff in seine Geldkatze. Ganz ruhig holte er etwas heraus, hielt es kurz – wie zur Prüfung – gegen das Licht und ließ es dann langsam fallen. Aber das gelbe Seidentuch fiel nicht einfach zu Boden; es segelte gemächlich durch die Luft und landete schließlich auf Ludwigs Knie. Mit einem kleinen Aufschrei sprang Christine auf, um sich danach zu bücken, aber Frick packte sie an den Armen und hielt sie fest. Seine Lippen zitterten plötzlich vor Zorn.

«Du unverschämtes Frauenzimmer, ich werd dich lehren!», zischte er, holte aus und schlug sie mit der rechten

Hand so fest ins Gesicht, dass ihr Kopf zur Seite flog. Sie hörte Ludwig aufschreien, hörte einen Stuhl umkippen und das Klatschen der Hand auf ihrer Wange, aber für ein paar Augenblicke war sie wie gelähmt vor Entsetzen.

«Du verschacherst mein Tuch an einen Juden ... du wagst es, mir frech ins Gesicht zu lügen ...» Erst als Frick schwer atmend die Hand sinken ließ und sie zurückstieß, als er neben ihr auf den Boden spuckte und sich abrupt umdrehte, kam sie wieder zu sich. Verzweifelt schlug sie die Hände vors Gesicht und flüchtete aus der Stube.

Zitternd vor Scham und Entsetzen stürzte sie aus dem Haus, die Straße hinauf und durch das Tor. Seine Hand brannte noch in ihrem Gesicht, und an den Armen spürte sie seinen harten Griff. Ihr Herz raste, sie hatte das Gefühl zu ersticken. Seit Jahren hatte er sie nicht mehr geschlagen, nicht mehr seit der Anfangszeit ihrer Ehe, als er noch so jähzornig und ungeduldig gewesen war und gedacht hatte, er müsse seine junge Frau erziehen, wenn sie eine Schüssel zerbrach oder den Mund zur unrechten Zeit aufmachte. Aber sie hatte geglaubt, das läge lange hinter ihr und wäre endgültig vorbei. Und nicht einmal früher hatte er sie in Gegenwart anderer geschlagen! Eben aber war der Junge dabei gewesen, und auch die Küchenmagd, die die Tafel abdecken sollte, musste es gesehen haben. Sprach bald schon das ganze Haus darüber, die ganze Straße?

Sie lief und lief, ohne darauf zu achten, welchen Weg sie eingeschlagen hatte, nur so weit weg von dem Ort der Demütigung wie möglich. Spaziergänger kamen ihr entgegen – schließlich war es Sonntagnachmittag –, aber sie nahm kaum wahr, wer sie da freundlich grüßte. Und erst als sie die Stadt hinter sich gelassen hatte, als sie schon weit in die Weingärten hineingelaufen und niemand mehr zu sehen war, hielt sie an. Sie war einen der vielen Wirtschaftswege entlanggelaufen, die sich südlich der Stadt an den Hügeln entlangzogen, und hatte fast schon den Wald erreicht. Schwer atmend ließ sie sich auf einen Stapel Hölzer am Wegesrand sinken. Sie schloss die Augen, aber sofort tauchte Fricks wutverzerrtes Gesicht auf. Wenn man doch einfach weinen könnte und alles wäre wieder gut! Aber so einfach war das nicht. Sie legte die Hand an die Stirn und sah hinunter ins Tal. Von hier aus kaum zu erkennen, floss da unten die Schussen; vor ein paar Jahren hatte der Rat versucht, sie bis zum Bodensee schiffbar zu machen, aber den hochfliegenden Plan dann doch bald wieder aufgegeben. Sie konnte sich noch gut daran erinnern, wie sehr Frick sich darüber geärgert hatte, dass er bei diesem unbedachten Unternehmen einige hundert Gulden eingebüßt hatte.

Auf der gegenüberliegenden Flussseite stieg das Gelände wieder an. Kleine Wäldchen wechselten sich mit Feldern und Weinbergen ab, und überall schimmerte das leuchtende Blau des blühenden Leins. Oberschwaben war eine Region der Leineweber; die Handelsgesellschaft erwirtschaftete ihre größten Gewinne mit den Tuchen, die hier hergestellt wurden, und je schlechter das Jahr, je weniger Wein und Getreide, desto mehr mussten die Bauern spinnen, desto mehr Tuche wurden gewebt und desto größer waren die Gewinne der Kaufleute. Christine kniff die Lider zusammen, um schärfer zu sehen. Das Kloster Weißenau war rechts zu erkennen und ganz in der Ferne der Ort Adelsreute. In dieser Richtung lag auch Bickenweiler, das Gut ihrer Eltern – der Ort, an dem sie aufgewachsen war. Bevor sie geheiratet hatte, hatte sie kaum etwas anderes gekannt als die zugige Burg und die paar Bauernkaten, die sich darum scharten wie Küken um eine Henne. Damals hatte sie sich nichts sehnsüchtiger gewünscht, als endlich aus diesem verschlafenen Nest herauszukommen, und als Frick Köpperlin um ihre Hand angehalten hatte, hatte sie geglaubt, nun würde sich die Welt vor ihr öffnen. Vielleicht sollte sie die Eltern bitten, sie wieder bei sich aufzunehmen?

Unschlüssig kaute sie auf ihrer Unterlippe herum. Allmählich wurde ihr bewusst, wie kalt es geworden war: Ein kräftiger Wind blies von Westen her, und längst war die Sonne hinter bedrohlichen Wolken verschwunden. Sie hatte nicht einmal ein Tuch um die Schultern gelegt, dachte sie noch, als schon die ersten dicken Tropfen vom Himmel fielen und eine kräftige Böe an ihren Haaren zerrte. Unwillig stand sie auf. Es blieb ihr nichts anderes übrig, als schleunigst zurück in die Stadt zu laufen; sie würde nass bis auf die Haut werden, bis sie zu Hause war, und Frick womöglich dann so gegenübertreten müssen. Der Regen hatte sich inzwischen zu einem prasselnden Schauer entwickelt; die Tropfen rannen ihr aus den Haaren den Nacken hinunter und ließen sie frösteln, und der Rock klatschte ihr bei jedem Schritt nass und schwer gegen die Beine. Sie begann zu laufen. Ein wahrer Sturm schien sich da zusammenzubrauen. Er riss die Weinreben von den Stöcken, wirbelte Äste durch die Luft und peitschte Christine dicke Hagelkörner ins Gesicht.

Da hörte sie hinter sich ein Knurren, und das Blut stockte in ihren Adern. Sie sah sich nicht um, sondern rannte, so schnell sie konnte, stolperte über heruntergerissene Zweige, rutschte über den schlüpfrigen Weg.

Plötzlich knickte sie mit dem linken Fuß um und kam jäh zu Fall. Sie wollte sofort wieder aufstehen, aber der Schmerz in ihrem Fußgelenk schoss ihr hoch bis ins Herz und nahm ihr fast den Atem, sodass sie zurück in den Dreck sackte. In dem Augenblick hörte sie es erneut: ein tiefes Knurren, nur wenige Schritte von ihr entfernt. Sie zwang sich hinzuschauen. Ein wilder Hund duckte sich hinter ihr auf den Weg, das Fell triefend vor Nässe, ein handtellergroßes Geschwür auf der Schulter. Er hat nur ein Ohr, dachte sie noch, und dann sprang der Hund auf sie zu. Sie hob die Arme vor das Gesicht, um sich zu schützen, und hörte sich selbst laut schreien; hörte den Hund geifern und spürte schon seine Zähne in ihrem Fleisch. Da kam plötzlich ein neues Geräusch dazu: hastige Schritte, eine Männerstimme, ein heruntersausender Stock. Der Hund jaulte auf vor Schmerz und ließ von ihr ab.

«Mach, dass du wegkommst, verfluchter Köter ...» Ein lautes Knacken, wie wenn ein dicker Ast zerbricht, ein langgezogenes Heulen, das immer leiser wurde, eine Stimme an ihrem Ohr – als würde jemand anderes das alles wahrnehmen. Der Boden schwankte, alles drehte sich. Jemand fasste sie unter den Schultern und zog sie hoch. Sie spürte erneut den Schmerz in ihrem Fuß und wäre gleich wieder gestürzt, wenn zwei Arme sie nicht festgehalten und hochgehoben hätten.

«Drüben zu der kleinen Weinberghütte», keuchte der Mann, der den Hund vertrieben hatte. Sie versuchte ihn zu erkennen, aber er hatte sich die Gugel zum Schutz vor dem Wetter tief ins Gesicht gezogen.

«Kann nicht – kann nicht laufen», wisperte sie, und der Mann hob sie hoch und trug sie mit schwankenden Schritten ein Stück den Weg hinunter, während der Regen auf sie herunterprasselte und sich mit den Tränen auf ihrem Gesicht vermischte. Schließlich stiegen sie ein paar Stufen hinauf und schritten durch eine Tür. Der Mann ließ sie auf einen Haufen alte Säcke gleiten und blieb stöhnend stehen.

Christine wischte sich mit der Hand über die Augen. Draußen war es immer noch dunkel, sodass kaum ein Lichtstrahl durch die winzige Luke unter dem Dach fiel. Selbst ohne den trüben Schleier, der immer noch im Rhythmus ihres Herzens vor ihren Augen hin und her wogte, hätte sie kaum die Hand vor Augen erkennen können. Jeder einzelne Muskel in ihrem Körper zitterte, und die Tränen liefen weiter über ihr Gesicht, ohne dass sie etwas dagegen tun konnte.

«Man darf nicht – darf nicht vor ihnen weglaufen, sonst erwacht der Jagdtrieb», sagte der Fremde kurzatmig und warf seinen nassen Mantel achtlos auf die Erde. «Wenigstens habe ich das schon oft gehört.» Sie sah ihn schattenhaft in einem Haufen Gerümpel herumwühlen; schließlich schien er gefunden zu haben, was er suchte, kam zu ihr herüber und drückte ihr ein altes Arbeitshemd in die Hand. «Hier, damit könnt Ihr Euch abtrocknen. Ihr habt ja keine trockene Stelle mehr am Körper.» Sie nahm das Hemd und drückte ihr Gesicht hinein, und der Geruch von Männerschweiß, Holzkohlenfeuer und heißem Sommer stieg ihr in die Nase. Aus irgendeinem Grund ließ sie das wieder ruhiger werden.

«Danke. Ich wusste mir nicht zu helfen. Als der Hund auf mich zukam, konnte ich keinen klaren Gedanken mehr fassen.»

«Verständlich.» Der Mann versuchte jetzt offenbar, ein Licht anzuzünden; Christine hörte ihn leise fluchen.

«Es ist ein Wunder, dass Ihr mich gefunden habt», sagte sie. «Ich dachte, ich wäre mit diesem Hund völlig allein.»

«Ich hatte von draußen ein merkwürdiges Geräusch gehört. Ich komme häufiger hierher, wenn ich meine Ruhe haben und studieren will ... kein Mensch sonst nutzt diese Hütte. Hier stört einen keiner. Normalerweise bringe ich mir auch etwas zu essen und trinken mit, aber heute hatte ich es zu eilig, von zu Hause wegzukommen.»

Wie ich, dachte Christine.

«Es wird für Euch nicht leicht sein, in diesem Zustand zur Stadt zurückzugelangen», sagte der Mann. «Könnt Ihr laufen?» Ein Tranlicht flammte auf.

«Ich weiß nicht.» Vorsichtig tastete Christine nach ihrem Knöchel. Im Schein der Funzel sah er dick angeschwollen aus, und eine Handbreit darüber sickerte Blut aus einer kleinen Fleischwunde. Der Abdruck der Hundezähne war deutlich zu erkennen.

«Wenn Ihr erlaubt ...» Der Fremde kniete sich vor ihr auf den Boden und griff nach ihrem Fuß. Vorsichtig streifte er ihr den Schuh ab. «Ich bin ein Medicus. Medicus und Wundarzt.»

«Aus Ravensburg?», fragte sie erstaunt. Sicher musste sie ihm doch schon einmal begegnet sein, wenn er als Medicus in der Stadt praktizierte. Sie bemühte sich erneut, sein Gesicht zu erkennen, aber das Einzige, was sie von ihm sehen konnte, waren die Hände – schlanke, kräftige, freundliche Hände.

«Ja. Aber ich behandle nur wenige Patienten. Nur im Notfall.» Er bewegte vorsichtig ihren Fuß, und sie biss die Zähne zusammen.

«Eine Verrenkung, denke ich ... man sollte das Gelenk

schienen und den Fuß möglichst wenig belasten. Es wird noch Wochen dauern, bis Ihr wieder richtig laufen könnt. Aber wenigstens ist die Bissverletzung nicht tief. Ich kann sie ein bisschen säubern, und zu Hause legt Ihr ein Pflaster mit Arnika und Ringelblumensalbe auf.» Er griff nach einer Lederflasche an seinem Gürtel und schraubte sie auf.

«Branntwein, und zwar allerbeste Ware», erklärte er. «Würde zur innerlichen Behandlung sicher auch nicht schaden.» Noch während er sprach, goss er einen großzügigen Schluck auf die offene Wunde. Sie schrie auf und versuchte unwillkürlich den Fuß zurückzuziehen, aber er schien damit gerechnet zu haben und hielt ihn fest. Der Alkohol brannte auf dem rohen Fleisch, als wollte er sich bis zum Knochen durchfressen.

«Pscht», sagte der Mann beruhigend. «Tief durchatmen, es ist gleich wieder gut. Tierbisse muss man sofort reinigen. Diese wilden Köter haben so viel Dreck im Maul, dass es sich sonst fast immer entzündet.» Christine stand der kalte Schweiß auf der Stirn. Dankbar ließ sie es zu, dass der Arzt ihr jetzt die Flasche an die Lippen hielt, und nahm mehrere Schlückchen.

«Ich weiß. Als Kind bin ich schon einmal von einem Hund angefallen worden», murmelte sie. «Auf dem Gut meiner Eltern. Es war der Lieblingsjagdhund meines Vaters. Er ist einfach auf mich losgesprungen und hat sich in meinen Oberschenkel verbissen. Ich musste wochenlang im Bett liegen, bis es endlich aufhörte zu eitern, und seitdem kann ich nicht mehr so gut laufen wie früher. Jedes Mal, wenn ich einen Hund sehe –» Sie stockte. Der heftigste Schmerz in ihrem Bein war abgeklungen und einem leisen Brennen und Klopfen gewichen.

«Ihr hattet Angst, natürlich. Das würde jedem so gehen. Was ist aus dem Hund geworden?»

«Mein Vater hat ihn selbst erschlagen, noch am gleichen Tag.» Sie schloss die Augen und meinte wieder sein gramverzerrtes Gesicht vor sich zu sehen. «Aber er hat es mir übel genommen. Obwohl er nie etwas gesagt hat, weiß ich, dass er mir nicht verziehen hat.»

«Aber Ihr konntet doch nichts dafür!»

«Ich hätte den Hund eben nicht reizen dürfen, meinte mein Vater. Es sei meine eigene Schuld gewesen. Der Hund hätte noch nie vorher einen Menschen gebissen.»

«Ihr glaubt nicht, wie oft ich das schon gehört habe.» Er verschloss die Flasche und befestigte sie wieder an seinem Gürtel, und in diesem Augenblick erkannte Christine das merkwürdige Etui, das daran hing – ein Brillenetui, wie sie es bisher nur bei einem Menschen gesehen hatte. Der unbekannte Arzt war niemand anderes als David ben Moshe, der Pfandleiher, der sich geweigert hatte, ihr das Seidentuch herauszugeben. Ausgerechnet dieser Jude hatte den Hund vertrieben und sie hierher gebracht – der Mann, der sich so hinterhältig hinter seinen Geschäften verschanzt hatte, nur um sie dann an Frick zu verraten und ihm das Pfand heimlich zuzuspielen. Mit einem Ruck zog sie ihren Fuß zurück, und der Mann blickte überrascht auf.

«Was ist?»

«Du bist David, der jüdische Geldverleiher!», stieß sie hervor. «Hast du nicht gerade gesagt, du wärst ein Arzt?» Er hielt mitten in der Bewegung inne, mit der er wieder nach ihrem Fuß greifen wollte, und lehnte sich zurück.

«Ja, das habe ich gesagt. Soll ich jetzt den Fuß verbinden oder nicht?»

«Ich brauche deine Hilfe nicht!» Mit aller Willensanstrengung, zu der sie fähig war, stand sie auf, und sofort schossen ihr vor Schmerz die Tränen in die Augen. Es ging nicht; niemals würde sie es allein zurück in die Stadt schaffen. Stöhnend ließ sie sich auf den Holzklotz zurücksinken. Der Jude beobachtete sie mit einem spöttischen Lächeln.

«Soll ich den Fuß verbinden oder nicht?», wiederholte er. Wut, Schmerz und Scham tobten durch ihren Körper; sie nickte stumm.

«Dann suche ich jetzt ein Stück Stoff, mit dem ich einen Behelfsverband machen kann, wenn Ihr nichts dagegen habt.» Die Stimme des Juden war kühl geworden, jegliche Vertraulichkeit daraus verschwunden. Er rumorte in der Hütte herum, griff schließlich nach einem der Mehlsäcke und riss ihn in schmale Streifen.

«Ich versuche es damit, etwas Besseres gibt es hier nicht.» Er wickelte die Fetzen geschickt um den angeschwollenen Knöchel und befestigte sie mit dem ledernen Schnürsenkel ihres Schuhs. «Der Regen hat aufgehört. Es wird am besten sein, ich laufe zurück zur Stadt und schicke ein paar Leute mit einer Trage, die Euch holen. Wohin soll ich Euch bringen lassen?»

«Nein», antwortete sie schnell. Frick sollte nicht erfahren, wie töricht sie einfach davongelaufen war. Und auf gar keinen Fall wollte sie ihn um Hilfe bitten – den Mann, der sie vor wenigen Stunden erst geschlagen hatte. «Nein, ich komme schon zurück.»

«Das ist unvernünftig.» David ben Moshe schüttelte den Kopf. «Es ist mindestens eine Viertelmeile zu laufen.»

«Vielleicht könnte ich ja irgendetwas als Krücke benutzen. Es muss doch etwas geben!» Tatsächlich meinte sie, in dem Halbdunkel ein Werkzeug an der Wand lehnen zu sehen. Mit zusammengebissenen Zähnen humpelte sie hinüber und griff danach: Es war ein Rechen. «Wenn du ihm die Holzzähne herausbrichst, könnte ich ihn unter die Schulter klemmen und mich darauf stützen.»

Unwillig sah er sie an.

«Das ist Unfug!», wiederholte er. «Das ganze Ding ist morsch, das bricht Euch unter dem Arm durch.»

«Dann versuche ich es eben selbst.» Sie griff nach dem Rechen und versuchte die hölzernen Zinken abzubrechen, aber es gelang ihr nicht. Schließlich nahm der Jude ihr das Gerät aus der Hand und warf es in die Ecke.

«Was denkt Ihr eigentlich von mir? Meint Ihr, ich lasse Euch so allein gehen?»

«Warum nicht? Du hast mich gestern ja auch so gehen lassen. Oder glaubst du, du kannst auf diese Weise vielleicht noch ein besonders gutes Geschäft machen?» Jetzt war aus ihr herausgeplatzt, was sie eigentlich hatte für sich behalten wollen. Zorn, Schmerz und der starke Alkohol, der sich in ihrem Körper ausgebreitet hatte, hatten sie Dinge sagen lassen, die sie sonst nie über die Lippen gebracht hätte. Der Jude kniff wütend die Augen zusammen und ballte die Fäuste, und unwillkürlich duckte sie sich. Dann packte er ihren Arm und legte ihn sich grob um seine Schulter.

«Wir gehen. Ihr müsst versuchen, den verletzten Fuß so wenig wie möglich zu belasten. Los.» Und damit zog er sie nach draußen.

Es regnete tatsächlich nicht mehr, aber der Wind hatte sich noch nicht beruhigt und sandte immer wieder Schauer von Tropfen und Blättern von den triefenden Bäumen. Das bisschen Wärme, das Christine eben noch im Schutz der

Hütte empfunden hatte, wurde schon vom ersten Windstoß fortgeblasen. Große Pfützen waren vor ihnen auf dem Weg; es war so schlüpfrig, dass sie all ihre Aufmerksamkeit brauchten, um nicht gemeinsam im Dreck zu landen. Sie kamen nur langsam vorwärts. Schon nach den ersten Schritten wusste Christine, dass es besser gewesen wäre, sie hätte ihren Stolz beiseitegelassen und sich von ein paar Männern holen lassen, aber sie sagte nichts. Überhaupt sprachen sie kaum ein Wort. Obwohl sie sich bemühte, ihren Fuß zu schonen, musste sie doch ein paar Mal kräftig auftreten, um nicht zu stürzen. Hinzu kam, dass schon bald die wohltuende Betäubung des Alkohols nachließ und der wachsende Schmerz all ihre Gedanken erfüllte. Sie nahm kaum wahr, wie es allmählich dunkel wurde, wie der Jude sie schließlich fluchend auf den Rücken nahm und das letzte Stück trug, sodass sie sich später nicht erinnern konnte, wie sie endlich nach Hause und in ihr Bett gekommen war.

Tagelang lag sie im Fieber; jeder Atemzug tat weh, und ihr Kopf schmerzte, als würden eisenbeschlagene Karrenräder darüber hinwegrollen. Valentin Vöhringer, der Stadtmedicus, verordnete einen Aderlass und stärkende Getränke, aber es dauerte doch eine ganze Woche, bis sie so weit genesen war, dass sie wieder einen klaren Gedanken fassen konnte.

«Das kommt davon, wann man einfach losläuft», erklärte Frick. «In Zukunft solltest du dir zweimal überlegen, ob du dich so kindisch verhalten willst.» Aber allem Tadel zum Trotz war er offensichtlich doch sehr betroffen und besorgt um ihre Gesundheit, hatte sie von Anna, der Küchenmagd, erfahren: Der Liebfrauenkirche hatte Frick mit der

Bitte um die Genesung seiner Frau mehrere Pfund Wachs gespendet.

«Kaum zu glauben, wie du überhaupt in dem Zustand wieder nach Hause gekommen bist», murmelte Frick.

«Ein Mann hat mir geholfen, sonst hätte ich es nicht geschafft.»

«Ein Mann? Was für ein Mann? Ich hab keinen Mann gesehen.» Ohne es verhindern zu können, trat ihr klar und deutlich das Gesicht des Pfandleihers vor Augen – die hagere Gestalt, die dunklen nassen Haare, das spöttische Lächeln – und sie empfand erneut Wut und Scham darüber, ausgerechnet diesem Mann zu Dankbarkeit verpflichtet zu sein. Plötzlich war sie hellwach. Frick schnaufte inzwischen empört.

«Wer auch immer es war, es muss ein Trottel gewesen sein, dass er nicht auf die Idee gekommen ist, Hilfe zu holen!» Plötzlich griff er nach ihrer Hand, zog sie unter der Decke hervor und hielt sie hoch.

«Du siehst den Ring, nicht wahr?», bemerkte er. «Den Ring, den ich dir bei unserer Hochzeit an den Finger gesteckt habe?» Sie nickte stumm.

«Er ist ein Symbol der Treue ... ein Symbol dafür, dass du mir etwas schuldig bist. Vergiss nie wieder, dass du ihn trägst.» Ohne ein weiteres Wort stand er auf und verließ den Raum.

Der Ring brannte auf ihrer Haut, als hätte Frick ihn gerade mit der Zange aus dem Herdfeuer geholt. Sie bemühte sich, nicht hinzusehen, und ließ den Blick durch die Kammer schweifen, die man als Krankenstube für sie hergerichtet hatte. Es war ein kleiner Raum hinter der Küche, den sie sonst als Gästekammer nutzten. Jemand hatte ein Kohlebecken hineingestellt, das eine fast schon unangenehme rußige Wärme verbreitete, ein kleiner Hocker stand neben dem Bett, und auf der Truhe lagen zusammengefaltet ein paar Kleidungsstücke. Christine richtete sich auf. Im Gegensatz zu den letzten Tagen verspürte sie keinerlei Schwindel mehr und beschloss, aufzustehen und sich anzuziehen.

Unter ihren Kleidern fand sie ein grobes Leinenhemd, das sie nicht kannte. Dunkel erinnerte sie sich, dass es wohl aus der Weinberghütte stammen musste, in der sie während des Unwetters Unterschlupf gefunden hatte. Mit einem gewissen Unbehagen hielt sie es hoch: Die Mägde hatten es gewaschen und gebügelt, aber der Geruch seines Besitzers schien ihm so unauslöschlich anzuhängen wie die Erinnerung an ihn. Bei nächster Gelegenheit würde sie den alten Fetzen in die Papiermühle geben.

6

Ein paar Tage später machte sich Christine daran, die Bett- und Tischwäsche durchzusehen. Sie legte schadhafte Stücke, die die Mägde noch ausbessern konnten, an die Seite und warf völlig verschlissene Tücher in einen Korb. Ende des Monats würde der Lehrbub aus der Papiermühle kommen, um die Lumpen einzusammeln, und ihr für jedes Pfund einen Heller zahlen. Ganz zum Schluss holte sie das Leinenhemd aus ihrer Truhe. Sie wog es lange in der Hand, aber sie konnte sich dann doch nicht entschließen, es zu den Lumpen zu stecken. Wenn sie etwas weggab, was dem Juden gehörte, würde sich nur die Schuld vergrößern, in der sie bei ihm stand. Und das wollte sie auf jeden Fall vermeiden.

«Ich bringe es zurück», murmelte sie endlich widerwillig und packte das Hemd zur Seite. «So schnell es geht, bringe ich es zurück.»

Die beste Gelegenheit dazu bot der folgende Samstag, an dem wie jede Woche der Markt in der Stadt stattfand. Jeder war auf den Beinen; die Gassen quollen über von Menschen, die etwas kaufen oder verkaufen wollten, Bauern aus dem Umland, Handwerker aus Ravensburg selbst, Bürger und ihre Hausfrauen, Mägde, Scholaren, Kleriker jeder Art, Kinder und Greise, Tagediebe, Prediger und Bettler.

Nirgendwo sonst konnte man sich so leicht in der Menge verlieren wie hier. Christine liebte die Markttage: Gleich unter dem Fensterband ihrer Stube standen die ersten Händler, und wenn sie sich hinauslehnte, konnte sie bequem das Treiben in der gesamten Marktgasse überblicken. Sie rief nach Anna, der Magd, die sie heute begleiten sollte, legte sich ein leichtes Tuch um und griff nach ihrem Korb.

Unmittelbar vor ihrer Haustür standen die Garnverkäuferinnen, arme Frauen aus der Unterstadt, die zu Hause Flachs verspannen und an die Weber weiterverkauften. Sie hatten keine Stände aufgebaut wie die größeren Händler, sondern boten ihre bescheidene Ware gleich aus ihren Kiepen und Körben an. Christine kaufte hier so gut wie nie; im Hause Köpperlin wurde natürlich selbst gesponnen, und den erforderlichen Flachs bezog der Hausherr direkt bei ein paar Bauern nahe Wangen. Auch Christine verbrachte regelmäßig die langen Winterabende mit Spinnen, so lange das Licht dafür ausreichte. Gleich neben den Garnspinnerinnen standen die Flachsverkäufer, die den gehechelten Flachs vor sich ausgebreitet hatten.

«Beste Ware, gute Frau, allerfeinster Flachs für allerfeinstes Garn!» Aber Christine schüttelte nur den Kopf und eilte weiter zu den Schmalzhändlern, die ihre Stände unterhalb hatten. Anna zupfte sie am Ärmel.

«Das Schmalz ist alle, Frau Christine. Und wir haben fast keinen Talg mehr für die Lampen.» Obwohl sie in den herrschaftlichen Wohnräumen auf Fricks Geheiß Wachskerzen verwendeten – schließlich konnte es immer sein, dass er auswärtige Geschäftspartner mit nach Hause brachte, die es zu beeindrucken galt –, verbrauchte der Haushalt natürlich große Mengen an Unschlitt: Rindertalg, mit dem Knechte und Mägde die einfachen Tonlämpchen füllten. Christine ließ sich ein großes Stück abwiegen und packte es der Magd in den Korb, dann kaufte sie noch einen Topf mit Schmalz bei einer dicken Bäuerin aus Isny, die regelmäßig hierherkam und sie noch nie betrogen hatte. Die Magd verzog das Gesicht, weil sie den Schmalztopf die ganze Zeit in ihrem Korb mit sich herumtragen sollte, aber Christine achtete nicht weiter darauf. Sie zahlte nach kurzem Verhandeln ein paar Pfennige für eine Steige mit Äpfeln und eine mit Birnen und wies den Obstbauern an, ihr alles nach Hause zu bringen, kaufte ein paar Zwiebeln und wandte sich dann zum Fischmarkt, der sich gleich hinter dem Rathaus befand. Dort wurden die Tiere in großen Holzbottichen lebendig angeboten: Brachsen und Felchen aus dem Bodensee, Karpfen, Forellen und Krebse aus Weihern und Flüsschen des Umlandes. Christine kaufte ein halbes Dutzend Felchen, die der Fischer gleich in einen kleinen Eimer setzte und dann seinen Sohn anwies, sie zum Obertorbrunnen zu tragen.

«So, jetzt haben wir fast alles ... nächste Woche wollen wir Karpfen kaufen.» Die Magd nickte verdrießlich. Der interessante Teil des Marktes, wo man Honig, gebrauchte Kleider, kleine Andachtsbildchen, Geschirr und allerlei Spielzeug und sonstigen Tand kaufen konnte, kam ja erst noch, aber es sah ganz so aus, als wollte die Hausfrau sie jetzt schon zurückschicken. Christine drückte ihr ein paar Münzen in die Hand.

«Lauf noch hinüber zur Brotlaube und bring Weizen- und Roggenbrot mit ... und ein gutes Pfund Salz. Dann besorg noch ein paar Nähnadeln, aber gute, nicht so rau und stumpf wie die letzten. Und wenn du selbst etwas brauchst, dann kannst du dich meinetwegen noch ein bisschen umsehen. Nur, dass du früh genug zu Hause bist, um der Köchin zur Hand zu gehen!» Das Mädchen strahlte erfreut und hüpfte mit seinem vollen Korb davon, während Christine sich schon durch das Gedränge am Salzhaus schob, am Rathaus vorbei und über den Holzmarkt lief, wo lautstark verhandelt wurde. Ein schwitzender Zimmermann schrie auf den Bediensteten des städtischen Bauhofs ein, die Stämme seien alle verzogen und längst nicht ausreichend gelagert, er sehe nicht ein, dass er dafür sein gutes Geld hergeben solle, während der Bauhofmitarbeiter fast gelangweilt danebenstand und die Tirade gleichmütig an sich abperlen ließ.

«Wenn du's nicht willst, dann sag es einfach», erklärte er schließlich. «Gibt genug andere, die reißen mir jeden Scheit aus der Hand. Holz ist verflucht knapp, das solltest du doch wissen. Da kannst du froh sein, wenn der Rat dir überhaupt etwas zuteilt.»

Christine schob sich an den beiden vorbei, so schnell sie konnte – jeden Augenblick drohte eine Prügelei auszubrechen. Da wurde es hinter ihrem Rücken plötzlich laut: Vom Viehmarkt am unteren Ende des großen Platzes kam ein Kalb auf sie zu gerannt; es hatte sich von seinem Pflock losgerissen und blökte erbärmlich. Mehrere Bauern liefen hinterher und schwangen Seile über ihren Köpfen, um es wieder einzufangen, während eine Gruppe schmutzstarrender Gassenjungen johlend am Rand des Platzes stand und das Tier mit unreifen Äpfelchen bewarf, sodass es vor lauter Angst nur noch schneller wurde.

«He, ihr Trampel!» Einer der Burschen löste sich von den anderen und machte Anstalten, die fluchenden Bauern aufzuhalten. «Lasst das Tier laufen! Ist doch ein Rindvieh wie ihr selbst!» Ein Bauer stieß ihn wütend zur Seite, aber das Kalb hatte inzwischen sicher schon zwanzig, dreißig Klafter Vorsprung. Da riss plötzlich der Zimmermann, der sich eben noch mit dem städtischen Bediensteten gestritten hatte, eine lange Latte von dem Holzstapel an seiner Seite und schlug damit dem Kalb heftig gegen die Vorderläufe, als es gerade an ihm vorbei wollte. Mit einem lauten Brüllen brach das Tier zusammen; als der erste Bauer herangekommen war, beugte er sich darüber und fing sofort an zu lamentieren und auf den Handwerker einzuschreien.

«Du hast ihm die Beine gebrochen, du Hurensohn! Jetzt kann ich es nur noch an den Metzger verschachern oder gleich an den Abdecker! Mein bestes Kalb!» Er stieß den Zimmermann kräftig vor die Brust; der zögerte keine Sekunde und versetzte dem Bauern einen mächtigen Kinnhaken, sodass der hintenüberkippte und vollends zu Boden ging. Die anderen Bauern kamen ihm zu Hilfe, und im Nu war eine wütende Schlägerei im Gange. Der städtische Angestellte, gerade noch selbst in heftigen Streit mit dem Zimmermann verwickelt, schlug sich sofort auf dessen Seite – dem Bauernpack musste man schließlich zeigen, dass es sich in der Stadt nicht benehmen konnte wie zu Hause im Schweinestall. Jemand brach in erbärmliches Gejammer aus; wahrscheinlich war er empfindlich getroffen worden. Und in dem ganzen Durcheinander machten sich die Gassenjungen daran, von dem Holzstapel, der zum Verkauf gestanden hatte, so viel für sich auf die Seite zu schaffen wie möglich.

Obwohl der Fuß ihr inzwischen wieder bei jedem Schritt wehtat, flüchtete Christine in eine Seitengasse, so schnell sie konnte. Es war nur zu leicht, sich einen Schlag einzufangen, sogar wenn man eine Frau war und mit der ganzen Sache nichts zu tun hatte. Eigentlich erstaunlich, dass der städtische Diener so bereitwillig bei der Prügelei mitmachte. Er zumindest musste doch wissen, dass der Rat Schlägereien während der Zeit des Marktfriedens doppelt so hart strafte wie sonst. Es konnte nicht mehr lange dauern, bis die Büttel kamen und dem Ganzen ein Ende machten.

Christine war froh, als sie endlich unterhalb des grünen Turms stand und in die Judengasse einbiegen konnte. Erleichtert blieb sie einen Augenblick stehen, verlagerte ihr Gewicht auf den gesunden Fuß und holte tief Luft. Wie ruhig es hier war! Nach dem Gewühl und Geschrei auf dem Markt war es, als hätte man plötzlich eine andere Welt betreten. Hämmer und Sägen schwiegen; kein Kind spielte auf der Gasse, keine Frau eilte mit ihren Henkelkörbchen zum Einkaufen, kein Handwerker fegte den Dreck aus seiner Werkstatt, kein Karren ächzte durch den Straßendreck. Es ist Samstag, fiel Christine plötzlich ein, der heilige Tag der Juden. So wie sie gehört hatte, vermieden die Juden an diesem Tag jede Art der Tätigkeit, gingen nur auf die Straße, wenn es unvermeidlich war, und feierten ihren Gottesdienst. Ihr wurde ein bisschen unbehaglich zumute. Was, wenn sie völlig umsonst hierhergekommen war? Wenn man sie nicht einmal einließ? Sie musste es einfach versuchen.

Sie hob den Türklopfer am Haus des Geldverleihers und ließ ihn vorsichtig wieder fallen: Das Geräusch erschien ihr trotzdem noch unpassend laut. Lange Zeit war nichts zu hören, und sie wollte gerade wieder gehen, als sich Schritte der Tür näherten und jemand öffnete. Es war ein alter

Mann mit silbernem Haar und gütigem Gesichtsausdruck, der von Kopf bis Fuß in eine Art schwarzen Mantel gehüllt war.

«Ja? Womit kann ich dienen?»

«Verzeihung, ich hatte nicht daran gedacht, dass heute Sonnabend ist. Ich möchte gern mit David Ben Moshe sprechen. Oder empfangt ihr heute keine Kunden?»

Der Alte verzog hilflos das Gesicht.

«Als Jude in einer christlichen Stadt muss man manchmal Dinge tun, die man lieber lassen würde. Kommt herein, ich werde David rufen.»

Sie folgte ihm in den Raum, den sie schon kannte, aber heute brannte kein Licht, und wenige Schritte von dem kleinen Fenster entfernt war es dunkel. Sie holte das Hemd heraus und legte es auf den Wechseltisch, um dann unruhig hin und her zu wandern und endlich am Fenster stehen zu bleiben. Es gibt keinen Grund zur Unruhe, sagte sie sich. Ich komme nicht als Bittstellerin.

«Wie ich sehe, seid Ihr inzwischen wieder wohlauf und auf den Beinen», sagte plötzlich jemand hinter ihr. Sie drehte sich um und fand sich David Jud gegenüber. Er hielt einen Leuchter in der Hand und nickte ihr zu, mit einem Blick, der ihr voller Spott und Häme zu sein schien.

«Erwarte ich vielleicht zu viel, wenn ich denke, dass Ihr gekommen seid, um Euch bei mir zu bedanken und mir mein Geld zurückzuerstatten? Nach der Herzlichkeit, mit der Ihr mich beim letzten Mal bedacht habt?» Im Nu war Christines anfängliche Verlegenheit verflogen. Mir mein Geld zurückzuerstatten! Was für eine Unverfrorenheit! Sie musste sich mühen, ihn nicht anzuschreien.

«Hat mein Mann dich nicht schon ausreichend für

deine Dienste belohnt? Erstaunlich! Ich hätte erwartet, dass ein Geschäftsmann wie du es versteht, aus einer solchen Situation Gewinn zu schlagen! Er muss sich doch unglaublich gefreut haben, als du ihm das Tuch in die Hand gedrückt und mich an ihn verraten hast, oder nicht?» Das Gesicht des Geldverleihers wechselte schlagartig die Farbe, und mit grimmiger Befriedigung sah Christine seine undurchdringliche Überlegenheit zum ersten Mal zerbrechen.

«Ich weiß nicht, wovon Ihr redet», antwortete er heiser. «Ich habe noch nie mit Eurem Mann gesprochen.»

«Natürlich nicht. Schließlich hattest du mir ja deine Verschwiegenheit zugesagt. Aber man kann ja auch ohne viel Worte ein Geschäft machen. Darauf verstehst du dich wohl besonders gut.» Sie hatte nicht gewusst, dass ihre Stimme so kalt sein konnte, so schneidend. David Jud stand einen Augenblick wie erstarrt, dann packte er sie unvermutet an der Schulter und stieß sie nach draußen.

«Raus», zischte er und schlug die Tür hinter ihr zu. Sie machte langsam ein paar Schritte und blieb dann stehen. Was für ein erbärmlicher Mensch, dachte sie. Was für ein erbärmlicher Geldschneider! Sie betrachtete die verschlossene Haustür und wäre am liebsten in Tränen ausgebrochen.

Zitternd vor Wut griff David ben Moshe nach dem sauber gefalteten Hemd, das die Köpperlin offensichtlich zurückgebracht hatte, und riss es mitten durch, aber es verschaffte ihm keine Befriedigung. Alles, was er denken konnte, war, dass er das seidene Tuch am liebsten in die tiefste Jauchegrube geworfen hätte und seine Besitzerin gleich hinterher. Aber natürlich würde er so etwas niemals tun. Er war viel zu vorsichtig, um sich gegen eine Angehörige der städtischen Oberschicht zu wehren – schließlich war er nur ein Jude, nicht wahr? Und man wusste ja, die Juden sind feige Schacher, die für ein paar Heller Zins die eigenen Eltern an den Teufel verkaufen würden. Der Zorn stieg erneut in ihm auf und durchflutete sein Hirn wie rotglühende Lava.

«Ich wünschte, sie wären tot, das ganze verlogene Pack», flüsterte er zwischen zusammengebissenen Zähnen. «Ich wünschte, sie würden alle zur Hölle fahren!» Sinnlos, heute noch zu studieren. Er starrte wütend zu den Büchern hinüber, die hinten auf einem Wandbord standen. Keine Gelehrsamkeit, keine noch so große Kunstfertigkeit würde aus ihm jemanden machen, dem man die respektvolle Anrede «Ihr» nicht verweigerte. Und mochte er auch eines Tages zum Leibarzt des Kaisers selbst aufsteigen: Der Jude wurde geduzt. Schließlich durchquerte er den Raum und hatte schon die Hand an der Tür, als sein Vater plötzlich hinter ihm stand.

«Willst du noch weg, David? Es ist doch Sabbat. Der Gottesdienst ...» David bemühte sich, nicht zu hören, wie belegt die Stimme des Alten klang – als würde er ein Schluchzen unterdrücken.

«Mag sein. Du weißt, dass es mir nichts bedeutet. Und ihr habt auch ohne mich genug Männer.» Es hätte nicht schlimmer sein können, wenn er Moshe eine Backpfeife versetzt hätte. Der Alte zuckte zusammen und musste mehrfach ansetzen, bis er eine Antwort geben konnte.

«Der Ewige hat dich nicht vergessen, mein Sohn, und auch du darfst ihn nicht vergessen. Er hat ein Recht auf deine Gebete.»

David fasste seinen Vater bei den Schultern und schob ihn zurück ins Haus.

«Mach dir keine Sorgen darum. Ich – ich kann nicht beten, wenn alle um mich herum sind. Ich fühle mich halb erstickt da drinnen, ich muss ein bisschen an die frische Luft.» Jedes Wort war gelogen, und er wusste es genau. Er wandte sich zum Gehen. «Sag den anderen einen Gruß von mir. Ich wünsche ihnen einen schönen Sabbat. Ich weiß noch nicht, wann ich zurück bin.» Er ging, ohne die Antwort abzuwarten, und zog die Tür hinter sich zu.

Sobald er die Judengasse hinter sich gelassen hatte, steuerte er die erstbeste Schänke in der Unterstadt an, wo man nicht befürchten musste, einem der Kaufleute zu begegnen, und ließ sich eine Kanne Wein bringen. Es war ein billiges Zeug, das man hier soff, versetzt mit Honig und Zimt und faulen Äpfeln, kein Vergleich zu dem, was er vor Jahren in Italien genossen hatte, aber es reichte, um sich zu betrinken. Morgen würde er wünschen, er hätte die Finger davon gelassen, aber jetzt war es ihm gleich. Für einen kurzen Augenblick dachte er noch darüber nach, ob der Wein wohl koscher gekeltert worden war, aber dann ließ er auch diesen Gedanken fallen. Koscher oder nicht, es konnte ihm gleich sein. Er stürzte die beiden ersten Becher hinunter und wartete, dass sein Kopf endlich leichter wurde.

In der Stadt hatte jede Zunft, jede Gesellschaft ihre eigene Trinkstube, die nur Mitglieder bewirtete: Die Eselgesellschaft traf sich im Mohren, die Gesellschaft zum Ballen sowie die Schuhmacher in jeweils eigenen Häusern in der Marktstraße, die Metzger am großen Platz, die Bäcker nahe der Liebfrauenkirche und so weiter. Gehörte man keiner Zunft an, blieben einem diese Trinkstuben verschlossen, und man musste mit einer der einfachen Schänken vorliebnehmen so wie die Bauern, die heute wie jeden Samstag mit ihren Waren aus dem Umland zum Wochenmarkt gekommen waren und sich hier für den Heimweg stärkten. David lächelte böse: Er hatte noch keine einzige Trinkstube von innen gesehen. Den Juden war wie den Henkern und Abdeckern jede Zunftzugehörigkeit verboten. Er lehnte sich zurück und betrachtete die düstere Bude, in der er gelandet war: die wurmstichige Bank, auf der er saß, den Tisch, an dem schon Generationen von Bauern die Schärfe ihrer Messer erprobt hatten, die niedrige Decke, die vom Qualm billiger Tranfunzeln nachtschwarz gefärbt war, das primitive Holzgeschirr, an dem noch die Breireste der letzten Mahlzeit klebten.

Die Besucher, die sich in den dunklen Ecken herumdrückten, passten genau dazu: angetrunkene Bauern, die mit ihrem Zwiebelgestank ein ganzes Ritterheer in die Flucht schlagen würden, zwei Tagelöhner, beide barfuß und der eine mit einem unübersehbaren Brandmal auf der linken Backe – vermutlich das Überbleibsel einer Begegnung mit irgendeinem Henker der umliegenden Städte. Dem Mann mit dem schwarzen Backenbart gleich am Schanktisch, der ausschließlich im Flüsterton mit dem Wirt redete und sich immer wieder nervös an den Gürtel fasste, wo sein Messer steckte, war ohne weiteres zuzutrauen, dass er sich des Nachts sein Geld mit allen möglichen Diebereien verschaffte. Aber wahrscheinlich war das ja genau die passende Gesellschaft. David ließ sich einen weiteren Krug kommen und trank.

Er sah erst wieder auf, als sich eine Gruppe junger Burschen unsanft an ihm vorbei in die Schankstube drängte. Sie waren alle besudelt mit Matsch und Dreck, einige mit blutender Nase, Kratzspuren im Gesicht und zerrissener Kleidung, aber offenbar bester Laune.

«Mann, wie wir es diesen Schweinebauern gezeigt haben!», rief ein spindeldürrer Halbwüchsiger, der morgen mit einem Veilchen aufwachen würde. «Die haben sich ja fast die Hosen vollgeschissen vor Angst!»

«Das macht bei denen doch sowieso keinen Unterschied. Die scheißen sich immer in die Hosen!» Sie brachen in brüllendes Gelächter aus; anscheinend war das nicht die erste Kneipe, in der sie einkehrten.

«Und habt ihr die blöden Gesichter gesehen, als der Büttel plötzlich dastand? Wie sie da auf einmal geflennt haben!» Der Wirt hatte inzwischen alle mit einem Becher Wein versorgt, und der Spindeldürre hatte nichts Eiligeres zu tun, als sich den gesamten Inhalt über sein zerlumptes Wams zu kippen. David Jud beobachtete sie mit wachsendem Widerwillen. Schließlich warf er ein paar Münzen auf den Tisch und erhob sich, um zu gehen, aber er hatte unterschätzt, wie viel er inzwischen getrunken hatte. Der stickige Raum schwankte unter seinen Füßen, und er ließ sich zurück auf die Bank fallen. Da entdeckte er unter den jungen Burschen einen wohlvertrauten roten Schopf. War das nicht dieser Kerl, dem er vor einiger Zeit das eingepackte Tuch gegeben hatte? Und der dann zu blöd gewesen war, den Auftrag ordentlich auszuführen? Obwohl er reichlich entlohnt worden war, dieser Idiot. David beschloss, sich den Burschen vorzuknöpfen.

«He! He, du da, Vinz!», rief er.

Der Junge drehte sich überrascht um und grinste.

«Auch mal wieder da?»

«Das Päckchen. Was hast du damit gemacht, du Rotzlöffel? Hast du es der Köpperlin gebracht, wie ich gesagt hatte?» David musste sich konzentrieren, damit die Worte überhaupt verständlich aus seinem Mund kamen.

«Du hast schon ordentlich einen gehoben, stimmt's? Aber keine Sorgen. Auf den alten Vinz ist Verlass. Klar hab ich das Ding abgegeben, irgend so einem jungen Schnösel, der es ihr bringen wollte. Und da fällt mir ein, ich hab noch ein paar Heller von dir zu kriegen.» Herausfordernd streckte er David die offene Hand hin.

«Nichts kriegst du, Trottel!», knurrte David. «Der Frau solltest du das Ding geben, niemandem sonst!»

Vinz ließ die Hand sinken und kniff die Augen zusammen.

«Davon hast du mir nichts gesagt. Und jetzt her mit dem Geld, sonst wird's dir noch leidtun.»

«Du unverschämte Rotznase, 'ne Tracht Prügel kriegst du und sonst nichts!»

«Pass auf, mit wem du sprichst, Judensau. Du hast mir gar nichts zu sagen.»

Blind vor Wut hob David die Faust und schlug dem Kerl mitten ins Gesicht, einmal, noch einmal. Verglichen mit ihm selbst war Vinz nur ein mickriger Halbwüchsiger. Es kostete David keine Minute, da lag der Bursche vor ihm auf dem Boden.

«Hilfe! Dieser besoffene Jude hier schlägt mich zusammen!», jaulte Vinz. In seinem benebelten Hirn bemerkte David zu spät, dass die anderen Burschen einen Ring um ihn gebildet hatten, und der Tritt, der ihn im Rücken traf und zu Fall brachte, kam völlig unvorbereitet. David war noch nicht am Boden, als er schon die Fäuste auf seinem

Körper spürte, und war mit einem Schlag wieder nüchtern. «Trottel» hatte er den Jungen genannt? Der größte Trottel war er selbst. Er hob die Arme vor sein Gesicht und versuchte sich notdürftig zu schützen, als plötzlich kaltes Wasser auf sie herunterplatschte und die Stimme des Wirts ihn erlöste.

«Sofort aufhören, ihr alle! Schluss! Wollt ihr, dass sie mir die Bude zumachen?» Der erboste Wirt schwang den Wassereimer bedrohlich über ihren Köpfen. «Los, setzt euch hin, ich gebe eine Runde.»

Die Burschen ließen von David ab und trotteten zu den Wandbänken, während der Wirt ihn am Kragen packte, zur Tür schleifte und auf die Straße warf.

«Lass dich hier bloß nicht wieder blicken», zischte er. «Und wenn du keinen Ärger willst, dann holst du jetzt deinen Beutel raus und gibst mir alles, was drin ist, für den Verlust, den ich deinetwegen heute gemacht habe.»

Benommen warf David dem Mann seinen Geldbeutel zu, stand mühsam auf und klopfte sich den Dreck von den Kleidern. Sein Magen hatte einen Fausthieb abbekommen, aber ansonsten schien ihm Schlimmeres durch das Eingreifen des Wirts erspart geblieben zu sein. Der Schmerz war nur eine gerechte Strafe für seine Dummheit, sagte er sich. Er verließ die Stadt durch das Spitaltor, wanderte zur Schussen hinaus und legte sich schließlich in den Schatten einer mächtigen Weide. Wie hatte er sich nur zu einer so unsinnigen, kindischen Tat hinreißen lassen können? Es war schließlich nicht das erste Mal, dass er das Wort «Judensau» gehört hatte, und es würde vermutlich auch nicht das letzte Mal sein.

7

Seit Tagen hatten die Niederschläge nicht nachgelassen, und wenn Gerli vor Tagesanbruch zur Papiermühle hinaufstieg, wurde sie nass bis auf die Haut. Nicht, dass es in ihrer Unterkunft viel besser gewesen wäre: Das Wasser lief jede Nacht zu ihnen herein, ganz gleich, wie viele Lumpen sie vorher zum Abdichten unter die Tür gestopft hatten, und alles in ihrer Kammer war feucht und klamm, Decke, Kleider, Schuhe. Das Stroh in ihren Matratzen fing schon an, faulig zu riechen; bald würden sie es ersetzen müssen, obwohl es eigentlich noch gut und gern bis Weihnachten hätte halten können. Hoffentlich würde Vinz heute den Graben anlegen, so wie sie es ihm aufgetragen hatte: einen kleinen Graben, durch den das Wasser zu den hinten gelegenen Gärten abfließen konnte, statt sich morgens in kleinen Pfützen vor ihrem Bett zu sammeln.

Sie seufzte, als sie nach draußen spähte und an ihren Bruder dachte. Er lag noch schlafwarm auf ihrem Strohlager, mit ausgebreiteten Armen, ein seliges Lächeln auf den verschwollenen Lippen. Jämmerlich zugerichtet und angetrunken war er am letzten Markttag nach Hause zurückgetorkelt; irgendjemand musste ihm ein paar ordentliche Ohrfeigen verpasst haben, aber Vinz erzählte ihr nichts. Wie er da vor ihr gestanden hatte, mit hängenden Schultern und laufender Nase, hatte er sie so heftig an den hübschen Jungen erinnert, der er früher einmal gewesen war, dass ihr plötzlich die Tränen in den Augen gestanden hatten und sie ihm mehrfach über die Wangen streichen musste. So viel hatten sie zusammen durchgemacht! Ohne Vinz' Hilfe hätte sie es damals nie bis nach Ravensburg geschafft. Sie war es ihm schuldig, aus ihm mehr zu machen als einen jämmerlichen kleinen Tagelöhner. Entschlossen öffnete sie die Tür, trat hinaus in den Regen und lief los.

Noch bevor sie ihn im Dämmerlicht klar erkennen konnte, hörte sie schon Oswald, den Papierergesellen, fluchen. Er kletterte auf dem Mühlenwehr herum und versuchte, in dem strömenden Regen den Zufluss zum Mühlrad zu drosseln. Plötzlich stieß er einen lauten Schrei aus und hielt sich die Hand.

«Was ist?», rief Gerli zu ihm hinüber. Er schüttelte nur den Kopf, beugte sich noch einmal über das hölzerne Falltor, das die Zuleitung zur Mühle regelte, und drückte es mit aller Kraft hinunter. Dann rannte er zur Mühle hinüber, wo Gerli auf ihn wartete.

«Hab mir die Finger geklemmt an dem Scheißwehr», keuchte er und hielt seine linke Hand hoch, von der das Blut heruntertropfte. «Man sieht ja nichts bei dem Wetter.»

«Warte.» So schnell sie konnte, lief Gerli zur Lumpenkammer, holte ein einigermaßen sauberes Tuch und presste es auf die blutende Hand. «Du musst eine Weile draufdrücken, dann hört es auf, und später kann ich dir einen Verband machen.»

Oswald lehnte sich gegen die Wand. Er war noch ein junger Mann mit einem platten Gesicht und weit auseinanderstehenden Zähnen, der sich Hoffnungen machte, eines Tages eine eigene Mühle pachten zu können. Mit den Arbeitsabläufen war er so vertraut wie der Papierer selbst, aber Jost ließ ihn nicht an die Bütte, sondern all die Arbeiten machen, die er selbst nicht verrichten mochte.

«Geht schon wieder.» Oswalds Gesicht bekam langsam wieder Farbe, und Gerli wickelte ihm das Tuch eng um die Hand und machte einen Knoten hinein.

«Du solltest vorsichtig sein mit der Hand», sagte sie, aber Oswald hob nur vielsagend die Schultern und ließ sie wieder fallen.

«Wenn der Papierer mich vorsichtig sein lässt.»

In dem Augenblick setzte mit ohrenzerreißendem Lärm die Lumpenstampfe wieder ein, die der Papierer für die Zeit stillgelegt hatte, in der sein Geselle am Mühlenwehr arbeitete. Kein weiteres Wort war mehr möglich, aber als sie gemeinsam die Schöpfkammer betraten, drückte Oswald kurz dankbar Gerlis Hand.

Jost stand schon an der Bütte und rührte in dem feinen Papierbrei. Er wartete nur, dass Oswald den Stapel Filze anfeuchtete und seinen Platz neben ihm einnahm, dann griff er nach dem Schöpfsieb, legte den Rahmen auf und tauchte beides in die milchige Flüssigkeit. Er hob das Sieb mit einer geschmeidigen Bewegung wieder heraus und schüttelte es, damit der Brei sich gut verteilte und das überflüssige Wasser ablief. Dann nahm er den Rahmen herunter, reichte das Sieb an Oswald weiter und setzte den Rahmen auf das zweite Sieb, um den nächsten Bogen zu schöpfen. Oswald drehte das Sieb mit dem anhaftenden Papierbogen vorsichtig um und presste es auf einen feuchten Filz, sodass das Blatt von der Form auf den Filz übertragen wurde. Dann zog er vorsichtig das Sieb ab, schob es wieder zu Jost zurück und bedeckte den gewonnenen Bogen mit einem weiteren Filz.

Gerli beobachtete die beiden aus dem Augenwinkel: Wie erstaunlich, dass zwei Männer, die sich doch ansonsten spinnefeind waren, so harmonisch und erfolgreich miteinander arbeiten konnten! Aber die Arbeit war auch zu anstrengend, um währenddessen einen Streit anzufangen, selbst wenn die Lumpenstampfe einmal schwieg. Jeden zweiten Tag klagte Jost über die Rückenschmerzen, die ihn nachts nicht zur Ruhe kommen ließen, und der Anblick seiner roten, aufgequollenen Arme, die stundenlang mit dem kalten Papierbrei in Berührung waren, ließ Gerli schaudern. Sie selbst war dankbar, dass für diese Woche keine Lumpen mehr zu sortiern und zu zerkleinern waren und sie stattdessen mit Hans, dem Lehrbuben, an dem großen Eichentisch stehen konnte, um die fertigen Bögen mit einem feinpolierten Achatstein zu glätten. Plötzlich ertönte eine Glocke, Gerli und der Lehrbub unterbrachen ihre Tätigkeit und gingen zu der großen Presse hinüber, unter die Oswald gerade den Stapel aus frischgeschöpften Papierbögen und Filzen schob. Das überschüssige Wasser musste herausgepresst werden, und jede Hand wurde gebraucht, um das Gewinde der Presse anzuziehen. Danach war der Lehrbub erst einmal damit beschäftigt, frische Bögen und Filze voneinander zu trennen, und Gerli ging allein zum Tisch zurück. Man musste sehr aufmerksam sein, um bei dem Höllenlärm die Glocke nicht zu überhören; der Papierer hatte Hensli erst gestern die Ohren langgezogen, als dieser über dem Schmirgeln und Glätten ins Träumen gekommen und nicht rechtzeitig an der Presse erschienen war.

Plötzlich warf Jost seinen Rahmen auf die Erde, versetzte der Bütte einen kräftigen Tritt und stürmte in die Stampfkammer hinüber. Kurz darauf kam das Stampfwerk mit einem hässlichen Knarren zum Stehen. Die plötzliche Stille klang ungewohnt in ihren Ohren.

«Was ist los?», fragte Oswald und wischte sich den Schweiß von der Stirn; die Binde um seine Hand war schon wieder blutig und nass.

«Na, es regnet, hast du das noch nicht gesehen?», spuckte Jost giftig. «Nur Ausschuss, was wir heute gemacht haben!» Er hielt ein frischgeschöpftes Blatt hoch: Es war fleckig und grau. «Das Wasser in den Stampfen ist so schlammig, dass es uns den ganzen Hadernbrei verdirbt. Da können wir ja gleich mit Schweinepisse spülen!» Er knüllte das Blatt zusammen und warf es in hohem Bogen in die Ecke. «Hensli!» Der Junge zuckte zusammen: Wenn der Papierer diesen Ton anschlug, war mit ihm nicht gut Kirschen essen.

«Du nimmst die Beine in die Hand und läufst runter in die Stadt. Frag in der Schlachtmetzig nach, ob sie genug geschlachtet haben. Sie sollen uns möglichst bald eine Ladung Knochen und Schafsfüße hochschicken, damit wir leimen können.»

«Ich würd lieber noch warten, bis der Regen –»

«Halt's Maul und hopp, sonst brauchst du gar nicht mehr wiederzukommen!» Hans sah aus, als würde er gleich in Tränen ausbrechen, aber es half nichts. Jost warf ihm noch seinen Hut zu, als der Junge schon an der Tür war.

«Hier, Kerl, setz dir das auf, dass du uns nicht davonschwimmst! Gerli, du arbeitest weiter mit dem Glättstein, und wenn du damit fertig bist, gehst du auf den Trockenboden hoch und schaust nach den Papieren.»

Gerli nickte: Auf dem Boden unter dem Dach hingen die frischen Bögen auf Schnüren aus gewachstem Rosshaar, um im Luftzug zu trocknen. Wenn es allerdings so nass blieb wie heute, dann konnte man die Läden so weit aufreißen, wie man wollte, es wurde doch nichts trocken. Und nach zwei, drei Wochen bestand die Gefahr, dass die feuchten Papiere anfingen, stockig zu werden. Dann war alles verdorben.

«Oswald und ich, wir machen die Lieferung an die Ankenreute fertig. Und betet zu Gott, dass der Scheißregen aufhört.»

Natürlich kam es immer wieder vor, dass die Stampfwerke stillstanden, aber die plötzliche Ruhe war trotzdem ungewöhnlich. Gerli hörte Geräusche, die sie hier sonst nie wahrnahm: ein merkwürdiges Rascheln unter den Bodendielen, das Gurgeln das Flattbachs vor der Tür, ein hohes Sirren, das entstand, wenn ein Windstoß oben durch die Trockenkammer fegte und die gespannten Schnüre zum Singen brachte, und Schritte und fremde Stimmen vor der Tür. Aber wer mochte bei so schlechtem Wetter den Weg hier hinaus ins Flattbachtal wagen? Gerli legte den geglätteten Papierbogen sorgfältig auf den Stapel zu den anderen, schlich sich zur Tür und spähte hinaus.

In der Diele standen ein untersetzter Mann und ein Bursche, beide in dichten dunklen Wollmänteln, von denen der Regen auf den Holzboden troff, und redeten leise mit dem Papierer. Der Junge mit seinem Allerweltsgesicht wäre gut für einen Lehrbuben durchgegangen; das einzig Auffällige an ihm war seine Kappe, die mit einer breiten roten Borte verziert war. Am Mantel des Mannes jedoch prangte eine großen metallene Schließe, die selbst auf diese Entfernung in Gerlis Augen ziemlich wertvoll aussah – sicher war das

Ding aus echtem Silber! Ein reicher Mann, dachte sie, vielleicht ein Kaufmann aus der Stadt. Solche Besucher kamen manchmal, um sich von Jost zeigen zu lassen, wie in der Mühle gearbeitet wurde. Aber der Mann und sein Begleiter hatten keinen guten Tag erwischt. Nicht einmal das Stampfwerk war in Betrieb. Zu gern wäre sie selbst in die Diele geschlüpft, hätte die beiden Besucher genauer ins Auge gefasst und den dicken Stoff ihrer Mäntel betastet – wann hatte sie schon einmal die Gelegenheit, einen der steinreichen Kaufleute vor sich zu haben? Jost würde das gar nicht zu schätzen wissen, fühlte er sich ja selbst schon fast als Besitzer der Mühle. Und was würde es auch bringen? Der ältere der beiden Besucher hatte sicherlich keinerlei Interesse an einer kleinen Lumperin, und der Junge mit den hängenden Schultern sah nicht so aus, als hätte er irgendetwas zu sagen. Mit einem bedauernden Schulterzucken ging Gerli wieder an ihren Arbeitsplatz zurück und griff nach dem nächsten Bogen.

«Wie ärgerlich, dass die Mühle heute nicht arbeiten kann», sagte Frick Köpperlin gerade. Der Papierer hatte sie in die Leimküche gebeten, nachdem er den Namen seiner Besucher gehört hatte. Sie seien auf dem Weg von Emmelweiler zurück nach Ravensburg vom Unwetter überrascht worden, und als Frick die Mühle gesehen habe, habe er gedacht, das sei eine gute Gelegenheit, nicht nur einen trockenen Unterschlupf zu finden, sondern auch mit seinem Sohn den Betrieb anzuschauen, was er schon seit langem wünsche. Der Papierer betrachtete Frick nachdenklich. Der angesehene Patrizier wirkte nicht gerade wie jemand, der sich von einem Regenguss beeindrucken ließ – erst recht nicht, wenn es schon seit Tagen regnete. Aber man konnte ja nie wissen; vielleicht saß der Kaufmann ja Tag für Tag im Trockenen hinter seinen Büchern und bekam gar nicht mit, was draußen vor sich ging. Ein interessanter Besuch auf jeden Fall. Jost war erleichtert, dass sie schon seit zwei Wochen keinen Leim mehr gekocht hatten und die Küche nicht stank.

«Ich hätte zu gern das Stampfwerk gesehen ... soll ja ein wahres Wunderding sein!» Jost lächelte verhalten und zwirbelte seinen Backenbart.

«Wenn man noch nicht weit herumgekommen ist, mag man das vielleicht denken, ja. Es ist auf jeden Fall ein brauchbares Gerät, mit dem man einiges anfangen kann.»

«Ihr scheint Euch gut auszukennen, Meister Jost!» Der Kaufmann zog die Augenbrauen hoch.

«Das will ich meinen. Hab schließlich nicht umsonst Jahre in Nürnberg in der Stromer'schen Mühle gearbeitet und bei den italienischen Papiermachern selbst gelernt.»

«Die Italiener, ach ja! Das sind wahre Künstler, was auch immer sie anfassen. Ich habe gehört, mit den italienischen Papieren könnten unsere nicht mithalten ... die Ausgangsstoffe hier seien zu grob und überhaupt die ganze Technik zu schwierig. Was meint Ihr dazu?»

«Unfug, Herr Köpperlin, von unwissenden Mäulern dahergeredet! Unsere Papiere sind so weiß und fein, wie man sie sich nur wünschen kann!»

Köpperlin strich sich mit der Hand durch das Haar; ein dicker Siegelring funkelte an seinem Zeigefinger.

«Wenn Ihr es sagt ... und das hier ist Eure Küche?»

«Die Leimküche im Wesentlichen, Herr. Die Papiere müssen geleimt werden, bevor man sie beschreiben kann, sonst würde die Tinte zerfließen.»

«Scheint ja ein aufwändiger Prozess zu sein, das Papiermachen ... so viele Arbeitsschritte. Das kann ja ein Einzelner gar nicht alles beherrschen!»

Jost spürte, wie ihm die Hitze in die Wangen schoss. Wenn er eins nicht leiden konnte, dann waren es Zweifel an seinen Fähigkeiten.

«Selbstverständlich kann ich das. Wer sonst sollte die Leute hier anleiten, wenn nicht der Papierer? Ich hab alles gelernt, vom Lumpenzerreißen über das Schöpfen und Gautschen bis zum Glätten, jeden Schritt.»

«Was bedeutet gautschen?» Zum ersten Mal ergriff der Junge, der bisher nicht einmal den Blick zu heben gewagt hatte, das Wort. Seine Stimme war noch brüchig und die Aussprache kehlig und schwer zu verstehen, und Jost fragte sich unwillkürlich, in welcher schwachen Stunde er wohl gezeugt worden war.

«Wir Papierer bezeichnen mit ‹Gautschen› den Vorgang, bei dem ein frisch geschöpfter Papierbogen vom Schöpfsieb auf einen feuchten Filz übertragen wird», erklärte er in väterlichem Ton. «Sobald das Wetter wieder besser ist und wir anfangen können zu schöpfen, will ich es dir gern zeigen.» Mit einem einzigen Blick brachte Köpperlin seinen Sohn zum Schweigen.

«Aber die Mühle selbst? Die Stampfe? Wer hat Euch die hierher gesetzt?»

Verächtliche Blitze schossen aus Josts Augen.

«Braucht denn der Getreidemüller einen Helfer, um sein Mühlwerk zu bauen? Ich selbst habe diese Mühle für unsere Zwecke eingerichtet, nachdem mich der Truchsess von Waldburg mit der Aufsicht darüber betraut hatte.»

«Das ist ja unglaublich!» Frick Köpperlin hatte staunend die Augen aufgerissen, staunend und, wie Jost erfreut feststellte, voller Bewunderung. «Ich wollte Euch gewiss nicht kränken mit dem, was ich vorher gesagt hatte ... ich konnte einfach nicht glauben, dass ein einzelner Meister all diese Aufgaben wahrnehmen kann! Sicher zahlt der Truchsess Euch ein Vermögen für Eure Dienste, nicht wahr?»

Die Miene des Papierers verdüsterte sich, sein ganzer vorher von Wichtigkeit geblähter Oberkörper schien in sich zusammenzufallen.

«Keineswegs», antwortete er heiser. «Ich bekomme weniger als der Maler, der ihm gerade die Stube in seiner Burg neu ausmalt.»

«Aber das ist doch sicher sehr riskant für ihn, oder nicht? Ich meine, es könnte doch jederzeit ein anderer kommen, der ein größeres Interesse an Eurer Arbeit hat, und Euch abwerben?»

Wie unschuldig der Blick aus den lichtbraunen Augen! Jost war sich nicht sicher, ob er die Andeutung richtig verstanden hatte.

«Abwerben?», fragte er zweifelnd.

«Abwerben, ja. Ein Vorgang, der unter Geschäftsleuten üblich ist, wie ich Euch versichern kann. Wenn zum Beispiel ...»

«Nein, das ist nicht möglich.» Der Papierer schlang fahrig seine roten Hände ineinander; seine Lider flatterten. «Ich musste dem Herrn Truchsess einen Vertrag unterzeichnen, dass ich die Kunst nur für ihn ausübe und meine Geheimnisse an niemanden weitergebe außer an meinen Gesellen und den Lehrling. Er hat mein Ehrenwort.»

«Ein Ehrenwort für einen Ehrenmann.» Frick massierte sich nachdenklich die Kiefer. «Wie dem auch sei. Bei

Gelegenheit werde ich Euch den Jungen schicken, damit Ihr ihm dieses Gautschen vorführen könnt. Ludwig, wir brechen auf.»

Falls der Papierer noch einen Zweifel über den Zweck des Besuchs gehabt hatte, war der bei einem Blick nach draußen verflogen: Es schüttete wie zuvor. Schon halb im Gehen, schickte der Kaufmann noch eine Bemerkung hinterher.

«Falls Ihr noch einmal mit mir darüber sprechen wollt, habe ich jederzeit ein offenes Ohr. Ordentliche Arbeit soll auch ordentlich belohnt werden, das war immer schon mein Wahlspruch.»

Der Satz schwebte noch lange in der Luft, als die Besucher schon wieder gegangen waren, und Jost, der Papierer, brauchte einen großen Schluck Wein, bevor er zu seiner Arbeit zurückkehren konnte.

«Hast du's gemerkt? Es ist besser gelaufen, als ich je gehofft hatte!» Frick Köpperlin war bester Laune, obwohl inzwischen bei jedem Schritt das Wasser in seinen Rindslederstiefeln schwappte. «Er ist ins Grübeln gekommen! Ich bin sicher, schon bald werden wir von ihm hören, oder?»

«Was?» Tranig blickte Ludwig hoch; die nassen Strähnen hingen ihm in die Augen, und eine frische rote Kratzspur leuchtete auf seiner Wange. Aber Köpperlin hatte beschlossen, großzügig zu sein. Der Junge war eben in dem Alter, in dem man nur an die eigene Geilheit denken konnte, aber wenn diese Bedürfnisse erst einmal befriedigt waren, dann hatte man den Kopf wieder frei für die wichtigen Dinge des Lebens. Aufmunternd klopfte er Ludwig auf die Schulter.

«Das wirst du schon noch verstehen. Auf jeden Fall war es gut, dass du Interesse gezeigt hast an dieser Papiermacherei. Dieser Meister Jost wird sich nichts dabei denken, wenn du in nächster Zeit immer wieder bei ihm vorbeischaust. Freunde dich mit dem Kerl an! Das kann uns nur von Nutzen sein.»

Ludwig nickte. Ihm war alles recht, was ihn vor der Gegenwart des schlechtgelaunten Rechenmeisters bewahrte, mit dem er drei Nachmittage in der Woche verbringen musste. Gestern hatte der Magister ihm erst mit der Rute das Hinterteil gegerbt, weil er nichts von dem verstanden hatte, was er ihm über Brüche erzählt hatte.

«Und jetzt lass dich überraschen, mein Sohn ... ich habe heute noch etwas Besonderes vor!» Fricks Gesicht glühte.

«Kann ich – kann ich dann vielleicht schon nach Hause gehen?»

«Nach Hause? Ach was! Du sollst mitkommen, darum geht es ja gerade.» Und mit leisem Pfeifen schlug Köpperlin den Weg zur Stadt ein.

«Wir gehen ins Bad», zwinkerte er verschwörerisch, und Ludwig nickte verständnislos. Das Köpperlin'sche Haus in der Marktstraße verfügte über eine eigene Badebütte; einmal in der Woche wurde heißes Wasser bereitet, und nachdem der Hausherr und seine Gattin sich gereinigt hatten, durfte auch er in das immerhin noch lauwarme Wasser steigen. Es war ein ungeheurer Luxus im Vergleich zu dem früheren Leben bei seiner Mutter, wo er sich meistens nur Gesicht und Hände am Bach gewaschen und einmal im Monat das heruntergekommene öffentliche Schwitzbad benutzt hatte.

Das Badehaus, das sie jetzt aufsuchten, war ein äußerlich unscheinbares Gebäude in einer Seitenstraße. Es lasse in nichts die Genüsse erkennen, die im Inneren geboten würden, versicherte Frick Köpperlin, als sie an die Tür geklopft hatten.

«Du weißt ja, ich als verheirateter Kaufmann kann nicht jedes Haus besuchen, wie ich es gern möchte ... aber dieses Bad wird nur von den angesehensten Bürgern der Stadt genutzt», erklärte er, während eine Magd mit weißer Schürze sie über eine Treppe ein Stockwerk tiefer in ein kleines Gelass führte, wo sie sich entkleideten. Köpperlin warf der Magd ein Silberstück zu und befahl:

«Sorg dafür, dass unsere Kleider gewaschen werden, solange wir hier sind! Und leg sie dann an den Ofen zum Trocknen. Wir wollen ein Schwitzbad machen. Schick uns was Junges, Hübsches rein, nicht so eine garstige Vettel! Ich bezahl gut. Und hinterher was Ordentliches zum Essen!»

Die Magd verbeugte sich, hob das Geldstück auf und ließ es in ihrer Schürze verschwinden. Dann reichte sie den beiden ein paar frische Birkenzweige und öffnete einladend eine Tür.

«Wie Ihr wünscht, Herr.»

Unsicher folgte Ludwig seinem Vater in die nächste Kammer, aus der ihnen heißer Dampf entgegenschlug. Es roch aromatisch nach Kräutern, und im ersten Augenblick stand er wie betäubt in dem kleinen stickigen Raum mit den hölzernen Bodendielen. Die geschlossenen Fensterläden ließen kaum Licht durch, aber langsam gewöhnten sich seine Augen an das Halbdunkel. Ein junges Mädchen trat auf sie zu und nahm ihnen die Zweige ab. Nur mit Mühe konnte Ludwig seine Augen von ihr abwenden, trug sie doch nur ein dünnes, fast durchsichtiges Hemdchen, das ihr bis zu den Knien ging und keinerlei Zweifel aufkommen ließ an der Beschaffenheit ihres zarten Leibes, ihrer langen Beine. Die Brüste zeichneten sich deutlich ab, und selbst in dem schwachen Lichtschein konnte man das dunkle Schamhaar zwischen ihren Beinen erkennen. Selbst in dem strömenden Regen draußen wäre Ludwig bei ihrem Anblick in Schweiß ausgebrochen, erst recht in dieser schwülen Hitze. Der alte Köpperlin warf kichernd einen Blick auf ihn.

«Nicht jetzt, Junge, das kommt erst später!» Er drehte sich zu dem Mädchen um. «Los, fang an!» Gehorsam nahm die Bademagd einen kleinen Kübel und begoss sie mit lauwarmem Wasser. Dann legten sie sich auf die Holzbänke, die rings an den Wänden angebracht waren, und das Mädchen begann, kräftig und sachkundig zunächst die Muskeln des Älteren zu kneten und zu streichen. Frick stöhnte vor Wohlbehagen. Das war ein Leben! Versuchsweise griff er dem Mädchen an die Schenkel; sie lachte leise, entzog sich ihm aber und wandte sich dann an den Jüngeren. Genießerisch streckte Köpperlin sich aus, als mit einem Zischen neuer Dampf vom Badeofen aufstieg, den das Mädchen gerade mit frischem Wasser und Essenzen übergossen hatte. Dann verneigte sie sich und ging hinaus.

«Wer – wer war das?», fragte Ludwig. Noch nie zuvor hatte er so ein Mädchen gesehen; sie erschien ihm über alle Maßen schön und begehrenswert, wie ein Engel, der unerwartet zu ihnen herabgestiegen war.

«Das wirst du schon noch herausfinden», gähnte Frick. Mittlerweile rann ihnen der Schweiß aus allen Poren, und Ludwig spürte, wie die Müdigkeit ihn überwältigte. Er sank zurück auf seine Bank und träumte einen beunruhigenden Traum davon, wie er die Brüste des Mädchens in den Händen hielt wie reife Äpfel.

Schließlich kam die Bademagd wieder herein und bearbeitete sie mit den Birkenruten, bis ihre Haut brannte. Das aufgegossene Wasser war verdunstet, sie standen jetzt barfuß auf dem nassen Boden. Jeder bekam ein Stückchen Seife und seifte sich ein, dann goss ihnen das Mädchen wieder Wasser über den Körper, zunächst noch warm, dann aber eiskalt, und reichte ihnen große Tücher, um sich abzutrocknen. Sie öffnete die Läden und ließ den Dampf abziehen. Als sie sich zum letzten Mal verbeugte und gehen wollte, nahm Frick aus seinem Geldbeutel, von dem er sich die ganze Zeit nicht getrennt hatte, eine Münze und steckte sie ihr zu, nicht ohne sie dabei gierig an sich zu ziehen. Das Mädchen lachte und ging, und schon trat der Bader selbst ein, gefolgt von der Magd, die ihnen die Tür geöffnet hatte. Der Bader schnitt ihnen das Haar und rasierte Frick, und die Magd kümmerte sich um Finger- und Fußnägel und wies sie an, sich noch einmal auf die Ruhebetten zu legen.

«Und? Was sagst du?» Mit blitzenden Augen sah Frick zu ihm herüber, und Ludwig suchte nach einer Antwort.

«Es ist – es ist wie im Paradies.» Fast schämte er sich für seine Worte, aber Frick lachte nur.

«Wart's ab, das Beste kommt erst noch.» Köpperlin schnipste mit den Fingern, und die Bademagd kam wieder herein, seine gereinigten Kleider über dem Arm. Sie half ihm in die Hosen und ließ sich ein weiteres Silberstück geben. Ludwig schloss noch einmal die Augen. Er fühlte sich so wohl wie nie zuvor im Leben; alles, was er jetzt noch brauchte, war seine Flöte. Leise summte er vor sich hin und kam erst wieder zu sich, als eine Hand ihn leicht an der Schulter berührte. Erschrocken fuhr er auf: Er war allein mit der Bademagd; der Bader und Frick hatten offensichtlich die Kammer verlassen. Das Mädchen lehnte sich leicht gegen ihn und lachte freundlich.

«Du bist zum ersten Mal hier, nicht wahr?» Er nickte, und mit einer einzigen Bewegung zog sie sich ihr Hemdchen über den Kopf und stand nackt vor ihm.

«Mein Vater – er muss jeden Augenblick wiederkommen», stammelte Ludwig verstört und wich so weit zurück, wie er konnte.

«Das glaube ich nicht.» Sie hob ihr Bein und strich mit ihrem schmalen Fuß langsam seinen Oberschenkel entlang. Ein Schauer lief ihm über den ganzen Körper.

«Er hat viel bezahlt und will jetzt etwas haben für sein Geld, aber du –» Mit einem spöttischen Lächeln ließ sie ihre Augen über seinen Körper wandern. «Ich glaube, du bist noch nicht so weit.» Damit goss sie sich aus einem kleinen Fläschchen Öl auf die Hände und drückte Ludwig auf die Liege zurück. Sie kletterte auf das Ruhebett, kniete sich mit gespreizten Schenkeln über seine Beine und fing an, ihn zu massieren – Schultern und Arme, Hüften, Oberschenkel und schließlich das Geschlecht, das sich unter ihren Händen aufrichtete und Ludwigs Willen völlig entzogen war.

«Ich weiß nicht, was Vater – ich weiß es wirklich nicht!», keuchte er, während ihre kleinen Brüste vor seinen Augen tanzten. Dann verschloss sie ihm mit einem Kuss den Mund und schmiegte ihre weiche Haut gegen seine, und er dachte gar nichts mehr und ließ sich mitreißen von dem Sturm, den die Bademagd in seinem Körper entfachte.

In der Gaststube des Badhauses traf er später wieder mit Frick zusammen, der schon am Tisch saß. Knuspriger Braten, Bohnen, Brot und Bier waren auf großen Platten angerichtet, und Köpperlin riss mit den Zähnen die Fleischstücke von einer Keule, dass ihm das Fett von den Fingern troff.

«Jetzt bist du ein Mann, mein Sohn! Hoffe ich.» Er spähte zu der Bademagd hinüber; das Mädchen nickte fast unmerklich. «Setz dich zu mir, dass wir auch wie Männer miteinander reden können.»

Zögernd ließ sich Ludwig seinem Vater gegenüber nieder. Nach dem, was er gerade erlebt hatte, wäre er viel lieber eine Weile allein gewesen. Er spürte noch die Hitze in seinen Gliedern, die wilde Lust, die von ihm Besitz ergriffen hatte, und daneben eine merkwürdige Scham, für die – das ahnte er dunkel – der alte Köpperlin nicht einen Hauch von Verständnis haben würde.

«Es ist weiter nichts dabei», erklärte Frick gerade leutselig. «Wenn sich die Säfte anstauen, müssen sie einfach raus, sonst wird man krank. Und das hier ist ein gutes Haus. Da kommt nicht jeder rein, und die Wirtin hat immer ein Auge auf ihre Mädchen.»

«Und – und Frau Christine?» Es war Ludwig herausgerutscht, bevor er es verhindern konnte. Fricks Hand mit dem Büschel Trauben, das er gerade hatte in den Mund stecken wollten, blieb einen Augenblick bedrohlich in der Luft hängen, dann brach er in polterndes Gelächter aus.

«Frau Christine und was, Junge? Sie ist mein Eheweib, und ihre Pflicht ist es, meine Söhne zur Welt zu bringen. Glaubst du, mich zieht es noch in ihr Bett, wenn sie ihre verdammte Pflicht nicht erfüllt?»

«Ich – bitte Verzeihung, Meister Frick. Es war nicht recht zu fragen.» Unruhig stocherte Ludwig mit dem Messer in seinem Fleisch herum. Der gefährliche Unterton war ihm nicht entgangen.

«Ja.» Frick kaute lange auf einem zähen Stück Braten herum. «Lass dir eins gesagt sein, Junge: Der Mann soll der Meister seines Weibes sein. Fragt denn ein Meister seinen Lehrbuben, was er tun soll? Sicher nicht. Er sagt, was geschehen soll, und so geschieht es. Wenn der Mann erst zu viel fragt, dann ist er der Meister gewesen.»

«Frau Christine ist eine gute Hausfrau», sagte Ludwig leise. Plötzlich war ihm zum Heulen zumute.

«Meinetwegen. Aber ein gutes Eheweib ist sie nicht.» Köpperlin rülpste und schob seinen Teller zurück. «Was meinst du nun zu diesem Papierer? Ich glaube, ein kleines Beutelchen Silber wird reichen, um ihn auf unsere Seite zu ziehen.»

«Aber er hat sein Ehrenwort gegeben!»

«Ehrenwort, paperlapapp. Jakob Truchsess von Waldburg ist ein Schlitzohr und nicht umsonst kaiserlicher Landvogt in Schwaben geworden.» Frick lächelte listig. «Wenn das ein ehrenwerter Mann ist, fress ich einen Besen. Man muss nur lange genug graben, dann findet man immer einen Klumpen Dreck, den man auf ein glänzendes Äußeres schmieren kann.» Träumerisch starrte er ins Leere. «Aber als Erstes werde ich dem braven Meister Jost ein kleines Trinkgeld zukommen lassen. Das wird sein Gewissen beruhigen.»

Vielleicht würde es den Papierer tatsächlich beruhigen, dachte Ludwig, als er in der Nacht auf seinem Rollbett lag und nicht schlafen konnte. Sein schlechtes Gewissen kam jedenfalls nicht zur Ruhe. Dabei hätte er nicht einmal sagen können, was es genau war, das ihm auf der Seele brannte. Es kam ihm vor, als hätte er heute mit seinem Besuch im Badehaus Frau Christine verraten, die immer freundlich und gut zu ihm war. Der Fuhrknecht in dem großen Bett gegenüber redete im Schlaf, und Ludwig wälzte sich von einer Seite auf die andere. Erst heute hatte er wieder gedacht, wie blass und zerbrechlich die Hausfrau nach ihrer Krankheit immer noch aussah. Vielleicht hätte er an diesem verhängnisvollen Tag zu ihrem Schutz eingreifen sollen, als Meister Frick sie geschlagen hatte, aber schon der Gedanke daran ließ sein Herz vor Angst wild schlagen. Womöglich hätte er das Tuch nicht an Meister Frick weitergeben sollen, dann wäre es erst gar nicht so weit gekommen, es hätte diesen schrecklichen Streit nicht gegeben und nicht Frau Christines Verletzung. Aber er hatte sich ja nichts Böses dabei gedacht! Morgen würde er mit Frau Christine darüber sprechen, nahm er sich vor. Sie würde ihm über den Kopf streichen und ihm verzeihen, und alles wäre wieder gut.

Christine war nicht überrascht, als sich der Junge zu ihr gesellte, während sie in der Küche Äpfel in dünne Scheiben schnitt und zum Dörren auf Bindfäden zog. Zum einen war natürlich die Küche ein verlockender Ort für einen Halbwüchsigen, der immer Hunger hatte, zum anderen, das wusste sie, war die Hausfrau bisher der einzige Mensch, zu dem er in seiner Zeit in Ravensburg ein wenig Vertrauen gefasst hatte – leider. Christine wünschte von Herzen, das Verhältnis zwischen Frick und Ludwig würde sich allmählich bessern. Vielleicht hatte ja der gestrige Tag, an dem die beiden gemeinsam unterwegs gewesen waren, Fortschritte gebracht. Ludwig würde es ihr sicher erzählen, so wie er ihr von allem erzählte, was ihm auf der Seele lag: vom Heimweh nach seiner Mutter und den Flüssen von Brugg, von der Angst vor seinem Vater und seinem Abscheu gegen den Rechenmeister. Sie lächelte ihm zu und reichte ihm einen rotwangigen Apfel.

«Hier, Ludwig, iss, dass du groß und stark wirst!»

«Danke, Frau Christine.» Aber alles Vertrauen reichte wohl doch nicht aus, um ihr offen ins Gesicht zu sehen, dachte sie. Was sollte nur aus dem Jungen werden? Es war schwer, sich vorzustellen, wo in dem Kreis der ehrgeizigen und rücksichtslosen jungen Kaufmannssöhne aus der Handelsgesellschaft er seinen Platz finden sollte.

«Wie war es denn gestern? Herr Frick und du, ihr wart ja fast den ganzen Tag unterwegs!» Aufmunternd sah sie ihn an. Er wurde rot bis zu den Haarwurzeln.

«Ich – ja – es war ein schöner Tag, Frau Christine. Wirklich. Wir haben die Papiermühle am Flattbach besucht.»

«Bei dem schlechten Wetter? Du Armer! Ihr müsst ja klatschnass geworden sein.»

«Oh ja. Aber es war nicht so schlimm, weil sie uns dann im Badehaus die Kleider getrocknet haben.»

«Im Badehaus?»

Er sah sie an wie ein verschrecktes Kaninchen.

«Ja, hinterher ... uns war kalt, und wir waren so nass und schmutzig ...» Die Stimme wurde immer leiser. Sie beugte sich vor und strich dem Jungen über das Haar; er machte sich ganz steif dabei.

«Ist nichts Schlimmes daran, ins Badehaus zu gehen», sagte sie. Mein Gott, was war nur mit dem Jungen? Vielleicht hatte er irgendeinen körperlichen Makel, für den er sich schämte und über den sein Vater sich lustig gemacht hatte, als sie gemeinsam auf der Schwitzbank saßen. Sie sollte mit Frick darüber sprechen, obwohl sie sich schon denken konnte, was er sagen würde: *Ist noch keiner dran gestorben, dass einer einen Witz über ihn gerissen hat. Wenn er das schon nicht aushält, wie soll er dann in einer schwierigen Verhandlung den Kopf oben behalten?* So oder so ähnlich.

Und es war ja auch nicht ganz falsch: Der Junge war furchtbar empfindlich. Man konnte nur hoffen, dass es von selbst besser wurde, schließlich war er noch in einem schwierigen Alter. Jetzt sah er sie mit weit aufgerissenen Augen an und wartete offensichtlich, dass sie etwas antwortete, und ihr wurde klar, dass er eben etwas zu ihr gesagt hatte, ohne dass sie zugehört hatte. Nie würde ihr das bei Frick passieren.

«Entschuldige bitte, ich war gerade in Gedanken. Was hast du gesagt?»

Er schluckte.

«Ich habe gesagt, die Sache mit dem Tuch, die tut mir leid.»

Sie war so verblüfft, dass ihr das scharfe Messer ausrutschte und sie sich in den Finger schnitt: Hellrotes Blut quoll hervor, und sie steckte den Finger schnell in den Mund, griff nach einem Lappen und presste ihn auf die blutende Stelle.

«Das Tuch?»

«Ja. Ich hätte es Euch persönlich geben sollen, aber ich habe nicht gewusst ... ich wollte nichts Böses, Frau Christine, bestimmt nicht!» Seine Augen hatten etwas Flehendes.

«Das seidene Tuch mit den Tieren drauf!»

Langsam dämmerte Christine, worum es ihm ging. Sie schüttelte den Kopf.

«Da ist jetzt nichts mehr dran zu ändern, Ludwig. Wir wollen vergessen, was geschehen ist. Inzwischen tut es Meister Frick selbst leid.»

Davon hatte Frick allerdings nichts gesagt, aber es wäre besser, wenn wenigstens der Junge daran glaubte. Ludwig jedoch schien unbedingt noch etwas sagen zu wollen.

«An dem Morgen, als Ihr zusammen zur Messe gegangen seid, kam ein junger Bursche und hat nach Euch gefragt. Ich hab gesagt, Ihr seid nicht da, aber er wollte Euch unbedingt etwas geben. Es wär von David Jud, dem Pfandleiher, und ich sollt's Euch weitergeben, sobald Ihr kommt. Ich hab dann das Päckchen angenommen und auf Euch gewartet.» Er hatte inzwischen Tränen in den Augen und sprach schneller und schneller. «Und als Ihr dann gekommen seid, wart Ihr gleich wieder fort in der Küche, und Meister Frick hat mich an den Schultern gefasst und gefragt, Junge, was willst du, hat er gefragt, und da hab ich gesagt, ich hab ein Päckchen für Euch vom Juden, und er hat gesagt, gib her, und ich hab's ihm gegeben, und er hat mir einen Pfennig geschenkt.» Er war außer Atem, als hätte ihn eine wilde Meute dreimal um die Stadtmauern gehetzt.

Christine war wie vor den Kopf gestoßen. Es war nicht David Jud gewesen, der sie an Frick verraten hatte, sondern Ludwig! Der Jude hatte ihr im Gegenteil nur helfen wollen, und zum Dank dafür hatte sie ihn beschimpft und angeschrien. Plötzlich hatte sie das Bedürfnis, Ludwig mitten in das bittende Kindergesicht zu schlagen.

«Es ist gut, Ludwig. Lass mich jetzt allein.» Zu jedem

Wort musste sie sich zwingen. Ludwig griff fast verzweifelt nach ihrer Hand und hielt sie fest.

«Ihr verzeiht mir, Frau Christine? Ihr müsst mir verzeihen. Es tut mir so leid! Ich konnte doch nicht wissen, dass er Euch schlagen würde!» Ein armer Sünder, der um Absolution bat. Sie brachte es nicht übers Herz, sie ihm zu verweigern.

«Natürlich, Junge. Und jetzt geh.»

Er schlich nach draußen wie ein geprügelter Hund, und sie spürte nicht einen Funken Mitleid mit ihm.

8

Um Frick keinen Anlass zu irgendwelchen Verdächtigungen zu geben, gewöhnte Christine sich an, das seidene Tuch alle paar Tage zu tragen. Dabei achtete sie darauf, es auf eine Art zu tun, die nicht auffiel, wenn sie das Haus verließ, etwa indem sie es sich in ihren Gürtel steckte. Allerdings schien Frick das Interesse an dem Tuch verloren zu haben, nachdem er es seinen Kollegen in der Handelsgesellschaft präsentiert hatte. Früher oder später, dachte Christine, würde sie es endgültig in ihre Truhe verbannen und nie mehr herausholen. Jedes Mal, wenn sie es wieder in der Hand hielt, musste sie an David Jud denken und daran, wie sein Gesicht sich verfärbt hatte, als sie ihm Geldgier vorgeworfen hatte. Es gelang ihr einfach nicht, die Sache zu vergessen, und sie ertappte sich dabei, wie sie ihren heimlichen Groll an den Mägden ausließ, an der Köchin und natürlich auch an Ludwig.

Nicht, dass sie ihn geschlagen hätte, so wie Frick es tat; nein, es waren eher Kleinigkeiten, die einem Dritten vielleicht gar nicht aufgefallen wären. Irgendwie fand sich plötzlich keine Gelegenheit mehr für die vertraulichen Gespräche, die sie sonst miteinander geführt hatten, oder um ihm in einem unbeobachteten Augenblick über das Haar zu streichen. Auch legte sie ihm keine Leckereien mehr aufs

Kopfkissen. Sie schämte sich für ihre Lieblosigkeit, die, das wusste sie nur zu gut, ihre Wurzeln in ihrem eigenen schlechten Gewissen hatte.

Ich muss mit dem Geldverleiher sprechen und ihn um Verzeihung bitten, sagte sie sich. Aber auf keinen Fall in diesem Haus in der Judengasse, wo jeden Moment dieser alte Großvater auftauchen kann oder man mich vielleicht gar nicht erst hereinlässt nach dem, was beim letzten Mal passiert ist. Besser, ich laufe am Sonntag zu dieser Weinberghütte. Vielleicht kann ich den Juden ja dort finden. Vielleicht sitzt er ja in seiner Ecke und liest. Und wenn nicht, dann habe ich es wenigstens versucht.

Am Sonntag waren sie bei den Mötteli zum Essen eingeladen.

«Ausgerechnet bei denen!», schimpfte Frick, während er sich in sein besticktes Hemd zwängte. «Die wollen doch nur zeigen, was sie alles haben. Widerlich.» Christine hörte geduldig zu. So ging es schon, seit sie vom Hochamt zurück waren. Frick hasste es, sich am Sonntag in seinen vornehmsten Rock zu quälen und Leute zu besuchen, die mehr besaßen als er selbst und ihm das auch noch deutlich zu verstehen gaben. Wenn es irgendwie möglich war, beschäftigte er sich in seinen wenigen freien Stunden mit den Tauben, die er in einem großen Gehege hinter dem Pferdestall züchtete, um sie später eigenhändig zu schlachten. Aber das war keine Tätigkeit, die als passend für einen Kaufherrn galt, und Frick sprach in der Öffentlichkeit nie davon, sondern rühmte wie die anderen Mitglieder der Handelsgesellschaft die Freuden der Falkenjagd, der Turniere und der höfischen Musik.

«Dabei kann es einem eiskalt den Rücken herunterlaufen, wenn man Ital Humpis Laute spielen hört», hatte er Christine einmal in unerwarteter Vertrauensseligkeit erklärt. «Die wollen alle so vornehm sein, dass sie bald nicht mal mehr wissen, wie man geradeaus scheißt.»

Er jedenfalls liebte seine Taubenzucht und war verärgert, wenn ihn eine gesellschaftliche Verpflichtung davon fernhielt. Aber eine Einladung der Mötteli konnte man nicht ausschlagen, wenn man in der Handelsgesellschaft weiterkommen wollte. Also hatte auch Christine ihr bestes Kleid mit dem Hermelinkragen ausgewählt, sich die Haare kunstvoll legen lassen und ein Spitzenhäubchen aufgesetzt, und als Frick endlich fertig war, ließ sie sich von ihm unterhaken und über die Straße führen – die Mötteli wohnten fast gegenüber.

Der junge Ulrich redete so laut, dass sie seine Stimme schon hören konnten, sobald sie die Schwelle überschritten hatten, und Frick verdrehte gequält die Augen. Eine Magd führte sie hoch in die Stube, wo Ursula und Johann Mötteli sie bereits erwarteten, während Ulrich auf der Wandbank im Erker saß und dann erst sichtlich gelangweilt aufstand, um sie zu begrüßen.

«Wie schön, Euch hier bei uns empfangen zu dürfen», sagte der alte Mötteli salbungsvoll und breitete die Arme aus. «Frick, Frau Christine! Trinkt ein Glas Wein.»

«Aus Zypern», bemerkte Ursula Mötteli. «Die zyprischen Weine sind ja so viel besser als die hiesigen ... wir verstehen gar nicht mehr, wie wir dieses saure Zeug jemals trinken konnten.» Empört riss sie die Augen auf, die genauso himmelblau waren wie die ihres Sohnes. Ulrich grinste.

«Man muss es sich natürlich leisten können! Was

meinst du, Köpperlin, sollen wir bei unserer nächsten Lieferung ein paar Fässchen für deinen Weinkeller reservieren?»

Frick sah aus, als hätte er Zahnschmerzen.

«Ich fürchte, mir fehlt der Platz», antwortete er endlich. «Ich habe erst letzten Monat meine Vorräte ergänzt. Vielleicht beim nächsten Mal.»

Um nicht den geckenhaften Ulrich anschauen zu müssen, ließ Christine den Blick durch die Stube wandern. Hier war nichts billig oder einfach gemacht: Die dunkel gestrichene gewölbte Holzdecke stand in reizvollem Kontrast zu den Wänden, die ein bekannter Künstler mit einem Blumenfries verziert hatte. Über die gesamte Straßenfront zog sich eine Reihe großer verglaster Fenster, und das mittlere davon war mit dem Raben, dem Wappentier der Mötteli, verziert. Ein Rabe fand sich auch auf dem Wandteppich und auf der Hand der Madonna, die milde, aber ein wenig steif von einem großen Gemälde herunterlächelte und eine erstaunliche Ähnlichkeit mit Margareta Mötteli aufwies, der Patin des Hausherrn. Jeder wusste, dass die Mötteli den Maler zu dieser Darstellung genötigt hatten, wurde doch die Gottesmutter sonst durch einen Sperling oder, besser noch, eine Taube dargestellt.

«Habt ihr schon gesehen, was wir aus Brügge haben liefern lassen?» Johann Mötteli zeigte auf ein seltsames Horn, das auf einem kleinen Tisch in der Mitte des Raums zur Schau gestellt war. Es war sicherlich zwei Ellen lang, merkwürdig gedreht und verjüngte sich von Astdicke an der Basis zu einer feinen Spitze.

«Das Horn eines Einhorns», flüsterte Ursula Mötteli ehrfürchtig. Die Besucher kamen staunend näher, und für ein paar köstliche Minuten vergaß Christine alles, was ihr sonst auf der Seele brannte. Sie strich mit dem Zeigefinger über das kostbare Stück. Ein Einhorn! Einhörner waren zauberkräftige, gewaltige Wesen, die man fing, indem man sie mit einer nackten Jungfrau anlockte. Das Einhorn legte dann den Kopf in deren Schoß und schlief ein, sodass man es gefahrlos gefangen nehmen konnte. Welche Jungfrau würde wohl eine solche Treulosigheit begehen?

«Mit Hilfe des Horns lässt sich Gift entdecken», schwätzte die Mötteli, «und Gift unschädlich machen!»

«Wer sollte uns vergiften wollen? Dafür wollen wir doch unser Horn nicht verschwenden. Besser, man bricht sich ein Stückchen ab und zerkleinert es im Mörser. Dann kann man das Pulver in Wein lösen und trinken, und, wenn man ein Mann ist, meine ich –» Ulrich grinste vielsagend «Na ja! Ihr seht ja selbst, wie es steht, das Horn!» Die beiden älteren Männer stutzten erst, dann brachen sie in Lachen aus.

«In Anbetracht dessen ist es seinen Preis wirklich wert», stellte Mötteli schließlich fest und wischte sich die Tränen aus den Augen. «Aber jetzt lasst uns endlich zu Tisch gehen.» Er reichte Christine den Arm und wollte sie zur reichlich gedeckten Tafel führen, da stieß sie einen lauten Seufzer aus und ließ sich auf den Boden gleiten.

«Frau Christine! Mein Gott, was hat sie nur ...» Aufgeregt beugte sich Mötteli über sie, während Frick ihr mit seinem Hut frische Luft zufächelte und Ursula schon nach einem Becher Wein lief. Christine schlug die Augen wieder auf und atmete schwer.

«Oh ... mir ist nicht wohl ... mir wird ganz schwindlig ...»

«Sicher hast du etwas Falsches gegessen. Gleich wird es bestimmt besser.» Frick versuchte, sie auf die Füße zu ziehen, aber kraftlos ließ sie sich immer wieder zurücksinken.

«Ich kann nicht! Es tut mir so leid ...»

«Vielleicht wollt Ihr Euch ein wenig hinlegen?», fragte Ursula.

Dankbar nickte Christine der Hausherrin zu und nahm ein Schlückchen Wein.

«Ja, ich glaube, das wäre das Beste.»

«Dann bringe ich dich jetzt nach Hause.» Frick war schon aufgestanden und rückte seinen Gürtel zurecht.

«Ich will dir den Nachmittag nicht verderben, Frick. Vielleicht kann ja ein Knecht mich zurück nach Hause bringen?» Frick verzog kurz das Gesicht; es war klar, dass er nur zu gern den Vorwand genützt hätte, um selbst den Besuch vorzeitig zu beenden, aber Johann Mötteli hatte bereits seinen Pferdeburschen gerufen.

«Du bringst Frau Köpperlin nach Hause», befahl er, und Christine ließ sich von ihm hochheben und stützte sich dann schwer auf seinen Arm.

«Danke, es geht schon», murmelte sie schwach. «Frau Mötteli, Herr Mötteli – ich bitte nochmals um Verzeihung.» Mit Unterstützung des Pferdeknechts wankte sie in die Diele; das Letzte, was sie sah, war Fricks schicksalsergebener Blick, mit dem er sich an den Tisch setzte.

Zu Hause befahl sie den Mägden, sie für den Rest des Tages in ihrer Schlafkammer in Ruhe zu lassen. Sie schloss die Tür hinter sich, legte das prunkvolle Gewand ab und packte es zurück in die Truhe. Stattdessen wählte sie ein einfaches Alltagskleid und griff dann, nach kurzem Zögern, zu dem gelben Seidentuch und legte es sich um die Schultern. Kaum war es still in der Diele geworden, stahl sie sich aus der Kammer, schlich die Treppe hinunter, überquerte den Innenhof und verließ das Anwesen über den schmalen Durchgang, der zwischen den Hinterhäusern hindurch zum Gänsbühl führte. Ein leichter Nieselregen lag über der Stadt; kaum jemand war unterwegs, und so kam sie ungesehen über ein Seitengässchen wieder zum Obertor, nickte der schläfrigen Stadtwache zu und machte sich auf den Weg in die Weinberge.

Dass sie erneut etwas hinter Fricks Rücken unternahm, gab ihr trotz aller Bedenken ein ungewohntes Gefühl von Freiheit – es beunruhigte und berauschte sie zugleich. Sie lief den Weinbergweg entlang, an den Torkelhäusern vorbei, in denen im Herbst die Trauben ausgepresst wurden, und schaute sich immer wieder verstohlen nach Verfolgern um. Als sie sah, dass niemand kam, fing sie unwillkürlich an zu kichern und leise vor sich hin zu singen. Frick saß jetzt beim Essen und musste zuhören, wie die Mötteli ihren Reichtum priesen und ihren wunderbaren Wein, der dreimal so viel kostete wie alles, was er selbst im Keller hatte, während sie durch die Weinberge lief und den würzigen Geruch von feuchter Erde einatmete. Der Regen ließ nach und hörte schließlich ganz auf, und im Westen blitzte schon ein Stück blauer Himmel hinter den Wolken auf. Schließlich kam die Hütte in Sicht, und da erst fiel Christine wieder ein, was sie eigentlich wollte. Sie blieb kurz stehen, um ihren hastigen Herzschlag zur Ruhe zu bringen, dann stieg sie entschlossen die paar zerbrochenen Stufen hoch und drückte die Tür auf.

Der Raum dahinter war leer. Christine zögerte einen Moment, aber dann trat sie ein. Sie war so weit gelaufen, dass sie jetzt nicht einfach wieder umdrehen wollte. Die Hütte war genauso schäbig, wie sie sie in Erinnerung hatte, und David Jud, oder wer auch immer sie sonst noch nutzte, hatte es offensichtlich nicht für nötig befunden aufzuräumen. Da lag noch der Rechen in der Ecke, dem sie die Holzzähne hatte ausbrechen wollen, und auf dem Boden ringelten sich im Staub die übriggebliebenen Stofffetzen, die sich nicht als Verbandsmaterial geeignet hatten. Nur in der hinteren Ecke, wo die Bücher liegen mussten, schien sich in der Zwischenzeit jemand zu schaffen gemacht zu haben: Dort war eine große braune Decke ausgebreitet, die beim letzten Mal sicherlich noch nicht dagewesen war, und darauf zwei Äpfelchen, an denen jemand mit kleinen Zähnen herumgenagt hatte – wahrscheinlich eine Maus.

Neugierig kam Christine näher und schlug die Decke zurück: Ein Buch mit einem abgegriffenen Ledereinband lag darunter, in dem jemand mit bunten Fäden mehrere Stellen markiert hatte. Christine schlug es auf und blätterte durch die Seiten. Es war in einer merkwürdigen Schrift geschrieben, die sie nicht lesen konnte, und die Bilder darin zeigten nackte Menschen und einzelne Körperteile: ein Auge, das aussah, als hätte jemand es in der Mitte durchgeschnitten, ein Arm, der in der Schulter verdreht war, ein löchriger Zahn, abstoßend und faszinierend zugleich. Es war ganz eindeutig ein medizinisches Werk, und aus irgendeinem Grund war Christine froh, dass der Geldverleiher immerhin nicht gelogen hatte, als er sich als Arzt vorgestellt hatte.

Plötzlich knarrte die Tür in ihrem Rücken, und erschrocken drehte sie sich um und fand sich Auge in Auge mit David Jud, der sie unfreundlich musterte.

«Was habt Ihr hier zu suchen?», war das Erste, was

er sagte. «Wer hat Euch erlaubt, in meinen Büchern herumzuschnüffeln? Oder glaubt Ihr, wenn man nur Geld genug hat, darf man alles?»

Christine klappte das Buch zu und legte es an die Seite, dann stand sie auf.

«Ich bin gekommen, um dich um Verzeihung zu bitten», sagte sie angestrengt. «Ich hatte angenommen, dass du mich hintergangen und meinem Mann für einen entsprechenden Lohn das Tuch überlassen hast. Es hat mich in eine sehr schwierige Lage gebracht, deshalb war ich so wütend. Erst jetzt habe ich erfahren, dass mein Stiefsohn dafür verantwortlich war. Deshalb bitte ich dich, mir meine Unfreundlichkeit und meine Anfeindungen zu verzeihen.» Sie hatte so leise gesprochen, dass sie zuerst daran zweifelte, er könne sie überhaupt verstehen, aber dann sah sie die Verblüffung auf seinem Gesicht.

«So», antwortete er. «Ja. Ich hatte einen Jungen beauftragt, Euch das Tuch zu bringen, aber er hat nicht genau gemacht, was er sollte. Vielleicht habe ich es auch nicht deutlich genug gesagt.»

«Dieser Junge hat das Tuch jedenfalls meinem Stiefsohn weitergegeben, und der wusste nichts Besseres damit zu tun, als es Frick zu überreichen ... Ludwig würde alles tun, um einen guten Eindruck auf Frick zu machen. Er hat es nicht bös gemeint.» Sie hatte plötzlich das Gefühl, als müsste sie Ludwig verteidigen. David Jud lächelte leicht; es war das erste Mal, schien ihr, dass sie ihn überhaupt lächeln sah.

«Das denke ich mir. Die wenigsten Menschen meinen es böse, wenn sie einen Fehler machen. Aber das ist dem Bösen egal. Es kommt, selbst wenn man es nur aus Versehen angerufen hat.»

Ohne dass sie ganz verstand, was er damit sagen wollte, zog es Christine vor, das Gespräch wieder auf sicheren Boden zu lenken.

«Warum hast du mir das Tuch nicht gleich zurückgegeben, als ich in eurem Laden war?», fragte sie schnell. «Es wäre doch viel einfacher gewesen.» Zu spät fiel Christine auf, dass sich ihre Worte wieder wie ein Vorwurf angehört hatten. Aber David Jud schien nicht gekränkt. Er sah ihr offen ins Gesicht.

«Es entspricht nicht unseren Gepflogenheiten, Pfänder herzuschenken ... so könnten wir unser Familienunternehmen kaum erfolgreich führen. Ich wollte nicht das Risiko eingehen, dass jemand aus meiner Familie mich ertappt. Ich hatte kein Interesse daran, mich zu rechtfertigen.»

«Bei uns zu Hause ist es ganz ähnlich. Mein Mann kann es auch nicht leiden, wenn ich mit seinem Geld zu großzügig umgehe ... wobei für ihn jegliche Art des Geldausgebens zu großzügig ist.» Um die Augen des Geldverleihers zuckte es wie von unterdrückter Heiterkeit, und sie fuhr schnell fort. «Ich würde dir gern das geliehene Geld zurückgeben, aber ich habe es noch nicht zusammen ... wahrscheinlich brauche ich ein paar Wochen, bis ich es vom Haushaltsgeld abgezweigt habe.»

«Es hat keine Eile, Frau Christine. Gar nicht.» Er machte eine einladende Handbewegung, die besser in eine bürgerliche Stube gepasst hätte als in diese Hütte. «Wollt Ihr Euch nicht setzen?»

Sie ließ sich auf der Decke nieder, unter der das Buch gelegen hatte, und um die entstehende Stille zu unterbrechen, sagte sie das Erste, was ihr in den Sinn kam:

«Du solltest deine Bücher lieber anderswo verwahren, hier gibt es Mäuse. Sie haben deine Äpfel angefressen.»

«Tatsächlich?» David Jud hob einen Apfel hoch und betrachtete ihn. «Schade. Ich experimentiere ein bisschen mit verschiedenen Stoffen, um ein Ratten- und Mäusegift zu finden. Ich war mir sicher, dass sie um diese Hütte inzwischen einen großen Bogen machen würden. Wenigstens ist das Buch noch heil.» Er strich mit dem Finger über den Einband, mit einer geschmeidigen Bewegung, und Christine musste daran denken, dass das einzige Buch, das sie bisher in Fricks Händen gesehen hatte, das abgegriffene Geschäftsbuch war. «Es ist sehr wertvoll für mich.»

«Es ist ein medizinisches Buch, nicht wahr? In welcher Sprache ist es geschrieben? Ich konnte es nicht lesen.»

«Es ist Persisch.»

Persisch. Sie sah ihn erstaunt an. Sie hatte nicht geglaubt, dass es in Ravensburg jemanden gab, der Persisch lesen konnte. Die meisten Leute, die sie hier kannte, selbst die reichen Kaufherren, die doch die bestmögliche Ausbildung erhalten hatten, waren froh, wenn sie neben ihren deutschen Verträgen noch ein bisschen Latein lesen konnten, und wer zusätzlich noch Französisch oder Spanisch verstand, galt allen als Ausbund an Gelehrsamkeit. Aber was nutzten David Jud seine Fähigkeiten, wenn er seine Tage doch nur damit verbrachte, mit Hökerwaren zu handeln und geringfügige Geldsummen gegen Pfand zu verleihen?

«Du bist doch Arzt ... wie kommt es, dass du hier in Ravensburg als Geldverleiher arbeitest?» Sie fürchtete zuerst, sie würde gar keine Antwort erhalten. David Jud zog jedoch seine Brille heraus und putzte sie umständlich, dann steckte er sie zurück in ihr Etui. Schließlich schaute er sie an, das Gesicht undurchdringlich wie immer.

«Es war eine persönliche Entscheidung. Ich wollte es so. Ich hatte vielleicht einfach keine Lust mehr.»

«Das verstehe ich nicht.» Sie betrachtete seine kräftigen Hände mit den langen Fingern und dachte daran, wie er ihren verletzten Knöchel abgetastet hatte, wie er mit behutsamen Bewegungen ihre Wunde untersucht und verbunden hatte. «Wie kann man die Lust verlieren, wenn man die Gabe hat, Schmerzen zu lindern und Kranke zu heilen?»

«Schmerzen zu lindern und Kranke zu heilen? Ihr habt eine sehr hohe Meinung von den Ärzten. Jeder zweite ist doch nichts als ein elender Quacksalber, dessen Patienten ohne ihn besser dran wären. Wenigstens jeder zweite. Ich mache uns ein Feuer, es wird kühl.» Er kniete sich vor die einfache Feuerstelle in der Ecke, wo jemand schon Kleinholz aufgeschichtet hatte – wahrscheinlich er selbst – , und versuchte vergeblich ein Feuer anzuzünden, schlug mit steigender Ungeduld Feuerstein und Stahl gegeneinander und warf sie schließlich leise fluchend zur Seite.

«Aber du –» Sie spürte plötzlich genau, dass es ihr geglückt war, sein Vertrauen zu gewinnen, dass es in diesem Augenblick vielleicht möglich war, diesem Mann eines seiner Geheimnisse zu entlocken, und ohne innezuhalten und zu überlegen, warum gerade das ihr auf einmal so wichtig erschien, stieß sie nach. «Ich glaube nicht, dass du einer von den Quacksalbern bist. Du hast meinen Fuß besser behandelt, als der Stadtmedicus es konnte, er hat es selbst gesagt. Warum lässt du deine Gabe nicht allen zugute kommen? Es ist nicht recht. Mehr noch, es ist eine Sünde.» Sie konnte förmlich sehen, wie die Wut plötzlich in ihm hochkochte und ihm das Gesicht verzerrte.

«Eine Sünde?», zischte er und wurde dann laut. «Eine Sünde? Glaubt Ihr nicht, dass es einem Juden völlig gleichgültig sein kann, was Christen für eine Sünde halten? Für Euch sind wir doch sowieso alle Sünder, egal, was wir tun!» Er hielt mit beiden Händen seinen Gürtel fest umklammert, und Christine war sich sicher, dass er es tat, um nicht der Versuchung zu erliegen, sich auf sie zu stürzen und sie zu ohrfeigen. Ihr Rücken versteifte sich; unauffällig rückte sie ein Stückchen zur Tür hinüber.

«Aber es ist dir nicht gleichgültig», antwortete sie leise. «Wenn es dir gleichgültig wäre, würdest du mich nicht so anschreien.»

Er presste die Lippen zusammen, spannte die Kiefermuskeln an und starrte wütend zu ihr herüber. Sie empfand den merkwürdigen Gegensatz zwischen den hellen Augen und den dichten dunklen Wimpern und hatte keine Angst. Halb hell und halb dunkel, dachte sie. Halb fremd und halb vertraut. Ich will es wissen, und wenn ich bis morgen hier sitzen bleiben muss. Ich will es wissen! Schließlich stand er mit einem Ruck auf, stellte sich ans Fenster und sah zwischen den vorgenagelten Brettern hinaus.

«Nein, es ist mir nicht gleichgültig», sagte er endlich. «Ich war gern Arzt. Schon als kleiner Junge wollte ich ein Arzt werden.»

«Ist dein Vater früher auch Arzt gewesen?»

«Nein. Er hat sein Leben lang als Pfand- und Geldleiher gearbeitet. Meine Familie war lange Zeit in Rottenburg am Neckar ansässig; dort bin ich auch zur Welt gekommen.

Mit in unserem Haushalt lebte zeitweilig der älteste Bruder meines Vaters, nach dem ich benannt bin. Er war Arzt und hatte selbst keine Kinder, und so entwickelte sich im Laufe der Jahre eine besonders enge Beziehung zwischen uns beiden. Immer schon wollte ich so sein wie er. Er nahm mich oft mit, wenn er zu Krankenbesuchen ging, ließ mich kleinere Wunden versorgen und brachte mir die arabische Schrift und Sprache bei, damit ich die berühmten medizinischen Werke von Ar-Razi und Ibn Sina lesen konnte.»

«Ar-Razi? Wer ist das? Den Namen habe ich noch nie gehört.»

«Das geht den meisten hier so, obwohl sein Wissen auch an den europäischen Universitäten gelehrt werden sollte. Er war ein begnadeter Arzt und Wissenschaftler, der vor mehreren hundert Jahren in Persien gelebt hat. Er hat viele Krankheiten genau beobachtet und beschrieben, und seine Schüler haben seine Erkenntnisse später aufgezeichnet. Mein Onkel jedenfalls war als junger Mann weit herumgekommen, hatte auch das östliche Mittelmeer bereist und ein paar Jahre in Aleppo bei einem jüdischen Arzt gelernt. Von dort hat er sich die medizinischen Manuskripte mitgebracht.»

«Aleppo», wiederholte Christine. Der Name schmeckte fremd und geheimnisvoll auf ihrer Zunge. «Bist du selbst auch dort gewesen?»

David Jud schüttelte den Kopf.

«Nein. Mein Onkel war ein viel wagemutigerer Mann als ich. Aber er hat mir immer von seinen Reisen erzählt. Ich kann mich noch gut erinnern, dass er regelmäßig Streit mit meinem Vater bekam, weil ich nächtelang nicht schlief, nur um seinen abenteuerlichen Geschichten zuzuhören.»

«Was ist aus ihm geworden?»

Der Jude betrachtete sie, ein wenig abschätzend, ein wenig erstaunt, als wundere er sich selbst, dass er überhaupt mit ihr sprach.

«Eines Tages wurde es ihm zu eng in Rottenburg», sagte er. «Er packte seine Tasche und verschwand. Wenig später bekamen wir die Nachricht, dass sein Schiff auf der Reise von Venedig nach Alexandria von Piraten überfallen und versenkt wurde. Er ist ertrunken.»

«Wie schrecklich!»

«Für einen Juden ist es besser, im Wasser zu sterben als im Feuer», antwortete David trocken. «Und für ihn war es wahrscheinlich das Ende, das er sich gewünscht hatte. Krank im Bett zu liegen war ihm ein Gräuel. Vielleicht war er ja auch deshalb ein so guter Arzt.» Er nahm das ledergebundene Buch und hielt es hoch. «Dieses Buch hat er mir geschenkt, bevor er gegangen ist. Ich würde mich nie davon trennen, so wenig wie mein Vater von den Tora-Rollen.»

Jetzt holte er seine Augengläser heraus und setzte sie auf, und Christine war verblüfft, wie sehr sich sein Gesicht dadurch veränderte. Er schlug aufs Geratewohl eine Seite auf und begann zu lesen und gleichzeitig flüssig zu übersetzen, so wie es nur jemand konnte, der seinen Text gut kennt.

«Von den Krankheiten des Auges ... Um das Auge recht betrachten zu können, musst du Ober- und Unterlid zurückschlagen und den Kranken in jede Himmelsrichtung schauen lassen.» Er zeigte Christine das Bild des aufgeschnittenen Auges, das sie schon bei ihrem ersten heimlichen Blättern entdeckt hatte.

«Ar-Razi hat sich sehr intensiv mit den Erkrankungen des Auges beschäftigt. Hier, der graue Star ...» Neugierig sah sie ihn an. Er stand ganz dicht vor ihr, und zum ersten Mal bemerkte sie, dass seine beiden Augen nicht genau die gleiche Farbe hatten: Das linke war von einem hellen Blaugrau, das rechte hatte einen leichten Stich ins Grünliche. Er bemerkte ihren Blick, und sie wandte sich schnell ab. Es war nicht schicklich, einen fremden Mann so anzustarren.

«Weißt du, wie man den Star sticht?», fragte sie. Sie hatte einmal miterlebt, wie ein fahrender Starstecher diese Operation ausgeführt hatte, und bei aller Angst, die das Spektakel bei ihr ausgelöst hatte, war sie doch fasziniert gewesen vom Geschick und der Schnelligkeit, mit der der Operateur gearbeitet hatte.

«Ja, ich habe es selbst einige Male in Italien gemacht. Es ist nicht schwierig, aber man muss es häufig üben, um wirklich gut zu werden. Und hier im Reich setzt man schnell seinen Ruf als Arzt aufs Spiel, wenn man sich die Finger schmutzig macht.»

Christine nickte. Die gelehrten Medici der Universitäten begnügten sich in aller Regel damit, den Puls zu tasten, eine Harnschau anzustellen und dann Diät und komplizierte Arzneien zu verordnen. Musste dagegen ein gebrochener Arm geschient, ein Karbunkel aufgestochen oder einfach nur ein Aderlass durchgeführt werden, so rief man den Wundarzt oder den Bader. David Jud schien offensichtlich beides zu beherrschen.

«Dann hast du deine Ausbildung in Italien gemacht?», fragte Christine, und er nickte.

«Ja. Die ganze Gemeinde in Rottenburg hat zusammengelegt, um mir das Studium zu ermöglichen, nachdem ich meinen Vater endlich überzeugt hatte. Er wollte aus mir lieber einen Schriftgelehrten machen, aber ich habe immer schon lieber die Aufzeichnungen meines Onkels studiert als den Talmud.» Er lächelte selbstvergessen, und während sie sich vorstellte, wie er mit seiner Hand die Starnadel führte oder das Skalpell, wagte sie kaum zu atmen.

«Welche Universität hast du besucht?», fragte sie endlich. Er sah sie nicht an, als er fast sanft antwortete.

«Es gab keine Universität, die mich als Juden aufgenommen hätte. Ich ging ein paar Jahre in die Lehre zu einem jüdischen Arzt in Padua, und wahrscheinlich wusste er mehr als die ganze medizinische Fakultät. Er war der beste Arzt, den ich je gekannt habe, geduldig, freundlich, außerordentlich geschickt. Die meisten seiner Arzneien hat er selbst hergestellt. Er kannte unglaublich viele heilkräftige Pflanzen ... tagelang ist er durch die Hügel gestreift, um ein bestimmtes Kraut zu finden.»

«Ich interessiere mich auch sehr für Pflanzen ... in meinem Garten vor der Stadt habe ich es schon mit verschiedenen italienischen Gewächsen versucht, die mein Mann mir von seinen Reisen mitgebracht hat, aber viele überstehen den Winter nicht. In Italien gibt es sicher viel mehr Pflanzen als hier.»

David Jud schüttelte leicht den Kopf.

«Viel mehr nicht, nur andere. Einige besonders heilkräftige Pflanzen wachsen auch bei uns, da, wo man sie oft am wenigsten vermutet, auf Ödland oder im Schutt: der Mohn zum Beispiel. Vor ein paar Wochen erst habe ich Mohnkapseln gesammelt, gleich hier in den Weinbergen. Man kann daraus einen Extrakt gewinnen, der die Schmerzen lindert, die Trauer dämpft und Schlaf hervorruft. Manchmal aber auch den Tod.»

«Es ist das Opium, nicht wahr? Ich habe davon gehört.»

«Ja, Opium. Man muss sehr vorsichtig damit umgehen.» Er verstummte für einen Augenblick, und Christine fürchtete schon, er würde seine Erzählung an dieser Stelle abbrechen.

«Und dann?», fragte sie schnell. «Du hast diesen Arzt irgendwann verlassen?»

«Ja. Er gab mir ein Empfehlungsschreiben für einen Adligen mit, den er von einem Blasenstein befreit hatte, in einer kleinen Stadt auf Genueser Gebiet. Ich ließ mich dort nieder und war ziemlich erfolgreich, und schon nach zwei Jahren konnte ich mir ein großes Haus kaufen.»

Ein großes Haus, dachte sie für sich. Ob er da wohl allein gelebt hat?

«Hast du eigentlich nie geheiratet?» Er schien nicht weiter überrascht und antwortete ohne Zögern.

«Doch, natürlich. Es ist bei uns nicht üblich, lange Junggeselle zu bleiben. Ich habe ein Mädchen aus einer angesehenen jüdischen Arztfamilie aus Bologna geheiratet. Ein nettes, frommes Mädchen. Wir lebten gemeinsam in einer kleinen jüdischen Gemeinde, und ich war drauf und dran, zum Vorsteher gewählt zu werden.» Er lachte kurz auf. «Wenn sich die Dinge so weiterentwickelt hätten, wie ich es damals erwartet hatte, wäre ich inzwischen vielleicht doch noch zu einem Schriftgelehrten geworden.»

«Aber sie haben sich nicht so entwickelt?»

«Nein, das haben sie nicht.» Er wandte sich von ihr ab und sah aus dem kleinen Fenster. «An einem Markttag kam eine Gruppe Gaukler in unsere Stadt und gab ihre Vorführungen auf dem großen Platz. Ich erinnere mich noch genau an den Bären, den sie an einer Kette tanzen ließen. Sie logierten im billigsten Gasthof, den sie finden konnten.» Er straffte die Schultern. «Wer hätte gedacht, dass der Schwarze Tod in so bunten Kleidern zu uns kommen würde? Niemand hatte damit gerechnet. Am Tag nach ihrer Ankunft wurde der Bärenführer krank. Ich hörte davon, aber natürlich wurde ich nicht zu ihm gerufen; solche Leute können sich einen Medicus nicht leisten und haben ja oft ihre ganz eigenen Mittel, um wieder gesund zu werden. Einen Tag später waren zwei weitere Mitglieder der Truppe krank; der Bärenführer starb noch in der gleichen Nacht. Die Gaukler wurden dann mit Gewalt aus der Stadt vertrieben, aber es war schon zu spät. Innerhalb einer Woche hatte die Seuche sich in den Armenvierteln ausgebreitet.»

Christine schauderte. Auch hier in Schwaben war die Erinnerung an den großen Siegeszug des Schwarzen Todes noch wach; gerade drei Generationen war es her, dass die entsetzliche Seuche durch das Reich gerast war und ganze Ortschaften ausgelöscht hatte. Und auch jetzt gab es immer wieder kleinere Ausbrüche der Krankheit, wenn sie auch nicht wieder das furchtbare Ausmaß der ersten Welle erreichten.

«Der Schwarze Tod», flüsterte sie. «Wie furchtbar. Und du als Arzt –»

Er fuhr fort, als hätte er sie überhaupt nicht gehört.

«Ich war gerade für ein paar Tage auf dem Landsitz eines reichen Patriziers, den ich schon lange wegen seiner Gicht behandelte, als die Lage in der Stadt sich zuspitzte. Genueser Soldaten zogen auf und verriegelten das Stadttor; niemand konnte mehr hinaus, und wer hineinkam, musste bleiben, bis die Blockade irgendwann wieder aufgehoben wurde.» Seine Stimme war so leise geworden, dass Christine ihn kaum noch verstehen konnte. «Ich wusste, dass die ärztliche Kunst bei dieser Krankheit nichts ausrichten kann ... oft sind es sogar die Ärzte, die als Erste sterben. Es gab nichts, was ich für die Unglücklichen tun konnte. Da entschied ich mich, bis zum Abflauen der Seuche bei meinem Patienten auf dem Land zu bleiben.» Er atmete schwer. «Endlich, nach vier Wochen, kehrte ich zurück. Die Stadt hatte mehr als hundert Tote zu beklagen, die meisten kleine Handwerker, Tagelöhner, Dienstboten. Niemand aus unserem Viertel war betroffen. Aber als ich nach Hause kam –» Sein Blick ließ ihren Mund trocken werden und ihr Herz schneller schlagen. Sie nässte die Lippen.

«Ja?»

«Meine Frau war tot.» Aschgrau das Gesicht, zwei Augen darin wie tote Tümpel.

«Du hättest ihr nicht helfen können», flüsterte Christine. «Du hast es selbst gesagt, dass die ärztliche Kunst bei dieser Krankheit –»

«Sie ist nicht an der Pest gestorben.» Er schwieg lange; sie wagte nicht zu fragen, und als er schließlich seine Augen auf sie richtete, duckte sie sich unwillkürlich zusammen.

«Kurz nachdem ich die Stadt verlassen hatte, ist sie von ein paar Straßenkötern angefallen worden. Sie ist ... sie ist an einem entzündeten Hundebiss gestorben.»

Christine spürte, wie sich die ungeheure Spannung in dem Körper ihres Gegenübers auf sie selbst übertrug: Jeder einzelne Muskel schien sich zu verkrampfen.

«Seit dieser Zeit habe ich kaum noch als Arzt gearbeitet. Ich wollte es nicht mehr ... ich spürte, dass ich das Recht dazu verloren hatte. Eine Zeitlang vagabundierte ich in Norditalien und der Provence herum und kehrte dann zu meinen Eltern zurück; sie waren in der Zwischenzeit hierher gezogen. Mein Vater hat mich wieder aufgenommen und lässt mich in seinem Geschäft mitarbeiten. Er hat zwar nie ein Wort dazu gesagt, aber ich weiß ...» Er hatte diese letzten Sätze nur noch zu sich selbst gesprochen und schien keine Antwort zu erwarten.

«Es tut mir leid», flüsterte Christine. «Du konntest ja nicht wissen, was geschehen würde ...» Sein Blick ließ sie verstummen.

«Ich hätte es Euch nicht erzählen sollen», sagte er knapp, stand auf und stellte sich vor das vernagelte Fenster. Wenn sie nicht gewusst hätte, dass sein Zorn sich nicht gegen sie richtete, hätte sie Angst vor ihm gehabt. «Dadurch kann man es nicht ungeschehen machen.»

«Nein, das kann man nicht.» Sie betrachtete seinen Rücken: Er stand stocksteif da, als wäre er eine Steinfigur. «Willst du – willst du nicht noch einmal nach meinem Fuß sehen?», brachte Christine schließlich heraus. Sie war außer Atem, als wäre sie gerade meilenweit gelaufen.

«Wenn Ihr es wünscht.» Er winkte ihr mit dem Kopf, sich auf den Hocker zu setzen; sie gehorchte und streifte Schuh und Strumpf ab. Schließlich kniete er sich vor sie hin, nahm ihren Fuß in die Hand und betrachtete die frische Narbe.

«Es ist gut verheilt.» Dann bewegte er den Fuß vorsichtig hin und her. Es war nicht angenehm, aber auch nicht schmerzhaft, und David Jud nickte.

«Ihr könnt zufrieden sein.» Dann sagte er nichts mehr. Er hielt ihren Fuß auf seinem Schoß, strich mit seinen Händen darüber und schien in Gedanken weit weg zu sein. Christine spürte den Druck seiner kühlen Finger auf ihrer Haut und den Stoff seiner Hosen und wünschte, sie könnte einfach so sitzen bleiben. Aber David Jud würde es sicher merkwürdig finden. Schließlich stand sie so leise auf, wie sie konnte, und zog sich den Schuh wieder an. Sie murmelte einen Abschiedsgruß und stahl sich nach draußen.

Das Licht des Himmels war so hell und blau, dass sie kurz geblendet die Augen schließen musste, bevor sie den Weg zur Stadt hinunter einschlug. Nach Tagen des Nebels und Nieselregens hatte der Fönwind in den letzten Stunden alle Feuchtigkeit weggeblasen; es war ungewöhnlich klar geworden, sodass sich am Horizont zum Greifen nah die immer schneebedeckte Kette der Berge abzeichnete. Der höchste Berg war der Säntis, hatte ihr Vater ihr erklärt, als sie noch ein kleines Mädchen gewesen war; dann kamen die Pässe in den Schweizer Bergen, die die Kaufleute mühsam überqueren mussten, wenn sie ihre Waren nach Italien und Frankreich brachten. Christine hatte jahrelang davon geträumt, selbst den Säntis zu besteigen und die verheißungsvolle Welt auf der anderen Seite – viel verheißungsvoller als alles, was sie hier erwartete – wenigstens zu sehen. Aber Träume waren zarte, unzuverlässige Gebilde. Sie verblassten und lösten sich auf, wenn man sie nicht festhielt, und eines Tages war man müde und alt und grämte sich nur noch, dass man nie den Mut und die Kraft aufgebracht hatte, sie zu verwirklichen. Mehr noch: dass man nicht einmal mehr den Mut und die Kraft aufbrachte, sie überhaupt noch zu träumen.

Christine wusste längst, dass sie niemals den Fuß in die Wunderwelt Italiens setzen würde, im Gegenteil, dass sie sich mit jedem Schritt weiter und weiter davon entfernte.

Sie blieb stehen. Der Säntis, dachte sie verschwommen, die Alpenpässe. Italien, wo es so gute jüdische Ärzte gibt. Sie selbst, Christine Köpperlin, auf dem Weg nach Hause, während hinter ihr der merkwürdige Mann zurückblieb, der ihr so unerwartet einen Blick in sein Inneres erlaubt hatte. Sie hatte plötzlich das Gefühl, als ob eine Tür sich unwiderruflich hinter ihr schlösse, und blieb stehen. Sie hörte den Wind in den Bäumen und das leise Tschilpen der Finken, hörte, wie eine Buchecker auf den Boden fiel und leise aufplatzte, hörte ihre hastigen Atemzüge und den verwirrten Schlag ihres Herzens. Zögernd drehte sie sich um und ging zu der Weinberghütte zurück, jeder Schritt Zweifel, jeder Schritt Wagnis. Sie stieg die Stufen hoch, öffnete die Tür.

David Jud kniete noch so da, wie sie ihn verlassen hatte, und sah sie überrascht an – wie einer, der gerade aus tiefem Schlaf erwacht ist. Ohne das spöttische Lächeln, hinter dem er sich sonst versteckte, wirkte sein Gesicht seltsam wehrlos und verletzlich. Er stand langsam auf, aber er kam ihr nicht entgegen und sagte kein Wort. Nur seine zweifarbigen Augen ließen sie nicht los, als wolle er sicher sein, dass sie alles las, was darin stand, und sie spürte, wie die Welt sich langsam auflöste in diesem dunklen Blick.

«David», flüsterte sie und machte noch einen Schritt auf ihn zu, bis sie die Hand ausstrecken und sein Gesicht berühren konnte. Die ganze Zeit hatte sie das schon tun wollen, dachte sie, hatte über den dunklen Schatten auf seinen Wangen, die Brauen über seinen merkwürdigen Augen entlangstreichen wollen. Er ließ es geschehen.

«Das Tuch», sagte er unvermittelt, griff nach dem herunterhängenden Zipfel um ihren Hals und ließ den Stoff durch seine Finger gleiten. «Als hätten nicht Menschen, sondern Engel es gewebt. Das war das Erste, was ich gedacht habe, als ich das Tuch gesehen habe: Als hätten Engel es gewebt.»

Sie öffnete die Nadel, die das Tuch über ihrer Brust zusammenhielt, und zog es herunter.

«Willst du es haben? Ich schenke es dir.»

Er lächelte leicht.

«Nein», antwortete er. «Nein, das brauchst du nicht.»

Dann nahm er behutsam ihre Hand, hob sie an seinen Mund und küsste sie, jede einzelne Fingerspitze, die Innenfläche, das Handgelenk, und es schien ihr, als würde ihre Hand dadurch zu einem neuen Leben erwachen. Alle Angst fiel von ihr ab, und sie erkannte, dass die rätselhafte Sehnsucht, die sie immer schon gespürt hatte, jetzt endlich zum Ziel gekommen war. So musste es sein, hier, in diesem Raum, mit diesem Mann, der Süße und Bitterkeit seines Mundes, der Kraft und Zartheit seiner Hände.

Sie konnte sich nicht erinnern, Frick jemals beim Auskleiden geholfen zu haben, aber jetzt stand sie da und mühte sich kichernd, die Tasseln und Bänder an Davids Mantel zu lösen, die Schnalle an seinem Gürtel, die Nesteln an seinen Hosen. Währenddessen machten sich seine Hände an ihrer Kleidung zu schaffen. Sie waren so viel geschickter und schneller als ihre, suchten und forschten und hielten fest, dass sie kaum noch Zeit zum Atmen fand. Komm, schrieben seine Finger auf ihre Haut, als sie nackt war, komm, lass mich nicht mehr los. Sie liebte die gefährliche Macht seines Mundes und seine Hände, die ihren Körper besser zu kennen schienen als sie selbst, das Kratzen seiner Bartstoppeln auf ihrer Brust und das leidenschaftliche Geschlecht, das sich hart an ihrem rieb und den Weg in ihren feuchten Schoß schon fand, während sie noch eng ineinanderverschlungen an der Wand lehnten. Kaum, dass sie sich noch einmal voneinander lösen konnten, um die Decke auf dem Boden auszubreiten und den Mantel darüber zu legen, bevor sie wieder miteinander verschmolzen zu einem einzigen Zauberwesen aus Begehren und Erfüllung und neuem Begehren, das sich selbst vergisst und die Welt nicht kennt.

Ich war vorher noch nie wirklich glücklich, dachte Christine, als sie später entspannt neben ihm lag. Ich wusste nicht, dass das überhaupt möglich ist, dass ich mich so vollständig, so eins mit mir fühlen könnte wie jetzt. Von irgendwoher kam ihr die alte Geschichte in den Sinn, dass Mann und Frau ursprünglich eins gewesen und dann von eifersüchtigen Göttern getrennt worden waren; dass jeder von ihnen sein Leben lang nach der verlorenen Hälfte suchen musste, um erst mit ihr zusammen wieder ein heiles und vollständiges Wesen zu werden. So ist es, dachte sie. Genau so ist es. Davids Finger spielten mit ihren Brustwarzen, sein Atem strich warm über ihren Hals, und es machte sie glücklich, dass er leise aufseufzte, als sie nur sanft seinen Oberschenkel berührte.

«David», flüsterte sie. «Ich möchte nie mehr von dir fortgehen. Ich möchte mein ganzes Leben an deiner Seite verbringen.»

«Ja», murmelte er, zog sie fest an sich, sodass ihr Körper sich erneut an ihm entflammte. «Ja.»

Jeder muss es sehen, dachte sie später, als sie in der anbrechenden Dunkelheit zur Stadt zurücklief, benommen von der Erinnerung an Davids Berührung und die neue Welt, die sich vor ihr aufgetan hatte. Ich bin doch eine ganz andere Frau, als ich es heute Morgen war! Wie soll ich nur das Leben fortsetzen, das ich bisher geführt habe? Wie kann ich Frick wieder gegenübertreten? Er lässt mich nie wieder aus dem Haus, wenn er erfährt, was heute passiert ist, und David – für einen Augenblick stockte ihr der Atem. Sie wusste ja, was passierte, wenn sie einen Juden erwischten, der eine Liebesbeziehung zu einer Christin hatte. Wenn er Glück hatte, wenn es eine billige Hure gewesen war, wurde er nur verprügelt und aus der Stadt getrieben, doch wenn er Pech hatte –

Aber sie würde nicht auf David verzichten, sie konnte es nicht. Jetzt, nachdem sie ihn gefunden hatte, konnte sie ihn nicht mehr gehen lassen. Sie blieb stehen und zwang sich, ein paar ruhige Atemzüge zu machen. Was auch geschehen sollte, sie musste David wiedersehen. Nur Frick durfte es nicht erfahren. Frick nicht und sonst auch niemand.

«David», murmelte sie, und ihr Herz schlug schneller.

9

An einem kühlen Septembertag ächzte eine hochbeladene Wagenkolonne den Weg ins Flattbachtal hinauf. Gerli sah sie schon von weitem kommen, als sie sich zum Durchatmen aus dem Fensterchen der Lumpenkammer lehnte, und hörte, wie die Fuhrknechte fluchten und auf ihre Ochsen einschlugen, weil sie immer wieder im knöcheltiefen Schlamm stecken blieben. Sie musste das Wappen gar nicht sehen, um zu wissen, dass es sich um eine Kolonne der Handelsgesellschaft auf dem Weg nach Wangen handelte; niemand sonst konnte so viele Wagen ausrüsten wie die Ravensburger Kaufherren. Nur über das Wetter konnten sie nicht gebieten. Der Regen hatte zwar schon gestern aufgehört, aber es würde noch Tage dauern, bis die Wege abgetrocknet waren, Tage auch, bis das Wasser des Flattbachs sich geklärt hatte und die Lumpenstampfe wieder arbeiten konnte.

Gerli folgte den Wagen mit den Augen. Wie gern wäre sie einmal mit dabei und würde die fernen Wunderländer kennenlernen, in die all diese Herrlichkeiten geschickt wurden, Italien, Spanien, das Maurenland … Stattdessen hockte sie hier in der Papiermühle inmitten stinkiger Hadern und Stofffetzen, denn gestern hatte der Lehrbub den ganzen Tag Lumpen eingesammelt und hergebracht. Aber die Lumpen konnten warten! Sie würde ein paar Minuten hier stehen bleiben, bis auch noch der letzte Ochse hinter der nächsten Wegbiegung verschwunden war.

Plötzlich hielt einer der Wagen gleich unter ihrem Fenster an. Eine gedrungene Gestalt sprang vom Kutschbock und verschwand in der Mühle, während die Kolonne sich wieder in Gang setzte. Neugierig lauschte Gerli auf die schweren Schritte unten in der Diele und die Stimmen, die gedämpft zu ihr hochdrangen. Sie ließ Lumpen Lumpen sein, öffnete vorsichtig die Tür und spitzte die Ohren. Jost, der Papierer, kam zusammen mit dem Besucher herein. Verblüfft erkannte Gerli die Stimme von Frick Köpperlin, dem Kaufmann, der schon vor rund einer Woche unerwartet hier gewesen war. Diesmal hatte er seinen tumben Sohn nicht mitgebracht. Er wechselte ein paar leutselige Bemerkungen mit Jost – das schlechte Wetter! die Teuerung! das alte Hüftleiden, das ihm schon seit Jahren Kummer bereitete! – und ließ sich dann auf einen Becher Wein einladen. Die beiden zogen sich in die Leimküche zurück und schlossen die Tür.

Gerli hätte zu gern gewusst, was wohl so wichtig sein konnte, dass der Kaufmann schon wieder bei ihnen aufgetaucht war, aber sie wagte es nicht, an der Tür zur Leimküche zu lauschen, und kehrte langsam an ihren Ausguck am Fenster zurück. Köpperlin war kein Dummkopf. Der kam nicht einfach so mal auf einen Besuch in die Papiermühle, mit der ihn eigentlich nichts verband. Der war nicht zu seinem Vermögen gekommen, indem er mitten am Tag spazieren ging und mit fremden Handwerkern Wein trank! Angeblich stammte er ja selbst aus kleinen Verhältnissen, nicht anders als sie auch. Nur war es für eine Frau unmöglich, einen solchen Aufstieg zu machen, wie klug und wagemutig sie auch sein mochte. Vinz allerdings – Vinz stünden viele Wege offen, wenn er nur endlich bereit wäre, überhaupt mal einen Schritt zu tun. Was könnte nicht alles aus Vinz werden, im Gegensatz zu dem jungen Köpperlin, der aussah, als könne er nicht zwei und zwei zusammenzählen! Aber es war sinnlos, sich darüber Gedanken zu machen. Sie würde schon einen Weg finden für sie beide, und wenn Vinz nicht wollte, dann wenigstens für sich allein.

Der Papierer und sein Gast hatten sich inzwischen einander gegenüber an den kleinen Tisch in der Leimküche gesetzt. Jost wollte gerade einschenken, da holte Köpperlin einen Lederbeutel heraus und stellte ihn vor dem Papierer auf den Tisch.

«Das hier ist für Euch, Meister Jost», sagte er. «Für die Freundlichkeit, mit der Ihr meinen Sohn und mich beim letzten Mal empfangen habt.» Er nickte dem Papierer auffordernd zu, und Jost streckte langsam die Hand aus und zog den Beutel zu sich hin.

«Ihr seid – zu liebenswürdig, Herr Köpperlin», stammelte er schließlich. «Ich werde mich gern erkenntlich zeigen, wenn es in meiner Macht steht.» Verunsichert blickte er zwischen seinem Besucher und dem Beutel hin und her. Irgendetwas Merkwürdiges ging hier vor, aber er verstand nicht, was es war. Köpperlin lehnte sich auf der Bank zurück, öffnete sein Wams und lächelte entspannt. Er schien sich überaus wohl in seiner Haut zu fühlen.

«Immer noch zu viel Dreck im Flattbach?», fragte er beiläufig, und Jost nickte.

«Ja. Eine Sauerei! Wir haben noch einen großen Auftrag

abzuarbeiten, und wenn es nicht bald besser wird, weiß ich nicht, wie wir es pünktlich schaffen sollen. Ich weiß es wirklich nicht.»

Der Kaufherr nickte verständnisvoll.

«Ja, das ist bitter für Euch.»

«Weniger für mich als für den Herrn von Waldburg. Ich krieg mein Geld, auch wenn's regnet, aber er?» Vielsagend zog der Papierer die Schultern hoch. «Wenn's kein Papier gibt, kann man auch keins verkaufen.»

«Und die Konkurrenz wartet nur darauf, einem die Kunden wegzuschnappen. So ist das im Geschäft, da muss man fix sein und zuschlagen, wenn die Gelegenheit sich bietet.» Ganz leicht dahingesagt war das.

«Der Truchsess von Waldburg ist zurzeit geschäftlich in Augsburg», fuhr Köpperlin fort. «Bei unserem letzten Treffen habe ich ihm ein Angebot gemacht für die Mühle – ein gutes Angebot, wie ich finde. Sehr gut sogar. Aber er hat abgelehnt. Hat gemeint, er mache ein prächtiges Geschäft mit dem Papier, das wolle er nicht abstoßen.»

«Wenn er so prächtige Geschäfte macht, könnte er uns auch besser bezahlen», bemerkte Jost, und Köpperlin verzog skeptisch das Gesicht.

«Ich weiß nicht, Meister Jost ... Ich fürchte, diese Absicht hat er nicht. Und Ihr seid ja vertraglich an ihn gebunden ... da bleibt nicht viel Verhandlungsspielraum. Aber es ist kein Wunder, dass er so gute Geschäfte macht. Das Waldburg-Papier ist ja auch bekannt für seine Qualität: fein und glatt und weiß wie Schnee.»

Es arbeitete in Jost; er rutschte unruhig auf seinem Platz herum, spielte mit seinem Krug. Der Kaufmann wollte etwas von ihm, so viel war klar. Wenn es allerdings etwas

Ehrenvolles wäre, würde Köpperlin sicher nicht so um den Brei herumreden.

«Wie dem auch sei», sagte der gerade. «Eine einzige Lieferung mit schlechter Ware reicht ja oft schon aus, um einem die Kunden zu verjagen.»

«Aber was – was wird dann aus dem Meister, der die schlechte Ware hergestellt hat?», fragte der Papierer mit dünner Stimme, die deutlich zeigte, wohin er mit seinen Gedanken inzwischen gelangt war.

«So jemand braucht gute Freunde», antwortete Köpperlin befriedigt. «*Einen* guten Freund zumindest, der ihn nicht fallenlässt. Leider wissen nicht viele Leute, sich Freunde zu machen, mein lieber Meister Jost. Es ist nicht so wie bei Euch und bei mir. Da wusste ich gleich bei unserer ersten Begegnung: Meister Jost, der Papierer, das ist ein rechter Mann, der ein ehrliches Wort versteht. Ein Mann, mit dem man gern Geschäfte macht.» Er erhob sich; offenbar war alles Wichtige gesagt. «Nun, mein Lieber. Ich muss weiter.» Er nickte dem Papierer freundlich zu. «Bis zum nächsten Mal.»

Jost begleitete den Besucher nach draußen und kam dann noch einmal in die Leimküche zurück. Er holte sich einen Krug Wein vom Bord, setzte ihn an und trank in gierigen Schlucken.

«Verdammt», murmelte er. «Gottverdammt noch einmal ...»

Kurze Zeit später lief das Stampfwerk wieder an. Oswald, der Gehilfe, schimpfte wie ein Rohrspatz, aber Jost ließ sich nicht beirren.

«Schluss mit dem dummen Geschwätz! Weißt du nicht, wie weit wir schon im Rückstand sind? Der Truchsess wird uns die Hölle heißmachen, wenn wir nicht zum vereinbarten Zeitpunkt liefern ...!» Er schöpfte Bogen um Bogen, und als Gerli zu der großen Presse gerufen wurde, konnte sie sehen, dass Oswald seinen Widerstand inzwischen aufgegeben hatte, obwohl das frische Papier genauso fleckig aussah wie das, was der Papierer erst vor wenigen Tagen als unbrauchbar in die Ecke geworfen hatte. Und es war kein Wunder, denn was aus der Presse unten herauslief, war eine braune Brühe, die man nicht einmal zum Füßewaschen hätte benutzen wollen. Aber ihr konnte es gleich sein, dachte Gerli, als sie am Abend ihre zwei Pfennig entgegennahm wie jeden Tag. Solange sie ihren Lohn bekam, war ihr alles gleich. Sie wollte gerade gehen, da hielt der Papierer sie an der Schulter zurück.

«Auf ein Wort noch, Mädchen!»

«Ja?»

«Du – ich hab gedacht, ob du nicht vielleicht am nächsten Samstag mit mir über den Markt gehen willst? Und dann vielleicht ins Goldene Lamm?» Er sah sie erwartungsvoll an. Das war sie, die Gelegenheit. Sie legte den Kopf ein bisschen schief und antwortete langsam, als müsste sie überlegen.

«Am Samstag ... ja, das könnte gehen. Vielleicht zum Mittagsblasen am Rathaus?»

Der Papierer nickte erfreut.

«Ich warte auf dich.»

Wenn sie genug Geld hatte, besuchte Gerli samstags das Bad an der Stadtmauer in der Unterstadt, denn das war das billigste der städtischen Bäder – wahrscheinlich, weil das Wasser dort immer ein bisschen stank.

«Was soll ich machen?», pflegte der Bader auf die häufigen Beschwerden seiner Gäste zu antworten. «Unser Brunnen hier ist fünfzehn Schuh tief, das sollte ja wohl ausreichen.» Aber natürlich wusste er so gut wie jeder andere, dass nur einen Steinwurf von dem ungepflasterten Hof entfernt das Wasser des Stadtgrabens gegen die Mauern schwappte, in den Gerber, Färber und Metzger ihre Abfälle kippten. Böse Gerüchte behaupteten, der eine oder andere Badegast hätte schon am ganzen Körper blaugefärbt wieder nach Hause gehen müssen. Aber noch konnte sie nicht wählerisch sein, sagte sich Gerli. Und schließlich wurden in dem Wasser sogar Karpfen für den Verkauf auf dem Wochenmarkt gehalten, so schlimm konnte es also nicht sein. Für den großen Zuber reichten ihre paar Heller sowieso nicht, sodass sie sich auf das Dampfbad beschränkte.

An diesem Samstag war sie früher als sonst da und reinigte sich mit Inbrunst. Von dem Treffen mit dem Papierer hing so viel ab! Dass er sich für sie interessierte, wusste sie schon lang, aber heute sollte er erkennen, dass er ohne sie nicht mehr leben konnte. Das war etwas anderes. Sie trennte sich schweren Herzens von ein paar weiteren Kupfermünzen und ließ sich mit duftendem Öl einreiben, bevor sie endlich in ihren Sonntagsrock schlüpfte, den sie mit ein paar bunten Troddeln aus der Lumpenkammer verziert hatte. Der Bader stieß einen anerkennenden Pfiff aus, als er sie sah.

«He, was hast du heute vor? Bist du ganz allein unterwegs?» Aber noch bevor Gerli antworten konnte, kam die Frau des Baders mit einem Eimer voller Blutegel vorbei und stieß ihren Mann heftig in die Rippen. Der grinste entschuldigend.

«Meine Martha! Dabei weiß sie doch genau, wie viel Angst ich vor ihr habe!»

Gerli winkte ihm noch einmal zu und lief dann die Bachgasse hoch und an dem kleinen Abtritt vorbei, den die reichen Gerber sich darüber gebaut hatten. Als ob man nicht den einfachen Abtritt auf dem Hof benutzen könnte! Vor dem Frauenhaus saßen zwei leichtbekleidete Huren auf der Treppe und kämmten sich gegenseitig die Haare.

«Was für ein schönes Mannsbild, der junge Herr!», versuchten sie einen Marktgänger zu sich zu locken. «Was für ein Hintern! Komm doch rüber zu uns, wir beißen nicht – sofort!»

Der angesprochene Handwerksbursche wurde puterrot und beschleunigte seinen Schritt, und auch Gerli machte einen weiten Bogen, um den beiden nicht zu nahe zu kommen. Gerade heute wäre es sicher ein schlechtes Vorzeichen, von den Hübschlerinnen angesprochen zu werden – zwei Mädchen, die nur eine Winzigkeit weniger zielstrebig waren und mehr Pech gehabt hatten als sie selbst. Gerli wusste ganz genau, wie nah sie selbst daran gewesen war, im Hurenhaus zu landen.

Als sie zum Rathaus kam, konnte sie den Papierer im Gedränge nicht entdecken. Es war ein strahlend schöner Tag. Ganz Ravensburg schien auf den Beinen zu sein und hier auf dem Markt zusammenzuströmen. Gerli stellte sich in den Schatten des Verkaufsgewölbes und wartete, und als er endlich auftauchte, blieb sie noch eine Zeitlang in ihrem Versteck und sah zu, wie er allmählich unruhig wurde, bis sie schließlich zu ihm hinüberlief.

«Gerli! Ich dachte schon, du hättest mich vergessen!»

Sie lächelte kokett.

«Nein, sicher nicht. Hab nur einen alten Freund wiedergetroffen, der mich nicht gehen lassen wollte.» Die Worte hatten genau die beabsichtigte Wirkung. Jost zog die Augenbrauen zusammen und schaute finster.

«Ich hoffe, du hast ihn zum Teufel geschickt!»

«Zum Bader. Er stank nach Misthaufen.» Jost dagegen, das hatte sie gleich gesehen, glänzte wie eine Speckschwarte. Er hatte seinen Bart stutzen und legen lassen, und ein intensiver Veilchengeruch strömte von ihm aus. Nur an den roten Händen, die unten aus den Ärmeln seines Wamses herausschauten, hatte er nicht viel tun können. Erst in der letzten Woche hatte er wieder zwei Fingernägel an der Papierbütte eingebüßt. Gerli war entschlossen, so lange darüber wegzusehen wie möglich. Sie hängte sich in seinen Arm und lächelte forsch.

«Und? Was wollen wir kaufen?» Er drehte sich zu ihr um und musterte sie eingehend von Kopf bis Zeh.

«Erst einmal eine Tüte Konfekt», sagte er. «Und dann vielleicht Schuhe.» Gerli war entzückt, als er ihr wenige Minuten später etwas unglaublich Süßes in den Mund steckte: eine kandierte Dattel. Das sei eine Frucht, die von jenseits des Meeres komme und von den Heiden in Afrika gezüchtet werde.

«Ich kenne das aus meiner Zeit in Nürnberg», erklärte Jost. «Ulmann Stromer hat seine Papierer immer wieder nach Hause eingeladen, und dann wurde ordentlich aufgetischt: Kapaune und Wachteln, Südwein, Süßigkeiten ... alles vom Besten. Der wusste, was er den Leuten schuldig war, die seinen Reichtum erarbeitet hatten. Anders als dieser Geizkragen von Waldburg.» Gerli lauschte mit offenem Mund und vergaß fast, sich die nächste Dattel aus dem Tütchen zu nehmen – einem teuren Papiertütchen übrigens, vielleicht aus ihrer eigenen Mühle.

«Kapaune und Wachteln?»

«Sicher, mein Kind.» Jost schien ein paar Zoll zu wachsen. «Und warum auch nicht? Jeder hätte sich die Finger nach uns geleckt, da musste der Stromer schon aufpassen, dass er uns bei der Stange hielt.»

«Und warum bist du dann überhaupt hierher gekommen?»

«Der Truchsess hat mir ein Angebot gemacht, als er einmal mit Stromer zu tun hatte. Und in Nürnberg war ich nie der erste Papierer, sondern musste tun, was diese italienischen Laffen mir gesagt haben. Da bin ich kein Mann für. Schließlich wusste ich so gut wie sie, was getan werden musste.»

Mittlerweile waren sie am Lederhaus angekommen, einem kleinen Gebäude am Viehmarkt zwischen dem mittleren Bad und ein paar heruntergekommenen Wohnhäusern, die sicherlich noch aus der Zeit stammten, als der Stadtgraben zugeschüttet worden war. Hier stellten Sattler, Gerber und Schuhmacher ihre Waren zum Verkauf. Auf mehreren hölzernen Böcken gleich am Platz waren überaus kostbare Ledersättel aufgebaut; nicht weniger kostbar gekleidete Männer standen darum herum und verhandelten lautstark mit dem Sattler um einen bezahlbaren Preis. Weiter hinten hatten die Schuhmacher ihre Bänke, während der Handel mit gegerbten Häuten und Pelzen im oberen Stockwerk stattfand, zu dem nicht jeder Zutritt hatte. Jost bahnte sich seinen Weg an den adligen Sattelkäufern vorbei und zog Gerli hinter sich her, bis sie schließlich vor einem Gestell mit mehreren Paar Schuhen standen: lederne

Schuhe mit Schnallen daran und sogar Stiefel, die bis zum Knie reichten. Gerli wurde es ein wenig unbehaglich. Sie stellte sich auf die Zehenspitzen und flüsterte Jost etwas ins Ohr.

«Die Schuhe sind wunderschön, Jost, aber ich habe nicht genug Geld dafür.»

Jost nutzte die Gelegenheit, sie eng an sich heranzuziehen.

«Welche gefallen dir denn, Herzchen?»

Gefallen? Alle hätten sie ihr gefallen. Sie hatte noch nie Schuhe beim Schuhmacher gekauft, das Geld hatte immer nur für den Flickschuster gereicht. Schließlich zeigte sie auf ein Paar zierliche Damenschuhe aus Rindsleder mit kleinem Schnabel.

«Die da?»

Sie nickte krampfhaft. Es war albern, wenn eine Lumperin Schnabelschuhe trug. Aber der Papierer winkte den Schuhmacher heran, und der hieß Gerli auf einem kleinen Hocker Platz nehmen, wieselte um sie herum und half ihr in die Schuhe.

«Lass mich mal sehen», brummte Jost und schob den Handwerker zur Seite, und nachdem er sich vor sie hingekniet, ihren Rock etwas gehoben und Fuß und Schuh eingehend bewundert hatte, war Gerli sich sicher, dass er mehr als genug gesehen hatte. Sie stand auf und machte ein paar Schritte.

«Wunderbar», flüsterte sie. Es war wie in dem Traum, den sie schon so oft geträumt hatte, wenn auch Jost in nichts an den Prinzen erinnerte, der die andere Hauptrolle darin spielte. Jost räusperte sich.

«Die Schuhe da, was sollen die kosten?»

«Oh, nicht teuer, gar nicht teuer! Eine gute Wahl! Du hast einen guten Blick, das ist echtes Rindsleder ...»

«Wie teuer?»

«Zehn Schilling, wenn's beliebt.»

Gerli blieb vor Schreck fast das Herz stehen, aber der Papierer war nicht beeindruckt.

«Sechs, und ein paar Trippen noch dazu.» Sie feilschten eine Weile und einigten sich schließlich auf sieben Schilling drei Heller. Gerli konnte es kaum glauben, als Jost tatsächlich seine Börse zückte und dem Schuhmacher das Geld in die Hand zählte. An der Seite des Papierers schwebte sie weiter über den Markt, lachte über die unglaublichen Geschichten, die er ihr aus seinem Leben erzählte, und kehrte schließlich mit ihm im Goldenen Lamm ein, wo sie einen großen Krug Wein leerten und Wurst aßen. Als ein paar fremde Männer sich zu ihnen setzten, um mit Jost Würfel zu spielen, rückten sie eng zusammen, und Josts freie Hand wanderte auf ihren Oberschenkel. Der Papierer hatte einen guten Tag: Er gewann so lange, bis die Mitspieler schimpfend den Tisch verließen.

«Du bringst mir Glück, Mädchen!», sagte Jost, zog sie an sich und küsste sie auf den Mund. Sie hatte noch nie einen solchen Bart geküsst; es war ein merkwürdiges Gefühl.

«Komm, lass uns ein bisschen nach draußen gehen.» Jost zog sie an der Hand über den verdreckten Innenhof und in den Stall. «Hier hinten in dem Verschlag, da stört uns keiner.» In einer Ecke des Stalls war mit einer Bretterwand ein kleiner Raum abgeteilt, der durch die Ritzen nur spärlich erhellt wurde. Gerade, dass Gerli das nachlässig aufgeschüttete Stroh und die Decken erkennen konnte, die jemand auf den Boden gebreitet hatte. Wahrscheinlich machten die Wirtsleute ein gutes Geschäft mit dieser Kammer, dachte sie. Die Handwerksgesellen hatten ja kaum eine Möglichkeit, sich irgendwo mit ihren Mädchen zu treffen. Sie war nicht erstaunt, dass sie schließlich hier gelandet waren und der Papierer mit heißen Händen an ihrer Bluse zerrte: Nein, es war genau das, was sie erwartet und gewollt, ja, worauf sie sich vorbereitet hatte, als sie heute Morgen das Wollbüschel mit der Salbe vom Juden eingefettet und an seinen Bestimmungsort geschoben hatte. Der Papierer hatte es eilig jetzt, so als ob der nächste liebeshungrige Bursche schon draußen in der Wirtsstube wartete.

«Leg dich hin, schnell ...» Ohne ein weiteres Wort ließ er seine Hosen herunter, schob ihr den Rock nach oben und legte sich auf sie.

«Du willst es doch auch, stimmt's, Mädchen?», keuchte er in ihr Ohr.

«Oh ja, Jost ... ich warte schon so lange auf dich!» Er war ein ungeschickter Liebhaber, und sie musste ein bisschen nachhelfen, aber als er dann endlich mit einem Aufstöhnen in sie eingedrungen war, ging es überraschend schnell. Wahrscheinlich hatte er wochenlang keine Frau mehr gehabt. Danach ließ er sich erschlafft auf die Seite rollen und wollte aufstehen, aber sie schlang die Arme um ihn und hielt ihn fest.

«Es war so schön, Jost ... wunderschön! Ich wusste nicht, dass es so sein kann. Und jetzt – sind wir so gut wie verlobt, nicht wahr?»

Er lachte überrascht auf.

«Verlobt, Herzchen, das ist ein großes Wort! Und für dich ist es doch sicher auch nicht das erste Mal gewesen, oder?» Er gab ihr einen leichten Klaps auf den Hintern. «Steh jetzt auf, wir müssen gehen! Morgen können wir uns wieder hier treffen. Für die schönen Schuhe hab' ich schließlich noch was gut!»

Sie lachte jetzt auch.

«Ich hab's doch gar nicht ernst gemeint.»

Gemeinsam verließen sie den Stall. Es wurde allmählich dunkel, und Jost verabschiedete sich: Er musste noch in die Mühle zurück, die er über Nacht nicht allein lassen wollte, denn Oswald und Hensli waren beide nicht da.

«Dann bis morgen, Mädchen!», sagte er und kniff sie zum Abschied noch einmal leicht in die Brust. «Zum Mittagsblasen hier im Lamm. Ich freu mich drauf!»

Einigermaßen nachdenklich schlenderte Gerli in den neuen Schuhen nach Hause. Vielleicht hatte sie einen Fehler gemacht, dachte sie. Vielleicht war sie Jost zu schnell entgegengekommen. Sie hätte ihn noch länger hinhalten müssen, bis er im eigenen Saft schmorte, und ihm dann ein Versprechen abnehmen sollen, bevor sie sich mit ihm ins Stroh legte. Aber jetzt war es zu spät dafür. Wenn der Papierer mit allen Mädchen so großzügig war wie heute mit ihr, konnte er jeden Tag eine andere haben. Aber es war ja nicht alles verloren. Die Zeit war auf ihrer Seite; früher oder später würde Jost einsehen, dass er diese Freuden jede Nacht genießen konnte, wenn er sie nur zu seiner Frau machte – zur Papiermüllerin. Allein das Wort ließ ihr Herz schneller schlagen: Papiermüllerin! Als Papiermüllerin würde sie Vinz zum Lehrling machen; er könnte später vielleicht eine eigene Mühle übernehmen, während ihr ältester Sohn den Betrieb im Flattbachtal weiterführen würde.

Sie war so in Gedanken versunken, dass sie gar nicht mehr auf den Weg achtete und plötzlich schwungvoll in eine große Pfütze trat – wahrscheinlich die Hinterlassenschaft einer Kuh, die hier heute den Besitzer gewechselt hatte. Betreten musterte Gerli die neuen Schuhe: Das teure Leder hatte die ersten Spritzer abbekommen.

10

«David, mein Sohn.» Wie ertappt blieb er an der Tür stehen und drehte sich um. Raechli war eine zarte Frau, leicht wie eine Feder, und ihre Schritte fast nicht zu hören. Sie schwebt durchs Haus, wo wir anderen laufen müssen, pflegten ihre Söhne zu scherzen, wenn sie wieder einmal völlig unerwartet irgendwo aufgetaucht war. Jetzt ging sie zu ihrem Jüngsten hinüber und legte ihm die Hand auf den Arm. Wie eine Kinderhand, dachte David. Wie kann es sein, dass eine so starke Frau so kleine Hände hat?

«Ich muss noch fort», sagte er schnell. Raechli lächelte leicht.

«Ständig auf dem Sprung, nicht wahr? So bist du schon als kleiner Junge gewesen, wenn ich dir die Ohren langziehen wollte. Immer unterwegs, bevor ich dich in die Finger kriegen konnte.»

«Und heute willst du mir wieder die Ohren langziehen?»

«Wenn es helfen würde – ja. Aber du bist kein kleiner Junge mehr, sondern ein erwachsener Mann. Können wir uns noch einen Augenblick hier hinsetzen?» David wusste, dass er nicht entkommen würde. Folgsam führte er seine Mutter zu der Wandbank, die mit bestickten Kissen belegt war.

«Dein Bruder Aaron wird ja in der nächsten Woche Jacha heiraten», eröffnete Raechli das Gespräch.

«Das ist mir nicht neu. Es wird schließlich seit Monaten von nichts anderem mehr gesprochen, und die ersten Gäste sind auch schon fast da. Ich wünsche ihm viel Glück.»

«Ja, das weiß ich.» Sie griff nach seiner Hand und zog sie auf ihren Schoß. «David, hast du nicht einmal darüber nachgedacht, auch wieder zu heiraten? Jacha kommt aus einer großen Familie, sie hat mehrere Schwestern. Sicher könnten wir –»

«Nein. Auf gar keinen Fall.» Er zog seine Hand zurück. «Ich möchte nicht, dass du in dieser Richtung irgendetwas unternimmst. Oder hast du etwa schon nachgefragt?»

«Nein.» Sie schüttelte traurig den Kopf. «So gut kenne ich dich doch. Aber hast du ganz vergessen, wie glücklich du damals warst mit Judith? Es ist nicht gut, wenn ein Mann allein durchs Leben geht. Du schon gar nicht. Du brauchst jemanden.»

Er antwortete nicht, sondern konzentrierte sich auf die Kinder, die draußen vor dem Haus mit Murmeln spielten. Wenn man genau aufpasste, konnte man sie miteinander schwätzen hören. Raechli holte tief Luft.

«David, ich weiß, dass du eine Frau siehst.»

«Selbstverständlich. Ich sehe dich, ich sehe Jacha ...»

«Du weißt genau, was ich meine. Du triffst dich mit jemandem.»

«Wer sagt das?»

«Niemand. Es muss mir auch niemand sagen. Seit ein paar Wochen, ein paar Monaten vielleicht bist du ganz verändert. Du lachst wieder mehr, hast mehr Geduld mit den

Kindern, sitzt irgendwo in der Ecke und lächelst vor dich hin ... und dann bist du so oft weg, und niemand weiß, wo du hingehst. Was für einen anderen Grund sollte das haben?» Sie sah ihm offen ins Gesicht, so offen, dass er es nicht fertigbrachte, sie zu belügen. Aber er antwortete auch nicht.

«Es ist keine von uns, nicht wahr? Keine Jüdin?»

Der HERR verfluche die Klugheit der Frauen, dachte er, und im gleichen Augenblick wurde ihm bewusst, dass es seit langer Zeit das erste Mal war, dass er den Ewigen angerufen hatte. Ein spöttisches Lächeln huschte über sein Gesicht und verlor sich schnell wieder in den tiefen Furchen um seinen Mund. Raechli fuhr fort, leise und bestimmt.

«Also ist es so, wie ich denke. Es ist keine Jüdin, deshalb stellst du sie uns nicht vor. Es schmerzt mich sehr, David, dass ich dir das sagen muss, aber du musst diese Frau wegschicken.»

David brauchte seine ganze Selbstbeherrschung, um nicht einfach aufzuspringen und die Tür hinter sich zuzuschlagen.

«Du hast es doch eben selbst gesagt, Mutter: Ich bin kein kleiner Junge mehr. Ich habe dich nicht um deinen Rat gebeten. Misch dich nicht in Dinge ein, die dich nichts angehen.»

Ihre Augen füllten sich mit Tränen, aber sie gehörte nicht zu der Sorte Frauen, die ihren Willen mit Jammern und Weinen durchsetzten. Das machte es so besonders schwierig, sich ihren Wünschen zu widersetzen. Sie schluckte und fuhr ruhig fort.

«Für eine Mutter wird das Leben ihrer Kinder immer etwas sein, in das sie sich zu Recht einmischt. Aber in diesem Fall geht es mir nicht um dich allein. Es geht um uns alle, David, um unsere Gemeinde. Wenn irgendjemand etwas von dieser Beziehung erfährt, wird es für uns hier sehr schwierig werden, gefährlich vielleicht. Wir mussten schon einmal eine Stadt verlassen, die uns zur Heimat geworden war, und ich möchte es nicht ein zweites Mal müssen, zumal dein Vater inzwischen alt geworden ist. Wenn nicht aus Rücksicht auf uns, dann tu es aus Rücksicht auf deinen Vater.»

«Ich glaube, dass du die Gefahr überschätzt.» Es sollte überlegen und kühl klingen, stattdessen zitterte Davids Stimme wie die Hand eines Fieberkranken. «Niemand weiß etwas Genaues, nicht einmal du. Du kannst dich darauf verlassen, dass ich vorsichtig bin. Mehr als vorsichtig. Und jetzt lass mich gehen, ich habe noch zu tun.» Sie standen gemeinsam auf, und sie legte die Arme um ihn und zog ihn an sich, bevor er es verhindern konnte – so wie sie es auch früher getan hatte.

«Möge der Ewige uns beschützen», flüsterte sie ihm ins Ohr. «Uns alle und dich besonders, mein Sohn. Ich wünschte, er hätte dir ein leichteres Leben geschenkt.»

David war erleichtert, als er endlich die Tür hinter sich schließen konnte und auf die Gasse trat. Er hastete am grünen Turm vorbei und hielt dann an dem großen Eckhaus, wo Rohleinwand und Tuche gewalkt, geglättet, gefärbt und bedruckt wurden. Ein paar lange feuchte Stoffbahnen hingen an den Querstangen unter dem vorspringenden Dach und wehten fröhlich im frischen Winterwind. David lehnte sich gegen die gekälkte Wand. Hier war er allen Blicken aus der Judengasse entzogen, wie besorgt und liebevoll auch immer sie sein mochten. Er fühlte sich, als hätte er eine

Schlacht verloren, ohne überhaupt den Feind zu Gesicht bekommen zu haben. Aber so war es immer, wenn man sich mit Raechli auseinandersetzte: Ohne zu verstehen, warum, tat man schließlich, was sie von einem verlangte, nur um sie nicht zu verletzen. Aber dieses Mal nicht – heute nicht. Zum ersten Mal seit Jahren spürte er wieder Boden unter den Füßen, hatte einen Weg gefunden, dem er bereitwillig folgte, der ihn vielleicht irgendwann in eine freundlichere Zukuft führte, und den würde er nicht mehr aufgeben. Niemand konnte das von ihm verlangen.

«Vielleicht sollte ich die Gemeinde verlassen», flüsterte er. Aber wie sollte das gehen? Er wollte nicht aus Ravensburg fort, auf gar keinen Fall; wenn er sich aber taufen ließe, um ein Christ zu werden und die Gefahr wenigstens von seiner Familie abzuwenden, würde er seine Eltern bis aufs äußerste verletzen. Er würde Christine also weiter heimlich treffen wie bisher und noch vorsichtiger sein, und irgendwann würden sie eine Lösung finden und aus ihrem Versteck herauskommen, wenn er auch noch nicht die geringste Vorstellung hatte, wie.

In dem Augenblick wurde er plötzlich durch lautes Schreien abgelenkt. Gegenüber, auf dem kleinen offenen Platz vor der städtischen Lateinschule, hatte eine Gruppe von Schülern einen Kreis um zwei Streithähne gebildet, die sich mit zornroten Köpfen gegenüberstanden und anbrüllten. Aber dabei blieb es nicht: Schon hob der Kleinere die Fäuste und schlug seinem Gegner heftig ins Gesicht, sodass sogar David sehen konnte, wie dessen Nase zu bluten anfing. Aber der Angegriffene brauchte nur einen Moment, dann trat er den anderen vors Schienbein, und schon nach wenigen Augenblicken wälzten die beiden sich im Dreck, während die anderen Jungen sie begeistert anfeuerten. Kein Magister war zu sehen, und die paar Leute, die auf der Straße zu tun hatten, machten einen weiten Bogen um die Prügelei. Plötzlich bekam das Geschrei eine andere Färbung: Die Wut war daraus verschwunden, und man hörte nichts mehr als jämmerliches Schmerzgeheul. Die beiden Raufbolde waren wieder auf den Beinen; der Größere hielt sich mit verzerrtem Gesicht den linken Arm, der irgendwie schief von seiner Seite abstand. David löste sich von der Hauswand und ging langsam zu den Burschen hinüber.

«He, was ist los mit euch?», rief er, aber als er den Verletzten näher in Augenschein nahm, sah er es schon selbst: Der Junge hatte sich bei der Rauferei die Schulter ausgekugelt. Kein Wunder, dass ihm die Tränen über die Wangen liefen. Ein paar von den herumstehenden Schülern zeigten mit den Fingern auf ihn und machten sich über seine vermeintliche Wehleidigkeit lustig. Da hatte er den Jungen erreicht.

«Zeig her!»

«Nicht – nicht anfassen!» Der Bursche wich mit ängstlichem Blick zurück.

«Na, komm schon. Ich kann dir helfen.»

Misstrauisch sah der Junge ihn an. Da trat ein anderer grinsend nach vorn.

«Ich mach das! Unser Knecht hatte sich auch schon mal den Arm verrenkt. Da muss man nur kräftig dran ziehen, und alles ist wieder gut.» Er fing an, sich die Ärmel hochzukrempeln und seine muskulösen Unterarme zu entblößen, während in den Augen des Verletzten reine Panik aufflackerte. Vor die Wahl gestellt, sich dem Mitschüler oder dem Fremden anzuvertrauen, entschied er sich für David und ging ein paar zögernde Schritte zu ihm hinüber.

«Komm mit in mein Haus, da kann ich die Sache in Ordnung bringen», sagte David ermutigend. Er legte dem Jungen die Hand in den Nacken und schob ihn sanft vor sich her. «Ist alles halb so schlimm.»

«He, Ludwig, ich hoffe, du weißt, mit wem du da gehst!», brüllte einer hinter ihnen her. «Das ist einer von den jüdischen Geldsäcken! Pass auf, dass er dich nicht auch in den Sack steckt!» Die Burschen brachen in lautes Gelächter aus, offenbar erleichtert, dass ihnen jemand die Dinge aus der Hand genommen hatte.

«So, Ludwig heißt du.» David versuchte, zuversichtlich zu klingen. «Stammst du aus Ravensburg, oder gehst du nur hier zur Schule?»

«Ja, ich meine, nein.» Der Junge brachte kaum einen vernünftigen Satz zusammen. «Ich komme aus Brugg im Aargau, aber ich lebe seit ein paar Monaten hier bei meinem Vater. Er heißt Frick Köpperlin.»

Das also war der junge Köpperlin. Hätte es nicht auch jemand anderes sein können, der sich vor seinen Augen verletzte? David hätte auf diese Bekanntschaft gern verzichtet, aber jetzt war es zu spät.

«Hier herein, Ludwig.» Er hielt dem Jungen die Tür auf und sah erleichtert, dass die große Diele leer war. Fast wäre Ludwig noch über die eigenen Füße gestolpert und gestürzt; David konnte ihn im letzten Augenblick auffangen.

«Nicht so eilig! Und jetzt zieh dich aus, dass ich mir den Arm ansehen kann.» Aber allein konnte sich Ludwig mit dem verletzten Arm Wams und Hemd nicht abstreifen, und David musste ihm zu Hilfe kommen. Jetzt stand er halb ausgekleidet mitten im Raum, ängstlich und zitternd wie ein gefangenes Kaninchen. David bewegte vorsichtig den verrenkten Arm, während Ludwig sich auf die Lippen biss, um nicht laut aufzujammern.

«Hör zu, Ludwig.» David gab dem Jungen einen Wink, sich auf die Wandbank zu setzen. «Dein Arm ist aus dem Schultergelenk ausgekugelt, deshalb kannst du ihn nicht richtig bewegen. Ich kann ihn dir wieder einrenken, aber es wird wehtun. Willst du, dass ich es mache, oder willst du lieber zum Bader gehen?»

Ludwig war aschfahl.

«Seid Ihr – seid Ihr Arzt?»

«Ja.»

Der junge Köpperlin starrte eine Weile unentschlossen auf seine Füße.

«Bitte bringt meinen Arm wieder in Ordnung. Vor dem Bader habe ich noch viel mehr Angst als vor Euch. Er hat mich schon zweimal zur Ader gelassen, und ich bin dabei ohnmächtig geworden. Und er würde es meinem Vater erzählen, wenn er nächste Woche wiederkommt.»

«Dein Vater ist nicht da?»

«Nein, er ist nach Genf gereist.» Der Junge hatte seinen Blick immer noch fest auf den Boden geheftet. «Was muss ich tun?»

«Leg dich hierhin, hier auf die Bank.» Gehorsam streckte Ludwig sich aus. David nahm die Hand des verletzten Arms und platzierte seinen Fuß in der Achsel des Jungen, dessen Augen sich vor Angst weiteten.

«Was – was macht Ihr – ich würde lieber –» In dem Augenblick stemmte David seinen Fuß in Ludwigs Achsel und zog gleichzeitig kraftvoll an dessen Arm. Der Junge stieß ein lautes Schmerzgeheul aus, und mit einem darunter kaum hörbaren Schmatzen sprang das Gelenk in die Pfanne zurück.

«Ist schon gut ... du hast es überstanden ...» David zwang sich, dem schluchzenden Burschen über den Kopf zu streichen, schöpfte eine Kelle Wasser und hielt sie ihm an den Mund. «Hier, trink das, dann fühlst du dich gleich besser.» Raechli steckte kurz den Kopf zur Tür herein und zog sich nach einem einzigen Blick wieder zurück.

«Du solltest die Schulter in den nächsten Tagen möglichst wenig belasten. Lass dir zu Hause den Oberarm mit einem Verband am Körper befestigen.» Ludwig schniefte immer noch, als er sich tapfer bemühte, wieder in seinen Ärmel hereinzukommen.

«Worüber habt ihr eigentlich gestritten, dieser Schläger und du?», fragte David.

«Über meine Mutter.» Ludwigs Augen funkelten plötzlich, wie David es bei dem Jungen nicht erwartet hatte, und er beschloss, lieber nicht weiter zu fragen.

«Trotzdem, lass dich nicht noch einmal in eine Schlägerei verwickeln – jedenfalls nicht bald, sonst könnte dir das Gleiche wieder passieren.»

«Ich geh auf jeden los, der meine Mutter eine Hure nennt», flüsterte Ludwig, und David nickte langsam.

«Ja, das verstehe ich. Und jetzt lauf. Geh am besten durch die Unterstadt, dass deine Kameraden nicht gleich die nächste Prügelei mit dir anzetteln.» Der Junge war schon lange verschwunden, da fiel David plötzlich ein, was er ihn eigentlich noch hätte fragen müssen – unbedingt hätte fragen müssen. War es seine leibliche Mutter, die die unverschämten Lateinschüler als Hure bezeichnet hatten – oder war es seine Stiefmutter gewesen, Christine?

«Ich wusste, dass du heute kommen würdest», flüsterte David in Christines Ohr. Sie lachte leise und stützte sich auf ihren Ellbogen hoch.

«Woher?» Sie lagen nebeneinander in der kleinen Weinberghütte, die sie im Laufe der letzten Monate ausgebessert und immer bequemer ausgestattet hatten: Es regnete nicht mehr herein, die Tür ließ sich von innen verriegeln, es gab einen kleinen Tisch und zwei Hocker, und in der Ecke hatten sie aus Strohsäcken und mehreren Decken ein bequemes Lager gebaut. Aber das Feuer, das sie gleich nach ihrer Ankunft in der kleinen gemauerten Feuerstelle entfacht hatten, war inzwischen heruntergebrannt. Bald würde die Februarkälte wieder durch die Ritzen ziehen.

«Woher wusstest du das?», wiederholte Chirstine und legte ihre Hand auf Davids nackte Haut. Sie hatten sich lange geliebt an diesem Nachmittag, aber es bedeutete ihr immer wieder ein unfassbares Glück, ihn einfach zu berühren, als könnte sie nur so wirklich sicher sein, dass es sie beide gab, dass sie wirklich hier waren. Es war ein Zauber, der sie vor dem quälenden Bewusstsein ihrer Sündhaftigkeit bewahrte, und sie war dankbar dafür, wenigstens in diesen gemeinsamen Stunden unter seinem Schutz zu stehen. Sie war zwar zur Beichte gegangen, wie sie es gewohnt war, doch von ihrer Liebe zu David hatte sie dem Karmeliterpater nichts erzählt, und wenn er ihr eine Buße auferlegte und die Absolution erteilte für all die kleinen Lieblosigkeiten und Verfehlungen, die sie ihm brav aufgezählt hatte, dann war sie manchmal versucht, sich die Haube vom Kopf zu reißen und sich vor seinen Füßen in den Dreck zu werfen als die verstockte Sünderin, die sie wirklich war. Mit David zusammen, in seinen Armen, konnte sie die ewige Höllenstrafe vergessen, die wahrscheinlich auf sie wartete, aber sobald sie wieder in ihren Alltag zurückgekehrt war, stürzten Angst und Schuld auf sie ein wie tausend unsichtbare Teufel, die sich an ihr festbissen und keine Ruhe mehr gaben. Und es half nichts, dass sie sich bemühte, Frick eine bessere Ehefrau zu sein als je zuvor. Nachdenklich betrachtete sie David, der die Augen geschlossen hatte. Sein Gesicht wirkte gequält, auch wenn es sicher nicht die Sorge um Absolution war, die ihn bedrückte.

«Woher wusstest du, dass ich kommen würde?», fragte sie noch einmal.

«Dein Stiefsohn hat mir erzählt, dass Köpperlin nach Genf gefahren ist.»

«Ludwig? Ich wusste gar nicht, dass du ihn kennst.» Christine war unangenehm überrascht; sie wollte nicht, dass die beiden sich begegneten. David gehörte zu einem Leben, Ludwig und Frick zu einem anderen, so unterschiedlich wie Tag und Nacht, und sie fürchtete sich davor, beides zu vermischen.

«Bis vor kurzem kannte ich ihn auch nicht. Aber gestern habe ich beobachtet, wie er sich mit einem anderen Burschen geprügelt und dabei die Schulter ausgekugelt hat. Ich habe ihn in unser Haus mitgenommen und behandelt. Hat er dir nichts davon erzählt? Er sollte sich von dir noch einen Verband machen lassen.»

Christine merkte, wie sie rot wurde. Selbstverständlich hatte sie gesehen, dass es Ludwig nicht gut ging, dass irgendetwas mit seinem Arm nicht in Ordnung war, aber sie hatte nicht danach gefragt, und er hatte es ihr von sich aus nicht erzählt. Seit dem Vorfall mit dem Tuch hatten sie sich voneinander entfernt, aber das war nichts, worüber sie mit David sprechen wollte.

«Ludwig hat sich geprügelt? Das ist ungewöhnlich», sagte sie stattdessen. David nickte überraschend ernst.

«So sah es auch aus. Als wäre es überhaupt das erste Mal, dass er sich prügelt, und er hat dabei ordentlich Dresche bezogen. Aber er hatte natürlich auch einen guten Grund.»

«Einen guten Grund?» Irgendetwas war merkwürdig an der Art, wie David das gesagt hatte, wie er jetzt ihre Hand nahm und auf seine Brust drückte.

«Ja, mein Herz. Der andere Schüler hatte seine Mutter eine Hure genannt.» Sie war zunächst erleichtert – was ging Ludwigs Mutter sie an? –, bis sie bemerkte, dass David es offenbar nicht war.

«Ich habe mich zu spät gefragt, ob er von seiner leiblichen Mutter sprochen hatte – oder von dir.» Kaum hörbar waren diese letzten Worte dahingeflüstert, aber sie trafen Christine im tiefsten Inneren ihrer Seele wie ein glühender Pfeil. Sie riss ihre Hand los und rückte so weit von David weg wie möglich.

«Ist es das, was du von mir denkst? Eine Hure, mehr nicht?»

«Natürlich nicht! Wie kannst du das glauben? Du bist die Frau, die ich liebe, der wichtigste Mensch in meinem Leben. Aber ich habe Angst vor dem, was andere glauben könnten. Als Ludwig mit mir gesprochen hat, habe ich für einen Augenblick gefürchtet, irgendjemand hätte uns gesehen ... hätte herausgefunden, dass wir uns hier treffen.»

Sie sah ihn eine Weile wortlos an und erkannte, dass sie ihm Unrecht getan hatte. Wie hatte sie ihn nur so missverstehen können? Lag es vielleicht daran, dass er nur ausgesprochen hatte, was auch die kleinen Teufel ihr unablässig ins Ohr flüsterten, in den dunklen Stunden, wenn sie allein war?

«Es tut mir leid», murmelte sie. «Ich weiß es doch.» Eine Träne lief an ihrer Nase herunter; er wischte sie weg. «Ludwig hat sicher seine Mutter in Brugg gemeint. Die anderen Schüler wissen, dass sie jahrelang Fricks Geliebte war, und manchmal rufen sie ‹Bastard› hinter ihm her. Der Junge hat bestimmt keine Ahnung davon, dass wir uns hier treffen. Er versteht ja nicht einmal, was gleich vor seinen Augen vor sich geht.» Wie brutal es sich anhörte, was sie von Ludwig sagte! Und doch entsprach es der Wahrheit. Er war ein Träumer und Flötenspieler, der blind für die Gefahren der Welt durch das Leben stolperte, und sie fürchtete sich schon vor dem Tag, an dem auch Frick das erkennen würde.

«Meine Mutter weiß es», sagte David da, und Christine schreckte zusammen.

«Sie weiß es? Hat sie dich beobachtet?»

«Nein, niemand hat mich gesehen. Aber sie hat es irgendwie gespürt und mir auf den Kopf zugesagt. Ich konnte es nicht leugnen.»

Christine hörte das Blut in ihren Ohren rauschen.

«Und jetzt?»

«Sie hat mich gebeten, dich nicht mehr zu sehen. Sie möchte, dass ich wieder heirate wie mein Bruder. Ein jüdisches Mädchen.»

So war es also. Sie hatte immer geahnt, dass es eines Tages so enden würde. Erneut wandte sie sich von ihm ab, damit er ihr Gesicht nicht sehen konnte. Aber David zog sie an seine Brust und strich ihr über das Haar.

«Schschhhh ... ist ja alles gut. Die Zeit ist lange vorbei, in der ich gemacht habe, was meine Mutter will. Und sie würde nie etwas tun, was mir schaden könnte. Sie wird uns nicht verraten. Alles wird gut, glaub mir.»

Sie wollte ihm so gern glauben, seinem Kuss und der Spur seiner Hände auf ihrem Körper. Alles wird gut, auch wenn aus den Ecken der schäbigen Hütte jetzt die Dunkelheit hervorkroch und ihre Arme nach ihnen ausstreckte. Alles wird gut.

11

Aaron ben Moshe war der Schochet der jüdischen Gemeinde von Ravensburg. Gemeinsam mit einem Knecht ging er alle paar Wochen zur städtischen Schlachtmetzig, um dort unter den misstrauischen Blicken der übrigen Metzger ein Lamm oder ein Rind nach den Regeln der Kaschrut zu schächten. Genau wie der Vorsänger im Gottesdienst erfüllte er eine wesentliche Aufgabe der jüdischen Glaubenstradition. Früher hatte sein Vater diese Aufgabe wahrgenommen, aber in den letzten Jahren hatten dessen körperliche und, wie Aaron sich eingestand, auch geistige Fähigkeiten stark abgenommen, sodass jetzt der Jüngere in dieses Amt hineingewachsen war. Allerdings bereitete es ihm immer ein gewisses Unbehagen, wenn er feststellte, dass die Fleischvorräte wieder zur Neige gingen. Nicht, dass ihm das Schächten schwergefallen wäre: Nein, es war eine Aufgabe zur Ehre des Ewigen und nach seinem Gesetz, aber sie zu erfüllen war mit gewissen Schwierigkeiten verbunden. Der städtische Viehmarkt wurde nämlich wie der Wochenmarkt am Sabbat abgehalten. Und so war Aaron gezwungen, das Sabbatgebot zu brechen, wenn er ein Schlachttier kaufen wollte. Oder, fast schlimmer noch: Er bat seinen Bruder David darum, der sich innerlich so weit von den Geboten des Glaubens entfernt hatte, dass es ihm gleichgültig war. Aber jetzt, so kurz vor der Hochzeit, konnte er auf diese Bedenken keine Rücksicht nehmen.

Aus ganz Oberschwaben und dem Bodenseeraum würden die Gäste kommen, aus Lindau, dem Wohnort der Braut, aber auch aus Buchhorn und Meersburg, Konstanz, Überlingen und sogar aus Ulm – mehr als fünfzig Gäste. Und außer Raechli wusste wahrscheinlich niemand, auf wie vielfältige Weise sie alle miteinander verwandt waren. Seit Tagen waren sie schon dabei, für die ganzen Besucher Platz zu schaffen, denn die Ravensburger Gemeinde war nur klein: Neben Moses und Raechli und ihrer Familie bestand sie noch aus Anselm, Moses' Bruder, mit seiner Frau Blumli und seinem fast erwachsenen Sohn Jakob, dem Vetter Salman und seiner Familie sowie Josef aus Zürich. Alle wohnten sie eng beieinander in ein paar Häusern in der Judengasse. Zusammen mit den Knechten brachten sie es auf vierzehn Männer, sodass sie gemeinsam Gottesdienst feiern konnten – denn der Minjan, die Gebetsversammlung, hatte mindestens zehn Männer zu umfassen. Sie trafen sich dazu in einem großen Raum in Moses' Haus, wo auch die Tora-Rollen verwahrt waren; die Mikwe, das rituelle Tauchbad mit lebendem Wasser, in dem die Frauen sich die Unreinheit der monatlichen Blutung abwuschen, war dagegen in einem Kellergewölbe unter Josefs Haus untergebracht.

Für die Hochzeit waren alle eng zusammengerückt; in jede noch so kleine Kammer hatte man ein Rollbett oder wenigstens einen Strohsack gezwängt, um die erwarteten Besucher unterbringen zu können.

«Wenn die Gäste erst alle da sind, werden wir nicht mal mehr Luft holen können», sagte Aaron zu seiner Mutter, die gerade zusammen mit der Braut den großen Raum im Obergeschoss herrichtete, wo die Feier abgehalten würde. Jacha war ein ungewöhnlich hübsches Mädchen, und Aaron hatte sich auf den ersten Blick in sie verliebt. Wenn er jetzt sah, wie anmutig sie selbst in ihrer schmutzigen Schürze noch wirkte, fragte er sich immer wieder, womit er so viel Glück verdient hatte. Ein Mädchen, kaum halb so alt wie er selbst, und brannte doch ganz offenbar darauf, endlich seine Frau zu werden und das Bett mit ihm zu teilen. Das war bei Jochebed, seiner ersten Frau, anders gewesen: Von der Natur nicht mit großzügigen Gaben bedacht, hatte sie die Ehe für sie beide mehr zur Pflicht als zur Freude gemacht. Trotzdem hatte er Zuneigung zu ihr empfunden, denn sie hatte ihm zwei Kinder geschenkt, Jitzak und Sara, bevor sie vier quälende Wochen nach der Totgeburt des Dritten im Kindbett gestorben war.

Jacha war schon vor ein paar Wochen nach Ravensburg gekommen, um der künftigen Schwiegermutter bei den aufwändigen Vorbereitungen zu helfen, und wohnte bis zur Hochzeit bei Anselm, Moses' Bruder. Zwischen ihr und Raechli hatte sich eine warme Zuneigung entwickelt.

«Was für eine geschickte Braut du hast, Aaron», sagte Raechli freundlich, und Jacha errötete wie ein kleines Mädchen. «All diese Tücher hat sie selbst gemacht!» Sie zeigte auf die weißen Leinentücher, auf die Jacha mit blauem Garn hebräische Segenswünsche gestickt hatte. Jeder Gast würde eins zur Erinnerung erhalten und mit nach Hause nehmen. «Ich muss noch ein paar Worte mit deinem Bräutigam sprechen, Kind – du kommst allein zurecht?» Jacha nickte eifrig, und Raechli zog ihren Sohn aus dem Raum und schloss die Tür.

«Hast du deinen Bruder gefragt, ob er euer Zeuge sein wird?» Aaron wich ihrem Blick aus. «Bitte, mein Sohn ... du weißt, wie wichtig es mir ist!»

«Dir ist es wichtig ... bei David dagegen zweifle ich sehr daran, dass meine Ehe ihm überhaupt irgendetwas bedeutet. Meine Ehe, meine Frau, meine Kinder, alles.»

«Aaron.» Raechli legte ihm die Hand an die Wange. «Meinst du nicht, dass du alles irgendwann einmal vergessen solltest? Verzeihen? Mit deiner Hochzeit fängt ein neues Leben für dich an. Den alten Kummer musst du hinter dir lassen. Es kann doch auch ein neuer Anfang zwischen deinem Bruder und dir sein!»

Aaron zögerte mit der Antwort.

«Weißt du, Mutter, wenn er wenigstens einmal um Verzeihung gebeten hätte. Aber das hat er nicht. Und die Kinder nimmt er überhaupt nur wahr, wenn er fast schon über sie stolpert. Sie sind ihm gleich, obwohl es seine Schuld ist, dass sie keine Mutter mehr haben.» Die ständig unterdrückte Wut bahnte sich einen Weg an die Oberfläche und ließ Aarons Stimme jetzt harsch und laut werden.

«Schhh! Das Mädchen muss doch nicht zuhören», sagte Raechli rasch. «Es ist der Ewige allein, der unser Leben in seinen Händen hält, Aaron. Du weißt doch gar nicht, ob Jochebed noch leben würde, wenn David damals nach Hause gekommen wäre. Es gibt viele Krankheiten, die die Ärzte nicht heilen können.»

«Wenn er wenigstens versucht hätte zu kommen! Wenn er es versucht hätte und wäre zu spät gewesen ...»

«Es war für ihn damals auch eine harte Zeit, Aaron, vergiss das nicht. Judith war gerade gestorben.»

«Du hältst immer zu ihm, nicht wahr?» Breitbeinig, mit

angespannten Muskeln, stand Aaron seiner Mutter gegenüber, als müsse er sich zum Kampf wappnen. Sie seufzte.

«Ich wünsche mir nur, dass ihr euch versöhnt. Kannst du nicht ein wenig großzügig sein, gerade jetzt?»

Aaron fuhr sich mit den Händen durchs Haar.

«Ich weiß es nicht. Ich werde darüber nachdenken.» Brüsk wandte er sich auf dem Stiefelabsatz um und stürmte die Treppe hinunter.

Die Fastnacht wurde wie jedes Jahr ausgiebig gefeiert: auf den Gassen und Plätzen, in den Höfen und Trinkstuben. Die Gesellschaft «Zum Esel» traf sich täglich zum traditionellen Tanz, und die wildesten Gerüchte über Menge und Kosten des dort verbrauchten Weins machten in der Stadt allmorgendlich die Runde. Auch die anderen Trinkstuben schenkten reichlich aus, aber selbst wer dort keinen Zutritt hatte, brauchte sich keine Sorgen zu machen: Es gab genügend Gasthäuser, die allen offenstanden, und ein großer Teil der Fastnacht, all die Streiche und Mummenschanzereien, spielte sich sowieso unter offenem Himmel ab. Nicht einmal die feinen Herren und Damen Kaufleute waren sich zu schade, ausstaffiert als Gänsehirten, Narren oder wilde Frauen durch die Straßen zu ziehen.

Gerli liebte die Fastnacht. Es wurde nicht gearbeitet, überall wurde gelacht und getanzt, und ein junges Mädchen wie sie, das sich nicht allzu sehr zierte, brauchte sich um Essen und Trinken keine Gedanken zu machen. In diesem Jahr würde sie die ausgelassene Zeit allerdings mit Jost verbringen müssen, der nicht nur ein lausiger, sondern noch dazu ein überaus eifersüchtiger Liebhaber war, sodass sie keine Hoffnung haben konnte, seinem aufmerksamen Blick zu entwischen. Aber es war schließlich nur ein geringer Preis, sagte sie sich, wenn sie an seiner Seite irgendwo hinter einem Schanktisch saß und sehnsüchtig das lustige Treiben auf der Straße beobachtete: Es war wirklich nur ein geringer Preis dafür, eines Tages die Papiermüllerin zu sein. Sie war auf ihren Wunsch nicht mehr zurückgekommen, obwohl sie sich inzwischen mindestens jeden Samstag und Sonntag im ‹Goldenen Lamm› trafen, aber der Papierer betrachtete sie inzwischen mit einem derartigen Besitzerstolz, dass sie sich sicher war, ihrem Ziel deutlich näher gekommen zu sein. Ein guter Teil ihres Lohnes ging mittlerweile für die Salbe drauf, die sie bisher immerhin vor Schwangerschaft bewahrt hatte.

«Komm, Gerli, Süße», lallte Jost gerade. «Trink noch 'n Schluck mit mir, und dann husch ins Körbchen!» Die Umsitzenden, alle nicht mehr ganz nüchtern, brachen in lautes Gelächter aus.

«Ist der überhaupt heiß genug für dich, Mädchen? Hat ja Hände wie 'n Wassermann. Und in der Hose ...?» Der Kerl, der am lautesten gelacht hatte, war als Fischer verkleidet. Unter merkwürdigen Verrenkungen und Grimassen suchte er in seinen Kleidern herum, bis er schließlich eine glitschige kleine Brachse hervorzog und unter dem Ruf «Pass auf, dass er dir nicht auch unten 'n Fisch reinsteckt!» in Gerlis Ausschnitt rutschen ließ. Das Gelächter steigerte sich zu einem wilden Gegröle, ja, einer der Männer fiel gar von seinem Hocker vor Lachen und schaffte es, dabei noch drei volle Krüge mit zu Boden gehen zu lassen. Nur Jost lachte nicht. Sein Gesicht war rot angelaufen, und schwankend stand er auf und donnerte dem verkleideten Fischer die Faust ins Gesicht.

«Jost, nein! Nicht, Jost!» Gerli versuchte den Papierer wegzuziehen, aber es war zu spät. Stattdessen fing sie sich selbst noch eine Maulschelle ein, die ihr die Ohren klingeln ließ. Alles, was Hosen trug, wälzte sich inzwischen über den Boden, während Gerli sich auf die Wandbank zurückzog und den Fisch aus ihrem Ausschnitt angelte. Wahrscheinlich würde sie den Rest der Fastnacht damit zubringen, dem Papierer kalte Umschläge zu machen und seine Kotze aufzuwischen, dachte sie wütend. Die Pflichten des bevorstehenden Ehestandes kannte sie inzwischen zur Genüge. Es wurde allerhöchste Zeit, dass sie auch in den Genuss seiner Vorzüge kam.

Braut und Bräutigam verbrachten den Hochzeitstag dem Brauch gemäß fastend, während die geladenen Gäste überall in der Judengasse zusammensaßen und voller Vorfreude auf das Schlagen der großen Glocke warteten, die den Beginn der eigentlichen Feierlichkeiten ankündigte. Die Knechte hatten die Straße, so gut es ging, mit bunten Bändern abgesperrt, aber natürlich konnte das nicht verhindern, dass Maskierte und Betrunkene staunend zu ihnen hin wankten und mit weit aufgerissenen Augen gafften, warum um Gottes willen die Judengasse heute schier aus allen Nähten platzte. Es war kein günstiger Zeitpunkt für eine Hochzeit, das wussten alle: Gerade an Fastnacht kam es immer wieder zu Auseinandersetzungen, weil die Juden sich von dem ausgelassenen Treiben fernhielten und genau deswegen zum Ziel der allgegenwärtigen wilden Späße und Bübereien wurden, die jederzeit in Gewalttätigkeiten umschlagen konnten. Man musste hoffen, dass der Ewige seine Hand über die Festgesellschaft hielt, vor allem über das Brautpaar.

Aber der Tag der Hochzeit musste gut gewählt werden: Da die Ehe erst mit dem Beilager gültig war, mussten die Eltern einen Termin finden, an dem die Braut auch rituell rein und nicht durch ihre monatliche Blutung belastet war. In diesem Fall nämlich hätte ihr Bräutigam sie nicht berühren und damit die Ehe vollziehen dürfen, und selbst das vorgeschriebene Tauchbad in der Mikwe am Vortag der Hochzeit hätte daran nichts ändern können.

«Die Leute aus der Stadt sind doch ohnehin viel zu sehr mit sich selbst beschäftigt», sagte Anselm zu seinem Schwager aus Überlingen. «Die merken überhaupt nicht, was bei uns passiert.» Anselm war zehn Jahre jünger als sein Bruder Moses und im Gegensatz zu diesem breitschultrig und untersetzt. Sein Leben lang hatte er sich dem Älteren untergeordnet, bis sich im letzten Jahr ihr Verhältnis langsam umgekehrt hatte: Moses wurde alt und vergesslich und konnte die Gemeinde nicht mehr führen. Der Schwager nickte ein wenig skeptisch.

«Ja, das hoffe ich auch.» Zu überhören war das Fastnachtstreiben jedenfalls nicht; lautes Lachen und Schreien, Gegröle und schrille Sackpfeifenmusik machten an dem bunten Absperrband nicht halt und würden auch die Hochzeitszeremonie untermalen, die nach alter Sitte unter freiem Himmel stattfand.

Endlich, als die ersten blassen Sterne im Osten erschienen, ertönte die Glocke. Aus allen Häusern kamen die Gäste zu dem Platz vor Moses' Haus zusammengeströmt, um dabei zu sein, wie Aaron und die beiden Zeugen die Ketubba, den Ehevertrag, unterschrieben. Es war kalt an diesem Februarabend; kleine Atemwölkchen umrahmten Aarons Gesicht, als er seinen Namen ein wenig zittrig an den Rand des Dokuments setzte. Nach ihm traten Jakob, sein Vetter, und Josef aus Lindau an seine Seite und bestätigten die Gültigkeit mit ihrer Unterschrift. Mittlerweile hatte die junge Braut auf dem geschmückten Brautstuhl Platz genommen, rechts und links flankiert von Mutter und Schwiegermutter. Wie blass sie aussah in ihrem dunkelblauen Samtkleid, stellte David unwillkürlich fest. Er hatte sich unter die Verwandten aus Konstanz gemischt, die er nur flüchtig kannte, sodass niemand, der es nicht wusste, auf die Idee gekommen wäre, dass er zur engsten Familie des Bräutigams gehörte. So sollte es sein. Schlimm genug, dass diese Hochzeit ihn wieder an seine eigene Hochzeit erinnerte, daran, dass Judith damals genauso blass gewesen war. Vielleicht waren ja alle Bräute blass, weil sie nicht genau wussten, was in der Hochzeitsnacht auf sie zukam. Als ob diese erste Nacht so wichtig wäre! Wichtig waren die vielen folgenden Tage und Nächte, die das Paar gemeinsam bestehen musste.

Jemand stieß ihn leicht von der Seite an, damit er seine Kerzen entzündete, und gehorsam ließ er sich das Feuer geben und reichte es weiter. Schließlich hatten alle Gäste mehrere brennende Kerzen in den Händen so wie der Bräutigam selbst, der inzwischen zum Brautstuhl geleitet worden war. Er fasste nach dem Brautschleier und bedeckte damit Jachas Gesicht. Kurze Zeit später standen sie nebeneinander unter der Chuppa, dem Hochzeitsbaldachin, während Moses mit brüchiger Stimme den Segen sprach und ihnen den Wein reichte. Aaron nahm den Hochzeitsring und steckte ihn seiner Braut an den Zeigefinger.

«Du bist mir mit diesem Ring geheiligt nach der Religion Moses' und Israels ...» Dann begann Moses mit der Verlesung der Ketubba.

Plötzlich wurde es am Eingang zur Judengasse laut: Eine Gruppe Halbstarker hatte dort Stellung bezogen und ein gellendes Pfeifkonzert angestimmt. Moses verlor den Faden; er sah unsicher zwischen Bräutigam und Braut hin und her und wusste offenbar nicht mehr, was er jetzt als Nächstes tun sollte. David straffte die Schultern. Nur ein paar Schritte, dann war er an der Absperrung.

«He, was habt ihr hier Krach zu schlagen? Verschwindet!», rief er den Burschen zu. Sie grinsten zurück.

«Du kannst uns nicht das Maul verbieten, Jud!» David erkannte den schlaksigen Vinz in der Gruppe, dem er seit ihrer letzten Begegnung aus dem Weg gegangen war, und auch Vinz wusste offenbar sofort, wer ihm gegenüberstand, denn sein Grinsen wurde noch breiter.

«Schau an! Wen haben wir denn da?» Er drehte sich zu seinen Kameraden um; sie tuschelten miteinander und machte sich an irgendetwas auf dem Boden zu schaffen, das David nicht erkennen konnte. Plötzlich, mit einem gepeinigten Quieken, schoss ein unglaublich verdrecktes mageres Schwein auf ihn zu: Die Burschen hatten es mit Kot beschmiert und ihm eine brennende Rute an den Schwanz gebunden. In seiner Panik war es an David vorbeigejagt, bevor er es noch richtig erkannt hatte, und raste in die versammelten Gäste. Die Burschen bogen sich vor Lachen; die Gäste schrien und stoben auseinander, der Baldachin ging zu Boden. Endlich gelang es jemandem, die Flamme zu löschen und das Schwein mit Schlägen und Tritten zurückzujagen.

«Vergreift euch nicht an unserer Judensau!», schrie jemand, und David musste den Drang niederkämpfen, sich auf den Kerl zu stürzen und ihn zusammenzuschlagen.

Aber es hätte alles nur noch schlimmer gemacht. Stattdessen ließ er die jungen Männer abziehen und wandte sich zu der Festgesellschaft zurück.

Von den Stangen des Baldachins waren zwei zerbrochen; in den Trümmern saß Moses, hatte die Hände vors Gesicht geschlagen und weinte verstört vor sich hin. Raechli kniete neben ihm und hatte ihm den Arm um die Schultern gelegt, während Jacha und Aaron sich um Anselm kümmerten, den das rasende Schwein ins Bein gebissen hatte.

«Lasst mich das machen», sagte David, sobald er sie erreicht hatte. «Bringt mir Wasser und saubere Tücher.» Er versorgte die Wunde und fluchte dabei leise vor sich hin: Schweinebisse waren fast schlimmer noch als Hundebisse. Anselm würde ein paar Wochen lang weder stehen noch gehen können. Da beugte sich Aaron zu ihm hinunter.

«David», sagte er. «Vater kann den Segen heute nicht mehr für uns sprechen; du hast ja gesehen, wie es ihm geht. Und Onkel Anselm ...» Er zuckte mit den Schultern. Anselm war nach der schmerzhaften Begegnung mit dem unreinen Schwein selbst unrein geworden und wohl kaum in der Lage, eine heilige Handlung zu vollziehen. Aaron senkte die Stimme.

«Jacha möchte gern, dass du es tust. Du kennst die Formel so gut wie ich.»

«Jacha möchte es gern», wiederholte David überrascht und sah zu der Braut hinüber. Sie war gefasster als die meisten Gäste um sie herum.

«Wir möchten es beide», sagte sie leise und lächelte ihm zu. David stand langsam auf. Nachbarn und Vettern hielten die zerbrochenen Stangen der Chuppa, sodass das Brautpaar wieder darunter stehen konnte.

«Die sieben Segenssprüche», sagte David und räusperte sich. «Gelobt seist du, Ewiger, König der Welt, der du die Frucht des Weinstocks hervorbringst ...» Er wusste nicht, ob er überhaupt an das glaubte, was er sagte, ob er Freude oder Scham empfinden sollte; er wusste nicht einmal, woher die Worte ihm kamen, aber sie flossen ihm so selbstverständlich über die Lippen wie der Name seiner Mutter. «... gelobt seist du, Ewiger, der erfreut den Bräutigam mit seiner Braut.» Aaron und Jacha tranken sich erneut zu, dann zerschlug Aaron das Glas.

«Die Zunge soll mir am Gaumen verdorren, wenn ich dich je vergesse, Jerusalem ...» Die Hochzeitszeremonie war beendet, und die aufgewühlten Gäste begleiteten das Paar bis an die Tür der Brautkammer. Im Vorbeigehen streifte Jacha Davids Hand und drückte sie leicht.

«Viel Glück», wollte er sagen, aber die Worte blieben ihm im Hals stecken. Wahrscheinlich hatte er an diesem Tag schon zu viel gesagt.

Die Hochzeitsgäste blieben vier Tage lang, aßen und tranken auf das Wohl des Brautpaares, tanzten und waren fröhlich, während in der Stadt die Fastnacht zu Ende ging und die verkaterten Menschen sich am Mittwoch das Aschekreuz auf die Stirn zeichnen ließen. Am Freitag reisten die Juden wieder in ihre Gemeinden ab.

Missmutig sah der Papierer den jungen Ludwig auf die Mühle zukommen. Es war Sonntag, sein freier Sonntag; seit der Fastnacht waren jetzt fast zwei Wochen vergangen. Am Aschermittwoch hatte die Mühle ihren Besitzer gewechselt: Nach einigen schmerzlichen wirtschaftlichen Rückschlägen hatte Jakob Truchsess von Waldburg schließlich doch an Frick Köpperlin verkauft. Mal war das ausgelieferte Papier braun oder fleckig gewesen und hatte nicht den Anforderungen der Kunden entsprochen, mal hatte ein Auftrag nicht fristgerecht erledigt werden können, und dann war schließlich zu einem äußerst ungünstigen Zeitpunkt die hölzerne Nockenwelle des Mühlwerks zerbrochen. Der Truchsess hatte schließlich die Lust verloren, viel Geld in einen Betrieb zu stecken, der ihm nur Ärger bescherte. Aber es konnte ihm nur recht sein, dachte sich Jost. Mit Köpperlin würde er hoffentlich besser zurechtkommen, schließlich war der Kaufmann ihm zu nicht unerheblichem Dank verpflichtet. Der überhebliche Waldburg dagegen hatte seine Arbeit nie geschätzt und ihn behandelt wie den letzten Pferdeknecht. Da brauchte er sich nicht zu wundern, wenn die Dinge liefen, wie sie nun mal gelaufen waren.

Seit dem Verkauf tauchte ständig der junge Köpperlin hier auf, um sich, wie er selbst behauptete, mit der Papierherstellung vertraut zu machen. Jost dagegen vermutete, dass der Junge den Auftrag hatte, ihn auszuspionieren. Frick Köpperlin hatte ja gerade bei der Sache mit dem Waldburger gezeigt, dass er keinerlei Skrupel kannte, wenn es um seinen Vorteil ging; wer sollte das besser wissen als er selbst, Jost, der Papierer? Ohne Zweifel würde Köpperlin auch aus jeder Schwäche, die er bei seinen Angestellten feststellte, Profit schlagen, und man tat gut daran, vor ihm auf der Hut zu sein. Jost fluchte laut auf, als es unten klopfte. Nicht nur, dass der Junge ihn ausspionieren wollte, er war noch dazu langsam und ungeschickt und stand überall im Weg herum, und außerdem würde in einer Stunde Gerli vorbeikommen, und er hatte sich den Nachmittag weiß Gott anders vorgestellt, als diesem Lahmarsch das Papierschöpfen beizubringen.

«Meister Jost, ich hatte an diesem Nachmittag nichts anderes zu tun, und da dachte ich ... Ihr wolltet mir doch noch die Wasserzeichen zeigen!» Aber ich hab was anderes zu tun, du Grünschnabel, dachte Jost erbittert. Doch es blieb ihm nichts anderes übrig, als den Jungen hereinzulassen.

«Es ist Sonntag, da arbeitet die Mühle nicht», sagte er unfreundlich. «Ist ein schlechter Tag, um hier vorbeizukommen.» Aber Ludwig ließ sich nicht irre machen; wahrscheinlich hatte er wie immer nicht gemerkt, dass er nicht willkommen war.

«Das macht nichts», versicherte er stattdessen. «Ihr habt mir doch gesagt, dass man die Wasserzeichen am besten ansehen kann, wenn die Rahmen nicht im Einsatz sind.» Das stimmte. Offenbar hatte der Kerl also doch einmal zugehört.

«Komm mit nach oben», raunzte Jost und ging voran die Treppe hinauf. Er holte die Schöpfrahmen heraus und drückte sie Ludwig in die Hand.

«Hier. Dann schau sie dir an.» Die Schöpfrahmen bestanden aus einem metallenen Sieb, das von hölzernen Leisten eingefasst war. Auf den Drähten des Siebs war – wiederum aus Metall – das Wasserzeichen angebracht: An diesen Stellen konnte sich nicht so viel Hadernbrei im Rahmen absetzen wie sonst, sodass der entstehende Bogen hier durchsichtiger war. In der Ravensburger Papiermühle benutzten sie als Wasserzeichen immer noch das Waldburger Wappen; auch der Ochsenkopf wäre nicht schlecht, den die italienischen Papierer immer verwendeten. Doch wahrscheinlich wollte Köpperlin ohnehin über kurz oder lang sein eigenes Wasserzeichen. So waren die Mühlenbesitzer alle: hatten zwar keine Ahnung vom Papier, aber wollten sich auf jedem Bogen verewigen. Der Papierer schnaubte empört, wenn er daran dachte, dass jeder Handwerksmeister seinen Werkstücken eine persönliche Markierung mitgeben konnte, nur er nicht. Währenddessen kippte Ludwig den wertvollen Rahmen unschlüssig in den Händen hin und her und ließ ihn fast fallen.

«Pass auf, dass du ihn nicht zerbrichst!» Verärgert sprang Jost dazu und nahm dem Jungen das Teil aus der Hand. «Die Dinger sind teuer und schwer herzustellen.»

«Tut mir leid.» Eigentlich könnte der Kerl jetzt gehen, dachte Jost. Die Wasserzeichen hatte er gesehen und gut. Aber Ludwig schaute sich nur neugierig um.

«Da drüben, in der Bütte, ist da noch Papierbrei drin?»

«Schau doch selbst nach!» Natürlich blieb immer ein kleiner Rest in der Bütte, den man beim besten Willen nicht ausschöpfen konnte; es schadete nichts, wenn er am nächsten Arbeitstag mit dem frischen Faserbrei vermischt wurde. Inzwischen hatte Ludwig die Bütte erreicht und betrachtete sie mit einer Mischung aus Neugier und Sehnsucht.

«Ich würde zu gern einmal selbst einen Bogen schöpfen, Meister Jost», sagte er.

Jost nickte mürrisch.

«Dann los. Schöpf einen Bogen.»

«Vielleicht – vielleicht könntet Ihr mir ein bisschen helfen?» Der Junge hatte sich schon die Ärmel hochgekrempelt. Jost schlurfte zu ihm hinüber, stellte sich hinter ihn und fasste ihn an den Armen.

«So, jetzt mit einer Bewegung runter und schöpfen ...

dann leicht den Rahmen kippen. Leicht, hab ich gesagt! Sonst läuft dir ja die ganze Brühe an der Seite wieder raus. Und dann hin und her rütteln, mit Gefühl. Und jetzt hier auf den Filz damit.» Ludwig hatte die Zunge zwischen die Zähne geklemmt; von der ungewohnten Anstrengung trat ihm der Schweiß in kleinen Perlen auf die Stirn.

«Jetzt allein», kommandierte Jost und sah zu, wie der Junge aus Leibeskräften einen Bogen nach dem anderen fabrizierte. Zehn, höchstens zwanzig Bögen, und er würde hoffentlich erschöpft den Schwanz einziehen und sich nach Hause trollen. Der Papierer stöhnte leise auf. Hoffentlich würde der Junge ihm nicht den Nachmittag mit Gerli versauen.

12

Christine lag in ihrem Bett und konnte nicht schlafen. Frick verbrachte die letzten Februartage im Nürnberger Gelieger, und Ludwig war unterwegs, so hatte sie den ganzen Nachmittag mit David in der Weinberghütte verbracht. Ihr Körper war noch warm von seiner Berührung. Doch in ihrem Herzen hatte eine unbestimmte Unruhe sich eingenistet, und es gelang ihr nicht, sie an die Seite zu schieben und zu vergessen. Sie kannte David inzwischen so gut; sie hatte jeden Quadratzoll seiner Haut erforscht und hätte ihn am Druck seiner Hände erkannt oder daran, wie er die kleine Grube über ihrem Schlüsselbein küsste. Aber dann sagte er plötzlich etwas, eine Kleinigkeit manchmal nur, die sie wieder daran denken ließ, wie ungeheuer fremd sie sich waren; dass sie aus zwei unterschiedlichen Welten stammten, die sich in vielem feindlich gegenüberstanden. Und dass David eigentlich in keiner der beiden wirklich zu Hause war.

«Glaubst du eigentlich daran?», hatte sie ihn heute gefragt, nachdem er von der Hochzeit erzählt hatte und von dem Schwein, das die jungen Betrunkenen durch die Gasse gejagt hatten; davon, dass es als besondere Beleidigung gemeint war, weil die Juden das Schwein für ein unreines Tier hielten.

«Warum sollte ein Schwein weniger rein sein als ein

Schaf? Wenn man sieht, wie schmutzig das Hinterteil von Schafen sein kann ...» Sie hatte sich gar nichts weiter gedacht bei der Frage und war bestürzt, dass David so scharf reagierte. «Glaubst *du* denn daran, dass irgendein Hokuspokus in eurer Messe Wein in Blut verwandeln kann?», erwiderte er. «Glaubst du, dass der Ewige eine Jungfrau schwängert, damit sie seinen Sohn zu Welt bringt?»

«Ich – das ist doch etwas ganz anderes!»

«Wieso? Weil es immer etwas anderes ist, was wir tun und glauben? Weil es etwas anderes ist, einen Juden zu beleidigen als einen Christen? Ihn zu berauben, misshandeln und umzubringen?»

Sie streckte zaghaft die Hand nach ihm aus.

«David, bitte ... du weißt doch, dass ich es so nicht gemeint habe!»

«Ich hoffe nur, du betest nicht heimlich für mich. ‹Lieber Gott, bitte sei David nicht böse, dass er so ein verstockter Jud ist. Er meint es nicht so.› Aber wahrscheinlich tust du genau das. Wahrscheinlich läufst du gleich am nächsten Tag zur Beichte, wenn wir uns gesehen haben. Was geben sie dir auf als Buße dafür, dass du mit einem Ungläubigen gefickt hast? Mit einem von denen, die euren Jesus umgebracht haben? Obwohl er doch selbst nur ein dreckiger Jude war. Oder schämst du dich so sehr, dass du es nicht mal in der Beichte zugibst?»

Sie war so überrascht und verletzt von seinen Worten, dass sie nicht wusste, was sie erwidern sollte. Langsam stand sie auf und zog sich an, und erst, als sie schon an der Tür war, sprang David auf und hielt sie fest.

«Vergiss, was ich gesagt habe», flüsterte er ihr ins Ohr. «Es tut mir leid. Vergiss es, bitte.»

Tränen stiegen ihr in die Augen. Vergiss es. Wie sollte sie das vergessen?

«Ich weiß nicht, warum ich das alles gesagt habe. Sei mir nicht böse.» Er zog sie an sich, küsste ihre Augenlider.

«Ich bin dir nicht böse», wisperte sie schließlich. «Aber es macht mir Angst, David.»

«Du brauchst keine Angst zu haben, wenn ich bei dir bin. Vor nichts brauchst du Angst zu haben.» Er hob sie hoch und trug sie zum Bett zurück, streifte ihr die Kleider herunter, fuhr sanft die Linien ihres Körpers nach, mit den Händen, mit den Lippen. Sie schloss die Augen und ließ sich mitreißen von seiner Leidenschaft, und für ein paar Momente spürte sie nichts als das atemlose, berauschende Gefühl, wenn alles Trennende sich auflöst in der steigenden Flut. Sie liebten sich mit einer Intensität, die sie vorher nicht für möglich gehalten hatte. Als müssten sie sich genau das beweisen: dass es doch möglich war. Und doch vermochte sie es jetzt, nur wenige Stunden später, schon nicht mehr zu glauben.

«David», flüsterte sie der Dunkelheit beschwörend zu. Was denkst du in diesem Augenblick? Denkst du an mich? Ich weiß es nicht.

Als sie den Nachtwächter elf Uhr läuten hörte, stand sie auf und schlüpfte in einen leichten Umhang. Es hatte keinen Sinn, sich wach im Bett herumzuwälzen; sie würde in die Küche hinuntergehen und sich einen Becher warmen Wein machen. Davon wurde sie immer müde. Im Haus war alles still; als sie die Küchentür öffnete, glimmte noch die Asche im Herd. Sie kniete sich davor, blies vorsichtig hinein und legte ein paar kleine Scheite auf, bis das Feuer wieder aufflackerte. Überrascht sah sie, dass der Teller mit Grütze und das Brot, das sie für Ludwig auf dem Tisch hatte liegen lassen, noch unberührt waren: Der Junge war also noch nicht nach Hause gekommen. Wie alt war er jetzt? Schon vierzehn Jahre? War es üblich, dass man mit vierzehn Jahren nachts nicht nach Hause kam? Aber Frick hatte den Jungen ja auch schon ins Badehaus eingeführt. Vielleicht hatte er ihn ermuntert, gelegentlich dort eine Nacht zu verbringen, um ein richtiger Mann zu werden, so wie er selbst es tat.

Frick machte ja noch nicht mal ein Geheimnis daraus, dass er regelmäßig andere Frauen aufsuchte. Ob er wohl in den Armen irgendeiner Hure das Gleiche fand wie sie bei David? Ob Frick überhaupt das Gleiche suchte? Alles offene Fragen, die ihr durch den Kopf schossen, aber einer Sache war sie sich sicher: dass ihr Mann nicht annähernd so sehr von Schuldgefühlen geplagt sein konnte wie sie.

Christine hängte einen kleinen Kessel mit Wein über die Flammen und schüttete sich einen Becher ein, sobald er heiß war. Die Wärme tat ihr gut; der Alkohol legte sich wie eine tröstende Decke über ihr aufgewühltes Gemüt. Vielleicht würde sich ja doch alles zum Guten wenden.

Am nächsten Morgen war Ludwig immer noch nicht da.

«Ist Ludwig schon zur Schule gegangen?», fragte Christine den Fuhrknecht, der wie der Junge auch in der Knechtskammer schlief. Der Mann schüttelte den Kopf.

«Nein. Hab ihn noch nicht gesehen heute Morgen, und das Bett ist auch unberührt.»

Christine verspürte einen leichten Stich. Es war nicht gut, wenn der Junge anfing, die Schule zu schwänzen. Frick würde dafür kein Verständnis haben, nicht einmal, wenn er zur Entschuldigung die Reize der Badehaushuren anführte.

«Merkwürdig, sonst ist er doch immer so zuverlässig», sagte sie schließlich. «Und du glaubst, er war heute Nacht gar nicht zu Hause?»

«Nein. Ich werd ja immer in der Nacht wach, weil ich mal rausmuss zum Pissen, und da war er auch nicht da.»

Dieser dumme Junge! Was mochte er jetzt wieder angestellt haben?

«Also, dann nimm dir noch einen anderen Knecht und geh ihn suchen. Er muss hier in der Nähe sein; vielleicht hat er sich ja verletzt und braucht Hilfe.»

«Ist gut.»

Noch während der Fuhrknecht sich einen Begleiter suchte, zog sich Christine ihren warmen Mantel an und machte sich selbst auf den Weg. Als Erstes lief sie die Straße hinunter und bog in die kleine Gasse ein, an der das Badehaus lag. Hier war sie noch nie gewesen; es war kein Haus, wo ehrbare Frauen gebadet hätten, und ihr klopfte das Herz bis zum Hals, als sie vor der Tür stand.

«Verzeihung, ich suche einen Jungen ... einen jungen Mann», sagte sie zu der Frau, die ihr geöffnet hatte, einer prallen Brünetten, deren Kleid so tief ausgeschnitten war, dass man die Brustwarzen ahnen konnte.

«So», gluckste die Frau. «Einen Jungen. Na, dann wollen wir mal nachdenken. Wie sieht er denn aus, der Junge? Oder hat er vielleicht sogar einen Namen?»

«Er heißt Köpperlin, Ludwig Köpperlin», murmelte Christine.

Die Frau grinste breit.

«Köpperlin, so. Aha. Bisschen schmächtig, verpickelt, ziemlich jung noch?»

Christine nickte.

«Also, gestern Abend war der, glaube ich, nicht hier, auch nicht heute Nacht. Aber wir haben ein großes Haus, da kann man sich nicht jeden Gast merken. Wenn Ihr selbst vielleicht nachsehen wollt? Die Badestuben sind da hinten. Vorher anklopfen, sonst kann ich für nichts garantieren.»

Christine merkte, dass die Frau sich jetzt über sie lustig machte, aber dass Ludwig heute Nacht nicht da gewesen war, schien ihr doch der Wahrheit zu entsprechen.

«Nein, nein, ich – schönen Dank auch.» Sie wollte so schnell wie möglich wieder weg.

«Schönen Gruß auch an Herrn Frick», rief die Hure ihr hinterher. «Ist'n guter Freund von mir. Und immer so großzügig!»

Christine lief durch die Herrengasse und die Kirchstraße zur Lateinschule, wo inzwischen der Unterricht angefangen hatte. Schon von draußen hörte man einen Schüler jämmerlich schreien, und als sie den Kopf durch die Tür steckte, sah sie, wie der Magister dessen Hinterteil gerade mit der Rute bearbeitete. Er war Magister Gregorius, den auch Ludwig fürchtete wie den Gottseibeiuns selbst: ein ewig schlechtgelauntes magenkrankes Männchen, das in der Lateinschule gelandet war, weil die Mutter Kirche keine Pfründe für ihn übrig gehabt hatte. Er war so beschäftigt, dass er Christine nicht bemerkte, und auch von den anderen Schülern wagte kaum einer zu ihr hinzusehen. Ludwig allerdings war nicht da, so sehr sie auch gehofft hatte, ihn unter den Buben zu finden. Leise schloss Christine die Tür hinter sich und ging zur Liebfrauenkirche hinüber. Es war Zeit für die Morgenmesse; sie durchquerte den Kirchhof und betrat das Gebäude.

«... Dominus vobiscum!»

«Et cum spiritu tuo.»

«Sursum corda ...» Ein paar Dutzend Gläubige folgten den Bewegungen desr Priesters, der gerade das Hochgebet angestimmt hatte, und fielen auf die Knie. Christines Augen blieben an den großen Glasfenstern im Chor hängen, die im Licht der Morgensonne aufstrahlten: die Apostel, das Marienleben, die Kindheit Jesu. Sie betrachtete das Bild des jungen Jesus, der vor den Gelehrten im Tempel die Schrift auslegte. Auch Jesus war eines Tages verschwunden gewesen, und seine Eltern hatten ihn voller Sorge gesucht. Und wiedergefunden. Sie durfte sich nicht zu sehr um Ludwig sorgen. Er war schließlich kein Kind mehr, sondern fast ein junger Mann. Irgendwann, bald, würde er wieder auftauchen und sich wundern, dass sie sich so viele Gedanken um ihn gemacht hatte.

Christine bemühte sich, sich ganz auf die Vorgänge am Altar zu konzentrieren und Ludwig für einen Moment zu vergessen. Wie gut, dass sie rechtzeitig gekommen war, um dabeizusein, wenn sich das schlichte Brot der Hostie in den Leib Christi verwandelte. Das war der heiligste Augenblick der Messe, und wenn überhaupt irgendwas, dann würde ihr das ihren Seelenfrieden zurückgeben.

«Hoc est enim corpus ...», sang der Priester. Hoc est corpus. War es nicht das, was David gesagt hatte? Irgendein Hokuspokus, der Brot in Fleisch, Wein in Blut verwandeln kann? Christine wünschte, sie hätte seine Worte nie gehört, ja, für einen winzigen Moment wünschte sie, sie hätte David selbst nie getroffen. Aber was war es denn genau, was gerade vorn am Altar vor sich ging in der Hostienschale und dem Kelch, die der Priester über die Köpfe der

Gläubigen erhoben hatte? Noch nie zuvor hatte sie an der Wahrhaftigkeit des Messwunders gezweifelt, noch nie zuvor sich überhaupt diese Frage gestellt. Sie schauderte angesichts der Ungeheuerlichkeit ihrer Gedanken, des finsteren Abgrundes, der dahinter lauerte. Und David war es, der sie auf diesen Weg geführt hatte!

So unauffällig sie es vermochte, schob sie sich während des Paternosters nach draußen, blieb kurz im sonnigen Kirchhof stehen und atmete die frische Februarluft ein. Es lag ein bisschen Schnee auf den Gräbern, da, wo die Kirchgänger ihn noch nicht weggetrampelt hatten, und zeichnete sanft die Konturen nach von Gedenksteinen und Holzkreuzen. So weiß und rein sah er aus, so wunderbar unschuldig. Christine unterdrückte die Tränen und schluckte. Immer noch keine Spur von Ludwig. Sie zog den Mantel enger um ihre Schultern und trat wieder hinaus auf die Herrengasse.

Wo konnte der Junge nur hingegangen sein? Was machte er den ganzen Tag? Traf er sich vielleicht mit Gleichaltrigen und ging mit ihnen nach draußen zu den Schussenwiesen, wo man Ball spielen konnte? Sie wusste es nicht; sie kannte nicht die Namen seiner Freunde, ja, sie wusste nicht einmal, ob er überhaupt welche hier gefunden hatte. In den letzten Wochen und Monaten hatte sie sich um den Jungen fast gar nicht mehr gekümmert – gerade, dass sie dafür gesorgt hatte, dass er genug zu Essen bekam und saubere Wäsche. Wenn er jetzt wieder da ist, muss das anders werden, gelobte sie sich. Ich werde fragen, was er den ganzen Tag macht, woran er denkt, was er vorhat. Ich werde wiedergutmachen, was ich versäumt habe. Der Gedanke verschaffte ihr ein wenig Erleichterung. Sie kehrte nach Hause zurück, und über der täglichen Arbeit gelang es ihr tatsächlich, Ludwigs Verschwinden für ein paar gnädige Stunden zu vergessen.

Der ausgesandte Knecht kehrte erst mit dem Abendläuten zurück. Nein, er habe den Jungen nicht gefunden, obwohl er die ganze Gegend von Weingarten bis Weißenau durchsucht habe.

«Hast du denn einmal gefragt, ob ihn jemand gesehen hat?» Christine hatte während der letzten Worte des Knechts das Gefühl, ihr Herz sei zusammengeschrumpft auf die Größe eines Hagelkorns, es sei eiskalt und hart geworden. Der Mann zuckte jetzt mit den Schultern.

«Sicher. Sicher haben wir gefragt! Aber hat keiner was gesehen von dem Burschen. Ist ja kein Zwerg, da müsste man sich erinnern, wenn man den gesehen hätte.»

«Ist gut. Danke dir. Geh in die Küche und lass dir etwas Ordentliches vorsetzen, du hast es verdient.»

Der Knecht nickte und schlurfte hinaus, während sich Christine die Faust vor den Mund presste und in die Knöchel biss. Was sollte sie nur tun? Einen ganzen Tag lang war Ludwig jetzt verschwunden, und in den Nächten wurde es eisig kalt. Kein Mensch konnte bei dieser Kälte draußen überleben. Kein Mensch jedenfalls, der so ungeschickt und unselbständig war wie Ludwig. Aber so dumm würde er sicher nicht sein, dass er sich irgendwo im Freien zum Schlafen hinlegte, oder? Sicher würde er irgendwo um Obdach bitten.

Plötzlich kam Christine ein Gedanke: Vielleicht war Ludwig ja vom Heimweh übermannt worden und nach Hause zurückgelaufen, nach Brugg! Er hatte doch immer sehr an Heimweh gelitten, und jetzt, wo sich selbst die Hausfrau nicht mehr um ihn kümmerte, war es bestimmt schlimmer geworden. So musste es gewesen sein! Es war zwar auch ihre Schuld, aber sie konnte es wiedergutmachen. Sie würde morgen einen Boten nach Brugg schicken und zusätzlich den Rat um Hilfe bitten, dass er Erkundigungen einholte und einen Suchtrupp zusammenstellte. Und Frick?, sagte eine Stimme in ihrem Kopf. Willst du ihn nicht benachrichtigen? Sie griff sich mit der Hand an den Hals.

«Gib mir noch ein paar Tage Zeit», wisperte sie. «Bis der Bote aus Brugg zurückkommt. Er wird Ludwig mitbringen, dann braucht sich Frick erst gar keine Sorgen zu machen.»

Die Gruppe der freiwilligen Helfer umfasste ein knappes Dutzend Leute – junge Burschen zumeist und Handwerksgesellen, die zufrieden waren, für einen oder zwei Tage dem üblichen Arbeitstrott zu entfliehen. Sie teilten sich auf und durchstreiften zu zweit und zu dritt das Gelände; ein besonders kräftiger Zimmermann sollte auf das Schussenwehr klettern und mit einer langen Stange in dem schäumenden Wasser herumstaken – immer wieder kam es vor, dass Menschen in dem Fluss ertranken und ihre Körper schließlich im Wehr hängen blieben.

«Scheißkalt heute», sagte Vinz zu seinen Kollegen und hüpfte auf der Stelle, um seine eisigen Glieder aufzuwärmen. Natürlich war er bei der Suche mit dabei; jeder Mann aus dem Suchtrupp bekam einen Schilling pro Tag sowie zwei warme Mahlzeiten, und die Köpperlin hatte dem Grüppchen, das diesen Ludwig schließlich wiederfinden würde, noch eine besondere Belohnung versprochen. Vinz ging zusammen mit einem Lateinschüler und einem Fuhrknecht, aber im Gegensatz zu diesen beiden hatte er weder eine gefütterte Jacke noch Lederstiefel an und fror wie ein Schneider.

«Scheißkalt. Ich hoffe, wir finden den Kerl, bevor mir die Zehen abgefroren sind.»

Der Lateinschüler – er hieß Martin – grinste.

«Ich hoffe, wir finden ihn nicht bald, sondern sind noch die ganze Woche unterwegs. Mir reicht's, wenn ich den alten Gregorius erst nächsten Dienstag wiedersehen muss, diesen Hurensohn. Wo sollen wir überhaupt suchen?»

«Richtung Wolfsberg und Schmalegg.» Der Fuhrmann hatte eine Hasenscharte, sodass man ihn kaum verstehen konnte. «Ich kenn da 'ne Schänke in Schmalegg, da gehen wir hin und wärmen uns auf. Dieser Kerl ist doch längst zum Teufel oder über alle Berge, was sollen wir uns da die Füße platt latschen!»

«Ich würd sowieso woanders anfangen zu suchen», sagte Martin pfiffig. «Aber mich fragt ja keiner, sonst könnt ich denen was erzählen.»

«Was denn?» Irgendetwas an Martins Stimme hatte Vinz neugierig gemacht, und so richtete er das Wort an ihn, obwohl er sonst um die eingebildeten Lateinschüler einen weiten Bogen machte.

«Na, wenn der Rat wüsste, wo Ludwig letztens hingegangen ist», erklärte Martin. «Hatte 'ne kleine Abreibung bezogen, der Weicharsch. Hab vielleicht härter hingelangt als nötig. Jedenfalls, wie er dann dagestanden und geflennt hat und sich den Arm gehalten, ist dieser Jud angelaufen gekommen und hat sich eingemischt.»

«Welcher Jud?», fragte Vinz. Das hörte sich ja interessant an.

«Na, der große Dunkle, der diese Augengläser hat.»

«So!» Vinz' Augen funkelten; seine kalten Füße hatte er vergessen. «Diese verdammte Judensau! Und dann?»

«Na, mit dem ist er dann mitgegangen in das Judenhaus. Ich hätt's nicht gemacht an seiner Stelle, aber er wollt ja nicht auf mich hören.»

«Und wann ist das gewesen?»

«Ach, ist schon 'ne Weile her, zwei, drei Wochen vielleicht.»

Vinz machte ein enttäuschtes Gesicht.

«Schade. Aber du solltest es auf jeden Fall dem Rat erzählen. Ich hätte nicht übel Lust, selbst mal in den Dreckslöchern rumzustochern, wo die wohnen.»

«Los jetzt, ihr zwei.» Der Fuhrknecht wurde allmählich ungeduldig. «Rumstehen und Maulaffen feilhalten könnt ihr auch zu Hause. Ich will jetzt loslaufen, sonst friert mir der Arsch zu und die Scheiße kommt zum Maul raus.»

Einige Zeit später saßen sie in der besagten Schänke und schlugen sich von dem Schilling den Bauch voll. Der saure Wein, den der Wirt auftischte, ließ ihnen zwar die Spucke im Mund gerinnen, aber er tat seine Wirkung, und Vinz zumindest schien die Welt für diesen Tag ein freundlicheres Gesicht zu tragen.

«Dieser Scheißjud hat mich erst übers Ohr gehauen und hätte mich dann beinahe totgeschlagen, wenn meine Freunde nicht dazwischengegangen wären», murmelte er vor sich hin. «Würd mich wundern, wenn der nicht bis zum Hals drinstecken täte in dieser Scheiße. Würd mich sehr wundern. Aber wir werden's ja sehen.»

«Wenn tatsächlich die Juden was zu tun haben mit diesem verschwundenen Burschen, dann gibt es ein Zeichen», erklärte weise der Fuhrmann, der eine ganz eigenwillige

Trinktechnik entwickelt hatte: Er schüttete sich den Wein in den Mund, ohne den Becher mit den Lippen zu berühren. «Ein Zeichen, jawohl. Ein Licht scheint am Himmel, oder ein Engel spricht. Irgendwoanders, wo die Juden einen ermordet haben, soll die Leiche mit der Hand auf die Schuldigen gezeigt haben. Es gibt ein Zeichen, wartet's ab.»

«Erst mal müssen wir den Ludwig überhaupt finden», antwortete der Schüler. «Wer weiß, vielleicht sitzt er die ganze Zeit warm im Hurenhaus und lässt sich einen blasen. Los, trinkt aus, wir müssen zurück, sonst verpassen wir das Nachtessen.» Gemeinsam stolperten sie durch die Winternacht zurück nach Ravensburg; wenn sie sich nicht untergehakt hätten, wäre wahrscheinlich einer von ihnen verlorengegangen.

«Und?» Christines Gesicht war leichenblass, und im flackernden Schein der Kienfackeln, die den Rathaussaal beleuchteten, zeichneten sich ihre Züge hart und scharf gegen die fahle Haut ab. Sie hatte den ganzen Nachmittag auf die zurückkehrenden Suchtrupps gewartet, um dann gegen Abend für kurze Zeit zu ihrem eigenen Haus zurückzukehren und so den Augenblick doch zu verpassen. Die durchgefrorenen Männer saßen an den langen Holzplatten, die man eilig auf hölzernen Böcken aufgebaut hatte, und schlangen die heiße Suppe in sich hinein, die die Köpperlin'sche Köchin für sie zubereitet hatte. Später würde es noch Speck geben, Brot und Gemüsemus. Ital Humpis, der Bürgermeister, ließ den Blick lange auf der Versammlung schmatzender Burschen ruhen, bevor er sich Christine zuwandte.

«Es tut mir leid, Frau Christine. Keiner der Leute hat auch nur eine Spur von Ludwig gefunden.»

Christine nickte wie versteinert.

«Sind denn – sind denn alle inzwischen zurück?»

«Ja. Alle.»

«Oh mein Gott!» Sie sank nieder, als hätte sich der Erdboden unter ihren Füßen aufgetan und einen unendlichen Schlund freigegeben, stürzte bis in die Hölle. Ital Humpis packte sie am Arm.

«Kommt, setzt Euch hier her ... ich lasse Euch etwas Wein kommen. He, Wein für Frau Köpperlin!» Er drückte ihr den Becher gegen die Lippen, zwang sie, ein Schlückchen zu trinken. «Ihr müsst wieder ruhig werden, Frau Christine. Ich bin sicher, es wird sich noch alles aufklären. Ein junger Bursch so wie der Ludwig, wie sollte der so einfach vom Erdboden verschwinden? Ihr dürft die Hoffnung nicht aufgeben. Gott wird seine Hand über den Jungen halten.»

Der Wein brannte in ihrer Kehle; sie wünschte, es wäre Gift gewesen.

«Was soll ich jetzt tun?», wisperte sie. «Was soll ich denn jetzt nur tun?» Humpis nahm ihre Hand und tätschelte sie beruhigend.

«Habt Ihr Euren Gatten schon benachrichtigt?»

Sie schüttelte den Kopf.

«Es – es ist noch ein Bote unterwegs, nach Brugg, wo der Junge zu Hause ist. Ich will warten, bis er wiederkommt.»

«Bis nach Brugg und dann zurück hierher? Das kann ja eine Woche dauern.» Der Bürgermeister sah sie mitleidig, aber gleichzeitig streng an. «Es tut mir leid, Frau Christine, aber Ihr müsst Frick umgehend eine Nachricht schicken.»

Ihre Lippen fingen an zu zittern.

«Aber –»

«Wollt Ihr es tun, oder soll ich es machen?»

Es gab keinen Ausweg, und sie wusste es.

«Ich – ich werde es tun. Gleich heute Abend.»

«Das ist gut, Frau Christine.» Er strich ihr ermutigend über die Hand. «Diese Tage müssen Euch doch sehr mitgenommen haben ... Ihr seht ganz krank aus. Ich werde Medicus Vöhringer noch zu Euch schicken.»

Aaron Jud saß am Tisch, als Jacha hereinkam. Er spielte mit dem Messer in seiner Hand und sah sie nicht an. Schließlich beugte sich Jacha zu ihm herunter und strich ihm sachte mit dem Zeigefinger über das Gesicht.

«Erst so kurz verheiratet, und schon hast du kein Auge mehr für deine Frau? Wie soll das erst in zehn Jahren werden?» Sie lächelte ihm zärtlich zu, und endlich hob er den Blick.

«Ein Kind ist verschwunden ... ein Junge. Er ist vierzehn Jahre alt.»

«Wie traurig! Jemand hier aus dem Ort? Kennst du ihn?»

Wie ahnungslos sie doch war, dachte Aaron. Jung und ahnungslos. Jetzt sah sie ihn so betroffen an, als sei es ihr eigener Sohn, dem ein Unglück zugestoßen war. Er griff nach ihrer Hand und legte sie an sein Gesicht.

«Nein, ich kenne ihn nicht. Es heißt Ludwig, aus Brugg im Aargau. Ein Schüler. Vorgestern ist er nicht nach Haus gekommen.»

«Sicher suchen sie ihn schon. Hast du deine Hilfe angeboten?»

«Ja. Der Rat hat einen Suchtrupp zusammengestellt, aber sie haben uns weggeschickt, mich und David.»

«Vierzehn Jahre ...» Jacha überlegte. «In dem Alter gibt es viele Jungen, die nur Unsinn im Kopf haben. Vielleicht hat er etwas ausgefressen und traut sich einfach nicht nach Hause zurück.»

«Vielleicht.» Er atmete noch einmal den Duft ihrer Haut ein, küsste ihre Fingerspitzen. «Jacha, du weißt nicht, was das bedeutet, oder?»

«Was?» Wie immer, wenn sie verwirrt war, schürzte sie die Lippen und zog die Augenbrauen hoch. Wie gern hätte Aaron sie einfach geküsst, an der Hand gefasst und in die Schlafkammer geführt. Stattdessen schob er sie ein Stückchen von sich weg.

«Es ist schon häufiger passiert, auch hier in der Gegend», sagte er tonlos. «Ein Kind verschwindet, und früher oder später fällt der Verdacht auf uns.»

«Auf uns? Aber Aaron –»

«Auf uns Juden. Sie glauben, dass wir Christenkinder zu Tode martern, wenn wir sie in unsere Gewalt bekommen. Sie glauben, dass wir zu jeder Bosheit fähig sind.» Es gelang ihm nun nicht mehr, seine Stimme so nüchtern und leidenschaftslos zu halten, wie er wollte. Ihre Augen wurden feucht, ihre Lippen hatten angefangen zu zittern.

«Kinder zu Tode martern ... Wie können sie ... Ich würde nie –» Jede ihrer Tränen fiel auf sein Herz wie ein Zentner Blei. Er nahm sie in seine Arme.

«Schschsch ... Natürlich nicht, Liebes. Niemand von uns würde so etwas tun.»

«Aber wie können sie das nur von uns glauben? Dieselben Leute, die wir jeden Tag auf der Straße treffen? Die hierher kommen, um Geld auszuleihen oder um bei David eine Salbe gegen den Grind zu kaufen?»

Sie war selbst wie ein Kind, dachte Aaron, hilflos gegenüber dem Bösen, das wie ein Raubtier ständig auf der Lauer lag. Manchmal wollte man glauben, es hätte seinen Blutdurst für immer gestillt und wäre weitergezogen, bloß um dann festzustellen, dass es nur schlief – einen leichten, unruhigen Schlaf, aus dem es jederzeit wieder aufgestört werden konnte.

«Sie glauben, dass wir ihren Messias getötet haben, weißt du das nicht?», antwortete er schließlich. «Sie glauben, wir hätten ihn ans Kreuz genagelt und umgebracht. Und dass sie deshalb das Recht hätten, uns auch umzubringen bis in alle Ewigkeit.» Er merkte, wie er sich selbst fortreißen ließ von Angst und Wut, die er doch so sorgfältig gelernt hatte zu unterdrücken, und hielt kurz inne.

«Vielleicht ist der Junge ja bald wieder da», flüsterte Jacha, und er nickte langsam.

«Lass uns den Ewigen bitten, Liebes ... dass er auf ihn acht gibt und seine Hand über ihn hält.»

«Und über uns, Aaron.»

13

Drei Tage später kam der Bote aus Brugg mit niederschmetternden Nachrichten wieder: Ludwig war nicht in seiner Heimatstadt gewesen, und seine Mutter hatte sich von seinem Verschwinden aufs äußerste beunruhigt gezeigt.

«Der Bader musste kommen und hat sie zur Ader gelassen», erzählte der Bote, während er in der Küche saß und mit den Zähnen gierig Fleischfetzen von einer Kaninchenkeule riss. «Aber sie konnte sich nicht beruhigen. Alle Heiligen des Himmels hat sie um Hilfe angerufen, und dann –» Er schluckte.

«Und dann?»

«Gott solle den strafen, der ihr den Sohn weggenommen hätte», flüsterte der Mann. «Sie verflucht Herrn Frick. Abgekauft hätte er ihr den Jungen, von der Mutterbrust gerissen ... ich war froh, als ich die Stadt hinter mir hatte und heil wieder auf dem Weg nach Ravensburg war, Frau Köpperlin. Gottfroh. Sie hätten mir bald den Kopf abgerissen, da in Brugg.»

Christine nickte starr.

«Es ist gut, Johann. Du sollst einen Gulden extra bekommen für all den Ärger, den du erlitten hast.»

Und dann kehrte Frick Köpperlin nach Ravensburg zurück.

Christine hörte schon von weitem seine Stimme und den Hufschlag seines Pferdes. Seit der Bote aus Brugg zurück war, hatte sie regungslos hinter der großen Fensterfront zur Marktstraße hin gesessen, von wo man den besten Ausblick hatte. Es durfte nicht geschehen, dass Ludwig draußen vorbeilief und niemand ihn sah, sagte sie sich; sie musste hier Wache halten, dann würde er noch vor seinem Vater wieder auftauchen. Tagelang hatte sie die Kleider nicht gewechselt und die Haare nicht gekämmt und sich von der Magd den Nachttopf bringen lassen, um ihren Ausguck zu bewachen, den Paternoster mit den Elfenbeinperlen fest in der Hand. Aber jetzt war Frick schon auf der Treppe, polterte die Stufen hoch, riss die Stubentür auf.

«Christine! Was ist mit dem Jungen?» Sie erhob sich mit steifen Gliedern und ging ihm entgegen.

«Ich weiß es nicht. Ich weiß es doch auch nicht. Ich –»

«Du hast nicht auf ihn aufgepasst, wie es deine Pflicht war! Du bist schuld, wenn dem Jungen etwas passiert ist!» Sie war so müde, so entsetzlich müde. «Wie konntest du ihn einfach allein losgehen lassen? Wann hast du ihn zum letzten Mal gesehen?»

«Am Sonntagmorgen. Ja. Es war am Sonntagmorgen.»

«Am Sonntagmorgen? Am *Sonntag*morgen? Vor einer Woche schon? Warum habe ich dann erst vor zwei Tagen davon erfahren? Warum hast du mich nicht sofort benachrichtigt?»

«Ich wollte dich nicht unnötig beunruhigen, Frick. Ich dachte –»

«Du dachtest? Du dachtest? Was sollte denn herauskommen bei deiner Denkerei? Du sollst nicht denken, sondern tun, was ich dir aufgetragen habe!» Aufgebracht trat er nach der Stubenkatze, die mit einem gequälten Maunzen nach draußen flüchtete. «Weiter. Was hast du dann getan? Oder hast du nur gedacht?»

«Ich bin Ludwig suchen gegangen. Und ich habe den Fuhrknecht geschickt. Als wir ihn bis zum Abend nicht gefunden hatten, bin ich zu Ital Humpis gelaufen und habe ihn um Hilfe gebeten. Er hat dann für den nächsten Tag Leute zusammengestellt, die das ganze Gebiet hier durchstreift haben. Und ich habe einen Boten nach Brugg geschickt.»

«Nach Brugg? Wieso nach Brugg?»

«Ich dachte ... Weil der Junge doch solches Heimweh hatte.»

«Heimweh? Mein Sohn? Das glaubst du ja wohl selbst nicht! Der weiß doch ganz genau, dass ihn hier eine glänzende Zukunft erwartet. Der geht doch nicht zurück in den Schweinestall, wenn er hier wie ein Prinz leben kann.»

«Ein Prinz in einem Rollbett, der sich mit dem Fuhrknecht die Kammer teilt», antwortete Christine unbedacht, und Frick stürmte auf sie los, packte sie an den Schultern und schüttelte sie.

«Noch ein Wort, und ich schlag dich grün und blau! Glaubst du etwa, ich lass mir von dir sagen, wie ich mit meinem Sohn umzugehen habe? Ausgerechnet von dir? Statt dankbar für die Stellung zu sein, die ich dir hier ermögliche! Ich sag dir was: Eine Hündin, die nicht wirft, hätte ich schon längst zum Abdecker geschickt.» Er stieß sie heftig zurück; sie stolperte über einen Schemel, fiel und schlug mit dem Ellbogen so heftig auf eine Kante, dass ihr die Tränen in die Augen schossen. Aber geschah es ihr nicht recht?

Hatte sie nicht selbst schon tief in ihrem Inneren gespürt, dass es ihre Schuld war – allein ihre Schuld?

«Es tut mir leid», murmelte sie und stand langsam wieder auf. Frick bellte nach der Magd, dass sie ihm etwas zum Trinken bringe und ihm aus den Stiefeln helfe.

«Höchste Zeit, dass ich die Dinge in die Hand nehme», knurrte er, während die Magd sich vor ihn hinkniete und an den schmutzverkrusteten Stiefeln zerrte. Erst als Frick sich mit dem anderen Fuß an ihrer Schulter abstützte, gelang es ihr, seinen Fuß zu befreien. Er stöhnte laut auf.

«Pass doch auf, dummes Ding! Und mach mir eine Bütte warmes Wasser, dass ich die Füße darin baden kann.» Mit beiden Händen knetete er seine angeschwollenen Zehen. «Papier und Tinte», befahl er dann in Richtung seiner Frau. «Ich will dir einen Brief diktieren.»

Gehorsam holte Christine das Gewünschte aus dem Kontor. Seit Frick Besitzer der Papiermühle war, verwendete er so gut wie gar kein Pergament mehr.

«Setz dich hin und schreib: Stiftungsurkunde. Ich, Frick Köpperlin, ehrbarer Kaufmann zu Ravensburg, stifte hiermit gemeinsam mit meinem Weib Christine der Klosterkirche der Karmeliterbrüder eine ewige Altarpfründe zum Heil meiner ganzen Familie, insbesondere meines Sohnes Ludwig. In der Klosterkirche soll an jedem Tag in der Früh eine Messe gelesen werden, an den hohen Feiertagen und am Tag des heiligen Ludwig aber zwei ...» Dotiert wurde die Pfründe mit den Einnahmen eines Stadthauses, das Frick den Karmelitern durch einen Notar übertragen lassen wollte. Christine schrieb und schrieb, bis ihre Finger sich verkrampften. Sie kannte das Haus, um das es ging: Es war das Anwesen, das ihr Vater vor gut drei Dutzend Jahren von einem Tuchhändler erworben hatte. Das Haus war Teil ihrer Mitgift gewesen, der bei weitem größte Teil, und damit ein Vermögen, über das Frick nicht allein verfügen konnte, weil es sie auch in ihrer Witwenschaft, sollte die jemals kommen, versorgen sollte.

«Niemand kennt die Zukunft als Gott allein», hatte ihr Vater damals vor der Hochzeit gesagt und ihr schwer die Hände auf die Schultern gelegt. «Heute ist Frick ein reicher Mann, aber auch das Vermögen eines Kaufmanns kann verlorengehen. Und was soll dann aus dir werden? Dein Bruder wird einmal den Familienbesitz erben, aber dir bleibt vielleicht nur das, was wir dir jetzt als Mitgift geben. Ich will sicherstellen, dass dein Lebensunterhalt ungefährdet ist, falls Frick vor dir stirbt.» Frick konnte nicht ohne ihr Einverständnis über das Haus verfügen, aber er wusste, dass sie jetzt widerspruchslos das Dokument unterzeichnen würde. Wenn es nur Ludwig zurückbrächte.

Wie die meisten Mitglieder der Handelsgesellschaft hatte Frick Köpperlin eine besonders enge Beziehung zum Karmeliterkloster aufgebaut. Viele Familien hatten eigene Pfründen oder sogar eigene Kapellen dort gestiftet, und der alte Humpis hatte schon vor Jahren verfügt, dass er einmal in der Klosterkirche begraben werden wollte. Die Karmeliter waren ein Orden, der seit gut achtzig Jahren in Ravensburg ansässig war, und ihre nüchtern, ja ärmlich wirkende Kirche am unteren Viehmarkt stand in einem deutlichen Kontrast zu der prunkvollen Ausstattung der Häuser ihrer eifrigsten Förderer. Papst Innozenz der Vierte hatten den Orden der Brüder der heiligen Jungfrau Maria vom Berg Karmel von einer Gruppe weltabgewandter Eremiten in eine Gemeinschaft von Predigern und Seelsorgern ähnlich den anderen Bettelorden verwandelt, und das Leben der Konvente hatte sich durch die zahlreichen Stiftungen und Spenden erlösungsbedürftiger Bürger längst von den ursprünglichen Idealen der reinen Askese entfernt.

Natürlich hatte Frick Köpperlin seiner jungen Gemahlin nach der Hochzeit nahegelegt, sich einen Beichtvater unter den Karmelitern zu suchen, und ihr Pater Alexius empfohlen, zu dem sie seither in regelmäßigen Abständen ging, um ihre Seele zu erleichtern. Seit sie David kennengelernt hatte, waren aber diese Besuche zu einer Belastung für sie geworden. In der Beichte das Ohr Gottes zu belügen oder ihm etwas vorzuenthalten, musste eine wirklich schwere Sünde sein; seit dieser Zeit hatte sie die Erleichterung, die die Absolution gewährt, nicht mehr gespürt. Aber gerade jetzt bedurfte sie dieser Erleichterung so dringend.

Christine betrat die Karmeliterkirche und schlug ein Kreuz. Das Hauptschiff der Kirche war ungewöhnlich hoch, und wie jedesmal fühlte sie sich klein und verloren, wenn sie zu der schmucklosen geraden Decke aufsah. Pater Alexius wartete schon hinter dem Hochaltar; sie eilte an den Gemälden vorbei, die die Chorwände schmückten, und meinte die heilige Maria Magdalena von ihrem Bild herab ermutigend lächeln zu sehen.

«Willkommen, meine Tochter. Der Friede sei mit dir.» Pater Alexius neigte sich ihr freundlich entgegen, ohne sich aus seinem Stuhl zu erheben. Als Knabe hatte er eine gefährliche Fiebererkrankung durchgemacht und wochenlang mit dem Tod gerungen, bis er wie durch ein Wunder wieder gesund geworden war. Zum Dank für seine Genesung hatten seine Eltern ihn dem Karmeliterorden anvertraut, in dessen Obhut er sich zu einem begabten Prediger entwickelt hatte. Seine Beliebtheit als Beichtvater lag vor allem in dem schweren Augenleiden, das die Kinderkrankheit bei ihm zurückgelassen hatte: Sein Sehvermögen war so stark vermindert, dass er nur noch Hell und Dunkel zu unterscheiden vermochte. Wenn er zum Predigen in die Liebfrauenkirche kam, musste er mit einer Sänfte abgeholt werden, und innerhalb des Klosters hielt sich ein junger Bruder immer in Rufweite, um den verehrten Bruder Alexius zu führen. Es war leichter, Pater Alexius von seinen Verfehlungen zu beichten, als jedem anderen, dachte Christine, da er doch nicht Scham, Angst oder Unwillen im Gesicht seines Gegenübers lesen konnte. Sie spürte sogar eine leise Zuneigung zu dem Pater: Er war ein guter Zuhörer, der seine Beichtkinder nicht unterbrach und keine bohrenden Fragen stellte, und die auferlegten Bußen ließen sich zumeist ohne große Mühe bewältigen.

«Und mit deinem Geiste», antwortete Christine und kniete sich in die Bank.

«Ich habe gehört, welch großer Kummer auf Euch lastet», sagte Pater Alexius unerwartet. «Bitte richtet Eurem Gemahl aus, dass wir alle für Euch beten, für Euch und den jungen Mann.»

«Ich danke Euch», flüsterte Christine.

«Wir alle sind in Gottes Hand», fügte der Pater noch dazu, und die trüben Augen glitten über ihr Gesicht, ohne sie zu erkennen. «Wir werden Euer Anliegen der Fürsprache der heiligen Gottesmutter anempfehlen. Ihr wollt die Beichte ablegen?» Christine nickte, und er senkte die Lider.

«Beginnt, meine Tochter.»

«Ich habe furchtbar gesündigt, Pater ... es ist meine

Schuld, dass Ludwig verschwunden ist. Es ist eine Strafe Gottes. Ich weiß nicht mehr, was ich tun soll.»

Der Pater lächelte begütigend.

«Ich bin überzeugt davon, mein Kind, dass Ihr gar nicht wisst, was Sünde ist. Dafür kenne ich Euch viel zu gut.»

«Doch. Ich bin keine gute Frau gewesen. Ich – ich habe die Ehe gebrochen und mehrfach die Absolution erbeten, ohne es zu beichten. Ohne es zu bereuen.»

Unwillkürlich verschluckte Pater Alexius sich; sein Husten hallte durch den riesigen Kirchenraum.

«Die Ehe gebrochen?», keuchte er endlich und wischte sich mit dem Ärmel seines braunen Habits die Schweißtröpfchen von der Stirn. «Die Ehe gebrochen, sagt Ihr?»

«Ja.» Seltsam, wie erleichternd es gewesen war, diese Sätze zu sagen. Als hätte sie damit etwas Giftiges ausgespuckt und könnte sich jetzt umdrehen, davonlaufen und es hier für immer hinter sich zurücklassen.

«Und – und Meister Frick?»

«Er weiß es nicht. Niemand weiß es.»

«Das ist wirklich eine Sünde, eine große, furchtbare Sünde! Eine Todsünde.» Pater Alexius lehnte sich einen Augenblick zurück und schöpfte neuen Atem. «Und Ihr habt keine eigenen Kinder ... nicht wahr?»

«Nein.» Er streckte die Hand nach ihr aus, als wollte er sie festhalten, zog sie aber dann wieder zurück.

«Die Fallstricke des Bösen sind überall, und der Weg der Tugend ist beschwerlich», flüsterte er. «Selbst für Euch ... selbst für Euch! Obwohl Euch Gott in seiner Gnade anstelle des Kindes, das Ihr selbst nie bekommen konntet, ein anderes Kind ins Haus gesandt hat. Aber Ihr konntet nicht dankbar sein. Ihr habt sein Geschenk verschmäht und stattdessen die Wollust gewählt und die Unzucht! Ja, es ist eine Strafe Gottes, das glaube ich auch. Gott sieht uns. Er lässt sich nicht betrügen, und jetzt hat seine strafende Hand Euch getroffen.»

«Ich –» Christine brachte kein weiteres Wort heraus; die Erleichterung, die sie eben noch gespürt hatte, war eisiger Beklemmung gewichen.

«Wer war es?», fragte Pater Alexius, plötzlich ganz ruhig. «Euer Buhle, wie heißt er?»

«Ich – das kann ich nicht sagen.»

«Ihr könnt es nicht sagen? Im Angesicht von Gottes Zorn könnt Ihr es nicht sagen? Hat sich der Ehebrecher nicht auch mit der Todsünde besudelt, bedarf er nicht auch der Beichte und Absolution? Das kann Euch doch nicht gleichgültig sein! Wollt Ihr ihn der Hölle überlassen?»

Christine antwortete nicht. Der ganze Chorraum schien zu erzittern unter dem hämmernden Schlag ihres Herzens.

«Wenn Ihr es mir nicht sagen wollt, so müsst Ihr es doch Eurem Eheherrn beichten und ihn um Vergebung bitten. Ihr sollt vier Wochen streng fasten bei Wasser und Brot und jeden Tag nach dem Aufstehen und vor dem Schlafengehen zehn Avemaria beten. Wenn Ihr das nicht tut, kann ich Euch auch die Absolution nicht erteilen.»

Ohne das Lächeln, das sein blindes Gesicht sonst erleuchtete wie ein ewiges Licht, sah er verhärmt und fast gewöhnlich aus. Christine wollte noch etwas erwidern, aber er gab ihr mit der Hand das Zeichen zu schweigen und deutete zum Ausgang.

Ihr Kopf dröhnte, als sie auf die Straße trat – so als sei er eine Glocke und Pater Alexius' Stimme der Schwengel, der fortwährend dagegenschlug und ihn zum Schwingen brachte. Obwohl kein Markttag war, herrschte hier draußen ein reges Treiben – tagsüber wurde es nie ruhig in der Stadt. Normalerweise machten Christine der Lärm und das Gedränge nichts aus; sie waren der Hintergrund, vor dem das tägliche Leben sich abspielte, aber heute war es ihr unerträglich. Sie wandte sich nach rechts und flüchtete durch das Kästlinstor nach draußen. Nach ein paar Dutzend Schritten ließ sie sich auf einem Holzstoß nieder, der am Rand des Wegs an der Stadtmauer entlang aufgestapelt war. Von hier aus konnte man gut die Hirsche im Stadtgraben beobachten, für die gleich unterhalb des Tores eine Futterstelle angelegt war. Ein gewaltiger Hirsch mit ausladendem Geweih rupfte Hafer aus der Raufe, während die weiblichen Tiere respektvoll Abstand hielten und nur ein kleiner Bock immer wieder versuchte, selbst an die Krippe heranzukommen, bis ihn der Platzhirsch mit einem heftigen Stoß in die Seite vertrieb.

Schon in der Natur ist es so, dachte Christine: ein erwachsener Hirsch und mehrere Kühe. Ein Hahn auf dem Hühnerhof. Und auch bei uns ist es nicht anders. Für Frick ist es selbstverständlich, dass er zwei Mal in der Woche zu seinen Huren geht; selbstverständlich, dass er mit einer fremden Frau einen Bastard gezeugt hat – wenn es nicht noch viel mehr gibt entlang der Handelsstraßen, auf denen er das halbe Jahr lang unterwegs ist. Es ist selbstverständlich, und er schämt sich nicht dafür. Keiner der anderen Kaufherren aus der Eselgesellschaft würde ihm einen Vorwurf daraus machen. Ob Pater Alexius ihm auch vorgehalten hat, dass er in Todsünde lebt? Und was ihm Frick wohl geantwortet hat?

Ihr müsst es Eurem Eheherrn beichten und ihn um Vergebung

bitten. Fast war sie versucht zu lachen. Frick beichten? Da könnte sie sich ja gerade so gut von dem neuen Turm der Stadtbefestigung stürzen, den die Bürgerschaft so hoch gebaut hatte, dass man von seiner Spitze in den Hof der auf dem Berg gelegenen Reichsburg schauen konnte, wo der schwäbische Landvogt residierte. Frick würde ihr nicht verzeihen. Er würde ihr das Leben zur Hölle machen, wenn er ihr schon nicht den Hals umdrehen oder sie zum Abdecker schicken konnte, und alles daran setzen, den Namen des anderen Mannes zu erfahren, um sich an ihm zu rächen – zumal er damit rechnen konnte, als gehörnter Ehemann auf überaus milde Richter zu treffen, die ihm vermutlich nicht einmal eine Geldbuße auferlegen würden. Nein, Frick durfte es nicht erfahren, auf keinen Fall. Für einen Augenblick durchzuckte sie der schreckliche Gedanke, Pater Alexius könnte die Dinge selbst in die Hand nehmen und mit Frick sprechen. Aber das Beichtgeheimnis war heilig und Alexius ein tiefgläubiger Mann. Er würde seine Überzeugungen nicht verraten, nur um sich das Wohlwollen eines reichen Stifters zu sichern. Hatte er überhaupt wirklich gemeint, dass sie die Absolution nur erhalten würde, wenn sie Frick alles gestand? Vielleicht war es ja lediglich ein Vorschlag gewesen, und er hatte ihr als eigentliche Buße nur das Fasten und die Gebete auferlegt. Das immerhin konnte sie erfüllen. Pater Alexius würde ihr die Absolution erteilen, Ludwig würde daraufhin zurückkehren und sie selbst friedlich und gehorsam mit Frick leben bis an ihr Ende. David würde sie vergessen. Gedankenverloren betrachtete sie die aufgebogenen Spitzen ihrer Schnabelschuhe, kleine bestickte Kostbarkeiten aus Damast, die sie heute morgen achtlos übergestreift hatte. Jetzt waren sie vom Dreck der Straße verklebt und verdorben, weil sie vergessen hatte, ihre Trippen überzuziehen. Auf dem Feld neben ihr schoss plötzlich ein Bussard herunter, nur wenige Fuß neben der Stelle, an der sie saß, und flog gleich darauf mit weiten Flügelschlägen wieder davon, seine Beute schlaff und leblos in den Fängen.

Mit einem Mal überkam Christine das aberwitzige Verlangen, David zu sehen, jetzt sofort, an diesem Morgen. Das Verlangen war so überwältigend, dass sie es körperlich spüren konnte: wie eine mächtige Hand, die sie hochhob, auf die Füße stellte und vor sich her zur Stadt zurückschob. Als wäre es nicht ihr eigener Wille, der ihre Schritte lenkte, sondern ein anderer, stärkerer. Sie kämpfte dagegen an, schloss die Augen, atmete langsam ein und aus, versuchte sich auf Frick zu konzentrieren, auf Ludwig, Pater Alexius und die Absolution. Aber statt Pater Alexius' Gesicht sah sie nur wieder die Maria Magdalena des Gemäldes vor sich, die lächelnd mit der Hand auf einen Mann im Hintergrund deutete, und dann sah sie nur noch David. Sie begann zu laufen, vorbei an den überraschten Torwächtern, vorbei an der Karmeliterkirche, am Lederhaus, am Rathaus, am Spitalturm, bis ihr endlich die missbilligenden Blicke auffielen, mit denen die Leute sie bedachten, wenn sie sich an ihnen vorbeigedrängte. Du musst langsam gehen, befahl sie sich. Es ist nichts Ehrenrühriges, zum Pfandleiher zu gehen, aber trotzdem muss es keiner wissen. Ich gehe den Platz entlang nicht anders, als ich es schon hundert Mal getan habe, und biege in die Judengasse ein.

Sie erreichte das Haus, klopfte und trat ein, und wie bei ihrem ersten Besuch stand David hinter seinem Pult und las. Sie blieb an der Tür stehen und konnte keinen Schritt mehr weiter machen, so als hätte dieselbe Macht, die sie hierher getrieben hatte, jetzt einen lähmenden Zauber über sie geworfen.

«David», flüsterte sie. Er hob überrascht den Kopf; sie sah, wie seine Augen dunkler wurden, sobald er sie erkannte. Er schlug das Buch zu, kam hinter dem Pult hervor und berührte leicht ihre Hand, und wie der Prinz im Märchen konnte er sie damit aus ihrer Erstarrung erlösen. Sie berührte seinen Arm und hielt sich daran fest.

«Hilf mir, David ... etwas Furchtbares ist geschehen.» Er nickte langsam und führte sie zur Wandbank hinüber.

«Setz dich hierhin, du siehst so aus, als wolltest du jeden Augenblick umfallen. Wir haben gehört, was passiert ist. Immer noch keine Neuigkeiten von dem Jungen?»

«Nein. Niemand hat ihn gesehen. Auch in Brugg war er nicht. Frick hat ein paar Burschen angestellt, weiter nach ihm zu suchen, aber bis jetzt hatten sie keinen Erfolg.»

David setzte sich zu ihr, aber weit genug entfernt, dass ihre Körper sich nicht berührten.

«Vielleicht machst du dir zu viele Sorgen. Ich habe Ludwig ja auch kennengelernt. Er ist noch ein halbes Kind, in dem Alter, in dem man nur Flausen im Kopf hat. Wer weiß, wo er sich gerade herumtreibt? Vielleicht macht er sich einen Spaß daraus, dass alle ihn suchen.»

Plötzlich fingen Christines Knie an zu zittern, und ihre Zähne schlugen aufeinander wie im klirrenden Frost. Sie kauerte sich zusammen.

«Er kommt nie wieder», wisperte sie. «Wir haben ihn für immer verloren, und es ist unsere Schuld. Gott straft uns. Wir beide –» David legte ihr den Zeigefinger auf den Mund und zog sie zu sich herüber.

«Das darfst du nicht denken, Christine, niemals! Ludwig ist verschwunden, das ist schlimm genug. Aber es ist nicht unsere Schuld! Lass dir das nicht einreden ...» Es tat so gut, ihn neben sich zu spüren, den Druck seines Arms, seine Finger an ihren Lippen, die Wärme seines Atems, es tat so gut, wieder diesen besonderen Geruch in der Nase zu haben von Leder und Pergament und diesem fremdartigen Gewürz, und für einen Augenblick versuchte sie, völlig reglos zu sitzen und nicht mehr zu atmen, um es nicht zu zerstören. Seine Worte strichen sanft um sie herum, hüllten sie ein und dämpften den hastigen Schlag ihres Herzens. Und doch gab es einen Punkt in ihrem Inneren, den diese Worte nicht erreichten, den sie nicht wärmen konnten; einen Punkt, an dem die ganze Kälte sich unerbittlich zusammenzog. Du weißt, warum es geschehen ist, klirrte es in ihrem Herzen. Du wirst es nicht vergessen.

Aus dem oberen Stockwerk war ein Geräusch zu hören, als ob ein Stuhl umgefallen wäre; Stimmen wurden laut, und David stand auf.

«Geh jetzt besser, Christine. Sicher wundern sie sich schon, wo du bleibst.» Sie schwankte durch den Raum wie betrunken, er schob sie sanft vor sich her. Lass mich nicht gehen, wollte sie sagen. Ich habe Angst, schick mich nicht weg. Aber da ging schon die Dielentür auf, und ein anderer Mann kam herein, mit ähnlichen Gesichtszügen wie David und doch ganz anders. Er blickte einen Moment fragend von ihm zu ihr und zog dann missbilligend die Augenbrauen zusammen.

«Geht mit dem Segen der Ewigen», sagte David förmlich, und dann stand sie auf der Straße und hörte die Tür hinter sich zugehen.

Aaron wartete, bis die Schritte vor der Tür sich entfernten, dann schoss er auf seinen Bruder zu.

«Hast du den Verstand verloren? Wie gut kennst du diese Frau?»

«Sie ist eine Kundin. Hat hier ein Tuch versetzt.»

«Willst du mich für dumm verkaufen? Das war Christine Köpperlin, die Frau eines der reichsten Kaufleute hier! Die haben mehr Geld im Beutel, als wir im ganzen Leben verdienen können! Die kommen doch nicht zu uns, um einen kleinen Kredit aufzunehmen! Und du hast sie angefasst wie –»

«Es ging ihr nicht gut. Ich habe sie ein wenig gestützt.» Davids Stimme war völlig ausdruckslos. Aaron beugte sich vor und packte ihn am Arm.

«Wenn ich es nicht mit eigenen Augen gesehen hätte, hätte ich es nicht für möglich gehalten! Du musst doch wissen, in was für einer Gefahr wir uns befinden! Ein Kind ist verschwunden!»

«Ludwig Köpperlin ist kein Kind mehr. Er ist ein Halbwüchsiger, fast ein junger Mann.»

«Egal! Du weißt doch genau, was das bedeutet! Alles, was uns in dieser Situation irgendwie mit der Geschichte verbindet, kann für uns gefährlich werden.» David sah Wut und Angst in den Augen seines Bruders flackern. «Schick diese Frau weg, wenn sie noch einmal kommt! Sie bringt uns Unglück. Wir wollen nichts mit ihr zu schaffen haben.»

«Ich bin genauso vorsichtig wie du. Und ich kann selbst entscheiden, mit wem ich zu schaffen haben will und mit wem nicht.» Aarons Atem ging schneller; er spannte die Muskeln und drückte David gegen die Wand.

«Du! Du denkst immer nur an dich! Dir ist völlig gleichgültig, was mit uns anderen geschieht! Aber ich habe eine junge Frau und zwei Kinder, und mir ist es nicht gleich. Und ich schwöre beim Ewigen, wenn du sie in Gefahr bringst, wenn ihnen durch deine Schuld etwas passiert, dann bringe ich dich um.»

«Du weißt ja nicht, wovon du sprichst.» David versuchte sich aus Aarons Griff zu befreien, aber sein Bruder war stärker und presste ihm den Brustkorb zusammen. «Wahrscheinlich gibt es doch eine ganz natürliche Erklärung für alles», keuchte David. «Der Junge ist von zu Hause abgehauen und wird in ein paar Tagen mit eingekniffenem Schwanz zurückkehren, seine Tracht Prügel beziehen und fertig. So etwas kommt immer wieder vor. Das hat nichts mit uns zu tun, gar nichts! Und jetzt lass mich los.»

Aaron betrachtete ihn verächtlich, dann stieß er ihn zurück und wischte sich die Hände an der Hose ab.

«Ich hätte nicht gedacht, dass gerade du die Augen so vor der Wirklichkeit verschließt», sagte er ätzend. «Bei Vater wundert es mich nicht, der spürt die Hand des Ewigen ja förmlich in seiner eigenen und glaubt, ihm kann kein Unglück mehr widerfahren. Oder Jacha. Die ist einfach noch zu jung, um besorgt in die Zukunft zu sehen. Aber du? Nach allem, was du schon erfahren hast?»

«Das war etwas ganz anderes!»

«Dann erinnere dich, wie das damals war mit diesem Jungen aus Diessenhofen! Konrad, oder wie hieß er? Der gute Konrad! Ist noch keine dreißig Jahre her. Wie viele von uns wurden umgebracht, weil sie diesen Konrad angeblich ermordet und sein Blut verschmiert hatten? Waren es nicht fast fünfzig Menschen? Weißt du es nicht mehr?»

«Natürlich weiß ich das! Aber die Zeiten haben sich geändert. Selbst ihr Papst hat inzwischen diese Hetzpredigten gegen uns verboten, all dies Gerede über Brunnenvergiftung und Blutfrevel und was auch immer. Jeder weiß, dass das böswillige Lügen sind.»

Aaron lachte gallig auf.

«So. Schön. Jeder weiß es, bloß die Leute hier wissen es nicht. Hast du nicht gehört, dass längst schon die ersten Gerüchte die Runde nehmen? Dass in den Wirtshäusern darüber geschwätzt wird, du hättest den Jungen schon einmal im Herbst in unser Haus gelockt, aber er hätte sich noch befreien können und wäre schreiend nach Hause gerannt?»

David wurde aschfahl.

«Der Junge war verletzt. Ich habe ihm die Schulter eingerenkt.»

«Du hättest besser die Finger von ihm gelassen. Siehst du jetzt, wohin uns das alles führen kann? Du solltest auf den Knien liegen und den Ewigen anflehen, dass er diesen Burschen unversehrt nach Hause zurückkehren lässt, und zwar möglichst bald. Aber wahrscheinlich hast du ja längst vergessen, wie man das macht.» Aaron wandte sich ab, und David glaubte schon, das Gespräch sei beendet, da drehte sein Bruder sich noch einmal zu ihm um. Der Zorn war aus seinem Gesicht verschwunden, stattdessen hatten seine Augen einen unerwartet bittenden Ausdruck angenommen.

«David, ich will morgen zum Rathaus gehen und mit dem Bürgermeister sprechen. Wir müssen etwas unternehmen. Ich will ihm meine Hilfe anbieten, unsere Anteilnahme zeigen ... niemand soll glauben, dass wir etwas zu verbergen haben. Ich wollte dich bitten – David, bitte komm mit. Es ist besser, wenn wir zu zweit gehen, als Repräsentanten unserer Gemeinde.»

«Ich glaube kaum, dass ausgerechnet ich unsere Gemeinde repräsentiere. Willst du nicht lieber Vater fragen, oder Onkel Anselm?»

«Nein, ich frage dich. Die beiden sind alt. Es ist unsere Aufgabe. Und dich kennen viele in der der Stadt, auch wenn sie es vielleicht nicht zugeben. Hast du nicht auch von den Humpis schon jemanden behandelt?»

David lachte freudlos.

«Ja.» Vor zwei Jahren war er durch einen Boten eilig in das Haus von Ital Humpis, dem jetzigen Bürgermeister, gerufen worden. Dessen unverheiratete Schwester, die im gleichen Haushalt lebte, hatte sich von einem Handelsdiener ein Kind machen lassen und jetzt versucht, es mit der Hilfe einer stadtbekannten Kräuterhexe wieder loszuwerden. Als David bei ihr ankam, lag sie in einer großen Blutlache auf ihrem Bett und war kaum noch ansprechbar, und bevor er noch irgendetwas für sie hatte tun können, war sie schon gestorben. Ital Humpis hatte ihn trotzdem fürstlich entlohnt, ihm das Versprechen abgenommen, über alles Stillschweigen zu bewahren, und nach Hause geschickt. Unwahrscheinlich, dass er sich gern an die Sache erinnern würde.

«Also, David? Es ist auch Mutters Wunsch. Sie hat mir extra aufgetragen, es dir zu sagen.»

David nickte nur halb überzeugt.

«Wenn es euch so wichtig ist.»

David und Aaron Jud redeten nicht viel, als sie gemeinsam durch die Stadt zum Rathaus liefen. Sie hatten sich in dunkle wollene Umhänge gekleidet und die spitzen Judenhüte aufgesetzt, die sie sonst nur noch selten trugen. Aaron trug die eng zusammengerollten und zum Schutz in ein Leintuch eingeschlagenen Dokukente bei sich, die bestätigten, dass er das Bürgerrecht für fünf Jahre erworben und den jährlichen Zins von fünfzehn Gulden pünktlich bezahlt hatte.

Das Rathaus war vor rund vierzig Jahren über einem Vorgängerbau errichtet worden, mit einer großen Halle im Erdgeschoss, in der ursprünglich das Stadtgericht getagt hatte und jetzt auswärtige Händler ihre Waren stapelten, sowie zwei Obergeschossen, die die Ratssäle und Amtszimmer beherbergten. David und Aaron bahnten sich ihren Weg an verschnürten Tuchballen, Weinfässern und Körben vorbei und stiegen die Treppe hoch, wo in der Diele des ersten Stockwerks an Markttagen die Tuchschau stattfand. Heute empfing sie nur der Büttel und führte sie in den kleinen Saal.

«Wartet hier», befahl er knapp. «Ich werde sehen, ob der Bürgermeister euch empfangen kann.» Während seine Schritte sich entfernten, nahm David den Ratssaal in Augenschein. Es war ein getäfelter Raum mit einer kunstvoll eingewölbten Bohlendecke, der durch ein umlaufendes Fensterband so hell erleuchtet wurde, dass man tagsüber keinerlei Lampen benötigte. Mehrere geschnitzte Eichenholzbänke standen an den Wänden und konnten bei Bedarf vorgezogen werden. David trat zu den Fenstern hinüber und strich mit der Hand über den feingearbeiteten Sandstein der Säule. Ein junges Paar war auf dem Kapitell dargestellt; es saß unter einem kleinen Baum an einer Quelle und lächelte sich verliebt zu. Wahrscheinlich wussten sie gar nicht, wie gut sie es hatten, dass sie sich so vor aller Augen zueinander bekennen konnten! David überlegte, ob er

Aaron auf die Figuren aufmerksam machen sollte, aber der Ältere hatte die Augen geschlossen und bewegte nur murmelnd die Lippen. Er hatte schon den ganzen Morgen gebetet und kaum ein Wort sonst gesprochen; David wusste nicht, was genau sein Bruder dem Bürgermeister überhaupt sagen wollte. Aber vielleicht war es ja sogar besser so.

Plötzlich wurde er durch eine kratzige Stimme aus seiner Grübelei gerissen. Ital Humpis, der Bürgermeister, war eingetreten. David hatte ihn bei jenem vergeblichen Krankenbesuch nur flüchtig gesehen und hatte jetzt zum ersten Mal die Gelegenheit, den Kaufmann aus der Nähe zu betrachten.

Ital Humpis war Ende dreißig, mit einem ebenmäßigen Gesicht, hellen Augen und schütterem braunen Haar, das in Schulterhöhe gerade abgeschnitten war. Seine Haut war so weiß und glatt, als würde er sich jeden Tag zweimal rasieren lassen. Obwohl nicht groß gewachsen, musste er doch in jeder Versammlung auffallen durch seine kostbare Kleidung und die aufrechte, fast herausfordernde Art, wie er die Schultern zurücknahm und den Brustkorb vorstreckte. Heute trug er ein Brokatwams über dem feinen weißen Leinenhemd, Hosen aus zweifarbiger Seide sowie einen ärmellosen Mantel, der mit dem gleichen Zobelpelz geschmückt war wie seine Kappe und mit einer silbernen Schnalle geschlossen wurde. Das Medaillon um seinen Hals mochte gut und gern den Wert eines Turnierpferdes haben, schätzte David, und der auffällige Siegelring mit den drei springenden Hunden, den Humpis am linken Zeigefinger trug, war von einem Juwelier aus einem Achat geschnitten worden.

«Womit kann ich euch dienen?» Ital Humpis neigte den Kopf und faltete die Hände, sodass die Hunde seines Siegelrings den beiden Besuchern förmlich ins Gesicht sprangen. Beim Reden zog er den Mund ein wenig schief, und es war deshalb schwierig, seinen Ausdruck zu erkennen: Es mochte ein ermutigendes Lächeln sein, oder aber nur eine unbeabsichtigte Grimasse. David entschied sich, Aaron das Gespräch führen zu lassen, und zwinkerte ihm kaum merklich zu.

«Herr Bürgermeister, wir kommen als Bürger und Abgesandte der jüdischen Gemeinde von Ravensburg», begann Aaron salbungsvoll. «Seit Jahren schon leben unsere Familien in Ehren hier in der Stadt und mehren ihren Reichtum. Wir zahlen pünktlich unsere Steuern und halten Frieden mit unseren Nachbarn.» Damit zog er sein Pergament heraus, rollte es umständlich auseinander und reichte es an den Bürgermeister weiter. Der warf einen flüchtigen Blick darauf und gab es dann zurück.

«Wie wir erfahren haben, ist ein Kind aus der Stadt verschwunden?», fuhr Aaron fort. Humpis nickt ernst.

«Ja. Es ist der junge Ludwig Köpperlin, der Sohn meines Freundes Frick, ein Knabe von vierzehn Jahren. Wir vermissen ihn schon seit mehr als zwei Wochen und sind überaus besorgt um sein Befinden. In allen Kirchen werden Bittgottesdienste für seine gesunde Wiederkehr gehalten.» Der Bürgermeister hatte eine verblüffend leise Stimme, stellte David fest; wenn er immer auf diese Weise sprach, musste jedes andere Gespräch verstummen, damit man ihn verstehen konnte.

«Ja.» Aaron schluckte. «Auch wir haben ihn in unsere Gebete an den Ewigen eingeschlossen. Sicher habt Ihr Suchmannschaften zusammengestellt und die Gegend durchgekämmt, nicht wahr?» Erstaunt schaute David hoch. Warum erwähnte Aaron das? Jeder wusste, dass die Trupps keinen Stein in der näheren Umgebung von Ravensburg unangetastet gelassen hatten.

«Sicher, ja. Weißt du vielleicht etwas über Ludwigs Verbleib, was du mir mitteilen willst? Etwas, das die anderen nicht wissen? Seid ihr deshalb gekommen?»

«Nein, nein!» Nicht schnell genug konnte Aaron antworten; Ein Speicheltröpfchen, das Aaron beim Sprechen versehentlich aus dem Mund getreten war, landete genau auf dem Kinn des Bürgermeisters, sodass der ein feines Batisttuch aus seinem Gürtel zog und sich sorgfältig abtupfte. «Wir wissen nichts, Herr Humpis, kennen den Knaben nicht einmal, das heißt, hier, mein Bruder David kennt ihn ein wenig, er ist Arzt, ein guter Arzt, und hat ihn einmal behandelt, als er sich verletzt hatte, nichts Ernstes, wie das bei Knaben so ist ...» Er verhedderte sich in den hastig vorgebrachten Sätzen, stotterte, rang die Hände, während der wässrig blaue Blick des Bürgermeisters jetzt zu David hinüberglitt. In nichts ließ er erkennen, dass sie sich schon einmal begegnet waren.

«Du bist Arzt?», fragte er ruhig, und David nickte.

«Ja. Ich habe lange in Italien gearbeitet, aber hier nur wenige Patienten behandelt.»

«Dann wirst du wissen, dass ein Junge bei dieser Kälte nicht viele Nächte draußen aushalten kann. Es ist Winter, nicht wahr?» Humpis schien auf irgendetwas zu warten; er sah sie fordernd an, als hätte er ihnen ein Rätsel gestellt, das sie lösen müssten. David wusste auf einmal, dass es ein Fehler gewesen war, hierherzukommen. Er wollte gerade irgendeine Abschiedsfloskel murmeln, da zog Aaron plötzlich einen Beutel unter seiner Jacke hervor und hielt ihn dem Bürgermeister hin.

«Wir – wir haben zusammengelegt, um uns an der Suche zu beteiligen», brachte er heraus. «Es ist nicht viel, dreißig Gulden nur, aber es reicht vielleicht aus, um noch einen Suchtrupp auszurüsten und – und ein paar Messen lesen zu lassen.» Er war purpurrot angelaufen; der Beutel in seiner Hand hing für ein paar unendliche Sekunden in der Luft, dann gab Humpis dem Ratsdiener einen Wink, sodass der das Geld an sich nahm.

«... ich meine, es soll ein Zeichen sein für – für – wir teilen die Sorge der Ravensburger, will ich sagen, und –» Er brach ab. Der Bürgermeister betrachtete ihn ruhig und wartete. So wie man die Tanzbären betrachtet, die manchmal auf dem Jahrmarkt zur Schau gestellt werden, schoss es David durch den Kopf, oder die Affen. Er wusste nicht, wen er in diesem Augenblick lieber geohrfeigt hätte, den Bürgermeister oder den stotternden Toren an seiner Seite.

«Wir teilen Eure Sorge und hoffen, dass der Junge bald gesund zu seiner Familie zurückkehrt», beschloss er kühl, bevor sein Bruder wieder zu Atem gekommen war. «Wenn wir irgendwie behilflich sein können, dann lasst es uns wissen.» Er senkte den Blick.

«Ich danke euch», antwortete Humpis. «Geht mit Gott.» David spürte, dass er ihnen nachsah, während sie mit einem leisen «Shalom» durch den Saal zur Tür gingen. Während des gesamten Gespräches hatte der Bürgermeister sich keinen Zoll weit bewegt.

«Wie konntest du dich nur so zum Narren machen?», zischte David, als sie das Rathaus hinter sich gelassen hatten. «Warum nur hast du ihm das Geld gegeben?»

«Weil er es erwartet hat.» Aaron sah entmutigt und

müde aus. «Du weißt es doch selbst. Das ist es, was sie immer von uns erwarten.»

«Es sieht so aus, als ob wir uns schuldig fühlen ... als ob wir etwas gutzumachen haben! Und du erzählst mir, ich würde uns alle in Gefahr bringen. Ha! Ich –» In diesem Augenblick flog etwas gegen Davids Mantel, und er schaute sich überrascht um. Da traf es ihn am Hut. Eine Gruppe von Kindern stand am Straßenrand; sie hatten den Kreisel zur Seite geworfen, mit dem sie vorher gespielt hatten, hielten jetzt die Hände voll Dreck und warfen damit johlend auf die beiden Männer, die durch ihre Tracht so deutlich als Juden zu erkennen waren wie sonst selten. David war froh, dass er nicht verstehen konnte, was sie ihnen zuriefen. Für einen Moment überlegte er, zu den Kindern hinüberzulaufen und sie zur Rede zu stellen, aber dann fasste er nur den verwirrten Aaron am Ärmel und zog ihn weiter.

«Los, lass uns zusehen, dass wir schnell nach Hause kommen.»

14

Die Benediktinerabtei Weingarten lag vor den Toren der Stadt Ravensburg auf dem Martinsberg, so nah, dass man sie von der Kirche Sankt Christina aus sehen konnte. Vor mehr als dreihundert Jahren als Grablege und Hauskloster der Welfen im Flecken Altdorf gegründet, war sie im Jahr 1274 zur Reichsabtei erhoben worden und mittlerweile mit ihrem riesigen Landbesitz zu einem der reichsten Klöster Süddeutschlands aufgestiegen. Maßgeblichen Anteil an dieser Entwicklung hatte eine kostbare Reliquie, die dem Kloster wenige Jahrzehnte nach seiner Gründung von seiner Stifterin Judith übereignet worden war: die Heilig-Blut-Reliquie. Dabei handelte es sich um ein wenig Erde aus Golgatha, die mit dem Blut aus der Seitenwunde des Heilands getränkt und nach vielen Jahrhunderten der Vergessenheit in Mantua wiedergefunden worden war. Von dort war ein Teil dieser Erde auf verschlungenen Wegen in den Besitz Judiths und dann in die Abtei gelangt, wo fromme Hände das Kleinod in ein Reliquiar eingeschlossen hatten, das seit dieser Zeit im Kloster verwahrt wurde. Schon bald hatte sich gezeigt, welch wunderbare Kraft der Reliquie innewohnte: Eine Berührung des Allerheiligsten vermochte Blinde sehend und Aussätzige rein zu machen, der Anblick oder selbst die einfache Gegenwart der Reliquie reichte aus, um

Krankheiten zu heilen und Wunden zu schließen. Wallfahrer und Pilger strömten nach Weingarten, um das heilige Blut zu verehren, sodass das Reliquiar den Gläubigen immer häufiger zur Verehrung gezeigt werden musste und eine eigene Kapelle dafür geweiht wurde; Spenden und Stiftungen wurden veranlasst und schließlich durch Papst Innozenz ein Ablass für alle die Gläubigen gewährt, die an bestimmten Tagen die heilige Reliquie aufgesucht hatten.

Ein Ablass, das konnte nur gut für sie sein, dachte Christine, als sie am letzten Aprilsonntag mit Frick nach Weingarten pilgerte. Selbst wenn er die Zeit, die sie für ihre Todsünden im Fegefeuer schmoren musste, nur um ein paar Tage verkürzen würde. Aber viel schlimmer als das Leben, das sie jetzt führte, konnte das Fegefeuer eigentlich auch nicht sein. Seit Ludwigs Verschwinden vor jetzt als mehr zwei Monaten hatte sie keinen guten Tag mehr gehabt. Die Kleider, die ihr noch im Winter gepasst hatten, schlotterten nun an ihrem Körper wie alte Säcke; ihre Wangen waren eingefallen und ihre Haut schuppig und matt. Längst hatte sie die Fastenbuße abgebrochen, die Pater Alexius ihr aufgetragen hatte, doch schon der Anblick von Essen rief in ihr eine tiefe Übelkeit hervor, und sie musste sich zu jedem Bissen zwingen. Aber Frick gestattete nicht, dass sie dem gemeinsamen Tisch fernblieb. Er war mittlerweile vollkommen überzeugt, dass sie an Ludwigs Verschwinden Schuld trage, weil sie in ihm nur das Kind einer fremden Frau gesehen habe und ihn deshalb hasse. Sie habe nicht auf ihn aufgepasst, Fricks Erziehungsbemühungen untergraben und den Jungen schließlich durch ihre zänkische Art aus dem Haus getrieben. Christine versuchte gar nicht erst, sich zu verteidigen. Denn wenn es auch nicht so gewesen war, wie Frick glaubte, so wusste sie doch, dass an ihrer Schuld kein Zweifel bestehen konnte. Es war eine Strafe Gottes, die sie jetzt traf und die auch verhinderte, dass der gemeinsame Kummer sie und ihren Mann wieder näher zusammenführte. Immer häufiger sah sie, wie Frick sich schmerzverzerrt mit der Hand an die Brust griff, aber er wies alle ihre Hilfsangebote schroff zurück.

Was nur konnte sie tun, um Gott zu versöhnen? In den Nächten, wenn sie schlaflos an Fricks Seite lag, war sie manchmal fast so weit, ihm ihre Beziehung zu David zu beichten, und nur ein letzter Rest von Vernunft hielt sie zurück – ein letzter Rest von Vernunft und die irrwitzige Hoffnung, David irgendwann wiederzusehen. Seit sie ihn Anfang März in der Judengasse aufgesucht hatte, hatten sie sich nicht mehr getroffen; nicht nur, weil sie sich immerzu von Frick beobachtet und bespitzelt fühlte, sondern auch, weil sie sich diesen Trost nicht gestatten wollte.

Frick hatte bestimmt, dass sie sich wie Büßer auf den Pilgerweg machen sollten, deshalb hatten sie an diesem Morgen nichts gegessen, trugen jeder nur ein einfaches Leinenhemd und waren barfuß. Niemand, der sie vorbeiziehen sah, redete sie an, aber die Leute nahmen die Mützen ab, verneigten sich und sprachen ein Gebet. Jeder wusste, welch hartes Schicksal den Kaufmann Köpperlin und seine Frau getroffen hatte.

Sie verließen die Stadt durch das Frauentor, wanderten durch die davorliegenden Gärten und erreichten endlich das freie Feld. An jeder Abzweigung machten sie halt, warfen sich auf die Knie und beteten einen Rosenkranz, an jedem Wegkreuz und jedem Bildstock drei. So war es schließlich schon früher Nachmittag, als sie den Ort Altdorf und dann den Fuß des Martinsberges erreichten, auf dem sich die weiträumige Klosteranlage ausbreitete. Eine steinerne Treppe führte zum Tor in der Klostermauer; eine Handvoll anderer Pilger hatte auf den Knien schon einige Stufen erklommen, wie es üblich war, darunter eine ärmlich gekleidete Frau mit einem offensichtlich schwerkranken Kind im Arm. Ein leises Gemurmel hing in der Luft; Christine meinte immer wieder die Worte «heilige Mutter» und «Sünder» zu verstehen und umklammerte krampfhaft den Rosenkranz in ihrer Hand, während sie sich mühsam von Stufe zu Stufe höher quälte. Ganz oben warteten zwei Klosterbrüder, reichten den erschöpften Pilgern eine Kelle Wasser und wiesen ihnen den Weg zur Heilig-Blut-Kapelle, die sich im Erdgeschoss des nördlichen Glockenturms befand.

Als Christine endlich oben angelangt war und aufstehen wollte, überfiel sie heftiger Schwindel, sodass sie sich an dem Torbogen festhalten musste.

«Ist Euch nicht wohl, Frau Christine?», fragte besorgt einer der beiden Benediktiner und griff ihr unter die Arme. «Hier, nehmt einen Schluck ... Bruder Paulus ist schon unterwegs, um den Abt zu benachrichtigen. Ihr werdet erwartet.»

Frick Köpperlin selbst lehnte schweratmend an der Mauer; er war leichenblass, und Schweißtröpfchen standen auf seiner Stirn.

«Schaut lieber nach Herrn Frick», sagte Christine besorgt, aber Frick winkte ab und wischte sich mit dem Ärmel durch das Gesicht. Natürlich hatte er diesen Weg nicht wie irgendein Pilger angetreten; bereits vor einer Woche hatte er den Abt wissen lassen, dass er das Kloster besuchen wolle, und der Abt wiederum ließ es sich nicht nehmen, seinen reichen Stifter persönlich zu empfangen. Schon wenige Augenblicke später kehrte Bruder Paulus zurück.

«Der Abt erwartet Euch im Chorraum.»

Sie folgten dem jungen Mönch über den kleinen Vorplatz. Von überall her war hier Baulärm zu hören, und der Benediktiner zeigte stolz auf eine große Winde, die hinter der Abteikirche hochragte.

«Der letzte große Brand ist noch nicht lange her, und Abt Johannes hat sich viel vorgenommen. Die Treppe, die Ihr hinaufgekommen seid, hat er auch anlegen lassen. Sie ist erst vor kurzem fertig geworden.»

«Und wann werdet ihr den zweiten Glockenturm zu Ende bauen?», fragte Frick, der sich inzwischen gefasst hatte. Tatsächlich stand vom Südturm nur der untere Teil, während der nördliche Turm sich über mehrere Stockwerke erstreckte und schließlich von einem Dachreiter gekrönt wurde. Die Westfassade der Abtei mit ihrer großen Rotunde wirkte dadurch irgendwie bruchstückhaft und unausgewogen. Bruder Paulus lächelte säuerlich.

«Wir werden den Turm vollenden, sobald eine wohltätige Stiftung es erlaubt. Wenn Ihr mir folgen wollt?» Sie betraten die Kirche durch das Westportal und gelangten in den Vorraum, von dem die Heilig-Blut-Kapelle abzweigte. Bevor Christine die Gelegenheit hatte, einen Blick hineinzuwerfen, führte der Benediktiner sie aber schon weiter in den Chorraum, wo der Abt sie mit ausgebreiteten Armen erwartete. Bruder Paulus verneigte sich.

«Abbas, ich bringe den Besuch.»

«Es ist gut, Paulus. Hole die Kerzen.» Damit wandte der Abt sich zu Frick und Christine und hielt ihnen die Hand hin. «Gelobt sei Jesus Christus!»

«In Ewigkeit, Amen.» Sie küssten den Ring, wie es Brauch war.

«Ich habe von dem schweren Unheil gehört, das Euch bedrückt. Es ist der richtige Weg, das heilige Blut aufzusuchen. Schon vielen Unglücklichen hat es Hilfe gebracht.» Abt Johannes Blarer war ein hagerer, großer Mann mit flammenden Augen und riesigen Händen, dem man ohne weiteres zutraute, die neue Treppe mit eigener Kraft gemauert zu haben. Unter seinem Blick hatte Christine das Gefühl zu schrumpfen, bis sie zu einem Ungeziefer geworden war, das man achtlos zertritt. Sie brachte kein Wort heraus.

«Ja, ich hoffe sehr, dass Ihr mir helfen könnt, meinen Sohn wiederzufinden», antwortete Frick stattdessen, aber der Abt schüttelte den Kopf.

«Ich bin nur der Hüter des Schatzes ... unsere Hilfe kommt vom Herrn, der Himmel und Erde erschaffen hat.» Er deutete auf eine kleine Seitentür. «Wir werden in die Krypta hinuntersteigen, wo das Kleinod sicher aufbewahrt ist.»

Mittlerweile war auch Bruder Paulus mit den Kerzen wieder da; er entriegelte die Tür und stieg über ein paar steile Stufen voran in ein niedriges Gewölbe, in dem sich ein einfacher Holzschrein befand. Im Licht der Kerzen öffnete Abt Johannes den Schrein, bekreuzigte sich und holte einen Gegenstand heraus, der in ein dunkles Tuch gehüllt war. Christines Mund wurde trocken, als er das Tuch schließlich entfernte.

«Seht die Reliquie vom heiligsten Blut Christi!», rief der Abt feierlich und hielt das Reliquiar hoch über den Kopf: einen geschliffenen Bergkristall, der das heilige Blut umschloss, eingefasst und gekrönt von einem edelsteingeschmückten

Doppelkreuz. Christine meinte ein Funkeln wahrzunehmen, das von der Reliquie ausging, ein unerklärliches Licht; unwillkürlich streckte sie die Hand danach aus.

«Ihr dürft das Allerheiligste nicht berühren, Frau Christine!», mahnte der Abt. «In der Betrachtung allein –»

«Ich bitte Euch, Abt Johannes!» Frick drängte nach vorn. «Ich habe meinen Sohn verloren! Lasst mich den Kristall küssen, ich weiß, dann werde ich ihn wiedersehen! Niemand wird es erfahren, ich schwöre es!» Der Abt zauderte und ließ das Reliquiar sinken. In dem Augenblick schnellte Frick nach vorn und presste seine Lippen darauf, ohne dass ihn jemand daran hindern konnte.

«Gib ihn mir zurück, ich flehe dich an!», flüsterte er inbrünstig und umklammerte die vergoldeten Seitenarme des Reliquiars mit beiden Händen. «Ich weiß, du kannst es, du kannst alles bewirken! Gib ihn mir zurück, um Jesu Christi willen!» Er fing an zu schluchzen und sackte in die Knie, während Abt Johannes die Reliquie rasch wieder verhüllte und in ihrem Schrein einschloss. Das Funkeln war erloschen; es war wohl nur die Spiegelung der Kerzen gewesen, dachte Christine. Eigentlich hatte sie in dem Kristall gar nichts erkennen können.

Zufrieden sah sich Gerli in ihrer Behausung um: Es konnte keinen Zweifel geben, dass sich die Dinge hier in den letzten Monaten zum Besseren gewendet hatten. Die Betten hatten eine nagelneue Strohfüllung bekommen, und auf einem lag eine echte Federdecke, die kaum gebraucht worden war. Seit Wochen schon war sie nicht mehr frierend aufgewacht. Allein das hätte schon gereicht, sie mit dem Leben zu versöhnen, aber es war noch nicht alles: Im Wandregal prangte das Geschirr, das sie auf dem letzten Jahrmarkt gekauft hatte, und oben im Rauchfang über dem Herd hing ein praller Schinken, ihr ganzer Stolz. Sie schlenderte hinüber, strich mit der Hand über das saftige Fleisch und roch dann an ihren Fingern. Was für ein köstlicher Duft! Es war einfach unglaublich. Wer hätte das noch vor einem Jahr ahnen können?

Natürlich hatten all die Kleinigkeiten, die Jost ihr gelegentlich zusteckte, ihren Anteil an ihrem neuen bescheidenen Wohlstand, aber die Freigiebigkeit des Papierers hatte deutlich nachgelassen, seit er sicher war, dass sie ihn nicht für jemand anderen versetzen würde. Hauptsächlich lag es jedenfalls an Vinz: Zum ersten Mal, seit sie in Ravensburg lebten, verdiente er regelmäßig Geld. Es hatte mit dem Suchtrupp angefangen, der damals nach dem Verschwinden dieses Jungen auf die Beine gestellt worden war. Das war offensichtlich eine Aufgabe ganz nach Vinz' Geschmack gewesen, und er hatte sich so geschickt dabei angestellt, dass Frick Köpperlin ihn jetzt weiter beschäftigte und zwei Schilling pro Woche zahlte. Zwei Schilling pro Woche! Das war deutlich mehr, als Gerli selbst verdiente. Dabei wusste sie gar nicht genau, was er eigentlich den ganzen Tag machte. Manchmal half er wohl mit, Waren zu verpacken und aufzuladen, oder er mistete zusammen mit den Pferdeknechten einen Stall aus, aber im Wesentlichen schien seine Aufgabe darin zu bestehen, in der Stadt herumzustreunen und die Ohren aufzusperren.

«Der Alte glaubt einfach nicht, dass sein Bengel die Fliege gemacht hat», hatte Vinz beim letzten Mal gesagt, als er ihr einen Schilling in die Hand gedrückt hatte. «Der glaubt, der Kerl hat sich hier irgendwo versteckt oder jemand hält ihn gefangen. Der will alles wissen, was irgendeiner darüber schwätzt, jeden Mist. Na, und ich laufe rum und pass auf, was ich aufschnappen kann. Und außerdem hab ich so meine Quellen.»

«Und was sagen deine Quellen?»

Vinz grinste gönnerhaft.

«Nichts, bis jetzt. Aber das habe ich dem Köpperlin so gut verkauft, dass er mich weiter bezahlt.»

Völlig gleichgültig, was Vinz auch immer machte: Er ging regelmäßig aus dem Haus, kam abends gutgelaunt wieder und hatte Geld in der Tasche. Mehr konnte Gerli nicht verlangen.

Heute stand die Papiermühle still; die letzte Winterüberschwemmung hatte am Mühlwerk einigen Schaden angerichtet, und Jost und Oswald würden mehrere Tage damit beschäftigt sein, kaputte Bretter und Bolzen auszuwechseln. Die Lumpenkammer war fast leer, aber der Lehrbub würde erst wieder mit seiner Kiepe die Runde machen, wenn weiter geschöpft werden konnte. Gerli hatte dem Papierer so lange in den Ohren gelegen, bis er ihr erlaubt hatte, einen Tag lang der Arbeit fernzubleiben und stattdessen mit Vinz auf Vogeljagd zu gehen. Sie versprach hoch und heilig, ihm ein paar fette Drosseln mitzubringen und zu braten, obwohl sie es in Wirklichkeit auf einen Buchfinken abgesehen hatte: einen Singvogel für ihre Kammer.

«Du bist ja nicht bei Trost», sagte Vinz, als er kurze Zeit später mit einem Eimerchen Leim nach Hause kam. «Ein Singvogel in dieser Bruchbude? Glaubst du, das macht aus dir 'ne Prinzessin, oder was?»

«Ich find's einfach schön, so etwas Lebendiges im Haus», antwortete Gerli. Vinz lachte.

«Bin ich etwa nicht lebendig? Und die ganzen Ratten, die mir nachts an den Zehen rumnagen? Die verfluchten Flöhe unter meiner Decke? Ich könnt gut drauf verzichten, auf das ganze lebendige Zeug!» Er kramte in der Truhe nach dem Lockvogel, den er gestern abend gebastelt hatte, ein filziges Wollknäuel mit ein paar Federn darin, und stopfte ihn in die Tasche.

«Damit kann man ja wohl nur blinde Vögel fangen», sagte Gerli abschätzig, aber Vinz zuckte bloß mit den Achseln.

«Wird schon gehen. Und jetzt komm, sonst sind wir zu spät dran.»

Es gab mehrere Wäldchen, die sich für ihr Vorhaben anboten; sie entschieden sich dafür, es im Haslach zu versuchen, einem Gehölz nordöstlich von Ravensburg Richtung Albisreute. Vinz pfiff vor sich hin und lief mit weit ausholenden Schritten, sodass Gerli Mühe hatte mitzukommen. Wie groß Vinz geworden war! Er überragte sie inzwischen um Haupteslänge. Hinter dem Stadttor stießen sie auf Kaspar, einen rappeldürren Halbwüchsigen, mit dem Vinz in seiner freien Zeit oft herumzog. Er hatte seine Ruten schon in der Hand.

«Kommt ihr endlich? Ich warte hier schon, seit es zur Frühmesse geläutet hat.» Kaspar betrachtete Gerli herausfordernd von oben bis unten. «Gar nicht so schlecht, Schwester! Ich hab gehört, wenn der Richtige kommt, lässt du dich nicht lang bitten. Kannst du auch mit der Leimrute umgehen?»

Vinz verdrehte die Augen.

«Will sich einen Singvogel fangen», sagte er, «damit sie was Lebendiges um sich rum hat.»

«Wenn sie was Lebendiges will, kann sie ja mal für mich die Röcke hochheben, sobald wir im Wald sind.» Kaspar lachte und griff nach Gerlis Arm, aber die wich geschickt aus.

«Mein Trommelschlegel da unten ist lebendig wie 'n Sack Flöhe. Wenn der anfängt zu hämmern, hört sie auch die Vögelein singen. Und wie!»

Gerli musterte ihn spöttisch.

«Werd du erst mal groß, du Milchgesicht. Ich geb mich doch nicht mit Kindern ab.»

Kaspar blies beleidigt die Backen auf.

«Groß? Du solltest sehen, wie groß –»

«Halt's Maul», unterbrach Vinz seinen Freund und knuffte ihn in die Seite. «Die Zeiten sind vorbei. Sie hat jetzt was Festes, diesen Papierer.»

«Jost Täschler? Den Kerl, der keinen einzigen Fingernagel mehr hat und kaum noch gerade laufen kann?»

«Jost ist ein anständiger Mann, nicht so eine Stinkwanze wie du», fauchte Gerli. «Er hat was Vernünftiges gelernt und wird es noch weit bringen.»

«Jaja, der gute Jost.» Kaspar grinste frech. «Soll ja in letzter Zeit jede freie Minute bei den Pfaffen sitzen, hab ich mir sagen lassen. Das viele Weihwasser ist nicht gut für die Männer, Gerli, glaub mir! Wenn die erst anfangen, Weihwasser zu pissen, kriegen sie ihn nicht mehr hoch, da kannst du machen, was du willst. Du wirst noch zu mir gekrochen kommen und sagen: ‹Kaspar, Kaspar, ich bitte dich, lass mich doch heute Nacht zu dir ins Bett kommen, ich hab schon so lange nicht mehr ordentlich die Fotze poliert gekriegt› ...»

So fest sie konnte, schlug ihm Gerli ins Gesicht, aber

Kaspar lachte nur und wandte sich an Vinz, um ihm eine Zote über ein anderes Mädchen zu erzählen. Wütend wanderte Gerli hinter ihnen her. So ein Lausekerl! Gut, dass sie es nicht mehr nötig hatte, sich mit jedem hergelaufenen Herumtreiber einzulassen, den Vinz anschleppte. Aber mit einer Sache hatte dieser Bursche recht: Jost hatte in letzter Zeit wirklich eine ungewöhnliche Frömmigkeit entwickelt und hockte ständig in der Kirche herum. Statt wie früher zwei Mal in der Woche trafen sie sich jetzt nur noch sonntags abends im Goldenen Lamm, und oft war der Papierer dabei so geistesabwesend, dass sie ihre ganze Erfahrung brauchte, damit er überhaupt in Stimmung kam. Sie rieb und knetete, leckte und saugte, nur damit er endlich steif wurde, und gleichzeitig hatte sie das Gefühl, dass all ihre Anstrengungen sie ihrem Ziel keinen Zoll näher gebracht hatten: Von Heirat und Ehe hatte er kein Wort mehr gesagt. Aber das würde sich ändern. Bei nächster Gelegenheit, nahm sie sich vor, würde sie mit ihm darüber sprechen.

Inzwischen hatten sie eine kleine Lichtung erreicht, und die beiden Burschen warfen ihre Beutel auf den Boden und rammten den kräftigen Birkenast, den sie für die Vogeljagd vorbereitet hatten, in den Boden. In diesen Ast hatten sie kleine Löchlein gebohrt, in die sie jetzt ihre Holzruten steckten. Gerli bestrich die Ruten sorgfältig mit Leim, und zum Schluss holte Vinz den Lockvogel heraus, drückte ihn kurz an die Lippen und befestigte ihn dann an der Spitze.

«Bring uns fette Beute!», sagte er feierlich zu dem Wollknäuel. «Los, ihr zwei, wir verstecken uns.» Sie ließen sich hinter ein paar Büschen nieder, packten Brot und Käse aus und aßen. Immer wieder lugte Vinz zu der Falle hinüber, aber kein Vogel machte Anstalten, ihnen auf den Leim zu gehen.

«Ist den Viechern vielleicht auch zu warm», stellte Vinz fest und gähnte. «Mann, wie kann es im Mai schon so heiß werden?» Er lehnte sich zurück und schloss die Augen, und schon wenige Minuten später war er fest eingeschlafen. Kaspar rutschte näher zu Gerli herüber und legte ihr die Hand aufs Knie.

«Na, wie wär's? Sollen wir nicht auch ein bisschen Spaß haben, während der Kerl da drüben vor sich hin ratzt?»

Gerli schob ihn weg.

«Hast du nicht verstanden, was ich eben gesagt habe?», sagte sie. «Such dir irgendein Flittchen, wenn dir der Schwanz juckt, und lass mich in Ruhe!» Wütend stand sie auf. «Ich schaue mal, ob ich schon ein bisschen Waldmeister finde. Ihr könnt mich ja rufen, wenn ihr etwas gefangen habt.»

So schnell sie konnte, lief sie in den Wald hinein und blieb erst stehen, als von Kaspar nichts mehr zu sehen war. Durch eine Lücke im Blätterdach schien die Sonne auf den Waldboden, und Gerli streckte sich aus. Was für ein ungewohnter Genuss, mitten am Tag in der Sonne zu liegen und nichts zu tun! So musste es im Himmel sein. Oder fast so: Immer wieder stieg ihr nämlich ein unangenehmer Geruch in die Nase, wie von einem gerissenen Hasen, der zu lange in der Wärme gelegen hat. Sie setzte sich auf und sah sich um. Da bemerkte sie, dass rings um die hohe Tanne gegenüber eine ungewöhnliche Betriebsamkeit herrschte: Vögel umkreisten sie, krächzten auf den Ästen, flogen in Schwärmen auf, um sich gleich danach wieder niederzulassen. Es waren hauptsächlich Raben. Neugierig ging Gerli näher heran und kniff die Augen leicht zusammen, um besser zu sehen. Das war doch nicht normal! Da musste doch irgendetwas sein, was die Vögel anlockte. Plötzlich stieß sie einen gellenden Schrei aus und stolperte ein paar Schritte zurück: Von einem der Äste nur wenige Ellen über ihrem Kopf hing eine menschliche Hand herunter. Eine halbvertrocknete menschliche Hand, an der mehrere Fingerglieder fehlten.

Nur ein paar Augenblicke, und die beiden Burschen waren bei ihr.

«Was ist los? Was schreist du so?»

Gerlis Stimme war nur ein Hauch, als sie antwortete.

«Da drüben ... in der Tanne. Da sitzt ein Toter.» Sie sah jetzt deutlich den ganzen Körper, der kaum verhüllt von den untersten Zweigen auf einem Ast saß und gegen den Stamm lehnte wie eine Lumpenpuppe. Vinz wurde bleich.

«Los, wir laufen zurück zur Stadt und reden mit niemandem darüber.» Vinz bemühte sich, nicht zu der halbverwesten Leiche zu schauen, während er das sagte, aber der süßliche Gestank des verrottenden Fleisches schien die Blicke unausweichlich zu der Tanne zurückzulenken. Kaspar hockte auf dem Waldboden und übergab sich. Gerli sah ihren Bruder entsetzt und fassungslos an.

«Aber Vinz! Wir können ihn doch nicht da oben lassen! Wir müssen ihn runterholen. Wir müssen –»

Vinz packte sie grob am Arm und zog sie zur Seite, so weit weg von der Hand wie möglich.

«Verstehst du denn gar nichts? Der ist tot, mausetot, scheißtot, es ist ganz egal, ob wir ihn da runterholen oder nicht! Besser, wir lassen gleich die Finger davon, sonst heißt es hinterher noch, wir hätten ihn abgestochen und dann da hochgeschafft.» Seine Stimme überschlug sich. Gerli schob ihn zurück und zwang sich, noch einmal näher an die tote Hand heranzugehen und sie genauer zu betrachten. Sie war klein, diese gequälte Hand. Keine Männerhand. Keine Erwachsenenhand.

«Und wenn es der vermisste Junge ist?», wisperte sie zögernd. «Dieser – dieser Ludwig?»

Vinz machte den Mund auf und zu, ohne einen Ton zu sagen – so wie die Karpfen, wenn die Fischer sie am Markttag aus den Fässern fischten und auf das Verkaufsbrett legten. Fast hätte Gerli gelacht.

«Wir müssen es dem Rat melden», sagte sie stattdessen. «Kommt.»

Wie zwei kleine Buben trotteten die beiden nun wortlos hinter ihr her, als sie den Weg zur Stadt zurück einschlug, froh, dass jemand ihnen sagte, was sie tun mussten. Kaspar heulte leise vor sich hin. Sie hatten gerade das Obertor erreicht, da blieb Vinz unerwartet stehen.

«Die Belohnung», sagte er. Gerli verstand nicht, was er meinte.

«Köpperlin hat doch eine Belohnung ausgesetzt für denjenigen, der ihm seinen Sohn zurückbringt. Fünf Gulden! Meinst du, wir kriegen sie, obwohl der Kerl schon tot ist?» Kaspar hörte abrupt auf zu schluchzen.

«Wenn das so ist, will ich meinen Anteil», sagte er. «Ich war schließlich auch dabei.»

«Du? Halt bloß das Maul! Wenn es nach dir gegangen wäre, hätte Gerli die Stelle doch gar nicht gefunden, sondern die ganze Zeit bloß mit dir rumgevögelt!»

«Und du hast gepennt! Meinst du etwa, ich hätte das

nicht gesehen? Aber jetzt tust du so, als hättest du ihn selbst gefunden. Dabei hast du dir fast die Hosen vollgeschissen vor Angst!»

«Und du hast gekotzt wie ein besoffenes Schwein!» Mit geballten Fäusten standen sie sich gegenüber.

«Schlagt euch ruhig die Nasen blutig. Mir soll's recht sein. Ich geh jetzt zum Rat, und wenn es eine Belohnung gibt, dann nehme ich sie, und ihr seht keinen einzigen müden Scheißheller davon.» Gerli ließ die beiden stehen und lief einfach weiter. Ihr war, als könne sie den Druck der toten Hand im Nacken spüren, und sie wusste genau, dass sie keine einzige ruhige Minute mehr haben würde, bis der Leichnam endlich unter der Erde lag.

15

Sie hatten Leitern mitgebracht und Seile, um den Leichnam von der Tanne herunterzuholen, aber zunächst kletterte einer der Stadtbüttel hoch und sah sich den Fund genau an. Es war eine ganze Gruppe von Leuten, die auf der Waldlichtung auf das Ergebnis warteten: Neben dem Mädchen und den beiden Burschen, die die Meldung gemacht hatten, noch Ital Humpis selbst, der Bürgermeister, dann der Zunftmeister der Weber als Vertreter des Rats, der Pfarrer der Liebfrauenkirche, der Büttelmeister, der Stadtmedicus und ein Wundarzt. Frick und Christine Köpperlin, die man auch sogleich benachrichtigt hatte, waren noch nicht eingetroffen.

Keiner der Wartenden unter dem Baum sagte ein Wort. Sie standen nur unruhig da und starrten auf den Boden. Nur das fortwährende Fluchen, mit dem der Stadtbüttel seine Arbeit begleitete, war zu hören und erschien in ihren Ohren auf anstößige Weise vervielfacht.

«Gottverdammich ... gottverdammich nochmal, so ein Hurensohn ... Herrgottsakrament ... Potz Arsch und Gemächt ...»

Humpis stöhnte laut auf.

«Noch ein Wort, Rupp, und du zahlst mir einen Gulden wegen lästerlicher Flucherei!», mahnte er. «Bist du endlich so weit?»

Das hochrote Gesicht des Büttels erschien zwischen den Zweigen.

«Nichts für ungut, Herr Bürgermeister ... Der Kerl ist mit einem Seil um Hals und Brust an den Stamm gefesselt, das musst ich erst lösen und eine neue Schlinge knüpfen. Ich lass ihn jetzt runter.» Wie eine zerrupfte Vogelscheuche schwebte der Leichnam nach unten, berührte mit den zerlumpten Schuhen den Boden. Der zweite Büttel nahm ihn in Empfang und bettete ihn vorsichtig auf die Erde. Der Pfarrer schlug ein Kreuz.

«Gott sei der armen Seele gnädig! Und, ist es der verschwundene Junge?» Ital Humpis beugte sich vorsichtig über den Körper. Ein widerlicher Geruch schlug ihm entgegen, und als er die Maden zwischen den verklebten Augenlidern des Toten sah, presste er schnell ein Tuch vor den Mund, um sich nicht zu übergeben, und wandte sich ab.

«Es kann sein, aber ich kannte den Jungen nicht sonderlich gut. Wir müssen seine Eltern fragen. Es ist schwer, ihn in diesem Zustand ...» Er hatte sich käsig bleich verfärbt; der Stadtmedicus griff schnell nach seinem Ellbogen und führte den Bürgermeister ein paar Schritte an die Seite.

«Tief durchatmen ... so ist es gut ...»

Währenddessen war der Wundarzt näher an den Leichnam herangetreten.

«Ich glaube, man hat ihm ein Messer in den Hals gestoßen», erklärte er im Brustton der Überzeugung. Er bückte sich und schob forsch die zerrissene Hose an die Seite. «Und hier hat jemand sich an seinem Geschlecht zu schaffen gemacht. Der Hoden fehlt, oder? Was meint Ihr, Stadtmedicus?» Valentin Vöhringer nickte dem Bürgermeister noch einmal beruhigend zu und kniete sich dann an die

Seite des Wundarztes. Mit der einen Hand verscheuchte er die Fliegen, die gierig über das tote Gesicht krochen, mit der anderen schob er dem Leichnam vorsichtig das Hemd hoch. Die Haut darunter war dunkel verfärbt, der Brustkorb eingefallen. An einer Stelle schaute eine Rippe heraus.

«Es ist schwer zu beurteilen», sagte Vöhringer endlich. «Sicher ist der Junge schon lange tot; er ist halb verwest. Unmöglich zu sagen, ob ihm diese Wunden», er deutete auf ein ausgefranstes Loch im linken Oberarm und das fehlende Fingerglied, «vor oder nach seinem Tod zugefügt worden sind. Wahrscheinlich haben sich die wilden Tiere über ihn hergemacht.» Er winkte dem Mädchen zu, das den Körper gefunden hatte.

«Wie bist du auf den Leichnam aufmerksam geworden?»

Gerli trat ein paar Schritte vor.

«Wir waren im Wald und haben Leimfallen aufgestellt», begann sie. «Der Kaspar, mein Bruder Vinz und ich. Und dann –»

Vinz grinste.

«Sie wollte sich einen Singvogel fangen», erklärte er. «Einen Singvogel! Und weil sie sich allein nicht getraut hat –» Mit einer unwilligen Handbewegung brachte Ital Humpis ihn zum Schweigen. Er war immer noch blass und vermied es, zu der Leiche hinzuschauen.

«Wer hat denn jetzt den Jungen gefunden, deine Schwester oder du? Dann lass sie gefälligst selbst sprechen!» Eingeschüchtert senkte Vinz den Kopf.

«Ich bin allein ein bisschen weitergegangen, zu der Lichtung hier», fuhr Gerli schnell fort. «Und da ist mir der Geruch aufgefallen, so ein merkwürdiger süßlicher Geruch, und ich hab geschaut, ob da irgendetwas Besonderes ist.

Und wie ich mich so umsehe, fallen mir die vielen Vögel auf an der Tanne da, die vielen Krähen und Raben. Und dann hab ich die Hand gesehen, die da runterhing ...» Sie schluckte; Humpis legte ihr wohlwollend die Hand auf den Arm.

«Das hast du gut gemacht, Mädchen. Muss ein ziemlicher Schrecken für dich gewesen sein, nicht wahr?» Gerli nickte dankbar, und Vinz hob wieder den Kopf.

«Sie war ja nicht allein. Mein Freund hier und ich, wir sind gleich zu ihr hin, als sie so rumgekreischt hat, und ich hab gesagt: ‹Das müssen wir dem Rat melden, Gerli.› Und so haben wir es auch gemacht.» Beifallheischend blickte er in die Runde.

«Was für ein furchtbares Unglück», murmelte Vöhringer. Der Wundarzt zog fast spöttisch die Augenbrauen hoch.

«Unglück? Ihr seht doch die Zeichen so gut wie ich!» Und als der Stadtmedicus nicht gleich antwortete, setzte er nach:

«Ein Junge verschwindet, ein Christenkind! Und dann finden wir ihn ermordet wieder, mit Stichen in den ganzen Körper, als ob jemand sein Blut anzapfen wollte, und mit abgeschnittenem Hoden! Wenn das keine Zeichen sind, was denn sonst?»

«Niemand kann sagen, wie der Junge gestorben ist», widersprach Vöhringer. «Oder wo seine Verletzungen herrühren. Vielleicht hat er sich erhängt an dem Seil, das der Stadtbüttel gefunden hat. Vielleicht hat er sich versehentlich stranguliert mit dem Seil, schließlich war es um seine Brust und seinen Hals geschlungen.»

Der Büttel sah auf.

«Möglich, aber ich glaub's nicht», entgegnete er. «War

nicht so eng, das Seil. Und außerdem, wozu sollte so ein junger Kerl Hand an sich legen? Und dazu noch auf einen Baum klettern?»

«Es ist jedenfalls eine Möglichkeit», antwortete Vöhringer und runzelte skeptisch die Brauen. «Oder vielleicht hat ihn ja einfach der Schlag getroffen, da oben auf dem Baum.»

Der Wundarzt sah aus, als wolle er in lautes Gelächter ausbrechen, und erinnere sich erst im letzten Augenblick daran, dass so ein Verhalten nicht angebracht wäre. Er wandte sich an den Bürgermeister.

«Herr Humpis, ich sage Euch, der Knabe ist gefoltert und umgebracht worden. Ich als Wundarzt kenne mich mit Verletzungen aus, mit Blut und Eiter. Ich habe hundert Mal mehr Erfahrung mit Messerstichen und Schwerthieben als jemand, der nur gelernt hat, dünne Pisse anzusehen und den Puls zu tasten. Überlegt Euch, wem Ihr glauben wollt.» Sein triumphierender Gesichtsausdruck stand in augenfälligem Kontrast zu der nachdenklichen Art, wie sich der Stadtmedicus die Lider rieb. Humpis schaute ratlos von einem zum anderen. Da hob der Pfarrer die Stimme.

«Solange es noch Zweifel gibt, sollten wir den Jungen nicht auf den Kirchhof bringen ... vielleicht ist er ja als Märtyrer gestorben. Vielleicht –» Er hob die Arme zum Himmel, als erwarte er jeden Augenblick einen göttlichen Fingerzeig. «Vielleicht geschieht ja ein Zeichen, das uns den Weg weist, so wie es in anderen Fällen geschehen ist. Ich möchte vorschlagen, dass wir den Leichnam in einen Sarg betten und hier an diesem Ort aufstellen, bis das Mysterium sich geklärt hat.»

Vöhringer erwachte aus seiner Zurückhaltung.

«Was für ein Mysterium? Hier gibt es kein Mysterium! Hier gibt es nur einen toten Jungen, der vermutlich einem traurigen Unfall zum Opfer gefallen ist. Ihr solltet lieber ein Gebet für seine arme Seele sprechen, statt auf geheimnisvolle Zeichen zu warten!»

Der Pfarrer musterte ihn voller Abneigung.

«Wollt Ihr damit sagen, dass Ihr die Zeichen Gottes leugnet?»

«Ich leugne gar nichts. Aber ich erfinde auch nichts dazu. Und ich sage, keiner wird mehr herausfinden, woran dieses arme Kind gestorben ist.»

Da waren plötzlich Schritte im Unterholz zu hören, leise Stimmen, und Frick Köpperlin und seine Frau betraten die Lichtung. Ein Stadtknecht hatte sie hierhergeführt; Köpperlin hatte nicht einmal den Hausmantel gewechselt. Augenblicklich trat Stille ein. Ital Humpis klappte den Mund auf und zu, rieb sich nervös die Hände und ging dann zögernd zu den beiden hinüber.

«Frick, Frau Christine ... ein Leichnam ist gefunden worden, da drüben auf der Tanne. Vielleicht – wenn Ihr vielleicht selbst sehen wollt?» Frick Köpperlin nickte versteinert. Er schwankte über die Lichtung zu der Stelle, wo der Leichnam lag, sackte auf die Knie, strich dem Toten über das Gesicht.

«Ludwig», flüsterte er. «Mein Junge ...» Dann beugte er sich über den Körper und küsste ihn auf die Stirn. Ital Humpis machte auf dem Absatz kehrt, flüchtete hinter ein Holundergebüsch und gab alles von sich, was er an diesem Tag gegessen hatte.

Ludwig war tot. Es dauerte ein paar Minuten, bis diese Nachricht ihren Weg in Christines Herz gefunden hatte.

Sie sah Frick schluchzend auf dem Boden knien, sah den ausgestreckten Leichnam, die verstörten Gesichter der Umstehenden. Ludwig würde sie nie wieder schuldbewusst anschauen; nie wieder in der Küche um ein paar Leckereien bitten oder sich hinter der Truhe vor den Schlägen des Magisters verstecken. Er würde nie wieder nach Brugg zurückkehren, nie ein Mädchen im Arm halten und nie die Leitung der Köpperlin'schen Geschäfte übernehmen. Er würde ihr nie mehr ihre Lieblosigkeit verzeihen können. Die Bäume um sie herum schüttelten tadelnd die Köpfe, der Boden schwankte unter ihren Füßen. Jemand schob ihr den Arm unter die Schultern, führte sie zu einem Baumstumpf und half ihr, sich zu setzen.

«Fasst Euch, Frau Christine ... seine Seele ist bei Gott.» Es war der Zunftmeister. Er zog ein kleines ledernes Fläschchen aus seinem Wams und hielt es an ihre Lippen. «Hier, nehmt einen Schluck ... es ist Branntwein. Es wird Euch helfen.»

Währenddessen war Frick wieder aufgestanden. Er war totenblass, aber die Worte kamen deutlich von seinen Lippen.

«Es ist mein Sohn Ludwig. Was ist mit ihm passiert?»

Der Wundarzt setzte schon zur Antwort an, aber Valentin Vöhringer kam ihm zuvor.

«Niemand wird das noch herausfinden können, Frick. Er muss wochenlang tot oben in der Tanne gesessen haben.»

«Aber warum – so ein junger Bursche, warum sollte er auf einen Baum steigen und einfach sterben?» Frick Köpperlin hob die Stimme. «Ein kerngesunder Bursche, keine fünfzehn Jahre alt!»

«Es war Gottes Wille», antwortete Vöhringer. «Seine Wege sind oft schwer zu verstehen.»

In dem Augenblick schob der junge Vinz sich nach vorne. Er machte eine eckige Verbeugung vor Köpperlin und zog sich die Mütze vom Kopf.

«Verzeihung, Herr, wir haben ihn gefunden. Meine Schwester und ich und hier mein Freund Kaspar.» Er machte eine unbestimmte Handbewegung in die Richtung, wo die beiden anderen standen. «Ihr müsstet mich kennen, ich arbeite für Euch. Einer von der Suchtruppe.» Frick kniff verständnislos die Augen zusammen.

«Von der Suchtruppe?»

«Ihr hattet uns eingestellt, nach Eurem Sohn zu suchen und Erkundigungen anzustellen. Ihr wart immer sehr zufrieden mit mir. Und jetzt habe ich ihn gefunden.» Er richtete sich zu seiner vollen Größe auf: ein überraschend gutaussehender Bursche, gewandt und schlank, mit rotblondem Haar. «Ihr hattet eine Belohnung versprochen, fünf Gulden ... und jetzt ... ich meine, wir haben ihn gefunden, und dass er nicht mehr lebt, ist ja nicht unsere Schuld ...»

Ital Humpis war inzwischen auf die Lichtung zurückgekehrt. Bei Vinz' letzten Worten lief er rot an und schoss auf den Kerl zu.

«Du unverschämter Hund, wie kannst du dich unterstehen? Hier in Gegenwart des armen Toten ...» Aber Frick Köpperlin hob die Hand, und er verstummte.

«Ist schon – ist schon recht», presste Köpperlin hervor. «Komm morgen in mein Kontor. Ich werde veranlassen, dass das Geld an dich ausgezahlt wird.» Er trat unschlüssig von einem Fuß auf den anderen. «Was – was wird jetzt mit meinem Jungen?»

Humpis sah den Pfarrer an, der nickte kaum merklich.

«Wir lassen den Toten hier, wo wir ihn gefunden haben, solange unsere Untersuchung noch nicht abgeschlossen ist», entschied er. «Er soll in einen Sarg gelegt werden, der aus der Stadt gebracht wird. Rupp wird Wache halten, bis ihn ein anderer Stadtknecht ablöst. Und jetzt lasst uns die Jungfrau um Beistand bitten: Ave Maria, gratia plena ...»

Alle fielen ein; selbst Vinz und Kaspar murmelten leise mit.

Wenig später bewegte sich das Grüppchen zurück nach Ravensburg. Frick Köpperlin hatte den Kopf gesenkt und wankte eingehakt in den Arm des Bürgermeisters den Weg entlang; Christine ließ sich vom Stadtarzt an der Hand führen, aber sie sah nicht so aus, als würde sie irgendetwas von ihrer Umgebung wahrnehmen. Gerli beobachtete sie heimlich. Die Kaufmannsfrau hatte ihr ganzes Leben lang im Wohlstand gelebt und noch nie Sorge um das tägliche Brot gehabt. Sie wohnte in einem vornehmen Haus und war mit einem reichen Mann verheiratet, hatte Ringe an den Fingern und trug gediegene, ja kostbare Kleidung, wenn sie auch völlig gedankenlos zusammengestellt zu sein schien. Aber all das, all diese Vorteile und Reichtümer, um die Gerli sie heiß beneidete, hatten ihr nicht geholfen. All das hatte sie nicht beschützt vor dem Unglück, das ihr jetzt widerfahren war. Irgendwo, so dachte Gerli, gab es vielleicht doch eine grimmige Gerechtigkeit, die ihre Schläge ohne Ansehen der Person austeilte.

Schon nach wenigen Minuten kamen sie an der Stelle vorbei, wo sie heute Morgen die Vogelfalle aufgestellt hatten. Ein kleiner Buchfink klebte an der Leimrute; er musste schon lange verzweifelt um seine Freiheit gekämpft haben, denn er flatterte nur noch hin und wieder kraftlos auf. Vinz packte ihn im Vorübergehen, riss ihn ab und warf ihn achtlos ins nächste Gebüsch.

Wie ein Lauffeuer verbreitete sich in Ravensburg die Nachricht, dass der vermisste Ludwig Köpperlin tot auf einer Tanne im Haslachwald gefunden worden war. An den Straßenecken und in den Schänken, vor den Marktständen und auf dem Kirchhof – wo immer mehrere Leute aufeinandertrafen, blieben sie stehen und versuchten zu ergründen, was wirklich geschehen war. War der Junge auf den Baum geklettert und hatte sich dort so unglücklich in dem Seil verfangen, dass er daran erstickt war? Hatte er – was Gott verhütet haben möge – in teuflischer Umnachtung selbst Hand an sich gelegt? Oder war er etwa ermordet worden? Der Wundarzt verbreitete jedenfalls voller Überzeugung, dem Jungen seien vor seinem Tode schwere Verletzungen zugefügt worden.

Gerli, Vinz und Kaspar als unmittelbare Zeugen der ganzen Angelegenheit fanden sich plötzlich im Mittelpunkt des allgemeinen Interesses wieder. Kaum, dass sie auf die Straße traten, waren sie auch schon von einer Traube von Menschen umringt, die mit allen möglichen neugierigen Fragen auf sie eindrangen. Vor allem Vinz genoss diese ungewohnte Aufmerksamkeit, und jedes Mal, wenn er die Geschichte erzählte, kam eine neue Einzelheit dazu.

«... da war so ein merkwürdiges Leuchten, als sie den Leichnam auf den Boden gelassen haben. Wie wenn ein Licht aus ihm herausstrahlen würde.» Er musterte seine Zuhörer mit feurigem Blick. «Wie wenn etwas Wunderbares einen berührt.»

«Und die Wundmale? Hast du auch die Wundmale gesehen?», rief einer zu ihm herüber. «Sie sollen geblutet haben, sobald der Pfarrer gebetet hat! Stimmt das?»

Vinz schien einen Augenblick unschlüssig, aber dann nickte er langsam.

«Wenn ihr mich fragt, da ist etwas Eigenartiges vorgegangen. Etwas – etwas Heiliges.»

«Der Junge soll ja erst kurz vor seinem Verschwinden in einem Judenhaus gewesen sein», bemerkte eine junge Frau, die ein Kind in ihrem Tuch auf dem Rücken trug. «Hinten in der Judengasse.»

«Und Aaron Jud ist erst letzte Woche mit seinem Karren in den Wald gefahren, und ich frag ihn noch: He, Aaron, was bringst du da in den Wald hoch? Da sagt er mir, er wollt sich Quellwasser holen. Quellwasser!» Der hagere Handwerksgeselle, der das erzählt hatte, sah Zustimmung heischend in die Runde. «Da stimmt doch was nicht, darauf wette ich meine Hosen!»

Jeder der Umstehenden schien darauf etwas antworten zu wollen; das allgemeine Gemurmel schwoll an, bis Vinz die Hand hob.

«Der Rat wird eine Untersuchung einleiten!», verkündete er wichtig. «Frick Köpperlin selbst hat zu mir gesagt: ‹Vinz, ich bin dir sehr dankbar. Ohne dich würde der arme Junge immer noch oben in seiner Tanne sitzen. Du hast dir deine Belohnung redlich verdient.› Und die hole ich jetzt ab, die Belohnung. Hier auf die Hand!» Jemand aus der zweiten Reihe begann Beifall zu klatschen, und nach und nach schlossen die übrigen Zuhörer sich an. Beflügelt von der Begeisterung seines Publikums machte sich Vinz auf den Weg in die Marktstraße.

Kurze Zeit später fanden sich Vinz, Gerli und Kaspar im Geschäftskontor von Frick Köpperlin ein, um sich von seinem Angestellten auszahlen zu lassen. Der Handelsdiener machte ein Gesicht, als gehe es um sein eigenes Geld, das hier den Besitzer wechselte.

«Wem von euch soll ich das Geld jetzt geben?», fragte er mürrisch. Vinz lächelte herablassend.

«Ich bekomme zwei Gulden. Gib mir Schillinge.» Er hielt den Beutel auf und ließ sich die Münzen hineinzählen. Kaspar, der nach Vinz' Meinung am wenigsten mit dem Leichenfund zu tun hatte, durfte sich immerhin noch über einen Gulden freuen. Er hatte ein dickes Veilchen am rechten Auge; es war nicht ganz einfach gewesen, ihn von der Richtigkeit dieser Aufteilung zu überzeugen, aber gegen Vinz hatte er sich nicht durchsetzen können.

«Und das Mädchen dann noch einmal zwei Gulden?» Der Handelsdiener verzog das Gesicht, als hätte er Zahnschmerzen. «Aber Schillinge habe ich nicht mehr.»

«Dann – dann gib mir zwei richtige Gulden!» Gerlis Wangen glühten, als sie die beiden schimmernden Münzen in Empfang nahm. Am liebsten hätte sie sie gestreichelt. Das war Gold, echtes, kostbares, glänzendes Gold, wie es Kaiser und Könige im Beutel trugen! Sie hielt eine Münze zwischen den Fingern und betrachtete verzückt, wie das Licht der Tranlampe sich darin spiegelte, bis der Angestellte mit einem lauten Knall seine Geldtruhe zuklappte.

«Und jetzt raus mit euch. Ich hab weiß Gott noch anderes zu tun, als mich den ganzen Tag mit solchen Rumtreibern zu befassen.» Er wies ihnen die Tür; Vinz verbeugte sich spöttisch und sprang auf die Straße.

«Ich bin reich!», brüllte er, sodass die zwei Fischverkäufer, die gerade ihre Körbe im Brunnen gegenüber spülten, überrascht aufsahen. «Heute kauf ich mir neue Kleider, und dann lass ich mich vollaufen, bis ich besoffen von der Bank kippe!»

«Sicher lädst du mich ein, was, Vinz?», rief Kaspar. «Schließlich hast du einen viel besseren Schnitt gemacht als ich.»

«So siehst du aus, du Mistkäfer! Kannst ja selbst kaum laufen vor lauter Silber in den Taschen.»

«Na komm, wer wird denn so kleinlich sein?» Kaspar hatte seine Hand schon fast in Vinz' Gürteltasche, da versetzte dieser ihm einen Stoß und setzte sich in Trab.

«Versuch doch, ob du mich kriegst!» Sie jagen sich durch die Gassen wie zwei kleine Jungs, dachte Gerli verärgert, während sie hinter ihnen herlief. Zwar war sie deutlich kleiner, aber schnell und geschickt, und während Kaspar irgendwann fluchend stehen blieb, hatte sie selbst Vinz erreicht, als er am Seelhausbad in der Unterstadt endlich haltmachte.

«So ein kleiner Scheißer!», grinste Vinz. «Will mir mein sauer verdientes Geld aus der Tasche ziehen! Als ob ich selbst nicht genau wüsste, was ich damit machen will.» Gerli hielt ihn am Ärmel fest, bevor er wieder loslaufen konnte.

«Vinz, wir hatten doch besprochen, dass das Geld für deinen Lehrvertrag in der Papiermühle sein soll!»

«Hatten wir das?» Er lächelte so unschuldig, als könnte er kein Wässerchen trüben. «Komisch, ich erinnere mich gar nicht daran. Muss am Durst liegen.»

Gerli kam die Galle hoch.

«Willst du wirklich so blöd sein und dein ganzes Geld

zum Fenster rauswerfen, nur um in ein paar Wochen so jämmerlich dazustehen wie die letzten Jahre?», fauchte sie. «Hier hast du einmal eine gute Gelegenheit, aus deinem Leben mehr zu machen als einen Haufen Mist! Dieses Geld ist für deine Lehre und damit Schluss!»

Ihr Bruder verschränkte die Arme vor dem Oberkörper und zog die Augenbrauen zusammen.

«Zum ersten Mal habe ich ein bisschen Geld in der Hand, Gerli. Zum allerersten Mal so viel, dass es für mehr reicht als zum Überleben. Glaubst du wirklich, das lass ich mir von dir wegnehmen für die Aussicht, die nächsten fünf Jahre für irgendeinen feinen Herrn schuften zu dürfen wie ein gottverdammter Esel? Nur um irgendwann mit krummem Buckel und Waschfrauenhänden dazustehen wie dein geliebter Papierer? Und dann weiterzuschuften, bis ich in die Grube falle?»

Vor Wut konnte Gerli kaum einen klaren Gedanken fassen. Alles, was ihr durch den Kopf fuhr, war, dass Vinz diese Gelegenheit, diese vielleicht einzige gute Gelegenheit in seinem Leben, für einen Satz Geckenkleider und ein paar Räusche mit seinen Trinkkumpanen vergeuden wollte. Sie hob die Hand und schlug ihn ins Gesicht, so fest sie konnte.

«Dann verschwinde, du Trottel! Hau ab und lass dich nie wieder bei mir blicken! Und glaub nicht, ich nehm dich wieder auf, wenn du in ein paar Wochen mit leeren Händen vor meiner Tür stehst und flennst!» Sie drehte sich um und schlug den Weg zu ihrer Kammer ein. Schon nach wenigen Schritten hörte sie Vinz hinterherkommen.

«Gerli, warte doch!» Da stand er schon vor ihr, das entschuldigende Kinderlächeln auf den Lippen, das sie so gut kannte. «So hab ich es doch nicht gemeint. Ich – meinst du nicht, es reicht, wenn wir die Hälfte für den Papierer nehmen? Ich würde mir so gern mal etwas Neues kaufen! Und du könntest auch ein schönes Kleid brauchen.» Er nahm sie bei den Schultern und zog sie eng zu sich heran. «Du kannst mich doch nicht einfach so rausschmeißen, nach allem, was wir zusammen durchgemacht haben!»

Gerli wusste, dass es ein Fehler war, schon wieder nachzugeben, aber jedes Mal, wenn Vinz sie in diesem Ton um etwas bat, konnte sie nicht anders. Er ist ja auch irgendwie noch ein Kind, dachte sie. Ich darf nicht zu streng mit ihm sein. Sie nickte langsam.

«Na gut, Vinz. Dann gib mir die Hälfte von deinem Geld. Zusammen mit meinem Anteil sind es immer noch drei Gulden, vielleicht reicht das ja.» Vinz küsste sie auf die Wange.

«Gerli, du bist die beste Schwester, die man sich nur wünschen kann.»

16

Und vergib uns unsere Schuld ... Christine kniete in dem Beet, das sie zur Aussaat vorbereitet hatte, und lauschte auf die Glocken. Von der Liebfrauenkirche her dröhnte der Stundenschlag zu ihr herüber und rollte über sie hinweg, von Sankt Jodok und dem Karmeliterkloster, von Sankt Christina oben am Berg und sogar von Weingarten und Weißenau. *Vergib uns unsere Schuld!* Die Glocken läuteten nur für sie, läuteten, um sie am Vergessen zu hindern. Sie ließ ihr Schäufelchen fallen und hielt sich die Ohren zu, aber es war zu spät: Das Läuten war schon in ihrem Kopf, und nirgendwo konnte sie sich vor ihm verbergen. *Schuld*, dröhnten die Glocken, *du bist schuld!*

«Was soll ich denn tun?», rief Christine dagegen an. «Mein Gott, was soll ich denn tun?» Gehetzt blickte sie sich um. Überall in den Streuobstwiesen rings um die Stadt zeigten sich die Bäume in voller Frühlingspracht; Bienen summten um die duftigen rosa Blüten, und die Wiesen darunter schäumten gelb von Löwenzahn. Die Bäume öffneten ihre Knospen in tausend verschiedenen Arten von Grün und wiegten sich verführerisch im Maiwind. In den Beeten hier im Garten waren unzählige winzige Sämlinge aufgegangen und reckten sich der Sonne entgegen, und am Zaun leuchteten Akelei und Vergissmeinnicht, Lichtnelken und Schlüsselblumen. Alles strotzte vor Fruchtbarkeit und Leben, und die verschwenderische Schönheit verbrannte Christine das Herz. Eine Sühne, dachte sie. Was nur kann ich tun, um meine Schuld zu sühnen?

Da fiel ihr Blick auf das Körbchen mit den Werkzeugen, und sie stand langsam auf und nahm die Schere heraus, die einfache Schere, die sie einem Schneider abgekauft hatte. Christine stolperte zu den Spalieräpfeln hinüber, die sie vor vier Jahren gepflanzt und seitdem sorgfältig an ihren Gerüsten befestigt und hochgezogen hatte. Im letzten Jahr hatten sie schon die ersten Früchte getragen. Sie hob die Schere und schnitt den ersten Ast ab, dann den nächsten und wieder den nächsten, bis nur noch die nackten Stämmchen vor ihr standen. Fast sah es komisch aus, wie die abgeschnittenen Zweige noch an den Bindseilen hingen. Die frischen Blättchen und aufreizenden Blüten wussten nicht, dass sie in den nächsten Stunden verdorren würden. Für die Stämmchen selber war die Schere zu klein, gerade dass Christine es schaffte, ein wenig von der Rinde abzulösen. Akelei und Lichtnelken zerstörte sie mit der Schaufel, für die kleinen Keimlinge nahm sie die Harke. Die Schönheit, dachte sie. Ich habe diese Schönheit nicht verdient. Sie arbeitete wie im Rausch, bis jeder Quadratzoll des Gartens umgewühlt, jeder Baum verstümmelt, jede Staude entwurzelt war. Nur die Rose stand noch am Zaun und sah Christines Treiben ungerührt zu. Es war noch zu früh für Rosenblüten, aber die Pflanze hatte schon dicke Knospen und war über und über mit feinen roten Trieben besetzt. Sie würde überreich blühen dieses Jahr und ihren süßen, verführerischen Duft aussenden. Christine verstand, dass sie dieses mit ihren eigenen Händen tun musste. Sie beugte sich über den Strauch und pflückte langsam die Knospen ab, Stück für Stück, blätterte sie auf, zerbröselte sie zwischen den Fingern. Dann riss sie die einzelnen Seitenzweige herunter. Die Stacheln kratzten und bohrten sich in ihre Haut, aber sie hielt nicht inne.

Schließlich blieb nur noch, den gesamten Stock mit all seinen tiefen Wurzeln aus der Erde zu ziehen. Das Blut lief ihr über die Hände, die Haut hing in Fetzen, aber sie spürte es nicht. Sie musste diese Rose herausreißen, musste sie herauslösen aus der Umarmung der Erde und der Zerstörung preisgeben. Mit ihrem ganzen Gewicht stemmte sie sich gegen den Boden, zerrte, zog, bis sie schließlich mit einem Strunk von abgerissenen Wurzeln in der Hand rückwärts fiel. Aus den Wurzelresten wird sie wieder austreiben, dachte Christine benommen. Ich habe es nicht geschafft. Wie soll ich nur die Wurzeln alle herausbekommen? Tränen liefen ihr übers Gesicht. Sie hockte auf der Erde, presste die stacheligen Rosenzweige gegen ihre Wangen, rieb sich daran. Du kannst es nicht herausreißen. Es ist zu tief verwurzelt, es wird ewig bleiben, ewig, ewig ...

«Frau Christine, um Gottes willen!»

«Ich habe es nicht geschafft», murmelte Christine. «Ich hab's versucht, aber ich habe es nicht geschafft.»

Jemand riss ihr fast grob die Zweige aus den Händen.

«Frau Christine, was tut Ihr da? Hört auf!» Verständnislos blickte sie zu dem Mann, der ihre Hände festhielt, und schüttelte den Kopf.

«Ich bin noch nicht fertig ... ich muss ...»

Der Mann zog sie in seine Arme und hielt sie fest.

«Ist ja gut – ist ja alles gut.»

«David», murmelte Christine. «Du darfst hier nicht sein,

hier in meinem Garten ...» Darum ging es doch, oder nicht? Sie versuchte ihn wegzuschieben, aber ihre Hände zitterten; alle Kraft war aufgebraucht.

«Ich bin Valentin Vöhringer, Frau Christine. Der Stadtmedicus. Habt keine Angst. Ich bringe Euch nach Hause, dort kann ich die Wunden saubermachen und die Stacheln herausziehen.»

Er tupfte ihr mit dem Ärmel das Blut vom Gesicht.

«Ich will hierbleiben», flüsterte Christine. «Lasst mich hierbleiben, bitte! Ich will nicht zurück!» Ohne auf ihre Worte zu achten, hob Vöhringer sie hoch und stellte sie auf ihre Füße.

«Wir müssen los. Kommt.» Er schob sie vor sich her; willenlos setzte sie Fuß vor Fuß. Sie sah ihn das Gartentörchen schließen, spürte seine Hand unter ihrem Ellbogen. Ich darf nicht mitgehen, dachte sie noch, aber sie wehrte sich nicht.

«Vöhringer! Was ist los? Komm herein!» Überrascht ließ David Jud den Besucher eintreten. Sie kannten sich schon lange; der Stadtmedicus hatte den jüdischen Arzt häufig zu Hause aufgesucht, um seine fachkundige Meinung in einem schwierigen Fall einzuholen oder ihn um eine besondere Medizin zu bitten, ja, mit der Zeit hatte sich so etwas wie Freundschaft zwischen ihnen entwickelt.

Vöhringer ließ sich auf die Wandbank fallen, nahm seinen Hut ab und fuhr sich mit beiden Händen durch das dicke Haar. Auf seinem Mantel waren einige dunkle Flecken, die man erst auf den zweiten Blick als Blut erkannte.

«Ich habe gerade eine Patientin gesehen, David, oben in der Marktstraße.» Oben in der Marktstraße, das musste gar nichts bedeuten, sagte sich David, aber er spürte plötzlich einen unangenehmen Druck in der Magengegend. Er schöpfte einen Becher voll Wein und drückte ihn dem Besucher in die Hand.

«Hier, trink erst mal! Du siehst furchtbar aus. Eine Patientin von dir? Brauchst du Hilfe?»

Der Stadtmedicus nahm einen zögernden Schluck.

«Ich habe sie zufällig gefunden, als ich von Weißenau zurückkam, in ihrem Garten vor der Stadtmauer. Sie hatte sich bei der Gartenarbeit verletzt.»

«Bei der Gartenarbeit», wiederholte David. Er konnte nicht verhindern, dass sein Herz schneller schlug. Aber fast jede Familie hat einen Garten vor den Toren, sagte er sich. Es hatte nichts zu bedeuten. Vöhringer brauchte Rat, mehr nicht. «Soll ich sie mir einmal ansehen?» Abwehrend hob Vöhringer die Hände.

«Es ist Frau Christine Köpperlin, die Stiefmutter dieses – dieses Jungen, den sie vor ein paar Tagen gefunden haben. Ich glaube, es wäre besser für dich, Abstand zu der Familie zu halten – nach allem, was geschehen ist.»

David nickte langsam. Genau das war es ja, wozu er sich zwang, obwohl er sich nichts mehr wünschte, als zu Christine zu laufen, so schnell er konnte, und ihr den Schmerz zumindest erträglicher zu machen. Aber es war nicht gut; er durfte es nicht. Er hätte taub sein müssen, um nicht die zahlreichen Gerüchte zu hören, die den Tod des Jungen mit der kleinen jüdischen Gemeinde in Verbindung brachten.

«Warum bist du dann gekommen?», fragte er dumpf. Er fühlte sich, als hätte er gerade eine ganze Karaffe mit Gift geleert. Vöhringer wich seinem Blick aus.

«Ich wollte dich um ein Fläschchen von der Opiumlösung bitten, die du mir schon einmal gegeben hast ... Frau Christines Wunden scheinen mir zwar nicht sehr gefährlich zu sein, aber es geht ihr trotzdem schlecht. Sie ist ganz verwirrt und verängstigt – eine schwere Melancholie, denke ich. Die Mägde glauben, ein böser Geist sei in sie gefahren, und wollten schon einen Geistlichen rufen, dass er ihn ihr austreibt, aber ich konnte sie überzeugen, zunächst auf Frick Köpperlins Rückkehr zu warten.»

«Ihr Mann ist nicht da?»

«Nein. Er ist für zwei Tage nach Augsburg gereist. Ich habe nicht viel Erfahrung mit solchen Krankheiten, David ... fürs Erste habe ich ihr heiße Kräuterbäder verordnet.»

«Ja – ja, sicher», stammelte David. «Ein heißes Bad gegen das Übermaß der trockenen Kälte. Sicher wird es helfen.» Er stand langsam auf und ging hinüber zu der kleinen Truhe, in der er seine Medikamente aufbewahrte.

«Wir haben lange miteinander geredet», sagte Vöhringer unvermittelt. «Sie hat mich kaum erkannt ... vermutlich hätte sie mit jedem geredet. Sie glaubt, dass sie schuld ist am Tod des Jungen. Es sei eine Strafe Gottes für ihre Verfehlungen. Sie hat sich selbst verletzt, um dafür zu büßen.»

David war froh, dass er Vöhringer gerade den Rücken zuwendete. Er kramte in seiner Truhe und hatte endlich das Fläschchen gefunden. Viel war nicht mehr darin.

«Was ist das nur für ein Gott, an den ihr glaubt?», stieß er nun heftig hervor.

Vöhringer fasste ihn scharf ins Auge.

«Vielleicht solltest du die Stadt verlassen, David. Vielleicht sogar ihr alle, aber am ehesten du.»

«Wie meinst du das?»

Valentin Vöhringer entwand das Fläschchen Davids schweißnassen Händen und steckte es ein.

«Ich war dabei, als sie den Leichnam des Jungen von diesem verfluchten Baum heruntergeholt haben», sagte er leise. «Sie hatten ihn noch nicht ganz bis zum Boden heruntergelassen, da lag schon das böse Wort vom Kindermord in der Luft. Der Wundarzt war sich sicher, man hätte den Jungen vor seinem Tod mit Messern traktiert und ihm die Hoden abgeschnitten.»

«Und du, Valentin? Was meinst du?»

«Der Körper muss monatelang da auf dem Baum gewesen sein. Er war schon stark verwest, und die Vögel und was weiß ich für Tiere noch hatten an ihm herumgefressen. Man kann unmöglich sagen, wie er ums Leben gekommen ist. Vielleicht war es einfach ein Unfall. Aber –»

David fuhr auf.

«Aber was?»

«David, ich bin dein Freund. Du kannst sicher sein, dass ich alles tun werde, um jedem Verdacht gegen euch entgegenzutreten. Aber es ist sehr schwer, ein solches Gerücht wieder aus der Welt zu schaffen – die einfachen Leute werden nur zu bereitwillig glauben, dass der Junge von euch Juden geopfert worden ist, weil er ein Christ war. In der Stadt wird schon verbreitet, dass man ihm vor seinem Tod die Wundmale Christi beigebracht habe und dass ihr sein Blut für irgendwelche schrecklichen Rituale vergossen habt – die wildesten Gerüchte! Und wenn du außerdem noch einen Patrizier gegen dich aufgebracht hast, dann kann leicht eine Situation entstehen –» Der Satz blieb unvollendet. «Ich mache mir Sorgen um dich.»

David Jud wich Vöhringers Blick aus.

«Die junge Frau meines Bruders erwartet ihr erstes Kind», sagte er langsam. «Und mein Vater ist so alt geworden, dass man ihm eine Reise in eine ungewisse Zukunft nicht mehr zumuten kann.»

«Aber du, David?»

David schloss die Augen.

«Alles, wofür es sich zu leben lohnt, ist hier», antwortete er langsam. Vöhringer wartete, dass er noch mehr sagte, nickte dann ergeben und griff nach seinem Hut.

«Ich hoffe, das Opium wird sie so beruhigen, dass sie lange schläft und wieder bei sich ist, wenn sie aufwacht», sagte der Medicus, als nähme er ein unterbrochenes Gespräch wieder auf. «Du kennst so viele Behandlungsmethoden und Tränke, von denen ich selbst an der Universität nie etwas gehört habe. Gibt es vielleicht noch etwas, das ich beachten sollte?»

«Sag ihr, dass ich in Gedanken bei ihr bin», antwortete David unerwartet. «Und tu alles, was du kannst.»

«Das werde ich tun.»

David nahm seine Hand und drückte sie kurz.

«Dank dir, Valentin», flüsterte er. Plötzlich, der Stadtmedicus war schon fast an der Tür, durchzuckte ihn ein Gedanke. «Warte noch! Der alte Köpperlin ist nicht da, sagst du?»

Zögernd drehte Vöhringer sich um.

«Nein.»

David musterte seinen Freund von Kopf bis Fuß: die gleiche Größe, eine ähnliche Statur. Er stand auf.

«Leih mir deinen Mantel, Valentin. Wenn ich die Kapuze ins Gesicht ziehe, dann werden sie glauben, dass du es bist.»

«Das ist Unsinn und gefährlich dazu, und du weißt

es!», antwortete Vöhringer scharf. «Das Leben von Christine Köpperlin ist nicht in Gefahr; was getan werden muss, kann ich selbst tun. Die halbe Stadt glaubt, dass ihr dieses Kind umgebracht habt. Was, denkst du, werden sie glauben, wenn du verkleidet bei seiner kranken Stiefmutter auftauchst? Stell dir vor, sie stirbt!»

«Gerade noch hast du behauptet, ihr Leben ist nicht in Gefahr.»

«David.» Der Stadtmedicus sah ihn bittend an. «Du bist doch kein Tor, dann begeh auch nicht so eine Torheit. Du bringst dich in Gefahr, deine Familie und mich auch. Tu's nicht.»

«Ich will sie sehen, Valentin. Es wird nichts passieren, ich schwöre es dir. Gib mir deinen Mantel.» Er streckte die Hand aus. Widerwillig zog Valentin Vöhringer seinen Mantel aus und reichte ihn ihm herüber.

«Aber nur eine Stunde, David», sagte er. «Ich warte hier auf dich. Sei in spätestens einer Stunde wieder hier.»

«Ich versprech's dir.» David schlüpfte in den Mantel und zog sich die Kapuze über den Kopf. Wenn er sich leicht nach vorne neigte, war von seinem Gesicht nichts mehr zu sehen.

«Es könnte klappen», gab Vöhringer zu. «Hier, nimm noch meine Schuhe. Die Mägde schauen doch immer zuerst auf die Schuhe, dass ihnen keiner die Dielenbretter schmutzig macht.»

«Danke», sagte David noch und verschwand.

Kurze Zeit später wanderte er durch die Stadt zur Marktstraße. Wildfremde Leute grüßten, wenn er vorbeiging, und vielleicht die gleichen Kinder, die ihn noch vor kurzem mit

Dreck beworfen hatten, verneigten sich jetzt. Der Stadtmedicus schien ein angesehener Mann zu sein. Auch im Haus der Köpperlins bat man David sofort herein. Er bemühte sich, die helle Stimme Vöhringers nachzuahmen, als er mit der Hausmagd sprach.

«Und, wie geht es deiner Hausfrau?»

«Unverändert, Herr Medicus. Sie hat nichts gegessen, nichts getrunken und spricht nicht mit uns. Das Kräuterbad, das Ihr verordnet habt, wird bald fertig sein, aber ich weiß nicht, wie wir sie da hineinbekommen sollen, wenn sie sich weiterhin so steif macht. Ich konnte ihr ja nicht mal das Hemd ausziehen! Ich hab gleich gedacht, wie ich sie gesehen habe, wie sie so wirr losgelaufen ist: Was will sie denn in dem Zustand in ihren Garten? Da kommt nichts Gutes bei raus, hab ich gedacht. Da muss man –»

«Dank dir für die Auskunft. Es ist genug.» Wo, um alles in der Welt, mochte die Schlafstube nur sein? Er hätte Vöhringer danach fragen sollen. Die Magd, die beleidigt war, weil er ihrem Redeschwall ein Ende gesetzt hatte, schien die Lust verloren zu haben, ihn weiter zu begleiten. Sie zeigte mit der Hand auf eine Tür am oberen Ende der Treppe.

«Geht nur hinein. Sie merkt es wahrscheinlich gar nicht.»

David nickte bedächtig.

«Sorg dafür, dass ich nicht gestört werde.» Er stieg die Stufen hoch, öffnete die Tür und trat ein.

Christine lag auf dem Rücken auf ihrem Bett, die weit geöffneten Augen auf die Zimmerdecke gerichtet. Sie war mit Hemd und Strümpfen bekleidet, und ihre bloßen Arme und Hände waren über und über bedeckt mit Kratzern und Wunden. Neben ihrem Bett auf einem Hocker standen ein

Becher und eine Karaffe mit Wasser; ein weißes Leintuch mit zahlreichen blutigen Flecken war hineingetaucht. Offenbar hatte Vöhringer damit die Wunden gewaschen. Vorsichtig legte David den Mantel ab und trat näher heran.

«Christine», sagte er leise. Sie reagierte nicht. Jetzt, wo er gleich neben ihr stand, konnte er auch die tiefen Kratzer in ihrem Gesicht erkennen. Ein Riss, der an der Schläfe begann, ging haarscharf am Auge vorbei. Er konnte sich nicht erklären, wie diese Verletzungen zustande gekommen waren. Behutsam setzte er sich auf den Rand des Bettes, griff nach ihrer linken Hand und hielt sie fest, als sie sofort versuchte, sie wieder zurückzuziehen.

«Christine, kannst du mich verstehen?»

Unendlich langsam wandte sie den Kopf.

«Geh weg», wisperte sie. «Ich will allein sein.»

«Christine, du bist verletzt.» Er nahm das Leintuch und tupfte sanft über ihre Schläfe, wo aus einer kleinen Schürfwunde immer noch Blut hervorquoll. «Ich will sicher sein, dass du gut versorgt bist. Ich habe eine Medizin mitgebracht, die dich zur Ruhe kommen lässt.»

Jäh richtete Christine sich auf und sah ihn an.

«Ludwig ist tot», sagte sie laut. «Ich habe ihn selbst gesehen. Er hat seit Wochen tot auf einem Baum gesessen.» In ihrem bleichen Gesicht leuchteten die blutigen Spuren wie makabre Schminke. David nickte langsam.

«Ja, er ist tot. Aber es ist nicht deine Schuld und nicht meine. Es war nicht Gottes Hand, die ihn auf diesen Baum gebracht hat. Es war wahrscheinlich ein Unfall. Ein schrecklicher Unfall.»

«Ein Unfall», wisperte Christine. Plötzlich krümmte sie sich zusammen, zog die Beine an und presste die Stirn gegen die Knie. Sie fing an zu schluchzen, ihre Schultern zuckten. David streckte die Hand aus und berührte ihren Nacken; sie ließ es geschehen, und schließlich zog er sie in seine Arme und hielt sie fest.

«Es wird alles gut werden», flüsterte er ihr ins Ohr und streichelte ihren Rücken. «Es wird alles gut, mein Herz ...» Er spürte, wie sie sich langsam, ganz langsam beruhigte, während der Stoff an seiner Brust feucht wurde. Schließlich schob er sie sanft zurück und streifte mit den Lippen ihre Schläfe. Es schmeckte nach Blut.

«Du brauchst keine Angst zu haben, Christine», sagte er beschwörend. «Ein furchtbares Unglück ist geschehen, aber es war nicht deine Schuld. Und jetzt musst du schlafen und wieder gesund werden.» Er zog das Fläschchen mit der Opiumlösung aus seiner Gürteltasche, träufelte ein wenig davon in den Becher Wasser und reichte ihn ihr. «Trink das aus, und wenn du wieder wach wirst, wird es dir bessergehen.»

Gehorsam nahm sie den Becher und setzte ihn an die Lippen.

«Ich habe dem Medicus alles erzählt», flüsterte sie, bevor sie den ersten Schluck nahm. «Ich musste es tun ... ich konnte es nicht länger ertragen ...»

«Es ist gut. Mach dir keine Gedanken. Vöhringer ist ein Freund, er wird uns nicht verraten. Und jetzt trink.» Sie leerte den Becher und hielt sich an seiner Hand fest.

«Bleib bei mir, David», sagte sie. «Lass mich nicht allein!»

«Nein, ich warte bis die Medizin gewirkt hat.» Er beobachtete, wie sie langsam einschlief, schlüpfte dann wieder in den Mantel und verließ ungesehen das Haus.

«Hier, drei Gulden. Drei Gulden, das reicht, nicht wahr?» Gerli hielt Jost den Beutel mit den Münzen vor die Nase. Sie saßen sich in der Leimküche gegenüber; die Papiermühle stand still, denn Frick Köpperlin hatte zu Ehren des Toten eine Arbeitsruhe von einer Woche angeordnet. Wie blass und ungesund der Papierer aussah!, dachte Gerli. Dunkle Ringe lagen um seine Augen, und die Haut war eingesunken und schuppig. Er wirkte, als hätte er nächtelang nicht geschlafen.

«Drei Gulden?», fragte er jetzt in einem Ton, als hätte er noch niemals eine Münze in der Hand gehabt.

«Ja, drei Gulden.» Gerli bemühte sich, Zuversicht und Entschlossenheit in ihre Stimme zu legen. «Drei Gulden Lehrgeld für meinen Bruder Vinz. Du hast gesagt, dass du ihn als Lehrbuben aufnimmst, wenn ich das Geld zusammenbringe.»

Jost starrte ausdruckslos vor sich hin. Sie versuchte es weiter.

«Es ist das Geld, das wir von Köpperlin bekommen haben, als Belohnung dafür, dass wir den Jungen im Wald gefunden haben.» Davon musste er einfach gehört haben, selbst wenn er die Papiermühle nur zu einem Gang in die Kirche verlassen hatte: Die ganze Stadt redete ja über nichts anderes mehr.

«So.» Wenigstens schien er aus seiner Teilnahmslosigkeit aufzuwachen. «Du hast ihn gefunden, hab ich mir sagen lassen?»

Sie nickte.

«Ich hab ihn als Erste gesehen, an dem Tag, als wir die Vögel fangen wollten. War ein Zufall. Plötzlich hing da eine Hand von der Tanne runter.»

«Und – und sonst? Hast du sonst etwas bemerkt?»

Sie zuckte mit den Schultern.

«Wenn ich ehrlich bin, war ich so furchtbar erschrocken, dass ich auf nichts anderes mehr geachtet habe. Nur auf den Gestank. Es stank nach verrottetem Fleisch.» Josts Wangen verfärbten sich grünlich; er ächzte. Gerli schenkte ihm schnell einen Becher Wein ein und schob ihn über den Tisch.

«Hier, trink das! Du siehst krank aus. Willst du dich nicht lieber hinlegen?»

«Es geht schon.» Der Papierer trank, aber seine Finger zitterten, und ein großer Teil des Weins tropfte ihm auf das Wams. «Es ist nur – diese ganze Sache nimmt mich entsetzlich mit. Schließlich habe ich den Jungen gekannt. Du weißt ja, wie oft er hier in der Mühle gewesen ist. Hat sich immer sehr für die Papiererei interessiert.»

Gerli nickte überrascht. Sie hatte nicht geahnt, dass Jost und der junge Köpperlin sich so nahegestanden hatten, im Gegenteil: Wie oft hatte der Papierer über den ungeschickten Burschen geschimpft, der zu nichts zu gebrauchen war und noch über die eigenen Füße stolperte!

«Das ist anständig von dir, dass du so denkst», sagte sie schließlich. «Aber es hilft ja nichts, wenn du selbst dabei vor die Hunde gehst. Davon wird er nicht wieder lebendig.»

«Nein», flüsterte der Papierer. «Das wird er nicht.» Er atmete schwer. «Und wie, sagst du, ist er ums Leben gekommen?»

«Keiner weiß es so genau.» Gerli rückte zu Jost hinüber und legte ihm den Arm um die Schultern. Er sollte wissen, dass er sich auf sie verlassen konnte, wenn es ihm so schlechtging. «Manche glauben, es war ein Unfall. Oder er hätte sich selbst erhängt.» Sie senkte die Stimme. «Aber viele sagen, er sei gefoltert und umgebracht worden.»

«Gefoltert?» Einen Augenblick glaubte Gerli, Jost würde gleich besinnungslos von der Bank fallen, aber dann hatte er sich wieder im Griff.

«Na ja, der Wundarzt meinte, er hätte Stiche an der Leiche gefunden, und jemand hätte dem Jungen die Eier abgeschnitten.»

Jost zuckte zusammen. Wie zufällig ließ Gerli ihre Hand zu seinem Schritt wandern und drückte ihn sanft. Sie würde den Papierer schon wieder aufmuntern und ihm zeigen, was er an ihr hatte, dachte sie. Aber es kam keine Reaktion. Stattdessen nahm er noch einen Schluck.

«Und, haben sie schon einen Verdächtigen?», fragte er dumpf.

Enttäuscht zog sie die Hand zurück.

«Ein paar Leute haben gesagt, die Juden wären es gewesen. Aber das kann ich mir nicht vorstellen.»

Plötzlich wandte Jost sich zu ihr und fasste sie bei den Schultern.

«Würdest du mit mir dorthin gehen, Gerli? Zu der Stelle, wo ihr ihn gefunden habt, im Haslach?»

Unwillkürlich lief Gerli ein Schauder über den Rücken.

«Wenn du unbedingt willst», antwortete sie unbehaglich. Sie hatte sich eigentlich geschworen, nie wieder einen Fuß in diesen vermaledeiten Wald zu setzen. «Aber vorher schließen wir noch den Lehrvertrag für Vinz ab, nicht wahr?»

«Ein richtiger Vertrag, das dauert ein paar Tage. Das kann ich nicht so schnell.» Der Papierer sprach so langsam, als müsste er jedes Wort neu erfinden.

«Ich kann sowieso nicht lesen», antwortete Gerli. «Wir besprechen es hier, du kriegst das Geld, wir geben uns die Hand darauf, und dann gilt es. Schriftlich aufsetzen kannst du es ja immer noch.»

Jost nickte verkrampft.

«Dann – fünf Jahre Lehrzeit», sagte er. «Er muss seinem Meister und den Gesellen gehorsam sein und fleißig und jede Arbeit tun, die ihm aufgetragen wird. Und er muss hier in der Mühle wohnen.»

Gerli griff nach der schlaffen Hand des Papierers und schüttelte sie.

«Abgemacht!» Sie konnte zufrieden sein, dass er über das Lehrgeld nicht mehr verhandeln wollte, sagte sie sich. Drei Gulden, das war eigentlich zu wenig. Sie *musste* zufrieden sein.

Er stand auf und nahm seine Kappe von dem Haken an der Wand.

«Lass uns jetzt gehen.»

Stumm wanderten sie nebeneinanderher, das Flattbachtal ein Stück hinunter und dann hoch zum Haslach. Jost hielt Gerlis Hand fest umklammert, seine Finger waren schweißig. Sie waren noch keine Stunde gelaufen, da sahen sie schon die Lichtung vor sich, auf der einer der Stadtbüttel neben dem einfachen Fichtensarg Wache hielt. Der Mann hatte sich auf dem Boden ausgestreckt und döste in der Sonne. Er machte keine Anstalten aufzustehen, als er die beiden sah.

«Na, eins muss man sagen, langweilig wird es hier nicht», stellte er gähnend fest. «Sind bestimmt schon ein Dutzend Leute hier gewesen heute. Dabei gibt es gar nichts zu sehen, der Sarg ist nämlich zu.»

«Zu», echote Jost und lief die paar Schritte zu dem Sarg hinüber. «Ich hätte zu gern – zu gern noch einen Blick auf den Jungen geworfen.»

«Da bist du nicht der Erste.» Rupp, der Stadtbüttel, streckte sich behaglich und grinste. «Wollen alle nachschauen, was es mit diesen Wundmalen auf sich hat. Aber der Sarg bleibt zu, der Rat hat's angeordnet.»

«Aber du – du hast sie doch gesehen, die Wundmale?» Flehentlich fast schaute der Papierer zu dem Büttel hinüber. Der nickte hoheitsvoll.

«Sicher. Fünf Stiche, im Hals und auf der Brust.»

«Und – und haben sie wirklich wieder zu bluten angefangen beim Vaterunser?»

Rupp kniff die Augen zusammen.

«Bluten? Ich weiß nicht so recht ... aber vielleicht war es so. Ja, vielleicht haben sie tatsächlich wieder etwas geblutet. Auf jeden Fall hatte ich ein merkwürdiges Gefühl, als der Pfaffe gebetet hat. So als ob mich was berührt, verstehst du? Ganz im Inneren drin. Und dann war da dieses Leuchten –»

«Du bist ja noch ein schlimmerer Geschichtenerzähler als Vinz!» Gerli stampfte mit dem Fuß auf. Sie war schließlich auch dabei gewesen. «So ein Unsinn! Ich hab nichts davon gesehen oder gespürt.»

Mitleidig legte Rupp den Kopf ein wenig schief.

«Kein Wunder, Mädchen, dass du nichts mitgekriegt hast, nach dem, was du erlebt hattest! Du standest ja regelrecht neben dir und sahst aus, als wärst du selbst schon halb gestorben. Aber man findet schließlich auch nicht jeden Tag 'ne Leiche auf 'nem Baum. Ich weiß, was ich gesehen habe.»

Josts Augen irrten zwischen ihnen hin und her. Schließlich fummelte er unter seinem Wams eine verbogene Wachskerze hervor, bohrte neben dem Sarg mit einem Stock ein kleines Loch in den Boden und steckte die Kerze hinein.

«Als Erinnerung ... damit er die Heiligen bittet für uns arme Sünder», stammelte er. «Kannst du sie anzünden, wenn du dir heute Nacht ein Feuer machst?»

Rupp nickte überrascht.

«Das ist ein guter Gedanke, Jost. Und wir sollten auch ein Kreuz machen.» Schon nach kurzer Suche hatten sie zwei geeignete Stöcke gefunden, banden sie notdürftig zu einem Kreuz zusammen und befestigten es am Kopfende des Sarges. Jost trat ein Stück zurück und begutachtete ihr Werk.

«Das ist wunderschön, Rupp», flüsterte er, und dann brach er zu Gerlis Verblüffung in Tränen aus.

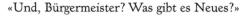

17

«Und, Bürgermeister? Was gibt es Neues?»

Ital Humpis betrachtete seinen Besucher unbehaglich. Frick Köpperlin, der unentwegt in der kleinen Ratsstube hin und her lief, erinnerte ihn an einen Stier, den er einmal während seiner Zeit als Leiter der spanischen Niederlassung in Barcelona in einer Arena erlebt hatte: den Kopf eingezogen, leicht vorgebeugt und massig, die Nüstern gebläht, voller ungebändigter Angriffslust. Wobei es dem Stier nicht viel genutzt hatte: Nachdem er einen verbissenen und erfolgreichen Kampf gegen die Fußknechte geführt hatte, kam ein kleiner, fast weibisch wirkender Torero auf seinem Pferd herangeritten und tötete ihn mit einem gezielten Stich seiner Lanze. Plötzlich war Humpis froh, dass er mit Köpperlin bisher nicht allzu viel zu tun gehabt hatte, weder privat noch geschäftlich. Aber der Mann hatte einen schweren Schicksalsschlag erlitten; es war nur zu verständlich, dass Trauer und Zorn ihn überwältigten und er nach einem Schuldigen für den Tod seines einzigen Sohnes suchte. Der Bürgermeister wählte seine Wort mit Bedacht.

«Lass mich dir noch einmal versichern, wie sehr ich deinen Verlust bedaure. Es ist eine harte Prüfung, durch die du gehen musst, und ich wünsche dir, dass Gott dir die Kraft gibt, diese Zeit durchzustehen.»

Mit einer verächtlichen Handbewegung wischte Köpperlin Mitgefühl und Anteilnahme zur Seite.

«Gott sollte mir lieber die Kraft geben, den Mörder zu finden», anwortete er grob. «Habt ihr schon irgendwelche Anhaltspunkte?» Zum wiederholten Mal deutete der Bürgermeister auf den Sessel, den er extra für den Besucher hatte hereinschaffen lassen.

«Nimm doch Platz, Frick. Dann können wir besser reden.» Dieses Hin- und Hergelaufe machte ihn verrückt, und er spürte, wie das Blut sich ungesund in seinem Kopf staute. Heute noch würde er den Bader rufen, damit der ihn zur Ader ließ. Er sprach erst weiter, als Köpperlin sich endlich gesetzt hatte.

«Wir wissen noch nichts Genaues ... ein Bauer aus Ankenreuthe war hier und hat angegeben, er sei mit seinem Sohn vor drei Wochen an der Stelle im Haslach vorbeigefahren. Er kann beschwören, dass ihm nichts Besonderes aufgefallen ist. Und dann gibt es natürlich viele Gerüchte, denen wir nachgehen. Du weißt ja, wie die Leute reden.»

Köpperlin zog die Stirn in Falten.

«Gerüchte?»

«Ja.» Der Bürgermeister hob die Hand und zählte an den Fingern ab. «Erstens, der Junge sei in einem Judenhaus gesehen worden. Zweitens, jemand will gehört haben, wie Aaron Jud zu einem Verwandten gesagt hat, sie müssten etwas verschwinden lassen – drei Tage, bevor der Junge zum letzten Mal gesehen wurde. Drittens, die Juden sollen etwas in den Wald gebracht haben, keiner weiß so recht, was es gewesen ist. Und viertens, ein paar Kinder – und was für ein verlaustes Pack, du kannst es dir nicht vorstellen! – haben behauptet, die Judenkinder hätten vor einiger Zeit erzählt, sie dürften nicht nach Haus gehen, weil da ein Toter auf der Stube läge. Blühender Unsinn, das alles, wenn du mich fragst. Trotzdem sind wir dem natürlich nachgegangen, aber wir konnten die Wahrheit noch nicht herausfinden.»

Köpperlin trommelte erregt mit den Fingern auf der Sessellehne herum.

«Wie mir scheint, willst du nicht daran glauben, dass die Juden etwas mit dem Tod meines Ludwigs zu tun haben?»

«Frick.» Humpis sprach betont ruhig und gelassen. «Die Juden hier in Ravensburg sind brave Bürger, die pünktlich ihre Steuern zahlen und noch nie Ärger gemacht haben. Warum, um Gottes willen, sollten sie so etwas Riskantes tun, das sie um Kopf und Kragen bringen könnte?»

«Was weiß denn ich, was in ihren schändlichen Köpfen vor sich geht! Aber es ist doch eine Tatsache, dass sie dem Jungen die Hoden abgeschnitten haben.» Es fiel Köpperlin augenscheinlich schwer, das auszusprechen. «Ich habe mich erkundigt. Wenn sie – wenn sie ein Christenkind schlachten, vergreifen sie sich immer an seinem Geschlecht, weil sie selbst Beschnittene sind. Das ist eins von ihren teuflischen Ritualen.»

«Aber Frick! Das ist doch nur eine böse Unterstellung! Selbst der Papst hat in Konstanz gesagt: ...»

«Dann lass nach Pforzheim schreiben, Humpis! Sie haben dort einen ähnlichen Fall gehabt, es ist schon ein paar Jahre her. Schreib nach Pforzheim und erkundige dich! Und eins sag ich dir», er beugte sich bedrohlich vor, «wenn du die Täter ungeschoren davonkommen lässt, dann wird es dir noch leidtun.»

«Du weißt ja nicht, was du redest, Köpperlin.» Die Stimme des Bürgermeisters war kühl geworden. «Ich kann dir nur zugutehalten, dass Trauer und Schmerz dir die Sinne verwirren. Der Rat tut in dieser Angelegenheit seine Pflicht, und ich auch. Wir untersuchen den Fall, wie es nach Recht und Sitte üblich ist. Und jetzt ist es wohl besser, wenn du gehst.» Er stand auf. Auch Frick Köpperlin erhob sich. Er verneigte sich kurz und verschwand ohne ein weiteres Wort. Der Lärm der zuknallenden Tür hallte Humpis noch in den Ohren, als er sich an sein Schreibpult stellte und einen Brief nach Pforzheim entwarf.

Am Sonntagmorgen erwachte Christine in aller Frühe. Im Haus war es noch ganz ruhig, nur Frick an ihrer Seite schnarchte mit offenem Mund. Leise stand sie auf, zog sich an und stieg die Treppe hinunter in die Küche. In einem Krug neben dem ausgekühlten Herd war noch Wasser; sie schüttete sich einen Becher ein und setzte sich an den Tisch. Inzwischen konnte sie ihre Hände wieder gut bewegen. Etwa zwei Wochen waren seit dem schrecklichen Tag vergangen, an dem sie ihren Garten zerstört hatte, und von den Verletzungen war kaum noch etwas zu sehen. Nur am Zeigefinger der linken Hand würde sie wohl eine Narbe zurückbehalten. Aber es tat kaum noch weh. Langsam verzog sich ihr Mund zu einem matten Lächeln. Es tat kaum noch weh: Wie gut das passte! Seit sie aus dem gnädigen Schlaf wieder erwacht war, den Davids Trank ihr verschafft hatte, war allem die Schärfe genommen, was ihr Herz vorher gequält hatte: dem Schmerz, der Trauer, der Schuld – als ob sie nicht mehr so tief fühlen könnte wie früher. Es war, als hätte sich eine dünne Nebelwand zwischen sie selbst und die Welt um sie herum geschoben, die sie schützte und abschirmte gegen allzu heftige Stürme. Verschwommen erinnerte sie sich, dass David bei ihr gewesen war, aber auch das vermochte ihr Herz nicht zum Stolpern zu bringen so wie früher. Sie war ein anderer Mensch geworden, sagte sie sich, gleichgültiger vielleicht, aber auch weniger verletzlich. Und das war gut so.

Vielleicht war jetzt der richtige Augenblick, diese neue Gleichmütigkeit zu erproben. Die Sonne war gerade erst aufgegangen; es würde noch Stunden dauern bis zum Hochamt in der Liebfrauenkirche. Es blieb Zeit genug, die Stelle im Haslach noch einmal aufzusuchen und sich selbst von Ludwig zu verabschieden und ihn um Verzeihung zu bitten, selbst wenn er sie nicht mehr gewähren konnte. Seit sie den Jungen gefunden hatten, wollte sie das tun, aber sie hatte es nicht gewagt. Doch heute war sie bereit. Sie band sich ein Kopftuch um, schlüpfte in die Schuhe und machte sich auf den Weg. Es war ein herrlicher Junimorgen; die Luft schmeckte nach Sommer, der Tau funkelte wie Kristall auf den Wiesen, und in den Linden zwitscherten die Vögel. Mit jedem Schritt, den sie sich von der Stadt entfernte, wurde es Christine leichter ums Herz. Sie pflückte einen ganzen Arm voll wilder Margeriten, um sie auf den Sarg zu legen, und ertappte sich dabei, wie sie ein albernes Liedchen vor sich hinsang. Hoffentlich hatte der Rat inzwischen den Büttel abgezogen, der in den ersten Tagen den Fundort bewacht hatte, sodass sie allein mit Ludwig war. Sie war ihm noch etwas schuldig, und diese Schuld würde sie heute begleichen. Als sie ihr Ziel fast erreicht hatte, blieb sie plötzlich stehen: Stimmen waren zu hören, viele Stimmen. Sie sangen. Zögernd machte Christine die letzten Schritte und betrat die Lichtung.

Ein Gruppe von Leuten hatte sich hier versammelt, der Kleidung nach zu urteilen Bauern zumeist und einfache Handwerker aus der Stadt. Einige hielten brennende Kerzen in den Händen oder kleine Holzkreuze. Sie knieten in einem Halbkreis um den blumengeschmückten Sarg und beteten. Auch neben dem Sarg war ein Kreuz aufgerichtet. Davor standen ein Mann und ein kleines Mädchen. Der Mann hatte dem Mädchen die eine Hand auf die Stirn, die andere auf die Schulter gelegt und hielt die Augen geschlossen. Erst auf den zweiten Blick erkannte Christine in ihm den Papierer, der Fricks Mühle im Flattbachtal bewirtschaftete.

«... *Sancta Maria, Mater Dei, ora pro nobis peccatoribus nunc et in hora mortis nostrae. Amen.*» Die Leute beendeten ihr Gebet, mit einem Mal wurde es still. Christine wusste nicht, was sie tun sollte, und blieb verwirrt im Hintergrund stehen.

«Heilige Maria!», rief da der Papierer, und die Betenden anworteten.

«Bitte für uns!»

«Heiliger Petrus und Paulus!»

«Bittet für uns!»

«Heiliger Veit!»

«Bitte für uns!»

«Heiliger Erzengel Michael!»

«Bitte für uns!» Jetzt hob der Papierer das Mädchen vor sich hoch und drückte seine Stirn an den Sarg.

«Ludwig, heiliger Märtyrer, bitte für uns!», flüsterte er beschwörend. Jemand fing laut an zu schluchzen. «Heile dieses Kind von der Stummheit, mit der ein böser Dämon es geschlagen hat! Heile es, wir bitten dich!»

«Wir bitten dich, erhöre uns!», riefen die Gläubigen. Christine ließ die Blumen fallen.

«Was – was geht hier vor?», fragte sie die Frau, die vor ihr kniete. Unwillig drehte die sich um.

«Das siehst du doch! Wir bitten den Märtyrer um die Heilung der kleinen Meta. Jeden Tag sind hier wunderbare Heilungen geschehen, und auch heute wird uns der Heilige nicht im Stich lassen. Und jetzt sei ruhig!» Fassungslos stolperte Christine zurück; sie hörte noch, wie die Leute das nächste Ave Maria anstimmten, während sie schon in den Wald flüchtete. Ludwig war tot, und nichts, was da an seinem Sarg geschah, konnte ihn noch verletzen; trotzdem hatte sie das Gefühl, dass diese Leute da auf der Lichtung dabei waren, auch noch die Erinnerung an ihn auszulöschen und den wirklichen Jungen mit all seinen Stärken und Schwächen durch einen gesichtslosen Märtyrer zu ersetzen, so als hätte es ihn nie gegeben.

An diesem Sonntag hielt Pater Alexius die Predigt in der Liebfrauenkirche. Christine wäre am liebsten zu Hause geblieben, gerade auch nach den Erlebnissen im Haslach an diesem Morgen, aber Frick erwartete selbstverständlich, dass sie ihn zur Messe begleitete, und sie wollte ihn nicht wieder gegen sich aufbringen. Sie hatte sich umgezogen und trug jetzt ein schlichtes schwarzes Kleid und einen Schleier, aber sie konnte sich nicht überwinden hinunterzugehen. Die Leichtigkeit des Morgens war verflogen. Schließlich kam Frick selbst, um sie zu holen.

«Du bist so weit?», fragte er und bot ihr den Arm. Zögernd stand sie auf. Er räusperte sich.

«Christine, ich wollte dir sagen – es tut mir leid, dass ich dich beschuldigt habe. Ich weiß jetzt, dass sein Verschwinden nicht deine Schuld war, sondern dass jemand

Ludwig umgebracht hat. Es war nicht recht von mir, dass ich so hart zu dir war. Glaub mir, dass ich alles dransetzen werde, den Schuldigen zu finden und zu bestrafen.» Sie nickte. «Lass uns gehen.»

Die Köpperlins hatte ihre Plätze in der Kirche weit vorn auf der linken Seite. Es war brechend voll; nicht nur, weil Pater Alexius predigen sollte, der immer für einen großen Zulauf sorgte, sondern auch weil der ungeklärte Tod des jungen Ludwig schwer auf den Menschen lastete und sie sich ein Wort der Erlösung erhofften. Wer, wenn nicht Prediger Alexius, sollte sie aufrichten und trösten?

Obwohl der Pater seine Stimme bald laut durch den Raum hallen ließ, bald zu einem Flüstern senkte und in seinen Sätzen Himmel und Hölle beschwor, konnte Christine ihm nicht recht folgen. Die Erinnerung an die merkwürdige Versammlung heute Morgen im Haslach ließ ihr keine Ruhe und quälte sie wie das ununterbrochene Bohren und Klopfen eines Zahnwurms. Alles in ihr begehrte auf gegen die Vorstellung, an Ludwigs Sterbeort könnten sich Wunderheilungen ereignen. Ludwig war sicher ein guter Junge gewesen, nicht so aufsässig wie viele andere Burschen in seinem Alter, ausreichend fromm, folgsam und fleißig, aber ein Heiliger? Nein, sicher nicht. Nicht heiliger als jeder andere auch. Kurz überlegte sie: Durfte sie überhaupt so denken über einen Jungen, den sie selbst ungerecht behandelt hatte und der dann einen grausamen Tod gestorben war? Sie schüttelte den Kopf, als könnte sie so die quälenden Gedanken selbst herausschütteln, und konzentrierte sich ganz auf Alexius' Worte.

«... ihr Kleingläubigen! Gott wirkt auch heute noch in dieser Welt, vor unseren Augen, wenn wir ihn nur sehen wollen! Geschehen nicht Wunder unter uns, keine Meile von dieser Kirche entfernt? Unerklärlich sind sie nur für den, der Gottes Wirken nicht erkennen kann – erkennen will! Ich aber, der Geringste von allen, sehe mit diesen blinden Augen mehr als ihr, die ihr gesund seid! Ich sehe, was es zu bedeuten hat, wenn Kranke geheilt werden, wenn Lahme wieder gehen.» Der Prediger hob die Hände zum Himmel; Christine hörte ihren Puls hämmern. «Komm herab, Heiliger Geist, und erleuchte uns! Komm herab und lass uns deine Wahrheit erkennen! Lass uns deinem Diener Ludwig folgen, den du als Märtyrer zu dir gerufen hast! Ich sage euch, der Junge ist für seinen Glauben gestorben. Ich sage euch, er ist niemals lebendig zu dieser Tanne gelangt! Ich sage euch, er ist gestorben als Opfer der Feinde unseres Glaubens.» Totenstille senkte sich nach diesen Worten über die Gemeinde, aber nur für kurze Zeit. Dann setzte ein Tuscheln ein, ein Rumoren, Raunen und Flüstern, das während des ganzen Gottesdienstes nicht mehr abbrach, nicht einmal in dem Augenblick, als der Zelebrant die heilige Hostie emporhob.

Christine spürte ein Kribbeln am ganzen Körper, als sie an Fricks Seite die Kirche verließ. Die Predigt von Pater Alexius hatte irgendetwas verändert, irgendetwas in Gang gesetzt, das jetzt unter der Oberfläche vor sich hin brodelte und darauf wartete aufzubrechen. Die Gesichter der Kirchgänger um sie herum spiegelten weniger tiefe Gläubigkeit und Ehrfurcht als Angriffslust und Wut. Es machte ihr Angst, und sie klammerte sich an Fricks Arm, als sie noch auf ein paar Worte neben einigen anderen Patrizierfamilien stehen blieben.

«Ob der Pater etwas weiß?», fragte die Mötteli. Sie war

über und über mit Schmuck behängt und trug dazu noch einen kostbaren Brokatumhang, sodass der Schweiß ihr über das aufgeregte Gesicht lief. «Es hat sich doch ganz so angehört! Vielleicht hat ihm ja jemand unter dem Siegel der Beichte die Tat gestanden?»

«Er spricht doch nur aus, was wir alle vermuten», ließ sich Frick vernehmen. «Und es ist gut so, dass das endlich einmal jemand tut.»

«Meiner Meinung nach sollte die Geistlichkeit sich nicht in Dinge einmischen, die nur den Rat angehen.» Ital Humpis sah aus, als litte er unter Magenschmerzen. Seine Frau tupfte ihm nervös mit ihrem Tuch auf der Stirn herum. «Das macht nur böses Blut! Dieser Karmeliter weiß doch überhaupt nichts.»

«Aber die Heilungen, Ital?», fragte wieder die Mötteli, diesmal in empörtem Ton. «Da kann man doch nicht einfach drüber hinweggehen! Das musst selbst du zugeben.»

«Ist doch nichts dran an diesen Geschichten! Wir haben alles nachgeprüft. Bis jetzt hat es noch keine wirklichen Heilungen gegeben, nur Aberglauben und Schabernack.»

Plötzlich wurde es hinter ihnen laut: Eine Gruppe von jungen Leuten hatte sich wo auch immer mit Stöcken bewaffnet und ein lautes Geschrei angestimmt.

«Auf zur Judengass! Auf zur Judengass! Holt die Mörder raus!» Sie hatten das Kirchhoftor fast schon erreicht. Ital Humpis stieß seine Frau zur Seite, lief quer über den Kirchhof und stellte sich ihnen in den Weg.

«He, Leute, was tut ihr da am heiligen Sonntag?», rief er laut. Die Gruppe blieb stehen. «Lasst den Rat die Sache weiterverfolgen, wie es Recht und Gebrauch ist!»

«Der Rat wartet schon viel zu lang!», brüllte jemand. «Wenn wir uns auf den Rat verlassen, sitzt bald der nächste Tote im Baum!» Zustimmendes Gelächter folgte. Humpis rief nach den Stadtbütteln, aber niemand kam.

«Lass sie vorbei, Ital.» Rupert Gäldrich, einer aus dem Neunerausschuss der Handelsgesellschaft und einflussreicher Kaufherr, hatte sich zu Humpis vorgearbeitet. «Denk dran, diese Leute sind es, die dich vor kurzem erst gewählt haben!»

Humpis blieb einen Augenblick unentschlossen stehen, als müsste er sich diese Bemerkung durch den Kopf gehen lassen. Und natürlich stimmte es: Die Handwerker und ihre Zünfte waren es, die Rat und Bürgermeister wählten, nicht die patrizischen Handelsherren. Dieser Augenblick des Zögerns reichte den aufgebrachten Leuten aus, sich an dem Bürgermeister vorbeizudrängen. Johlend zogen sie hinüber zu der nur ein paar hundert Schritt entfernten Judengasse.

«Holt sie raus! Holt sie raus! Holt sie raus! ...»

Christine wurde der Mund trocken. Sie wollte fortlaufen, so schnell und so weit sie konnte, und gleichzeitig konnte sie sich nicht wehren gegen den inneren Zwang, dazubleiben und Zeuge der kommenden Ereignisse zu werden. Wie eine Puppe ließ sie sich von Frick aus dem Kirchhof und über den Holzmarkt zum Eingang der Judengasse schieben, wo die Meute inzwischen versuchte, mit Gewalt die verriegelten Türen der Judenhäuser aufzubrechen. Die Patrizier standen in sicherer Entfernung und sahen zu.

«Macht auf, dass wir euch holen können, ihr Judenschweine! Los, macht auf!» Aber die Türen widerstanden den Tritten der Angreifer, wie wütend diese sich auch gebärdeten. Christine lief es eiskalt den Rücken hinunter, ihre

Zähne klapperten. Etwas Schreckliches würde hier geschehen, und sie selbst würde zusehen, ohne daran etwas ändern zu können.

«He, Leute, hierher!», rief plötzlich jemand. Verdutzt ließen die Angreifer ihre Stöcke sinken und sahen sich um. Unterhalb des grünen Turms standen zwei Fässchen Wein auf Holzböcken; ein Knecht des Bürgermeisters war schon dabei, das erste aufzuschlagen. Humpis selbst ging mit erhobenen Händen auf die Leute zu.

«Es sind doch alles nur Gerüchte, hört ihr?», sagte er. «Ihr dürft euch nicht an euren Mitbürgern vergreifen, solange es keine Beweise gibt! Der Rat wird sich um die Angelegenheit kümmern und Bruder Alexius befragen, ich verspreche es euch.» Die Leute wurden ruhiger. «Kommt und trinkt mit mir einen Wein, dann können wir in Ruhe über die Sache sprechen.» Und tatsächlich drehten die ersten Burschen um und warfen ihre Stöcke in den Dreck. Wenige Minuten später war die Judengasse friedlich und leer, als habe es den Angriff gar nicht gegeben, und die gefüllten Becher machten die Runde.

«Ich wusste gar nicht, dass Ital Humpis so ein guter Bürgermeister ist», sagte Christine leise.

«Ist er auch nicht», raunzte Frick zurück.

Ohne dass sie darüber hätten sprechen müssen, versammelte sich die jüdische Gemeinde am Sonntagnachmittag in ihrem Gebetsraum in Moses' Haus: Anselm und Blumli, Moses und Raechli, Aaron, die schwangere Jacha, David, der Nachbar Josef mit seiner Frau, die Knechte und Mägde, die Kinder. Mehr als zwei Dutzend Menschen drängten sich zusammen, mehr, als zum normalen Sabbatgottesdienst zusammenkamen. David betrachtete die Gesichter, während Anselm das Kaddisch sprach: verängstigt und verwirrt. Der kleine Jitzak, Aarons Sohn, sah aus, als wollte er gleich in Tränen ausbrechen, und seine Schwester Sara nahm ihn an die Hand. Jacha hatte die Augen geschlossen; die Schwangerschaft hatte sie aufblühen lassen, und nicht einmal die Sorge konnte das überdecken. Moses' Gesicht leuchtete glücklich wie immer, wenn er betete, und David fragte sich, ob sein Vater überhaupt verstanden hatte, was heute Vormittag geschehen war.

«... Der Frieden stiftet in seinen Himmelshöhen, er stifte Frieden unter uns und ganz Israel, sprechet: Amen!» Anselms Stimme verstummte. Keiner sagte ein Wort; nur Jitzaks Schluchzen war zu hören, bis endlich Josef die Stille brach:

«Frieden! Ich glaube nicht, dass wir hier noch viel Frieden erleben werden. Mir zittern die Knie, wenn ich an heute Morgen denke.»

Eine Magd nickte.

«Ich dachte, gleich stehen die bei mir in der Küche und schlagen alles kurz und klein! Gleich ist es zu Ende mit mir! Und ich hab nichts, womit ich mich verteidigen kann.»

Plötzlich fingen alle gleichzeitig an zu reden: was sie gerade getan hatten, als der Angriff erfolgte, welche Schäden ihre Häuser davongetragen hatten, welche Ängste sie ausgestanden hatten, was sie nun tun sollten. Schließlich hob Aaron die Hände.

«Ruhig, Freunde! Vergesst nicht, dass der Bürgermeister auf unserer Seite steht. Er hat dafür gesorgt, dass sie wieder abgezogen sind.»

«Für heute, ja! Aber wenn sie morgen wiederkommen?

Humpis wird nicht vor unseren Türen Wache halten wollen, oder?» Josef war aufgesprungen. «Ich jedenfalls werde nicht zusehen, wie sie mein Haus zerstören und meine Familie umbringen!»

«Und, was willst du dann tun?» Betont ruhig setzte Aaron sich hin und schlug die Beine übereinander, aber David sah, wie sein Fuß unentwegt hin und her zuckte. Josef gestikulierte wild mit beiden Händen.

«Die Stadt verlassen, natürlich! Oder willst du warten, bis sie kommen und uns holen? Wir packen unsere Sachen zusammen und ziehen weg, nach Zürich vielleicht oder nach Ulm.»

«Kann ich mich anschließen?», fragte die Magd, die eben schon gesprochen hatte.

Josef nickte.

«Sicher. Und ich würde euch allen raten, das auch zu tun! Noch ist Zeit.»

«Aber Josef!» Aarons Stimme hatte an Schärfe gewonnen. «Meinst du nicht, dass du damit unseren Gegnern in die Hände spielst? Wenn wir jetzt gehen, ist das so gut wie ein Schuldgeständnis!»

Anselm wiegte bedächtig den Kopf.

«Du hast recht, Neffe. Und außerdem, Moses und ich, wir sind zu alt, um einfach so ins Ungewisse aufzubrechen. Und unsere Frauen genauso. Überhaupt glaube ich nicht, dass es wirklich so schlimm kommt. Schließlich wohnen wir hier schon seit Jahren friedlich zusammen und zahlen unsere Abgaben. Ich will hierbleiben und mich dem Schutz des Ewigen anvertrauen.»

«Aber das ist Dummheit!» Josef gab sich keine Mühe, seine Verachtung zu verbergen. «Der Ewige wird dich nicht gegen Steine und Stöcke schützen, das kannst du mir glauben. Und was das Schuldgeständnis betrifft: Spielt es eine Rolle? Für die sind wir doch sowieso schuld! Einfach deshalb, weil es uns gibt.»

«Zweifelst du an der Macht des Ewigen?»

«So ein Unsinn! Darum geht es doch gar nicht. Aber wenn ihr hierbleiben wollt, dann bleibt! Ich jedenfalls werde nicht mehr warten.» Er griff seine Frau am Arm und verließ mit ihr den Raum; nach einem kurzen Zögern folgten ein guter Teil der Knechte und Mägde.

Moses strahlte in die Runde.

«Der Name des Herrn sei gelobt!», sagte er freundlich. «Der Name des Herrn!»

Raechli nahm seine Hand und tätschelte sie.

«Du hast recht, mein Lieber», flüsterte sie, und er nickte erfreut.

«Und, David?» Aaron kniff die Augen zusammen und musterte seinen Bruder. «Willst du uns nicht auch im Stich lassen, wie so oft?»

David sog scharf die Luft ein.

«Ich bleibe hier», sagte er.

Am nächsten Morgen brach Josef mit seiner Familie auf. Sie waren noch nicht ganz zur Judengasse hinaus, als ein Ratsdiener dort auftauchte, begleitet vom Büttelmeister und einem Knecht. Sie marschierten am grünen Turm vorbei, blieben dann vor Moses' Haus stehen und klopften. Aaron öffnete.

«Ja?»

«Ich suche die Vorsteher der jüdischen Gemeinde», erklärte der Ratsdiener.

«Die Vorsteher? Warum –» In dem Augenblick tauchte Moses auf, den Gebetsschal um die Schultern geschlungen.

«Ich bin Moses, der Vorsteher der Gemeinde», sagte er. «Zusammen mit meinem Bruder Anselm. Und mein Junge Aaron macht den Schochet. Kommt ihr von weit her?» Er sprach mit so aufreizender Freundlichkeit, dass Aaron ihn am liebsten geohrfeigt hätte.

«Hört nicht auf ihn, er ist krank», entgegnete er knapp. «Was wollt Ihr überhaupt von uns?»

Der Ratsdiener räusperte sich wichtig.

«Ich habe den Auftrag, die Vorsteher der jüdischen Gemeinde in Haft zu nehmen», sagte er. «Ruft diesen Anselm, und dann gehen wir.»

«Wir haben nichts Unrechtes getan», schnappte Aaron. «Ich sehe nicht ein, was das soll!»

«Wenn ihr nichts getan habt, wird man euch sicher bald wieder freilassen», entgegnete der Ratsdiener. «Ich führe nur einen Befehl aus. Ich bitte euch, holt jetzt diesen Anselm und kommt ohne viel Geschrei mit. Ist ja nicht weit, gerade bis zum grünen Turm.» Er deutete mit dem Kinn in die entsprechende Richtung. «Sonst werden die Büttel euch hinführen.»

«Mein Vater ist alt und krank, er weiß nicht einmal, was er redet», sagte Aaron verbittert.

Moses schüttelte den Kopf.

«Ich bin der Gemeindevorsteher, mein Sohn. Das solltest du wissen.»

Der Ratsdiener gab einem der Büttel einen Wink.

«Schaff mir den Anselm her, und dann gehen wir. Und du, Jud, hol noch ein paar Decken und Kleider für dich und den Alten, aber versuch nicht abzuhauen.» Er lehnte sich gegen den Türrahmen. «Auf jetzt.» Aaron stolperte zurück in die Diele und bemerkte seine Mutter, die sich kreideweiß an die Wand drückte.

«Ich habe alles gehört, Aaron», flüsterte sie. «Ich komme mit. Ich lasse deinen Vater nicht allein.»

Aaron nickte.

«Wo ist Jacha?»

«Oben. Sie wird nach den Kinder sehen.»

«Und David?»

«Ich weiß es nicht. Er ist schon früh am Morgen weggegangen.»

«Dieser verfluchte Hund! Warum kann er nicht einmal da sein, wenn man ihn braucht?» Wutentbrannt trat Aaron gegen einen Hocker, der in hohem Bogen gegen die Wand flog.

«He, wird's bald?», rief der Ratsdiener von draußen.

Raechli legte Aaron die Hand auf den Arm.

«Vertrau auf den Herrn, Aaron. Er wird uns nicht verlassen.»

Fünf Leute waren es schließlich, die der Ratsknecht ins Gefängnis führte: Aaron, Anselm, Moses und Raechli sowie Blumli, die ihren Mann ebenfalls nicht allein lassen wollte.

18

«Es ist doch auch zu eurem Schutz geschehen, Meister David.» Der Bürgermeister stand unter Druck, stellte David mit grimmiger Befriedigung fest – wenigstens das. Humpis konnte keinen Augenblick still stehen und hatte sich während ihrer Unterredung schon mindestens fünf Mal an den Hemdkragen gefasst, als würde der ihn erwürgen.

«Zu unserem Schutz!? Was für ein Schutz soll das sein, wenn Ihr die Opfer verhaftet: zwei alte Männer, von denen einer nur an guten Tagen überhaupt noch seinen eigenen Namen kennt, und ihre Frauen?»

«Und deinen Bruder Aaron», ergänzte Humpis. «Den sollten wir nicht vergessen. Einen Mann auf der Höhe seiner körperlichen Kraft.»

«Was soll denn das heißen?»

Humpis blieb kurz stehen und musterte David kalt.

«Du hast mich sehr gut verstanden. Hier geht es um einen grauenhaften Mord, und wir sind verpflichtet, jedem Verdacht nachzugehen. Mag sein, dass eure Alten nicht mehr in der Lage sind, auch nur einer Fliege etwas zuleide zu tun – dein Bruder ist es bestimmt.»

«Das glaubt Ihr nicht im Ernst!» David war laut geworden. «Nennt mir einen Zeugen, einen einzigen Beweis! Es gibt doch nur Gerüchte, weiter nichts. Bösartige Gerüchte! Nur ein Dummkopf wird sich davon leiten lassen.»

«Du solltest nicht vergessen, mit wem du sprichst!», zischte der Bürgermeister unbeherrscht. «Und dankbar sein, dass ich dich überhaupt empfangen habe, obwohl der halbe Rat mich ermahnt hat, es nicht zu tun! Und jetzt muss ich mich von dir als Dummkopf beschimpfen lassen.»

David zwang sich, seine geballte Fäuste zu lockern und ruhig zu atmen.

«Verzeiht, Bürgermeister, wenn ich heftig geworden bin», presste er heraus. «Aber aus der Geschichte meines Volkes weiß ich, dass solche Gerüchte oft über Leben und Tod entscheiden. Unseren Tod.» Meines Volkes, dachte er erstaunt. Er konnte sich nicht erinnern, diesen Ausdruck jemals vorher benutzt, ja nicht einmal ihn gedacht zu haben. «Ihr seid ein nüchterner Mann, Herr Ital, ein Kaufmann. Ihr seid es gewohnt, Kosten und Nutzen abzuwägen, Vor- und Nachteile. Ihr verlasst Euch auf Tatsachen, nicht auf Hörensagen, Träume oder Wundergeschichten. Ich bitte Euch, es in diesem Fall nicht anders zu halten.»

«Und doch lehrt uns die Heilige Schrift, dass Wundergeschichten auch die Wahrheit erzählen können, nicht wahr?» Unerwartet wandte Humpis sich ab und sackte ein wenig in sich zusammen. «Es kommt nicht allein darauf an, was ich denke», fuhr er leiser fort. «Da sind die Leute in der Stadt, die kleinen Handwerker und Krämer, die glauben, dass sie ihren Märtyrer gefunden haben – Leute, die sich gleichzeitig nur allzu gut daran erinnern, wie oft sie euch Wucherern ihre letzten Kupfermünzen für einen kleinen Kredit in den Rachen werfen mussten. Ihr braucht euch nicht darüber zu wundern, dass sie euch nicht lieben.» Die plötzlich aufschießende Wut nahm David fast den Atem. Ich könnte ihn einfach erdrosseln, diesen selbstgefälligen Hurensohn, dachte er wild. Wahrscheinlich glaubt er nicht im Traum daran, einer wie ich – ein feiger, hinterfotziger Jude! – könnte auf die Idee kommen, sich gegen ihn zu wehren.

«Soweit ich weiß, geben auch christliche Händler verzinste Kredite, wesentlich höhere als wir. Obwohl es ihnen verboten ist. Wir zwingen niemanden, bei uns Geld zu leihen, und halten uns an den vereinbarten Zins. Und der größte Teil unserer Einnahmen landet mittlerweile sowieso im Stadtsäckel, wie Ihr wisst, weil wir mehr Abgaben leisten müssen als alle anderen.» Er schaffte es nicht, seine Stimme so ruhig klingen zu lassen, wie er wollte. Humpis' Schultern strafften sich, er reckte den Kopf. David erkannte sofort, dass er den Bürgermeister mit den letzten Worten gegen sich aufgebracht hatte.

«Du hast eine scharfe Zunge, David Jud. Damit machst du dir keine Freunde.» Ital Humpis ging zu seinem Lesepult hinüber und griff nach einem Stapel Papiere. «Bitte entschuldige mich jetzt. Ich habe noch zu tun.»

«Ich bitte Euch, lasst die Verhafteten frei. Sie haben nichts Böses getan und leiden im Gefängnis, und mein Vater –»

«Wir werden sie freilassen, wenn es uns richtig erscheint.»

Als er wieder auf dem großen Platz stand, hätte David sich ohrfeigen können vor Zorn auf sich selbst. Hätte er sich nicht dieses eine Mal demütig zeigen können, jetzt, wo es darauf ankam? Warum hatte er Humpis nicht einfach in allem zugestimmt und dann im richtigen Augenblick den

Beutel Gold unter dem Rock hervorgezogen, so wie es Aaron gemacht hätte? Jetzt trug er das Geld unberührt wieder zurück nach Hause. Jacha würde schon auf ihn warten, mit diesem erwartungsvollen, bangen Blick, dem er so wenig entgegenzusetzen hatte. Und sie würde ihn auch nicht tadeln für seinen Misserfolg, sondern sich stumm in ihre Schlafkammer zurückziehen, von wo er sie dann die ganze Nacht schluchzen hören konnte, so wie gestern. Mit einem zornigen Tritt verscheuchte er einen struppigen Köter, der an seinen Schuhen herumschnüffeln wollte. Unmöglich, jetzt nach Hause zu gehen. Unwillkürlich schlug er den Weg zur Marktstraße ein und blieb dem Köpperlin-Hause gegenüber im Schutz eines Laubenganges stehen. Das Hoftor stand offen; er sah Knechte geschäftig hin und her laufen, Fässer über den Boden rollen und Kisten stapeln. Ein kleiner Junge jagte einer Schar Hühner hinterher, die aufgeregt zum Misthaufen in der Ecke flatterten; jemand rief mit ungeduldiger Stimme nach einem Johann, der entweder stur oder schwerhörig sein musste; ein junges Mädchen schleppte zwei volle Wassereimer von dem Laufbrunnen in der Straße zu einem seitlichen Eingang, hinter dem sich wahrscheinlich die Küche befand. Von Köpperlin selbst und von Christine war nichts zu sehen, und David überlegte einen Augenblick, ob er nicht einfach hineingehen und sie suchen sollte. Was konnte ihm schon passieren, außer dass man ihn wieder auf die Straße warf? Aber er tat es nicht.

Stattdessen wanderte er weiter die Straße hoch, durchquerte das Obertor und gelangte auf den Pfad, der durch die Weinberge zu der kleinen Hütte führte. Er war wochenlang nicht mehr da gewesen, und als er die Tür öffnete, stoben vor seinen Füße die Mäuse auseinander. Der Staub wirbelte auf und ließ ihn husten. Auf dem Boden lag noch eine zusammengefaltete Decke; ein leeres Tranlämpchen stand in der Feuerstelle, und um ein Bein des wackeligen Hockers schlang sich das gelbe Seidentuch und erzählte von einem Augenblick voll zärtlicher ausgelassener Albernheit. Er löste das Tuch und drückte für einen Augenblick das Gesicht in den zarten glatten Stoff. Wie von Engeln gewebt, hatte er einmal gesagt. Was für eine dumme Bemerkung das gewesen war. Als wäre es nicht ein Engel, der mit dem Schwert in der Hand den Zugang zum Paradies bewachte, zum jüdischen genau wie zum christlichen auch! Er faltete das Tuch sorgfältig zusammen und steckte es ein. Christine war in dem Raum so deutlich zu spüren, als stünde sie hinter ihm. Jeden Moment glaubte er ihr Lachen zu hören, ihren Atem an seinem Ohr, und verharrte ganz ruhig, um sie nicht zu verscheuchen. Aber es war sinnlos, so der Vergangenheit nachzuhängen, sinnlos und quälend. Der kleine Raum war verlassen. Es war so lange her, dass sie sich hier getroffen und geliebt hatten: ein ganzes Leben. David schob die Decke mit dem Fuß beiseite und fand darunter den Kanon von Ar-Rhazi. Er bückte sich, hob das Buch auf und blies sorgfältig den Staub herunter. Die Berührung des vertrauten Einbands hatte etwas Tröstendes, und David entschloss sich, das Buch mit in die Stadt zurückzunehmen. Wer weiß, ob er in Zukunft noch die Gelegenheit fände, sich hierher zurückzuziehen? Notwendig jedenfalls war es nicht mehr: Seit der Verhaftung war auch das Haus in der Judengasse still wie ein Grab.

Christine kam gerade aus dem Vespergottesdienst, als sie plötzlich David erkannte, nur ein paar Dutzend Schritte entfernt. Er hatte den Kragen hochgeschlagen, den Blick fest auf den Boden geheftet und marschierte zügig in Richtung Judengasse. Irgendetwas Sperriges klemmte unter seinem Arm. Unwillkürlich wollte sie auf ihn zugehen und ihn ansprechen, da bemerkte sie im letzten Moment eine Gruppe von jungen Burschen, die sich vor einer der Marktschänken um einen hochaufgeschossenen Rothaarigen geschart hatten und sich jetzt in Bewegung setzten, sodass sie David den Weg abschnitten. Erschreckt wich sie ein Stück zurück und drückte sich in einen Hofeingang.

«He, was rempelst du uns an?» David schien so mit sich selbst beschäftigt, dass er die jungen Männer gar nicht bemerkt hatte und fast in sie hineingelaufen wäre. Er murmelte irgendeine Entschuldigung und wollte weitergehen, aber die Burschen machten sich einen Spaß daraus, ihm den Weg zu verstellen.

«Hier geht's nicht lang! Versuch's mal dahinten ... nein, da ...» David machte ein paar vergebliche Versuche, an ihnen vorbeizukommen, bis ihm einer ein Bein stellte und er gerade noch einen Sturz vermeiden konnte. Er richtete sich auf und funkelte die Halbstarken an.

«So, ihr habt euren Spaß gehabt, jetzt lasst mich durch», hörte Christine ihn sagen. «Ich hab noch anderes zu tun, als den ganzen Tag hier mit euch herumzustehen.» Er griff den Nächstbesten am Wams und versuchte ihn zur Seite zu schieben.

«Hilfe, der Jud hat mich angefasst!», kreischte darauf der Junge in den höchsten Tönen. «Gleich schneidet er mir die Kehle durch!» Die anderen lachten.

«Na, wenn's nur die Kehle ist! Pass lieber auf deinen Schwanz auf», feixte der Rothaarige. Die Burschen hatten inzwischen einen engen Ring um David gebildet. Christine klopfte das Herz bis zum Halse. Gehetzt sah sie sich um: Es waren einige Leute auf dem Platz, sogar einer der Stadtbüttel stand am Brunnen, beugte sich darüber und ließ sich Wasser über den Nacken laufen. Aber keiner schien eingreifen zu wollen.

«Und, was hast du da so Wertvolles unter dem Arm, Jud? Eine Schatzkiste voller Wuchergeld?»

«Es ist ein Buch», antwortete David gepresst. «Wenn du so etwas schon einmal gesehen hast.»

«Ein Buch, was du nicht sagst!» Der Rothaarige grinste David an. «Und was steht da drin, in deinem Buch?»

«Das verstehst du nicht. Und jetzt lasst mich gehen.» Plötzlich riss der Rothaarige David das Buch unter dem Arm weg und warf es einem seiner Kumpane zu. David wirbelte herum, um es sich wiederzuholen, aber da hatte der Bursche sich schon in Trab gesetzt und rannte johlend davon, während er gleichzeitig bündelweise Seiten herausriss und auf den Boden segeln ließ. Wutentbrannt stürzte David hinter ihm her, aber umsonst: Als er den Kerl fast erreicht hatte, schleuderte der das Buch von sich, so weit er konnte. Diesmal landete es im Dreck. Ein anderer griff danach, riss daran herum, knüllte Seiten zu kleinen Bällen zusammen und warf sie durch die Gegend.

«Hier, fang!» Die Burschen gröhlten und lachten, zerfetzte Seiten flogen durch die Luft. David versuchte zunächst noch, wenigstens etwas zu retten, aber nach kurzer Zeit gab er auf und blieb einfach reglos stehen. Schließlich stob die Gruppe auseinander; der Rothaarige schwenkte das, was von dem Buch noch übrig war, triumphierend über dem Kopf. David machte keinerlei Anstalten, sich nach den Blättern zu bücken, sondern wandte sich wieder zur Judengasse und ging los, vorsichtig, Schritt für Schritt, als liefe er über Eis. Ein paar Bauern, die ihr Ochsengespann angehalten und dem Krawall mit offenem Mund und roten Ohren zugeschaut hatten, setzten sich wieder in Bewegung, und auch der Büttel sprang vom Brunnenrand herunter, wischte sich mit seinem Ärmel die letzten Wassertropfen aus dem Gesicht und schlenderte dann gemächlich zum Kirchhof hinüber, als sei nichts geschehen. Christine löste sich von dem Torbogen und eilte zu dem Platz, wo die Auseinandersetzung stattgefunden hatte.

Langsam bückte sie sich und machte sich daran, verstreute Seiten aufzuheben und glattzustreichen. Sofort erkannte sie die fremdartigen Schriftzeichen, die merkwürdigen Bilder: Es war das Buch dieses persischen Arztes, das David vor Jahren von seinem Onkel bekommen hatte. Sie erinnerte sich noch gut daran, wie er es ihr zum ersten Mal gezeigt hatte, wie stolz er darauf gewesen war, und Tränen schossen ihr in die Augen. Aber Tränen halfen nicht weiter. Sie biss sich auf die Lippen und sammelte die restlichen Blätter ein, traurige Überbleibsel eines Buches, das dafür geschrieben worden war, Menschen von ihrem Leiden zu befreien. Plötzlich wurde Christine von einer Welle der Wut erfasst, und sie wünschte, die Burschen, die das zu verantworten hatten, würden sich vor ihr auf dem Boden winden vor Schmerzen, die kein Arzt zu heilen vermochte. Schließlich konnte sie keine weiteren Schnipsel mehr entdecken. Sie richtete sich auf. Sie würde David die Reste seines Buches bringen, und wehe demjenigen, der sich ihr dabei in den Weg stellte!

In der Judengasse war es totenstill. Kein Kind ließ auf der Straße den Kreisel tanzen, kein Handwerker lärmte in seiner Werkstatt. Die Holzläden an den Häusern waren geschlossen, eine Tür sogar mit einem Brett vernagelt. Es sah aus, als ob niemand mehr hier wohnte – wie nach einer Seuche, die alle Anwohner das Leben gekostet hatte. Christine fühlte sich beklommen, als sie das Haus von Moses, dem Pfandleiher, erreichte. Kein Licht schimmerte durch die Läden; niemand antwortete auf ihr Klopfen. Schließlich fasste sie sich ein Herz und drückte gegen die Tür: Sie war offen und gab nach. Rasch schlüpfte Christine hinein.

In der Diele war es dunkel; nur durch die Ritzen an Tür und Fensterblenden stahl sich etwas Licht herein. Kein Leuchter brannte, keine Kerze, keine Tranfunzel. Es war, als würde sie ein Grab betreten.

«David?», fragte sie, und ihre Stimme erschien ihr unnatürlich laut. Sie spürte mehr, als dass sie es hätte sehen können, dass noch jemand im Raum war, als könnte sie den schweren Schlag eines anderen Herzens hören. Allmählich hatten ihre Augen sich an das Dunkel gewöhnt, und sie konnte einzelne Schatten unterscheiden: das Schreibpult, die Truhe, den Wechseltisch.

«David?» Sie war überzeugt, dass er hier war, und tastete sich mit weit aufgerissenen Augen voran. «Ich habe gesehen, was passiert ist ... ich habe die Blätter für dich aufgehoben. Vielleicht kannst du sie ja noch einmal binden lassen.»

«Steck sie in den Ofen», antwortete jemand gleich neben ihr. David lehnte gegen die Wand und war so mit der Dunkelheit verschmolzen, dass sie ihn selbst jetzt kaum erkennen konnte.

«David, warum stehst du hier im Dunkeln? Das ist nicht gut.» Sie ging zum Fenster hinüber und klappte die

Läden auf. Helles Junilicht flutete herein und nahm dem Raum das Unheimliche. Christine fühlte sich von neuer Zuversicht erfüllt. Sie streckte David die Blätter entgegen, aber er blieb einfach stehen und wich ihrem Blick aus. Sein Gesicht war undurchdringlich, das Gesicht eines Fremden.

«Geh nach Hause, Christine», sagte er kühl. «Bevor dich noch jemand sieht. Und nimm die Blätter wieder mit. Ich brauche sie nicht.» Sein abweisender Ton traf sie wie ein Peitschenhieb. Ihre Lippen zitterten, und sie ließ die ausgestreckte Hand sinken.

«David, es – es tut mir alles furchtbar leid! Ich habe gehört, dass sie deine Familie verhaftet haben. Ich weiß, wie du dich fühlst. Aber es war sicher nur ein Missverständnis. Der Bürgermeister selbst ist überzeugt, dass an all diesen Gerüchten nichts Wahres dran ist.»

Er lachte kurz auf. Es klang hohl und scheppernd in ihren Ohren.

«So, ist er das? Spaßig! Wenn er so überzeugt ist, warum lässt er sie dann nicht einfach laufen?»

«Der Rat musste etwas tun, um die aufgebrachte Menge zu beruhigen ... wahrscheinlich sind deine Eltern im Gefängnis sicherer als hier.» David bleckte die Zähne.

«Du redest genau wie Humpis, weißt du das? Ich war gerade bei ihm. Er hat mir erklärt, dass er unsere Leute gewissermaßen in Schutzhaft genommen hat. Obwohl es uns ja eigentlich recht geschieht, wenn eine Bande von Halbstarken hier vor unseren Häusern randaliert und uns am liebsten den Hals rumdrehen würde. Schließlich haben wir alles dafür getan, dass sie uns hassen, nicht wahr?»

«David, bitte –» Sie streckte zaghaft die Hand aus, um ihn zu berühren, aber er wich zurück.

«Fass mich nicht an! Sonst heißt es hinterher noch, ich hätte dir Gewalt angetan. Du weißt ja sicher, wie schnell so ein Gerücht entsteht. Hast vielleicht selbst schon eins in die Welt gesetzt, oder? Und jetzt verschwinde aus unserem Haus. Verschwinde ganz schnell.»

Sie starrte ihn fassungslos an. War das derselbe Mann, den sie geliebt hatte mit jeder Faser ihres Wesens? Dessen Berührung sie ersehnt, dessen Kuss sie schwindelig gemacht hatte vor Leidenschaft? Den sie so gut zu kennen glaubte wie sich selbst, dem sie jede verborgene Kammer ihrer Seele geöffnet hatte? Dieser Mann, der jetzt nichts für sie übrighatte als Hass und Verachtung und es genoss, sie mit seinen Worten zu verletzen? Sie stand wie versteinert da. Schließlich kam er auf sie zu und fasste sie an den Schultern.

«Willst du wirklich, dass ich dich auf die Straße werfe?» Er hatte grob gesprochen, aber die Hände auf ihren Schultern zitterten. Sie nahm all ihre Kraft zusammen.

«David, warum machst du das mit mir?», fragte sie leise. «Weißt du nicht, was du mir bedeutest?» Er blieb einen Augenblick wortlos stehen, dann ließ er sie unerwartet los, wandte sich ab und verbarg sein Gesicht in den Händen. Sie zog ihn zu sich heran und strich ihm übers Haar.

«Es tut mir leid», flüsterte er. «Es tut mir so leid.» Sie hörte, dass er weinte. «Ich weiß nicht, was in mich gefahren ist ...» Schließlich richtete er sich auf und küsste sie auf die Stirn, fuhr ihr mit den Händen durchs Haar, den Rücken entlang, drückte ihren Kopf gegen seine Brust.

«Ich habe Angst, Christine», sagte er. «Ich habe so eine wahnsinnige Angst vor dem, was in den nächsten Wochen auf uns zukommt. Ich habe nicht geglaubt, dass das alles möglich ist. Dass sie einen alten Mann, der seit Jahren nur noch mit seinem Gott beschäftigt ist und niemandem ein Haar krümmen kann, in den Turm stecken. Dass sie auf der Straße über uns herfallen. Dass wir in unseren eigenen Häusern nicht mehr sicher sind. Ich habe Angst, und ich schäme mich dafür.» Sie legte die Hand auf sein Herz und spürte den vertrauten Schlag.

«Dann lass uns doch zusammen weggehen, David ... irgendwohin! Wir werden schon durchkommen, und mit dir zusammen –» Der Gedanke ließ sie schwindlig werden. Zusammen mit David an einem Ort, wo niemand sie kannte, niemand sie trennen konnte ... aber er schüttelte den Kopf.

«Es ist zu spät, Liebes. Ich kann jetzt nicht mehr fort, wo sie alle im Gefängnis sind. Ich kann sie nicht einfach im Stich lassen.»

«Ja», antwortete Christine matt. Ja, so war es wohl. Sie blieben noch lange so stehen, eng beieinander, spürten die Wärme und den Atem des anderen, die Angst und die Sehnsucht. So nah und so unendlich weit voneinander entfernt. Schließlich machte Christine sich los. Sie strich David noch einmal übers Gesicht, ging zur Tür und verschwand auf die Straße, froh, dass auch er kein Wort mehr gesagt hatte.

Vinz konnte sich im letzten Augenblick zur Seite ducken, so dass die Köpperlin ihn nicht neben dem Fenster stehen sah. Aber wahrscheinlich kriegte sie sowieso nichts mit, nach allem, was sie in der letzten halben Stunde getrieben hatte mit diesem Juden. Vinz war so verblüfft, dass er erst überlegen musste, was er als Nächstes tun sollte. Eigentlich war es nur eine verrückte Eingebung gewesen, der Frau zu folgen. Es hatte ihn belustigt, wie sie sich nach den zerrissenen Blättern gebückt hatte, und neugierig darauf gemacht, was sie wohl damit tun würde. So war er hinter ihr hergeschlichen und hatte sie in dem Judenhaus verschwinden sehen. Und dann war sie noch so freundlich gewesen, selbst die Läden zu öffnen! Sonst hätte er keine Gelegenheit gehabt, diese überaus interessanten Beobachtungen zu machen. Die Köpperlin hatte sich diesem Juden ja förmlich an den Hals geworfen; wer weiß, was die sonst noch so miteinander trieben! Vinz' Hände, die immer noch das ruinierte Buch umklammert hielten, waren feucht geworden. Teufel auch, er hatte schon immer einen guten Riecher gehabt! Und er konnte sich auch schon vorstellen, wer sich sehr für diese Geschichte interessieren würde. Aber es hatte keine Eile. Gerade jetzt hatte er keine Sorgen, genug Geld in der Tasche und eine Lehrstelle in Aussicht. Doch die Zeiten würden sich sicher wieder ändern, und schneller als gedacht konnte der Moment kommen, wo er sein Wissen versilbern würde. Er lächelte zufrieden und schlug das Buch auf, blätterte darin und betrachtete halb angewidert, halb fasziniert die Bilder. Was für Sauereien darin zu sehen waren! Aufgeschnittene Leiber, halbierte Augen, ein kleiner Rotzkerl, dem jemand mit einem Messer am Schwanz herumfummelte. Vinz blätterte weiter, dann hielt er plötzlich inne und sah sich das letzte Bild noch einmal an. Dem toten Jungen, so fiel ihm ein, waren doch auch die Eier abgeschnitten worden. Höchst aufschlussreich, das Ganze! Er sollte das Buch zum Rat tragen, nein, besser: zu Köpperlin selbst. Der würde sicher wieder etwas springenlassen dafür!

Bester Laune schlenderte Vinz zu ihrer Absteige zurück. Was für ein unerwartet guter Tag das heute gewesen war!

19

An dem Tag, als Vinz seine Lehrstelle in der Mühle antrat, war Gerli so stolz wie nie zuvor in ihrem Leben. Wie lange hatte sie darauf gewartet! Sie hatten auf dem Wochenmarkt neue Hosen und Schuhe für ihn gekauft und dann seine kümmerlichen Besitztümer in der kleinen Kammer in der Mühle untergebracht, die Vinz in Zukunft mit Hensli, dem älteren Lehrbuben, teilen würde. Ein echter Papiermüller, so hatte der Lehrling auf ihre besorgte Frage erwidert, konnte selbst neben der Lumpenstampfe schlafen. Der sank abends so müde auf seinen Strohsack, dass nicht einmal die Posaunen des Jüngsten Gerichtes ihn noch wecken würden. Vinz hatte offensichtlich kaum zugehört, sondern nur mit flinken Blicken sein neues Zuhause in Augenschein genommen, seinen Würfelbecher herausgeholt und Hensli zum Spielen eingeladen. Aber dazu war es nicht gekommen, weil auf einmal der Papierer selbst in der Tür gestanden hatte, um den Jungen feierlich in die Mühle aufzunehmen und einzuschwören, mit einem Umtrunk und einem reichhaltigen Mahl, das Gerli den letzten Rest der Köpperlin'schen Belohnung kostete. Aber die Sache war es wert. So üppig das Festessen zur Aufnahme des Lehrlings war, so würden auch seine hoffentlich einmal kommenden Meisterjahre werden.

Heute würden sie anfangen, Leim zu kochen. Alle geschöpften und getrockneten Papiere mussten in eine Leimbrühe getaucht, danach erneut gepresst und getrocknet werden, sonst würde später beim Beschreiben die frische Tinte auseinanderlaufen. Das Leimkochen war eine schmutzige und zeitaufwändige Arbeit, die alle drei, vier Wochen getan werden musste. Knoll, der Fuhrmann, stand schon mit seinem Wagen im Hof und lud mit Jost und Oswald die Schafsfüße, Schlacht- und Gerbereiabfälle herunter. Die beiden Lehrlinge füllten alles in Körbe und trugen es zu Gerli in die Leimküche hoch. Gerli war fest entschlossen, ein Auge auf Vinz zu haben, sodass er gar nicht erst auf die Idee kam, zu bummeln und zu schludern. Dem Jungen war zuzutrauen, dass er sich durch seinen Schlendrian doch noch alles verderben konnte. Beruhigend allerdings war es, dass der Papierer dem Burschen freundlich entgegenkam, und auch Vinz schien seinen neuen Meister zu mögen. Gerli seufzte, als sie die Körbe mit dem stinkigen Zeug vor sich auf dem Küchentisch stehen sah. Leim kochen war mindestens so schlimm wie Lumpen zerreißen.

An vielen Schafsfüßen hingen noch Fettreste, Blut und Dreck, die als Erstes entfernt werden mussten. Gerli schabte sie mit einem groben Messer sauber und warf den Abfall zurück in den Korb; die Schweine würden das Zeug später fressen. Die sauberen Schafsfüße mussten dann für ein paar Tage eingeweicht werden; zu diesem Zweck hatten die Männer schon eine große Bütte hereingeschafft und mit Wasser gefüllt. Immer wieder ließ Gerli das Messer sinken und lief zum Fenster hinüber, um frische Luft zu schöpfen, bevor sie sich wieder ihrer Arbeit zuwandte. Sie konnte sich noch genau an das erste Mal erinnern, als sie

Leim gekocht hatte: Es war an einem heißen Sommertag gewesen, und nachdem sie den ganzen Morgen im Gestank der halbverrotteten Schlachtabfälle gearbeitet hatte, war sie einfach ohnmächtig umgekippt. Jost hatte sich rührend um sie gekümmert und selbst mit angepackt, damit sie schneller fertig wurden. An diesem Tag hatte sie zum ersten Mal gedacht, dass der Papierer wohl eine gute Partie wäre.

Jetzt hörte sie ihn unten im Hof mit dem Fuhrmann reden und verzog unwillkürlich das Gesicht. So angeregt hatte er mit ihr schon lange nicht mehr gesprochen! Und als sie ihm vor ein paar Tagen zu verstehen gegeben hatte, welche Möglichkeiten es bot, dass sie jetzt allein in ihrer Kammer wohnte, hatte er überhaupt keine Reaktion gezeigt. Er schien kein Interesse mehr daran zu haben, häufiger mit ihr zusammenzukommen als zwei, drei Mal im Monat. Aber sie hatte keine Lust, ihr Leben lang hinten im Schuppen des Goldenen Lamms mit dem Papierer durch das halbverschimmelte Stroh zu rollen, nur damit er sich die paar Pfennige für das Hurenhaus sparte. Jetzt, da Vinz so gut versorgt war, musste sie sich um ihre eigene Zukunft kümmern. Voller Energie nahm sie den nächsten Schafsfuß in Angriff.

Ihre Beziehung zu dem Papierer hatte sich in der letzten Zeit deutlich verschlechtert – sie hätte blind sein müssen, um das nicht zu bemerken. Vielleicht hatte sie ja unabsichtlich irgendetwas gesagt oder getan, was Jost verärgert hatte. Seit wann hatte sich denn seine Leidenschaft so deutlich abgekühlt? War es Fasching gewesen, als sie ihm Vorwürfe wegen dieser Prügelei gemacht hatte? Nein, zur Versöhnung hatte er ihr sogar noch ein neues Haarband geschenkt und sie am Abend zum Tanzen ausgeführt, obwohl er es so sehr hasste. Aber kurz danach musste es gewesen sein. Plötzlich erinnerte sich Gerli wieder an den einen Sonntag, an dem sie sich auf der Papiermühle verabredet hatten. Die Lumpenstampfe hatte nicht gearbeitet, und Oswald und Hensli, der Lehrbub, waren unterwegs gewesen. Sie hatte sich extra hübsch gemacht an dem Tag, hatte saubere Strümpfe angezogen und sich das Haar gekämmt, bis ihr der Arm fast lahm wurde. Und dann hatte Jost sie schon auf der Treppe abgespeist: Er hätte es sich anders überlegt, und überhaupt, er fühle sich nicht wohl, und sie solle wieder zurück nach Hause gehen. Im ersten Moment hatte sie gedacht, er hätte ein anderes Mädchen da, mit dem er sich vergnügte, und wollte schon eifersüchtig auf ihn losfahren, aber dann war ihr aufgefallen, dass er tatsächlich blass und krank aussah. Sie hatte angeboten, ihn ein bisschen zu pflegen – etwas Leichtes für ihn zu kochen, ihm den Rücken zu massieren und das Gesicht zu kühlen. Wie eine gute Ehefrau eben. Aber statt sich zu freuen, hatte er sie angeschrien und fast die Treppe hinuntergeschubst. Ob sie nicht zugehört habe? Sie solle sich fortscheren und ihn in Ruhe lassen, aber schnell. Ganz außer sich war er gewesen, und das erste Mal, seit sie sich kannten, hatte sie Angst vor ihm gehabt. Seitdem stimmte etwas nicht mehr – nicht mehr mit ihrem Verhältnis zueinander, nicht mehr mit ihm selbst. Sie hätte viel darum gegeben zu wissen, woran das lag. Was hatte sie nur falsch gemacht, dass er sein Vergnügen nicht mehr zwischen ihren Beinen suchte?

Der Fuhrmann Knoll war längst nach Ravensburg zurückgekehrt. Hensli und Oswald kontrollierten die geschöpften Papiere, die zum Trocknen in der Speicherkammer hingen, und Jost wanderte mit seinem neuen Lehrling durch die Mühle und machte ihn mit den vielen Arbeitsschritten vertraut, die es brauchte, ein Blatt weißes Papier herzustellen. Die Lumpenstampfe schwieg, und so hörte Gerli die beiden auf der Treppe miteinander reden.

«... sicher, so ein Pergamentbogen kostet mehr als ein Blatt Papier, viel mehr! Das ist ja gerade unser Vorteil. Noch ein paar Jahre, und kein Mensch wird mehr auf Pergament schreiben.»

«Wozu überhaupt schreiben?» Das war Vinz' Stimme. «Ich bin mein Lebtag gut zurechtgekommen ohne diese Schmiererei!»

«Du kannst nicht schreiben?» Jost hörte sich alles andere als begeistert an. «Wenn ich das gewusst hätte, dann hätt ich dich nicht so schnell als Lehrbuben aufgenommen! Das ist ja, wie wenn 'n Blinder Bogenschütze werden will. Sieh zu, dass du das nachholst, Kerl, aber schnell! Der Hensli kann dir die Buchstaben beibringen. Aber denk nicht, du kannst dafür deine Arbeitsstunden schwänzen.»

Gerli hielt die Luft an. Wie konnte man nur so dumm sein? Sie hätte ihren Bruder ohrfeigen können. Natürlich hätte der Papierer früher oder später sowieso herausgefunden, dass Vinz nicht einmal seinen Namen schreiben konnte, aber man musste es ihm ja nicht gleich am ersten Lehrtag auf die Nase binden. Sie öffnete die Tür und steckte vorsichtig den Kopf heraus, um vielleicht Vinz ein Zeichen geben zu können, dass er endlich die Klappe hielt. Aber Vinz und der Papierer waren zu sehr mit sich beschäftigt und sahen nicht in ihre Richtung.

«Was denkst du eigentlich, wer du bist, du Hosenscheißer?» Jost hatte sich in Rage geredet; offenbar hatte Vinz mit einer frechen Antwort noch eins draufgesetzt. Gerli wäre am liebsten dazwischengegangen, aber sie wollte nicht zugeben, dass sie gelauscht hatte.

«... wirst dich noch wundern. Das ist was anderes, als den ganzen Tag herumzulungern und den Mädchen unter die Röcke zu schielen.»

«Aber was ist schon dabei? Vom Schielen allein kriegen sie keinen dicken Bauch, oder, Jost?»

«Meister!», donnerte Jost. «Für dich bin ich der Meister und Schluss! Aber wenn du hier weiterhin so eine dicke Lippe riskierst, bin ich bald dein Meister gewesen. Fünf Lehrbuben hätt ich kriegen können, ach was: ein Dutzend!, und an so einen wie dich musst ich geraten.»

«Meister, ich ...» Vinz war jetzt kleinlaut geworden, aber der Papierer schnitt ihm das Wort ab.

«Gerade heute hat der Knoll mich wieder gefragt, ob ich nicht seinen Ältesten nehmen will, 'n anständigen Kerl, der schon zu Hause gelernt hat, was Arbeit ist, nicht so ein Einfaltspinsel wie du! Und ich sag: Tut mir leid, Knoll, aber die Stelle ist schon vergeben. Hab schon einen anderen Lehrbuben gefunden!»

«Na ja, der Knoll», stellte Vinz gedehnt fest.

Der Papierer fuhr hoch, als hätte ihm jemand eine Hornisse in die Hose gesetzt.

«Hast du etwa was gegen anständige Leute?»

«Nein, natürlich nicht. Aber gerade der Knoll, ich weiß nicht. Man hört so allerlei.» Erschreckt sah Gerli, wie Jost den Jungen am Kragen packte und zu sich hinzog.

«Das ist üble Nachrede, Junge! Das dulde ich nicht, hier in meiner Mühle!»

«Ist ja gut, Meister, ich versteh schon. Ich dachte ja nur,

wegen den Juden und diesem Jungen, dass Ihr's wissen solltet!»

Jost hielt inne wie vom Donner gerührt und ließ den Burschen los.

«Mit – mit den Juden und diesem Jungen? Was meinst du damit?»

Vinz zuckte die Achseln.

«Was man eben so aufschnappt auf der Straße. Aber wenn Ihr's nicht hören wollt?»

«Doch. Doch, sicher. Erzähl's mir.» Die Stimme des Papierers klang gepresst. Vinz lehnte seinen schlaksigen Körper gegen die Wand und kreuzte die Beine.

«Also, der Knoll hat ja auch schon Fuhren für die Juden übernommen, oder?»

Jost nickte unsicher.

«Weiß nicht ... möglich wär's.»

«Jedenfalls, einer hat gesehen, wie er am ersten Mai aus der Judengasse gefahren ist mit seinem Fuhrwerk, und hinten hat er einen Sack draufgehabt. Und dann ist ein Jude gekommen und hat gerufen, er soll den Sack in den Haslach bringen.» Vinz stemmte die Hände in die Hüften und sah den Papierer herausfordernd an. «Was da wohl drin war, in dem Sack? Was meint Ihr, Meister?»

«Ich – ich weiß es nicht», stammelte der Papierer. Gerli sah ihn die Hände ringen. Das Herz schlug dumpf in ihrer Brust; sie war sicher, dass Vinz heute dem Knoll zum ersten Mal in seinem Leben begegnet war. Aber vielleicht hatte er ja wirklich etwas aufgeschnappt, sagte sie sich. Schließlich war er dauernd unterwegs und kannte viele Leute. Sie hörte den Papierer laut schnaufen.

«Hör zu, Junge ... ich glaube, du musst dem Rat Meldung machen. Sie gehen allen Hinweisen nach, und bis jetzt wissen sie noch nicht ...»

Diese Aussicht schien Vinz nicht zu reizen.

«Das hat keinen Sinn, Meister. Mir glaubt doch sowieso niemand! Wahrscheinlich lassen sie mich nicht mal vor.»

Der Papierer nickte langsam.

«Dann – dann muss ich es tun. Ja. Ich werde zum Rat gehen. Und du, scher dich zu Oswald und Hensli und lass dir zeigen, wie man die Papiere zum Trocknen aufhängt.»

Jost stolperte die Treppe hinunter und verschwand im Hof.

Das Leimen dauerte die ganze Woche. Nach dem Einweichen wurden die Knochen in einen Korb umgefüllt. Oswald wuchtete den großen Kessel auf die Feuerstelle und füllte ihn mit sauberem Wasser, dann heizten sie ein. Sobald das Wasser kochte, wurde der Korb hineingehängt. Das Ganze musste stundenlang gekocht werden; Fett und Schmutz quollen nach oben und wurden regelmäßig abgeschöpft. Es war üblich, dass der Meister selbst die Leimzubereitung überwachte; an diesen Tagen schlief er in der Küche, um regelmäßig Holz nachzulegen und die Brühe im Auge zu behalten. Gerli entschloss sich, ihm dabei Gesellschaft zu leisten und zu helfen.

«Dann musst du nicht allein die ganze Nacht wach bleiben», sagte sie und zwinkerte ihm zu, aber Jost nickte nur kurz.

«Wenn du willst.» Nun, er würde schon merken, wie angenehm es war, sie dabeizuhaben, wenn auch die stinkende Leimküche um nichts besser war als der Stall vom Goldenen Lamm.

Eine Zeitlang arbeiteten sie schweigend, zogen den Korb

mit der ersten Ladung Schafsfüße heraus, filterten die Leimbrühe und füllten sie in eine zweite Bütte um, beluden den Kessel neu und schürten das Feuer. Schließlich setzte Jost sich an den Tisch und schloss die Augen. Gerli ließ sich auf seinen Schoß gleiten und legte ihm die Arme um den Hals.

«Wir waren schon lange nicht mehr allein», flüsterte sie ihm ins Ohr. «Vielleicht – ich meine, die Brühe kocht auch ohne uns, oder?»

«Die nächste Stunde, ja.» Sie küsste ihn auf den Mund und griff nach seinem Gürtel, aber noch bevor sie die Schnalle öffnen konnte, schob er sie weg.

«Bitte, Gerli, heute nicht.» Sie blieb einen Moment reglos auf seinem Schoß sitzen, dann stand sie langsam auf. Ich habe ihn verloren, hämmerte es in ihrem Kopf. Es ist vorbei. Nie werde ich Papiermüllerin sein, nie etwas anderes als eine Tagelöhnerin. Ohne dass sie es verhindern konnte, brach sie in Tränen aus. Unbeholfen tappte der Papierer zu ihr herüber und strich ihr mit der Hand über die Wange.

«Aber Mädchen, nimm's doch nicht so schwer. Gerade heute ... mir klebt noch der Leim an den Fingern, und hier stinkt's wie die Hölle.»

«Willst du mich nicht mehr?», flüsterte Gerli. «Hast du eine andere?»

«Ach was. Das hat nichts mit dir zu tun.» Der Papierer schüttelte den Kopf. «Es ist nur – komm, setz dich hier zu mir auf die Bank.» Er nahm ihre Hand und drückte ihre Finger fest zusammen. «Der Junge, weißt du. Der junge Köpperlin. Ich muss immerzu daran denken. Und irgendwie – weißt du, irgendwie wär es nicht recht, einfach so weiter zu leben wie bisher. Weiter zu saufen und zu huren und zu sündigen, verstehst du?»

«Wie in der Fastenzeit», sagte Gerli. Sie verstand nicht genau, was er meinte, aber die Erleichterung darüber, dass nicht sie schuld war an seinem merkwürdigen Verhalten, durchströmte in warmen Wellen ihren Körper. «Du bist oft in der Kirche», tastete sie sich voran, und der Papierer nickte.

«Ich bete», antwortete Jost ernst, «und ich bereue.» Unvermittelt stand er auf, ging zu dem Kessel mit dem kochenden Leim hinüber und rührte um. «Hast du gehört, dass sie den Knoll verhaftet haben?», fragte er dumpf.

«Den Fuhrmann?»

Jost nickte.

«Gestern haben sie ihn geholt. Soll was mit den Juden gehabt haben. Jetzt wollen sie ihn befragen.» Er legte den Rührlöffel weg und rieb sich mit der Hand über die Augen. «War immer 'n ehrlicher Kerl, der Knoll. Kenn ihn schon seit Jahren, ihn und seine Frau und die Kinder. 'n ehrlicher Kerl. Fast ein Freund.»

«Dann werden sie ihn sicher schnell wieder laufen lassen, oder?»

«Sicher. Bestimmt. Kann mir nicht vorstellen, dass der Knoll irgendetwas zu tun hat mit – mit dieser ganzen Sache.» Josts Stimme zitterte, und Tränen glitzerten in seinem Schnauzbart. Gerli sprang auf und zog ihn an sich.

«Du darfst dir das nicht so nahgehen lassen, Jost», flüsterte sie ermutigend und streichelte seine schütteren Locken. «Der Rat wird ihn bald wieder nach Hause schicken. Aber sie müssen schließlich jeden befragen, nicht wahr?»

«Ja.» Er nickte heftig. «Ich weiß selbst nicht, was mit mir los ist. Wahrscheinlich sitzt mir immer noch dieser lange Winter in den Knochen.»

«Dann – dann solltest du dich ein bisschen aufwärmen lassen.» Sie ließ ihre Hände seinen Rücken hinunterwandern, schob sie unter seinen Gürtel, presste ihn an sich. «Ich weiß, was du tun musst, damit es dir bessergeht ...»

Diesmal ließ er sie gewähren.

Es schien, als sei ganz Ravensburg gekommen, um bei der Bestattung des Ludwig Köpperlin dabei zu sein. Pater Alexius selbst hatte unterhalb der Tanne ein Geviert von vielleicht zehn auf zehn Schuh geweiht, denn man war übereingekommen, den Jungen dort zu beerdigen, wo er aufgefunden und möglicherweise auch zu Tode gekommen war. Und wo sich inzwischen eine volkstümliche Wallfahrtsstätte entwickelt hatte, zu der jeden Tag Dutzende von Gläubigen pilgerten, um den Beistand des Verstorbenen in ihren Sorgen und Krankheiten zu erflehen oder ihre Familien unter seinen Schutz zu stellen. Mehrere roh behauene Kreuze waren aufgestellt worden, und unter einem einfachen Holzdach wachte die Heilige Jungfrau, die ein Figurenschnitzer aus Wangen gestiftet hatte, über die Votivgaben zu ihren Füßen. Auch jetzt war kaum einer der Trauergäste mit leeren Händen gekommen: Viele trugen brennende Kerzen vor sich her, Blumenkränze und Andachtsbilder.

Christine hatte nur die Flöte mitgebracht, um sie neben Ludwig ins Grab zu legen. Sie wünschte von ganzem Herzen, sie hätte in aller Stille Abschied von ihm nehmen können, aber davon konnte an diesem Tag keine Rede sein. Viele der Anwesenden schluchzten laut, andere stimmten immer wieder fromme Lieder an oder verfluchten die gottlosen Mörder, sodass die Ansprache des Karmeliters kaum noch jenseits der ersten Reihen zu hören war. Und von überall her spürte Christine Blicke, neugierige Blicke, die sie nicht losließen, die ihr folgten, wo sie auch ging und stand. Die Stiefmutter des jungen Märtyrers! Das Verhältnis sollte ja recht kühl gewesen sein, wie man hörte. Und der Vater die Hälfte der Zeit unterwegs. Kein wirkliches Zuhause jedenfalls für den Jungen. War er nicht häufig genug einsam durch die Gassen gestromert, weil er es in der Marktstraße nicht ausgehalten hatte? Kein Wunder, denn die Köpperlin hatte ihm das Leben zur Hölle gemacht. Sagte sogar die Köchin. Und so war es dann passiert! Wenn sie nur ein Auge auf ihn gehabt hätte, dann wäre es niemals so weit gekommen ...

«Vom Staub bist du genommen, zum Staub kehrst du zurück», deklamierte Pater Alexius. Christine hielt die Flöte, auf der Ludwig so gern gespielt hatte, in ihren schweißigen Fingern und warf sie endlich in das offene Grab. Mit einem hellen Klang schlug das Instrument auf dem Sarg auf und rollte dann auf dem Deckel hin und her, bis es endlich zum Stillstand kam.

«Unerhört!», schimpfte jemand. Christine konnte nicht erkennen, wer es gewesen war. Vielleicht der Magister aus der Lateinschule, der sich offenbar längst nicht mehr daran erinnern mochte, wie oft er mit seinem Stock den Hintern des zukünftigen Märtyrers bearbeitet hatte.

Der Leichenschmaus für die einfachen Leute wurde im Goldenen Lamm begangen, die Patrizier dagegen trafen sich in der Trinkstube Zum Esel. Dass die Eselgesellschaft ihrem Mitglied Köpperlin die Räumlichkeiten für diesen Zweck zur Verfügung stellte, war ein besonderes Privileg und nicht nur den ungewöhnlichen Umständen dieses Todesfalls zu schulden, sondern auch der Anwesenheit von Jakob Truchsess von Waldburg, des schwäbischen Landvogtes und Bevollmächtigten von König Sigismund. Es war das erste Mal, dass Christine ihm begegnete: einem großen, fast hageren Mann von knapp vierzig Jahren mit ledrigem Gesicht, dunklen Locken und einem wuchernden Bart, der fast seine Brust erreichte und die Mundpartie vollständig verdeckte. Selbst zu diesem Anlass trug der Truchsess einen leichten Harnisch mit dem Wappen seines Hauses – den drei Löwen, neben denen die drei Hunde der Humpis sich wie Schoßtiere ausnahmen.

Der Truchsess hatte seinen Platz am Kopf der Tafel, flankiert von Ital Humpis auf der einen und Frick Köpperlin auf der anderen Seite. Dabei beschäftigte er sich ausschließlich mit dem Bürgermeister und überging Frick so vollständig, dass Christine vor Scham kaum wusste, wohin sie schauen sollte. Auch alle anderen mussten es doch merken, dass der Truchsess es ablehnte, sich mit Frick zu unterhalten! Schließlich murmelte Frick eine Entschuldigung, stand auf und verließ die Tafel.

«Ist Eurem Gatten nicht wohl, Frau Christine?», fragte Humpis. Der Truchsess drehte den Kopf und musterte sie so kühl, dass ihr das Blut in den Adern stockte.

«Er – es nimmt ihn alles furchtbar mit. Ludwig war sein einziger Sohn», stammelte sie.

Jakob von Waldburg nahm einen Schluck Wein und wandte ihr wieder den Rücken zu.

«Habt Ihr inzwischen Antwort aus Pforzheim erhalten?»

Der Bürgermeister nickte.

«Die Räte dort haben uns geschrieben, dass zwar zu

ihren Lebzeiten nichts dergleichen vorgekommen sei, es aber in der Pfarrkirche das Grab eines Mädchens gebe, das die Juden vor mehr als hundert Jahren getötet haben.»

«Wie – wie haben sie denn damals herausgefunden, dass die Juden schuld waren?» Es war wie ein Zwang, der Christine nötigte, diese Frage zu stellen.

«Die Wunden der Leiche fingen an zu bluten, als die Juden zu ihr geführt wurden», antwortete Humpis.

«Und was geschah dann?»

«Einige Juden wurden gerädert, andere gehängt, ebenso wie eine alte Frau, die ihnen das Mädchen verkauft hatte. Dieser Brief aus Pforzheim hat unseren Verdacht gegen die Juden hier bestärkt. Bei dem Tod des jungen Ludwig könnte es sich ganz ähnlich zugetragen haben wie damals in Pforzheim, möglicherweise unter Beteiligung aller, die im Februar an dieser Hochzeit teilgenommen haben. Kurz danach ist der Junge ja schließlich verschwunden! Wir haben deshalb an die anderen Städte in Oberschwaben geschrieben, damit auch sie ihre Juden verhaften, eben alle, die zu diesem Zeitpunkt hier in Ravensburg zu Besuch waren.»

Bevor Christine fragen konnte, was denn die Hochzeit mit Ludwigs Tod zu tun haben sollte, setzte Jakob von Waldburg klirrend seinen Kristallpokal auf dem Tisch ab.

«Herr Humpis», sagte er schneidend, «Ihr wisst sicherlich, dass niemandem außer dem König selbst Recht und Gewalt über die Juden zustehen, nicht wahr?»

Humpis beeilte sich zu nicken.

«Selbstverständlich. Wir würden nie –»

«So wie Ihr wisst, dass wir schon mehrfach gemeinsam vor dem Bischof in Konstanz in dieser Sache verhandelt haben. Bischof Otto ist der Meinung, dass erst die Hetze

Eurer Priester die ganze Angelegenheit ins Rollen gebracht hat.»

«Aber, lieber Herr Truchsess! Unser Pater Alexius würde nie –»

Der Landvogt fuhr fort, als hätte Humpis gar nicht den Mund geöffnet.

«Der Bischof hält diese Vorwürfe für Unglauben, Bürgermeister, der gegen Gott und die heilige Kirche gerichtet ist. Eure größte Sorge sollte sein, schleunigst diese lästerliche Heiligenverehrung im Wald zu unterbinden.»

Ital Humpis beugte sich vor; er antwortete so leise, dass Christine sich anstrengen musste, ihn zu verstehen.

«Ihr habt doch die Leute gesehen, Herr Landvogt! Was denkt Ihr, was passiert, wenn wir ihnen die Wallfahrt verbieten? Es wird einen Aufstand geben, Blutvergießen! Habt Ihr noch nicht gehört, wie unruhig die Lage in Konstanz ist? Was schadet es, wenn sie in den Wald ziehen, um dort zu beten? Irgendwann hört es ganz von allein wieder auf. Und außerdem –»

«Außerdem was?»

«Außerdem haben die Juden sich sehr verdächtig gemacht. Wir können die Dinge jetzt nicht einfach auf sich beruhen lassen.»

«Ist denn etwas herausgekommen bei der Vernehmung dieses Fuhrmanns, dieses Knoll?»

Humpis verfärbte sich leicht rötlich.

«Nein, aber wir haben noch nicht alle Mittel angewandt. Bisher –»

«Dann lasst sie Urfehde schwören und nach Hause gehen, Bürgermeister.»

«Nur den Knoll? Oder die Juden auch?»

«Natürlich die Juden auch.» Der Landvogt leerte seinen Pokal und stand auf. «Jetzt entschuldigt mich, ich muss heute noch nach Wangen reiten. Und vergesst nicht, dass König Sigismund mich damit beauftragt hat, seine Interessen wahrzunehmen. Er legt keinen Wert darauf, seine Judensteuer zu verlieren. Ich wünsche umgehend informiert zu werden, falls sich etwas Neues ergibt.»

Lasst sie Urfehde schwören und nach Hause gehen. Christine wäre am liebsten aufgesprungen und hätte den Truchsess umarmt, den Mann, der das Unheil aufgehalten hatte. Stattdessen hob sie ihren Becher. «Auf das Wohl des Herrn von Waldburg», sagte sie laut. Die Umsitzenden schauten überrascht zu ihr herüber, aber es war ihr gleich. Die Juden würden freigelassen werden: Die entsetzliche Gefahr, in der sie geschwebt hatten, war gebannt.

20

Anfang August wurden zunächst der Fuhrmann Knoll, dann auch die Juden freigelassen, nachdem sie zuvor in ihrer Urfehde geschworen hatten, die Stadt wegen ihrer mehrwöchigen Gefangenschaft nicht zu belangen und mitsamt ihren Familien bis auf weiteres hierzubleiben.

«Das heißt, wir sind jetzt nicht mehr im Turm, sondern in der Stadt gefangen», knurrte Aaron, als sie gemeinsam um den großen Esstisch saßen. Obwohl Jacha zweimal jeden Tag koscheres Essen zum grünen Turm gebracht hatte, war er in den letzten Wochen deutlich abgemagert, und scharfe Falten ließen sein Gesicht streng und verbittert erscheinen. Der alte Moses dagegen war ausgeglichen und fröhlich; er hatte die Zeit der erzwungenen Muße im Zwiegespräch mit seinem Gott verbracht, wie Raechli es ausgedrückt hatte, und schien nichts von der Bedrohung gespürt zu haben, die sie umgab. Als er jetzt die Hände auf das Brot legte und den Segen sprach, strahlten seine Augen, als hätte er schon den ersten Schritt ins Gelobte Land getan.

«Gelobt seist du, Ewiger, Herrscher der Welt, der du Brot aus der Erde hervorbringst.»

Sie redeten nicht viel während des Essens. Nur Jacha flatterte aufgeregt von einem zum anderen, legte immer wieder nach, fragte, wie es allen schmecke, lief in die Küche, um neuen Wein und Früchte zu holen, strich Aaron verstohlen über das Haar. David schien es, als sei sie nach langem Schlaf wieder aufgewacht. Die Kinder dagegen, Sara und Jitzak, waren ungewohnt scheu und trauten sich kaum einmal, ihren Vater anzuschauen, als sei er durch die Zeit im Gefängnis zu einem Fremden geworden. Raechli wischte sich immer wieder mit der Hand über die Augen.

Schließlich war die Mahlzeit beendet. Anselm und Blumli gingen in ihr eigenes Haus hinüber, Moses zog sich in den Betraum zurück, die Frauen klapperten in der Küche mit dem Geschirr und unterhielten sich leise. Nur Aaron und David blieben noch in der Stube zurück. David betrachtete seinen Bruder abwartend; Aaron sagte nichts.

«Und?», fragte David schließlich. «Wie geht es dir?»

«Was erwartest du?» Aaron drehte sich auf der Bank um und funkelte David an. «Wie soll es mir schon gehen, nachdem ich sechs Wochen im Turm gesessen habe? Dir jedenfalls scheint es ja gutzugehen.»

David antwortete nicht; er konnte gut verstehen, dass Aaron den Drang verspürte, um sich zu schlagen und jemanden zu verletzen.

«Für Jacha war es sehr schwer», sagte er schließlich. «Seit der Verhaftung hat sie keine drei Sätze mehr gesagt. Sie ist nur noch vor die Tür gegangen, um euch das Essen zu bringen.»

«Ja.» Aaron wischte einen Fleck von der Tischplatte. «Wo hat sie eigentlich das Fleisch herbekommen? Hast du angefangen, selbst koscher zu schlachten?»

David holte tief Luft.

«Sie lassen uns nicht mehr in die Schlachtmetzig, Aaron. Ich habe ein paar Mal Fleisch gekauft und Jacha gesagt, es wäre von einem jüdischen Händler aus Lindau. Sie hat mir geglaubt.»

«Willst du damit sagen, dass wir unreines Fleisch gegessen haben? Wir alle? Heute auch?»

David sah ihm gerade ins Gesicht.

«Ja. Was hätte ich sonst tun sollen?»

«Du – du verlogener Hund!» Aaron war rot angelaufen; er sprang auf und spuckte David ins Gesicht. «Wie konntest du das nur tun? Aber dir war ja immer egal, was wir glauben! Du bist ein dreckiger Verräter, weißt du das? Ich hoffe nur, dass es Vater niemals erfährt, und Mutter auch nicht. Und erst Jacha! Wenn ich daran denke, wie wichtig es ihr war, uns das Essen zu bringen ...»

«Aaron.» David bemühte sich, ruhig zu bleiben. «Es ging doch darum, dass ihr im Gefängnis bei Kräften bleibt. Wir haben alle Hühner geschlachtet und jeden zweiten Tag Fisch gekauft, aber Fisch ist teuer, und wir haben nicht mehr viel Geld. Es ist schwer genug, überhaupt noch jemanden zu finden, der uns etwas verkauft! Es kommt kaum noch jemand in unser Geschäft, wir haben seit Wochen fast nichts mehr verdient. Es kann doch nicht so wichtig sein –»

«Es kann doch nicht so wichtig sein, dem Ewigen zu gehorchen?», flüsterte Aaron. «Nicht so wichtig? Wenn wir seine Gebote nicht erfüllen, hören wir auf, Juden zu sein! Aber du bist ja schon lange kein Jude mehr, David. Du bist ein Bastard.» Sie saßen sich schweigend gegenüber, und plötzlich füllten sich Aarons Augen mit Tränen.

«Um Himmels willen, David, was rede ich da ... Verzeih mir! Ich – ich bin noch nicht klar bei Verstand. Ich weiß doch, dass du das Beste gewollt hast!» Er stand zittrig auf, beugte sich über den Tisch und legte David die Hand auf die Schulter. «Du verzeihst mir, nicht wahr?»

David nickte, und sie saßen eine Weile schweigend da.

«Was wird aus uns werden, David?», fragte Aaron schließlich. «Was denkst du?»

«Vielleicht ist alles bald ausgestanden, ich weiß es nicht. Die Stimmung in der Stadt ist immer noch angespannt. Sie warten ab.» David legte all seine Überzeugungskraft in die nächsten Worte. «Aaron, du musst Jacha fortschicken. Nach Ulm vielleicht oder nach Zürich, wo sie Verwandte hat. Uns andere werden sie am Tor festhalten, aber kaum jemand weiß, wie Jacha aussieht. Sie ist ja fast noch nie auf der Straße gewesen und kann die Stadt verlassen, ohne dass sie jemand erkennt, und das Kind irgendwo in Sicherheit auf die Welt bringen.»

Aaron nickte.

«Ich habe auch schon darüber nachgedacht. Und die Kinder? Sollte sie nicht Sara und Jitzak mitnehmen?» Er sah David flehend an.

«Sie kann es versuchen, aber deine Kinder kennen viele. Es besteht die Gefahr, dass sie dann alle drei zurückschicken.»

Aaron schloss die Augen.

«Dann nur Jacha. Ich bete zum Ewigen –», er musste noch einmal ansetzen, «ich bete zum Ewigen, dass sie sich nicht an den Kindern vergreifen.»

Am Tag nach Mariä Himmelfahrt nahm Christine zum ersten Mal wieder ihr Arbeitskörbchen und ging zu ihrem Garten vor die Tore der Stadt. Die Gefangenschaft der Juden hatte wie ein Felsbrocken auf ihr gelastet, und seit ihrer Freilassung fühlte sie eine neue Zuversicht. Es war drückend heiß; über den Feldern und Weinbergen flirrte die Luft in der Sonne. Die Karren auf dem großen Weg durch das Schussental zogen lange Staubwolken hinter sich her, und die hohen Berge in der Ferne lagen im Dunst verborgen. Wahrscheinlich war inzwischen alles von Unkraut überwachsen und der Boden knochenhart, überlegte Christine; wahrscheinlich würde sie warten müssen, bis der Herbstregen einsetzte, bevor sie darangehen konnte, das Stückchen Land erneut zu bepflanzen. Immerhin würden Klatschmohn, Margeriten und Kornblumen die Brache erobert haben, sodass nicht alles kahl und öde dalag. Wie töricht war es gewesen, in diesem einen Augenblick der Raserei alles zu zerstören, woran sie so lange gearbeitet hatte! Mittlerweile konnte sie es selbst nicht mehr verstehen. Sie hatte den großen Platz überquert und lief nun die Bachgasse entlang, aber auch das klägliche Rinnsal, das man vom Flattbach hierher abgezweigt hatte, konnte nur eine Ahnung von Kühle wachrufen. Am Turm vor dem neuen Spital herrschte ein pestilenzialischer Gestank: Hier wurden die Spitalschweine gehalten, und ganz offenbar reichte die Wassermenge des Bachs jetzt im Sommer nicht aus, ihre Ausscheidungen wegzuspülen. Christine drückte sich ein Tuch vor Mund und Nase und hastete vorbei, während eine Gruppe schmutziger Spitalkinder ungerührt auf der Straße Hüpfekästchen spielte.

Auch der Stadtgraben stank übler als sonst; zwei matte Enten schwammen auf der trüben Brühe. Erst als Christine die Stadt hinter sich gelassen hatte, wurde die Luft ein wenig frischer, aber auch hier regte sich kein Windhauch. Die Blätter der Obstbäume hingen schmutzig und müde herunter, und um heruntergefallene Zwetschgen surrten die Wespen. Wie gut wäre es, im Garten einen Brunnen zu graben!, dachte Christine. Hier unten in der Talaue lag der Grundwasserspiegel hoch, und schon in ein, zwei Fuß Tiefe stieß man auf Wasser. Sie würde den Stallknecht fragen, der ihr immer gern zur Hilfe kam, seit sie ihm damals Geld für neue Stiefel gegeben hatte. Und zwei neue Apfelbäume würde sie pflanzen, in deren Schatten man sich auf das Gras setzen konnte, wenn sie erst ein bisschen herangewachsen waren. Abrupt blieb Christine stehen.

Sie hatte den Zaun erreicht, der ihren Garten gegen die Nachbargrundstücke abgrenzte, aber nichts sah mehr so aus, wie sie es in Erinnerung hatte: Die umgewühlten Beete und verstümmelten Obstbäumchen waren verschwunden und hatten Kohl, Rüben und Zwiebeln Platz gemacht, die unter den strengen Blicken einer Vogelscheuche in ordentlichen Reihen heranwuchsen. Weder Akelei noch Tausendschön oder Vergissmeinnicht und Goldlack würden hier wieder Fuß fassen, und selbst die Feldblumen waren gründlich vertrieben worden. Nichts war mehr da, was sie noch an ihren Garten erinnert hätte. Natürlich, Frick hatte ein fruchtbares Stück Land nicht einfach brachliegen lassen, nur weil es den Launen seiner Frau entsprach. Er hatte nie verstanden, warum sie sich mit solchen Nichtigkeiten wie Blumen abgab, wo man doch auch Zwiebeln hätte pflanzen können. Christine wusste, dass es dumm war zu weinen. Tränen brachten nichts und niemanden zurück. Ohne den Garten auch nur betreten zu haben, drehte sie sich um und schlug den Weg zur Mühlbrugg ein. Schon bald hatte sie die Schussen erreicht. Sie ging zum Ufer hinunter, bückte sich und setzte das Körbchen mit den Werkzeugen vorsichtig aufs Wasser. Gemächlich schwamm es mit der Strömung davon Richtung Bodensee.

Inzwischen hatte sich der Himmel zugezogen; die Schwüle des Tages würde sich über kurz oder lang in einem heftigen Gewitter entladen. Aber Christine war es gleich. Sie blieb noch am Ufer sitzen und sah dem lang schon entschwundenen Körbchen hinterher, bis das Unwetter endlich mit ein paar heftigen Böen losbrach. Die Weiden ächzten und bogen sich, das Wasser schäumte. Blitze zuckten aus den schwarzen Wolken zur Erde, als wollten sie sie spalten, Donner rührte die Trommel mit seinen Riesenfäusten. Innerhalb weniger Minuten war Christine durchnässt bis auf die Haut. Sie breitete die Arme aus, legte den Kopf in den Nacken und ließ sich den Regen ins Gesicht prasseln, spürte ihn in den Kragen rinnen und angenehm kühl die Haut hinunterlaufen. Selbst hinter geschlossenen Lidern konnte sie die Blitze noch flackern sehen.

Erst als die anschwellende Schussen an ihren Zehen leckte, machte sie sich auf den Weg nach Hause. Sie zog die Schuhe aus und lief barfuß über die überfluteten Wege zur Stadt zurück. Regen troff aus ihren Kleidern und Haaren, als sie an ihrem Haus in der Marktstraße ankam. Sie schlüpfte durch die Hintertür und wollte gerade nach oben in die Schlafkammer huschen, um sich etwas Trockenes anzuziehen, als vor ihr eine Tür aufging und Frick ihr entgegenkam, zusammen mit einer Frau, die sie noch nie gesehen hatte. Die Frau war kräftig und dabei klein, sicherlich noch einen halben Kopf kleiner als sie selbst, mit langen, zu zwei Zöpfen geflochtenen schwarzen Haaren und nahezu schwarzen Augen unter ausgeprägten Brauen, die sich über ihrer Nasenwurzel berührten. Ihre Wangen waren stark gerötet, als sei sie gerade von einem Winterspaziergang ins warme Haus zurückgekehrt; ihr Kinn sprang ein wenig vor, und auf ihrer Oberlippe lag ein dunkler Flaum wie ein Schatten. Erst als sie den Kopf hob, erkannte Christine, dass das linke Auge der Fremden leicht nach außen schielte.

«Grüß Gott, Frau Christine», sagte die Frau in einem seltsam kehligen Dialekt, und Christine wusste, wer sie war, noch bevor Frick sie vorstellte: Sie sprach genauso, wie Ludwig gesprochen hatte.

«Christine, das ist Ria, Ludwigs Mutter. Sie ist heute Nachmittag aus Brugg hier angekommen und wird für einige Zeit bei uns wohnen.» Er musterte seine Frau mit einem tadelnden Ausdruck im Gesicht, und auch der Blick von Ludwigs Mutter war inzwischen an ihren nackten schmutzigen Füßen hängengeblieben. «Warum läufst du herum wie eine Schweinemagd? Ich hoffe nur, niemand hat dich so gesehen.»

«Das Unwetter hat mich überrascht.» Sie flüchtete in die Schlafkammer, bevor Frick noch mehr sagen konnte.

Was mochte das wohl heißen? Während sie sich abtrocknete und umzog, überlegte sie, was sie von dieser Ria wusste. Viel war es nicht. Ludwig hatte kaum von seiner Mutter erzählt, oder war es vielleicht umgekehrt gewesen – hatte sie nichts von ihr hören wollen? Frick hatte sie als Magd bezeichnet, aber Christine wusste nicht, seit wann Frick sie kannte und ob er sie vielleicht immer noch regelmäßig besuchte, wenn er in Brugg war. Ob es vielleicht – der Gedanke stach sie ins Herz wie eine glühende Nadel –, ob es vielleicht noch weitere gemeinsame Kinder gab? Sie habe Herrn Frick verflucht, hatte der Pferdeknecht erzählt, der in Brugg Erkundigungen über Ludwigs Verschwinden angestellt hatte. Nun, wenn Ria das getan hatte, so war das schon lange her. Jetzt jedenfalls schien sie ihm ja so weit verziehen zu haben, dass sie ihn zu Hause besuchte. In plötzlich aufschießendem Zorn griff Christine nach ihren durchnässten Schuhe und schleuderte sie gegen die Wand. Wie konnte Frick erwarten, dass sie seine Hure bei sich aufnahm, ihr ein Bett zur Verfügung stellte und sie dann noch freundlich begrüßte? Sollten sie vielleicht noch gemeinsam zu Tisch sitzen und sich gegenseitig das Fleisch vorschneiden? Sie wählte mit Bedacht ihr bestes Kleid aus und kämmte sich gründlich das Haar, bevor sie in die Stube hinunterging, wo Frick inzwischen mit Ria am Tisch saß. Beide hatten einen Becher Wein vor sich stehen und unterhielten sich leise, als Christine hereinkam. Ria brach mitten im Satz ab.

«Ria will das Grab sehen», sagte Frick ohne Einleitung. «Wenn du so weit bist, können wir gehen.» Er stand auf, zögerte einen Augenblick und bot Ria den Arm. Aber entweder konnte oder wollte sie die Geste nicht verstehen. Sie erhob sich, klopfte ihre dunklen Röcke ab, als hätte sie irgendwo im Dreck gesessen, und ging zur Tür, ohne sich noch einmal umzusehen.

Christine war froh, als sie endlich die Waldlichtung erreicht hatten. Überall standen noch Pfützen auf den Wegen, und obwohl der Pfad zu Ludwigs Grab durch die vielen Pilger inzwischen ausgetreten und breit war wie eine Gasse in der Stadt, waren sie verdreckt bis zu den Hüften, als sie ankamen. Das Unwetter hatte Blätter und Äste abgerissen und auf den Boden geschleudert, die nach ihrem Kleid griffen und sich darin verhakten, wenn sie darüberklettern wollte; der Schlamm schmatzte unter ihren Schuhen, als wollte er sie nie wieder loslassen.

Ria sprach die ganze Zeit kein Wort; sie hatte ihren Rosenkranz dabei und murmelte Gebete, während sie auf ihren kurzen Beinen mit wiegenden Schritten hinter Frick herlief. Der hatte zunächst noch versucht, auf verschiedene Sehenswürdigkeiten und Besonderheiten in Ravensburg hinzuweisen, aber bald schon war er verstummt: Ria hörte offenbar gar nicht zu. Als sie jetzt das Grab sah mit dem Kreuz darüber, sank sie im Matsch in die Knie.

«Oh – oh, mein Ludwig!», schluchzte sie. «Mein Bub, mein Alles!» Sie riss sich an den Haaren, griff mit beiden Händen in den Schlamm und verschmierte ihn auf ihren Wangen und ihrer Brust. Schließlich rutschte sie auf den Knien zu dem Kreuz hinüber und umklammerte es. «Was habt ihr mit meinem Buben gemacht? Was habt ihr gemacht?»

Christine beobachtete sie mit einer Mischung aus Schuld, Mitleid und Abscheu, für die sie sich schämte. Wie sollte eine Mutter nicht trauern um ihr Kind, das in der Fremde unter so merkwürdigen Umständen zu Tode gekommen war? Trotzdem wünschte sie, Ria würde sich ihrem Schmerz nicht so hemmungslos hingeben. Sie versuchte selbst ein Vaterunser zu sprechen, aber Rias lautes Aufheulen zerstörte jede andächtige Stimmung und ließ sie nur noch wünschen, die Frau möge endlich ruhig sein. Plötzlich wurde es auch hinter ihnen laut, und zwei Frauen und ein Mann traten aus dem Waldweg auf die Lichtung.

«Was ist denn das?», fragte der Mann überrascht und zeigte auf Ria, die mit ihrem aufgelösten Haar, dem verschmierten Gesicht und den zum Himmel gereckten Armen aussah wie ein böser Geist, wie eine Gestalt aus einem Schauermärchen. Frick wandte sich den Neuankömmlingen zu.

«Die Mutter des toten Jungen», sagte er verhalten. «Sie ist heute aus Brugg gekommen. Es ist das erste Mal, dass sie das Grab sieht.»

Die beiden Frauen starrten neugierig zu Ria hinüber. Sie trugen grobe Wollkleidung und sahen sich so ähnlich, dass Christine zu der Überzeugung kam, es müssten Mutter und Tochter sein. In den Händen hielten sie ein Sträußchen Wiesenblumen mit traurig herunterhängenden Köpfchen sowie eine kleine Börse, die sie offenbar am Grab ihres Märtyrers ablegen wollten.

«Seine Mutter», echote die Ältere der beiden und schlug ehrfürchtig ein Kreuz, während die Jüngere vor Staunen den Mund aufsperrte und eine Reihe schadhafter Zähne erkennen ließ. Schließlich trippelte sie auf Ria zu und berührte sie vorsichtig am Rocksaum, dann besah sie sich ihre Finger, als könne sie nicht glauben, dass sie noch genauso aussahen wie zuvor. Auch Ria hatte inzwischen gemerkt, dass sie nicht mehr allein waren. Sie richtete sich auf und schlug sich die Hände vor die Brust.

«Was wollt ihr hier? Wozu seid ihr gekommen?», krächzte sie.

«Verzeiht!» Jetzt trat der Mann vor und drehte verlegen seine Mütze zwischen den Händen. «Wir sind gekommen, um am Grab zu beten und unsere Gaben niederzulegen. Wir wollten Euch nicht stören.»

«Der heilige Ludwig hat unser Haus vor dem Blitzschlag bewahrt», erklärte die ältere Frau. «Wir haben gebetet, und das Unwetter ist an uns vorübergezogen. Deshalb wollen wir uns bedanken.»

«Der heilige Ludwig», wiederholte Ria verständnislos.

«Er hat schon viele Wunder vollbracht», versicherte eifrig die Frau, und der Mann nickte.

«Heilungen, Geistaustreibungen. Ich habe es selbst gesehen!»

«Mein Ludwig ist immer ein frommer Bub gewesen», sagte Ria unvermittelt. «Ein braver, frommer Bub, der immer seine Gebete gesprochen hat!»

«Und jetzt ist er ein Heiliger ... ein Märtyrer!» Das Gesicht der jüngeren Frau leuchtete verzückt. «Seit die Juden ihn geopfert haben, geschehen Zeichen hier an seinem Grab ... jeden Tag!»

Verärgert machte Christine einen Schritt auf die Gruppe zu.

«Das ist doch Unsinn! Keiner weiß, wie der arme Junge ums Leben gekommen ist!», sagte sie laut. «Und von den angeblichen Wundern und Heilungen hat der Rat kein einziges bestätigt, und selbst der Bischof –»

«Pater Alexius sagt, der Junge war ein Heiliger!», fauchte der fremde Mann und spuckte aus. «Wollt Ihr es etwa besser wissen als Pater Alexius?»

Christine war erschrocken von der Verachtung in seiner Stimme. Unwillkürlich wich sie zurück.

«Nur wer selbst ein Kind hat, kann das verstehen», murmelte die ältere Frau. Sie schob sich an Christine vorbei und ging auf Ria zu. «Seht, all die Gaben, die die dankbaren Gläubigen für ihn gebracht haben, da drüben, in dem kleinen Unterstand!»

Voll von ungläubigem Staunen betastete Ria die Tafeln

und Andachtsbildchen, die vertrockneten Blumen, die heruntergebrannten Kerzen. Das Unwetter hatte sie durcheinandergeweht und teilweise in den Dreck geworfen; sie hob ein hölzernes Bildchen hoch, das eine grob gezeichnete Maria zeigte, und versuchte es an ihrem Ärmel sauber zu wischen.

«Alles für meinen Ludwig», flüsterte sie. «All diese Gaben! Vielleicht sollte man sie besser gegen den Regen schützen?»

«Oh, ein paar von uns haben sich schon bereiterklärt, eine richtige kleine Kapelle zu errichten», versicherte die ältere Frau eifrig. «Eine Kapelle für unseren heiligen Ludwig von Ravensburg.»

Frick hatte sich die ganze Zeit abwartend im Hintergrund gehalten. Jetzt räusperte er sich, nickte den Leuten höflich zu und fasste Ria am Arm.

«Lass uns nach Hause gehen. Wir alle sind nass und schmutzig, und es wird bald dunkel.» Ria schien sich nur schwer von den Votivgaben lösen zu können und ließ sich widerstrebend wegführen. Christine spürte, wie die drei Pilger aus der Stadt ihnen hinterhersahen und tuschelten.

David Jud hatte sich angewöhnt, die notwendigen Einkäufe nur noch auf dem Wochenmarkt am Sabbat zu erledigen. Händler und Bauern aus dem Umland kamen dann in die Stadt, um ihre Waren zu verkaufen, und noch nie hatte sich einer von ihnen geweigert, David zu bedienen und sein Geld anzunehmen, wie es ihm bei den heimischen Händlern schon häufiger ergangen war. Natürlich protestierten Moses und vor allem Aaron jede Woche aufs Neue heftig dagegen, aber David hörte kaum noch hin. Es war sinnlos, mit ihnen zu streiten. Wahrscheinlich würden sie lieber verhungern als die Sabbatruhe brechen.

Er hängte sich einen verschlissenen Wollmantel um und griff nach der Gugel, obwohl es eigentlich zu warm dafür war. Aber so sah er selbst wie ein Landmann aus; niemand würde ihn ohne weiteres erkennen können. Gerade, als er das Haus verlassen wollte, kam Raechli die Treppe herunter.

«David ...»

«Ja?»

«Ich habe noch einmal alles durchsucht, die Schlafkammer, die Speisekammer, sogar den Keller. Es ist keine Schatulle da.» David nickte langsam; er war nicht überrascht. Die ganze letzte Woche hatten sie damit verbracht, nach einer Schmuckschatulle zu suchen, an die Moses sich unerwarteterweise erinnerte. Eine Schatulle, die ihm vor Jahren oder Jahrzehnten ein böhmischer Adliger verpfändet und die er nicht wieder ausgelöst hätte.

«Vielleicht ist jetzt die Zeit gekommen, den Schmuck zu versetzen», hatte er mit freundlichem Lächeln erklärt, aber dann konnte er nicht mehr sagen, wo das kostbare Teil hingekommen war. Selbst Aaron, der die meiste Zeit zurückgezogen in seiner Kammer verbrachte, hatte sich mit verbissenem Ernst an der Suche beteiligt und gemeinsam mit David die Wände in der Diele nach Hohlräumen abgeklopft, aber sie hatten nichts gefunden. Mittlerweile war David davon überzeugt, dass es diese Schatulle nie irgendwo anders gegeben hatte als in Moses' Phantasie. Wie auch immer: Fest stand, dass ihr Geld inzwischen fast aufgebraucht war. Schon als der erste Verdacht in der Stadt laut geworden war, die Juden seien für Ludwigs Tod verantwortlich, hatten ihre Geschäfte merklich nachgelassen, und mit Moses' und Aarons Verhaftung waren sie völlig zum Erliegen gekommen. Als hätten wir alle eine ansteckende Krankheit, dachte David. Es wurde Zeit zu überlegen, welche Dinge aus ihrem Besitz sich vielleicht versilbern ließen.

«Kannst du den Hochzeitsring holen?», fragte David seine Mutter. Sie wurde blass.

«Der Ring, David ... meinst du wirklich, dass wir ihn hergeben müssen? Ich weiß noch, wie dein Vater ihn mir an den Finger gesteckt hat. Und dann ist er weitergewandert: Aaron hat ihn Jochebed und Jacha angesteckt, und auch du selbst –»

«Ich weiß es noch, Mutter.» Als ob er das je vergessen könnte! Die zarten Finger von Judith, so kühl und ein wenig zittrig – er schloss kurz die Augen.

«Alle Frauen in unserer Familie haben an ihrem Hochzeitstag den Ring am Finger getragen. So ist es immer gewesen! Wie soll noch jemand heiraten können, wenn wir den Ring nicht mehr haben? Bitte, David –»

«Es ist doch nur ein Gegenstand. Von allen Wertsachen, die wir noch besitzen, wahrscheinlich derjenige, der sich am leichtesten verkaufen lässt. Irgendwann werden die Zeiten wieder besser, und wir lassen einen neuen machen.»

«Ja.» Raechli holte tief Luft, als ob sie noch etwas sagen wollten, dann schloss sie den Mund wieder und verschwand in ihrer Schlafkammer. David hörte sie in der Truhe kramen, bis sie schließlich mit dem Ring zurückkam.

«Versuch einen guten Preis dafür zu bekommen, mein Sohn. Es ist echtes Gold.»

«Ich weiß.» Er küsste sie leicht auf die Wange und bemühte sich, darüber hinwegzusehen, dass ihre Augen feucht waren. Die Zeit im Gefängnis hatte Raechlis Widerstandskräfte erschöpft; schon kleinste Verstimmungen reichten aus, um sie zum Weinen zu bringen. Und Verstimmungen gab es reichlich; vor allem Aaron war zunehmend gereizt, seit Jacha nicht mehr da war. Er brüllte mit Raechli und Moses herum, fing mit jedem Streit an und hatte erst gestern den kleinen Jitzak verprügelt, als er in der Diele auf den Murmeln ausgerutscht war, mit denen der Junge dort gespielt hatte. Wahrscheinlich, so mutmaßte David, fiel es seinem Bruder so leichter zu vergessen, dass er verantwortlich dafür war, dass sie selbst die Stadt nicht beizeiten verlassen hatten. Ihm selbst ging es ja nicht anders.

Er zog sich die Gugel über den Kopf, betrat die Straße und sah vorsichtig nach links und rechts. Aber in den letzten Tagen war es immer ruhig geblieben; keine Spur war zu sehen von den jungen Leuten, die sich nach der Haftentlassung einen Spaß daraus gemacht hatten, jeden wüst zu beschimpfen, der eines der Judenhäuser verließ. Die Kot- und Eiflecken auf der Fassade waren mittlerweile getrocknet. Anfangs hatten sie sie noch mit warmer Seifenlauge heruntergeschrubbt, aber das schien weitere Schmierereien nur zu provozieren, und so hatten sie damit aufgehört.

Zügig lief David am grünen Turm vorbei zum großen Platz und mischte sich unter die Marktbesucher. Einen Käfig mit Hühnern würde er heute kaufen, ein kleines Säckchen Mehl und einen Korb Äpfel, und vielleicht irgendeine Süßigkeit für die Kinder, je nachdem, wie viel er für den Ring bekam. Plötzlich hörte er jemanden laut lachen, laut und unbeschwert, und sein Herzschlag beschleunigte sich. Er blieb abrupt stehen, hob den Kopf und sah sich suchend um: Sie musste hier sein, ganz in seiner Nähe, eine zierliche Gestalt voller Zärtlichkeit und Wärme, die mit ihrem

Einkaufskorb von Stand zu Stand schlenderte und mit ihren Freundinnen plauderte, er hatte sie doch gehört! Schon im nächsten Augenblick würde sie ihn erkennen und auf ihn zulaufen, würde nach seiner Hand greifen und ihn mit einer einzigen Berührung, einem einzigen Blick das Unglück vergessen lassen, das über ihn hereingebrochen war. Siehst du mich nicht hier stehen und warten? Komm zu mir und lass mich nicht allein! Komm doch, komm zurück zu mir ... «He, du! Musst du gerade hier herumstehen und Maulaffen feilhalten? Andere Leute haben nicht so viel Zeit wie du!» Ein Mann, der eine Schweinehälfte auf den Schultern schleppte, stieß ihn grob zur Seite, und David murmelte eine Entschuldigung. Es dauerte ein paar Augenblicke, bis er sich eingestand, dass er sich getäuscht hatte. Christine war nicht hier, und er sollte froh sein deswegen. Es war besser, wenn niemand sie zusammen sah. Trotzdem fiel das Atmen ihm schwer, und er musste sich zwingen weiterzugehen. Hinter der Lateinschule bog er in die Kirchstraße ab und blieb schließlich vor einem mehrstöckigen, buntbemalten Haus stehen. Hier wohnte und arbeitete Albrecht Pirker, der Goldschmied. Er verkaufte nicht auf dem Markt – wahrscheinlich war es ihm zu gefährlich – und hatte auch keinen Klappladen vor dem Geschäft wie andere Handwerker, sondern empfing seine Kunden in einem kleinen Raum hinter seiner Werkstatt. David war schon früher häufig hier gewesen, um von Pirker Schmuckstücke schätzen zu lassen oder um ihm nicht ausgelöste Pfänder zu verkaufen. Er zog noch einmal den Ring aus seiner Geldkatze unter dem Mantel hervor und betrachtete ihn. Es war ein schmaler goldener Reif, in den mit hebräischen Buchstaben der Hochzeitsglückwunsch eingraviert war: *Masal tov*. Auf den Ring hatte ein geschickter Künstler ein winzig kleines Haus gesetzt, mit spitzbogigen Arkaden, Satteldach und verziertem Giebel. Das war natürlich als Hinweis auf den neugegründeten Hausstand des Brautpaars zu verstehen, sollte aber auch an den zerstörten Tempel in Jerusalem erinnern. Warum können wir selbst in unseren glücklichsten Augenblicken die bitteren Erinnerungen nicht vergessen?, schoss es David durch den Kopf. Als ob nicht jeder Tag, der ohne neue Bitterkeit vergeht, ein Segen wäre. Er hob den Ring an die Lippen und küsste ihn leicht, dann klopfte er an die Tür zur Goldschmiede und trat ein.

«Ah, David Jud. Was kann ich für dich tun?» Der Goldschmied stand an seinem Verkaufstisch und war gerade dabei, eine Reihe von Bechern zu polieren. «Ich bin soeben mit diesem Auftrag für die Mötteli fertig geworden. Ursprünglich schlichte Zinnbecher, aber ich habe den Rand vergoldet und das Wappen der Mötteli eingraviert, den Raben. Ein Prunkgeschirr, wie es in ganz Oberschwaben wohl kein zweites gibt.» Pirker strahlte. Die Begeisterung über die eigenen Werkstücke schien allen Goldschmieden angeboren zu sein, und Albrecht Pirker verstand es, seine Kunden damit anzustecken und so die Gewinne in die Höhe zu treiben. David warf einen flüchtigen Blick auf die Becher; sie waren weniger schön als repräsentativ. Aber vermutlich war es genau das, was den Mötteli vorgeschwebt hatte. Er nahm den Ring und legte ihn vor Pirker auf den Tisch.

«Hier, Albrecht. Schau dir den Ring einmal an.» Der Goldschmied wischte sich die Hände an der Schürze sauber, griff sich das Schmuckstück mit zwei Fingern und hielt es sich vors Auge, wobei er heftig zwinkerte.

«Schöne Arbeit», brummte er. «Etwas grob vielleicht. Und hier diese Kritzelei am Rand, was soll das sein?»

«Es ist ein hebräischer Segensspruch zur Hochzeit: Masal tov – viel Glück.»

«Wer soll diese Dreckssschrift denn lesen können? Sieht ja aus wie Vogelscheiße. Also, das muss ich erst einmal abschleifen.»

David beugte sich vor.

«Was gibst du mir dafür?»

Der Goldschmied kratzte sich das stoppelige Kinn.

«Tja, ist auf jeden Fall schwer zu verkaufen. Wenn wir uns nicht so lange kennen würden, dann tät ich ihn gar nicht nehmen.» Er griff nach der feinen Waage, die er hinter sich an einem Haken hängen hatte, und tarierte das Schmuckstück aus.

«Viel mehr als der Materialwert ist nicht drin. Sagen wir zwanzig Schilling.»

«Zwanzig Schilling? Hast du den Verstand verloren? Das ist pures Gold!»

«Judengold, willst du sagen. Und ich muss noch Arbeit reinstecken und weiß nicht mal, ob ich das Ding überhaupt verkaufen kann. Zweiundzwanzig, das ist mein letztes Wort.»

«Albrecht.» David musste sich zu den nächsten Worten zwingen. «Du hast immer gute Geschäfte mit mir gemacht, und jetzt ist meine Familie in einer Notlage. Seit Wochen schon haben wir fast nichts mehr verdient, und bis auf weiteres können wir die Stadt nicht verlassen.»

«Das ist nicht meine Schuld», antwortete der Goldschmied. «Warum könnt ihr nicht leben wie andere Leute auch? Nein, immer müsst ihr zeigen, dass ihr anders seid –

besser! Unsere Feste feiert ihr nicht, ihr heiratet nicht unsere Mädchen und esst nicht unser Essen. Nur für unser Geld, dafür seid ihr euch nicht zu fein!»

David hasste sich für seine nächsten Worte, noch bevor er sie ausgesprochen hatte.

«Wir brauchen das Geld, Albrecht. Ich bitte dich. Um der Barmherzigkeit willen.» Mit einer großen Geste zog Pirker einen Beutel aus der Lade, da fiel sein Blick auf einmal auf das Brillenetui, das an Davids Gürtel baumelte.

«Ich mach dir einen Vorschlag, Jud», sagte er. «Fünfzig Schilling, wenn du deine Augengläser noch drauflegst. Damit hast du ein verdammt gutes Geschäft gemacht.» Widerwillig zog David seine Brille hervor; der Goldschmied griff danach und klemmte sie sich auf die Nase.

«Ja, das ist gleich ganz anders! Wozu brauchst du sie überhaupt?»

«Zum Lesen», antwortete David mit ausgetrocknetem Mund.

«Na, wenn du Bücher mit richtiger Schrift liest und nicht dieses Gekrakel, wird es schon noch gehen», meinte Pirker gönnerhaft. «Also, wie ist es?»

David nickte.

«Gut.» Der Goldschmied zählte das Geld ab und schob es zu David hinüber. «Schönen Sonntag noch!»

David zitterte vor Zorn, als er wieder auf der Straße war. Er war wütend auf den Goldschmied, vor allem aber auf sich selbst, dass er es nicht fertiggebracht hatte, dem unverschämten Krämer sein Geld vor die Füße zu werfen. Aber dazu brauchten sie es einfach zu dringend.

21

Im September dieses Jahres 1429, wenige Tage vor Sankt Michaelis, starb in Ravensburg Johannes Humpis, genannt Henggi, im gesegneten Alter von vierundachtzig Jahren. Vor fast einem Menschenalter hatte er gemeinsam mit Rudolf Mötteli und Lütfried von Muntprat die große Handelsgesellschaft gegründet und jahrzehntelang geprägt, weshalb sie nur die «Humpis-Gesellschaft» genannt wurde; er war Stadtammann gewesen und sieben Mal zum Bürgermeister gewählt worden, hatte die Stadt im Schwäbischen Städtebund und als Unterhändler im Appenzeller Krieg vertreten und bei all dem nicht versäumt, Vermögen und Grundbesitz der Familie beträchtlich zu vermehren. Die Glocken in der Stadt läuteten eine halbe Stunde lang, und als der Leichnam auf einem schwarzverhängten Wagen durch die Gassen gefahren wurde, gab es niemanden, der sich nicht wenigstens ein letztes Mal tief vor dem Mann verbeugte. So viel hatte er für das Wohlergehen seiner Heimatstadt getan. Die meisten freilich schlossen sich dem Zug an und gaben Henggi Humpis das letzte Geleit, bis er schließlich in einer Seitenkapelle der Karmeliterkirche zur ewigen Ruhe gebettet wurde. Pater Alexius selbst hielt die Leichenpredigt und wies darauf hin, dass der Verstorbene bei allem weltlichen Handel und Wandel doch niemals die himmlische Heimat vergessen habe, der sein

Leben zustrebe, und zahlreiche wohltätige Stiftungen für sein eigenes sowie das Seelenheil seiner Familie getätigt habe.

«... denn was wäre all unser Reichtum, wenn wir doch die ewige Seligkeit verlören? Was hilft alles Gold, was helfen alle Edelsteine den Seelen, die im Fegefeuer büßen? Ach, unser Leben ist wie ein Windhauch über den Feldern ...» Ungeduldig griff sich Frick Köpperlin an seinen engen Kragen und versuchte ihn etwas zu lockern. Für seinen Geschmack hatte die Predigt lange genug gedauert. Davon wurde der alte Humpis auch nicht wieder munter. Gott sei Dank, musste man allerdings zugeben. Henggi hatte sich reichlich Zeit gelassen mit dem Sterben und seinen Sitz im Neunerausschuss der Gesellschaft in Anspruch genommen, obwohl er doch in den letzten Jahren kaum noch drei zusammenhängende Sätze herausgebracht hatte. Aber natürlich hatte niemand es gewagt, ihn aus dem Entscheidungsgremium hinauszudrängen – zumal die reichverzweigte Familie Humpis allgegenwärtig in der Handelsgesellschaft war und das niemals zugelassen hätte. Auch dafür hatte Henggi mit seinen weitreichenden Beziehungen gesorgt, als er noch Herr seiner Sinne war. Jedenfalls, soweit es Frick Köpperlin betraf, gab der Tod des Patriarchen nicht nur Anlass zur Trauer, sondern auch zu höchst erfreulichen Überlegungen. Schließlich hatte er in den letzten Jahren zahlreiche Meriten für die Gesellschaft erworben, war bei jedem Wetter auf gottverlassenen Straßen unterwegs gewesen, hatte in verlausten und verwanzten Herbergen genächtigt, mit hochmütigen Ministerialen verhandelt und oft genug den Kopf hingehalten, wenn ein schwieriger Kunde zu besänftigen war. Ja, er hatte sich den Arsch aufgerissen für den Profit der Ravensburger Gesellen, dachte er, und jetzt war ja wohl endlich der Zeitpunkt gekommen, für all das die verdiente Belohnung einzustreichen, nämlich den Sitz im Neunerausschuss, im Herzen des Unternehmens.

Aber natürlich gab es auch zahlreiche andere Interessenten. Falls Frick das vergessen haben sollte, wurde er sofort daran erinnert, als er am nächsten Samstag in der Trinkstube Zum Esel erschien. Der Raum war brechend voll; der Knecht, der sonst am Eingang die Gäste in Empfang nahm, stolperte, beladen mit Mänteln und Hüten, die Treppe hinunter, während zwei andere dabei waren, zusätzliche Bänke in den Versammlungsraum zu schaffen. Frick schob sich an Leuten vorbei, die er jahrelang oder überhaupt noch nie gesehen hatte; keiner rückte auch nur einen Zoll zur Seite, um ihn durchzulassen. Jos Humpis, einer der augenblicklichen Regierer der Gesellschaft, war von einer dicken Traube redseliger Geschäftsleute umlagert wie ein Honigtopf von Fliegen, und auch Ital Humpis, Heinrich Ankenreute und der junge Ulrich Mötteli – Frick wurde blass vor Wut, als er es sah – hielten Hof wie die Fürsten. Jeder schien sich bei denen in Erinnerung bringen zu wollen, die er für besonders einflussreich hielt. Frick hatte Mühe, auch nur einen Becher Wein zu ergattern.

«Hier drinnen ist es ja schlimmer als zu Fasching im Hurenhaus», knurrte er Jakob Bergner zu, mit dem er sich schließlich in einer Fensternische zusammengefunden hatte. «All diese geschniegelten Gecken, die sich sonst zu fein sind, den Hintern aus ihren vornehmen Landsitzen wegzubewegen! Widerlich, wie sie jetzt um die Humpis herumscharwenzeln.»

«Na ja, Köpperlin, die wissen schließlich auch, was die Stunde geschlagen hat. Der alte Humpis hat endlich den Abgang gemacht, und jetzt werden die Karten neu gemischt. Ich hab's mir auch nicht lange überlegt und mich aufs Pferd gesetzt, obwohl ich schon seit Tagen wieder das Gliederreißen hab.» Bergner zuckte ergeben mit den Schultern; er war nur ein kleiner Teilhaber aus Überlingen, und seine Aussichten, in den Neunerausschuss gewählt zu werden, waren nicht größer als die, in seinem Keller ein Goldstück zu finden. «Aber man will ja wissen, wie es weitergeht. Und vielleicht gibt es ja einen Kandidaten, der sich für uns kleine Gesellen einsetzt. Den würde ich schon unterstützen.» Er zwinkerte Frick zu. «Wie sieht es denn mit dir aus, Köpperlin? Wäre doch an der Zeit, dass mal jemand zum Zug kommt, der sein Vermögen nicht schon von einem geschäftstüchtigen Vater geerbt hat, was?»

Frick rollte den Becher zwischen den Handflächen.

«Stimmt schon. Ich weiß noch, wie das ist, wenn man mit nichts anderem dasteht als mit seinen kräftigen Armen und dem, was man im Kopf hat. Hab mich schließlich von ganz unten hochgearbeitet. Bei der Gesellschaft habe ich als Fuhrknecht angefangen, eine elende Schufterei, kann ich dir sagen! Und inzwischen bin ich so weit, dass ich mit dem Herzog von Mailand verhandle und selbst mit dem Erzbischof von Köln an einem Tisch sitze.» Er machte eine kurze Pause und kniff die Augen zusammen, um zu sehen, wie seine Worte auf sein Gegenüber wirkten.

Bergner nickte.

«Die Erfahrung macht dir so schnell keiner nach. Und überhaupt, wer schon in Samt und Seide groß geworden ist, weiß gar nicht zu schätzen, was Heller und Pfennig wert sind. Dieser Hartwig Mötteli –»

«Man sollte ihn nicht unterschätzen, Bergner.»

Bergner verzog vielsagend den Mund.

«Ich habe jedenfalls gehört, dass Jos Humpis sehr unzufrieden mit der Art sein soll, wie dieser junge Esel den Nürnberger Gelieger führt. Sollte mich sehr wundern, wenn er sich noch lange halten kann.» Er beugte sich zu Frick und legte ihm die Hand auf den Arm. «Diesem Schnösel ist es doch völlig egal, ob ich als kleiner Überlinger Händler in das Venediggeschäft einsteigen kann oder nicht. Aber du, Köpperlin –.» Er zog erwartungsvoll die Augenbrauen hoch, und Frick nickte langsam.

«Die Gesellschaft braucht jemanden mit Wagemut», flüsterte Bergner. «Diese ganzen Geldsäcke, die nur noch ihr Adelswappen und die eigene Burg im Sinn haben, werden uns alle übers Ohr hauen, und das große Geschäft machen andere!»

«Was meinst du damit?», fragte Frick. Bergner hob die Hand und rieb Daumen und Mittelfinger aneinander.

«Du weißt doch selbst, womit das meiste Geld verdient wird, Köpperlin», sagte er. «Kredite, Pfandgeschäfte, Wechsel. Man braucht nur einmal nach Italien zu sehen! Die Medici, die Bardi, die Peruzzi, die machen's einem ja vor! Aber wir hier trauen uns nicht mal, einen Groschen gegen Zinsen zu verleihen, und überlassen den Juden das Feld.»

Köpperlin spürte ein warmes Gefühl in sich aufsteigen.

«Du hast recht, Bergner. In Zukunft wird man sich nicht allein auf den Fernhandel stützen können, sondern auch in Bankgeschäfte einsteigen müssen, wenn man wirklich Geld verdienen will. Ich versuche das schon seit Jahren durchzusetzen, aber die meisten Gesellen trauen der Sache nicht.»

«Wenn du Mitglied im Neunerausschuss wärst, würden sie über deine Vorschläge nicht so leicht hinweggehen.

Meine Unterstützung hast du jedenfalls, Köpperlin. Ich bin zwar nicht viel mehr als ein kleiner Krämer, aber wenn ich irgendetwas für dich tun kann, dann lass es mich wissen.» Er hob seinen Becher und prostete Frick zu.

«Ich dank dir für dein Vertrauen, Bergner. Werde sehen, was sich machen lässt.» In dem Augenblick öffnete sich die Tür, und die Knechte stellten Böcke auf, trugen die Tafel herein und bauten sie in der Mitte des Raumes auf. In dem Durcheinander schaffte es Frick, sich einen Platz neben Konrad Gäldrich zu verschaffen. Zufrieden ließ er sich in den Sitz fallen.

«Was für ein Gedränge heute, Köpperlin!», sagte Gäldrich. «Ich für mein Teil bin jedenfalls froh, wenn wir wieder unter uns sind.» Gäldrich war ein schmaler älterer Herr mit silbernen Haaren und einem Gesicht wie ein Graf. Schon seit Jahren war er eines der einflussreichsten Mitglieder des Neunerausschusses. «All dieses Volk, das sich sonst nie sehen lässt ... wie Hunde, die sich um einen Knochen balgen! Dabei liegt der alte Henggi gerade mal ein paar Tage in seinem Sarg. Es wird sicher noch ein paar Wochen dauern, bis ein Nachfolger benannt wird. Was meinst du, Köpperlin, wer das Rennen machen wird?»

«Nun, ich denke, die Humpis jedenfalls sind immer noch ausreichend im Neunerausschuss vertreten», antwortete Frick betont unbefangen. «Und die Muntprat sowieso. Hartwig Mötteli hat vor kurzem erst die Prokura für den Gelieger in Nürnberg erhalten ... mir scheint, es wäre angebracht, wenn die neuen Mitglieder der Gesellschaft stärker vertreten würden.»

«Höre ich richtig, Köpperlin? Willst du auch deinen Hut in den Ring werfen?»

«So ist es. Ich bin jetzt lange genug dabei und kenne die Geschäfte. Ich glaube nicht, dass irgendein anderer Geselle die Alpenpässe so häufig überquert hat wie ich. Außerdem habe ich Verbindungen nach Frankfurt und Barcelona, Erfolge im Safranhandel und den gelungenen Abschluss mit den Nürnberger Waffenschmieden aufzuweisen.»

«Du hast schon viel für die Gesellschaft erreicht», pflichtete Gäldrich ihm bei.

«Ich hoffe, die anderen haben das nicht vergessen.» Frick kippte den Alkohol in einem Zug herunter. «Seidene Hosen und blasiertes Gerede scheinen bei dem einen oder anderen inzwischen ja fast ebenso viel Wert zu haben wie solide Bilanzen.»

«Das darfst du nicht sagen. Denn natürlich spielt es auch eine Rolle, ob man sich artig bewegen und plaudern kann oder auf hundert Fuß Entfernung nach Zwiebeln stinkt und altem Käse.»

Frick beobachtete den anderen, während er das sagte, aber offenbar hatte der alte Gäldrich seine letzten Worte nicht als Beleidigung gedacht. Er lehnte sich jetzt zurück und ließ seinen Blick über die Versammlung schweifen.

«Versuch's ruhig, Köpperlin. Versuch's. Meinen Segen hast du.»

War es Einbildung, oder hatte der alte Geldsack das Wort «meinen» besonders betont? Frick war sich nicht sicher.

«*Deinen* Segen, Gäldrich? Wessen denn nicht? Gibt es jemanden, dem meine Herkunft nicht passt, oder was?»

«Das habe ich nicht gemeint. Ich wollte dir nur versichern, dass ich für mein Teil auf die Fähigkeiten des Bewerbers achte und nicht auf das Gerede und die Spinnstubengeschichten, die gerade in der Stadt unterwegs sind.»

«Gerede? Spinnstubengeschichten? Willst du mir bitte erklären, was das heißen soll?»

Gäldrich betrachtete ihn mit einem Blick, in dem man mit etwas gutem Willen freundliche Nachsicht lesen konnte.

«Nun, Köpperlin – und ich sage dir das, weil ich dich gut leiden kann und weil ich glaube, dass du der Gesellschaft als Neuner sehr viel nützen würdest: Jeder hier im Raum wäre stolz darauf, den Vater eines Märtyrers zu wählen, jeder. Aber den Vater eines gottlosen Selbstmörders? Wohl kaum. Und solange darüber keine Klarheit herrscht –» Frick brauchte einen Augenblick, um zu verstehen, was Gäldrich meinte. Zum Glück wurde gerade der erste Gang gebracht – gebratene Wachteln in Wein –, sodass er etwas Zeit hatte, seine wirren Gedanken zu ordnen. Er ließ sich von der Magd Wasser über die Hände gießen und das Handtuch reichen, zog Messer und Löffel aus dem Gürtel und wandte sich erst dann wieder seinem Gesprächspartner zu.

«Mein Sohn Ludwig ist ermordet worden, Friede seiner Seele. Ist es nicht schwer genug für einen Vater, mit diesem Wissen leben zu müssen?»

«Sicher, Köpperlin. Ich kann dich gut verstehen. Es ist ein furchtbares Unglück, das über euch gekommen ist. Aber solange die Mörder nicht gefasst sind, werden auch die anderen Stimmen nicht verstummen. Vöhringer zum Beispiel, unser verehrter Stadtmedicus, wird nicht müde zu erklären, dass sich der Junge selbst ums Leben gebracht habe, wobei man nicht erkennen könne, ob es ein Unfall gewesen sei oder Absicht.»

Frick bearbeitete mit seinem Messer die Wachtel auf dem Teller, als müsste er sie noch einmal schlachten.

«Vöhringer ist ein Idiot», knirschte er. «Jeder, der dabei war, als der Junge gefunden wurde, konnte mit eigenen Augen sehen, dass da ein schreckliches Verbrechen geschehen sein muss.»

«Immerhin haben sie die Juden wieder laufen lassen», gab Gäldrich zu bedenken und spuckte ein winziges Knöchelchen auf seinen Teller. «Im Vertrauen: Wenn ich du wäre, Köpperlin, dann würde ich alles daransetzen, dass der Mörder baldmöglichst gefasst und auf dem Galgenberg gehängt wird. Wer auch immer.»

«Wer auch immer», murmelte Frick nachdenklich.

Wegen des feuchten Herbstwetters konnte die Papiermühle nicht arbeiten. Obwohl alle Läden und Dachluken geöffnet waren, brauchten die frischgeschöpften Papiere in der feuchten Luft zwei Wochen und mehr, bis sie endlich trocken waren, und der Dachboden hing immer noch voll damit, sodass nicht neu geschöpft werden konnte. Schimpfend wie ein Rohrspatz legte Jost die Lumpenstampfe still und schickte seinen Gesellen für ein paar Tage nach Hause. Trotz des Verdienstausfalls war Oswald dankbar dafür: Sein Vater war vor wenigen Tagen gestorben, und er musste sich darum kümmern, für seine jüngste noch unverheiratete Schwester irgendwo eine Stellung zu finden, damit sie versorgt war, denn die Mutter lebte schon lange nicht mehr.

Jost wies die beiden Lehrbuben an, sich zum großen Arbeitstisch zu scheren und mit dem Glätten und Schneiden der geleimten Papiere anzufangen, während er selbst mit Gerli in den Schuppen hinüberging, um die fertigen Blätter zum Transport zusammenzupacken.

«Und, Jost? Wie macht sich mein Bruder als Papierer?»,

fragte Gerli, während sie die Bögen sorgfältig aufeinanderlegte.

«Na ja. Ist schon ein fauler Hund, dem ich ständig auf die Finger sehen muss, damit er sich keinen Lenz macht.» Jost spuckte sich in die Hände und verschnürte ein Paket mit selbstgedrehtem Hanfseil. «Der tut keinen Handschlag mehr, als er muss. Wenn ich das vorher gewusst hätte –»

«Aber er ist nicht dumm, Jost, glaub mir! Er muss sich nur einfach noch ans Arbeiten gewöhnen.»

«Dann soll er sich gefälligst damit beeilen. Lange lass ich mir nicht mehr auf der Nase herumtanzen!» Der Ton war unerwartet scharf, und Gerli schreckte innerlich zusammen.

«Er ist doch noch ein junger Mann», sagte sie bemüht ruhig. «Er wird sich noch entwickeln, das weiß ich. Und du würdest ihn doch nicht auf die Straße setzen, nicht wahr? Meinen Bruder? Das würdest du nicht tun!»

«Scheiß auf deinen Bruder», knurrte Jost. «Ich hab ihn als Lehrbuben aufgenommen, nicht als Schlafgast. Wenn er nicht schafft, wie er soll, dann muss er wieder gehen, ob er jetzt dein Bruder ist oder nicht.»

Das Blut rauschte in ihren Ohren. Schnell lief sie zu Jost und schlang ihm die Arme um den Hals.

«Bitte, Jost, tu's für mich!», wisperte sie in sein Ohr. «Für das, was wir miteinander haben!»

«Tu's für mich! Tu's für mich!», äffte er sie nach und schob sie weg. «Ich habe weiß Gott mit meinen eigenen Sorgen genug zu tun!»

«Aber Jost!» Fassungslos starrte sie ihn an; sie konnte nicht verhindern, dass ihre Unterlippe zitterte. «Wir gehören doch zusammen, du und ich! Das ganze letzte Jahr, das wir gemeinsam verbracht haben ... das ist doch etwas ganz Besonderes mit uns! Ich dachte immer –»

«Ja? Was dachtest du immer? Du dachtest immer, du hast mich am Haken, nur weil du einmal in der Woche die Beine breit machst für mich? Du dachtest immer, ich weiß nicht, mit wie vielen du es sonst noch getrieben hast? Dabei redet die halbe Unterstadt doch davon, dass sie es bei dir günstiger kriegen als im Hurenhaus! Meinst du, ich will mein Leben lang mit einem Flittchen zusammen sein? Aber du dachtest!» Er stieß sie grob zur Seite und fing an, fertige Packen auf das Fuhrwerk zu laden. «Ich brauche dich hier nicht mehr. Mach, dass du rüber in die Mühle kommst. Du kannst die Schöpfstube fegen und wischen, wo wir heute sowieso nicht arbeiten können.»

Gerli floh über den Hof und die Treppe hinauf, schlug die Tür zur Schöpfstube hinter sich zu und lehnte sich dagegen. Ihre Knie zitterten, und ihre Zähne schlugen aufeinander wie im Fieber. Tränen liefen ihr die Wangen hinunter und tropften ihr vom Kinn. Konnte es wirklich sein, dass alle ihre Träume sich in wenigen Minuten in Nichts aufgelöst hatten? Dass die glorreiche Zukunft, auf die sie so gehofft hatte, niemals anbrechen würde? Konnte es wirklich sein? Sie schluchzte laut auf und wischte sich mit dem Ärmel über das verheulte Gesicht. Jost hatte sich verändert. Irgendetwas war geschehen, das aus ihm einen anderen Mann gemacht hatte, reizbar, schlecht gelaunt, geizig, grob. Aber sie würde jetzt nicht aufgeben, das war noch nie ihre Art gewesen. Sie würde um ihn kämpfen. Der Gedanke machte sie ruhiger. Sie würde ihm zeigen, was er an ihr hatte. Wenn er Vinz den Laufpass gab: Schön, da musste der Bursche sich dann selbst drum kümmern. Von nun an würde sie nur noch an sich selbst denken, und sie wollte verdammt sein, wenn sie den Papierer nicht in spätestens einem Jahr da hatte, wo sie ihn haben wollte, im Ehebett nämlich. Sie holte tief Luft, trocknete das Gesicht an ihrer Schürze und holte sich den Besen. Voller Tatendrang machte sie sich ans Ausfegen; ein Strich – er kommt; zweiter Strich – zu mir; dritter Strich – zurück. Er kommt zu mir zurück. Er kommt zu mir zurück. Es war, als würde der Besen selbst die Worte sagen wie ein lebendes Wesen.

Rund um die Schöpfbütte und erst recht um die Lumpenstampfe war ewig nicht mehr sauber gemacht worden. Gerli fegte noch die letzte Ecke, kniete sich auf den Boden, holte den Dreck unter den Wandborden und hinter den Lumpenkörben hervor. Es war ein richtiger Berg, den sie zusammenfegte, aber je höher er anwuchs, desto zuversichtlicher wurde sie: Er kommt zu mir zurück. Plötzlich fiel ihr in all dem Dreck und Müll ein Stofffetzen ins Auge, den sie hinter der Lumpenstampfe hervorgeholt hatte. Sie hob ihn auf und ging damit zum Fenster hinüber.

Es war eine Kappe mit einer langen Gugel daran, wie man sie sich bei windigem Wetter gern aufsetzte und dann um den Hals schlang, aus gutem Stoff, mit einer ungewöhnlichen roten Borte, aber fast steif von großen dunklen Flecken. Gerli hielt die Kappe hoch und betrachtete sie. Das Kleidungsstück war noch so gut wie neu; nichts, was jemand zu den Lumpen geben würde. Sie wusste, dass sie das Teil schon einmal gesehen hatte – das Muster war zu auffällig –, aber es fiel ihr einfach nicht ein, wo. Der Besitzer würde sich sicher freuen, es zurückzubekommen. Wenn man die Flecken herauswaschen konnte. Sie rieb mit dem

Daumen darüber; kleine schwarze Krümel bröselten herunter, und sie erinnerte sich an das Tuch, das sie dem Gesellen Oswald einmal um seine blutende Hand gewickelt hatte, als er sich am Mühlenwehr verletzt hatte. Die Blutflecken darauf hatten genauso ausgesehen. Es war fast unmöglich gewesen, sie zu entfernen. Plötzlich hatte sie das Gefühl, die Knie gäben ihr nach. Sie wusste wieder, wo sie die Kappe schon einmal gesehen hatte. Sie gehörte nicht Jost, dem Papierer, nicht Oswald und auch nicht Hensli, dem Lehrbuben. Sie gehörte Ludwig Köpperlin, dem Jungen, der ermordet worden war, und jetzt war sie voller Blut. Sie hatte die Kappe auf seinem Kopf gesehen an dem Tag, als er mit seinem Vater die Mühle besucht hatte. Wie kam das blutige Ding auf den Boden hinter der Lumpenpresse? Wie lange hatte es dort schon gelegen? Und warum überhaupt war es so blutig?

Sie presste die Kappe an ihre Brust und atmete schwer. Der Tag kurz nach Fasching fiel ihr ein, als Jost so verändert gewesen war und sie von der Mühle weggejagt hatte, obwohl er sie am Tag zuvor noch so flehentlich gebeten hatte zu kommen. Zu derselben Zeit musste es gewesen sein, dass der Junge verschwunden war. Das Herz trommelte ihr triumphierend gegen die Rippen: Vielleicht gab es ja doch einen gütigen Gott im Himmel, der sie und ihre Träume nicht vergessen hatte.

Sie hastete die Treppe hinunter und über den Hof in den Schuppen, wo Jost immer noch damit beschäftigt war, das Fuhrwerk zu beladen. Er sah ihr verdrießlich entgegen.

«Und, was willst du schon wieder? Es ist alles gesagt!»
Sie zog die Kappe heraus und hielt sie ihm vor die Nase.

«Das habe ich in der Schöpfkammer auf dem Boden gefunden. Hinter der Lumpenstampfe.»

«Und?» Mit spitzen Fingern nahm Jost die Kappe entgegen. «Was soll ich damit?»

«Siehst du die Flecken darauf? Das ist Blut.»

«Sicher ist das Blut. Glaubst du, das sehe ich nicht selbst? Das Ding muss Oswald gehören, der kann einfach nicht mit dem Messer umgehen. Er wird sich noch mal selbst den Finger abschneiden.»

Sie machte einen Schritt auf den Papierer zu.

«Die Kappe gehört nicht Oswald», sagte sie leise. «Sie gehörte dem toten Ludwig Köpperlin, ich hab's an der Borte erkannt. Sie ist voll Blut, und ich habe sie in deiner Mühle gefunden. Soll ich sie seinem Vater bringen?» Der Papierer verfärbte sich erst blass, dann grünlich, und seine Augen weiteten sich. Er versuchte etwas zu sagen, aber seine Stimme gehorchte ihm nicht. Er brachte kein Wort heraus. Aber Gerli brauchte auch kein Wort zu hören, um zu verstehen. Er ließ die Kappe fallen, torkelte auf sie zu und hielt sich an ihren Schultern fest.

«Du warst es, nicht wahr?», flüsterte sie erregt. «Du hast ihn getötet, hier in der Mühle, und in den Wald geschafft. Du hast mich angelogen, als ich gekommen war, um dich zu sehen, weil du nicht wolltest, dass ich ihn finde.»

Er sah sie flehentlich an.

«Es war ein Unfall, Gerli. Um der Liebe Christi willen, du musst mir glauben! Ich habe es nicht gewollt.» Er schwankte hin und her, sodass sie fürchtete, er würde jeden Augenblick zusammenbrechen.

«Setz dich auf den Hackklotz», befahl sie, und er gehorchte wie ein Kind und schlug sich die Hände vors Gesicht.

«Ich hab's nicht gewollt! Ich hab's nicht gewollt!»

«Was? Was hast du nicht gewollt?» Plötzlich griff er nach ihren Handgelenken und zog sie auf seinen Schoß.

«Du wirst mich nicht verraten, Liebes, nicht wahr? Du wirst es niemandem sagen?» Sein ganzer Körper bebte, und sie konnte die Angst riechen, die ihm aus den Poren quoll und ihm fast die Besinnung raubte.

«Erzähl mir, was passiert ist», sagte sie leise.

«Ja, ich sag dir alles! Dir kann ich alles erzählen, du wirst mir glauben, Gerli, mein Mädchen ...»

Sie rutschte von seinen Knien herunter und setzte sich neben ihn auf den Boden; er umklammerte ihre Hand wie ein Ertrinkender.

«Es war kurz nach Fasching», fing er an. «An einem Sonntag. Ich war allein in der Mühle, aber wir beide hatten uns für den Nachmittag verabredet.»

«Ich erinnere mich.»

«Und dann ... und dann kam Ludwig. Weißt du noch, nachdem der alte Köpperlin die Mühle gekauft hatte? Dauernd stand der Junge vor der Tür, wollte dies gezeigt kriegen und das. Hat nie gemerkt, wie er gestört hat. Und an diesem Sonntag wollte er unbedingt selbst Papier schöpfen. Ich hab's ihm gezeigt, und er hatte seinen Spaß daran.»

«Spaß», echote Gerli.

«Ja, er dachte wohl, er wäre der geborene Papierer oder so etwas. Er fabrizierte einen wertlosen Bogen nach dem andern und wollte einfach nicht gehen ...»

... Der Boden war inzwischen mit einem Film aus glitschigem Hadernbrei bedeckt, der bei Ludwigs ungeschickten Versuchen jedes Mal vom Rahmen heruntertropfte. Endlich hatte der Bursche einen Stapel von vielleicht einem Dutzend Bögen zusammen.

«Ich könnte den ganzen Tag an der Bütte stehen und schöpfen!», erklärte er mit vor Begeisterung glühendem Gesicht. Den ganzen Tag, so weit kommt's noch!, dachte Jost. Und ihm kam eine gute Idee, wie er den unwillkommenen Besucher schneller loswerden könnte.

«Halt», ordnete er an. «Bring das Zeug jetzt rüber zur Presse. Ein richtiger Papierer muss auch pressen können.» Ludwig nickte. Mit Feuereifer lud er sich den Stapel Papier und Filze auf die Arme und wollte ihn gerade an Jost vorbei zur Presse tragen, da streckte der Papierer kaum merklich den Fuß aus. Ludwig stolperte, rutschte auf dem glitschigen Boden aus und stürzte mitsamt Bogen und Filzen zu Boden. Dann tat es einen lauten Schlag, als er heftig mit dem Kopf auf den Steintrog der Stampfe schlug. Der will jetzt nur noch nach Hause und seine nassen Klamotten trocknen, dachte Jost zufrieden, als er den ganzen Krempel beiseiteschob, um dem Jungen wieder aufzuhelfen.

«Na, komm schon, Bursche, das trocknet wieder», sagte er und nahm Ludwigs Hand. Aber Ludwig erwiderte den Druck nicht. Ein grausiges Gurgeln kam aus seinem Mund, er verdrehte die Augen, schnappte nach Luft.

«Junge, mach keinen Blödsinn ... ist doch nichts passiert ...» Erst da bemerkte der Papierer das Blut, das aus Ludwigs rechtem Ohr sickerte; der Junge zuckte zweimal und sank dann ganz in sich zusammen, und sein Blick wurde leer.

«Ludwig? Ludwig!» Jost riss den Jungen hoch und rüttelte ihn an den Schultern. Der Kopf mit dem verpickelten Gesicht baumelte merkwürdig schlaff hin und her, und aus dem Mund entleerte sich ein Schwall roten Blutes geradewegs auf Josts Hosen.

«Ludwig», flüsterte der Papierer. Das Grauen rann eisig durch seine Adern und ließ sein Herz gefrieren, sein Blut, sein ganzes Inneres. Es nahm ihm den Atem. Er wollte schreien, aber kein Ton kam aus seiner Kehle. Schließlich stürzte er zum Fenster und stieß den Laden auf. Luft! Frische Luft, um nicht zu ersticken an dem baumelnden Kopf *und den starren Augen und dem Blut, das sich immer noch auf dem Boden ausbreitete. Mein Gott, so viel Blut, wo kann nur das ganze Blut herkommen, er ist doch nur hingefallen, weiter nichts! Das kann einen doch nicht umbringen, dass man einmal stolpert – der muss doch schon tausend Mal vorher gestolpert sein in seinem Leben, tolpatschig, wie er immer ist!*

Der Papierer schluchzte laut auf, biss sich in die Faust. Was soll ich nur tun, Gott im Himme?! Der junge Köpperlin liegt tot in meiner Schöpfstube, und ich habe ihn umgebracht. Das wollte ich doch gar nicht! Köpperlin wird mich in Stücke reißen – er wird mich an den Galgen bringen.

Er fiel neben dem Jungen auf die Knie, griff nach dessen Hand und zog sie an sein Herz, schloss die Augen. Lass ihn aufwachen, Gott, Maria und alle Heiligen! Lasst ihn wieder wach werden! Er stöhnte und sackte über dem Leichnam zusammen. Irgendwo in seinem Kopf fing es an zu summen, als ob ein feines Rädchen plötzlich in Bewegung geraten wäre. Schaff ihn hier weg, du Dummkopf!, mahnte er sich. Keiner weiß, was passiert ist. Keiner weiß, dass du es warst! Schaff ihn weg, so schnell du kannst!

«Ja», flüsterte der Papierer und sah sich wild in dem Raum um: die Lumpenstampfe, die Bütte, die Presse, das dunkle Kleiderbündel am Boden. Das half ihm nicht weiter. Er stürmte in die Lumpenkammer, holte einen von den Säcken, in denen Hensli die Lumpen heranschaffte, packte den Leichnam hinein und verschnürte das Ganze mit einem Seil. Seine Zähne klapperten den Takt dazu. Plötzlich hörte er Schritte in der Mühle und eine weibliche Stimme, die seinen Namen rief. Nach einem Augenblick der Verwirrung erst wurde ihm klar, dass es Gerli sein musste, die er ja für diesen verfluchten Nachmittag herbestellt hatte. Fiebrig stieß er den Sack hinter die Bütte, warf sich seinen Arbeitskittel über und lief auf die Treppe hinaus, um Gerli abzufangen.

«Ich - mir geht's nicht gut.» Sie hatte die ersten Stufen schon genommen, betrachtete ihn skeptisch.

«Dir geht's nicht gut?»

«Ja. Ich - ich muss mir den Magen verdorben haben, Leibschmerzen, Durchfall. Lass mich am besten allein.»

Noch eine Stufe. Auf keinen Fall durfte sie in die Schöpfkammer gelangen, wo die Blutlache auf dem Boden trocknete. Er versperrte ihr den Weg, hob abwehrend die Hände. «Bitte, es ist besser. Verschwinde.»

«Soll ich dir nicht helfen? Ich könnte etwas kochen für dich, dir warme Leibwickel machen ...»

Hatte sie schon etwas gesehen, an ihm vorbei in die Kammer geschaut? Hatte der Kittel die Blutflecken auf seinen Kleidern verborgen?

«Nein. Nein, hast du nicht gehört? Geh jetzt! Los! Hau ab.» Sie zog die Augenbrauen kurz zusammen, drehte sich dann um und verschwand ohne ein Wort.

Tatsächlich zogen Josts Gedärme sich jetzt schmerzhaft zusammen, als würde die Hand eines Riesen sie ausquetschen. Er stolperte zum Misthaufen im Hof und entleerte sich, bis er glaubte, sein Körper müsse völlig leergelaufen sein. Dann lief er zu dem kleinen Wagen, mit dem er immer das Papier in die Stadt brachte, und spannte den Maulesel ein. Er legte den Sack mit der Leiche vorsichtig auf die Ladefläche und fuhr sie in der fallenden Dämmerung in den nahe gelegenen Wald. Kein Mensch außer ihm war hier unterwegs; der Wald raschelte vom Tritt unsichtbarer Tiere, und an langen klebrigen Fäden tropften kleine Spinnen von den Ästen auf seine Schultern herunter. Endlich erreichte er eine Stelle, wo mehrere Sträucher unter einer Tanne ein Dickicht bildeten. Er nahm den Sack, lud ihn sich auf die Schultern und trug ihn hinüber, um ihn unter das Gebüsch zu schieben, aber plötzlich war ihm der Gedanke unerträglich, wilde Tiere könnten den Sack zerreißen und den Leich-

nam zerfleischen. Er sah es vor sich, wie ein Fuchs seine Schnauze in den aufgebrochenen Brustkorb des Jungen wühlte, und die Übelkeit schüttelte ihn. Er würde den Jungen davor schützen, sagte er sich, er würde Ludwig beschützen, damit er in seiner Ruhe nicht gestört wurde, und würde ihn auf den Baum hochtragen. Aber der Sack war schwer hochzubringen. Mit zitternden Fingern knüpfte Jost das Seil um den Sack auf, packte den Leichnam, der langsam steif wurde, an den Armen und hängte ihn sich über die Schultern, aber auch so konnte er nicht auf den Baum hochkommen. Schließlich kletterte er allein hinauf und zog dann den Jungen an dem Seil hinterher.

«So, Ludwig. So ist es gut. Hier setz dich hin, und bleib schön sitzen! Ich bind dich ein bisschen an, dass du mir nicht herunterfällst.» Er setzte den Körper auf einen großen Ast, lehnte ihn gegen den Stamm und zurrte ihn mit dem Seil fest. Dann kletterte er wieder hinunter und schnitzte mit seinem Messer ein kleines Kreuz in die Rinde, sodass der Richter am Ende der Zeit nicht übersehen würde, dass auch hier jemand auf seine Erlösung wartete.

«Ludwig, mein Junge ... leb wohl, Ludwig. Leb wohl!» Ein Eichelhäher keckerte, und die Tanne rauschte ihm zu ...

«Du hast ihn getötet und in den Wald gefahren», murmelte Gerli erschüttert. «Warum hast du Köpperlin nicht gesagt, dass es ein Unfall war? Dass der Junge einfach ausgerutscht und unglücklich gestürzt ist?»

«Ich hatte Angst, Gerli. Du kennst Köpperlin nicht. Er hätte mir nicht geglaubt, und wenn doch, dann hätte er mich trotzdem an den Galgen gebracht. Und jetzt ist es zu spät. Ich hatte solche Angst!» Er rutschte von dem Hackklotz herunter, kniete sich neben sie auf die Erde und sah ihr ins Gesicht. «Du wirst mich nicht verraten, nicht wahr, Gerli? Niemand sonst weiß etwas davon. Vergiss all die

Dinge, die ich vorhin zu dir gesagt habe! Ich – ich hab's nicht so gemeint, es war nur so, dass ich vor lauter Sorge nicht mehr klar denken konnte. Du willst nicht, dass sie mich hängen, nicht wahr? Gerli?»

Sie strich nachdenklich mit der Hand durch sein verschwitztes Haar.

«Nein, das will ich nicht.»

«Und dein Bruder wird einmal ein guter Papierer werden, das schwöre ich! Ich werde ihm alles beibringen, was ich weiß, alle Geheimnisse, und dann kann er Geselle werden und Oswalds Nachfolger hier in der Mühle. Nächste Woche schon lass ich ihn an den Schöpfrahmen, der Junge hat ja den richtigen Körperbau, der ist groß genug, um den Rahmen zu halten, man muss nämlich groß und kräftig sein ...» Er redete und redete, als hinge sein Leben davon ab, dass er keine Pause machte. Als wären die Häscher ihm schon auf der Spur.

«Wir sollten heiraten, Jost», unterbrach Gerli schließlich ruhig. «Sobald etwas Gras über die Sache gewachsen ist.»

«Ja, sicher! Heiraten! Ich wusste gar nicht – so bald wie möglich. Auf jeden Fall noch vor dem Winter.» Er beugte sich vor und küsste sie ungeschickt auf die Wange. «Ich habe immer gedacht, dass wir eines Tages heiraten würden. Und dann leben wir gemeinsam hier in der Mühle.»

«Ja», antwortete Gerli. «Ja.» Sie stand auf und holte die Kappe, die immer noch an der Stelle im Dreck lag, wo Jost sie fallen gelassen hatte. «Und jetzt nimm das Ding und verbrenn es.»

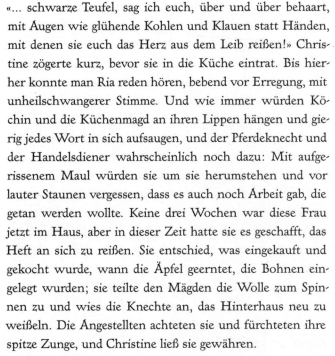

22

«... schwarze Teufel, sag ich euch, über und über behaart, mit Augen wie glühende Kohlen und Klauen statt Händen, mit denen sie euch das Herz aus dem Leib reißen!» Christine zögerte kurz, bevor sie in die Küche eintrat. Bis hierher konnte man Ria reden hören, bebend vor Erregung, mit unheilschwangerer Stimme. Und wie immer würden Köchin und die Küchenmagd an ihren Lippen hängen und gierig jedes Wort in sich aufsaugen, und der Pferdeknecht und der Handelsdiener wahrscheinlich noch dazu: Mit aufgerissenem Maul würden sie um sie herumstehen und vor lauter Staunen vergessen, dass es auch noch Arbeit gab, die getan werden wollte. Keine drei Wochen war diese Frau jetzt im Haus, aber in dieser Zeit hatte sie es geschafft, das Heft an sich zu reißen. Sie entschied, was eingekauft und gekocht wurde, wann die Äpfel geerntet, die Bohnen eingelegt wurden; sie teilte den Mägden die Wolle zum Spinnen zu und wies die Knechte an, das Hinterhaus neu zu weißeln. Die Angestellten achteten sie und fürchteten ihre spitze Zunge, und Christine ließ sie gewähren.

Jedes Mal, wenn sie Ria zu Ludwigs Grab gehen sah, spürte sie wieder die ungeheure Schuld auf ihren Schultern lasten – war sie es nicht schließlich gewesen, die auf das Kind der anderen Frau nicht aufgepasst hatte, wie es ihre Pflicht gewesen wäre? Weil sie nur mit sich selbst beschäftigt gewesen war. Sie, die selbst nie ein Kind gehabt hatte. Der Gedanke lähmte sie. Und selbst an diesem Morgen würde sie nichts sagen, obwohl sie in der Nacht aufgewacht war und gemerkt hatte, dass Frick nicht neben ihr lag. Sie war barfuß zur Tür geschlichen und die Treppe hinunter bis zu der kleinen Kammer neben der Küche, die sie Ria gegeben hatte, und da hatte sie es gehört: das leise Flüstern, das Knarren der Bodendielen, das Keuchen und Stöhnen. Vielleicht hoffte Frick, noch einen weiteren Sohn zu zeugen. Der hier zur Welt kommen würde, hier in diesem Haus, und auch Ria würde bleiben bis in alle Ewigkeit. Christine war ins Bett zurückgekrochen und hatte sich unter ihrer Decke zusammengerollt. Sei doch froh, dass er sein Geld wenigstens nicht mehr zu den Huren trägt, sagte die vernünftige Stimme in ihrem Kopf. Und du hast ihn schließlich auch betrogen, stimmt's? Wenn David hier im Haus wäre, wenn er hier wäre und im Nachbarraum schliefe, würdest du nicht auch sofort zu ihm hinüberlaufen und unter seine Decke kriechen, auf seine warmen Hände warten und den Zaubermund? Wenn er hier wäre? Hier in diesem Haus, gleich neben dir? ... Bis zum Morgengrauen lag sie wach.

Aber sie würde nichts sagen. Sie öffnete die Tür und trat ein.

«... und dann packen sie dich und heulen: –» Ria stand mit erhobenen Armen vor ihrer Zuhörerschaft. Sie brach mitten im Satz ab, sobald sie Christine sah. «Frau Christine?»

«Habt ihr schon angefangen mit dem Essen für heute Abend?» Christine wandte sich an die Köchin, ohne Ria zu antworten. «Die Kaufleute aus Lyon und der Ammann werden gleich nach der Vesper zu uns kommen, dann muss alles fertig sein.»

«Die Wacholderdrosseln, die Ihr am Spieß gebraten haben wolltet, konnte ich nicht bekommen», erklärte die Köchin mürrisch. «Die Magd von diesen Mötteli hatte alle weggekauft. Ich hab stattdessen Ente genommen und Lamm, das wird wohl reichen.»

«Du hättest mich vorher fragen sollen», sagte Christine. Gereizt sah sie sich in der Küche um: Offenbar hatte heute noch keiner hier gearbeitet. Von dem großen gemauerten Herd war die kalte Asche von gestern noch nicht heruntergefegt, der Reis in dem irdenen Hafen war voll Spelzen, die Mandeln nicht geknackt, die Gewürze nicht gemörsert, und die Enten, von denen die Köchin gesprochen hatte, sahen aus, als wären sie gerade noch im Teich herumgeschwommen – hoffentlich nicht im stinkigen Stadtgraben.

«Worauf wartet ihr?», sagte Christine scharf. «Es ist höchste Zeit! Ihr werdet schließlich nicht fürs Faulenzen bezahlt.»

Ria schob sich nach vorn.

«Entschuldigung, Frau Christine, aber wir mussten uns zuerst um die Anna kümmern.»

«Die Anna? Was ist mit ihr? Ist sie krank?» Erst dann entdeckte Christine das Küchenmädchen, das wie ein Häufchen Elend auf einem umgedrehten Eimer in der Ecke hockte, mit verheultem Gesicht und schiefem Kopftuch, unter dem die Haare wirr hervorschauten. Sie ging zu dem Mädchen hinüber und legte ihm die Hand auf die Stirn.

«Was ist denn los mit dir? Hast du Fieber?» Anstelle einer Antwort kam nur ein erstickter Schluchzer; das Mädchen brach erneut in Tränen aus und schlug die Hände vors Gesicht. Was mochte passiert sein? Vielleicht war ja jemand aus ihrer Familie gestorben; in einigen Dörfern im Allgäu hatte es ein paar Fälle von Schwarzem Tod gegeben. Sie kam doch aus dem Allgäu. Oder ihr Freund hatte sie im Suff verprügelt, wie er es schon häufiger getan hatte. Oder war sie am Ende schwanger? Christine rüttelte sie entschlossen an den Schultern.

«Herrgott, Mädchen, jetzt mach schon den Mund auf!»

«Es ist wegen dem Rat, Frau Christine.» Verständnislos sah Christine Ria an, während die Köchin halblaut murmelte:

«Diese Hurensöhne, diese gottlosen Schweine! Rattengift und Reißnägel sollte man denen ins Essen tun statt Ingwer und Rosinen.»

«Das will ich in diesem Haus nie wieder hören, verstanden? Sei ruhig und fang sofort mit Kochen an, sonst kannst du dir eine neue Stelle suchen! Und jetzt will ich wissen, was hier los ist. Also?» Wieder war es Ria, die antwortete. Wer auch sonst?

«Der Rat hat Anna verurteilt, dass sie ein Pfund Pfennig zahlen soll. Ein Pfund Pfennig! Wie soll das arme Mädchen das denn schaffen?»

«Wir haben schon gesammelt, aber so viel Geld kriegen wir nicht zusammen», setzte der Pferdeknecht verständnisvoll hinzu. «Kommenden Montag muss sie es abliefern, sonst sperren sie sie in den Turm.» Ein Pfund Pfennig, das war tatsächlich viel für jemanden, der zwölf Pfennig in der Woche verdiente. Zwanzig Wochen würde Anna nur dafür arbeiten müssen, und sicherlich hatte sie nichts gespart, auf das sie jetzt zurückgreifen konnte. Sie würde sich das Geld leihen müssen.

«Dabei hat sie nichts Böses getan», sagte Ria, und die Köchin nickte empört.

«Da sagen sie uns immer, wir sollen fleißig beten, und dann wird man dafür bestraft!»

«Niemand wird fürs Beten bestraft.» Christine versuchte vernünftig zu klingen. «Komm jetzt, Anna. Wenn du willst, dass ich dir helfe, dann erzähl mir, was passiert ist. Wir haben nicht den ganzen Tag Zeit.» Das Mädchen ließ langsam die Hände sinken.

«Ich – ich bin zum Haslach gelaufen und hab dem Heiligen einen Kuchen gebracht ... weil doch der Georg jetzt immer so hinter der Lisbeth herrennt. Er sollte mir helfen, dass der Georg zu mir zurückkommt, und ich hab mich hingekniet und ihm den Kuchen unter das Kreuz gelegt und gebetet und meinen Rosenkranz gesagt, und dann ist der Ammann gekommen und hat gesagt, du darfst hier nicht beten, der Bischof hat's verboten, und ich soll nach Hause gehen, und dann hab ich mich versteckt, bis er weg war, und bin wieder zurückgelaufen ...» Sie brach wieder in Tränen aus.

Die Köchin nahm ihre Hand und tätschelte sie. «Dieser Ammann hat gesagt», erzählte die Köchin nun weiter, «sie ist eine störrische Spitzbübin, die die Worte des Bischofs und die Gebote des Rats nicht respektiert, und deshalb muss sie die Strafe zahlen. Und alle anderen auch, die in den Haslach gelaufen sind.»

«So ist es gewesen», sagte die Küchenmagd, «und jetzt – jetzt weiß ich nicht, was ich tun soll ... ich hab doch keinem was Böses getan!»

«Man darf nicht gegen die Gebote des Rates handeln», sagte Christine fest. «Sonst gibt es bald kein Recht und keine Ordnung mehr in der Stadt. Wenn du mir versprichst, dass du in Zukunft –»

«Ein armes kleines Mädchen wird verurteilt, aber die Juden laufen immer noch frei in der Stadt herum!» Der Pferdeknecht hatte überhaupt nicht zugehört und spuckte wütend auf den Boden. «Die stecken doch alle unter einer Decke! Aber die werden sich noch wundern, die feinen Herren. Das lassen wir nicht mehr lange mit uns machen. Wir werden schon dafür sorgen, dass wir zu unserem Recht kommen.»

Christine schreckte zurück vor der Feindseligkeit in seiner Stimme: Das war der Mann, dem sie vor kurzem ein Paar Stiefel geschenkt hatte, der sich gefreut hatte, ihr zu Diensten sein zu können.

«Niemand weiß doch, was mit Ludwig wirklich geschehen ist», sagte sie leise. «Es ist nicht recht, jemanden nur für einen Verdacht zu verurteilen.»

«Verdacht?», mischte Ria sich nun ein. «Und was ist mit den Wundern, die jeden Tag geschehen?» Ihr Gesicht leuchtete. Sie griff nach der Hand der Küchenmagd und zog sie an ihr Herz. «Anna, mein Kind, ich verspreche dir, dass alles wieder gut wird. Der heilige Ludwig ist mit dir und hält seine Hand über dich! Morgen werde ich zum Bürgermeister gehen und ihn bitten, die Strafe zurückzunehmen.»

Das Mädchen lächelte unter Tränen.

«Das willst du wirklich tun?»

«Ja. Du wirst sehen, alles wird gut.» Im Hinausgehen sah Christine noch, wie Anna ihr verheultes Gesicht gegen Rias Schürze presste; der Pferdeknecht bekreuzigte sich. Sie lief die Stufen zu ihrer Schlafkammer hoch, setzte sich auf ihr Bett und massierte sich die schmerzenden Schläfen. Sie spürte genau, dass sie schon wieder wertvollen Boden an Ria verloren hatte. Statt einfach die Strafe für das Mädchen zu übernehmen und die Sache schnell zu beenden, hatte sie Ria die Gelegenheit gegeben, ihre Stellung hier im Haus weiter zu festigen. Fast schien es so, als hätte die vermeintliche Heiligkeit ihres Sohnes auch schon auf sie selbst abgefärbt. Aber Ludwig war kein Heiliger gewesen, wiederholte sich Christine verbissen. Er war ein gewöhnlicher Junge, mit Fehlern und Unarten wie jeder andere auch – ein Junge, der mit seinem Vater das Hurenhaus besucht hatte. Vielleicht sollte sie Ria das einmal erzählen.

«Es ist nicht recht, Herr Humpis, die Leute dafür zu bestrafen, dass sie am Grab meines Ludwig beten wollen.» Überrascht betrachtete Ital Humpis die kleine Frau, die mit gefalteten Händen vor ihm stand und ihm unverwandt ins Gesicht blickte. In ihrem ganzen Auftreten war keine Spur von Scham oder wenigstens Scheu zu entdecken, wie es sich für jemanden aus ihrer Schicht geziemt hätte. Natürlich hatte er schon davon gehört, dass die Mutter des getöteten Jungen inzwischen in Ravensburg eingetroffen war – die Knechte und Mägde redeten ja über fast nichts anderes mehr, und außerdem hatte Frick Köpperlin selbst es ihm mitgeteilt. Die Mutter seines Bastardsohns! Selbst in der Eselgesellschaft, wo doch vermutlich jeder irgendwo entlang der Handelsstaßen den einen oder anderen Bastard zurückgelassen hatte, wurde darüber getratscht. Es war schon etwas anderes, ob man seine Huren in Barcelona oder Nowgorod wohnen hatte, oder aber im eigenen Haushalt. «Am besten steckst du ihr eine ordentliche Mitgift zu und verheiratest sie ganz schnell an einen braven Handelsdiener», hatte er ihm geraten, aber Köpperlin hatte nur halbherzig genickt. «Es ist nicht so einfach, wie du denkst, Ital» – diese Worte klangen ihm wieder im Ohr, als er jetzt diese Person vor sich sah, mit fast herausfordernd zurückgeworfenem Kopf und einem Blick, der ihn unwillkürlich an seine eigene Mutter erinnerte, wie sie mit drohend erhobener Rute auf ihn zugekommen war, weil er als kleiner Junge wieder irgendetwas ausgefressen hatte. Nervös leckte er sich über die Lippen.

«Es ist eine Entscheidung unseres ehrwürdigen Bischofs Otto aus Konstanz», erklärte er unnötig salbungsvoll. «Dabei handelt es sich um schwierige Fragen unseres heiligen Glaubens. Wir Laien sollten uns in diesen Dingen nicht über das Urteil der Kirche erheben.»

Die Frau schlug die Augen nicht nieder.

«Die Karmeliter in der Stadt sagen etwas anderes, Herr Humpis. Sie sagen, der Junge ist den Märtyrertod gestorben. Sie sagen, es sind Zeichen Gottes, die jeden Tag an seinem Grab geschehen. Vielleicht kann es der Bischof einfach nicht zugeben, dass es in Ravensburg einen Märtyrer gegeben hat und nicht bei ihm in Konstanz. Wenn es sein Märtyrer wäre –»

«Aber gute Frau! Der Bischof ist ein heiliger Mann, ein Diener der Kirche!»

«Bruder Alexius ist auch ein heiliger Mann.» Ihr Blick kam fast einer Beleidigung gleich. «Ich bitte Euch, die Strafen zurückzunehmen, die Ihr ausgesprochen habt. Es ist eine Sünde gegen das Heilige. Die Leute haben Angst, dass Gottes Zorn über sie kommt, wenn sie dem Rat gehorchen.»

«Die Leute? Welche Leute? Lass das nur meine Sorge sein! Ich glaube, du bist nicht lange genug ihn dieser Stadt, um das beurteilen zu können!»

«Wenn Ihr meint, Herr Humpis. Ich höre halt zu, wenn geredet wird, auf dem Markt und am Brunnen und in der Küche. Es wird viel geredet.»

Humpis schloss krampfhaft die Hand um den Knauf seines Armstuhls.

«Gerede! Soll der Rat etwa danach entscheiden, was in den Küchen der Stadt getratscht wird?» Die Frau antwortete nicht, sondern sah durch ihn hindurch und klackerte mit den Perlen ihres Rosenkranzes. «Willst du mir nicht antworten, wenn ich dich etwas frage?», fauchte er unbeherrscht. «Schließlich habe ich noch anderes zu tun, als mit hergelaufenen Weibsbildern wie dir meine Zeit zu vertrödeln!»

«Ich bete für Euch», anwortete sie ausdrucklos. «Ihr wollt mir sicherlich nicht verbieten, für Euch die Jungfrau anzuflehen, dass sie Euch die Augen öffnet, Herr Humpis. Oder steht das inzwischen auch schon unter Strafe?»

Humpis biss die Zähne so fest aufeinander, dass ihm ein scharfer Schmerz durch den Oberkiefer fuhr.

«Niemand will dir das Beten verbieten, wenn es nach der rechten Ordnung geschieht», zischte er.

«Aber Ihr verbietet mir, an dem Ort zu beten, an dem mein Sohn gestorben ist!» Sie hob die Stimme und fing jetzt fast an zu schreien. «Mein Ludwig hat einen furchtbaren Tod erlitten, hier in dieser Stadt, unter Euren Augen! Er ist zu Tode gefoltert und zum Spott auf einen Baum gesetzt worden, er hat sein Blut gegeben für unseren Glauben, Gott lässt Wunder geschehen zu seinen Ehren! Da wollt Ihr uns verbieten, an seinem Grab zu beten?»

Die Tür des Ratssaals öffnete sich, und der Büttel steckte den Kopf herein.

«Braucht Ihr mich, Herr Humpis? Ich dachte, ich hätte –» In dem Augenblick erkannte er die Frau und verneigte sich. «Verzeiht, Frau Ria. Ich wollte Euch nicht stören. Sicher habt Ihr Wichtiges mit dem Herrn Bürgermeister zu bereden.» Er zog sich ein paar Schritte zurück und blieb dann noch einmal stehen. «Gestern haben wir ein paar Blumen zum Grab gebracht», murmelte er. «Wegen unserem kleinen Hans. Ich wollt's Euch nur sagen, Frau Ria, dass das Fieber heruntergegangen ist und er wieder trinkt.»

«Dank sei Gott», antwortete Ria sanft und nickte ihm zu. Er schloss behutsam die Tür hinter sich. Rias Augen funkelten.

«Die Karmeliter wollen die kleine Kapelle weihen, die die Pilger an seinem Grab errichtet haben», flüsterte sie. «Sie haben mir geraten, an den Papst in Rom zu schreiben, damit er meinen Ludwig heiligspricht. Und wenn dann die Gläubigen kommen und in den Haslach ziehen, wollt Ihr sie alle verurteilen und wegschicken, Herr Humpis? Wollt Ihr das auf Eure Seele nehmen?»

Der Bürgermeister rutschte unruhig hin und her. Diese Frau war gefährlich. Sie würde jedes Wort, das er zu ihr gesagt hatte, dreimal herumdrehen und dann so weitergeben, dass der Zorn der Haslachpilger sich gegen ihn richtete und gegen niemanden sonst.

«Dort draußen passieren Gott weiß welche Dinge», sagte er schließlich. «Wenn es nur ein paar ruhige Beter wären, würde sicher niemand etwas dagegen sagen, schon gar nicht der Rat. Aber inzwischen ist es ja so weit, dass die Leute nur noch herumschreien und kreischen und sich fast prügeln um die besten Plätze am Grab. Gestern hat es schon einen Verletzten gegeben. Wie auf dem Jahrmarkt geht es da zu! Und nachts kommen die Diebe und plündern die Gaben.»

Ria legte den Kopf ein wenig schief.

«Es müsste jemand da sein, der den heiligen Ort beaufsichtigt, für Ordnung sorgt und die Gaben entgegennimmt», sagte sie.

«Die Stadtbüttel haben keine Zeit», entgegnete Humpis rasch. Sie nickte.

«Oh ja, das weiß ich. Aber ich könnte es tun, wenn Ihr wollt. Oder ich könnte Leute finden, die es für mich machen.»

Humpis erhob sich.

«Ich – ich werde darüber nachdenken und mit dem Rat sprechen. Und jetzt entschuldige mich –»

«Was ist mit den Strafen? Soll ich den Leuten sagen, dass Ihr darauf besteht?»

Der Teufel soll sie holen, dachte Humpis. Ich wünschte, sie würde schon neben ihrem heiligen Ludwig liegen und auf ewig den Mund halten.

«Sag ihnen, wir lassen die Angelegenheit ruhen. Für den Augenblick.»

«Und wenn dieser Ludwig jetzt doch ein Heiliger war?» Ital Humpis kniete sich auf den Boden und hakte die Sehne seiner Armbrust in den Spanngurt ein, den er am Gürtel trug. Dann stand er schwungvoll auf, wobei er die Sehne spannte und geschickt an der Nuss befestigte. Er legte den Bolzen ein, hob die Waffe an die Schulter, zielte und betätigte den Abzug. Mit einem leisen Sirren schnellte die Sehne zurück; der Bolzen flog in weitem Bogen über das Feld und blieb schließlich in fünfzig Schritt Entfernung im äußeren Rand einer Schießscheibe stecken. Ein paar von den anderen Schützenbrüdern hatten ihn beobachtet und klatschten. Humpis grinste.

«Und, was sagt Ihr, Vöhringer?» Der Stadtarzt nickte anerkennend. Ihm lag nichts am Schießen; zu oft hatte er schon die Verletzungen gesehen, die ein gutgezielter Pfeil oder Bolzen anrichtete, als dass er selbst Lust gehabt hätte, einen Bogen oder erst recht eine Armbrust in die Hand zu nehmen. Aber die Schützengesellschaft hatte ihn gebeten, bei ihren wöchentlichen Übungen hier im Stadtgraben dabeizusein, seit ein verirrter Bolzen einmal den Drechslermeister aus der Rossgasse in der Wade getroffen hatten.

«Ein guter Schuss, Bürgermeister», sagte er. «Ihr wäret sicher ein gefürchteter Kriegsmann geworden, wenn Ihr Euch nicht für den Handel entschieden hättet. Ich würde jedenfalls niemandem raten, bei Nacht in Euer Haus einzusteigen.»

Humpis schüttelte den Kopf und machte sich auf den Weg, den Bolzen zurückzuholen.

«Das meinte ich nicht», erklärte er, als er schließlich zurückkehrte. «Ich wollte Eure Meinung zu diesem Jungen wissen. Ist er jetzt wirklich ein Heiliger gewesen?»

Vöhringer hob die Hände und ließ sie wieder fallen.

«Ehrlich gesagt, halte ich das alles für Unsinn. Heilige fallen nicht so einfach vom Himmel wie geschossene Tauben.»

Humpis verzog zweifelnd das Gesicht.

«Sicher, Vöhringer. Aber Ihr habt doch bestimmt auch diese Geschichte aus Frankreich gehört. Von diesem Bauernmädchen, wie heißt sie noch? Josefa? Johanna?»

«Jeanne. Jeanne d'Arc.»

«Richtig. Ein ganz einfaches Bauernmädchen, dem die Engel und Heiligen erscheinen. Sie vertreibt die Engländer aus Orléans und lässt diesen Schlappschwanz von Karl in Reims zum König krönen. Keine drei Monate ist das her! Wer hätte früher gedacht, so ein Mädchen könnte eine Heilige sein?»

«Die Geschichte ist noch nicht zu Ende, Bürgermeister. Ich habe gehört, dass der König sich von ihr abgewandt hat, als sie daran gescheitert ist, Paris einzunehmen. Obwohl ihr das auch der Erzengel befohlen hatte.»

Unruhig fuhr sich Humpis mit den Händen durch das verschwitzte Haar.

«Nun, wie dem auch sei. Ludwigs Geschichte jedenfalls *ist* zu Ende. Der Junge ist tot. Und ich frage mich –»

«Bürgermeister.» Beschwörend senkte Vöhringer die Stimme. «Wir waren doch beide dabei, als der Leichnam gefunden wurde. Der Tote muss wochenlang, monatelang da auf dem Baum gehockt haben! Er war schon halb verwest; Vögel haben an ihm herumgepickt, Ratten und Mäuse haben ihn angefressen. Kein Mensch kann mehr sagen, wie er zu Tode gekommen ist. Es kann genauso gut ein Unfall gewesen sein wie alles andere, ein verunglückter Bubenstreich. Und um aus dem Jungen einen Märtyrer zu machen, braucht Ihr einen Mörder. Das wäre das Ende der jüdischen Gemeinde in Ravensburg, und das wisst Ihr genau.»

«Ja.» Humpis wich dem Blick des Stadtarztes aus. «Und die Wunder? Die Heilungen?»

«Heilungen? Dass ich nicht lache! Die eine Hälfte der Kranken sind Scharlatane, die von der Leichtgläubigkeit der Leute leben. In Wirklichkeit kerngesund, spielen sie den

Pilgern irgendwelche Gebrechen vor, um sich dann Almosen dafür geben lassen, dass sie ihre falschen Krücken wegwerfen und sich die Binden von den gesunden Augen reißen. Ein übles Pack! Und die andere Hälfte geht genauso krank nach Hause zurück, wie sie gekommen ist. Nur glauben sie so sehr an die Hilfe ihres heiligen Ludwig, dass sie für ein paar Stunden ihre Schmerzen nicht mehr spüren. Ihr müsst sie eine Woche später befragen, wenn Ihr die Wahrheit wissen wollt.»

«Aber der Zulauf zum Grab ist immer noch stark, ja, ich möchte sagen, er wird sogar von Tag zu Tag stärker. All diese Leute glauben an den heiligen Ludwig! Wie kann ich da behaupten, dass sie sich irren?»

«Auch viele Menschen können irren, Bürgermeister. Denkt an all die Heiden, die die Lehren der christlichen Kirche nicht annehmen wollen! Haben sie recht, nur weil sie so viele sind?»

«Natürlich nicht.» Humpis strich nachdenklich mit der Hand über das glattpolierte Holz des Armbrustschaftes. «Wusstet Ihr übrigens, dass Köpperlin zwei Männer bezahlt, die das Grab bewachen und die Gaben der Pilger entgegennehmen? Zwei Handlanger aus seinem Handelshaus.»

«Tatsächlich? Nun, wahrscheinlich sitzt ihm diese Ria im Nacken. Sie soll ja eine sehr durchsetzungsfähige Person sein.»

«Ja, das ist sie wohl. Ich habe sie auch schon kennengelernt.»

«Sagt, Humpis, wie sind denn jetzt Köpperlins Aussichten auf einen Platz im Neunerausschuss? Nimmt niemand in der Handelsgesellschaft Anstoß daran, dass er diese Frau in sein Haus aufgenommen hat?»

«Ich würde sagen, Köpperlin ist schon so gut wie gewählt. Kaum einer von den Gesellen sieht die Frau als eine gottlose Hure an, im Gegenteil. Sie sehen sie als Mutter des heiligen Ludwig, und Köpperlin tut alles, um sie in diesem Eindruck zu bestärken.»

Vöhringer ließ ein anerkennendes Pfeifen hören.

«Alle Achtung. Ein geradezu märchenhafter Aufstieg.»

Humpis zog einen weiteren Bolzen aus seinem Köcher.

«So, genug geschwätzt. Ich hatte mit fest vorgenommen, heute noch einmal ins Schwarze zu treffen.» Er bückte sich, um die Armbrust für den nächsten Schuss vorzubereiten, aber dann hielt er beim Aufstehen mit einem kaum unterdrückten Schmerzenslaut mitten in der Bewegung inne und fasste sich ins Kreuz. «Oh, verflucht! Ich glaube, der alte Hexenschuss meldet sich wieder. Ich komme nicht mehr hoch.»

Valentin Vöhringer griff ihm stützend unter die Arme.

«Ganz ruhig, Bürgermeister ... tief durchatmen. Setzt Euch hier auf die Erde. Ich hole ein paar Männer, die Euch nach Hause bringen.»

Stöhnend ließ sich Humpis auf den Boden nieder.

«Und, Vöhringer?», ächzte er. «Was ratet Ihr mir? Was soll ich tun? Einen Aderlass machen lassen vielleicht?»

«Legt Euch ins Bett, Herr Humpis. Lasst Euch eine heiße Wärmekruke in den Rücken packen und einen Hocker unter die Knie, sodass die Beine in der Hüfte angewinkelt sind. Und heißer Wein mit Zimt und Ei würde sicher auch nicht schaden. Ich werde Euch begleiten und entsprechende Anweisungen geben.» Für einen Augenblick betrachtete er Ital Humpis, einen der reichsten und einflussreichsten Männer der Stadt, Bürgermeister und mit Sicherheit in nicht allzu ferner Zukunft Regierer der Handelsgesellschaft, wie er mit schmerzverzerrtem Gesicht am Boden kauerte und jammerte wie ein kleines Kind.

«Aber vielleicht zieht Ihr es ja vor, Euch gleich zum heiligen Ludwig tragen zu lassen?», setzte er hinzu. «Dann kann ich mir die Mühe sparen.»

23

Die Spitallumpen waren immer die schlimmsten. Gestern waren Hensli und Vinz mit dem Fuhrwerk in die Stadt gefahren und hatten mehrere Säcke abgeholt: vom alten Spital am großen Platz fünf und vom neuen Spital am Sauturm sieben. Die Säcke standen in der Lumpenkammer an der Wand und warteten darauf, dass jemand ihren Inhalt sortierte und auseinanderriss. Gerli stand eine Zeitlang davor und sprach sich selbst Mut zu, bevor sie die Kordel des ersten Sacks öffnete und den Inhalt auf den Boden kippte. Ein Wolke aus Dreck und Gestank stieg von den Lumpen auf und hüllte alles ein. Niemand im Spital machte sich die Mühe, die alten Fetzen zu waschen, bevor sie zur Papiermühle kamen; sie steckten voller Flöhe und Wanzen und trugen oft genug noch die Spuren der Krankheit, an der der letzte Besitzer erst Tage zuvor gestorben war: Eiterflecken, Schorf, Kot und Blut. Sie hielt ein zerrissenes Hemdchen hoch: Es musste einem Kind gehört haben. Vorn an der Brust war es mit schwarzbraunen Punkten übersät, vermutlich die Spuren von Bluthusten und Auswurf, die jeden zweiten Spitalbewohner quälten. Gerade die Findelkinder starben nach einem schlechten Winter daran wie die Fliegen. Aber das war nicht unbedingt ein Grund zur Trauer, denn wahrscheinlich war ihnen in der Ewigkeit ein glücklicheres Dasein beschieden als hier auf Erden.

Gerli nahm das Hemdchen, zog es mit Schwung über das Lumpenmesser und riss es dann an den Nähten auseinander. Feine Fasern und Flusen tanzten in der Luft. Ob sie wohl irgendwann selbst auch ein Kind haben würde? Josts Kind, einen Sohn, der später einmal Papiermüller im Flattbachtal werden würde? Sobald sie erst verheiratet waren, irgendwann im nächsten Jahr, würde sie alles daransetzen, so schnell wie möglich schwanger zu werden. Bis dahin würde sie weiterhin vorsichtig sein. Im Augenblick allerdings bestand keinerlei Gefahr, denn seit er ihr die Umstände von Ludwigs Tod gestanden hatte, ging der Papierer ihr aus dem Weg. Er sah über sie hinweg und mied die Lumpenkammer, und ihre Unterhaltungen beschränkten sich auf einen knappen Gruß und die notwendigen Anweisungen für die zu erledigende Arbeit. Nur einmal war es ihr geglückt, ihn allein abzupassen und ihn an das Versprechen zu erinnern, das er ihr gegeben hatte. Natürlich würden sie heiraten, hatte er ihr versichert. Nur würde er lieber warten, bis sich die Aufregung um Ludwigs Tod gelegt hatte. Vor dem Winter sicher nicht mehr, lieber nächstes Jahr im Sommer. Sie hatte genickt: Im Sommer dann, Jost. Aber nicht später.

Schließlich hatte sie den ersten Haufen abgearbeitet, nahm sich den zweiten Sack vor und leerte ihn auf dem Boden aus. Unter schrillem Quieken schoss eine magere Ratte daraus hervor, und noch bevor Gerli reagieren konnte, spürte sie schon die spitzen Zähne in ihrem Unterschenkel. Sie schrie auf; das Tier hing an ihrer Wade, glotzte gehässig zu ihr hoch und ließ sich nicht abschütteln. Erst als sie mit dem anderen Fuß heftig danach trat, fiel die Ratte zu Boden, flüchtete in eine Ecke und verschwand dort blitzschnell unter einer losen Diele.

Angewidert hob Gerli ihren Rock, bückte sich und besah sich die Wunde: Die Ratte hatte ihr tatsächlich einen kleinen Fetzen Fleisch aus der Wade gebissen, und es blutete heftig. Sie griff nach dem erstbesten Lappen, der ihr in die Finger fiel, und presste ihn darauf.

«Verflucht!», murmelte sie. Wanzen, Flöhe, Ratten – was würde wohl als Nächstes aus den Lumpen hervorkriechen, vielleicht der Teufel selbst? Die Ratten waren eine fürchterliche Plage; kaum etwas, das vor ihnen sicher war. Und immer wieder wurde gemunkelt, dass sie nachts in die Kellerlöcher der Armen eindrangen, ahnungslosen Schlafenden die Zehen abbissen und Säuglinge fraßen. Aber noch nie war Gerli von einer Ratte angefallen worden. Es war ein böses Vorzeichen, so viel war sicher, und auf keinen Fall durfte sie es Jost erzählen. Wenigstens ließ der Schmerz allmählich nach. Sie lupfte den rotverschmierten Lumpen: Die Blutung hatte inzwischen fast aufgehört. Entschlossen suchte Gerli sich ein anderes Tuch, das von der Form einigermaßen passte, und wickelte es um ihr Bein. Das musste reichen bis heute Abend, wenn sie wieder zu Hause war und sich ein bisschen Rindertalg daraufschmieren konnte. Sie sortierte, trennte Nähte auf, zerriss und schnitt Knöpfe ab, bis die Oktoberdämmerung hereinbrach und das Licht zu schwach wurde, um noch weiter an den Lumpen zu arbeiten.

Seit Ria eingezogen war, fühlte sich Christine in ihrem eigenen Haus wie ein überflüssiger Gast. Ria kontrollierte die Vorräte, plante die Mahlzeiten, teilte die Hausarbeit ein, und das Gesinde gehorchte ihr ohne Widerspruch, erst recht, seit bekannt geworden war, dass der Hausherr immer häufiger die Nacht in ihrer Schlafkammer verbrachte. Die Mägde tratschten ganz offen darüber und gaben sich auch keinerlei Mühe, ihre Stimmen zu senken, wenn Christine zuhören konnte. Unten in der Diele hatte Ria eine Art Hausaltar eingerichtet: In der Mitte stand umkränzt von frischen Blumen das Andachtsbild, das Ludwig damals aus Brugg mitgebracht hatte, daneben lagen sein Lederranzen sowie ein oder zwei Pilgergaben, die Ria bei ihren Besuchen am Grab vielleicht besonders ins Auge gefallen waren. Christine hatte beobachtet, wie die Mägde sich bekreuzigten, sobald sie an dem Schrein vorbeikamen, aber sie hatte gar nicht erst versucht, dieses Verhalten zu unterbinden. Es hatte ja doch keinen Zweck. Die grobschlächtige Maria auf der Holztafel grinste schadenfroh.

An diesem Vormittag hatte Christine Wäsche aussortiert, alte Laken und Tischtücher, die sie in einer Truhe in ihrer Kammer verwahrte. Dieser Raum war inzwischen fast der einzige Platz, wo sie Ruhe vor Ria hatte. Sie packte die Teile, die verschlissen waren und nicht mehr geflickt werden konnten, in einen Korb und machte sich auf den Weg, um sie selbst zur Papiermühle zu bringen. Ein Spaziergang an der frischen Luft würde ihr guttun, und außerdem hatte sie sich die Mühle immer schon einmal ansehen wollen. Sie lief die Marktgasse hoch zum oberen Tor, wo inzwischen schon ein Gerüst für die anstehenden Bauarbeiten aufgestellt worden war, überquerte den Graben und folgte dem Flattbach unterhalb der Burg talaufwärts. Auf den Erlen lag schon ein herbstlicher Schimmer, und in den feuchten Wiesen leuchteten rosa die Herbstzeitlosen. Christine bückte sich zu einer Blume hinunter und strich mit dem Finger über die Blütenblätter. War es wirklich erst ein Jahr her, dass David sie auf diese Pflanze aufmerksam gemacht hatte, die auch hinter der Weinberghütte wuchs? Er hatte ein paar Knollen ausgegraben, um daraus Medizin zuzubereiten, die die Schmerzen von Podagrakranken linderte. Aber man musste vorsichtig damit umgehen, hatte er erklärt. So unschuldig und zart die Pflanze auch aussah, mit ihrem Gift vermochte sie doch innerhalb weniger Stunden einen Menschen zu töten. Damals hatte sie nicht weiter darüber nachgedacht, aber heute schien es ihr, als wäre die Herbstzeitlose ein Sinnbild für die Liebe, die sie mit David verband: schön und heilsam und tödlich gefährlich. Sie konnte nicht verhindern, dass ihr die Tränen in die Augen schossen. Seit sie ihm die Seiten aus seinem Buch gebracht hatte, hatte sie nicht mehr mit David gesprochen, und das war jetzt vier Monate her – vier Monate voller Angst und Sehnsucht und Einsamkeit. Manchmal gelang es ihr, ihn für ein paar Augenblicke aus ihren Gedanken zu verbannen, aber dann war er plötzlich wieder so gegenwärtig und nahe, als bräuchte sie nur die Hand auszustrecken, um ihn zu berühren. Ob es ihm wohl auch so ging? Oder hatte er die Hoffnung aufgegeben und versuchte, sie zu vergessen? Ich darf mich dieser Stimmung nicht überlassen, dachte Christine, ich muss mich zusammennehmen! Sie stand wieder auf und zwang sich weiterzugehen.

Im September hatte es reichlich geregnet, und der Bach plätscherte munter dahin. Aber das Wasser war nicht so klar wie sonst, sondern zeigte eine leichte milchige Trübung, und mit jedem Windstoß wehte ein fauliger Geruch zu Christine herüber. Sie hatte schon gehört, dass die Bauern, die die Wiesen im Flattbachtal bewirtschafteten, sich über die Papiermühle beklagten: Sie würde nicht nur durch den Lärm der Lumpenstampfe die Fische vertreiben, sondern überdies das Wasser verschmutzen, sodass man es kaum noch wagen könnte, seine Ochsen zur Viehtränke zu treiben. Vielleicht gab es ja die Möglichkeit, daran etwas zu ändern, dachte Christine. Sie würde sich den Papierbetrieb zeigen lassen und mit dem Papiermeister sprechen.

Schon von weitem konnte man hören, dass die Lumpenstampfe heute in Betrieb war. Wie laut mochte es wohl erst in der Mühle selbst sein? Der Papierer jedenfalls hatte an Hörkraft schon deutlich eingebüßt. Das hatte Christine festgestellt, als er vor einiger Zeit bei ihnen im Kontor gewesen war, um mit Frick zusammen die Abrechnung für die vergangenen Monate durchzusehen. Man musste fast schreien, um sich ihm überhaupt verständlich zu machen.

Der neue Lehrjunge trug gerade einen Packen Papier in die Scheune, als sie den Mühlenhof betrat. Er grinste ohne Scheu zu ihr herüber und musterte sie abschätzig von Kopf bis Fuß, bevor er die Lippen spitzte und einen anerkennenden Pfiff hören ließ. Christine spürte, wie ihr das Blut in die Wangen schoss. Was war das bloß für ein unverschämter Lümmel? Er musste doch genau wissen, wen er vor sich hatte! Oder war sie einfach zu empfindlich geworden? Sie fasste ihren Korb fester, ging zu dem Jungen hinüber und rief ihm zu:

«Ich bringe ein paar Lumpen für die Mühle. Bitte sag deinem Meister Bescheid, dass ich da bin.» Einen Augenblick lang tat der Lehrbub so, als hätte er kein Wort verstanden, aber dann besann er sich eines Besseren, nahm Christine den Korb aus der Hand und sprang die Stufen zum Eingang hinauf. Kurz darauf setzte das Getöse aus: Jemand hatte die Lumpenstampfe stillgelegt. Die Tür öffnete sich, und der Papierer kam schnaufend und schwitzend auf Christine zu.

«Frau Christine, grüß Gott. Was für eine Überraschung, Euch hier zu sehen! Kann ich etwas für Euch tun?» Er schien nicht sonderlich erfreut über den unerwarteten Besuch zu sein und strich sich immer wieder fahrig mit der Hand über die Bartspitzen, die aussahen, als wären sie wochenlang nicht gestutzt worden. Der ganze Mann machte einen heruntergekommenen Eindruck und verströmte noch dazu einen unangenehm säuerlichen Geruch – ganz anders, als Christine ihn in Erinnerung hatte. Aber das mochte auch daran liegen, dass er gerade von der Schöpfbütte gekommen war.

«Ich dachte, die Gelegenheit sei günstig, mir die Papiermühle einmal anzusehen und zu erfahren, wie all diese wunderbaren weißen Bögen entstehen. Schließlich notiere ich jeden Tag meine Ausgaben darauf.»

Der Papierer lächelte gezwungen.

«Sicher. Wenn Ihr wollt. Hier die Treppe hoch.» Er ging voran durch einen kleinen Flur und öffnete eine Tür.

«Die Lumpenkammer, wo die Hadern sortiert und kleingerissen werden. Wenn Ihr hineinschauen wollt?» Er ließ Christine passieren und wies mit der Hand in das Gelass. Unwillkürlich hielt sich Christine die Hand vor Mund und Nase, um nicht den Gestank einatmen zu müssen, der ihr entgegenquoll. In unordentlichen Haufen lagen unterschiedlich gefärbte Lumpen auf dem Boden, und Staubwölkchen tanzten darüber in der Luft. Erst auf den zweiten Blick erkannte Christine die Gestalt, klein fast wie ein Kind, die an der gegenüberliegenden Wand am Boden lag und schlief. Konnte es wirklich sein, dass jemand hier wohnte, hier, in dieser Vorhölle aus Dreck und Gestank?

«Da liegt jemand, Meister Jost!», rief sie, aber da war der Papierer schon selbst auf die Gestalt zugestampft.

«He, was soll das heißen? Glaubst du, du wirst dafür bezahlt, dass du am hellichten Tag hier herumliegst?» Er rüttelte die Gestalt grob an den Schultern und zog sie hoch. Es war ein junges Mädchen, sah Christine, schmal und zart, und in ihrem staubgepuderten Gesicht flackerten schwarz und unruhig die Augen.

«Das ist unsere Lumperin», erklärte der Meister. «Ich weiß nicht, was heute in sie gefahren ist.» Das Mädchen schwankte hin und her und machte Anstalten, sich wieder auf den Boden zu setzen.

«Ich glaube, es geht ihr nicht gut», sagte Christine schnell. «Können wir sie nicht heraus an einen anderen Ort bringen, wo sie sich ein bisschen ausruhen kann? Hier drin würde wohl jeder früher oder später krank werden, es ist ja kaum auszuhalten.»

«Oh, sie ist es nicht besser gewöhnt. Die hat in ihrem Leben sicher schon ganz anderen Dreck gesehen.» Der Papierer schien nicht sonderlich besorgt. «Vinz?», rief er. «Vinz, komm her! Bring deine Schwester in die Küche. Hat wohl zu viel getrunken gestern Abend.» Wenige Augenblicke später kam der Bursche herangeschlendert, zerrte das Mädchen an den Armen hoch und schleppte es hinaus auf den Gang, wo er mit dem Fuß eine zweite Tür öffnete und dahinter verschwand.

«Er wird sich um sie kümmern.» Der Meister rieb sich

die Hände. «Folgt mir hier entlang, dann zeige ich Euch die Lumpenstampfe und die Schöpfbütte.» Aber Christine zögerte.

«Gleich, Meister Jost. Ich möchte doch noch zuerst nach diesem Mädchen sehen. Ob auch alles in Ordnung ist mit ihr.»

«Das ist nicht nötig. Die ist zäh wie eine Gossenkatze, und Vinz ist ja bei ihr. Und außerdem, dieses Mädchen ... na ja, ich lass sie für Gottes Barmherzigkeit hier arbeiten. Sie ist unzuverlässig für drei, trinkt gern mal eins über den Durst und macht für jeden die Beine breit, der ihr einen Becher Wein spendiert.» Er wollte Christine weiterschieben, aber sie blieb stehen. Der Mann hinter ihr war ihr plötzlich aus tiefstem Herzen zuwider, der ungewaschene Geruch, den er ausströmte, die herablassende, gehässige Art, in der er über die kleine Lumperin redete.

«Verzeih, aber ich möchte mich gern selbst überzeugen», sagte sie leise und bestimmt. «Schließlich ist es unsere Mühle. Ich fühle mich mit verantwortlich für die Leute, die hier arbeiten. Vielleicht, wenn der Lebenswandel dieser Lumperin wirklich so verwerflich ist, wie du sagst, sollte ich mich besonders um sie kümmern.» Ohne auf das abweisende Grummeln des Papierers zu achten, schob sie sich an ihm vorbei und folgte dem Lehrling in die Küche. Er hatte das Mädchen auf die Wandbank gesetzt und versuchte offenbar vergeblich, ihm etwas zu trinken einzuflößen. Sie hatte die Augen geschlossen. Unter all dem Dreck und Staub glänzte ihr Haar schwarz wie Rabenflügel und ließ ihr Gesicht umso bleicher erscheinen. Ihre Zähne klapperten so sehr, dass jeder Schluck Wein, den ihr Bruder ihr zwischen die Lippen zwingen wollte, gleich wieder an den Mundwinkeln herauskam, über das Kinn hinunterlief und ihr auf die Brust tropfte, die sich in flachen Atemstößen hastig hob und senkte. Christine wusste plötzlich, wo sie das Mädchen und seinen Bruder schon einmal gesehen hatte: Die beiden waren es gewesen, die im Haslach Ludwigs Leiche gefunden hatten.

«Sie will nichts trinken», sagte Vinz und stand auf, offensichtlich erleichtert, dass er nicht mehr allein verantwortlich war. «Ich glaube, ihr ist einfach schlecht.» Er warf dem Papierer einen sonderbaren Blick zu. «Vielleicht ist sie ja schwanger, was, Meister?» Zu Christines Überraschung verfärbte der Papierer sich puterrot bei diesen Worten, aber er antwortete nicht direkt, sondern wandte sich stattdessen an die Besucherin.

«Und, habt Ihr genug gesehen? Wir müssen irgendwann heute nämlich auch noch weiterschaffen.» Christine betrachtete ihn mit unverhohlenem Widerwillen, dann wandte sie sich an das Mädchen und griff nach seinem Handgelenk. Der Puls unter ihren Fingern raste, und die Hand war heiß und schlaff.

«Das Mädchen ist krank», stellte sie fest. «Sie hat hohes Fieber. Meister Jost, du musst sie nach Hause bringen lassen.» Der Papierer zuckte ergeben mit den Schultern und nickte seinem Lehrling zu, der sich betont lässig gegen die Wand lehnte. Aber um seine Mundwinkel zuckte es verräterisch, und es gelang ihm nicht, einen gelangweilten Gesichtsausdruck aufzusetzen.

«Bitte, wenn Ihr es wünscht. Also, Vinz, lauf schnell mit ihr nach Haus und komm dann gleich wieder.» Christine ballte wütend die Fäuste.

«Du siehst doch, dass das Kind kaum noch aufrecht sitzen kann! Wie soll sie da bis in die Stadt laufen? Du hast doch ein Fuhrwerk im Schuppen. Also lass anspannen!» Sie fasste Vinz ins Auge. «Wohnt deine Schwester in der Stadt? Gibt es jemanden, der sich um sie kümmern kann?»

«Sie hat eine Kammer gemietet, in der Unterstadt. Sie lebt allein.» Nachdenklich zog Christine die Unterlippe zwischen die Zähne.

«Denkt nur nicht daran, mir den Lehrbuben aus der Mühle abzuziehen, damit er für seine Schwester Krankenpfleger spielt!», schnappte Jost und baute sich breitbeinig vor ihr auf. «Ich brauche den Burschen hier, wenn mir schon die Lumperin ausfällt. Irgendeiner muss die Arbeit ja machen! Euer Hausherr wird mir die Hölle heißmachen, wenn ich meine Aufträge nicht rechtzeitig erfülle.» Plötzlich schien er selbst zu merken, dass er sich im Ton vergriffen hatte, und senkte die Stimme. «Wir können sie ja zum Spital schaffen. Die haben sicher noch einen Platz frei.» Zum ersten Mal öffnete die Lumperin mühsam die Augen.

«Nicht – nicht ins Spital», wisperte sie. «Nicht ins Spital.» Christine hielt immer noch ihre Hand. Mühelos konnte sie das schmale Gelenk mit Daumen und Zeigefinger umfassen. Wie bei einem Kind, dachte sie, wie bei einem kleinen Mädchen. Sie streichelte sacht über die fiebrige Haut.

«Bringt sie zu meinem Haus. In der Marktgasse», befahl Christine nun. Der Gedanke war ihr zugeflogen wie ein kleiner schutzsuchender Vogel. «Ich kümmere mich um sie, bis es ihr wieder bessergeht.»

«Zu Euch nach Hause, Frau Christine? Aber –»

«Ja. Habe ich mich so undeutlich ausgedrückt?»

«Ich dachte nur ... Was wird Euer Mann dazu sagen?»

«Das lass nur meine Sorge sein, Meister Jost. Und jetzt sieh zu, dass du den Wagen bereit machst. Schließlich hast du ja noch anderes zu tun, nicht wahr?»

Christine ließ das Mädchen hoch in ihre eigene Schlafkammer bringen und auf das Bett legen. Sie selbst würde bei ihr bleiben und sich ein Lager aus Decken auf dem Boden zurechtmachen; Frick hatte sowieso in der letzten Woche keine einzige Nacht hier geschlafen. Sie war froh, dass er in der Stadt unterwegs und sie ihm im Haus nicht begegnet war, ihm nicht und Ria auch nicht. Natürlich würde der Aufenthalt des Mädchens ihm nicht verborgen bleiben, aber es war gut, wenn ihr noch etwas Zeit blieb, um sich für diese mit Sicherheit anstehende Auseinandersetzung zu wappnen. Und jetzt musste sie sich zuallererst um das Mädchen kümmern.

Die Lumperin lag halb bewusstlos auf der Decke. Während sie mit dem Fuhrwerk hierhergefahren waren, hatte Christine versucht, mit dem Mädchen zu sprechen und zu erfragen, wann und wie sie krank geworden war, aber sie hatte kein Wort der gemurmelten Antworten verstanden. Vielleicht hatten sie auch gar nichts bedeutet. Aber wenigstens wusste sie, dass das Mädchen Gerli hieß. Ihr Bruder hatte es verraten, der Lehrbub Vinz, der jetzt linkisch auf ihrer Truhe saß und ihr mit unruhigen Augen zusah. Sie hatte sich einen Eimer mit Wasser bringen lassen und kühlte der Kranken die fiebrige Stirn.

«Seit wann ist deine Schwester krank, Vinz?», fragte sie.

«Weiß nicht.» Der Bursche zuckte mit den Schultern.

«Hat sie denn gar nichts davon gesagt, dass sie sich nicht wohlfühlt? Oder über Schmerzen geklagt?»

Vinz kaute an seinen Nägeln und schwieg. Sie hätte ihn schütteln können. «Dann komm wenigstens her und hilf mir, sie auszuziehen!»

Gerlis Bruder tappte zum Bett hinüber und wäre dabei fast noch über den Eimer gestolpert. Er legte seiner Schwester den Arm um die Schultern, richtete sie auf und hielt sie fest, während Christine ihr Kleid und Hemd über den Kopf streifte. Da bemerkte sie eine schmutzige Binde, die das Mädchen sich um das linke Bein gewickelt hatte. Auf den ersten Blick konnte sie erkennen, dass mit dem Bein etwas nicht stimmte: Es war dicker als das andere, sodass der Lappen schon in das Fleisch schnitt, und die Haut darum erschien unnatürlich gerötet. Vorsichtig versuchte Christine den Lappen abzuwickeln, aber er war mit einer schmutzig braunen Flüssigkeit durchtränkt und fest verklebt. Das Mädchen stöhnte leise, als sie die Binde schließlich aufschnitt und auseinanderklappte. Ein ekelhaft fauliger Geruch stieg Christine entgegen, und es schüttelte sie. Sie musste sich zwingen, nicht aus dem Raum zu laufen und stattdessen genauer hinzusehen: An der Außenseite von Gerlis Wade klaffte eine fast handtellergroße eitrige Wunde, um die herum das Fleisch giftig rot angeschwollen war und ein gelbliches Sekret absonderte.

«Gott im Himmel», wisperte Christine. «Wir müssen einen Arzt holen!» In dem Augenblick war die Magd eingetreten und hatte die letzten Worte mitgehört. Als sie die Verletzung sah, machte sie einen Sprung rückwärts und bekreuzigte sich.

«Holt lieber einen Priester, Frau Christine!», würgte sie, aber Christine schüttelte den Kopf.

«Lauf zu Vöhringer! Sag ihm, dass er kommen muss, schnell! Es ist dringend.»

Die Magd schüttelte den Kopf.

«Vöhringer sitzt schon seit Tagen auf dem Donnerbalken, hat die Köchin erzählt. Dem geht's selbst so schlecht, dass er schon die Engelein singen hört.»

«Dann holen wir David Jud», sagte Christine entschlossen. «Aus der Judengasse. Los, worauf wartest du noch?»

Die Frau hatte die Arme vor der Brust verschränkt.

«Ich geh da nicht hin. Ihr könnt mich nicht zwingen, Frau Christine! Nachher schlachten sie mich und schneiden mir die Brüste ab.»

«So ein Unsinn!», zischte Christine. Vor Wut hätte sie die Magd am liebsten geohrfeigt. Aber wahrscheinlich war keiner aus dem Gesinde bereit, David zu holen, und sie selbst wagte es nicht, das Mädchen hier allein zu lassen.

«Ich – ich kann ihn holen. Ich weiß, wo er wohnt.» Aus dem Augenwinkel sah Christine das grün verfärbte Gesicht des jungen Vinz, der schon aufgestanden war, und nickte ihm zu.

«Gut. Aber lauf schnell und sag ihm, dass er sich beeilen soll. Erzähl ihm, wie die Wunde aussieht, hörst du? Damit er die richtige Medizin mitbringt.» Der Bursche wollte schon aus der Tür, aber die Magd trat ihm in den Weg.

«Ihr dürft diesen Juden nicht ins Haus holen, Frau Christine! Das ist ein Teufel, der Christenkinder umbringt! Ihr werdet uns alle ins Unglück stürzen, und dem Mädchen ist sowieso nicht mehr zu helfen, das sieht doch ein Blinder!»

Christine musterte sie kalt.

«Scher dich zurück in die Küche, wenn du deine Arbeitsstelle behalten willst.»

Die Magd wurde dunkelrot; dann drehte sie sich ohne ein weiteres Wort auf der Schwelle um und stampfte nach unten. Christine konnte sie auf der Treppe noch fluchen hören.

«Lauf», wies sie Vinz an, und der Junge stürzte zur Tür hinaus und hastete nach draußen.

«Das ist eine böse Wunde, voll mit Eiter und Dreck», stellte David wenig später an den Jungen gewandt fest. Er war entsetzlich hager geworden, hager und faltig, aber in dem Moment, in dem er die Kammer betreten hatte, spürte Christine seine Anwesenheit mit jeder Pore ihres Körpers, spürte, wie ihr Herz weit wurde und ihre Brustspitzen sich aufrichteten, wie ihre Haut gierte nach einer einzigen Berührung. Er hatte die verletzte Wade in Augenschein genommen, daran gerochen, mit einer Art silberner Sonde hineingefühlt. «Ich muss sie ausschneiden, sonst wird sie deine Schwester vergiften.»

«Ausschneiden?», wisperte Vinz, und seine Augen weiteten sich entsetzt. «Mit einem Messer ausschneiden?»

«Ja. All das Faule muss herausgeschnitten werden, und selbst dann kann es sein, dass sie es nicht überlebt.» Der Junge schluckte und sah ängstlich zu Christine herüber; sie nickte ihm ermutigend zu. Davids Selbstsicherheit, als er die Wunde untersucht hatte, seine Ruhe, ja seine bloße Gegenwart erfüllten ihre Seele mit Zuversicht, und wenn ihre Blicke sich streiften und einen Moment ineinander verharrten, war es wie eine Berührung, ein wortloser Austausch von Nachrichten, für niemand anderen zu verstehen als für sie selbst. Er hat mich nicht vergessen, dachte sie. Er wartet auf mich.

«Leider habe ich keinen Opiumsaft mehr», erklärte David gerade. «Gibt es Branntwein hier im Haus? Und irgendetwas, womit wir das Mädchen am Bett festbinden können, sodass sie nicht wegzuckt, wenn ich schneide?»

«Branntwein, ja. In der Küche.» Sie ging so dicht an ihm vorüber, dass sie seine Kleider streifen und seine Hand drücken konnte. Er hielt sie fest.

«Wartet noch einen Augenblick ... lasst einen Kessel mit süßem Wein erhitzen. Ich will Weihrauch darin auflösen und die Wunde hinterher damit spülen. Und dann brauche ich noch saubere Leinenbinden und Honig.» Christine nahm ein frisches Laken aus ihrer Truhe und reichte es Vinz, der es mit zitternden Händen in dünne Streifen riss. Dann verließ sie den Raum, um alles Notwendige zu holen.

In der Küche hatte die Magd die anderen Bediensteten um sich geschart und berichtete anscheinend gerade über den empörenden Besuch des jüdischen Arztes, als Christine eintrat. Die Magd verstummte sofort, aber Ria machte einen Schritt nach vorn.

«Die Juden haben meinen Ludwig ermordet, und Ihr holt einen von ihnen ins Haus, Frau Christine?», fragte sie harsch. «Herr Frick wird niemals –» Christine schob sie wortlos zur Seite, hängte einen kleinen Kessel mit Wein über das Kochfeuer und kletterte dann die schmale Stiege in den Keller hinunter, wo die Vorräte aufbewahrt wurden. Sie öffnete den Zapfhahn des Branntweinfässchens und hielt einen Krug darunter, aber er wurde nur halb voll. Scheinbar hatte sich jemand in den letzten Wochen großzügig aus dem Fässchen bedient. Hoffentlich würde es reichen, dachte sie, während über ihr in der Küche das Gemurmel anschwoll. Sie stieg wieder hoch, nahm den Kessel vom Feuer, schöpfte den heißen Wein in einen zweiten Krug. Niemand sprach ein Wort zu ihr, niemand sah sie an, aber sie fühlte die Blicke in ihrem Rücken.

«Du kommst mit», sagte sie schließlich zu dem Pferdeknecht gewandt. «Wir brauchen deine Hilfe. Und bring ein paar kräftige Seile mit.»

«Ich – ich sollte den neuen Rappen in den Hof führen und abreiben. Er war heute so verschwitzt, und –»

«Das kannst du später erledigen. Und beeil dich. Ich gehe schon vor.»

In der Schlafkammer oben hatte David inzwischen sein Wams ausgezogen und sich die Ärmel seines Hemdes hochgekrempelt. Unter der Haut seiner kräftigen Arme sah man die Muskeln spielen, wenn er sich bewegte. Unwillkürlich dachte Christine daran, wie weich sich die feinen, lichtbraunen Härchen darauf anfühlten, wenn man darüberstrich. Sofort verbat sie sich diesen Gedanken. Schließlich ging es hier um Leben und Tod.

David hatte sein Messer schon bereitgelegt und holte jetzt ein paar kleine goldgelbe Kügelchen aus seiner Tasche, die er vorsichtig in den heißen Wein gleiten ließ. Ein durchdringender Geruch stieg auf und verband sich mit dem Wundgestank zu einer infernalischen Mischung. David schüttete einen Becher voll mit Branntwein, hob das Mädchen ein bisschen hoch und hielt ihn ihr an die Lippen.

«Trink das», sagte er leise, aber sie brachte nur ein paar winzige Schlückchen hinunter und sackte dann wieder in sich zusammen. Mittlerweile war der Pferdeknecht eingetreten. Er hatte ein paar feste Stricke mitgebracht und schlang sie jetzt auf Davids Anweisung um Oberschenkel, Fußgelenke und Brustkorb der Kranken, sodass sie an das Bett gefesselt war und sich fast nicht mehr bewegen konnte. Der Mann murmelte und fluchte unentwegt vor sich hin.

«Heilige Madonna, so ein gottverfluchter Hurensohn ...»

«Halt's Maul!», fuhr Vinz auf, aber David blieb ruhig.

«Du hältst ihr die Beine fest, falls sie sich losreißt», befahl er dem Knecht. «Und ihr beide nehmt ihre Hände.» Er schloss kurz die Augen. «Fertig?» Christine nickte atemlos; der Junge ihr gegenüber hatte alle Farbe verloren. Sie wollte ihm etwas Tröstliches sagen, sagen, dass alles gut verlaufen würde, wollte kurz über seine Wange streichen, da setzte David sein Messer an und führte es in zwei raschen halbkreisförmigen Schnitten rings um die Wunde herum. Das Mädchen schrie gellend auf; es warf den Kopf hin und her und versuchte sich gegen die Fesseln aufzubäumen, ruderte mit den Armen durch die Luft, und als sie Christines Haar zu fassen bekam, krallte sie sich hinein und zerrte daran, als wollte sie es ihr ausreißen. Sie schrie immer lauter, sodass Christine glaubte, ihre Ohren müssten explodieren, bis schließlich einer der Heiligen, die der Pferdeknecht die ganze Zeit beschworen hatte, sich erbarmte und die Kranke das Bewusstsein verlieren ließ. Der junge Vinz weinte hemmungslos; der Pferdeknecht hatte die Augen fest zusammengepresst. Christine befreite ihr Haar aus dem Griff des Mädchens, richtete sich auf und sah zu David hinüber. Das operierte Bein vor ihm schwamm in Blut; er legte gerade das Messer aus der Hand, griff nach einem Schwamm und presste ihn in die ausgeschnittene Wunde.

Dann goss er den aufgelösten Weihrauch darüber und nickte Christine zu.

«Sie ist tot!», schluchzte Vinz, aber David schüttelte den Kopf.

«Sie ist ohnmächtig geworden, Dank sei dem Herrn. Aber niemand kann sagen, ob sie die nächsten Tage überleben wird. Ich habe alles entfernt, was faul war ... man sollte es verbrennen. Reicht mir die Binden an, dass ich das Bein verbinden kann. Und du», er wandte sich an den Knecht, «mach die Fesseln auf.» Christine griff nach den vorbereiteten Leinenstreifen. Ihre Knie schwankten, als sie die paar Schritte zum Fuß des Bettes hinüber machte, und als sie Davids blutverschmierte Hände sah, fiel ihr die Binde fast auf den Boden.

«Gib her.» Er hob das verletzte Bein vorsichtig an, wickelte den Streifen einmal darum und träufelte Honig darauf, bevor er weitermachte. «Das sollte zwei Tage so bleiben, dann muss man den Verband wechseln», sagte er. «Gebt ihr viel zu trinken, warmen Wein mit Ei und ein paar Tropfen Rosenwasser, Sauermilch ...» In dem Augenblick wurde die Tür aufgerissen, und Frick Köpperlin stürmte in die Kammer. Mit einem einzigen Satz war er am Bett, packte David Jud an den Schultern und schleuderte ihn gegen die Wand.

«Raus aus meinem Haus, sonst vergess ich mich!», brüllte er und stieß den Arzt zur Tür. «Mach, dass du wegkommst, oder ich bring dich um!» Christine hörte David die Treppe hinunterstolpern, hörte das Mädchen tief aufstöhnen und den Pferdeknecht rülpsen, dann traf sie ein Schlag ins Gesicht und ließ ihre Ohren klingeln.

«Wie konntest du diesen Schlächter in mein Haus holen, du verfluchtes Weibsbild? Ich werd dich lehren ...»

Christine hob die Arme, um sich zu schützen, aber der nächste Schlag blieb aus: Vinz war dem Kaufmann in den Arm gefallen und drängte ihn zurück.

«Lasst sie in Ruhe! Meine Schwester stirbt, wenn ihr niemand hilft!»

«Und du glaubst, dieser Judenhund hat ihr geholfen?» Verächtlich spuckte Köpperlin auf den Boden. Aber die ungewohnte Anstrengung machte ihm zu schaffen, er atmete schwer und fasste sich mit der Hand ans Herz. «Abgeschlachtet hat er sie, und das in meinem Haus!», keuchte er. «Siehst du nicht das Blut überall? Darum ist es ihm gegangen, worum sonst? Dass er seine dreckigen Judenfinger in Christenblut stecken kann!» Gerli stöhnte erneut, und Vinz zuckte bei dem Klang zusammen. Christine beugte sich über das Mädchen und strich ihm sacht über die schweißnasse Stirn.

«Alles wird gut», murmelte sie. «Du hast das Schlimmste überstanden. Alles wird gut werden, bestimmt.»

«Glaubt Ihr das wirklich, Frau Christine?» Der Mühlenlehrling sah plötzlich nicht mehr aus wie ein Halbwüchsiger, der vor Kraft kaum laufen konnte, sondern wie ein kleiner Junge, und seine Augen hingen flehend an ihren Lippen.

«Mit Gottes Hilfe», antwortete sie kaum hörbar.

Frick lachte böse.

«Gott soll vollenden, was dieser Teufel angefangen hat?» Er streckte die Hand aus und bohrte Vinz seinen Zeigefinger in die Brust. «Du bist doch der Tunichtgut, den mein Papiermüller im Flattbachtal eingestellt hat? Also mach, dass du zurück an die Arbeit kommst, sonst bist du die längste Zeit Lehrling gewesen.» Vinz sah Christine fragend an.

«Geh nur», sagte sie. «Ich werde mich um deine Schwester kümmern. Du kannst ja heute Abend noch einmal nach ihr sehen.» Mit hängenden Schultern schlich der Bursche nach draußen, gefolgt von dem Pferdeknecht. Sobald sie allein mit der Kranken waren, kam Frick mit schweren Schritten auf Christine zu.

«Du kannst von Glück sagen, dass ich mir momentan keinen Skandal erlauben kann, weil ich auf meine Wahl in den Neunerausschuss warte», zischte er. «Sonst würde ich dich an den Haaren aus diesem Haus zerren und in die Gosse werfen, so wahr mir Gott helfe. Aber glaube mir, ich werde es nicht vergessen, und eines Tages wird es dir noch leidtun, dass du auch nur ein Wort mit diesem Dreckjuden gewechselt hast.» Einen Augenblick fürchtete sie, er würde sie noch einmal schlagen, aber dann drehte er sich nur auf dem Stiefelabsatz um, verließ die Kammer und schlug die Tür hinter sich zu.

24

Jedes Mal, wenn Christine die Augen schloss, sah sie wieder die schrecklichen Bilder des vergangenen Tages vor sich: die faulige Wunde, das Messer in Davids Hand, das viele Blut, das aus dem verletzten Bein gequollen war, und Gerlis Schmerzenschreie gellten erneut in ihren Ohren. Als es Mitternacht schlug, hatte sie alle Hoffnung verloren, das Mädchen könne die Nacht überleben. Es glühte im Fieber; seine Brust hob und senkte sich in hastigen Atemstößen, und der flatternde Puls an dem schmalen Handgelenk ließ sich kaum noch tasten. Bisweilen stieß es einen klagenden Seufzer aus und hob die Hände, als wolle es einen nächtlichen Dämon verscheuchen. Christine kühlte den glühenden Körper mit feuchten Tüchern und versuchte wieder und wieder, der Kranken etwas Wein einzuflößen, aber sie behielt nichts im Mund.

«Gerli», flüsterte Christine verzweifelt. «Nimm doch nur ein kleines Schlückchen ... ich bitte dich, einen einzigen Schluck!» Aber das Mädchen reagierte nicht. Vielleicht sollte sie nach einem Priester schicken oder nach dem Bruder des Mädchens, draußen in der Mühle im Flattbachtal? Aber wen sollte sie darum bitten? Wäre überhaupt jemand vom Gesinde bereit, mitten in der Nacht für sie einen solchen Gang zu machen? Ratlos hielt Christine die kleine Hand der Lumperin in ihrer eigenen und strich mit dem Zeigefinger darüber. Die Blaumeise fiel ihr ein, die vor ein paar Wochen im tiefstehenden Licht gegen das Stubenfenster geflogen war. Sie hatte den Aufprall gehört, ein merkwürdiges, ungewohntes Geräusch, und als sie dann nach draußen gelaufen war, hatte sie das Vögelchen auf der Gasse gefunden und aufgehoben. Warm und flaumig hatte es in ihrer Hand gelegen und sie aus seinen unergründlichen Augen angesehen, und sein winziges Herz hatte hektisch gegen ihre Fingerspitzen geschlagen. Sie hatte noch über das zarte Köpfchen gestreichelt, als die Meise schon tot war. Dass sie ein Tier sterben sah, war nichts Ungewöhnliches; Christine selbst hatte schon ungezählten Hühnern die Kehle durchgeschnitten, auch immer einmal wieder einem Kaninchen, wenn es sich so ergab, und auf dem Anwesen ihrer Eltern war sie stets dabei gewesen, wenn ein Schwein geschlachtet wurde. Sie hatte selbst nicht verstehen können, warum der Anblick der toten Meise sie so unendlich traurig stimmte und in Tränen ausbrechen ließ; warum sie in einem unbeobachteten Augenblick auf den Hof geschlichen war und das Tierchen in einer Ecke begraben hatte. Und jetzt lag dieses Mädchen vor ihr und kämpfte mit dem Tod, und sie konnte ihm genauso wenig helfen wie dem kleinen Vogel. Das kleine Öllicht auf der Truhe fing plötzlich an zu flackern. Ein kalter Luftzug strich ihr über die Schultern, und Christine hatte das deutliche Gefühl, dass sie mit dem Mädchen nicht mehr allein war. Beklommen drehte sich sich um: Niemand war zu sehen, allein die Dunkelheit hockte in den Ecken und schärfte ihre Krallen. Als ob der Tod selbst die Kammer betreten hätte, dachte Christine schaudernd. Sie nahm den

Rosenkranz von seinem Haken an der Wand und begann zu beten.

Sie erwachte von dem anbrechenden Alltagslärm des Hauses. Draußen dämmerte es schon; Eimer klapperten, und irgendjemand keifte auf dem Hof herum. Übernächtigt reckte Christine die Glieder; sie war irgendwann auf ihrem Hocker eingeschlafen, und ihr ganzer Körper war verspannt und verkrampft. Es dauerte einen Augenblick, bis ihr wieder klar wurde, warum sie nicht in ihrem Bett lag, aber dann hörte sie auch schon die gehetzten Atemzüge, mit denen das Mädchen sich ans Leben klammerte. Sie stand mühsam auf und beugte sich über die Kissen. Das Gesicht des Mädchens war leichenblass, die Wangen eingefallen, und die geschlossenen Augen lagen tief in den Höhlen. Aber sie lebte.

«Ein neuer Tag ist angebrochen», sagte Christine, obwohl sie nicht glaubte, dass die Kranke sie verstehen würde. Aber die Schatten der Nacht hatten sie nicht überwältigt, und das Morgenlicht gab Christine neuen Mut. Sie bettete Gerli vorsichtig auf die Seite und schüttelte die Kissen auf.

«Durst», wisperte das Mädchen. Es war das erste verständliche Wort, das sie von sich gegeben hatte, seit sie hierhergekommen war, und Christine nahm es als günstiges Zeichen. Sie hob das Mädchen an den Schultern hoch, griff nach dem Becher mit Wein und hielt ihn ihr an die Lippen. Sie trank vielleicht einen Fingerhut voll.

«Gut machst du das», ermutigte Christine. «Versuch es noch einmal.» Quälend langsam leerte Gerli einen halben Becher Wein. Plötzlich flog die Kammertür auf, Vinz kam herein und stürzte auf das Bett zu.

«Gerli, bist du wach? Sag doch etwas!» Er fiel auf die Knie, streichelte ihr unbeholfen über die fiebrigen Wangen. «Sie ist so blass», stammelte er, während er ihre Hand gegen sein Gesicht presste. Das Trinken hatte das Mädchen völlig erschöpft; sie lag reglos auf dem Rücken und schien die Anwesenheit ihres Bruders nicht wahrzunehmen, auch als er mehrfach ihren Namen rief. Er stand langsam auf.

«Sie stirbt», flüsterte Vinz mit aufgerissenen Augen. «Mein Gott, sie stirbt! Dieser Hurensohn hat sie umgebracht, und ich selbst habe ihn hierhergeholt!»

«Halt den Mund!», fauchte Christine. «Ohne David Jud wäre sie schon längst tot! Du solltest dankbar sein und um Gottes Beistand bitten, damit er sie wieder gesund werden lässt.» Vinz musterte sie, und ein feindseliger Zug lag um seinen Mund.

«Gestern Morgen war sie noch gesund», schnappte er. «Gestern Morgen ist sie noch auf eigenen Füßen raus zur Mühle gelaufen, und jetzt liegt sie hier und stirbt! Ihr habt sie hierhergebracht, damit dieser Jude sie in seine dreckigen Hände kriegt, damit er in ihrem Blut wühlen kann ...»

Christine stockte der Atem vor aufflackerndem Zorn. Dieser Bursche, der von sich aus keinen Finger gerührt hatte, um seiner Schwester zu helfen, der nicht einmal bemerkt hatte, dass sie krank war, wagte es, in so einem Ton mit ihr zu sprechen.

«Verlass sofort mein Haus.» Sie war erstaunt, wie ruhig ihre Stimme geblieben war: Sie hätte den Burschen umbringen können. «Verlass mein Haus und komm nie wieder, sonst lass ich dich rausprügeln.» Sie machte einen bedrohlichen Schritt auf Vinz zu, und er wich tatsächlich zurück. Als er die Tür erreicht hatte, drehte er sich noch einmal zu ihr um.

«Judenhure», zischte er, dann war er verschwunden.

Vor Wut, Angst und Schmerz konnte Vinz nicht mehr klar sehen; er stolperte auf den Stufen, fiel die Treppe hinunter und blieb schließlich fluchend vor der Küche liegen.

«Hol's der Teufel», keuchte er. «Hol euch doch alle der Teufel!»

«Hast du dich verletzt?», fragte jemand, und er blickte auf. Eine kleine streng aussehende Frau mit schwarzen Zöpfen stand vor ihm und reichte ihm die Hand, und er ließ sich unwillig auf die Füße ziehen.

«Geht schon», antwortete er und schüttelte den Kopf, um wieder auf klare Gedanken zu kommen.

«Wer bist du? Was hast du hier zu suchen?», fragte die Frau. Sie sprach einen harten, schwer verständlichen Dialekt; offenbar stammte sie nicht von hier.

«Meine Schwester liegt da oben. Sie – sie stirbt, weil diese Judensau Hand an sie gelegt hat!» Aller Hass brach wieder in ihm auf; am liebsten wäre er sofort aus dem Haus und zur Judengasse gestürmt und hätte diesen Schlächter erwürgt. Die Frau legte ihm beruhigend eine Hand auf den Arm.

«Deine Schwester ist das? Komm erst mal mit mir in die Küche.» Sie zog ihn mit sich und drückte ihn auf die Wandbank, dann schob sie ihm einen Becher mit Apfelmost hin. «Hier. Trink das.» Sie lehnte sich mit verschränkten Armen gegen die Wand und betrachtete ihn, wie er den Most in einem Schluck hinunterkippte. «Ich verstehe, dass du dir Sorgen machst. Aber warst du es nicht, der diesen Juden überhaupt ins Haus geholt hat?»

Vinz errötete.

«Ich war so verzweifelt ... ich wusste gar nicht, was ich tat! Ich hab gedacht, sie braucht einen Arzt, aber ich hab doch nicht geglaubt, dass er sie aufschneiden würde wie ein Metzger!»

Die Frau setzte sich jetzt neben ihn und nahm seine Hand.

«Das verstehe ich. Wenn man Angst um seine Liebsten hat, dann weiß man nicht mehr, wo vorne und hinten ist. Hab ich selbst schon alles erlebt mit meinem Ludwig. Die Angst, die ich hatte, als er verschwunden war! Fast wahnsinnig bin ich geworden. Und dann –» Sie wischte sich mit dem Ärmel über die Augen; Vinz betrachtete sie erstaunt.

«Du bist die Mutter von Ludwig Köpperlin?»

«Ja. Ich heiße Ria. Und wenn ich dir raten soll», sie schloss kurz die Augen, «dann lauf nach draußen zum Haslach und bitte meinen Ludwig um Hilfe. Da hat noch keiner umsonst gebeten, der aus echter Not gekommen ist.»

«Der heilige Ludwig», murmelte Vinz. Auf den Gedanken wäre er selbst gar nicht gekommen. «Und du meinst wirklich, er kann mir helfen?»

Sie sah ihm fest in die Augen.

«Ich weiß es.»

Es dauerte fast eine Woche, bis Gerli wieder zu sich kam, eine Woche voller Hoffnung und Bangen und Verzweiflung. Christine war schließlich so erschöpft, dass sie einzuschlafen drohte, sobald sie sich auch nur hinsetzte. Unzählige Stunden hatte sie damit verbracht, dem Mädchen Wein oder Brühe einzuflößen, hatte verschwitzte Laken gewechselt und schließlich ängstlich den Verband geöffnet, um erstaunt festzustellen, dass die Wunde darunter aufgehört hatte zu stinken und sich kein neuer Eiter gebildet hatte. Sie wusch das Bein mit Wein und Myrrhe und machte einen frischen Verband, so wie sie es bei David gesehen hatte, und in der folgenden Nacht schien das Fieber zum ersten Mal zurückzugehen. Das Mädchen wurde so weit wach, dass es eine Tasse Milch trinken und fragen konnte, wo es sich eigentlich befand, bevor es wieder in tiefen Schlaf versank. Aber es schlief jetzt ruhiger, und manchmal glaubte Christine, dass es im Schlaf lächelte.

Während dieser ganzen Zeit hatte sie die Schlafkammer nur verlassen, um in der Küche etwa zu essen zu holen oder den Abtritt aufzusuchen, und hatte kaum ein Wort mit jemandem gewechselt. Als sie gerade wieder mit einem Teller Weintrauben die Treppe hinaufhuschen wollte, öffnete sich die Tür zur Stube und Frick trat ihr in den Weg.

«Morgen ist Sonntag», teilte er ihr ohne Einleitung mit. «Ich erwarte, dass du mich zum Hochamt begleitest, so geputzt, wie es sich für eine Kaufmannsfrau gehört. Nicht wie eine Spitalmagd.» Christine nickte müde. Das Mädchen hatte sich inzwischen so gut erholt, dass sie es für einen Vormittag allein lassen konnte. Sie wollte sich an Frick vorbeidrücken, aber er hielt sie am Ärmel fest.

«Mir wurde berichtet, dass es diesem Straßenflittchen wieder ganz gutgeht», sagte er kühl. «Für dich mag das ja der richtige Umgang sein, aber ich möchte so jemanden nicht unter meinem Dach haben. Du hast sie jetzt lange genug auf meine Kosten durchgefüttert.»

Christine holte tief Luft.

«Bitte, Frick. Nur noch ein paar Tage, vielleicht die nächste Woche. Sie ist noch sehr schwach. Wenn ich sie jetzt zurückschicke, dann wird sie wieder krank werden. Ich bitte dich.»

«Und dann? Wirst du dann die Aussätzigen einsammeln und die Straßenbettler? Soll ich mein Haus in ein Spital verwandeln?»

«Nein, Frick. Sicher nicht. Es geht doch nur um dieses Mädchen. Sie ist eine Angestellte von dir, wir müssen uns um sie kümmern.» Sie sah genau, dass Frick am liebsten gebrüllt und getobt hätte vor Wut, aber er konnte es sich nicht erlauben. Die Augen der ganzen Stadt, besonders aber der Handelsgesellschaft, ruhten auf ihm, und solange er nicht in den Neunerausschuss berufen war, konnte er eine fast mittellose kranke Lumperin nicht auf die Straße werfen.

«Nur noch ein paar Tage», wiederholte sie fest, stieg die letzten Stufen empor und war froh, als sie die Tür hinter sich schließen konnte.

«Er ist ein strenger Herr, der Herr Frick, nicht wahr?», kam die Stimme des Mädchens vom Bett, und Christine fuhr überrascht herum. Sie hatte nicht erwartet, dass Gerli wach war und jedes Wort mitgehört hatte.

«Ein bisschen streng, ja», antwortete sie schließlich. «Er will über alles selbst entscheiden, was in seinem Haus geschieht.» Das Mädchen stützte sich auf seinen Ellbogen hoch und sah sie aufmerksam an; nach der schweren Krankheit wirkte sie fast durchscheinend zart und mehr wie ein Kind als je zuvor.

«Er will mich nicht im Haus haben, stimmt's?» Die dunklen Augen waren nicht mehr matt wie in all den Tagen zuvor, sondern strahlten verführerisch. Ein hübsches Mädchen, ging es Christine durch den Kopf, gefährlich hübsch. Vielleicht ist es ja gut, wenn Frick sie gar nicht erst zu Gesicht bekommt.

«Ich dachte zuerst, er schlägt zu», erklärte Gerli gerade. «Oder? Hat er Euch geschlagen?»

Christine errötete bis zu den Haarwurzeln.

«Nein», antwortete sie tonlos. Diesmal nicht, fügte sie in Gedanken hinzu. Sie ging zu dem Mädchen hinüber und setzte sich auf die Bettkante. «Du bist jetzt fast wieder gesund. Noch ein paar Tage, dann kannst du wieder nach Hause.» Sie hob die Decke und betrachtete das Bein, das immer noch dick verbunden war. «Wie bist du eigentlich krank geworden?» Das Mädchen verzog den Mund.

«Eine verdammte Ratte hat mich gebissen. Sie steckte in dem Sack mit Spitallumpen und ist auf mich losgesprungen, als ich ihn geöffnet hab. Das Spitalzeug ist nichts als ein Haufen Rotz und Dreck.» Sie zupfte verlegen an der Decke herum und sah schließlich auf. «Wenn Ihr mich nicht mitgenommen hättet, wäre ich jetzt tot, oder?» Christine zuckte die Schultern.

«Ich weiß es nicht. Vielleicht wärst du ja auch so wieder gesund geworden. Du bist viel zäher, als ich dachte. Ich glaube nicht, dass ich so eine Verletzung überlebt hätte.» Sie wollte aufstehen, aber Gerli hielt sie fest.

«Ich werde nie vergessen, was Ihr für mich getan habt», sagte sie leise. «Ich selbst hätt's vermutlich nicht getan an Eurer Stelle. Wenn Ihr irgendwann einmal Hilfe braucht, werde ich da sein. Ihr könnt Euch auf mich verlassen, das schwöre ich.»

Gerli nutzte die Zeit, als Christine am Sonntag in der Kirche war, um allein aufzustehen und die Kammer zu erkunden, in der sie die letzte Woche verbracht hatte. Sie setzte sich auf und kletterte vorsichtig aus dem Bett. Wenn sie das verletzte Bein zu sehr belastete, schoss ihr wieder ein scharfer Schmerz bis in die Lende, und deshalb stützte sie sich überall ab, wo es möglich war, und hüpfte auf dem anderen Bein herum.

Noch nie zuvor war sie in einem so vornehmen Haus gewesen. Es war schon eine Freude, allein das kühle glatte Bettlaken zu berühren, aber als sie jetzt die Truhe öffnete, stieß sie unwillkürlich einen entzückten Aufschrei aus. Was für wunderbare Kleider waren darin aufbewahrt! Dunkelblauer Samt, Pelzkragen, gestärkte weiße Spitze, hauchfeine Seide in schillernden Tönen und viele andere Stoffe, von denen sie nicht einmal den Namen kannte. Sie ließ ihre Hände darübergleiten und genoss das köstliche Gefühl an den Fingerspitzen. Schließlich zog sie ein Kleid heraus, das ihr besonders gefiel, und hielte es sich an den Körper: Es war aus einem schimmernden roten, fast durchsichtigen Material gefertigt, mit enganliegender Taille, einem weiten schleppenartigen Rock und tiefem Ausschnitt, der am Rand mit unzähligen kleinen Perlchen bestickt war. Die Ärmel endeten in langen Manschetten, die sicherlich bis an die Fingerspitzen reichten und mit kostbarer Spitze abgeschlossen wurden. Gerli seufzte verträumt. Wie gut ihr dieses Kleid stehen würde! Das Rot passte wunderbar zu ihrer dunklen Haut und den schwarzen Haaren und würde ihr eine geheimnisvolle Ausstrahlung verleihen. Wie schade, dass es hier keinen großen Spiegel gab!

Bedauernd legte sie das Kleid zurück an seinen Platz. Etwas so Kostbares würde sie in ihrem ganzen Leben niemals tragen, das wusste sie genau. Christine Köpperlin dagegen konnte es, sie hatte eine ganze Truhe voll mit den herrlichsten Sachen, aber sie schien sich nichts daraus zu machen. Meist trug sie ein schlichtes graues Kleid, das auch aus der Ausstattung einer Bäuerin hätte stammen können. Nur heute, für den Kirchgang, hatte sie ein besseres Stück ausgewählt, aus schwarzem Samt mit passender Haube, weil ihr Ehegatte es verlangt hatte. Herr Frick Köpperlin. Gerli schürzte die Lippen. Nie hätte sie gedacht, dass eine Frau unglücklich sein könnte, die mit einem so reichen Mann wie Köpperlin verheiratet war, aber so schien es zu sein. Christine zuckte schon zusammen, sobald sie seine Stimme irgendwo im Haus hörte. Offensichtlich hatte sie Angst vor ihm. Sie selbst, Gerli, hatte noch niemals Angst vor Jost gehabt. Möglicherweise würde er sie später auch verprügeln, wenn er betrunken war, so wie viele Ehemänner es taten, aber damit würde sie fertigwerden. Sie würde ihn dann eben so lange nicht in ihr Bett lassen, bis er auf Knien zu ihr hingerutscht käme und um Vergebung bäte. Sie hüpfte zu dem kleinen Hocker hinüber, setzte sich vorsichtig hin und zog nachdenklich die Unterlippe zwischen die Zähne.

Der Papierer hatte sie während ihrer Krankheit nicht nur nicht besucht, nein, er hatte nicht einmal nach ihr gefragt und sich erkundigt, wie es ihr ging. Nachdem sie Vinz weggeschickt hatte, sei niemand mehr da gewesen, hatte Christine ihr erklärt. Nun, von Vinz hatte sie nicht mehr erwartet, aber Jost – seit Monaten war er jetzt schon ihr Liebhaber, und er wollte sie schließlich heiraten. Außerdem konnte sie ihm mit ihrem Wissen sehr gefährlich werden. Trotzdem hatte er sich einen Dreck um sie gekümmert. Und dieser Gedanke brachte das kühne Phantasiegebäude, aus dem sie ihre Zukunft gebaut hatte, abermals ins Wanken. Aber es half gar nichts, sich jetzt Sorgen zu machen, sagte sie sich. Vielleicht gab es ja einen Grund, weshalb er nicht gekommen war. Vielleicht war er ja selbst krank gewesen. Sie würde bald wieder in der Papiermühle anfangen und mit ihm reden und dann selbst sehen, wie die Dinge standen.

Der heilige Ludwig hatte geholfen, so wie es nur ein wirklicher Heiliger konnte. Er hatte die Schandtat dieses jüdischen Teufels wiedergutgemacht und Gerli gesund werden lassen, und Vinz empfand darüber ebenso viel Erstaunen wie Dankbarkeit. Dass so etwas möglich war! Aber es konnte keinen Zweifel geben: Seit er an jenem Sonnabend vor dem Grab auf die Knie gefallen war und um Hilfe gefleht hatte, war es Gerli mit jeder Stunde bessergegangen. Ludwigs Mutter hatte ihn darüber auf dem Laufenden gehalten. Als er gehört hatte, dass Gerli schon in wenigen Tagen nach Hause zurückkehren würde, hatte er sich zusammen mit seinem Freund Kaspar randvolllaufen lassen vor lauter Freude. Obwohl es natürlich eine ungeheure Sauerei war, dass die Köpperlin ihn nicht mehr zu Gerli gelassen hatte. Das hatte er nicht vergessen, heiliger Ludwig hin oder her. Und deshalb blieb jetzt auch noch eine Sache, die er erledigen musste, das hatte er sich geschworen.

Er schlug den Weg zum Köpperlinhaus ein wie so oft in den letzten Tagen, aber diesmal steuerte er nicht sofort die Küche an, sondern klopfte am Kontor und erklärte dem verdutzten Handelsdiener, dass er eine wichtige Nachricht überbringe, die er nur Herrn Frick selbst mitteilen könne. Der Kaufmann ließ ihn eine gute Viertelstunde warten, dann empfing er ihn an seinem Schreibpult.

«Du bist es», sagte er ohne ein Wort der Begrüßung und wies auf einen Stapel Papiere, die er offensichtlich gerade durchsah. «Was willst du? Ich habe nicht viel Zeit.»

Vinz trat vor und baute sich vor dem Handelsherrn auf.

«Eure Frau hat was mit dem Juden, der letztens hier im Haus war. Dem Arzt.»

Frick kniff die Augenlider ein wenig zusammen.

«Pass auf, was du sagst, Bursche!»

«Ich sag nur die Wahrheit. Rumgeknutscht hat sie mit ihm, in seinem Loch in der Judengasse. Ich hab's selbst gesehen. Fragt sie doch, wenn Ihr mir nicht glaubt.» Vinz grinste. «Die anderen Kaufleute glauben's bestimmt.» Zufrieden sah er Köpperlin blass werden; der Alte war doch nicht so abgebrüht, wie er immer tat.

«Hast du – hast du schon mit einem von ihnen gesprochen?»

Vinz schüttelte den Kopf.

«Nein. Bis jetzt noch nicht. Dachte, Ihr solltet der Erste sein. Ist schließlich Eure Frau, die sich von diesem Scheißkerl in die Muschel rotzen lässt.» Einen Augenblick lang dachte er, er wäre doch zu weit gegangen: Köpperlin war rot angelaufen, schnaubte und schien kurz davor, sich auf den Besucher zu stürzen und ihn zu erwürgen. Aber dann hatte er sich mit bewundernswerter Selbstbeherrschung wieder im Griff. Er holte ein Geldstück aus dem Pult –

Gold, soweit Vinz es auf die Schnelle erkennen konnte – und warf es dem Burschen hin.

«Ich denke, du weißt, dass so ein – Gerücht sich nicht weiter verbreiten darf», sagte er wie beiläufig, und Vinz nickte. Der Kaufmann war also nicht dumm. Er hatte gleich verstanden, worauf es ankam.

«Ich lebe in recht ärmlichen Verhältnissen, Herr», fügte er liebenswürdig hinzu und hielt die Hand auf, und tatsächlich, Köpperlin legte noch einen Gulden dazu.

«Es ist schon eine Schande», sagte der Kaufmann bedächtig. «Eine Schande, dass dieses Judenpack jetzt wieder davonkommt, als ob nichts gewesen wäre.» Vinz spitzte die Ohren; worauf wollte dieser Geldsack jetzt noch hinaus? Sicherheitshalber ließ er die Münzen in seiner Börse verschwinden und nickte unterwürfig.

«Ja, Herr. Es ist eine Schande.»

«Man müsste den Knoll nochmal befragen, den Fuhrmann. Aber nicht so schlampig wie beim ersten Mal. Der hat doch was zu verbergen, der Kerl!»

Vinz machte ein interessiertes Gesicht, während er fieberhaft überlegte. Was wollte der Köpperlin jetzt wieder von Knoll? Da konnte nichts bei rauskommen. Der Fuhrmann hatte mit der ganzen Sache nichts zu tun, das wusste Vinz genau: Er selbst war es ja gewesen, der das Gerücht von dessen verdächtigen Diensten für die Juden in die Welt gesetzt hatte. Andererseits konnte es ja auch nicht schaden, dem Knoll noch einmal genauer auf die Finger zu sehen. Und wenn für ihn selbst noch ein kleiner Gewinn dabei raussprang – warum nicht?

«Kennst du diesen Kerl?», fragte Köpperlin gerade.

«Ja. Wir haben schon zusammen gewürfelt.»

«Dann pass jetzt auf, wenn du dir noch einen Beutel voll Geld verdienen willst.» Köpperlin beugte sich vor und senkte die Stimme. «Ich stelle es mir so vor ...» Vinz hörte mit roten Ohren zu, und am Ende nickte er begeistert. Selten zuvor hatte er sich sein Geld so leicht verdienen können.

Es war nicht schwer, Claus Knoll in der Stadt ausfindig zu machen: Jeden Samstagabend kam er in die Schänke Fetter Bär und versoff die paar Pfennige, die ihm seine Frau gelassen hatte. Knoll hatte zu Haus nicht viel zu sagen, das pfiffen die Spatzen von den Dächern. Aber wenn man ihn damit hänselte, dann ging er hoch wie ein gereizter Stier, und man musste sich vor seinen klobigen Fäusten in Sicherheit bringen. Vinz konnte sich noch gut an die Tracht Prügel erinnern, die er im letzten Jahr hatte einstecken müssen, und war seitdem immer auf der Hut gewesen, wenn er mit Knoll zu tun hatte.

«He, Knoll, Lust auf ein Spielchen?», fragte er an diesem Abend, sobald er den Fuhrmann an seinem Stammtisch entdeckt hatte, und setzte sich zu ihm. «Mich juckt's in den Fingern.»

Knoll zuckte mit den Schultern.

«Wenn du dich traust? Dich steck ich doch allemal in den Sack.» Er zog eine Handvoll Münzen aus der Börse und warf sie auf den Tisch. «Ich hab gut verdient heute.»

Sie spielten, Knoll gewann.

«Und, Kleiner? Hast du die Nase noch nicht voll?», fragte er, als ihm Vinz wieder ein Häufchen Kleingeld zuschob. Vinz grinste schief.

«Das kannst du wohl laut sagen. Ich muss wohl mal

raus in den Haslach pilgern und den heiligen Ludwig um Beistand bitten. Vielleicht klappt's dann ja besser.»

«Den heiligen Ludwig?» Knoll schnaubte verächtlich. «Ist doch alles Unfug! Nur was für Trottel und alte Weiber.» Vinz kniff listig ein Auge zu.

«Hab ich auch erst gedacht, aber dann –»

Er brach ab und zog vieldeutig die Augenbrauen hoch.

«Was dann? Sag schon!»

«Dann hab ich's selbst gesehen.»

«Was hast du gesehen? Herrgott, muss man dir jedes Wort einzeln aus der Nase ziehen?»

«Na, das Licht.» Vinz senkte die Stimme zu einem verschwörerischen Flüstern. «Vor einer Woche hab ich's zum ersten Mal gesehen, vom Mühlenhof aus, als ich nachts zum Pissen raus musste. Ein Licht im Haslach, genau an der Stelle, wo er liegt. In der nächsten Nacht bin ich dann hin und hab's mir genauer angesehen: ein Licht, geformt wie ein Kreuz, das über dem Grab schwebt.»

«Wie, ein Kreuz?» Der Fuhrmann glotzte blöde; er hatte zu viel getrunken.

«Ja. Mir war ganz eigenartig zumute, wie ich's gesehen hab.» Vinz rückte näher und legte Knoll die Hand auf die Schulter. «Komm doch mit heute Nacht, dann siehst du's selbst.»

«Ich? Im Leben nicht. Ich geh doch nicht nachts in den Wald.»

«Seine Alte lässt ihn nicht», mischte sich ein anderer Zecher ein. «Die will, dass er's ihr jede Nacht besorgt, deshalb muss er immer brav daheim bleiben.»

«Du –» Knoll war aufgesprungen, aber Vinz zog ihn schnell wieder auf die Bank zurück.

«Lass den Schwätzer. Der hat doch keine Ahnung. Aber dieses Lichtkreuz – eigentlich musst du's dir ansehen. Wenn du natürlich Angst hast, dann eben nicht.»

Der Fuhrmann schwankte leicht hin und her.

«Das Stadttor», sagte er schließlich. «Ist doch geschlossen nachts, das Stadttor! Da kann ich gar nicht raus.»

«Dann kommst du eben am Abend vorher zu mir in die Mühle, pennst 'ne Runde, und wenn es zwölf schlägt, gehen wir los.»

«Wenn es zwölf schlägt», flüsterte Knoll.

«Ja. Abgemacht? Morgen Nacht?» Vinz lächelte gewinnend, und Knoll nickte langsam.

«Ich komm nach der Vesper.»

Es war stockdunkel, als sie kurz nach Mitternacht von der Mühle aufbrachen, und Vinz nahm zur Sicherheit noch eine Laterne mit. Das hätte noch gefehlt, dass er sich in der Nacht den Fuß im Wald vertrat, gerade jetzt, wo er die Dinge ins Rollen gebracht hatte! Der Fuhrmann schnaufte neben ihm her und sagte kein Wort; er hatte Angst vor der Dunkelheit, das war nicht schwer zu erkennen. Als sie sich dem Haslach näherten, blieb er zum ersten Mal stehen.

«Und? Wo ist dein Licht? Ich seh nichts!» Mit den Augen suchte Vinz den Waldrand ab. Genau in dem Moment flackerte es kurz auf, verlosch wieder, flackerte erneut: ein Licht im Haslach, genau in Richtung auf Ludwigs Grab. Knoll erstarrte. Er atmete hastig.

«Mein Gott, wirklich ein Licht!», keuchte er. «Ich hab's nicht glauben wollen.» Plötzlich fasste er Vinz an der Schulter und hielte ihn fest. «Lass uns umkehren, Junge», wisperte er. «Vielleicht ist es ja ein Wiedergänger. Vielleicht ist er nur gekommen, um uns zu holen! Lass uns zurückgehen!»

Vinz lachte.

«Ach was, Knoll! Du hast ja bloß Angst. Willst du, dass die anderen dich auslachen?»

«Ich – nein. Aber wenn da hinten irgendetwas nicht geheuer ist, dann lauf ich zurück, da kannst du mir erzählen, was du willst.» Langsam, vorsichtig gingen sie weiter. Das Licht leuchtete ihnen einladend entgegen, und auf dem Gesicht des Fuhrmanns breitete sich ein verklärter Ausdruck aus. Schließlich waren es nur noch wenige Schritte bis zu der Lichtung.

«Geh du – geh du voran, Vinz, ich bitte dich!», flüsterte erregt der Fuhrmann.

«Wenn du willst.» Vinz konnte kaum fassen, wie wunderbar die ganze Sache ablief. Er betrat die Lichtung, und im gleichen Augenblick schon hörte er neben sich ein Rascheln und drehte sich um. Zwei Männer stürzten sich aus der Dunkelheit auf den überrumpelten Knoll; er lag am Boden, bevor er auch nur daran denken konnte, sich zu wehren. Einer der beiden versetzte ihm einen heftigen Schlag an die Schläfe, der ihn ohnmächtig werden ließ; dann fesselten sie ihm die Hände auf den Rücken und knebelten ihn mit einem Tuch.

«Gut gemacht, Junge», sagte der eine zu Vinz. Es war einer der Knechte, die Köpperlin angestellt hatte, um das Grab zu bewachen. «Er hat überhaupt nichts geahnt.»

«War nicht weiter schwierig», antwortete Vinz. «Was habt ihr jetzt mit ihm vor?»

«Wir haben unseren Wagen am Waldrand versteckt.

Da packen wir ihn drauf, fahren mit ihm nach Überlingen und übergeben ihn am Stadttor an einen Mittelsmann.»

«Na dann, gute Fahrt!» Vinz sah ihnen nach, wie sie den Bewusstlosen durch die Dunkelheit davonschleppten. Fast tat der Fuhrmann ihm leid: Der arme Knoll würde böse Kopfschmerzen haben, wenn er morgen wieder wach wurde.

25

«Was geht es die von Überlingen überhaupt an, frage ich mich?» Ital Humpis rang nach Worten; seit der Bote aus der Nachbarstadt ihm heute Morgen das Schreiben des dortigen Rats übergeben hatte, hatte er keine ruhige Minute mehr gehabt. Man habe den verdächtigen Fuhrmann Claus Knoll ergreifen und nach Überlingen führen lassen, um ihn daselbst im Falle des ermordeten Knaben Ludwig Köpperlin noch einmal zu vernehmen, teilten die Herren mit, als sei es das Selbstverständlichste auf der Welt. Ansonsten wünsche man den lieben Ravensburger Freunden Gottes Segen und noch einen guten Tag.

«Als ob wir den Knoll nicht selbst schon vernommen hätten! Nichts, aber absolut gar nichts hatte der mit der Sache zu tun. Was glauben die eigentlich, wer sie sind? Knoll ist schließlich Ravensburger Bürger!» Die umstehenden Kaufleute nickten zustimmend. Ja, es war eine ungeheure Anmaßung, so in die Gerichtsbarkeit einer freien Reichsstadt einzugreifen. Das war gegen Recht und Gebrauch; gegen die guten Sitten und nachbarliche Freundschaft sowieso.

«Du solltest ein Protestschreiben schicken und die Freilassung von Knoll verlangen, und zwar auf der Stelle!» Mötteli war es, der diesen Vorschlag gemacht hatte. Er hatte Humpis die Verstimmung gleich angesehen, sobald dieser die Tür zur Trinkstube hinter sich zugemacht hatte, wo heute die Eselgesellschaft zu einem ihrer regelmäßigen Abende zusammengekommen war. «Komm, Humpis, nimm einen Schluck und mach nicht so ein Gesicht! Wir alle stehen hinter dir. Hier geht es um die Ehre unserer Stadt.» Er gab dem Schankknecht einen Wink und ließ dem Bürgermeister einen Krug teuren italienischen Importwein kredenzen. Ital Humpis nahm dankend einen Becher entgegen, trank aber nichts.

«Ausgerechnet die Überlinger! Von denen hätte ich das nie erwartet. Sitzt doch mehr als einer von denen in der Handelsgesellschaft drin!»

Der fette Ankenreute klopfte ihm auf die Schulter.

«Das können wir ja ändern. Wie du mir, so ich dir – schmeißen wir sie einfach raus!»

«Ganz so einfach geht das nicht. Außerdem wissen wir ja nicht einmal, ob die Gesellen etwas damit zu tun haben.»

«Aber Humpis, ich bitte dich!» Gäldrich blies die Backen auf. «Überlingen, das ist so ein Kaff, da passiert doch nichts, ohne dass sie noch den letzten Schweinehirten um seine Meinung gefragt haben!»

«Ich weiß nicht ... ich denke, wir sollten einen scharfen Brief an den Rat schreiben und die Gesellen in Ruhe lassen.» Seine Stimme klang brüchig; mehrere Anwesende sahen besorgt zu ihm auf. «Ihr glaubt nicht, wie sehr ich mich auf den Tag freue, an dem ich mich nur noch um meine Geschäfte kümmern muss und um sonst gar nichts. Diese ganze Politik ist schmutzig.»

«Du nimmst das zu wichtig, Ital.» Jos Humpis, der selbst schon mehrfach Bürgermeister gewesen war, legte seinem jüngeren Vetter den Arm um die Schultern. «Setz dieses Schreiben auf, und die Sache ist in ein paar Tagen aus der Welt geschafft.»

«Sicher», erhob sich da die Stimme von Frick Köpperlin aus dem Hintergrund. «Sicher, man muss etwas unternehmen. Auf dem Markt hat es heute Morgen ziemliche Unruhe gegeben – die Knoll war da und hat lauthals gezetert und herumgeschrien, man hätte ihr den Mann aus den Armen gerissen und keiner hätte ihm geholfen. Es hat nicht viel gefehlt, und die Leute wären zum Rathaus gezogen.»

«Die Knoll'sche ist ein verrücktes Weib, das jeden Tag auf dem Markt herumkeift», bemerkte Mötteli spöttisch. Frick war inzwischen aufgestanden und zu Humpis herübergekommen.

«Ich glaube, es ist nicht gut, bei den Ravensburger Bürgern den Eindruck zu erwecken, die Überlinger hätte ohne unser Einverständnis einen Bürger aus unserer Mitte verhaftet», sagte er nachdenklich. «Es wirkt so, als wären wir zu schwach gewesen, uns dagegen zu wehren und ihn zu schützen. Wenn ein solcher Brief nach Überlingen geschrieben wird, gestehen wir genau diese Schwäche ein. Es würde den Rat viel Ansehen und Einfluss kosten. Den Rat und den Bürgermeister.» Bei Köpperlins letzten Worten war es still geworden; Ital Humpis hatte die Augen zusammengekniffen und massierte sich mit dem Zeigefinger die Nasenwurzel.

«Was schlägst du also vor, das wir tun sollen, Köpperlin?», fragte er leise.

«Wir verzichten auf jede Art von Protest», antwortete Köpperlin sofort. «Wir verhalten uns so, als wäre Knolls Verhaftung, wenn nicht in unserem Auftrag, so wenigs-

tens mit unserem Einverständnis geschehen, um ihn an einem neutralen Ort vernehmen zu können, wo nicht gleich seine Freunde vor dem Gefängnisturm aufmarschieren und mit Steinen werfen. Wenn er nichts gesteht, so haben wir nichts dabei verloren. Aber stellt euch vor, wenn er doch gesteht! Was für ein Licht würde es auf uns werfen, wenn wir ihn nicht nur ohne Erfolg befragt, sondern auch noch versucht hätten, ihn vor der Gerechtigkeit zu schützen?»
Man hätte eine Stecknadel fallen hören. Endlich löste sich Ital Humpis von seinem Vetter und trat auf Köpperlin zu.

«Du hast klug gesprochen», sagte er. «Wir werden es so machen, wie du vorgeschlagen hast, und uns zunächst einmal ruhig verhalten und abwarten. Aber mir ist nicht wohl bei der Geschichte, und ich bete, dass alles ein gutes Ende nehmen wird.»

«Na, Mädchen? Unkraut vergeht nicht, stimmt's?» Der Papierer umfasste Gerlis Taille und zog sie an sich. «Aber dünn bist du geworden. Ist ja gar nichts mehr da, wo man reingreifen kann.» Sie schob ihn ein Stückchen zurück und betrachtete ihn. Heute war sie zum ersten Mal nach ihrer Krankheit wieder zum Arbeiten in die Mühle gekommen, und Jost hatte sie überschwänglich begrüßt, als hätte er sich nichts sehnlicher gewünscht.

«Ich hab jeden Tag auf dich gewartet», sagte sie. «Dass du mich besuchen kommst. Oder wenigstens nach mir fragst.»

Er bemühte ein Lächeln.

«Hab's ja auch versucht, aber sie wollten mich nicht zu dir lassen. Ehrlich, Gerli, jeden gottverdammten Abend war ich da, kannst den Vinz fragen.»

Sie sah ihn zu Vinz hinüberzwinkern.

«Ja», Vinz nickte langsam. «Eine hochnäsige Pestbeule, diese Köpperlin! Mich hat sie rauswerfen lassen und die Hunde auf mich gehetzt, als ich gekommen bin. Deinen eigenen Bruder!»

«Ohne Christine Köpperlin wäre ich jetzt tot», sagte Gerli. «Ohne sie und David Jud.» Vinz' Augen wurden dunkel; er kam auf sie zu und packte sie an der Schulter.

«Was bist du nur für ein dämliches Weibsbild», zischte er. «Umbringen wollten sie dich! Wenn ich nicht dabei gewesen wäre, hätte dieses Judenschwein dich gleich am ersten Abend geschlachtet. Wer dich gerettet hat, war niemand anderes als der heilige Ludwig! Ich hab drei ganze Schillinge geopfert, um Kerzen für ihn zu kaufen.»

«Kerzen», wiederholte Gerli. Sie ballte die Fäuste und holte tief Luft. Sie konnte sich noch gut an die eine Kerze erinnern, die in ihrer Krankenstube geflackert hatte; sie war das Erste gewesen, was sie wieder bewusst wahrgenommen hatte, nachdem sie aus ihren langen Fieberträumen erwacht war. Die Kerze und Christines besorgtes müdes Gesicht, das von ihrem Licht beschienen worden war.

«... aber das war's mir wert», schwatzte Vinz schon weiter. «Was ist schon Geld, hab ich mir gedacht, wenn es um das Leben meiner Schwester geht?»

«Und heute Abend gehen wir zusammen in die Stadt und feiern, was?», verkündete Jost. «Ich lad euch ein, und der Oswald kann auf die Mühle aufpassen.» Seine Augen zuckten unruhig, als er das sagte.

«Mir ist nicht nach feiern, und außerdem hab ich schon was anderes vor», sagte Gerli kühl.

Vinz zog ein Gesicht.

«Dann lad doch nur mich ein, Jost! Mir ist immer nach feiern!»

Aber der Papierer schüttelte den Kopf.

«Nein. Dann – dann feiern wir eben später. Ist ja noch Zeit genug.» Er streckte noch einmal die Hand nach Gerli aus, aber sie wich zurück. «Und Sonntag? Am Sonntag im Goldenen Lamm?»

«Ich weiß noch nicht, Jost. Ich weiß es wirklich noch nicht.»

In der Lumpenkammer türmten sich die Säcke mit Hadern mannshoch. Es sah nicht so aus, als hätte jemand an Gerlis Stelle hier weitergearbeitet, und sie konnte sich leicht ausrechnen, dass sie den Raum in den nächsten Wochen nur noch zum Schlafen verlassen würde. Immerhin würde sie gutes Geld dabei verdienen, sagte sie sich. Für gutes Geld musste man eben hart arbeiten. Das hatte ihr noch nie etwas ausgemacht. Und doch war es mit spürbarem Widerwillen, dass sie sich das Tuch vor den Mund band und den ersten Sack öffnete, und als der Staub vor ihr aufstieg und der Gestank von Dreck und Fäulnis sich in ihre Lunge fraß, glaubte sie wieder die Zähne der Ratte in ihrem Bein zu spüren, und ihr Herz fing ganz unvernünftig an zu rasen. Sie presste die Lippen aufeinander, griff nach dem ersten Lumpen. Du hast es schon tausend Mal getan, du kannst es auch heute! Sie riss die Nähte auseinander, zog den mürben Stoff über das Lumpenmesser, warf die Fetzen in den bereitstehenden Korb, während sie mit gespitzten Ohren auf das Trippeln kleiner Füße lauschte und der kalte Schweiß ihr die Schenkel hinunterlief.

Gerli war froh, als sie an diesem Abend die Mühle wieder verlassen konnte. Es war mittlerweile Spätherbst geworden, und der Wind wehte frostig von den Bergen herüber, fuhr ihr unter den verschlissenen Rock und hauchte ihr eine Gänsehaut auf die bloßen Beine. Sie musste dringend etwas Geld zur Seite legen, um einen neuen Winterrock zu kaufen, nahm sie sich vor, und am besten auch noch neue Schuhe. In dem Versteck in ihrer Kammer sollten noch ein paar Schilling sein, und dann würde sie Jost bitten, ihr mehr Lohn als bisher auszuzahlen. Schließlich hatte sie auch mehr zu tun als sonst. Der Gedanke an die Lumpenkammer ließ ihr unwillkürlich wieder die Haare zu Berge stehen, und sie versuchte ihn so weit weg von sich zu schieben wie möglich. Am besten würde sie gleich nach Hause laufen, alles Geld herausnehmen und den Flickschuster aufsuchen, der oftmals noch ganz brauchbare Schuhe anbot.

«Ich glaube, die schlimmste Zeit ist überstanden», sagte Aaron zu David, nachdem der Besucher gegangen war: ein Küfer aus Weingarten, der ein vor Monaten verpfändetes Tafelgeschirr wieder ausgelöst hatte. «Ich bin froh, dass wir durchgehalten und die Stadt nicht verlassen haben.»

David nickte unschlüssig.

«Wie viel Geld haben wir inzwischen eingenommen?»

«Oh, es dürften gut und gern zehn, zwölf Gulden sein. Ich habe gestern sogar schon wieder einen neuen kleinen Kredit vergeben. Bald werden wir wieder unseren Geschäften nachgehen können wie früher. Es konnte ja auch nicht immer so weitergehen! Noch ein, zwei Monate, und die ganze Geschichte wird endgültig vergessen sein, dem Ewigen sei Dank.» Er streckte die langen Arme und lächelte David zuversichtlich zu. «Und dann hole ich Jacha aus Zürich zurück, Jacha und die Kleine. Meine kleine Tochter, die ich endlich selbst in die Arme nehmen will.»

«Ich habe gehört, dass sie angefangen haben, im Haslach eine Kapelle zu bauen», sagte David unbedacht, und die Augen seines Bruders wurden schlagartig dunkel.

«Der Bischof von Konstanz hat's verboten», zischte Aaron. «Sie werden sie wieder abreißen müssen wie die anderen Buden vorher auch.» Er hielt einen Augenblick inne. «Manchmal glaube ich, du mit deinem verpfuschten Leben gönnst mir einfach nicht, dass ich noch etwas habe, worauf ich hoffen kann: meine Frau, meine Kinder ... Sobald die Dinge etwas besser aussehen, setzt du alles daran, diese Hoffnung wieder zu zerstören. Ich wünschte, du würdest nur einmal den Mund halten.»

David antwortete nicht; er drehte sich um und stieg die Treppe hinauf ins Obergeschoss, wo er seine Schlafkammer hatte. Noch bevor er ganz oben war, hörte er merkwürdige Geräusche von der Gasse: Schritte, als ob eine ganze Legion im Anmarsch wäre, lautes Rufen von der Gasse, die in den letzten Monaten so ruhig dagelegen hatte wie ausgestorben. Die Brust zog sich ihm zusammen, sein Atem wurde schneller, und er spürte den Schatten, der sich über sie alle legte. Etwas Böses kam auf sie zu. Er wollte Raechli und Moses warnen und die Kinder, aber er stand wie versteinert da. Es polterte an der Tür; er hörte Aaron öffnen, hörte ein paar harsche Sätze, ohne deren Sinn zu verstehen, dann stürmten die Schritte schon durch die Diele, kamen in die Küche. Die Kinder kreischten, jemand brüllte Befehle, eine Frau schrie auf. Raechlis Schreien löste David aus seiner Starre; er hastete die Treppe hinunter, stürzte in die Küche.

Ein Trupp Bewaffneter hatte sich vor Raechli aufgebaut, die schützend die Hände um Jitzak und Sara hielt; der Kleine heulte erbärmlich und drückte sein Gesicht in ihre Schürze. Schließlich packte ihn ein Stadtbüttel an der Schulter und zog ihn weg. Der Junge war wie von Sinnen, kratzte und biss und trat den Mann vors Schienbein.

«Du kleines Rabenaas ...» Außer sich vor Schmerz und Wut holte der Mann aus, um Jitzak eine gewaltige Ohrfeige zu versetzen, aber David sprang auf ihn zu und stieß ihn zur Seite.

«Lass den Jungen in Ruhe!» Der Überraschungsangriff hatte David einen kleinen Vorteil verschafft; der Stadtbüttel verlor das Gleichgewicht und ging zu Boden, aber gleichzeitig kamen zwei andere Männer mit wutverzerrten Gesichtern auf ihn zu. Es war zu eng, die Waffen zu ziehen, stattdessen gingen sie mit den Fäusten auf David los und versuchten ihn in die Ecke zu drängen. David wehrte einen Schlag ab, bekam den Hocker zu fassen und warf damit nach dem zweiten Angreifer. In dem Augenblick spürte er einen Schlag in der Nierengegend, der ihn nach Luft schnappen ließ. Er drehte sich um, sah den Büttel auf sich zustürmen und konnte gerade noch ausweichen, dann riss jemand seinen Kopf an den Haaren herum. Für eine Sekunde wurde ihm schwarz vor Augen; er konnte sich gegen seine Gegner nicht mehr gezielt wehren, sondern schlug und trat nur noch wild um sich. Das Letzte, was er sah, bevor er auf die Erde stürzte, war, wie sich der Büttel mit schmerzverzerrtem Gesicht in den Schritt griff. Wenigstens den hatte er noch getroffen.

Mit wachsender Unruhe wartete Gerli, wann die Männer wohl aus dem Judenhaus wieder herauskommen würden. Sie hatte sie in die Gasse hineinmarschieren und in dem Haus verschwinden sehen, knapp ein Dutzend Leute, und dass sie nicht vorhatten, dort ein Pfand zu beleihen, brauchte ihr niemand zu erklären. Schreien und Fluchen war zu hören, Männerstimmen, Frauenstimmen, ein Kind, das ununterbrochen schrie wie am Spieß. Es schien eine Ewigkeit zu dauern, bis die Tür endlich wieder aufging. Die Bewaffneten hatten die Juden in die Mitte genommen, zwei Frauen und fünf Männer, davon einer so alt, dass sein Haar schlohweiß unter der Kapuze hervorleuchtete. Erst auf den zweiten Blick erkannnte Gerli David Jud; er schien nicht allein laufen zu können und musste von einem anderen gestützt werden. Ganz am Ende des Zuges kam ein junger Bursche, der zwei Kinder an der Hand hielt, ein Mädchen und einen etwas kleineren Jungen. Während die anderen den Weg zum Stadtgefängnis im grünen Turm einschlugen, drehte sich dieser Mann um und verließ die Judengasse in die andere Richtung. Es war ein Aushilfsbüttel, mit dem Gerli flüchtig bekannt war; sie lief hinter ihm her und sprach ihn an.

«He, Volkmar, ich wusste ja gar nicht, dass du schon Kinder hast.»

Sein Gesicht hellte sich auf, als er sie erkannte.

«Sind nicht meine, Mädel. Sind diese verdammten Judenbälger. Ich bring sie zum Spital, damit sie Menschen aus ihnen machen.»

«Was ist denn mit ihren Eltern?», fragte Gerli harmlos, als hätte sie gar nichts von dem mitbekommen, was sich vor wenigen Minuten hier abgespielt hatte. Der Büttel grinste überlegen.

«Alle verhaftet, das ganze Judenpack. Die kommen diesmal so schnell nicht wieder nach Hause.»

«Aber ich dachte, sie sind unschuldig?»

«Unschuldig, ha! Gut gelogen haben die, mehr nicht. Aber jetzt», er senkte die Stimme zu einem Flüstern, «jetzt hat der Knoll gesungen, nachdem sie ihm in Überlingen ordentlich aufgespielt haben. Die Juden sind's gewesen, die haben den Jungen umgebracht! Eigentlich soll ich ja nicht darüber sprechen, ist eine vertrauliche Sache zwischen dem Rat und den Überlingern. Aber morgen weiß es sowieso die ganze Stadt.»

«Der Knoll hat das gesagt?», fragte Gerli fassungslos.

«Ja, sicher. War selbst sogar dabei, dieser Scheißkerl! Deshalb –» Der kleine Junge fing plötzlich wieder an zu heulen, und der Büttel versetzte ihm eine Backpfeife.

«Halt's Maul, sonst zieh ich dir den Hosenboden stramm, dass du drei Tage nicht mehr sitzen kannst! Teufel auch, was bin ich froh, wenn ich diesen Schreihals endlich los bin.» Das Kind riss die Augen auf und muckste sich nicht mehr. Ob es ein Sohn von David Jud war?, überlegte Gerli. Was wohl aus dem Kind werden würde, da im Spital?

«Glaubst du, es wird einen Prozess geben?», fragte sie schließlich. Der Büttel nickte.

«Da kannst du Gift drauf nehmen. Ich kenn 'ne Menge Leute, die würden selbst die Scheite anzünden, um endlich die Mörder von unserem armen Ludwig brennen zu sehen.» Von der Liebfrauenkirche schlug es zur Vesper; es war schon fast dunkel geworden. «Also, Gerli, ich muss weiter, sonst komm ich heute gar nicht mehr nach Haus.» Er nickte ihr noch einmal zu und gab dann dem Kleinen einen Klaps auf den Hintern. «Na los, setz dich in Bewegung! Du willst doch bestimmt die leckere Spitalsuppe nicht verpassen.»

Gerli wartete, bis sie nicht mehr zu sehen waren, dann machte sie sich selbst auf den Heimweg. Zum Einkaufen war es längst zu spät, und außerdem hatte sie die Lust dazu verloren. Als sie in ihrer Kammer angekommen war, ließ sie sich auf ihr Bett fallen und schloss die Augen. Sie wünschte, sie hätte sofort einschlafen können; stattdessen sah sie wieder den kleinen Jungen vor sich, dessen verzweifelte Augen sie so beklemmend an David Jud erinnert hatten.

Christine war froh, als eine Magd ihr am folgenden Abend den unerwarteten Besuch des Bürgermeisters ankündigte. Seit sie die kleine Lumperin wieder nach Hause geschickt hatte, waren ihr die Tage lang geworden, und die meiste Zeit hatte sie grübelnd in ihrer Schlafkammer verbracht oder sich mit irgendeiner Handarbeit beschäftigt, um nicht untätig herumzusitzen. Ria füllte die Rolle der Hausfrau inzwischen vollständig aus; niemand schien auch nur bereit zu sein, eine Zwiebel zu schälen, ohne vorher ihre Erlaubnis einzuholen, und Christine fragte sich, ob sie ihr nicht gleich den großen Schlüsselbund aushändigen sollte, den sie als Zeichen ihrer Entscheidungsgewalt immer noch am Gürtel trug. Der Hausherr nahm diese Entwicklung kommentarlos hin, und niemand schien etwas dabei zu finden, dass Frick Köpperlin mit der Mutter seines Bastards Tisch und Bett teilte und seine Ehegattin nur noch dann an seine Seite rief, wenn seine Pflichten als vermögender Kaufmann und einflussreicher Bürger es erforderlich machten.

Ein Besuch des Bürgermeisters jedenfalls war so eine Gelegenheit, bei der Ria unaufgefordert im Hintergrund verschwand, und Christine war dankbar, dass Ital Humpis sie für diesen Abend aus ihrem Schattendasein befreite. Sie suchte eins ihrer besten Kleider heraus und bürstete ihr Haar, bis es glänzte. Was mochte der Bürgermeister wollen? Es kam nicht oft vor, dass er sich kurzfristig zu einem Besuch anmeldete. Christine hatte ihn nie besonders gemocht – er war ihr immer ein wenig undurchschaubar erschienen, ein Mann, der aus kühler Überlegung seine Gedanken lieber für sich behielt, als sie mit anderen zu teilen. Andererseits konnte er sehr interessant von den Jahren erzählen, die er im Auftrag der Handelsgesellschaft in den Geliegern am Mittelmeer verbracht hatte, wobei er seine Sätze immer wieder mit italienischen und spanischen Brocken würzte. Und sie hatte nicht vergessen, wie er damals die gefährliche Situation nach Pater Alexius' Predigt entschärft hatte, als der Schlägertrupp die Judengasse stürmen wollte. Sie fuhr sich noch einmal mit einem feuchten Tuch über die Wangen und stieg dann zur Stube hinunter, wo die Herren bereits im Gespräch waren.

«Frau Köpperlin! Ich freue mich, Euch zu sehen», sagte Humpis, als sie hereinkam. Sie neigte bescheiden den Kopf und murmelte einen Gruß. Frick nickte nur kurz.

«Wir haben auf dich gewartet.» Humpis räusperte sich.

«Ich bin gekommen, weil ich selbst euch die Nachricht überbringen wollte, Frick. Der Fuhrmann Knoll hat in Überlingen ein Geständnis abgelegt.»

Frick zog die Augenbrauen hoch.

«Tatsächlich? Ich dachte, er sei unschuldig?»

«Wie sich herausgestellt hat, ist er bei uns nicht – eindringlich genug befragt worden. Die Überlinger haben ihn peinlich verhört, und schon beim dritten Mal hat er gestanden.» Er spielte an seinem Siegelring herum. «Ich muss dir nicht sagen, wie unangenehm es mir ist, dass wir ihn damals haben laufen lassen. Das hätte einfach nicht passieren dürfen.»

«Was hat er denn genau gesagt?», fragte Frick. Christine war der Mund mit einem Mal wie ausgedörrt; die Zunge klebte ihr am Gaumen, als solle sie nie wieder ein Wort sprechen. Ital Humpis zog ein zusammengefaltetes Papier aus dem Wams und überflog es.

«Knoll hat angegeben, dass er, als er eines Tages bei den Juden zu Ravensburg Fuhrdienste geleistet habe, von Aaron Jud angesprochen worden sei, er solle ihm etwas in den Haslach fahren und dafür gut bezahlt werden. Zusammen mit zwei anderen Juden hätte er ihm am Morgen von Christi Himmelfahrt, als jedermann zu St. Christina in der Kirche gewesen sei, einen Sack auf den Karren gelegt und eine Plane darüber gebreitet. Als Knoll zu der Tanne im Haslach gekommen sei, hätten ihn dort bereits drei andere Juden erwartet. Diese hätten den Sack abgeladen und ausgeschüttet, worauf der mit vielen Tüchern umwickelte tote Knabe herausgefallen sei. Nachdem die Juden die Tücher abgenommen hätten, sei der Junge noch mit einem grauen Rock und zwei Ringelschuhen bekleidet gewesen. Danach sei die Leiche mit einem härenen Seil um den Hals von den Juden an der Tanne hochgezogen und auf einen Ast gesetzt worden. Und dann», er blickte auf, «hätten sie wörtlich zu Knoll gesagt: ‹Sieh zu, dass du dies niemandem verrätst! Wenn doch, musst du gleich als wohl darum sterben.› Dann hat dieser Aaron ihm für sein Stillschweigen zehn Gulden gegeben.»

Christine spürte plötzlich, wie sich ein Finger ihr ins Herz bohrte, sodass sie hätte aufschreien können vor Schmerz.

«Christi Himmelfahrt?», hörte sie sich fragen. «Aber Ludwig ist doch schon nach Fastnacht verschwunden.»

«Möglicherweise haben sie den Leichnam so lange bei sich im Haus versteckt», sagte Humpis und fasste mitfühlend nach Christines Arm. «Ich weiß, wie schwer das alles für Euch sein muss, Frau Christine. Sollen wir Euch einen Becher Wein kommen lassen? Ihr seht leichenblass aus.»

«Nein, ich – es geht schon.»

«Und jetzt? Was hast du jetzt vor?» Das war Fricks Stimme.

«Ich habe die Juden verhaften lassen, allesamt, und an die anderen Städte im Umkreis geschrieben. Sie werden alle festsetzen, die bei der Hochzeit von Aaron Jud im Februar zu Gast gewesen sind. Und dann werden wir ihnen den Prozess machen.»

«Sie sind schon im Gefängnis?»

«Ja. Heute am Spätnachmittag ist ein Trupp in die Judengasse ausgerückt, die Büttel und ein paar Leute von der Stadtwache.»

Frick atmete geräuschvoll aus.

«Dem Herrn sei Dank! Ich hatte schon gefürchtet, diese Untat würde nie mehr gesühnt werden. Ich dank dir, Ital, dass du selbst vorbeigekommen bist.»

«Es war meine Pflicht, Köpperlin. Und», der Bürgermeister beugte sich vor und legte Frick einen Arm um die Schulter, «du hast mir einen guten Rat gegeben neulich und mich davon abgehalten, diesen scharfen Brief an Überlingen zu schreiben. Das werde ich nicht vergessen, wenn über die Nachfolge im Neunerausschuss abgestimmt wird.»

Christine fühlte sich, als sei ihre Seele bei Humpis' Worten direkt zur Hölle gefahren und hätte nur eine gespenstische Hülle zurückgelassen – eine Hülle, die sich höflich vom Bürgermeister verabschiedete und später gemeinsam mit Frick die Abendmahlzeit einnahm, die zuhörte, wie er Ria von den neuesten Entwicklungen in Kenntnis setzte und später mit ihr besprach, was jetzt zu tun sei. Danach konnte sie endlich zur Schlafkammer hinaufsteigen, sich ausziehen und zu Bett gehen. Sie hatte nicht geahnt, dass das möglich war: dass ihr Körper zurückblieb und seine Pflichten erfüllte, während sie sich innerlich krümmte unter der entsetzlichen Ahnung, dass David ein Mörder war. Es war, als wäre jeder Schmerz, den sie im letzten Jahr gespürt und inzwischen überwunden geglaubt hatte, zurückgekehrt: der Schmerz um Ludwigs Verschwinden und Tod, der Schmerz um ihre Schuld und ihr Versagen und um die wachsende Entfremdung gegenüber Frick, der Schmerz darüber, dass sie David verloren hatte. David, der Mann, den sie liebte: Hatte er wirklich zusammen mit seinen Glaubensgenossen Ludwig umgebracht? Alles in ihr wehrte sich gegen diese Vorstellung; es konnte einfach nicht möglich sein. Aber die Flamme des Zweifels war entfacht und fraß sich tiefer und tiefer in ihre Seele. Sie rief sich jede Stunde ins Gedächtnis, die sie mit David verbracht hatte, jedes seiner Worte, jede Berührung, doch sobald sie glaubte, den erlösenden Beweis zu seiner Entlastung gefunden zu haben, hob der Teufel seine Stimme: Hatte der Jude sich nicht allzu häufig verdächtig verhalten? Hatte er nicht über die Christen gespottet und wütend seinen Irrglauben verteidigt? Und hatte der Fuhrmann nicht gestanden? Vielleicht hatte Ludwigs Leiche ja in Davids Haus gelegen beim letzten Mal, als sie ihn dort getroffen hatte, und er hatte sie deswegen so schnell wieder fortgeschickt? Sie vergrub den Kopf in den Kissen und hielt sich die Ohren zu, aber der Teufel sprach immer weiter, ruhig, vernünftig, überzeugend: Du bist verloren. Du gehörst mir, und ich werde alles zerstören, woran du geglaubt, wofür du gelebt hast.

Jemand hämmerte gegen die Tür, und Christine schreckte hoch. Irgendwann in den frühen Morgenstunden war sie in einen unruhigen Schlaf gefallen und im Traum durch ihren Garten gewandert, der in voller Blüte stand. Erst auf den zweiten Blick hatte sie den Mann gesehen, der sich über den Zaun beugte und mit einem Messer die Rosenblüten abschnitt, eine nach der anderen, ruhig und selbstsicher. Blut quoll aus den geköpften Stängeln hervor und tropfte auf die Erde, sodass sich um seine Füße schon eine Pfütze gebildet hatte, und als sie näher kam, konnte sie auch eine Art Stöhnen vernehmen, das aus dem tiefsten Inneren des gequälten Rosenbuschs zu kommen schien. Sie wollte sich auf den Mann stürzen und ihm das Messer aus der Hand reißen, aber sie konnte sich ihm nicht nähern. Plötzlich drehte er sich zu ihr um und lächelte spöttisch. ‹Du hast es doch aber gewusst, Christine, oder nicht?›, fragte er und deutete mit dem Messer auf ihre Brust. ‹Du hast es doch die ganze Zeit gewusst!› David, es war David ...

«Frau Christine, es ist heller Tag.» Mit deutlicher Missbilligung trat eine Magd ein, durchquerte die Kammer und riss die Fensterläden auf. «Ihr habt Besuch.»

«Ich kann niemanden empfangen ... ich bin krank.»

«Es ist dieses Mädchen. Diese Lumperin. Sie sagt, sie muss Euch dringend sprechen, und lässt sich nicht wegschicken, Frau Ria hat's schon versucht.» Frau Ria: Sie entschied jetzt offensichtlich, wer zu der Hausherrin Zutritt hatte und wer nicht. Christine setzte sich auf.

«Sag ihr, sie soll noch einen Augenblick warten, ich bin gleich so weit. Du kannst gehen.»

«Soll ich nicht lieber –»

«Geh!» Sie zwang sich aufzustehen, goss Wasser in die Schüssel, wusch sich Hände und Gesicht, zog irgendetwas an. Vielleicht wollte das Mädchen ja nur guten Tag sagen und ging dann. Sie kam immer wieder mal vorbei, brachte ein Körbchen mit Pilzen, ein paar Hagebutten oder sogar ein Stückchen Quittenbrot, das sie für teures Geld extra auf dem Markt gekauft hatte. Ihr mögt doch so gerne Süßes, Frau Christine! Christine war gerührt gewesen von der Anhänglichkeit und Dankbarkeit der kleinen Lumperin. Sie ist meine Freundin, hatte sie gedacht, die einzige, die ich hier habe. Aber vielleicht war es ja auch ganz anders. Vielleicht wartete das Mädchen nur auf eine Gelegenheit, Christine auszunutzen, und wollte deshalb die vielversprechende Verbindung nicht abreißen lassen. Christine fuhr sich noch einmal mit den Händen über das Haar und öffnete.

Die Lumperin stand gleich vor der Tür und huschte sofort hinein.

«Frau Christine? Ich muss mit Euch sprechen, unbedingt.» Das Mädchen war ungewöhnlich blass; es hatte dunkle Ringe unter den Augen und wirkte fahrig und beklommen.

«Geht es dir nicht gut?», fragte Christine. «Ist es mit deinem Bein wieder schlimmer geworden?»

Gerli schüttelte den Kopf.

«Mit dem Bein ist alles in Ordnung.» Sie setzte sich auf das Bett und schob ihre Hände unter die Decke. «Ich weiß nicht, mit wem ich sonst darüber reden soll ... ich hab die ganze Nacht wach gelegen.» Sie sah auf; irgendwo in ihren Augen glomm ein Funke. «Eigentlich geht es mich nichts an, aber wie ich gestern diesen kleinen Jungen gesehen habe, wie er geheult hat ... ich konnte ihn einfach nicht vergessen. Ich hab gedacht, ich hör ihn aus dem neuen Spital zu mir rüberheulen.»

«Ich weiß nicht, wovon du sprichst», sagte Christine, aber sie spürte, wie die Worte des Mädchens ihren ganzen Körper in Alarmbereitschaft versetzten. Dieses verwirrte Gestammel passte so gar nicht zu Gerli. Das Mädchen sah sie an.

«Ihr müsst mir versprechen, dass Ihr nicht verratet, dass ich es Euch gesagt habe», sagte Gerli. «Ihr müsst es schwören, bei Eurer Seligkeit!»

«Aber Gerli, wie soll ich schwören, wenn ich noch nicht einmal weiß, was du mir sagen willst?»

«Bitte, Frau Christine! Ihr werdet es gleich verstehen. Es geht um Leben und Tod.»

Resigniert hob Christine die Schultern.

«Also gut, wenn du es so willst. Ich schwöre bei meiner Seligkeit. Worum geht es?»

«Ich weiß, wer Ludwig Köpperlin getötet hat.»

«Ich weiß es auch. Das ist kein Geheimnis mehr, seit dieser Knoll gestanden hat. Die Juden haben ihn umgebracht.» Ihre Stimme klang wie rostiges Blech, aber sie brachte den Satz über die Lippen: Die Juden haben ihn umgebracht. Erst dadurch wurde er zur Wirklichkeit und nahm Gestalt an, und für einen Augenblick spürte sie einen flammenden

Hass auf das Mädchen, das sie gezwungen hatte, es auszusprechen. Gerli schüttelte den Kopf.

«Ich weiß nicht, was genau Knoll erzählt hat, aber es ist gelogen.»

«Dann weißt du mehr als das Gericht in Überlingen, der Bürgermeister und der Rat zusammen.»

«Jost, der Papierer, ist es gewesen», flüsterte das Mädchen. «Er hat es mir selbst gesagt.»

«Der Papierer?», wiederholte Christine fassungslos.

«Es war ein Unfall», redete Gerli schon weiter, als wären jetzt, nachdem sie den ersten Satz gesagt hatte, alle Dämme gebrochen. «Ludwig hatte die Papiermühle besucht, er wollte unbedingt selbst Papier machen. Jost hat sich einen Spaß mit ihm gemacht und ihm ein Bein gestellt, dabei ist Ludwig ausgerutscht und unglücklich gestürzt. Er war sofort tot. Als Jost das gesehen hat, hat er Angst bekommen und Ludwig in den Wald gefahren. Er hat gedacht, niemand findet ihn, oder alle denken, er hat sich selbst umgebracht.»

«Und das hat er dir erzählt?»

«Ich hab Ludwigs Kappe in der Mühle gefunden. Sie war voll Blut, und als Jost das gesehen hat ...» Sie brach ab. Plötzlich stürzte Christine auf sie zu und fasst sie hart an den Schultern.

«Du musst mit dem Rat sprechen ... mit dem Bürgermeister! Wir gehen sofort zusammen hin. Sie müssen die Juden laufen lassen! Oh mein Gott, wenn es der Papierer war!»

Aber Gerli machte sich los und wich auf das Bett zurück.

«Ich kann das nicht, Frau Christine! Keiner wird mir

glauben, und dann ... Jost bringt mich um, wenn er es erfährt!» Sie zog die Knie an den Oberkörper und schlang ihre Arme darum. «Ihr habt geschworen, Frau Christine! Bei Eurer Seligkeit!»

«Ja, das habe ich.» Seligkeit, was hatte das schon zu bedeuten, schoss es Christine durch den Kopf. «Der Papierer ... ist das nicht derjenige, den du heiraten wolltest?», fragte sie. Das Mädchen antwortete nicht. Plötzlich wurde Christine klar, was es für Gerli bedeuten musste, dass sie Jost verraten hatte: den Mann, der sie aus allem Elend herausholen sollte.

«Ich werde zu Jost hingehen und ihn überzeugen, dass er sich stellen muss», sagte sie entschlossen. «Er wird nicht wollen, dass –»

«Nein, auf keinen Fall!» Gerli war aufgesprungen. «Dann weiß er sofort, dass ich ihn verraten habe ... und er wird niemals zugeben, dass er es war. Niemals! Ihr dürft das nicht tun, Frau Christine! Es ist gefährlich für mich.»

Christine nickte langsam. Wer würde sich freiwillig zu einer Schuld bekennen, die ihn an den Galgen bringen konnte, wenn es bequemerweise schon genügend Verdächtige gab? Würde sie selbst es tun?

«Ich kann nicht mehr in der Mühle arbeiten», sagte Gerli in ihre Gedanken hinein.

«Nein, das kannst du nicht mehr.»

«Was wollt Ihr jetzt tun, Frau Christine?» Das Mädchen hatte die Augen weit aufgerissen und starrte sie an; sie rieb sich mit der Hand über das Gesicht.

«Ich muss mit Frick sprechen, Ludwigs Vater. Er wird nicht wollen, dass der Mörder seines Sohnes frei herumläuft.»

«Aber Ihr sagt nichts von mir, nicht wahr?»

«Nein.» Christine ging zu ihrem kleinen Stehpult hinüber und holte ein Blatt Papier heraus. Sie griff nach der Feder, schrieb ein paar Zeilen und drückte Gerli das Blatt in die Hand.

«Hier, das ist ein Schreiben für Valentin Vöhringer, den Stadtarzt. Ich weiß, dass er eine Hausmagd braucht. Vielleicht nimmt er dich.»

«Danke, Frau Christine.» Das Mädchen erhob sich und ging zur Tür, blieb aber an der Schwelle noch einmal stehen.

«Ihr sagt bestimmt nichts von mir?»

Christine nickte; dann ging sie auf Gerli zu und umarmte sie.

«Du bist ein mutiges Mädchen. Ich danke dir, dass du mit mir gesprochen hast! Komm, wann immer du willst.»

«Dann – dann morgen, und Ihr sagt mir, was Ihr erreicht habt.»

26

«Es war der Papierer, Frick. Dieser Meister Jost, der für dich die Mühle im Flattbachtal betreibt. Ich weiß es aus ganz sicherer Quelle.» Vor Erregung konnte Christine kaum die Lippen bewegen. Den ganzen Tag hatte sie zitternd vor Ungeduld und verzweifelter Hoffnung darauf gewartet, dass Frick endlich nach Hause kam, und war sofort zu ihm ins Kontor gestürmt, als sie seine Schritte gehört hatte. Jetzt stand er an seinem Arbeitstisch und goss sich einen Becher Most ein.

«So. Du weißt es also. Und wer ist das, diese sichere Quelle?»

Sie biss sich auf die Lippen.

«Ich kann es dir nicht sagen. Ich musste versprechen, den Namen geheim zu halten. Aber ich bin absolut sicher, dass es die Wahrheit ist. Ich würde die Hand dafür ins Feuer legen.»

Er nahm einen Schluck und ließ sich schwer auf die Wandbank fallen.

«Hast du ganz vergessen, dass es ein Geständnis gibt? Ein umfangreiches Geständnis?»

«Du weißt doch so gut wie ich, wie dieses Geständnis zustande gekommen ist! Sie haben diesen Knoll peinlich befragt, dreimal hintereinander. Wahrscheinlich war er halbtot und hat nur gestanden, damit sie ihn endlich in Ruhe lassen.»

Köpperlin zog die Augenbrauen hoch.

«Willst du die Rechtmäßigkeit der Tortur in Frage stellen? Eine Frau wie du hat wohl kaum den Verstand, um sich darüber ein Urteil zu bilden!»

Christine spürte, wie ihr die Tränen in die Augen stiegen.

«Ludwig war in der Mühle, er ist ausgerutscht und gestürzt und hat sich das Genick gebrochen. Jost hat ihn in den Wald gefahren und auf die Tanne gesetzt.»

«Merkwürdig. Erst behauptest du, der Papierer hätte Ludwig umgebracht, und dann willst du mir weismachen, es sei ein Unfall gewesen! Du erzählst mir eine wilde Geschichte, deren Zeugen du nicht nennen willst, verwickelst dich in Widersprüche und verlangst von mir auch noch, dass ich dir glaube?» Er griff sich an den Hosenbund, lockerte den Gürtel und stöhnte. «Jetzt hör mir mal gut zu. Weißt du, was passiert, wenn man einen unbescholtenen Mann so in Verruf bringt?»

«Bitte, Frick, dann frag ihn doch! Bestell ihn her und frag ihn auf den Kopf zu. Und pass auf, wie er sich verhält!»

Frick schüttelte den Kopf.

«Genau das werde ich sicher nicht tun.»

«Er hat deinen Sohn getötet, verstehst du das nicht?», wiederholte Christine verzweifelt. «Du musst ihn dir vornehmen und befragen, und ich bin sicher, er wird alles zugeben. Du musst zum Rat laufen und deinen Einfluss geltend machen, dass sie ihn verhören! Oder war das alles nur leeres Gerede? Ist er gar nicht so groß, dein Einfluss, wie du immer erzählt hast?»

Frick betrachtete sie kühl und rollte den Becher zwischen seinen Handflächen.

«Davon wird der Junge auch nicht wieder lebendig», sagte er.

«Der Junge nicht. Aber die Juden kannst du retten! Frick, ich bitte dich! Du kannst doch nicht einfach zuschauen, wie sie zugrunde gerichtet werden!»

«Kann ich nicht?» Schweißperlen glitzerten auf der Stirn des Kaufmanns, fingen sich in seinen Brauen, liefen über die aschfahle Haut. Er war nicht so unbeteiligt und überlegen, wie er vorgab, erkannte Christine. Sie griff nach seiner Hand.

«Bitte», flüsterte sie.

«Ich darf mir den Papierer nicht zum Feind machen», sagte er endlich. «Er weiß zu viel über mich. Wenn ich gegen ihn vorgehe, wird er den Mund nicht halten, und ich bin ruiniert.»

Christine tat ein paar Schritte zurück.

«Ich verstehe dich nicht», antwortete sie atemlos. Er hob die Schultern und ließ sie wieder fallen.

«Mag sein. Du verstehst vieles nicht. Ich habe auch lange gebraucht, das eine oder andere zu verstehen. Du weißt sicher, was ich meine, nicht wahr?» Seine Worte trafen sie wie eisiger Regen; es war, als hätte alle Wärme ihren Körper verlassen. Sie sah Verachtung in seinem Blick, Wut, Trauer, und in einem letzten Versuch warf sie sich vor ihm auf die Knie, griff nach seiner Hand und presste sie gegen ihre Stirn.

«Ich bitte dich, Frick ... bei allem, was mir heilig ist.» Er entzog ihr seine Hand und machte einen Schritt zurück.

«Dir ist eben nichts heilig. Steh jetzt auf, um Gottes willen. Du bist eine Kaufmannsfrau, keine Schweinemagd. Das wenigstens könntest du mir ersparen.» Schon war er an der Tür. «Manchmal denke ich, ich hätte dich häufiger schlagen sollen, wie es mir dein Vater geraten hatte ... Vielleicht hättest du dann eher gelernt, wie ein Weib sich zu benehmen hat. So lernst du es eben jetzt. Ich bin sicher, du wirst es nicht mehr vergessen. Und komm nicht auf die Idee, Humpis selbst zu belästigen. Ich verbiete es dir, hörst du?»

Der grüne Turm hatte seinen Namen von den grünglasierten Ziegeln, mit denen er eingedeckt war – eine merkwürdig kostspielige Verzierung für einen Bau, in dem das städtische Gefängnis untergebracht war. Es verfügte über insgesamt fünf Zellen, von denen zurzeit zwei mit stadtbekannten Trunkenbolden belegt waren, die sich nach dem letzten Wochenmarkt eine blutige Prügelei geliefert hatten und hier auf ihre Prangerstrafe warteten. Der Gefängniswärter hatte eigentlich vorgehabt, die jüdischen Männer in eine, die Frauen in eine andere Zelle zu stecken, aber Raechli hatte ein solches Klagegeheul angestimmt, dass er sie schließlich gemeinsam mit Moses, Anselm und Blumli zusammengesperrt und die übrigen Gefangenen zu der zweiten Zelle gebracht hatte. Er ließ seinen Gehilfen noch ein Bündel Stroh auf dem Boden verteilen und machte dann eine spöttische Handbewegung.

«Hereinspaziert, macht's euch gemütlich!» Jakob, der zurückhaltende Sohn von Anselm und Blumli, der davon träumte, Schriftgelehrter zu werden, nickte ernsthaft und fing auch schon an, das Stroh zu einem Haufen zusammenzuschieben, doch Aaron richtete sich auf und fauchte den Mann an.

«Was soll das alles überhaupt? Was liegt gegen uns vor? Ihr überfallt uns in unseren Häusern, verschleppt uns ins Gefängnis und schlagt meinen Bruder zusammen, dass er kaum noch laufen kann!» Er deutete auf David, der sich gegen die Wand lehnte. «Ich bin ein guter Freund von Ital Humpis! Ich verlange, dass ihr ihn herholt! Ich will –»

«Halt's Maul», zischte der Stadtbüttel und schob sich an dem Wärter vorbei. «Der Knoll hat gesungen, das liegt vor! Und dein Scheißbruder da hat mir in die Eier getreten. Ihr werdet schon noch die Gelegenheit zum Reden kriegen, aber ich glaub nicht, dass es dir gefallen wird.» Er gab dem Wärter einen Wink; der knallte die Tür zu und schloss ab. Augenblicklich wurde es dunkel in dem Raum; nur unter der Decke gab es ein paar Schlitze, durch die ein bisschen frische Luft hereinstrich, und es dauerte ein paar Minuten, bis die Gefangenen einander schemenhaft wahrnehmen konnten.

«Wenigstens sind wir hier sicher vor Wind und Regen», ließ Jakob sich vernehmen, und David fragte sich, ob er noch bei Verstand sei. Jakob war von einem aufreizenden Gottvertrauen und nicht bereit oder fähig, von seinen Mitmenschen Böses zu erwarten. Eigentlich war Jakob seinem Onkel Moses viel ähnlicher als er selbst oder Aaron, die doch dessen Söhne waren, dachte David. Aaron, der jetzt wütend gegen die Tür trat.

«Verfluchtes Pack, das uns aus unserem Haus verschleppt! Die werden sich noch wundern! Wenn wir hier erst wieder raus sind, werde ich dafür sorgen, dass sie aus der Stadt verbannt werden. Ich kann mir nicht vorstellen, dass der Rat oder der Bürgermeister über unsere Verhaftung informiert ist.»

«Knoll hat irgendetwas gestanden, hast du das nicht gehört?», fragte David. «Wer soll denn den Befehl zu der Verhaftung gegeben haben, wenn es nicht Humpis war?»

«Was weiß denn ich? Geht doch alles drunter und drüber hier in der Stadt. Wir sind unschuldig, deshalb haben sie uns im Sommer auch wieder freigelassen!» Jemand, der ihn nicht so gut kannte, hätte den Unterton in seiner Stimme überhört, dachte David. Diese mit aller Kraft unterdrückte Anspannung, die seinen Sätzen zu viel Nachdruck verlieh. Aber für ihn war es ganz deutlich: Sein Bruder hatte Angst. David ging zu dem Schatten an der Tür hinüber und legte Aaron den Arm um die Schultern.

«Ich bin froh, dass sie die Kinder nicht mit hierhergebracht haben», sagte er leise. Plötzlich hörte er Jakob aufschluchzen.

«Was wird nur aus uns?», rief Jakob. «Was soll nur aus uns werden?» Aaron straffte sich, so als ob die Schwäche des anderen ihm neue Kraft verliehen hätte.

«Wir sind in der Hand des Ewigen», erwiderte er fest. «Er allein bestimmt unseren Weg. Höre, Israel, der Herr ist einzig ...» Sie beteten bis in die Nacht; bis Jakob eingeschlafen war und Aaron irgendwann verstummte. Die Hand des Ewigen, dachte David. Ist sie das, diese düstere Zelle, in der es kalt und feucht ist und nach Pisse stinkt? Wo die Verzweiflung durch das Stroh raschelt und der Tod an den Wänden klebt? Wird sie uns nun schützen, diese Hand, oder zerquetschen wie Wanzen?

Am nächsten Morgen brachte ihnen der Wärter eine Schüssel mit Getreidebrei und warf ein paar Decken auf den Boden, die, wie er erklärte, der Stadtarzt geschickt hatte.

Dankbar hob David eine Decke auf und legte sie sich um die Schultern. Sie hatten erbärmlich gefroren in der Nacht, und es war gut zu wissen, dass wenigstens einer sich um sie sorgte. Sie hatten den Brei noch nicht ganz aufgegessen, als die Tür sich erneut öffnete. Der Stadtbüttel kam herein und leuchtete ihnen mit einer Fackel ins Gesicht, dass sie geblendet die Augen schließen mussten.

«Verhör», sagte er. «Nun, wen soll ich mitnehmen? Den Hosenscheißer da hinten?» Jakob duckte sich in die Ecke. «Oder den Freund des Bürgermeisters? Aber den haben wir sowieso schon im Sack. Nein! Ich nehme die Ratte, die mich beißen wollte.» Er packte David am Handgelenk. «Mitkommen. Die Herren warten schon auf dich.» David stolperte hinter ihm her. Er wollte ruhig bleiben, tief Luft holen und einen klaren Kopf behalten, aber das Blut schoss ihm durch die Adern, und sein Herz zitterte.

Sie stiegen die Treppe hinunter und gelangten in einen geräumigen Keller, in dessen vorderem Teil sich ein langgestreckter Tisch befand. Hier saßen die Mitglieder des Stadtgerichts. Im Schein der beiden Leuchter erkannte David Ulrich Brock, den Ammann, Bürgermeister Humpis und verschiedene Ratsmitglieder, dazu einen Adligen im Harnisch, bei dem es sich um Jakob Truchsess von Waldburg handeln musste. Ein Schreiber spitzte seine Federn zurecht, und im Hintergrund an der Wand lehnte Meister Heinrich, der Henker, und nickte den Eintretenden zu. David konzentrierte sich ganz auf Ital Humpis und fasste ihn ins Auge. Humpis kannte ihn besser als die anderen, er hatte ihn sogar schon mal in einem heiklen Fall um Hilfe gebeten. Er musste den Bürgermeister zwingen, ihm ins Gesicht zu sehen. Aber Humpis wich immer wieder aus. Er beugte sich über die Unterlagen auf dem Tisch, tuschelte mit seinem Nachbarn.

«Du bist David Jud, Sohn von Moses Jud und seinem Weib Raechli, geboren in Rottenburg am Neckar und seit vier Jahren Bürger dieser Stadt?», begann der Ammann, der den Vorsitz führte. David nickte.

«Du verdienst dein Geld als Pfandleiher und Wucherer ...»

«Und als Arzt», ergänzte David. «Ich bin Arzt. Arzt und Wundarzt.» Der Truchsess und der Bürgermeister tauschten einen Blick, den David nicht deuten konnte. Der Ammann hob die Stimme.

«Gestehst du, David Jud, dass ihr gemeinschaftlich den Knaben Ludwig Köpperlin in euer Haus gelockt habt, ihn dort mit Messern traktiert, ihm die Hoden abgeschnitten und ihn schließlich getötet und in den Wald gefahren habt?»

«Nein. Wir haben dem Knaben kein Haar gekrümmt, das beschwöre ich! Wir haben ihn ja kaum gekannt.»

«Und doch haben Zeugen gesehen, wie du ihn schon einmal mitgenommen hast und er hinterher schreiend vor Schmerzen wieder aus dem Haus herauskam!» David spürte, wie seine Knie anfingen zu zittern. Er hätte sich gern gegen den Tisch gelehnt, aber er wagte es nicht.

«Das stimmt so nicht», antwortete er. «Der Junge hatte sich bei einer Rauferei verletzt. Ich habe ihn behandelt.»

«So? Dann bist du der Arzt der Familie Köpperlin?»

«Nein. Ich –»

«Aber sicher haben sie dich gut für deine Dienste bezahlt?»

«Nein.»

«Es gibt ein Geständnis des Fuhrmanns Claus Knoll»,

ergriff jetzt zum ersten Mal der Truchsess das Wort. Seine Stimme war nüchtern, fast geschäftsmäßig. «Lies es vor», sagte er an den Schreiber gewand. Der griff nach einem Blatt und las.

Ich, Claus Knoll, tue kund und gestehe, dass einmal, als mich Aaron Jud zu seinem Haus gerufen, um für ihn Fuhrdienste zu leisten, mich zur Seite genommen und gesagt hat: Hör zu, Knoll, du musst eine besondere Fahrt für mich machen ...

Er las und las, und es war nichts zu hören außer seinen Worten und dem schabenden Geräusch, mit dem Meister Heinrichs Fingernägel gelangweilt über die Wand kratzten. Als der Schreiber das Geständnis vollständig vorgelesen hatte, fragte der Truchsess. «Und? Wirst du jetzt gestehen?»

«Nein», antwortete David. Es sollte fest klingen, aber seine Stimme schwankte und klang heiser. Er räusperte sich. «Wir sind unschuldig. Es stimmt nicht, was Knoll ausgesagt hat. Niemand von uns hat dem Knaben etwas zuleide getan. Ich weiß nicht, wie er zu Tode gekommen ist.»

«David Jud.» Der Ammann stand auf. «Du leugnest, was andern Orts schon als Wahrheit erkannt worden ist. Ich frage dich noch einmal, jetzt, im Angesicht der Tortur: Gestehst du, dass ihr gemeinschaftlich den Ludwig Köpperlin gefoltert und getötet habt?» Er gab Meister Heinrich einen Wink; der Henker nahm eine Fackel aus ihrer Halterung an der Wand und hielt sie hoch, sodass man im anderen Teil des Raumes ein Seil herabhängen sah, das über eine Rolle an der Decke lief und an einer Kurbel befestigt war. David würgte es in der Kehle.

«Nein», rief er. «Wir haben ihm nichts getan! Wir sind unschuldig!» Da stand Meister Heinrich schon neben ihm, griff nach seinen Händen und fesselte sie ihm auf den Rücken. Er schob ihn zu dem Seil hinüber und befestigte die Fessel daran.

«Herr Humpis ... Ihr dürft das nicht zulassen! Ihr wisst, dass ich unschuldig bin!»

Humpis wandte sich an den Ammann.

«Fahr fort.»

«Gestehst du, David Jud, dass ihr gemeinschaftlich den Ludwig Köpperlin gefoltert und getötet habt?»

«Nein!» Der Henker drehte an der Kurbel; das Seil in Davids Rücken spannte sich, zog ihm die Handgelenke nach oben und zwang ihn auf die Zehenspitzen zu einer grotesken Verbeugung vor dem Richtertisch.

«Gestehst du, David Jud ...» In dem Augenblick, als seine Füße vom Boden abhoben, biss der Schmerz ihn in die Schultergelenke wie ein wildes Tier. Er spannte die Muskeln im Oberkörper an, bis es ihm gelang, sich in der Luft ein wenig nach vorn zu drehen und die Arme zu entlasten.

«Gestehst du, David Jud?»

«Nein!», presste er heraus. Er brauchte alle Kraft, um das Gleichgewicht zu halten, hatte keinen Atem für eine lange Antwort.

«Zeigt ihm das Buch.» Jemand hielt ihm etwas vor das Gesicht; es war eine Seite aus dem Kanon des Rhazes und zeigte ein Bild von der Beschneidung eines Knaben. Er konnte es nur verschwommen erkennen, während er spürte, wie ihm die Adern auf der Stirn anschwollen und die Augen aus dem Kopf traten vor Anstrengung.

«Ist das dein Buch?»

«Ja ...»

«Leugnest du, dass es genau zeigt, wie man das Geschlecht eines Knaben verstümmelt? Ist es nicht genau das, was du mit Ludwig Köpperlin getan hast? Leugnest du oder nicht?» Die Stimme surrte durch seinen Kopf wie ein bösartiges Insekt. Leugnest du? Leugnest du nicht? Oder doch? Er schnappte nach Luft.

«Ich habe ihm nichts getan, ich –» Hände griffen nach seinen Fußgelenken und umklammerten sie, und plötzlich riss ihn jemand daran nach unten. Der Schmerz war ungeheuerlich, schlimmer als alles, was er sich je hätte vorstellen können. Er hörte das Schnappen seiner Schultergelenke, hörte sich selbst schreien und wusste gleichzeitig, dass er dem Schmerz von nun an vollständig ausgeliefert war, da Meister Heinrich ihm beide Schultergelenke ausgekugelt hatte.

«David Jud.» Der Truchsess sprach fast väterlich, griff ihm in die Haare und hob sein Gesicht, und es gab nichts, was David dagegen tun konnte. «David Jud, willst du der Sache nicht ein Ende machen und gestehen?» Er keuchte, brachte keine Wort hervor. Irgendetwas Schleimiges klebte in seiner Kehle und nahm ihm die Luft zum Atmen, und die ganze Zeit brannten seine Schultern, brannten wie im Feuer ... Aus dem Augenwinkel sah er den Henker eine Bewegung machen und an der Kurbel hantieren. Dann stürzte er unvermutet auf den Boden und verlor das Bewusstsein.

Er kam zu sich, als jemand ihm einen Eimer Wasser ins Gesicht schüttete, und im ersten Augenblick glaubte er, sie hätten ihm die Arme ausgerissen. Aber dann spürte er die Finger des Henkers an seinen Händen, als der ihn wieder auf die Füße stellte.

«Bitte», flüsterte er. «Nicht noch einmal. Bitte lasst mich gehen.»

Gestehst du, David Jud?

Das Seil spannte sich erneut. David spürte, wie Rotz und Tränen ihm das Gesicht hinunterliefen, schmeckte Blut im Mund, weil er sich auf die Zunge gebissen hatte, und versank dann wieder im Schmerz wie in einer roten Woge, jämmerlich, erbärmlich, armselig.

«Es läutet zum Gottesdienst», sagte jemand eine unmessbare Zeit später. «Wir machen morgen weiter.» Er lag in einer Lache am Boden; der Henker beugte sich über ihn, löste die Fesseln und renkte ihm mit einem geübten Griff die Schultern wieder ein. «Wir machen morgen weiter, vergiss das nicht. Morgen! Dann wirst du gestehen, nicht wahr? Die ganze Nacht wirst du wach liegen und überlegen, was du alles gestehen kannst, wenn Meister Heinrich morgen auf dich zukommt. Überlege gut, wie du die Herren zufriedenstellen kannst! Du wirst diese Stunden nicht vergessen, nie mehr.»

Die ganze Stadt brodelte von Gerüchten, als Gerli zum Haus des Stadtmedicus lief. Die Juden hätten schon gestanden, ereiferte sich ein Bäcker vor seinem Laden und schwenkte wütend die Fäuste; nicht nur ein Kind hätten sie getötet, übertrumpfte ihn eine Kundin, sondern gleich mehrere, von denen aber die anderen nicht vermisst worden seien, da es sich um Straßenkinder gehandelt habe. Andere behaupteten, König Sigismund habe befohlen, das Vermögen der Juden in der Stadt zu verteilen, oder im Haslach habe es in der Nacht nach der Verhaftung unerhörte Lichtzeichen in Form von Kreuzen und brennenden Hostien gegeben. An einem anderen Tag hätte Gerli sich vielleicht lustig gemacht über die Sensationsgier und Leichtgläubigkeit der Leute, aber heute blieb ihr das Lachen im Hals stecken. Sicher war nur, dass der Rat an diesem Morgen mit dem peinlichen Verhör begonnen hatte, denn die Frau von Meister Heinrich, dem Henker, hatte es laut überall herumposaunt, dass man ihren Mann in die Stadt zur Arbeit gerufen hatte. Er musste nämlich mit seiner Familie außerhalb der Mauern wohnen, und wenn er in Dienstgeschäften die Stadt betrat, gegürtet und angetan mit seinem schwarzen Umhang, dann schlug man schnell ein Kreuz und machte, dass man ihm aus dem Weg ging.

Valentin Vöhringer bewohnte ein kleines Haus im Sätterlins Gässle. Gerli klopfte zaghaft an, und er öffnete selbst, bleich und unrasiert und in einen derart zerschlissenen Rock gehüllt, als hätte er ihn sich aus der Lumpenkammer geholt.

«Was willst du?», fragte er unfreundlich. «Ich empfange heute nicht.» Gerli nestelte Christines Brief hervor und hielt ihn Vöhringer hin.

«Frau Köpperlin schickt mich. Sie hat gesagt, dass ihr eine Magd sucht. Ich bin gerade frei.» Vöhringer überflog den Brief und musterte sie dann.

«Ausgerechnet heute ... ich hab genug zu tun.»

«Vielleicht kann ich Euch ja helfen», versetzte Gerli und spähte an dem Medicus vorbei in die dunkle Diele. «Ich könnte ausfegen und einkaufen und später etwas für Euch kochen.»

«Bist du schon irgendwo in Stellung gewesen?»

«Oh, ich hab mein Lebtag lang gearbeitet», versicherte Gerli ausweichend. «Außerdem, Ihr könnt ja Frau Christine fragen. Sie wird sicher für mich bürgen.»

«Das hat sie schon.» Vöhringer hielt den Brief hoch. «Also gut, komm rein. Aber wohnen kannst du nicht bei mir, das gibt nur Gerede, und außerdem ist es viel zu klein.»

«Ich habe eine Kammer in der Unterstadt.»

«Und viel bezahlen kann ich auch nicht ... zwei Schilling die Woche.»

«Das ist gut. Ich dank Euch, Meister Vöhringer. Ihr werdet sehen, ich bin flink und geschickt.»

Vöhinger musterte sie mit müden Augen. «Dann komm», sagte er, «am besten gehen wir einmal kurz gemeinsam durch das Haus, damit du gleich siehst, was getan werden muss.» Das Haus des Medicus war schäbig und heruntergekommen; der einzige Raum, mit dem er sich offenbar Mühe gegeben hatte, war das Arbeitszimmer. Hier empfing er seine Patienten und verwahrte auf einem Brett an der Wand die Instrumente seiner Kunst: Harngläser, Mörser, Tiegel, ein paar dünne Manuskripte.

«Heute kann ich niemanden sehen ... ich hab die ganze Nacht kein Auge zugemacht.» Er rieb sich die Augen.

«Seid Ihr selbst krank, Herr?», fragte Gerli eifrig. «Ich könnte Euch Umschläge machen ... oder warmen Wein, wenn Ihr etwas im Haus habt.»

«Ach was. Ich hatte einfach nur eine schlechte Nacht. Gibt es etwas Neues in der Stadt?»

«Sie vernehmen die Juden, hab ich gehört. Heute Morgen haben sie angefangen.»

«Oh Gott.» Vöhringer stöhnte. «Und ich hatte so gehofft –»

«Ihr glaubt nicht, dass sie es waren?», fragte Gerli gespannt, und ihr Atem ging schneller.

«Glaubst du es etwa?»

Gerli schüttelte den Kopf.

«Aber es ist keine Frage des Glaubens», sagte Vöhringer. «Ich weiß, dass sie es nicht waren! Und jeder andere vernünftige Mensch sollte es auch wissen. Der Papst selbst hat verboten, an diesen Unsinn zu glauben. Nur will ihm hier keiner gehorchen.»

«Geht doch zum Rat!», schlug Gerli aufgeregt vor. «Wenn Ihr mit dem Bürgermeister sprecht und ihm das vom Papst erzählt –»

«Das wissen sie doch längst. Außerdem hat der Rat in dieser Sache gar nichts mehr zu sagen. Der Truchsess hat sich jede Entscheidung vorbehalten. Er ist der Beauftragte von König Sigismund.»

«Der Truchsess», echote Gerli. Truchsess Jakob von Waldburg war eine schillernde Figur, über dessen Vorliebe für die irdischen Freuden des Lebens in der Unterstadt viele Zoten im Umlauf waren. Sie selbst hatte ihn noch nie gesehen: In den Diensten des Königs als schwäbischer Landvogt war er ständig unterwegs, wenn er nicht gerade seine verstreuten Landgüter verwalten musste.

«Ist er denn überhaupt hier?», fragte sie.

Vöhringer nickte.

«Er hat sich gestern auf der Burg einquartiert.» Er setzte sich auf die einfache Liege, auf der er sonst Kranke untersuchte. «David Jud ist mein Freund», sagte er leise, wie zu sich selbst. Gerli bemerkte überrascht, dass seine Augen voller Tränen standen. «Ich wünschte, ich könnte etwas für ihn tun. Ich wünschte, ich könnte ihn retten! Aber alles, was ich tun kann, ist Decken zu schicken und Lebensmittel.»

Den ganzen Vormittag hatte Christine vergeblich versucht, Ital Humpis zu erreichen, mochte Frick es verboten haben oder nicht. Es war ihr mittlerweile so gleichgültig, was Frick dachte, wollte oder tat, solange er sie nicht an ihrem Vorhaben hinderte. Sie hatte sich in aller Frühe aus dem Haus gestohlen, war zum Rathaus gelaufen und hatte den Büttel gebeten, dem Bürgermeister ihren Besuch zu melden. Aber der Bürgermeister hatte keine Zeit, Besucher zu empfangen. Er musste sich auf das Verhör der Gefangenen vorbereiten und mit dem Ammann beraten. Sie hatte sich an dem Büttel vorbeigedrängt und vor dem kleinen Ratssaal postiert, bis irgendwann die Tür aufging und Humpis herauskam, gemeinsam mit dem Ammann und ein paar anderen Ratsherrn. Er hatte sie gar nicht erst ausreden lassen und zur Seite geschoben: Die Amtsgeschäfte drängten, nicht wahr! Die ganze Stadt warte darauf, dass die Mörder endlich überführt würden. Vielleicht wolle sie ja am Nachmittag wiederkommen, oder, besser noch, morgen Nachmittag? Und einen schönen Gruß an Herrn Frick. Sie war ihnen hinterhergelaufen zum grünen Turm, hatte an der unteren Mang gewartet, von wo aus sie den Eingang beobachten konnte, und war schließlich in der Lateinschule gegenüber untergeschlüpft, als es zu regnen begann. Sie lauschte auf das Prasseln, den Singsang der Lateinschüler, den unruhigen Schlag ihres Herzens, bis plötzlich ein Schrei vom grünen Turm herüberwehte und sich in ihren Ohren fing wie ein Echo, das niemals mehr zur Ruhe kommt. Christine presste ihre Handflächen gegen die gekälkte Wand in ihrem Rücken und schloss die Augen. Vielleicht war es ja etwas ganz anderes gewesen: ein verängstigtes Tier, das ein Bauer zum Markt trieb, ein übermütiger Bursche, ein Betrunkener. Vielleicht war es ja irgendjemand anderes gewesen. Oh mein Gott, bitte lass es jemand anderes gewesen sein ... Der Magister hatte sie schließlich freundlich nach draußen geschickt: Sie störe den Unterricht. Es goss in Strömen; innerhalb weniger Minuten war sie durchgefroren und nass bis auf die Haut und musste nach Hause zurückkehren, um sich umzuziehen.

Sie stieg die Treppe hoch zu ihrer Schlafkammer, legte sich ins Bett und zog die Knie an. Ihr war kalt, so entsetzlich kalt. Heute Morgen war sie noch bereit gewesen, es mit dem ganzen Rat aufzunehmen, und jetzt hatte sie nicht einmal mehr die Kraft, sich ein trockenes Kleid aus der Truhe zu holen. Der Schrei hatte sie ins Herz getroffen wie ein brennender Pfeil und all ihre Zuversicht in Asche verwandelt.

Sie hatte ganz vergessen, dass die Lumperin noch einmal vorbeikommen wollte, und als die Magd ihr das Mädchen meldete, hätte sie es am liebsten sofort weggeschickt. Aber da stand es schon in der Kammer and sah sie gespannt an.

«Und, Frau Christine?»

Christine zog sich die Decke über die Schultern.

«Ich habe gar nichts erreicht. Herr Frick ist nicht bereit, irgendetwas für die Juden zu tun.»

«Hat er Euch denn überhaupt geglaubt?»

«Ich denke schon. Aber er will die Juden nicht retten.»

«Das verstehe ich nicht», sagte Gerli empört. «Wenn er nicht an ihre Schuld glaubt?»

Er will sich eben rächen, dachte Christine. Sie hatte gestern sofort erkannt, dass Frick über ihr Verhältnis zu David Bescheid wusste. Das würde er nie vergessen. Was für eine wunderbare Gelegenheit zur Rache das Schicksal ihm in die Hand gespielt hatte! Der Gedanke war unerträglich, dass David vielleicht schon frei sein könnte, wenn er sie nur niemals getroffen hätte.

«Ich will heute Nachmittag noch einmal zum Bürgermeister gehen und mit ihm sprechen», sagte sie schließlich, ohne Gerlis Frage zu beantworten. Das Mädchen kam ein paar Schritte näher und setzte sich aufs Bett.

«Das könnt Ihr Euch sparen. Der Bürgermeister hat gar nichts zu sagen. Es kommt nur auf den Truchsess an.»

«Woher willst du das wissen?»

«Vöhringer hat's mir erzählt. Ich war heute da, wegen der Stelle. Er hat mich genommen. Er macht sich Sorgen wegen der Juden, deshalb hat er's mir erzählt. Der Truchsess ist vom König beauftragt, sich um die Sache zu kümmern.»

«Er ist Landvogt von Schwaben», antwortete Christine tonlos. «Er vertritt die Interessen von König Sigismund.»

Plötzlich schob Gerli die Decke zur Seite und griff nach Christines Hand.

«Ihr müsst zum Truchsess gehen», sagte sie beschwörend. «Er ist auf der Burg. Wenn Euch der Truchsess glaubt –» Sie brach ab; ihre Augen leuchteten.

«Truchsess Jakob von Waldburg», murmelte Christine und versuchte sich daran zu erinnern, wie sie ihm vor ein paar Monaten bei dem Leichenschmaus in der Eselgesellschaft begegnet war. Er hatte sich ungewöhnlich schroff gegenüber Frick verhalten, fiel ihr ein, aber das musste vielleicht kein schlechtes Zeichen sein; ein selbstbewusster, vielleicht sogar harter Mann, der die versammelten Kaufleute seine Überlegenheit hatte spüren lassen und sich nicht gescheut hatte, selbst den Bürgermeister vor aller Augen zu maßregeln. Zumindest schien er niemand zu sein, der irgendwelche Rücksichten nahm. Ob er sich noch an sie erinnerte? Unwillkürlich kauerte sie sich zusammen.

«Was weißt du über den Truchsess?»

Gerli zuckte mit den Schultern.

«Ich weiß nur, was man sich so über ihn erzählt. Der goldene Ritter, das ist sein Spitzname. Weil er am liebsten alles aus Gold hätte in seiner Burg.» Vielleicht sollte sie ihm ein wertvolles Geschenk mitbringen, dachte Christine. Schmuck, einen Beutel Gold, eine wundertätige Reliquie. Sie hatte nur keine Ahnung, wo um Himmels willen sie das herbekommen sollte. Sie selbst hatte nur ihren Ehering, der mittlerweile so fest an ihrem Finger saß wie angewachsen.

«... guter Wein, gutes Essen ... und wenn er hier ist, soll er immer ein paar Mädchen aus dem Hurenhaus zu sich hoch in die Burg bestellen», fuhr Gerli fort.

«Ist er denn nicht verheiratet?», fragte Christine erstaunt. Gerli grinste.

«Doch, sicher. Fest und heilig verheiratet.» Sie wurde wieder ernst. «Ihr müsst heute Abend zu ihm in die Burg gehen, Frau Christine. Ich hab gehört, dass sie heute mit der peinlichen Befragung angefangen haben, und Meister Heinrich kann die Juden nicht leiden. Der wird alles tun, was er kann.»

«Meister Heinrich?»

«Der Henker.»

Christine nickte langsam.

«Ich werde tun, was du sagst.» Sie setzte sich auf und schlug die Decke zurück.

«Was wollt Ihr anziehen, wenn Ihr auf die Burg geht?», fragte das Mädchen. Christine sah überrascht und verunsichert an sich herunter: Sie wusste nicht einmal, welches

Kleidungsstück sie heute Morgen getragen hatte, und hätte nicht sagen können, wann sie überhaupt zum letzten Mal vor ihrer Truhe gekniet und die Kleider darin begutachtet hatte. Es war ihr so gleichgültig, wie sie aussah, so völlig gleichgültig.

«Vielleicht kannst du mir das Graue aus der Truhe heraussuchen?», fragte sie. «Dicker Wollstoff. Dann bin ich nicht schon durchgefroren, wenn ich auf der Burg ankomme.»

Aber Gerli schüttelte den Kopf.

«Dicker grauer Wollstoff? Das geht auf gar keinen Fall.»

«Wie meinst du das?», fragte Christine. «Das ist ein gutes Kleid, das ich schon oft sonntags zum Kirchgang getragen habe.»

Gerli betrachtete sie halb spöttisch, halb mitleidig.

«Ist doch nicht schwer. Wenn man was erreichen will bei den Männern, sollte man nicht dahergelaufen kommen wie zum Leichenbegängnis», antwortete sie. «Lange Gesichter und ungekämmte Haare sehen die zu Hause jeden Tag. Da muss man zeigen, was man zu bieten hat. Einer hübschen Dame werden sie eine Bitte nicht so leicht abschlagen wie einer hässlichen alten Vettel, das könnt Ihr mir glauben.»

Sie öffnete die Kleidertruhe und verschwand fast darin.

«Ihr habt so wunderbare Kleider, Frau Christine ...» Schließlich hielt sie ein azurblaues Seidenkleid mit Schleppenärmeln und Perlenstickerei an Saum und Ausschnitt in die Höhe. «Dies hier würde Hals und Dekolleté betonen ... man müsste es an den Seiten eng zusammenschnüren, um die Taille noch schmaler zu machen und den Busen zu heben.»

Christine schüttelte den Kopf.

«Das ist mein bestes Kleid, Gerli. Außerdem muss man

ein Hemd darunter tragen, sonst sieht es schamlos aus. Ich gehe als Bittstellerin und ehrbare Frau zum Truchsess, nicht als Straßenmädchen. Ich denke, der graue Wollstoff passt am besten.»

Gerli legte das blaue Kleid vorsichtig in die Truhe zurück und setzte sich neben Christine auf das Bett.

«Was glaubt Ihr, Frau Christine, warum der Truchsess Euch helfen sollte?»

Christine hob den Blick und sah das Mädchen trotzig an.

«Er ist ein ehrenwerter Mann ... er vertritt den König, die göttliche Ordnung. Die Gerechtigkeit! Er wird niemanden in den Tod schicken, wenn es so große Zweifel an seiner Schuld gibt.»

«Durch Gerechtigkeit und Güte ist Jakob von Waldburg sicherlich nicht Landvogt von Schwaben geworden», erwiderte Gerli trocken. «Nach dem, was ich über ihn gehört habe, weiß er ganz genau, was er will und wie er es bekommen kann. Von dem würde ich nichts umsonst erwarten. Da müsst Ihr Euch genau überlegen, was Ihr ihm bietet.» Gerli griff wieder nach dem Kleid und schüttelte es, sodass der Staub in kleinen Wölkchen daraus aufwirbelte. Es war ganz offensichtlich ewig nicht mehr getragen worden. «Ich werde Euch die Haare kämmen und legen, das kann ich, und die Lippen rot färben», fuhr Gerli im Plauderton fort. «Und bestimmt habt Ihr doch irgendein Duftwasser oder ein Öl, mit dem ich Euch einreiben kann ...»

«Ich werde aussehen wie eine Hure», sagte Christine tonlos.

Der Blick des Mädchens wurde hart.

«Wahrscheinlich. Aber Ihr werdet bekommen, was Ihr wollt.»

27

Christine tränten die Augen, als sie sich am späten Nachmittag aus dem Haus stahl.

«Das macht große, glänzende Augen, Frau Christine, selbst wenn es zuerst ein bisschen brennt», hatte Gerli ihr erklärt, als sie ihr mit einem rußigen Holzspan die Lidkonturen nachgezogen hatte. Sie hatte Christine die Haare in Locken gelegt und mit einem Netz zusammengebunden, ihren Körper mit Rosenwasser eingerieben, ihr die Augenbrauen gezupft und die Lippen mit Rizinusöl und roter Beete gefärbt. Das blaue Kleid war an den Seiten so eng zusammengeschnürt, dass sich der Busen darin bei jedem Atemzug deutlich hob und senkte, und die Schnabelschuhe, auf denen Gerli bestanden hatte, zwangen sie zu einem vorsichtigen Gehen. Christine fühlte sich, als stecke sie in einem neuen, unbekannten Körper, als sie in einen weiten Umhang gehüllt den Weg zum oberen Tor einschlug, als wäre sie in die Gestalt einer Märchenfigur geschlüpft wie die Hand eines Puppenspielers.

Erst als der Torwächter sie grunzend darauf hinwies, dass die Dämmerung bald hereinbrechen und er dann niemand mehr einlassen dürfe, wurde ihr klar, dass sie in der Nacht nicht mehr in die Stadt zurückkehren konnte. Sie werden Kammern haben für Gäste oben in der Burg, sagte sie sich fest. Die Burg war riesig, sie bedeckte den gesamten Bergsporn. Es musste dort Kammern für Gäste geben.

Eine Fahne mit den drei Löwen, dem Waldburgerwappen, wehte vom Bergfried und zeigte an, dass der Landvogt anwesend war. Die Burganlage lag in tiefem Dunkel; ein Angriff oder eine Belagerung waren nicht zu erwarten, und so reiste der Truchsess in der Regel nur mit wenig Begleitung – einem Koch, einem persönlichen Diener, zwei oder drei Knechten. Das große Zufahrtstor war verschlossen. Christine musste lange warten, bis sich auf ihr Klopfen endlich eine Klappe öffnete und ein unrasiertes Gesicht erschien.

«Was wollt Ihr?», fragte der Mann.

«Ich muss den Truchsess sprechen», antwortete Christine. «Es ist wichtig.»

«Was Ihr wichtig nennt! Kommt morgen wieder. Es ist schon spät am Tag. Wir wollen auch endlich unsere Ruhe haben.»

«Es geht um eine Sache auf Leben und Tod.» Christine musterte den Torwärter so kühl wie möglich. «Und wenn du mich nicht sofort hereinlässt und zum Truchsess führst, könnte es sehr wohl dein eigener Tod sein.» Der Mann versuchte zu grinsen.

«Was Ihr nicht sagt!»

«Du weißt vielleicht nicht, dass Jakob von Waldburg schon einmal einen unbotmäßigen Knecht erschlagen hat, oder?» Sie sah sofort, dass diese Lüge gewirkt hatte: Dem Mann blieb der Mund offen, er fletschte die Zähne, schluckte. «Er hatte seinen Herrn zu lange warten lassen», fügte sie hinzu.

«Dass dich der Teufel schände! ...» Das Tor ging auf, der

Mann starrte sie grimmig an. «Wenn ich Ärger kriege deswegen, werd ich's Euch heimzahlen, da könnt Ihr Gift drauf nehmen.»

Christine sah über ihn hinweg.

«Wo finde ich den Truchsess?»

«Ihr findet ihn gar nicht. Ich führ Euch hin.» Sie folgte dem Mann über den Burghof zu einem Nebeneingang des Hauptgebäudes, durch eine muffige Diele und eine Treppe hinauf, bis sie endlich in einem schwach erleuchteten Flur landeten. Der Wächter öffnete eine Eichentür.

«Herr Truchsess, eine Besucherin, die sich nicht hat wegschicken lassen.» Er gab Christine einen Wink; sie holte einmal tief Luft und trat ein.

Jakob Truchsess von Waldburg saß in Hemdsärmeln an einem schlichten Holztisch, auf dem noch die Reste seiner Abendmahlzeit standen, Brot, ein Stückchen harter Käse, eine angebissene Zwiebel, Trauben, ein Krug Wein. Er sah Christine ohne ein Lächeln entgegen.

«Ich empfange heute keine Besucher.» Seit ihrer letzten Begegnung war er magerer geworden, aber vielleicht lag das auch nur daran, dass er damals einen Harnisch getragen hatte, der jeden Mann stattlich wirken ließ. Das Gesicht war faltiger als in ihrer Erinnerung, der Mund schmal, die Augen misstrauisch. Der goldene Ritter, sagte sich Christine, aber mit seinem grauen Gesicht und den sehnigen Armen wirkte er mehr wie ein Bauer, der jeden Tag Stunden mit harter Arbeit auf seinem Acker verbrachte. Sie drückte dem verdutzten Wachmann ihren Mantel in die Hand, eilte auf den Tisch zu und machte eine tiefe Verbeugung.

«Herr Truchsess, ich bitte um Verzeihung, dass ich Euch

um diese Zeit störe, aber es handelt sich um eine Angelegenheit von äußerster Wichtigkeit, und Ihr seid der Einzige, der mir helfen kann!»

Der Blick des Landvogts glitt wieselflink über sie hinweg und blieb an ihrem Ausschnitt hängen.

«Steht auf, um Himmels willen! Ich hoffe für Euch, dass Ihr wisst, was man unter äußerster Wichtigkeit versteht. Um was geht es?» Er hatte eine tiefe, leicht heisere Stimme.

«Ich bin Christine, die Frau des Kaufmanns Frick Köpperlin aus Ravensburg», fing sie an. Die Pupillen des Landvogts verengten sich.

«Köpperlin», wiederholte er. «Köpperlin, das ist mir ein Begriff.»

«Ich bin gekommen, weil Ihr der Vertreter des Königs seid und nur dem König die Rechtsprechung über die Juden zusteht.» Der Truchsess machte eine kaum merkbare Handbewegung zu dem Torwärter hin, der immer noch abwartend im Eingang stand.

«Bring der Dame eine Stuhl, und dann zurück auf deinen Posten!» Er wartete, bis Christine auf dem herbeigeholten Hocker Platz genommen hatte und die Tür wieder verschlossen war, bevor er fortfuhr. «So ist es. Die Juden sind Kammerknechte des Königs. Sie sind ihm mit Leib und Leben unterstellt, und in einem Fall wie diesem ist er es, der das Urteil über sie fällt. Er oder der Vertreter, den er benannt hat.»

«Herr Truchsess!» Christine suchte nach den Sätzen, die sie sich zurechtgelegt hatte. «Den Juden in Ravensburg geschieht ein schreckliches Unrecht. Sie haben den Knaben Ludwig nicht ermordet – es war ein Unfall! Der Papierer im Flattbachtal, Meister Jost, ist daran schuld. Der Knabe ist in der Mühle ums Leben gekommen. Der Papierer hat Angst bekommen und den Leichnam in den Wald gebracht, um die Sache zu vertuschen. Jetzt ist er wahrscheinlich erleichtert, dass der Verdacht auf die Juden gefallen ist.»

«So.» Sie war sich seiner Blicke allzu deutlich bewusst. *Da sitzt er in der zugigen Burg und hat einen öden Abend vor sich, und niemand da außer ein paar Holzköpfen, um ihm Gesellschaft zu leisten,* hatte Gerli gesagt. Er wird eine reizvolle Frau nicht so schnell wegschicken ... «Sicher habt Ihr Beweise dafür?» Sie schlug die Augen nieder, neigte den Kopf zur Seite. *Ihr müsst ihm die Kehle darbieten. Das ist nicht anders als bei wilden Tieren.*

«Ich schwöre, dass es sich so verhält, aber ich kann es nicht beweisen. Darum bitte ich darum, dass Ihr den Papierer vorladet. Ich bin sicher, wenn man ihn ernsthaft befragt, wird er gestehen.»

«Oh, ich habe heute schon jemanden ernsthaft befragt. Sehr ernsthaft. Und er hat nichts gestanden. Ich versichere Euch, Frau – Christine? –, das ist kein Spaß. Auch nicht für mich.» Christine kämpfte gegen die aufsteigende Angst an.

«Das habe ich nicht gemeint, Herr Truchsess! Schließlich hat er es auch schon jemand anderem gestanden, deshalb weiß ich es ja überhaupt ...» Sie merkte, wie sie ins Stottern geriet, wie all die sorgfältig zurechtgelegten Worte in ihrem Kopf hin und her flatterten wie aufgescheuchte Hühner.

«Einen Schluck Wein, Frau Christine?» *Esst und trinkt mit ihm, das macht Euch miteinander vertraut!* Sie nickte; Jakob von Waldburg griff nach dem Becher, aus dem er selbst schon getrunken hatte, und schob ihn mit einem leisen Lächeln zu ihr hinüber. Sie führte ihn an die Lippen und nahm einen winzigen Schluck.

«Die Gerichtsherren hier in der Stadt sind aber überzeugt, dass die Juden Mörder sind», fuhr Waldburg fort. «Und es gibt natürlich das Geständnis von diesem Knoll. Ich fürchte, es ist zu spät, um noch einen weiteren Verdächtigen aus dem Hut zu ziehen.»

«Ich bitte Euch, Herr Truchsess! Die Gerichtsherren werden Euch doch nicht hindern können zu tun, was Ihr für richtig haltet!»

«Woher wollt Ihr wissen, was ich für richtig halte?»

Ihre Augen schwammen in Tränen; Jakob von Waldburg streckte die Hand über den Tisch, berührte mit seinem Zeigefinger leicht ihre Wange und ließ ihn einen Augenblick dort liegen.

«Es wundert mich, dass Ihr allein gekommen seid, Frau Christine! Wollte Euer Gatte Euch nicht begleiten?» Die Stimme hatte einen spöttischen Unterton, und Christine errötete.

«Er – er ist anderer Ansicht in dieser Sache. Er weiß nicht, dass ich zu Euch gekommen bin.»

«Und wird er sich nicht wundern, wenn Ihr heute Nacht nicht zu Hause seid? Es ist schließlich schon dunkel; man wird für Euch die Stadttore nicht mehr öffnen. Es scheint mir, dass Ihr Euch gerade in große Gefahr begebt, Frau Christine ... und ich frage mich, warum ihr das wohl tut?» Christine antwortete nicht.

«Aber ich schätze mutige Menschen, und deshalb will ich Euch etwas verraten», fuhr der Truchsess fort und senkte dabei die Stimme, sodass Christine sich weit über den Tisch beugen musste, um ihn zu verstehen. «König Sigismund ist kein Dummkopf. Er weiß so gut wie ich und Ihr auch vermutlich, dass an diesen ganzen Gräuelgeschichten nichts dran ist. Er weiß, dass die inhaftierten Juden diesen Knaben nicht ermordet haben. Wahrscheinlich haben sie ihn nicht einmal gekannt», flüsterte der Truchsess ihr ins Ohr, und sie spürte seinen warmen Atem an ihrem Hals und das Kratzen seines Bartes. Einen Augenblick glaubte sie, nicht richtig verstanden zu haben, dann wurde sie überflutet von einer Woge der Erleichterung, sodass sie hätte aufspringen und tanzen können.

«Er weiß es?», rief sie verblüfft aus. «Aber wozu dann das ganze Verhör? Dann könnt Ihr sie doch einfach frei lassen!» Von Waldburg lehnte sich wieder zurück; nur sein Geruch war an ihr hängengeblieben, ein Geruch nach Holzkohlenfeuer, Wein und Schweiß.

«Er weiß es, aber es interessiert ihn nicht», sagte er nüchtern. «Ob sie schuldig sind oder nicht, spielt bei dieser Angelegenheit überhaupt keine Rolle.» Seine Sätze trafen sie völlig unvorbereitet; ihr Gesicht verzog sich zu einer ungläubigen Grimasse, und ein eiskalter Schauer ließ sie erzittern.

«Keine Rolle? Ich verstehe das nicht! Wenn er doch weiß, dass sie unschuldig sind –?»

«Ihr seid eine Frau und versteht nichts von Politik, meine Liebe. Ich will es Euch erklären.» Der Truchsess schlug die Beine übereinander.

«König Sigismund kämpft seit Jahren gegen die hussitischen Ketzer in Böhmen. Dieser Krieg hat bereits ein Vermögen gekostet, und Sigismund muss stets darum besorgt sein, sich neue Einnahmen zu verschaffen. Die Juden sind da nur ein Teil des Ganzen. Er hat kein persönliches Interesse an ihnen. Sie interessieren ihn ausschließlich in dem Umfang, wie er finanziellen Nutzen aus ihnen ziehen kann.»

«Aber sie zahlen doch schon besondere Steuern», flüsterte Christine.

Der Truchsess nickte.

«Das stimmt. Allerdings könnte es sich für ihn noch mehr lohnen, sie hinrichten zu lassen. Er könnte dann ihr Vermögen einziehen und der Stadt außerdem ein Bußgeld dafür auferlegen, dass sie sich anfangs an seinen Juden vergriffen und sie verhaftet hat, was schließlich ihm allein zusteht.» Christine sah ihn fassungslos an.

«Das werdet Ihr nicht zulassen, nicht wahr? Das wäre – das wäre gegen das Recht ...»

«Der König ist das Recht, Frau Christine. Und ich bin nicht der König, sondern nur sein Beauftragter.»

«Dann ist alles verloren?» Sie wollte aufstehen, aber ihre Knie gehorchten ihr nicht.

«Trinkt noch einen Schluck! So, gleich wird es besser. Nein, es ist nicht alles verloren. Es gibt schon das eine oder andere, das ich tun kann.»

Christine hing an seinen Lippen.

«Was – was könnt Ihr denn tun?»

«Oh, zum Beispiel könnte ich anordnen, dass die peinliche Befragung beendet wird. Bei Juden kommt es auf das Geständnis nicht an. Oder ich könnte einen Brief schreiben, an eine wichtige Persönlichkeit, die auch ein Interesse an den Juden hat und sie vielleicht vor der Hinrichtung retten kann. Aber auch für mich bedeutet es ein Risiko, mich in die Angelegenheiten des Königs einzumischen. Deshalb muss ein Nutzen für mich dabei herauskommen, das werdet Ihr verstehen.» Er lächelte schmallippig. «Es hängt also ganz davon ab, was Ihr mir bieten wollt! Deshalb seid Ihr doch gekommen, nicht wahr? Weil Ihr mir etwas bieten wollt. Deshalb dieser ganze Aufzug, diese – diese dirnenhafte Verkleidung?» Christines Herz klopfte zum Zerspringen. Noch war nicht alles verloren; noch konnte sie David retten. Sie stand auf, wie Gerli ihr geraten hatte, und ging zu Waldburg hinüber. Dann zog sie sich das Netz vom Kopf und schüttelte ihre Haare, hob den Rock und setzte Waldburg den Fuß auf den Oberschenkel.

«Ich würde die Nacht mit Euch verbringen», flüsterte sie. «Bitte tut alles, was in Eurer Macht steht.» Einen Augenblick glaubte sie, es wäre vergeblich gewesen und er würde sie zornig wegstoßen, aber dann spürte sie seine Hand an ihrem Knöchel, spürte die schwieligen Finger ihr Bein hinaufwandern und über ihre Haut streichen. Schließlich zog er sie auf seinen Schoß und streifte ihr das Kleid von den Schultern. Es war recht kühl im Raum; eine Gänsehaut überzog ihren Oberkörper, und ihre Brustspitzen richteten sich auf. Sie wusste nicht, was sie tun, wohin sie schauen sollte. Er beugte sich über sie. Seine Zunge war in ihrem Ohr, während er gleichzeitig an den Bändern des Kleides zerrte; Stoff zerriss, das Kleid glitt zu Boden. Er ließ sie los und betrachtete sie eingehend. Christine überfiel plötzlich eine bodenlose Angst. Es ist nicht viel anders als im öffentlichen Bad, hatte das Mädchen behauptet, aber das stimmte nicht. Es war ganz anders.

«Frau Christine Köpperlin», sagte der Truchsess gerade. «Schüttelt Euer Haar zurück – ja, so ist es gut.» Er griff wieder nach seinem Becher und trank, und seine Lippen zuckten spöttisch. «Was würde Euer Mann wohl denken, wenn er Euch jetzt sehen könnte?» Sie wich seinem Blick aus, aber er umfasste ihr Kinn und hob ihr Gesicht.

«Was lässt Euch nur glauben, eine einzige Nacht mit Euch sei so kostbar?» Er macht sich einen Spaß mit mir, dachte sie. Es macht ihm Spaß, mich so hilflos vor sich zu sehen, und plötzlich fiel ihre Angst in sich zusammen.

«Fürchtet Ihr Euch vor meinem Mann?», fragte sie verächtlich. «Ich hatte gedacht, mit Euch könnte ich einen Handel abschließen, aber wenn Ihr Angst vor den Folgen habt –» Er stieß einen leisen Pfiff aus.

«Was für eine bemerkenswerte Frau Ihr seid», stellte er fest. «Fast hätte ich Euch unterschätzt. Aber ich werde Euch einen Handel anbieten, wenn Ihr es so gern wollt. Seid mein Gast auf der Burg heute Nacht. Ich bin sicher, wir werden ein paar überaus angenehme Stunden miteinander verbringen, und dann –»

«Was dann?» Christines rotgefärbte Lippen murmelten es ohne ihr Zutun.

«Dann werde ich dafür sorgen, dass man es in der ganzen Stadt erfährt.» Unwillkürlich wich Christine zurück.

«Aber warum? Was bringt es Euch –» Der Truchsess kniff die Augen zusammen.

«Es geht mir um Euren Mann, meine Liebe. Um den ehrenwerten Frick Köpperlin, der sich so gut aufs Geldverdienen versteht.» Ein Hund kam unvermutet herangetrottet und leckte Christine über die Wade. Sie stieß einen erschreckten Schrei aus; der Truchsess schnippte mit den Fingern, und das Tier verdrückte sich in eine Ecke. «Kein Grund zur Sorge, Frau Christine. Ihr kennt die Papiermühle, ebendie, wo Meister Jost arbeitet? Sie hat früher mir gehört, das wisst Ihr vielleicht. Ich habe in Italien Papiermühlen gesehen und schnell erkannt, dass man damit viel Geld verdienen kann. Aber zunächst einmal habe ich viel Geld hineingesteckt. Und Euer Gatte, dieser Hundsfott, hat dafür gesorgt, dass ich es verloren habe.» Er spuckte auf den Boden. «Er machte mir ein Angebot – ein lächerlich geringes Angebot! –, und ich erklärte ihm, dass ich die Mühle nicht verkaufen würde. Und von diesem Augenblick an häuften sich die – wie soll ich sagen? – unglücklichen Zufälle. Teure Reparaturen wurden unerwartet fällig, Liefertermine konnten nicht eingehalten werden, die Qualität des Papiers wurde so schlecht, dass es nur noch für den Misthaufen taugte, bis ich schließlich die Nase voll hatte und doch verkauft habe. Auch meine Mittel sind nicht unerschöpflich. Aber ich habe nicht vergessen, wem ich das zu verdanken habe.»

«Woher wollt Ihr wissen, dass Frick dahintersteckt?», fragte Christine leise.

«Oh, es ist wie bei Euch, meine Liebe. Ich schwöre, dass es sich so verhält, aber ich kann es nicht beweisen.» Er hob salutierend den Becher. «Ein Hoch auf all die gerissenen Kaufleute dieser Welt!» Ein paar Tropfen Wein spritzten Christine auf die Brust; sie wollte sie wegwischen, aber der Truchsess hielt ihre Hand fest.

«Lasst. Es steht Euch. Um auf Euren Gatten zurückzukommen: Ich hörte, dass er kurz davor steht, in den Neunerausschuss der Handelsgesellschaft aufgenommen und noch einflussreicher zu werden. Es ist angeblich schon beschlossene Sache. Ihr könnt Euch denken, dass mir das nicht schmeckt.» Seine Augen folgten den Weintropfen, die über ihre Haut liefen und schließlich an ihren Brustwarzen hängen blieben. «Sobald aber die ganze Stadt weiß, dass sein Weib ihm Hörner aufgesetzt hat, weil er den Schwanz nicht mehr hochkriegt, dann kann er froh sein, wenn ihm jemand noch einen Kohlkopf abkauft. Dann ist er als Handelsherr erledigt. Das wäre schon ein Preis, der mich reizen würde! Was meint Ihr dazu?»

Christines Gedanken rasten. Sie hatte damit gerechnet, dass sie den Besuch beim Truchsess vor Frick nicht würde geheim halten können, aber es war etwas anderes, wenn ganz Ravensburg davon erfuhr. Frick würde platzen vor Wut; sie wollte sich gar nicht ausmalen, was er mit ihr machen würde. Und sie selbst konnte kaum noch mit erhobenem Kopf über die Straße gehen; niemand würde sie mehr einladen, ja, niemand mehr mit ihr sprechen wollen. Sie verwünschte Gerli, deren Rat sie in diese Situation gebracht hatte.

«Es ist übrigens dieser Arzt, den wir gerade verhören», setzte der Truchsess hinzu und schlang sich eine von Christines Locken um den Finger. «Heute hat er nichts zugegeben, aber ich glaube nicht, dass er noch lange durchhält.»

Christine nickte langsam.

«Ich bin einverstanden ... bitte beendet das peinliche Verhör und schreibt diesen Brief an die einflussreiche Persönlichkeit, von der Ihr gesprochen habt, die die Juden retten kann.»

«Gut.» Jakob Truchsess von Waldburg klatschte in die Hände; die Tür öffnete sich, und ein junger Mann trat ein, offenbar ein Diener. Ihm blieb vor Staunen der Mund offen, als er Christine nackt auf den Knien des Truchsess sitzen sah.

«Bring uns mehr Wein, Konrad», befahl Waldburg.

«Und dann sorg dafür, dass Frau Köpperlin und ich nicht gestört werden. Wir werden uns in die Schlafkammer zurückziehen.» Er griff Christine ins Haar, zog ihren Kopf zu sich heran und küsste sie auf den Mund. Sie schmeckte den Wein, den er gerade getrunken hatte, spürte seine Hand in ihrem Schoß, hörte die Stimme des Dieners ganz in der Nähe.

«Soll ich den Wein in die Schlafkammer bringen, Herr?» Der Truchsess grunzte eine Antwort, ohne sie loszulassen; der Diener entfernte sich, die Tür schlug zu. Es gab kein Zurück mehr.

Christine irrte eine Zeitlang durch die Unterstadt, bevor sie das Haus gefunden hatte, zu dem die Beschreibung der Lumperin passte: zwei Fenster zur Straße hin, ein schadhaftes Dach, ein Loch in einem der unteren Gefache, wo einmal ein Karren gegengepoltert war. Sie schob sich durch den engen Zwischenraum zum Nachbarhaus auf die Rückseite, wo ein paar Stufen zum Kellergeschoss hinunterführten. Ein Misthaufen versperrte ihr den Weg; sie kletterte vorsichtig darüber, klopfte sich das Kleid ab und stieg dann die Stufen hinunter. Gerlis Tür war nicht verschlossen. Christine trat ein und sah sich um. Der Raum enthielt eine Feuerstelle, zwei schmale Strohbetten, ein Wandbord, zwei Kleiderhaken, eine Truhe. Sie legte ihr Bündel auf das eine Bett und schloss die Tür. Am liebsten hätte sie sie offen gelassen, da es kein Fenster gab, aber die Lumperin hatte ihr erklärt, dass die Ratten nur auf diese Gelegenheit warteten.

«Ich hab schon genug Ratten», das waren ihre Worte gewesen. Ob sie hier in den Ecken auf sie lauerten?, dachte Christine, als sie sich im Dunkeln zu dem Strohlager zurücktastete. Sie fürchtete sich vor Ratten; in Frick Köpperlins Haus hatte es im Wohnbereich keine gegeben, aber sie würde sich daran gewöhnen müssen. Niemand hatte sie zur Rede gestellt, als sie heute Morgen aus der Burg zurückgekehrt war; vielleicht war ihre Abwesenheit ja gar nicht bemerkt worden. Sie dankte Gott für die Gnadenfrist, die es ihr erlaubt hatte, noch schnell ein paar Sachen zusammenzupacken und das Haus zu verlassen, bevor Frick von der Sache erfuhr. Aber es würde sicherlich keine vierundzwanzig Stunden dauern; der Diener des Truchsess brannte schon vor Begierde, die sensationelle Nachricht in der Stadt zu verbreiten, dass Christine Köpperlin, die Frau des reichen Kaufmanns Köpperlin, die Nacht mit Jakob von Waldburg verbracht hatte wie eine billige Hure.

Christine schloss die Augen und legte sich zurück. In der letzten Nacht hatte sie lange darüber nachgedacht, was sie heute tun sollte. Sie würde gehen, bevor Frick die Gelegenheit hatte, sie hinauszuwerfen, entschied sie. In seiner Wut war er immer unberechenbar; es war besser, ein paar Tage verstreichen zu lassen, bevor sie ihm wieder gegenübertrat. Wenn sie es überhaupt tat. Nur, wohin sollte sie gehen? Ihre Eltern würden nicht erfreut sein, wenn sie von der schändlichen Tat ihrer Tochter hörten. Sie würden sie zwar widerwillig aufnehmen, aber darauf drängen, dass sie Frick um Vergebung bat und zu ihm zurückkehrte. Aber sie wollte nicht zu Frick zurückkehren. Und sie wollte auch nicht zurück zu dem abgelegenen Landsitz, auf dem sie erst Wochen später erfahren würde, was sich in Ravensburg abgespielt hatte. David saß hier im Gefängnis; nur Gott allein wusste, ob das Eingreifen des Truchsess ihm wirklich helfen konnte. Sie wollte ihn nicht zurücklassen; sie wollte nicht irgendwann die Nachricht erhalten, dass er tot war.

«Frau Christine?» Sie erwachte aus einem leichten Schlummer; Gerli stand vor ihr, ein Tranlicht in der Hand. «Frau Christine!»

Christine setzte sich auf.

«Ich wollte nicht zu Hause bleiben. Kannst du mich für ein paar Tage bei dir aufnehmen, bis der Sturm vorüber ist?»

«Was ist passiert?» Das Mädchen zog sich seinen Umhang von den Schultern und hängte ihn an einen Haken, dann ging es zur Feuerstelle hinüber, nahm den Topf vom Dreibein und schüttete etwas hinein. «Was ist pssiert?», wiederholte es. «Wie ist es Euch ergangen mit dem Truchsess?»

«Er kann nicht sehr viel tun, es ist alles eine Entscheidung des Königs. Er hat das peinliche Verhör gestoppt. Er will einen Brief schreiben.»

«Aber – aber was ist passiert, Frau Christine?» Gerlis Augen brannten vor Neugier.

«Nichts», antwortete Christine flach. «Nichts ist passiert. Aber das wird mir keiner glauben. Ich glaube es ja selbst kaum.»

«Wollt Ihr mir erzählen, dass der Truchsess Euch für nichts und wieder nichts geholfen hat?»

«Das habe ich nicht gesagt. Er wird Frick ruinieren, mit meiner Hilfe.»

«Das verstehe ich nicht!» Entgeistert ließ Gerli den Kochlöffel sinken.

«Warte ab. Du wirst es noch verstehen, das versichere ich dir. Sobald es sich herumgesprochen hat.»

Gerli schaute sie prüfend an.

«Geht es Euch gut, Frau Christine? Habt Ihr vielleicht zu viel Wein getrunken auf der Burg?»

«Ich glaube nicht.»

«Und der Truchsess? Ich meine, was hat er gesagt zu dem Kleid und der Schminke – und überhaupt?»

«Er hat gesagt, dass mir Blau gut steht. Die Farbe des Himmels, so hat er es gesagt.»

«Ihr wollt es mir nicht erzählen, oder?»

«Nein.» Christine beugte sich zu ihrem Bündel hinüber, zog das blaue Kleid heraus und warf es Gerli zu. «Hier, Gerli. Ich werde es nicht mehr tragen. Vielleicht musst du es ein bisschen kürzen, damit es dir passt.» Sie stand auf und hauchte dem Mädchen einen Kuss auf die Wange. «Sag einfach Christine zu mir. Ich glaube, bevor ich dich kennenlernte, habe ich noch nie eine Freundin gehabt.»

Der Skandal um Christine Köpperlin drängte für ein paar Tage alles andere in den Hintergrund. Niemand interessierte sich noch für den Fortgang des Judenprozesses oder die Frage, warum man das peinliche Verhör schon nach dem ersten Tag abgebrochen hatte: Jeder wollte nur noch darüber tratschen, dass die reiche Kaufmannsfrau sich in der Burg das geholt hatte, was ihr zu Hause keiner geben konnte. Was für eine Schande für Köpperlin, von seinem Weib so vorgeführt zu werden! Ob es wirklich stimmte, dass er den Schwanz nicht mehr hochbekam? Immerhin wartete er ja schon seit Jahren vergeblich auf einen Erben. Andererseits, was wollte er dann wieder mit dieser Ria? Schnell zeigte sich, dass Köpperlins Aufstieg ihm nicht nur Freunde gemacht hatte, denn während die beeindruckende

Männlichkeit des Truchsess von nicht wenigen augenzwinkernd anerkannt wurde, übergoss man den gehörnten Ehemann mit Häme. Frick Köpperlin, der das Maul aufriss wie sonst kaum einer und sich rühmte, mit dem kleinen Finger aus Mist Gold zu machen, dieser Frick Köpperlin war also ein Schlappschwanz! Die Herren der Eselgesellschaft rieben sich nur insgeheim die Hände, aber die Straßenkinder sangen frech ihre Spottlieder und warteten vor Köpperlins Haus in der Marktgasse darauf, dass der Kaufmann herauskam. Aber sie bekamen ihn nicht zu Gesicht: Er hatte die Stadt bei Nacht verlassen und sich nach Augsburg zurückgezogen, wo er erst über einen Boten erfuhr, dass die Handelsgesellschaft sich entschieden hatte, einen Sohn von Gäldrich in den Neunerausschuss zu wählen.

28

Sigismund von Luxemburg, König von Ungarn, Böhmen und seit mehr als zehn Jahren König des Heiligen Römischen Reiches Deutscher Nation, saß auf einem bequemen Stuhl am Fenster seiner Pressburger Residenz und vertiefte sich erneut in das Schreiben in seiner Hand. Es handelte sich dabei um einen Brief des österreichischen Herzogs Friedrich, und der Truchsess von Waldburg war überzeugt, dass sein Herr ihn inzwischen Wort für Wort hätte auswendig hersagen können. Trotz seiner mehr als sechzig Jahre war Sigismund immer noch von erstaunlich rascher Auffassungsgabe und konnte mit den Gelehrten der ganzen Welt in einem halben Dutzend Sprachen fließend disputieren; und wenn ihn auch sein jahrelanges Gichtleiden gebeugt hatte, so ahnte man doch hinter dem gequälten Körper die imponierende Erscheinung, die er einst gewesen war. Es war nicht gut, Sigismund zu unterschätzen, das wusste der Truchsess.

«Was für eine Büberei, Waldburg», bemerkte der Herrscher gerade. «Was für eine Frechheit von Friedrich, sich in dieser Weise in meine Rechte einzumischen.» Der Truchsess nickte und wartete. «Wie haben sich die Dinge denn in der Zwischenzeit weiterentwickelt?»

«In den oberschwäbischen Reichsstädten sind die Juden

nach dem Geständnis des Fuhrmanns Claus Knoll in Haft genommen worden – in Ravensburg, Überlingen, Lindau, Buchhorn, Meersburg und Konstanz», erklärte Waldburg. «Ihr gesamter Besitz wurde sichergestellt, wie Ihr befohlen hattet. In allen Reichsstädten gibt es starke Gruppierungen, die die Hinrichtung der Gefangenen fordern, aber die städtischen Räte wissen, dass sie keine Entscheidung gegen Euch fällen dürfen, und lassen sich jeden ihrer Schritte vorher von mir absegnen.»

«Immerhin wissen wenigstens meine Reichsstädte, wem sie zu gehorchen haben, und lassen sich von diesem anmaßenden Österreicher nicht irremachen!» Waldburg nickte erneut und versuchte sich sein Unbehagen nicht anmerken zu lassen. Als er wegen der verhafteten Juden an Friedrich geschrieben hatte, war für ihn nicht absehbar gewesen, dass Sigismund über die Antwort des Habsburgers in solchen Zorn geraten würde. Allerdings hatte Friedrich sich auch überaus ungeschickt verhalten und sein Eingreifen in eine Form gekleidet, die den Widerspruch des Monarchen geradezu herausfordern musste. Die in Ravensburg inhaftierten Juden, so hatte er aus Innsbruck geschrieben, stammten aus Rottenburg in Vorderösterreich und unterständen somit seiner Gewalt allein. Er verstehe nicht, was überhaupt der König mit seinen Juden zu tun haben solle, und verlange deren Überstellung in seine Gerichtsbarkeit sowie die Herausgabe ihres Vermögens. Sollte sich der Verdacht des Mordes bestätigen, so gedenke er sie selbst zu strafen.

«Friedrich scheint der Kopf so angeschwollen zu sein, dass er nicht mehr klar denken kann», bemerkte Sigismund. «Er scheint tatsächlich zu glauben, er könnte sich in die Angelegenheiten meiner Reichsstädte einmischen. Höchste

Zeit, ihn zurechtzuweisen, sonst meint noch jeder jämmerliche Edelmann, er kann ungestraft die Hand nach meinem Vermögen ausstrecken. Dieser Prozess muss schleunigst zu Ende geführt werden, Waldburg. Es war ein Fehler, dass wir damit gewartet haben, ich habe meine Entscheidung doch ohnehin schon längst gefällt. Ich werde allen demonstrieren, wer die Macht im Reich besitzt.» Er verzog das Gesicht, griff sich an den rechten Fuß und stöhnte. «Diese verfluchten Schmerzen, Waldburg! Die Ärzte sind doch alle Scharlatane. Keiner kann mir helfen.» Er lehnte sich zurück, atmete tief durch. «Also. Lasst sie hinrichten, die ganze Sippschaft, bevor Friedrich noch das ganze Reich verseucht mit seinen abenteuerlichen Ideen.» Der Truchsess zuckte ein wenig zurück.

«Wie Ihr befehlt, Hoheit. Allerdings möchte ich noch bemerken, dass ich selbst von der Unschuld der Juden überzeugt bin. Es handelt sich bei dieser Mordgeschichte um einen abscheulichen Aberglauben, den selbst die Kirche ablehnt.»

«Ich weiß, Waldburg.» Sigismund lächelte verzerrt. «Christus war auch unschuldig, und es hat ihn nicht gerettet. Habt Ihr das vergessen? Ihr wisst doch, worum es geht.»

«Ja.» Jakob von Waldburg tat so, als müsse er angestrengt überlegen. «In anderen derartigen Fällen hat man diejenigen begnadigt, die sich haben taufen lassen.»

«Meinetwegen. Nur diesen einen Hauptverdächtigen, wie hieß er noch? Aaron?, dürft Ihr nicht begnadigen. Tauft ansonsten, wen Ihr wollt, aber das darf nicht dazu führen, dass mir die Vermögen verlorengehen, hört Ihr?»

«Selbstverständlich. Kein Heller wird fehlen.»

Das Geräusch des Riegels an der Tür, die Stimme des Wächters, ja selbst leises Schlurfen auf dem Gang vor ihrer Zelle reichte aus, um Davids Puls in die Höhe zu jagen und ihm die Kehle zuzuschnüren, obwohl schon Wochen seit dem Verhör vergangen waren. Er verachtete sich selbst für die Angst, die immer wieder in ihm aufstieg und die er nicht zügeln konnte, für diese Schwäche, die ihn unvermittelt überfiel und zu einem zitternden Häufchen Elend werden ließ, aber er konnte nichts dagegen tun. Dieser eine Tag, das spürte er, diese wenigen Stunden unten in der Gewalt von Meister Heinrich hatten sein Leben für immer verändert, wie lange es auch noch dauern mochte. Nie mehr würde ihn das Gefühl verlassen, dass sie ihn wieder holen konnten, zu jeder Zeit, und dass es keinen Schutz dagegen gab.

«Ich danke dem Ewigen, dass er dich hat standhalten lassen», hatte Aaron geflüstert, als er in der ersten Nacht neben ihm gewacht hatte. «Er hat uns nicht vergessen! *Muss ich auch wandern in finsterer Schlucht, ich fürchte kein Unheil, denn du bist bei mir. Dein Stock und dein Stab geben mir Zuversicht ...*» David war zu erschöpft gewesen, um zu antworten. Er wusste nicht, woher die Kraft gekommen war, die nicht zugelassen hatte, dass er sie alle verriet, und ob diese Kraft ihn noch durch ein weiteres Verhör getragen hätte. Er wusste nur, dass es nicht sein eigener Wille gewesen war, der ihn daran gehindert hatte zu gestehen. All die Nächte, in denen er nicht schlafen konnte, hatte er darüber nachgegrübelt, ohne dieses Rätsel zu lösen. Irgendwann war ihm klar geworden, dass Meister Heinrich geschafft hatte, woran seine Eltern, seine Familie, seine Gemeinde gescheitert waren: Zum ersten Mal in seinem Leben fühlte er sich als Jude. Zum ersten Mal war der quälende Wunsch verstummt, als ein anderer zur Welt gekommen zu sein. Hier, in diesem licht- und hoffnungslosen Turm, hatte er zum ersten Mal die uralten Wurzeln gespürt, die ihn mit dem Leiden Hiobs verbanden wie mit dem Jubel des Psalmsängers oder mit Aufstieg und Fall jenes ersten David, nach dem sein Vater ihn benannt hatte. Er hätte nicht sagen können, ob diese Verbindung Fluch war oder Segen, er wusste nur, dass sie da war, untrennbar, unzerstörbar, ein Teil seiner selbst wie sein Herz.

Irgendjemand aus der Stadt hatte ihnen warme Kleidung und immer wieder Lebensmittel hierhergeschickt, sodass sie den eisigen Winter in ihrem Turmverlies überhaupt überleben konnten. David hatte zunächst vermutet, dass es sich bei dem Unbekannten um Vöhringer handeln musste, aber der Umfang der Zuwendungen hätte die Mittel des Stadtarztes sicher überschritten, und schließlich ließ sich der Wärter entlocken, dass ein großer Teil der Unterstützung von niemand anderem stammte als von Humpis selbst.

«Das bedeutet, dass er an unsere Unschuld glaubt», versicherte Aaron immer wieder, als müsse er sich selbst überzeugen. «Warum sonst sollte er das tun?»

«Vielleicht hat er einfach ein schlechtes Gewissen», antwortete David. Mittlerweile hatten seine Augen sich so sehr an die immerwährende Dunkelheit gewöhnt, dass er sogar Aarons hoffnungsvollen Gesichtsausdruck erkennen konnte.

«Auch das ist ein gutes Zeichen. Ich werde die Hoffnung nicht aufgeben! Wenn sie sich alle so sicher wären, hätten sie uns doch schon längst verurteilt. Inzwischen ist der März schon halb vorbei, und sie haben immer noch keine Entscheidung getroffen. Ich sage dir –» In dem Augenblick waren laute Schritte zu hören, Stimmen: Eine ganze Gruppe von Leuten schien sich der Tür zu nähern. David presste die Hände zusammen, schloss die Augen.

«Aaron Jud, David Jud, Jakob Jud», sagte der Ammann. «Das Stadtgericht hat heute Morgen sein Urteil gesprochen.»

Den ganzen Tag wurde es nicht richtig hell in Gerlis Unterkunft; im Licht ihrer einzigen Tranfunzel sah Christine die Feuchtigkeit auf den rohen Wänden glänzen und die Mäuse durchs Stroh huschen. Gerli verließ das Haus lange vor der Frühmesse und kehrte erst am späten Abend von Vöhringer zurück, und so war Christine mit sich und ihren Gedanken allein. Stunde um Stunde verspann sie die Wolle, die Gerli ihr besorgt hatte. Spinnen konnte sie auch in völliger Finsternis, spinnen konnte sie, wenn die Lumpenstampfe in ihrem Kopf dröhnte und ihr ganzes Dasein allmählich in eine trübe Brühe verwandelte. Sobald dann die Asche des Kochfeuers in der Nacht allmählich verlosch, wurde es eiskalt. Die beiden Frauen zogen alle Kleidungsstücke übereinander, die sie hatten, und rückten zum Schlafen eng zusammen, aber trotzdem wachte Christine oft in den frühen Morgenstunden vor Kälte auf.

«Du bist dieses Leben eben einfach noch nicht gewöhnt», hatte Gerli sie anfangs getröstet. «Wenn du die ersten Wochen überstanden hast, wird es leichter.» Christine kauerte sich unter ihrer Decke zusammen. Die ersten Wochen waren schon längst vorbei, der Frühling stand vor der Tür. Wie lange würde sie noch hierbleiben können? Jede Woche gab sie Gerli ein paar Schilling für die Miete und das bescheidene Essen, das sie miteinander teilten. Von dem Geld, das sie eingesteckt hatte, als sie Hals über Kopf aus dem Haus an der Marktgasse aufgebrochen war, war kaum noch etwas übrig, und ihre wenigen Schmuckstücke konnte sie nicht versetzen, weil es keinen Pfandleiher mehr in der Stadt gab. Außerdem hatte sie es bisher so weit möglich vermieden, die düstere Kammer zu verlassen. Die wenigen Gänge, die sie auf den Markt und in die Stadt gemacht hatte, waren demütigend gewesen: Wie die Burschen hinter ihr her gepfiffen hatten, als ihr der Wind die Kapuze vom Kopf geblasen hatte, das Grinsen in den Gesichtern, die anzüglichen Blicke, die an ihrem Körper herauf- und herunterwanderten. Und die Blicke, die über sie hinweggingen, als sei sie ein Nichts, als sei sie gar nicht vorhanden. Obwohl niemand direkt mit ihr gesprochen hatte, schwirrte ihr der Kopf hinterher von den Gerüchten, die überall nur auf sie zu warten schienen: dass Frick inzwischen zurückgekehrt sei und den Notar einbestellt habe, um sein Testament zu ändern. Er habe sich von ihr losgesagt und die Annullierung ihrer Ehe beantragt, habe eine Bande von Kriminellen eingestellt, um ihr aufzulauern und sie zu töten.

«Unsinn», erklärte Gerli dazu. «Das hätte mir Vöhringer längst erzählt.» Aber dass der Notar da gewesen war, konnte sie auch nicht leugnen. Von den gefangenen Juden dagegen gab es kaum Neuigkeiten, und Christine mühte sich verzweifelt, das als ein gutes Vorzeichen zu sehen. Briefe müssten geschrieben werden, hatte der Truchsess von Waldburg gesagt, müssten über viele Meilen geschickt, gelesen und beantwortet werden. Das mochte eine lange Zeit in Anspruch nehmen. Sie war selbst zum grünen Turm gelaufen, aber der diensttuende Wärter hatte sich nicht erweichen lassen und sie an der Tür abgefertigt; alles Betteln und Schmeicheln hatte nichts geholfen, ebenso wenig wie die Halskette, die sie ihm angeboten hatte. Es blieb ihr nichts weiter als zu warten, zu hoffen und zu beten.

Als Christine an diesem Morgen aufwachte, sah sie, dass Gerlis Bett unbenutzt geblieben war. Immer häufiger verbrachte das Mädchen die Nacht in Vöhringers Haus, und es war nur noch eine Frage der Zeit, wann sie diese Unterkunft ganz aufgeben und zu ihm ziehen würde. Dann, spätestens dann, musste auch Christine selbst eine Entscheidung über ihre Zukunft getroffen haben. Widerwillig schlug sie die Decke zurück und stand auf. Gott, wie war es eisig und feucht in dieser Höhle! Sie tappte zu der Feuerstelle hinüber und hielt die Hand davor: Die Asche war kalt. Gestern Abend hätte sie noch ein paar Scheite auflegen sollen, aber sie war so müde gewesen und hatte sich darauf verlassen, dass Gerli noch einmal nach dem Feuer sehen würde. Sie griff nach dem Eimer, öffnete die Tür, tappte zu dem kleinen Brunnen auf der Gasse und schöpfte Wasser. Hier in der Unterstadt verströmte das Wasser immer einen merkwürdigen Geruch; sie benutzten es zwar zum Kochen, aber Gerli hatte mit Nachdruck davon abgeraten, es zu trinken. Christine schüttete das Wasser in ihren Topf und kippte den Rest Hafergrütze hinein, den sie noch gefunden hatte. Es dauerte lange, bis sie mit ihren klammen Fingern den Zunder in Brand gesetzt und schließlich das Feuer wieder entfacht hatte, und sie kauerte sich davor und wärmte sich. Heute würde sie selbst einkaufen müssen; es war fast nichts Essbares mehr im Haus, und Gerli war nicht da. Christine holte ihren Geldbeutel unter dem

Strohsack hervor und nahm eine Handvoll Münzen heraus. Es blieb nicht mehr allzu viel übrig. Noch drei, vier Wochen, und sie würde entweder vor Frick zu Kreuze kriechen, oder aber zu ihren Eltern zurückkehren müssen. Sie aß ein paar Löffel von dem geschmacklosen Haferbrei, zog sich ihren Mantel an und trat auf die Gasse.

Es war schon reichlich Betrieb hier draußen; heute war Sonnabend, und von allen Seiten strömten die Leute den Marktständen auf dem großen Platz und in der oberen Stadt zu. Christine ließ sich mittreiben. Das Gewimmel auf den Gassen, die vielen auswärtigen Besucher gaben ihr ein Gefühl von Sicherheit. Selbst wenn die Mötteli in drei Schritt Abstand an ihr vorbeistolzieren würde, könnte sie sich noch hinter einer fremden Gugel verstecken. Sie begann die frische Luft, die lang vermisste Freiheit zu genießen. Die Sonne schien versöhnlich warm für einen Märztag, und über den Dächern zwitscherten unbeschwert die Spatzen. Die Gerüche der vielen Garküchen stiegen Christine in die Nase, und schließlich blieb sie an einem Stand stehen und kaufte sich einen Teller mit Erbseneintopf.

«Wurde auch Zeit, dass die Scheißkälte endlich aufhört», sprach ein älterer Mann sie freundlich an. «Sonst muss ich bald die Dielenbretter verheizen. Hab kaum noch einen Scheit Brennholz hinterm Haus.»

«So schlimm war's schon lange nicht mehr», nickte Christine. «Ich kann mich an kein Jahr erinnern, wo wir so viel Schnee hatten.»

«Wenn du auf dem Holzmarkt was ergattern willst, dann musst du dich jedenfalls beeilen. Die brauchen doch alles für das Freudenfeuer nächste Woche», mischte die Köchin sich ein. Der Mann sah sie überrascht an.

«Was für'n Freudenfeuer? Ist doch noch gar nicht Ostern!»

«Na, du kommst wohl von den sieben Bergen bei den sieben Zwergen, dass du so von gar nichts 'ne Ahnung hast, was?» Die Köchin grinste überlegen. «Dem Judenpack geht's an den Kragen, den Sauhunden, die unseren Ludwig umgebracht haben! Noch vier Tage, dann fahren sie alle zur Hölle.» Der Boden unter Christine bebte, als wollte er sie abwerfen wie ein durchgehendes Pferd. Unwillkürlich griff sie nach dem Ärmel des Mannes und hielt sich daran fest.

«Das ist unmöglich», flüsterte sie.

«Unmöglich? Wieso denn? Unmöglich ist nur, dass es so lange gedauert hat, bis die Herren sich endlich entschieden haben. Ich hätt nicht so lange gefackelt!»

Die Marktfrau stutzte einen Augenblick und brach dann in lautes Gelächter aus. «Gefackelt, habt ihr gehört? Gefackelt!» Ein paar Umstehende waren jetzt auch aufmerksam geworden.

«Stimmt!», brüllte ein Bärtiger, der sich mit dem Eintopf sein ganzes Wams vollgekleckert hatte. «Hab schon gedacht, die warten, dass wir die Sache selbst in die Hand nehmen und den Turm in Flammen aufgehen lassen.» Er zog einen brennenden Scheit aus dem Kochfeuer und tat so, als wollte er ihn Richtung grüner Turm werfen.

«Lass den Blödsinn, sonst machen die mir gleich den Laden zu», keifte die Köchin, aber die meisten Zuhörer schienen die Idee gut zu finden. Eine Gruppe junger Burschen krempelte sich schon abenteuerlustig die Ärmel hoch.

«He, warum ziehen wir nicht gleich zur Judengasse rüber und räuchern denen die Bude aus? Da will doch eh keiner mehr wohnen!»

«Du bist ja verrückt! Hinterher brennt die ganze Stadt.»

«Sollen wir etwa warten, bis der Rat kommt, alles ausräumt und für sich behält? Ich sag euch: Wir ziehen jetzt los und sehen, was wir kriegen können!» Der Bärtige reckte die Faust in die Luft. «Los! Wer von euch ist dabei? Oder habt ihr keinen Schneid?» Wohl ein halbes Dutzend Männer bahnte sich grölend einen Weg den großen Platz hinauf Richtung Judengasse. Christine stand wie versteinert da; wie unter dem Bann eines bösartigen Zaubers.

«Der Truchsess wird das niemals zulassen», war alles, was sie herausbrachte. Neben ihr schüttelte jemand den Kopf.

«Der Truchsess war es doch selbst, der das Urteil herbeigeführt hat, Frau Christine.» Erst jetzt erkannte Christine, dass Valentin Vöhringer neben ihr stand. Er griff nach ihrer Hand und führte sie an die Seite in einen Hauseingang. «Setzt Euch hierhin ... Ihr seht aus, als ob Ihr gleich umkippen würdet.» Christine ließ sich auf einen Treppenvorsprung drücken und schloss die Augen. Die Welt rings um sie her schwankte noch immer; sie wünschte, die Häuser und Türme würden zusammenbrechen und alles unter sich begraben.

«Ich war schon auf dem Rathaus heute Morgen, sobald ich es gehört hatte», fuhr Vöhringer niedergeschlagen fort. «Jakob von Waldburg hat gestern im Rat gesprochen, Humpis selbst hat es mir bestätigt. Der verlorene Knabe wäre hier in Ravensburg von den Juden gemartert worden, das wisse er genau, beim Jüngsten Gericht des allmächtigen Gottes, und wolle das auch vor Papst, König und wem auch immer wiederholen. Zusammen mit dem Geständnis von Knoll hat das den Ausschlag gegeben.»

«Der Truchsess weiß aber doch, dass sie unschuldig sind», sagte Christine tonlos. «Er weiß es, das hat er mir selbst gesagt!»

«Auf den Truchsess kann man keine Hoffnung mehr setzen. Wahrscheinlich tut er sowieso nur das, was ihm befohlen wurde.» Christine stand langsam auf. «Soll ich Euch nach Hause bringen, Frau Christine? Oder wollt Ihr mit zu mir kommen? Gerli ist noch da, sie könnte Euch einen heißen Wein machen.»

«Nein, ich – ich möchte lieber allein sein.»

Vöhringer nickte verständnisvoll.

«Ihr wisst ja, wo Ihr mich findet, wenn Ihr jemanden braucht», murmelte er. «Und», sein Gesicht hellte sich ein wenig auf, «es war ein Segen, dass Ihr das Mädchen zu mir geschickt habt. Ein wahrer Segen.» Sie sah ihm nach, wie er sich in Richtung Holzmarkt entfernte. Er verliert einen Freund, dachte sie, aber er hat eine Frau gefunden. Irgendwann wird er den Freund darüber vergessen haben. Unwillkürlich hatten ihre Füße den vertrauten Weg zur Marktgasse eingeschlagen; sie wanderte an den Kaufmannshäusern vorbei, durchquerte das Obertor und erreichte den Weg, der ins Flattbachtal führte. Eines Tages war Ludwig hier entlanggelaufen, ein harmloser, tolpatschiger Störenfried, der keiner Fliege etwas zuleide tun konnte, war hier entlang zur Papiermühle gelaufen und nicht zurückgekehrt. Damit hatte es angefangen. Sie beschleunigte ihren Schritt. Die Papiermühle. Wenn überhaupt, dann würde sie in der Papiermühle die Rettung finden. Warum hatte sie nur nicht schon früher daran gedacht? Sie würde dem Papierer ins Gewissen reden, würde ihn überzeugen, dass er sich dem Rat stellen und seine Schuld bekennen musste. Er war kein schlechter Mann, nicht schlechter als andere auch, er würde seine Seele retten wollen. Der Gedanke beflügelte sie; sie hastete am Bach entlang, bis sie die Mühle vor sich liegen sah. Alles war ruhig; heute zum Markttag hatte der Papierer seinen Leuten sicher freigegeben und ließ das Stampfwerk ruhen. Sie überquerte den Hof, stieg die Treppe hinauf. Ein ekliger Gestank schwappte ihr entgegen.

«Meister Jost? Meister Jost?»

«Wer ist da?» Der Papierer stand plötzlich vor ihr. Die Haare hingen ihm strähnig in das gerötete Gesicht, und ein starker Alkoholgeruch ging von ihm aus, so stark, dass er für einen Augenblick den anderen Gestank überdeckte. «Frau – Frau Christine! Ich bin beim Leimkochen, hier entlang.» Er schwankte voran in die Küche, wo auf dem offenen Herdfeuer ein Kessel auf dem Dreibein stand, von dem infernalische Wolken aufstiegen. «Wollt Ihr – wollt Ihr auch was trinken?» Er stierte sie an, sie schüttelte den Kopf.

«Ich bin nicht zum Trinken hergekommen. Jost, hast du gehört, dass sie die Juden verurteilt haben? In ein paar Tagen sollen sie hingerichtet werden.»

«Hab's gehört.» Er kicherte albern. «Hat ja – hat ja auch lang genug gedauert.»

Christine machte einen Schritt auf ihn zu und packte ihn am Arm.

«Du weißt doch genau, dass die Juden Ludwig nicht umgebracht haben! Und ich weiß es auch. Er ist hier gestorben, hier in der Mühle, von deiner Hand.» Er stierte sie aus blutunterlaufenen Augen an; er hatte mehr getrunken, als sie zunächst geglaubt hatte.

«Wer sagt das? Welcher Hundsfott sagt das? Ist alles – alles Lüge! Hab ihn nie gesehen, den kleinen Ludwig.»

«Doch, du kanntest ihn ganz gut. Er ist oft hier gewesen. Und beim letzten Mal ist er gestürzt und tot liegen geblieben. Du hast es sicher nicht gewollt, aber es ist passiert.»

«Hab es nicht gewollt, genau.» Er nickte erleichtert. «Nie hab ich ihm was zuleid tun wollen! Der Trottel ist ja immer schon über die eigenen Fallen – Füße gefallen. Und dann lag er hier, und überall das Blut –» Er verstummte und schlug sich die Hände vors Gesicht. «Überall das Blut! Ich träum davon, weißt du? Träum von dem ganzen Blut.» Christine sah, wie die Tränen über sein verdrecktes Gesicht liefen, hörte ihn schluchzen vor Reue.

«Und jetzt sollen die Juden sterben für etwas, das sie nie getan haben, Jost! Das kannst du nicht wollen! Dein ganzes Leben wird es dir auf der Seele liegen, und nach deinem Tod wirst du für alle Ewigkeit Höllenqualen leiden!»

«Was – was soll ich denn tun, Frau Chrissine? Was soll ich denn?» Er war so weit, er würde die Tat bekennen, und die Juden waren frei. Sie beugte sich vor, sprach so eindringlich sie konnte.

«Geh zum Rat, Jost. Geh zum Rat und erzähl ihnen, wie es wirklich war. Es war ein Unfall; sie werden dir glauben.» Ein Lächeln irrlichterte über das Gesicht des Papierers; er streckte den Zeigefinger in die Luft und fuchtelte damit herum.

«Aber das werde ich nicht tun, Frau. Ich bin kein Dummkopf. Das tu ich nicht! Die werden – hängen werden die mich. Kein Dummkopf, nein!» Er torkelte zum Tisch, nahm den Becher, der dort stand, und kippte den Inhalt herunter. «Auf die Juden! Sollen sie doch – sie doch brennen, ist mir gleich.» Damit warf er den Becher an die Wand. «Brennen gut, die Judenschweine.» Die plötzlich aufschießende Wut nahm Christine fast den Atem.

«Du vergisst, dass ich den Truchsess kenne», sagte sie eisig. «Wenn du es dem Rat nicht sagst, dann spreche ich mit dem Truchsess. Der wird dich zerquetschen wie eine Laus.»

«Nein, das wird er – wird er nicht.» Unerwartet schnell stand der Papierer wieder vor ihr. «Das wird er nicht.» Und mit einer blitzschnellen Bewegung legte er Christine die Hände an die Kehle und drückte zu. Christine wollte aufschreien, aber es kam nur ein heiseres Röcheln heraus. Sie schlug nach dem Papierer, zerrte an seinen Händen, aber Jost war viel stärker als sie und schüttelte sie hin und her. «Das wird er nicht, du verfluchte Hure, das wird er nicht ...» Sie versuchte vergeblich, sich herumzuwerfen, und endlich traf sie ihn mit dem Fuß in die Weichteile. Er stieß einen lauten Schrei aus und ließ sie los. In höchster Not sah sie sich um: Der Raum hatte nur die eine niedrige Tür zur Diele, und der Weg dahin war von Jost versperrt. Wenn sie bloß irgendeinen Gegenstand hätte, mit dem sie sich wehren könnte, einen Stock, einen Schürhaken ... da hatte der Papierer sich schon so weit erholt, dass er wieder auf sie zukam. Der Schmerz schien ihn ernüchtert zu haben, und mörderische Wut glitzerte in seinen Augen. Er holte aus und traf sie ins Gesicht, sodass sie zu Boden ging.

«Das hast du nicht gedacht, du Luder ...» Er versuchte nach ihr zu treten, doch es gelang ihr, sich zur Seite zu rollen und wieder auf die Füße zu kommen. Aber nun war sie zwischen Herd, Tisch und Wand gefangen. Von Josts nächstem Schlag würde sie nicht wieder aufstehen, das wusste sie. Bevor er sie noch weiter in die Enge treiben konnte, nahm sie all ihre Kraft zusammen, sprang nach vorn und stieß ihn vor die Brust. Normalerweise hätte Jost diesen Angriff einfach weggesteckt, aber heute hatte er getrunken. Er schwankte zurück, stolperte und stürzte, stürzte gegen das Dreibein, das mitten im lodernden Herdfeuer stand. Der fette, siedende Leim kippte um, floss über seine Beine auf den Boden und entzündete sich sofort. Christine stand einen Augenblick wie erstarrt da; sie hörte den Papierer schreien wie ein Tier, während sein Bart schon Feuer gefangen hatte, sah die Flammen nach ihm greifen und das Auflodern seiner Jacke. Dann erst konnte sie sich umdrehen und nach draußen flüchten, weg aus der Leimküche, die sich in Sekunden in eine Flammenhölle verwandelt hatte, weg von der ganzen verfluchten Mühle. Sie jagte zur Stadt hinunter, während dunkle Rauchwolken über dem Flattbach aufstiegen und die Feuerglocke läutete, und machte erst halt, als sie zitternd in Gerlis Kammer auf dem Bett lag und sich die Decke über den Kopf ziehen konnte. Meister Jost, der Papierer, würde kein Geständnis mehr ablegen.

29

In der Nacht vor der Hinrichtung hatte es heftig geregnet, und am Morgen hing dichter Nebel über dem Schussental. Jeder Windstoß fegte unzählige Wassertröpfchen von den Bäumen, und die zahlreichen Schaulustigen, die sich auf dem Galgenhügel eingefunden hatten, duckten sich unter ihren Kapuzen zusammen. Schon von weitem konnte man die Prozession der Verurteilten kommen sehen: Sie hatten die Mühlbrugg überquert und näherten sich jetzt über die Straße, die nach Meersburg führte. Flankiert von einer Handvoll Stadtknechten kam das kleine Grüppchen nur langsam voran, aber man wusste ja, dass der Älteste der Judengemeinde die Siebzig schon überschritten hatte.

«Es ist eine Schande», empörte sich jemand, doch als Christine sich umsah, konnte sie nicht herausfinden, wer es gewesen war. Sie stand eingekeilt neben Gerli in der Gruppe der Tagelöhner, und ein dicker Schal versteckte die Würgemale an ihrem Hals. Außer Gerli und Vöhringer wusste niemand, was in der Mühle vorgefallen war. Das Mädchen hatte sie zum Stadtmedicus geschleppt, sobald es nach Hause gekommen war und sie gefunden hatte; Vöhringer hatte sich die Abdrücke von Josts Händen angesehen und Quarkwickel verordnet. Innerhalb weniger Stunden war die Papiermühle heruntergebrannt bis auf die

Grundmauern, und inzwischen hatte die Meinung sich durchgesetzt, der Papiermüller selbst habe das Feuer durch eine Unachtsamkeit verschuldet und damit seinen eigenen Tod. Wie eigenartig, dass es erneut Frick Köpperlin war, den mit dem Verlust seiner Mühle wieder ein Schicksalsschlag getroffen hatte!

«Wenigstens wird niemand behaupten können, dass die Juden auch daran schuld sind», hatte Vöhringer bitter erklärt und verkündet, dass er die Hinrichtung nicht durch seine Teilnahme legitimieren würde. Auch Christine wünschte sich, sie wäre nie die Galgensteige hochgelaufen, aber sie würde David in der Stunde seines Todes nicht allein lassen. Es war das Letzte, was sie tun konnte. Sie war froh, Gerli an ihrer Seite zu haben.

«Vielleicht passiert ja doch noch ein Wunder», sagte das Mädchen gerade. «Ich hab gehört, dass vor zwei Jahren in Würzburg –» Da erreichten die Verurteilten den Richtplatz, und die Zuschauer wichen zur Seite. Es waren zwei Frauen und vier Männer, einer davon fast noch ein junger Bursche, barhaupt und im Büßerhemd; sie hatten sich an den Händen gefasst und sangen leise. Christines Augen schwammen in Tränen; sie konnte fast nichts mehr von dem erkennen, was um sie herum vorging. Gerli legte ihr den Arm um die Schultern und hielt sie fest, während die Juden nur wenige Schritte entfernt an ihnen vorbeiliefen, so nah, dass sie hätte die Hand ausstrecken und sie berühren können. Christine schwankten die Knie, alles drehte sich um sie. Das Leben ging vorbei, in diesem Augenblick, und sie konnte es nicht festhalten. Lass ihn nicht gehen, lass ihn doch nicht einfach vorbeigehen!, dröhnte es in ihren Ohren. Warum hast du ihn nicht einmal angesehen? Sie versuchte sich verzweifelt aus Gerlis Griff zu befreien, aber das Mädchen ließ sie nicht los.

«David ist nicht dabei», raunte eine Stimme. «Hast du es gesehen? David ist nicht dabei!»

«David», wisperte sie; es war das einzige Wort, das sie gehört hatte.

«Er ist nicht dabei», wiederholte das Mädchen und schüttelte Christine. «Es sind nur sechs!»

«Nur sechs.» Christine verstand nicht, was Gerli damit meinte.

«David Jud ist nicht dabei. Sieh doch selbst!» Der Ammann räusperte sich und sagte irgendetwas, dann der Truchsess, der Bürgermeister; Meister Heinrich trat vor, führte die Verurteilten zum Scheiterhaufen und fesselte sie an die Pfähle, die man inmitten des Holzstoßes aufgerichtet hatte. Erst da wurde Christine klar, was Gerli gesagt hatte: Nur sechs, oh Gott. Einer von ihnen hob jetzt laut die Stimme.

«Wir sind unschuldig! Der Ewige ist unser Zeuge, wir haben dem Knaben nichts getan! Wir sterben zum Ruhm Seines Namens ...» Dann sangen sie wieder. Jemand hielt eine brennende Fackel an den Scheiterhaufen, den der Scharfrichter mit Pech bestrichen hatte. Aber das Holz war immer noch feucht nach dem Regen der Nacht; es brannte nur träge, und die Verurteilten verschwanden bald hinter dem Rauch, der in dicken erstickenden Schwaden zum Himmel aufstieg. Jemand hustete; der Gesang wurde leiser. Endlich hörte man nur noch das Knacken und Rauschen der Flammen.

«Sie sind erstickt», flüsterte Gerli in Christines Ohr. Christine hatte ihr Gesicht in Gerlis schäbigen Umhang gepresst, der so vertraut nach der muffigen Feuchte ihrer

Kammer roch. «Vöhringer hat mir gesagt, dass sie wahrscheinlich ersticken würden.»

Plötzlich entstand Unruhe unter den Zuschauern auf der gegenüberliegenden Seite, da, wo die Ravensburger Patrizier sich eingefunden hatten. Man bückte sich über etwas Unförmiges, das da auf dem Boden lag, rief nach dem Medicus oder einem Priester: Frick Köpperlin hatte sich von einem Augenblick auf den nächsten blau verfärbt und war dann mit einem Stöhnen zusammengebrochen, die Hand fest auf seine Brust gepresst. Endlich waren ein paar Leute mit einer Tragbahre zur Stelle. Sie hoben den reglosen Körper darauf und machten sich im Laufschritt auf den Rückweg zur Stadt, während im Hintergrund das Feuer gefräßig prasselte und den Gaffern Funken ins Gesicht schleuderte.

Am folgenden Sonntag war die Liebfrauenkirche zum Bersten gefüllt. Niemand wollte versäumen, wie der abtrünnige Jude seinem Irrglauben entsagte und die heilige Taufe empfing, zumal es sich herumgesprochen hatte, dass Pater Alexius selbst den reuigen Konvertiten in die christliche Gemeinschaft aufnehmen würde. Schon lange bevor der feierliche Gottesdienst anfing, musste man eine schwangere Frau nach draußen tragen, weil sie in der stickigen Luft ohnmächtig geworden war. Den frei werdenden Platz nahm sogleich ein anderer ein. Schließlich zog Pater Alexius unter dem Gesang der Lateinschüler ein, und es wurde still in der Kirche. Aber kurze Zeit später schwoll das Gemurmel wieder an; von den hinteren Plätzen aus war es unmöglich, dem Gottesdienst zu folgen oder aber auch nur einen Blick auf den Täufling zu erhaschen, und so begann man ungezwungen, die Neuigkeiten des Tages auszutauschen. Frick

Köpperlin, der reiche Köpperlin, sollte heute Morgen gestorben sein, ohne das Bewusstsein noch einmal wiedererlangt zu haben. Nicht einmal die Beichte hatte er noch ablegen können! Dabei wäre es bei ihm sicher bitter nötig gewesen, man hatte ja so das eine oder andere gehört. Da musste doch was dahinterstecken, wenn einer immer wieder so offensichtlich von Gottes Zorn geschlagen wurde, oder etwa nicht? Jetzt würde man es wohl nie mehr erfahren! Aber jeder wusste ja, dass Reichtum nicht gottgefällig war. Man musste sich nur diese Mötteli ansehen, das waren die Nächsten, die es treffen würde. Oder eben die Juden! ... Plötzlich wurde es totenstill.

«Widersagst du dem Satan und all seiner Bosheit?», fragte Pater Alexius. Die Antwort war nicht zu verstehen. «Sprich lauter, mein Sohn!»

«Ja.»

«Widersagst du seinen Verlockungen?»

«Ja.»

Irgendwo raschelte es; ein Kind weinte laut auf, und die folgenden Fragen und Antworten waren wieder kaum zu verstehen.

«... an Gott, den Vater, den Allmächtigen, den Schöpfer des Himmels und der Erde?»

«Ich glaube.» *Bitte, David, ich bitte dich darum. Du weißt, dass sie mich selbst nicht gehen lassen werden. Knoll hat mich am meisten belastet, aber du – du könntest es tun. Es bricht mir das Herz, die Kinder zurückzulassen, so allein ... Ich bitte dich. Jacha wird nicht nach Ravensburg zurückkehren, es ist viel zu gefährlich, und Jakob ist zu jung, um ihm diese Verantwortung auf die Schultern zu legen. David –*

«Glaubst du an Jesum Christum, seinen eingeborenen Sohn, unseren Herrn, der geboren ist von der Jungfrau

Maria, der gelitten hat und begraben wurde, von den Toten auferstand und zur Rechten des Vaters sitzt? Lauter bitte. Sprich lauter.»

«Ich glaube.» *Wie kannst du das von mir verlangen? Wie kannst du von mir verlangen, euch alle zu verraten, mehr noch: mich vor dem Unrecht zu beugen, anzuerkennen, was sie tun? Wie sollte ich danach mit mir selbst weiterleben, kannst du mir das sagen?*

«... glaubst du an den Heiligen Geist, die heilige katholische Kirche, die Gemeinschaft der Heiligen, die Vergebung der Sünden, die Auferstehung der Toten und das ewige Leben?»

«Ich glaube.» *Du kannst es, David. Vielleicht ist es dein Fluch, dass du bekommst, was du immer wolltest, aber erst in dem Augenblick, in dem du es nicht mehr willst. Aber du kannst es. Ich vertraue dir.*

«So taufe ich dich auf den Namen Jos Christian ... Im Namen des Vaters, des Sohnes und des Heiligen Geistes.»

Der Mann, der David Jud gewesen war, hinkte aus der Kirche. Bei seinem Sturz während des peinlichen Verhörs musste er sich wohl den Knöchel gebrochen haben, denn seit jenem Tag war sein Fußgelenk steif. Das Gehen fiel ihm noch schwer; er würde sich erst wieder daran gewöhnen müssen. So wie er sich an alles andere gewöhnen musste. Die Gottesdienstbesucher, vor allem die, die vorher nichts hatten sehen können, starrten ihn neugierig an, aber sein Gesicht war leer und gab nichts preis. Schließlich wichen sie enttäuscht zurück und bildeten eine Gasse für ihn. Er überquerte langsam den kleinen Platz vor der Kirche und ging zur Judengasse hinüber, und als er den grünen Turm passierte, schlug sein Herz schneller. Plötzlich löste sich eine Gestalt aus dem Hauseingang gegenüber und eilte auf ihn zu.

«David», sagte die Gestalt. Er wollte weiter, aber die Gestalt zwang ihn innezuhalten. Es war die Frau, die er früher gut gekannt hatte, dachte er, erstaunt, dass das einmal möglich gewesen war.

«David ist tot», sagte er schließlich.

«David!» Sie kam noch einen Schritt näher, griff nach seinem Arm. «Ich habe auf dich gewartet, ich wohne jetzt ganz in der Nähe ... sprich doch mit mir!» Sprich doch mit mir! Konnten Worte den Graben überwinden, der ihn von der übrigen Welt trennte? Er glaubte es nicht. Aber irgendetwas musste er sagen, sonst würde sie ihn nicht loslassen.

«Ich gehe nach Hause. Ich möchte allein sein.»

«Bitte, David ... ich habe alles versucht, ich war – oh Gott, ich habe geglaubt, du stirbst, und jetzt –»

«David Jud ist tot», wiederholte er. Das immerhin würde sie verstehen, irgendwann. Er schob sie zur Seite. «Ich gehe jetzt nach Hause.»

Die Haustür war eingetreten. Er stieg über die Trümmer hinweg und bahnte sich einen Weg durch das Gerümpel in der Diele. Wie eine Horde wilder Tiere mussten sie hier gewütet haben: Was in Kästen und Truhen verwahrt gewesen war, war herausgerissen und zerfetzt worden, Pergamentrollen, Wirtschaftsbücher, Aufzeichnungen; die Kissen von der Wandbank waren aufgeschlitzt, die Federn verstreut. Ein Haufen Asche in der Mitte des Raums zeugte davon, dass man einige Fundstücke gleich an Ort und Stelle verbrannt hatte. Die Truhen selbst waren verschwunden, ebenso das Arbeitspult, der Leuchter von der Decke, die beiden Holzstühle. Er ging in die Hocke, griff mit der Hand in einen Haufen Gerümpel und zog ein paar Papierfetzen hervor: Aaron hatte in seiner großzügigen Schrift ein paar Zahlen darauf notiert. Er steckte die Zettel ein und verbrachte einige Zeit damit, erfolglos nach irgendwelchen Überresten der uralten Rechnungsbücher zu suchen, in denen sich noch Aufzeichnungen von Moses' Hand befanden. Schließlich erhob er sich, warf einen Blick in die Küche, in der es unerträglich nach Urin und Exkrementen stank, und stieg dann zum Betraum in den ersten Stock hinauf.

Es erschien ihm merkwürdig, dass dieser Raum das Interesse der Plünderer so viel weniger auf sich gezogen hatte als der Geschäftsbereich unten. Vielleicht hatten sie einfach nicht erkannt, worum es sich handelte, oder aber sie hatten sich schon vorher ausgetobt. Selbstverständlich war alles entwendet, was einem unwissenden Betrachter irgendwie wertvoll erscheinen konnte, die vergoldeten Besamim-Behälter, in die Raechli am Ende jedes Sabbats wohlriechende Gewürze gelegt hatte, der Chanukka-Leuchter, die kostbaren turmförmigen Aufsätze der Stäbe, auf denen die Tora aufgerollt war. Aber die Schriften selbst waren noch da: die Tora- und die Esterrolle, der Hochzeitsvertrag von Aaron und Jacha, ein unscheinbares Buch mit der Haggada, das von der Errettung des Volkes Israel aus der Knechtschaft Ägyptens berichtete. Schließlich griff er nach der Esterrolle, riss ein Stück davon ab und stieg wieder nach unten. Irgendwo dort hatte er in dem ganzen Dreck noch eine Schreibfeder liegen gesehen. Er suchte sie heraus, spuckte in die Asche und rieb mit dem Finger darüber, bis eine zähe schwarze Paste entstanden war. Dann tauchte er die Feder ein und schrieb:

Moses, Sohn des Lew und der Hanna · Raechli, Weib des Moses
Aaron, Sohn des Moses und der Raechli
Anselm, Sohn des Lew und der Hanna · Blumli, Weib des Anselm
Jakob, Sohn des Anselm und der Blumli
Ermordet im Jahr 5191 nach der Zeitrechnung
Ihre Seelen ruhen im Bündel des Lebens

Die primitive Farbe war schwer zu handhaben; immer wieder verwischte ein Wort, und er musste wieder neu anfangen. Irgendwann würde er alles noch einmal schreiben, nahm er sich vor, mit Eisengallustinte auf ein neues Pergament. Er wartete geduldig, bis die letzten Buchstaben getrocknet waren, faltete das Blatt zusammen und steckte es unter sein Hemd. Dann schob er mit dem Fuß den Unrat ein Stück zur Seite, legte sich auf den Boden und schloss die Augen.

Christine harrte in der Judengasse aus, bis es völlig dunkel geworden war und sie keinen Zweifel mehr daran haben konnte, dass David nicht zu ihr herauskommen würde. Durch die zerborstenen Fensterläden sah sie ihn gelegentlich im Haus umherwandern, ja, sie meinte seinen unregelmäßigen Schritt auf der knarrenden Treppe zu hören und auf den Steinfliesen der Diele, und kurz nachdem es zur Vesper geläutet hatte, wagte sie sich bis an das Fenster und schaute hinein: In der verwüsteten Diele lag er auf dem Boden. Hatte sie früher nicht immer darüber gelacht, wie unruhig er schlief, wie er oft vor sich hin murmelte und im Traum mit den Armen ruderte? Jetzt lag er reglos da wie ein Toter. Sie flüsterte seinen Namen; er bewegte sich nicht. Als sie schließlich in der Nacht zu Gerlis Kammer zurückstolperte, klapperten ihr die Zähne. Gerli war noch wach und hatte auf sie gewartet.

«Und?», fragte sie erwartungsvoll. Christine ließ sich langsam auf ihren Strohsack nieder. Ein falsche, eine unvorsichtige Bewegung, und irgendetwas in ihr würde zerspringen und sie auseinanderreißen.

«Nichts», antwortete sie flach. «David Jud ist tot.»

«Wie kannst du das sagen, Christine, du hast doch selbst gesehen –» Gerli brachte den Satz nicht zu Ende, sondern stand auf, setzte sich neben Christine und griff nach ihrer Hand.

«Aber du, Christine ... du lebst noch, vergiss das nicht.»

Angesichts der jüngsten Ereignisse war Christine nicht erstaunt, dass es nur eine kleine Gesellschaft war, die zur Beerdigung von Frick Köpperlin ein paar Tage später zusammenkam: Die Handelsdiener und Hausangestellten, angeführt von Ria, der alte Mötteli und Ital Humpis. Sie selbst hatte länger überlegt, ob sie überhaupt hingehen sollte, aber schließlich hatte das alte Pflichtgefühl gesiegt – immerhin waren sie mehr als zehn Jahre verheiratet gewesen. Und vielleicht musste sie ja auch mit eigenen Augen sehen, dass Frick wirklich und wahrhaftig tot und begraben war. Sie hielt sich im Hintergrund, aber die Trauergäste schienen ohnehin bemüht, über sie hinwegzusehen; keiner nickte ihr zu, keiner richtete das Wort an sie. Kaum hatte der Pfarrer das letzte Gebet gesprochen, da eilten schon die ersten nach Hause, denn einen Leichenschmaus würde es nicht geben. Christine warf noch einen letzten Blick auf das frisch aufgeschüttete Grab; statt Erleichterung verspürte sie eine dumpfe Trauer. Wie wäre wohl ihr Leben verlaufen, wenn sie Frick Köpperlin niemals begegnet wäre? Sie hatte den Ausgang des Kirchhofs noch nicht erreicht, da fasste sie jemand am Arm.

«Auf ein Wort, Frau Christine ...» Es war Ital Humpis. Christine blieb überrascht stehen.

«Herr Bürgermeister?» Er knüllte unruhig den Stoff seines Umhangs zwischen den Händen.

«Zuerst lasst mich Euch mein tiefstes Mitgefühl zum Tode Eures Gatten übermitteln», sagte er. «Ihr müsst tief getroffen sein.» Sie sah ihn unverwandt an, bis er errötete, aber vermutlich brachte er es einfach nicht fertig, diesen Satz auszusparen, mochte er auch noch so verlogen klingen. «Ich weiß um die vielen Schwierigkeiten, mit denen Ihr in letzter Zeit zu kämpfen hattet», setzte er eilig hinzu.

«Tatsächlich.»

Ital Humpis deutete auf eine kleine Bank an der Kirchhofsmauer.

«Wollen wir uns nicht einen Augenblick setzen?»

Sie folgte ihm zögernd und setzte sich.

«Ich hatte ein langes Gespräch mit Jakob von Waldburg», fing Humpis leise an. «Ein langes, vertrauliches Gespäch. Ich ... ich fürchte, es ist ein großes Unrecht hier geschehen.» Er atmete schwer. «Ich konnte es nie so recht glauben, dass tatsächlich die Juden schuldig waren, aber ich habe keine Möglichkeiten gesehen ... der Rat war so entschlossen, so unversöhnlich ... immerhin konnte ich das Urteil so lang hinauszögern ...» Er sah sie flehend an; sie antwortete nicht. «Es gibt Situationen, in denen es sehr schwer ist, das Richtige zu tun. Unmöglich vielleicht», fügte er hinzu.

«Ihr werdet selbst wissen, ob Ihr alles getan habt, was

Ihr konntet», entgegnete Christine. Humpis sollte nur nicht glauben, sie würde die Dämonen verscheuchen, die ihm im Nacken saßen. Damit musste er selbst fertigwerden. «Mir ist kalt, Herr Bürgermeister. Ich möchte gern nach Hause gehen. Worüber wolltet Ihr mit mir sprechen?»

«Es geht um das neue Testament, das Herr Frick noch gemacht hat.» Sie beschloss, es ihm nicht leicht zu machen.

«Ich weiß von keinem neuen Testament.» Tatsächlich hatte sie nur gerüchteweise erfahren, dass Frick in einem letzten Akt der Rache dafür gesorgt hatte, dass sie nach seinem Tod völlig mittellos dastehen würde: Als Erbin seines Vermögens hatte er sie gestrichen, und sie selbst hatte ja schon vorher eingewilligt, das Stadthaus den Karmelitern zu überschreiben; von ihrer Mitgift war damit nichts mehr übrig. Zum ersten Mal während des Gesprächs sah Humpis ihr ins Gesicht.

«Nun, Euer Gatte hatte kurz vor seinem Tod noch den Notar kommen lassen, um ein neues Testament aufzusetzen. Ursprünglich sollte der Besitz ja an Euch übergehen, aber wegen des Zerwürfnisses – diese Geschichte mit dem Truchsess, meine ich – Ihr wisst ja –» Er verhaspelte sich, geriet ins Stottern. «Jedenfalls hatte er seine Meinung geändert und sein ganzes Vermögen in eine Stiftung zu Ehren des heiligen Ludwig von Ravensburg eingebracht.»

«Es gibt keinen heiligen Ludwig von Ravensburg», erwiderte Christine scharf. Humpis verzog gequält das Gesicht.

«Bitte, Frau Christine ... ich weiß, wie Ihr dazu steht, aber es es gibt starke Kräfte in der Stadt, die überzeugt davon sind, und ich –»

«Und Ihr wagt es nicht, diesen starken Kräften zu widersprechen, nicht wahr?» Starke Kräfte, dachte Christine. Ein Großteil des Rats wahrscheinlich, Pater Alexius und die Karmeliter, die sich schon so sehr an das Wallfahrtsziel im Haslach und die Einnahmen daraus gewöhnt haben, dass sie nicht mehr darauf verzichten wollen. Humpis wandte den Blick ab, und Christine erkannte, dass sie ins Schwarze getroffen hatte.

«Ihr wisst ja nicht, was es bedeutet, Bürgermeister zu sein», sagte er schließlich. «Es ist eine schwere Bürde.»

«Das Testament, Herr Humpis?»

«Ja. Euer Gatte hatte mich gebeten, als Zeuge zu unterschreiben, mich und Pater Alexius. Deshalb bin ich auch über den Inhalt informiert. Ihr könnt mir glauben, dass ich versucht habe, Frick von seinem Vorhaben abzuhalten und Euch nicht der Armut preiszugeben, aber Ihr wisst ja selbst, wie – wie unversöhnlich er sein konnte.»

«Ja.»

«Deshalb möchte ich Euch empfehlen, das Testament anzufechten. Ich habe gestern mit dem Notar gesprochen, er sieht gute Aussichten dafür. Es ist gegen die Ordnung, dass die Witwe unversorgt zurückbleibt, und wenn es uns gelänge, die ganze Sache vor den Truchsess zu bringen – allerdings wird Pater Alexius nicht freiwillig von seinen Ansprüchen zurücktreten. Ich würde Euch unterstützen, so gut ich kann, Ihr würdet wieder den Platz einnehmen, der Euch zusteht, und in allen Ehren in das Haus an der Marktgasse zurückkehren, und in ein paar Jahren –»

«Ich verstehe nicht ganz, was für ein Interesse Ihr an der Angelegenheit habt», unterbrach Christine. Die Kälte war ihr inzwischen unter den Rock gekrochen; ihr klapperten die Zähne. «Bisher habt Ihr Euch nicht darum gekümmert, wie es mir geht und ob ich zurechtkomme.» Der Bürgermeister spielte unruhig mit seinem Ring.

«Nun, ich will ehrlich zu Euch sein. Es liegt nicht in unserem Interesse, die Heiligenverehrung im Haslach weiter zu unterstützen. Sowohl der Bischof als auch König Sigismund haben es verboten, und nach allem, was geschehen ist, können wir es uns nicht leisten, den Streit mit Sigismund weiter zu verschärfen, im Gegenteil. Außerdem würde durch die Stiftung viel Kapital aus der Handelsgesellschaft abgezogen. Das wäre für uns ein herber Verlust. Ihr als Witwe könntet dagegen weiterhin passive Teilhaberin sein und Euer Vermögen vermehren.» Er streckte die Hand aus. «Es ist ein Handel, Frau Christine, ein Handel zu beiderseitigem Vorteil. Ihr gewinnt Euren Wohlstand zurück und tut gleichzeitig etwas gegen die Heiligenverehrung im Haslach, die Ihr ja ohnehin ablehnt, wir verbessern unser Verhältnis zu König Sigismund und Bischof Otto und vermeiden eine Schwächung der Handelsgesellschaft.» Sie sah über die Hand hinweg und stand auf.

«Ich muss darüber nachdenken. Und jetzt entschuldigt mich bitte.»

«Frau Christine?» Ein flehender Ton lag in seiner Stimme. «Es tut mir leid, wirklich. Ihr müsst mir glauben. Wenn es irgendetwas gegeben hätte –» Aber da war sie schon am Kirchhofstor, schlüpfte hinaus auf die Gasse und hastete zur Unterstadt hinüber.

«Aber das ist doch wunderbar!» Gerli strahlte, als hätte sie gerade einen Goldklumpen gefunden. «Dieser Geldsack bittet dich gewissermaßen auf Knien darum, dir dein Vermögen zurückholen zu dürfen, für nichts und wieder nichts!»

«Es ist auch zu seinem Vorteil», erwiderte Christine. «Sonst hätte er es mir nicht angeboten. Außerdem hat er ein schlechtes Gewissen.»

«Oh, das vergeht.» Gerli reckte sich und gähnte. «Du wirst mich nicht vergessen, Christine, nicht wahr? Wenn du wieder in der Marktgasse wohnst?»

«Ich weiß nicht, ob ich jemals wieder dort wohnen werde.»

«Aber warum denn nicht? Es wäre Tollheit, so eine Gelegenheit vorüberziehen zu lassen! Du weißt doch jetzt, wie es sich ohne Geld lebt. Das ist kein Spaß, und der nächste Winter kann noch schlimmer werden als der letzte. Ich jedenfalls bin froh, wenn ich irgendwann aus diesem Loch rauskann.» Sie lächelte zuversichtlich, und Christine nickte.

Was hätte sie nicht dafür gegeben, selbst auch über so viel Lebensmut und Kraft zu verfügen wie Gerli! Nach dem Brand der Mühle war Vinz spurlos verschwunden (angeblich hatte er sich einer Gauklergruppe angeschlossen), und Christine wusste, wie sehr das Mädchen um ihren verlorenen Bruder trauerte. Trotzdem hatte sie es geschafft, ihrem Leben eine neue Richtung zu geben.

Gerli verbrachte immer häufiger die Nächte in Vöhringers Haus; es war klar, wovon sie träumte.

«Du hast ja recht, aber ich – ich kann nicht einfach wieder zurück, als ob nichts geschehen wäre. Ich kann das nicht alles vergessen. Und David –»

Gerli wandte sich plötzlich ab.

«David Jud ist tot, hast du gesagt.»

«Du weißt doch, wie ich das gemeint habe. Es ist – ich hoffe einfach, dass er irgendwann –» Sie wagte den Satz nicht zu Ende zu sprechen; Gerli würde auch so verstehen, was sie meinte.

«David Jud hat die Stadt verlassen», sagte da das Mädchen tonlos. «Vor drei Tagen schon.» Es war, als hätte sie Christine unvermittelt geohrfeigt.

«Seit wann weißt du das? Warum hast du es mir nicht längst gesagt?» Fassungslos starrte Christine dem Mädchen ins Gesicht. «Und ich dachte, du bist meine Freundin! Ich dachte, auf dich kann ich mich verlassen!» Gerli packte sie an den Schultern und drückte sie auf den Hocker, den sie erst am letzten Sonnabend gekauft hatte.

«Hör mir zu, Christine. Ich hätte es dir am liebsten überhaupt nicht gesagt.» Christine wollte wütend auffahren, aber Gerli ließ sie nicht zu Wort kommen. «Ich will nicht, dass du dich wieder ins Unglück stürzt! David ist tot, hast du gesagt, nicht wahr? Und ich habe sehr gut verstanden, was du damit gemeint hast! Das, was euch irgendwann einmal miteinander verbunden hat, ist tot. Er will dich nicht sehen, nicht mit dir sprechen, gar nichts. Und wen wundert das, nach allem, was passiert ist? Du selbst hast es gesagt!»

«Du hättest es mir nicht verschweigen dürfen», flüsterte Christine. «Du hattest kein Recht dazu. Ich kann sehr gut selbst entscheiden, was ich tun will. Woher weißt du überhaupt davon?»

«Vöhringer hat es mir erzählt. David hat die Kinder aus dem Spital geholt und ist dann zu ihm gekommen, um sich Geld zu leihen. Sie haben auch die Kinder getauft, sagt Vöhringer. Kein Wort haben sie gesprochen und sich die ganze Zeit hinter David versteckt. Vöhringer hat ihnen alles gegeben, was er im Haus hatte.»

«Hat er auch erzählt, wo sie hinwollten?»

Gerli sah sie bittend an.

«Bleib hier, Christine. Mach, was der Bürgermeister dir vorgeschlagen hat. Denk doch nur, was du tun könntest mit all dem Geld!»

«Sind sie nach Zürich gegangen? Oder nach Italien?»

«Sie wollten nach Ulm. Christine, manche Dinge gehen vorbei. Einfach vorbei! Es ist Dummheit, sich nicht damit abzufinden.»

Am nächsten Morgen, sobald Gerli das Haus verlassen hatte, wanderte Christine hinaus vor die Stadt. Die ganze Nacht hatte sie sich mit wirren Träumen gequält, und als heute Morgen der Gestank aus der Gerbergasse zu ihr herübergeweht war, hatte sie sich schnell ihren Mantel übergeworfen und war aus der engen Unterstadt geflüchtet. Erst hier draußen jenseits des Spitaltors hatte sie wieder klar denken können. Die kühle Frühlingssonne schien ihr ins Gesicht.

Sie wusste, dass Gerli recht hatte mit dem, was sie gesagt hatte. Vielleicht hatte sie sich gerade deshalb so dagegen gewehrt. Nur noch wenige Tage, und all ihr Geld war verbraucht; es wäre bodenloser Leichtsinn, mit leeren Taschen auf eine vage Hoffnung hin ins Ungewisse aufzubrechen. Mehr noch, es wäre gefährlich. Gerli hatte ihr genug aus ihrem eigenen Leben erzählt. Sie wusste, wie es Frauen erging, die sich allein durchschlagen mussten. David ist tot, murmelte sie vor sich hin und wischte sich eine Träne aus dem Gesicht. Er würde nicht mehr zurückkehren. Sie wusste es, aber es war so schwer, es auch zu glauben.

Aus alter Gewohnheit schlug Christine den Weg zu ihrem früheren Garten ein. Sie sah gleich, dass sich in diesem Frühjahr noch niemand darum gekümmert hatte: Der Boden war nicht umgegraben, und die Reste der Stauden und Kräuter vom letzten Jahr lagen verwelkt und erfroren am Boden. Frick hatte eigentlich vorgehabt, das kleine Stück Land zu verkaufen, hatte Humpis erzählt, aber er war nicht mehr dazu gekommen. Wenn sie in Ravensburg blieb und sich das Erbe erstritt, dann würde sie so oft hierher kommen können, wie sie nur wollte. Sie trat durch das Gartentörchen, ging in die Knie und ließ eine Handvoll Erde zwischen ihren Fingern hindurchrieseln. Nach dem Winterfrost war der Boden jetzt feinkrümelig und gut zu bearbeiten; bald schon würde man die ersten Samen ausbringen können. Als sie gerade am Törchen ein paar vertrocknete Stängel herausgerissen hatte, sah sie, dass aus dem alten Rosenstock erste kleine Blättchen sprossen, und unwillkürlich musste sie lächeln. Sie hatte es gewusst, heimlich gehofft und gewusst: Ein Rosenstrauch war nicht so leicht zu zerstören. Die ganze Kraft steckte in seinen Wurzeln, und die Wurzeln reichten mehrere Fuß tief in die Erde. Was auch immer sie mit der Rose gemacht hatte: Die Wurzeln hatte sie nicht herausreißen können, und jetzt trieb der Strauch wieder neu aus. Vielleicht war das ja das Zeichen, nach dem sie gesucht hatte, das Zeichen, das ihr sagte, was sie tun sollte. Sie hatte geglaubt, auch ihr Leben sei zerstört, aber vielleicht war es ja gar nicht so. Vielleicht, wenn sie nur Geduld hatte, würde sich auch in ihrem Leben wieder etwas Neues entwickeln, weil die Wurzeln immer noch stark waren. Vielleicht sollte sie das Angebot von Humpis annehmen. Mit neu keimender Zuversicht ging sie zum Schuppen hinüber, um sich die Harke zu holen.

Sie sah das Tuch sofort, in dem Augenblick, als sie die Schuppentür öffnete: das gelbe Seidentuch. Jemand hatte es um den Spaten geschlungen und einen komplizierten Knoten hineingeknüpft, einen Knoten, wie die Genueser Fischer ihn banden. Sie kannte nur einen Menschen in Ravensburg, der diesen Knoten beherrschte und vergeblich versucht hatte, ihn ihr beizubringen, an einem unendlich lang vergangenen Nachmittag in einer verlassenen Weingärtnerhütte. David Jud war hiergewesen. Er musste gewusst haben, dass sie ihn an dem Knoten erkennen würde; er musste es gewollt haben.

«David?» Unwillkürlich flüsterte sie seinen Namen und drehte sich um, als müsse er hier hinter ihr stehen, aber der kleine Raum war leer. Sie streckte die Hand nach dem Tuch aus und fuhr mit dem Finger den Knoten nach. Die Händler fielen ihr ein, die solche kostbaren Stoffe aus dem fernen Osten zu den Mittelmeerhäfen brachten, Wüsten durchquerten, Gebirge überwanden, Hitze und Kälte, Hunger und Durst und alle möglichen Strapazen auf sich nahmen, um ihr Ziel zu erreichen. Hatte sie nicht auch immer schon den Wunsch verspürt, alles hinter sich zu lassen, das Risiko auf sich zu nehmen und in eine fremde, neue Welt zu ziehen? Nur dass diese fremde Welt nicht im Süden lag, jenseits des Säntis, wie sie immer geglaubt hatte. Sie lachte leise vor sich hin. Dann löste sie den Knoten und drückte ihr Gesicht in das seidene Tuch. Gleich noch würde sie die wichtigsten Sachen zusammenpacken und dann morgen früh nach Ulm aufbrechen, sobald die Sonne aufging.

Epilog

Ital Humpis zog seinen Reisemantel enger um die Schultern zusammen, kauerte sich in eine Mauernische, von der aus er das Haus gut beobachten konnte, und wappnete sich mit Geduld. Er konnte auch diese letzten Stunden noch warten, wo er doch schon fast fünf Jahre mit seinem Besuch gewartet hatte. Fünf Jahre, in denen er unzählige Male für die Handelsgesellschaft in Ulm gewesen war und längst herausgefunden hatte, in welchem Haus sie lebten, der Arzt Jos Christian und seine Frau Christine. Jos Christian. Unwillkürlich biss Humpis die Zähne zusammen, als er an den Tag der öffentlichen Taufe zurückdachte. Für ihn war Jos Christian immer David Jud geblieben.

Die Dämmerung war nicht mehr weit, als sich endlich die Tür öffnete und ein Mann auf die Gasse trat, groß und hager und mit grauem Haar, das immer noch voll unter dem Barett hervorquoll. Der Mann rief einen Abschiedsgruß über die Schulter zurück und ging dann los, mit demselben unregelmäßigen Gang, mit dem er durch jeden von Humpis' Albträumen hinkte. Humpis kämpfte die aufsteigende Unruhe nieder und wartete, bis der Mann um eine Ecke bog und nicht mehr zu sehen war, dann kam er aus seiner Nische hervor, lief rasch die paar Schritte zu dem Haus hinüber und klopfte.

«Mein Mann ist nicht zu Hause», hörte er eine helle Frauenstimme von drinnen antworten. «Er macht einen Krankenbesuch. Wenn Ihr ihn sprechen wollt, müsst Ihr später wiederkommen.» Humpis trat einen Schritt näher.

«Frau Christine? Hier ist Ital Humpis aus Ravensburg», flüsterte er dem geschlossenen Türspalt zu, als müsse er geheime Mitwisser fürchten. «Bitte lasst mich herein. Ich muss mit Euch sprechen.» Im Inneren des Hauses blieb es lange ruhig, so lange, dass Humpis sich schon halb zum Gehen gewandt hatte, als die Tür endlich aufging.

«Kommt herein.» Er war darauf gefasst gewesen, auf eine Fremde zu treffen, eine gealterte, verbitterte Frau mit Falten im Gesicht und auf der Seele, aber Frau Christine erschien ihm völlig unverändert: kleiner und zierlicher vielleicht, als er sie in Erinnerung hatte, aber immer noch mit diesem widerspenstigen Haar und den lebhaften Augen, die jetzt fast feindselig sein Gesicht musterten und ihn schließlich zwangen, seinen eigenen Blick niederzuschlagen.

Er folgte ihr durch eine winzige Diele in die Stube, wo er sich gehorsam auf die Wandbank setzte, die sie ihm wortlos gewiesen hatte. Es war ein behaglich eingerichteter Raum, stellte er fest, mit einem schlichten Kachelofen, einem großen Tisch, zwei lederbezogenen Sesselchen, einer altmodischen Truhe mit Füßen in der Form von Löwentatzen. An der Wand hing nur ein einziges Bild, ein etwas unbeholfenes Porträt eines älteren Paares, über das Humpis lieber nicht genauer nachdenken wollte, daneben war auf einem Wandbord irdenes Essgeschirr aufgebaut. Humpis' Augen wanderten über die Einrichtung. Schließlich blieb er an einem blühenden Lavendelstrauch hängen, der in einem

Topf auf dem Fensterbrett stand. Die Pflanze gab ihm die Worte ein, die er die ganze Zeit gesucht hatte.

«Ich habe gehört, dass die Leute inzwischen von weit her zu Euch kommen, um Euch nach heilkräftigen Kräutern zu fragen», sagte er. «Ihr habt Euch einen Ruf erworben, der bis zu uns nach Ravensburg gedrungen ist.»

«Ich unterstütze meinen Mann», antwortete sie kühl. Sie war stehen geblieben, was ihr erlaubte, auf ihn herunterzusehen.

«Er arbeitet als Arzt, nicht wahr?»

«Ja.» Es war, als würde man mit einem Eiszapfen sprechen, dachte Humpis. Er versuchte erneut, ein Gespräch in Gang zu bringen.

«Heilkräuter gibt es viele. Was ist Eure Spezialität, wenn ich fragen darf?»

«Kräuter gegen unruhigen Schlaf und schlechte Träume, Herr Humpis. Kräuter gegen die Traurigkeit. Nur gegen die Erinnerung habe ich noch nichts gefunden.» Er zuckte innerlich zusammen. Warum war er nicht schon früher hergekommen? Die Jahre, die inzwischen vergangen waren, hatten es nicht einfacher gemacht, wie er gehofft hatte.

«Ich bin gekommen, weil ich Eurem Mann etwas geben will», sagte er schnell. «Ich –»

«Ich glaube nicht, dass mein Mann etwas annehmen wird, das von Euch kommt.» Sie machte eine unmissverständliche Bewegung mit der Hand zur Tür hin. «Wenn es das ist, weshalb Ihr gekommen seid, solltet Ihr jetzt besser gehen.» Humpis sah sie bittend an.

«Frau Christine, bitte hört mir zu. Ich verstehe, wie schwer Euch der Gedanke an alles fallen muss, was an –

an damals erinnert, aber ich bin sicher, dass Euer Mann diesen Gegenstand trotzdem gern zurück hätte. Es handelt sich um ein Schmuckstück aus dem Besitze seiner Familie.» Christines Augen verengten sich zu zwei schmalen Schlitzen.

«Aus dem Besitz seiner Familie? Wie kommt Ihr daran?»

«Es stammt nicht aus der Plünderung, damit hatte ich nichts zu tun.» Humpis hob abwehrend die Hände. «Es ist ein Ring, den er damals versetzen musste, als – als das Geschäft so schlecht lief. Ich habe ihn schon damals dem Goldschmied abgekauft ... ich wollte ihn schon lange zurückgeben.» Er öffnete seine Geldkatze, fingerte ein kleines, in Papier gewickeltes und verschnürtes Päckchen heraus und hielt es ihr hin. Sie zögerte einen Augenblick, dann nahm sie es entgegen.

«Warum habt Ihr fünf Jahre damit gewartet?», fragte sie. «Ihr müsst doch oft genug hier vorbeigekommen sein.»

«Die ersten Jahre habe ich gebraucht, um zu lernen, dass man seine Schuld nicht vergessen kann», antwortete Humpis flach. «Die nächsten Jahre, um den Mut aufzubringen, Euch noch einmal unter die Augen zu treten.» Er stand auf; es war alles gesagt, und irgendwo in seinem Inneren fühlte er eine ungeheure Erleichterung. «Gottes Segen für Euch und Euren Mann, Frau Christine. Ich finde allein hinaus.»

Nachdem der Besucher gegangen war, zog sich Christine ihren Sessel ans Fenster und setzte sich. Sie sog den zarten Lavendelduft ein und dachte daran, wie David ihr von den duftenden blauen Feldern im Süden Frankreichs erzählt hatte, wo er als junger Mann gewesen war. Irgendwann, so hatte er ihr versprochen, würden sie gemeinsam dorthin reisen, aber bisher hatten sie es immer wieder aufgeschoben. Sie versuchte sich auf die verlockenden Lavendelfelder der Provence zu konzentrieren und Humpis zu vergessen, aber das Päckchen lag wie ein Bleigewicht in ihrem Schoß. Sie stützte den Kopf in die Hand und betrachtete es. Sollte sie es David wirklich geben? Es war so leicht, seine hart erkämpfte Seelenruhe ins Wanken zu bringen und damit alles, was sie gemeinsam aufgebaut hatten. Wie oft hatte sie in den letzten Jahren erlebt, dass ein harmloser Gegenstand, ein unbedachter Satz ausreichte, um die Vergangenheit wieder zum Leben zu erwecken, all die Ängste, den Schmerz und die Wut, und keine Liebe auf der ganzen Welt konnte David davor schützen – auch ihre eigene nicht. Es war schwer genug gewesen, das zu lernen. Aber hatte sie das Recht, David Humpis' Gabe vorzuenthalten? Vielleicht war es ihm ja wichtig. Sie hatte keine Vorstellung davon, um was für einen Ring es sich handeln könnte; David hatte ihr nie davon erzählt.

Es war schon spät, als David wieder nach Hause kam.

«Du bist noch wach?», fragte er überrascht, hängte seinen Mantel an den Haken, kam zu ihr herüber und küsste sie leicht auf die Wange.

«Ich wollte nicht ohne dich schlafen gehen. Und, wie ist dein Krankenbesuch verlaufen?»

«Dem Kleinen geht es besser. Das Schwierigste war, ihn dazu zu bringen, diese Tropfen herunterzuschlucken.» David lachte leise, holte sich den anderen Sessel und setzte sich neben sie. «Ich musste mir eine komplizierte Geschichte ausdenken, mit Riesen und Zwergen und einem magischen Trank, bis er endlich dazu bereit war.» Er ist so zufrieden, so entspannt, dachte Christine. Ich muss es ihm sagen; vielleicht ist ja jetzt ein guter Zeitpunkt dafür.

«Ital Humpis war hier, nachdem du gegangen warst», begann sie. «Ital Humpis aus Ravensburg.» Das Lächeln verlosch in seinem Gesicht, schneller, als eine Kerzenflamme verlischt, wenn man sie ausbläst.

«Aus Ravensburg», wiederholte er dumpf und wandte sich ab. Christine sah seine Hände die Armlehnen des Sessels umklammern, dieselben Hände, die so zuverlässig Medikamente zubereiten und Knochen einrichten und Wunden verbinden konnten. Der Gedanke machte ihr Mut weiterzusprechen.

«Er hat ein Päckchen für dich gebracht. Etwas aus dem Besitz deiner Familie, das er vor Jahren gekauft hat.» Sie nahm das Päckchen und legte es ihm in den Schoß. Es dauerte eine Ewigkeit, bis er die Verpackung aufschnürte und das Papier auseinanderfaltete. Ein merkwürdig geformter Ring kam zum Vorschein, ein Ring, auf den als Verzierung eine Art Haus angebracht war. David saß reglos da und starrte lange auf den Ring in seiner Hand, so lange, dass Christine schließlich aufstand und neben ihn auf den Boden kniete, um ihm ins Gesicht sehen zu können. Tränen liefen ihm die Wangen hinunter in den Bart, der genauso grau geworden war wie sein Haar.

«David, es tut mir leid. Ich wollte dich nicht verletzen. Ich hätte dir das Päckchen nicht geben dürfen», wisperte sie unglücklich. Er löste sich aus seiner Erstarrung und legte ihr den Arm um die Schultern.

«Doch, du musstest es mir geben.» Dann nahm er den Ring und hielt ihn ihr vor die Augen.

«Siehst du die Schrift hier am Rand?» Sie blinzelte: Feine,

merkwürdig geformte Schriftzeichen zogen sich über die Innenseite, Schriftzeichen, die sie nicht lesen konnte.

«Was heißt das?», fragte sie unsicher.

«Es ist eine Botschaft von meiner Familie.»

«Eine Botschaft an dich?»

«Nein. Eine Botschaft an uns beide.» Er nahm ihre Hände in seine und sah ihr in die Augen. «Masal tov», sagte er leise. «Sie wünschen uns viel Glück.»

Anmerkung der Autorin

Den Rahmen dieses Romans bildet die Judenverfolgung in den Reichsstädten des Bodenseeraums, der in den Jahren 1429/30 fast die gesamte dortige jüdische Bevölkerung zum Opfer fiel. Dabei habe ich mich im Wesentlichen auf die Untersuchung von Herrn Dr. Stefan Lang *(Die Ravensburger Ritualmordbeschuldigung 1429/30. Ihre Vorläufer, Hintergründe und Folgen, Ulm und Oberschwaben 55 (2007), S. 114-153)* gestützt, bei dem ich mich hier sehr herzlich bedanken möchte. Ebenso danken möchte ich Herrn Dr. Andreas Schmauder, Stadtarchivar in Ravensburg, der mir diese Untersuchung zugänglich gemacht hat. Das vorliegende Material habe ich an die Bedürfnisse des Romans angepasst. Christine Köpperlin, Frick, Gerli und Jost sind fiktive Figuren, die Humpis, Mötteli, Ankenreute und Gäldrich sowie Jakob Truchsess von Waldburg und der unglückliche Fuhrmann Claus Knoll haben aber tatsächlich gelebt, wenn auch von ihrem Leben nicht viel mehr als ein paar Eckdaten überliefert sind. Auch der ehemals jüdische Arzt Jos Christian, der als Einziger durch die Taufe sein Leben retten konnte und eine Christin heiratete, ist namentlich überliefert. Alle anderen Details zu seinem Schicksal sind frei erfunden.

Das für dieses Buch verwendete FSC®-zertifizierte Papier
Lux Cream liefert Stora Enso, Finnland.